La maestra de la laguna

Un amor entre Boston y las pampas

GLORIA V. CASAÑAS

La maestra de la laguna

Un amor entre Boston y las pampas

PLAZA JANÉS

Casañas, Gloria
   La maestra de la laguna - 3ª ed. - Buenos Aires :
Plaza & Janés, 2010.
   656 p. ; 23x16 cm. (Narrativa femenina)

   ISBN 978-950-644-183-8

   1. Narrativa Argentina. I. Título
   CDD A863

Primera edición: marzo de 2010
Tercera edición: abril de 2010

IMPRESO EN LA ARGENTINA

Queda hecho el depósito
que previene la ley 11.723.
© *2010, Editorial Sudamericana S.A.*®
Humberto I 555, Buenos Aires, Argentina.

www.rhm.com.ar

ISBN: 978-950-644-183-8

Publicado por Editorial Sudamericana S.A.®
bajo el sello Plaza & Janés Editores.

Esta edición de 4.000 ejemplares se terminó de imprimir en Printing Books S.A.,
Mario Bravo 835, Avellaneda, Buenos Aires, en el mes de abril de 2010

Las novelas han educado a la mayoría de las naciones

DOMINGO FAUSTINO SARMIENTO

A mi padre, mi primer maestro

A mi madre, que me enseñó a amar a Sarmiento

PRÓLOGO

Cambridge, Follen St.
6 de junio de 1870

Al Presidente Sarmiento
Mi estimado amigo:

Una joven señora, hija de una buena amiga mía, zarpará la próxima semana hacia Buenos Aires en plan de visita familiar y le llevará un paquete con algunos libros y mi traducción de su artículo sobre la educación universitaria para la revista Ambas Américas. Espero haber interpretado correctamente sus ideas.

Mi envío se completa con un álbum de esas hojas otoñales que tanto le gustaron en sus paseos por los bosques de Concord. ¿Le dije que conozco a una señora especialista en prepararlas? Ella las prensa, las barniza y las coloca en un florero en la sala durante todo el invierno. Ya sé que usted quería formar una corona con ellas y guardarlas bajo vidrio, pero ése es trabajo para un artista. Por ahora, confórmese con mi hiedra verde y el lirio de agua, favorito de Horace. Siempre adornaba su estudio.

Estoy yéndome por las ramas. El principal regalo que le envío en ese barco es la propia señorita O'Connor. Debo confesar que pronto le eché el ojo para usted, si logra interesarla en la causa sudamericana. Encontré que resultaba fácil entusiasmarla, aunque tengo que aclarar que este viaje lo hace muy independiente de mí, ya que no puedo confiar en mis propias recomendaciones después de los fracasos que hemos tenido en esta empresa de enviar maestras a su país: las que no se arrepentían antes de partir, se enfermaban y volvían a Nueva Inglaterra. La señorita O'Connor me hace abrigar esperanzas, es una joven cultivada y progresista que, a pesar de no estar obligada a mantenerse, ha enseñado durante meses en Massachusetts. Eso habla de su vocación, ¿no cree usted? Creo que representará el ideal de mujer moderna que buscaba para elevar la condición de los alumnos. ¡Y habla español a la perfección!

Debo aclararle, para ser sincera, que ya le he escrito alertándola sobre las dificultades y los peligros de aquellas... ¿pampas, les dice usted? Creo que sí. Pero la señorita O'Connor no puede negar que lleva sangre irlandesa: ¡es todo un coraje! No dudo de que aprobará a esta joven, si bien insisto: ella va por las suyas. Su propósito es visitar familiares. Aunque no sería yo su gran amiga, mi estimado Sarmiento, si no le confesara que tengo toda mi fe puesta en ella.

En ese barco que zarpará rumbo a Buenos Aires dentro de pocos días hay un verdadero tesoro para sus planes de enseñanza.

Muy afectuosamente,

Su amiga

Mary Mann

[P.S.] ¡Qué gloriosamente ha triunfado usted en la presidencia de su país!

Cambridge, Follen St.
21 de mayo de 1870

Mi querida señorita O'Connor:

Me gustaría poder decir que su carta de esta mañana ha aplacado toda la preocupación que siento por usted, pero mentiría si lo dijera. Ese viaje que emprenderá es un viaje peligroso.

Mi gran amigo, el señor Sarmiento, al que tendrá la fortuna de conocer, es hoy presidente del país adonde se dirige y, ante todo, un hombre profético que le hace mucha falta a aquella tierra dejada de la mano de Dios. Un incomprendido, como suele ocurrir con las mentes avanzadas a su tiempo. Fíjese que en sus viajes a nuestro país él ha encontrado cierta similitud entre nuestro sur atrasado y las Repúblicas de Sudamérica. Confía, al igual que mi amado esposo y yo, en que la educación resulte igualadora en derechos, por eso está empeñado en aplicar allá los métodos que hemos desarrollado en Estados Unidos, especialmente en Nueva Inglaterra.

Sé que usted abriga la idea de permanecer el tiempo suficiente como para colocarse como maestra. Déjeme advertirle, querida niña, que muchas otras aspirantes han fallado antes, sobre todo cuando se trata de salir a las provincias, donde la vida es rústica para una joven delicada. Y aun en la ciudad de Buenos Aires, los disturbios políticos no faltan, según tengo entendido. Aquellas tierras están todavía en pleno acomodamiento, como bien sabemos los que hemos pasado guerras fratricidas.

Su madre me confió que una familia la recibirá gustosa. Sin perjuicio de eso, puedo decirle que el señor Sarmiento estará encantado de ubicarla en la casa más decente y confortable que pueda encontrar, ya que tiene toda su fe puesta en este proyecto. Sólo recuérdele que está usted muy relacionada conmigo. Él me llama "su ángel tutelar", pues lo he ayudado cuanto he podido con mi pobre español, traduciendo sus escritos y recomendándole a los personajes más encumbrados para colaborar con su propósito.

Mi muy querida y admirada Elizabeth: confío en su criterio y le envío mis mejores deseos para su travesía. Una vez instalada, le ruego me haga saber su situación.

El señor Sarmiento me encomendó enviarle "damas de buena salud y voluntad enérgica". No dudo de que reúna usted ambas cualidades.

Suya, afectuosamente

Mary Mann

[P.S.] Junto con el paquete que llevará para el Presidente de la Argentina hay una reseña de nombres y direcciones a los que puede acudir si necesita algo. Por favor, vaya a ellos con confianza, son gente de mi conocimiento.

CAPÍTULO 1

Elizabeth apretó el papel de la misiva, formando un bollito en su mano enguantada, mientras contemplaba el horizonte, ondulado como los dibujos titubeantes de un niño pequeño.

El buque de vapor *Lincoln* se adentraba en aguas barrosas. El capitán se había acercado a ella esa mañana, asegurándole que no se trataba de mar sino de río. ¡Jamás había visto un río tan ancho! A la luz del amanecer, esa masa de agua impresionaba, como si en su vientre líquido guardase un monstruo dispuesto a devorar el barco. El mal sueño de la noche anterior la había dejado lánguida y susceptible. Por eso el capitán, un hombre afable pese a su aspecto rudo, trataba de aligerar su ánimo hablándole de la "gran ciudad" que estaba a punto de descubrir.

Buenos Aires. Ni siquiera se la veía desde allí, a pesar de que la tripulación ya empezaba el ajetreo previo al amarre. Según los informes de la señora Mann, era el puerto de ultramar, pero ¿dónde estaba? Elizabeth no veía ninguna de las construcciones típicas de un gran puerto. Una desazón desconocida se apoderó de ella. Había emprendido aquella aventura por su cuenta y riesgo, desoyendo las súplicas de su madre y las amenazas de su tío, que intentaba obligarla a aceptar un puesto en la Escuela Normal de Boston. Su espíritu aventurero, unido a su firme vocación de enseñar, selló su destino la tarde en que la señora Mary Mann visitó a su madre en el palacete de la calle St. Charles y le contó sobre el proyecto de un hombre que, en medio de la adversidad política, soñaba con educar a los niños en un país lejano. Un cuarto de hora de charla con aquella entrañable amiga de su madre bastó para sentir el aleteo del corazón contra su pecho. Allí era donde hacía falta. Para eso estaba preparada con las mejores cartas de presentación de las escuelas del Este donde se había formado. Siempre supo que se pondría a prueba en situaciones difíciles, como cuando se entrenó para asistir a las docentes de la escuela de sordomudos que patrocinaba Mary Mann. Era su sangre irlandesa. Su tío lo decía una y otra vez, para reprocharle a su madre que la hubiese criado con tanta libertad: "La sangre tira, Emily. Y has dejado que se encabrite en el caso de tu hija. Es una cabra loca".

En ese momento, de pie sobre la proa de un barco bamboleante, frente a una inmensidad de agua y de cielo, sin nada a la vista más que unas gaviotas curiosas, estuvo a punto de dar la razón a su tío.

—Falta muy poco para tocar puerto, señorita O'Connor —dijo la voz rasposa del capitán.

El señor Trevor Flannery había sido lo más cercano a un padre en aquella travesía. Su aspecto fornido y su barba profusa no la intimidaban y su marcado acento irlandés la hacía sentir en familia. Presentía en él a un hombre bueno y sencillo, deseoso de que sus pasajeros disfrutaran a bordo y llegaran sanos y salvos a su destino. Ese deseo estaba próximo a cumplirse, ya que el sol producía destellos en un edificio lejano confirmando que, en efecto, algo había tras la línea del horizonte.

Elizabeth se hizo visera con una mano mientras sujetaba la barandilla de proa con la otra. No advirtió que la carta de la señora Mann había caído a sus pies.

—¿Es éste un puerto seguro, capitán? No veo rada alguna.

—Vaya, señorita O'Connor, me sorprende usted. No sabía que fuese experta marinera, aunque debo reconocer que no sufrió los mareos típicos de las damas, si me permite decirlo. Además, tiene razón. Buenos Aires no tiene puerto todavía, al menos no uno de verdad. Tengo entendido que ése es un proyecto inmediato, ya que los barcos de mayor calado no pueden acercarse, a raíz de los bancos.

—¿Los bancos?

—Bancos de arena. El lecho del Río de la Plata es arcilloso, de ahí su color marrón. Y muy cambiante. Donde ayer hubo un banco, hoy ya no está. Por eso es peligroso arrimarse sin fondeadero. Vamos a llevar al *Lincoln* hacia la ensenada, un poco más allá.

Tendremos que fondear en rada abierta, pero no se preocupe, no es la primera vez que comando un buque hasta estas aguas.

—¿Es peligroso?

El capitán contempló la orilla infinita que se extendía frente a ellos y luego un poco más al oeste, frunciendo el ceño.

—El mayor peligro consiste en quedar expuestos a los vientos, en especial al pampero, que es capaz de levantar olas de tres metros y más. Con suerte, zarparemos en unas horas.

Elizabeth volvió su rostro hacia el capitán y le dedicó una sonrisa.

—Confío en su pericia, señor, hemos hecho un viaje magnífico. Y ahora volveré a mi camarote, debo alistar mi equipaje. No quisiera perderme ni un detalle de la ciudad cuando atraquemos.

Flannery contempló la figura menuda que se perdía en el puente con un leve contoneo, en parte por el movimiento del buque, en parte por esa gracia natural que cautivaba a todos los que trataban a la señorita Elizabeth O'Connor. Era una dama. Trevor Flannery sospechaba sin embargo que, bajo las discretas ropas de viaje y el severo peinado, ardía un espíritu de fuego. Lástima que él era ya un viejo lobo de mar sin otro sueño que el de beber, fumar y soltar amarras cada día de su vida.

Al aparecer de nuevo en cubierta, Elizabeth pudo apreciar la chatura de la "Gran Ciudad del Plata" en toda su magnitud. Todo cuanto veía era una inmensa llanura.

"¿Será esto la pampa?", se preguntó extrañada. La señora Mann le había aclarado que la "pampa" era un lugar salvaje, todavía rodeado de indios que asolaban a los pobladores.

La señorita O'Connor se alzó de puntillas y enfocó hacia el horizonte los binoculares que el capitán le había prestado para ver mejor la costa, que se hundía en el barro pegajoso. Su talla pequeña la condenaba a perderse siempre las mejores vistas. No eran éstas las "mejores", sin duda: sólo algunas cúpulas de iglesias se destacaban, presagiando el papel del clero en aquella ciudad alejada de todo aunque con pretensiones, a juzgar por el proyecto civilizador del que le había hablado la señora Mann.

Discreta como era, Elizabeth no usaba el "traje americano de Mrs. Bloomer", que había revolucionado con sus bombachos a la sociedad de su país; sin embargo, en honor a la modernidad de la que estaban tan orgullosas las jóvenes del Este, llevaba las faldas más cortas de lo que marcaba la tradición. Su traje de terciopelo color ámbar era ideal para un viaje: las pinzas del corpiño realzaban su talle y el encaje del escote escondía con pudor sus redondeces aunque, a fuerza de disimularlas, los ojos masculinos se veían más tentados de adivinar qué había tras los pliegues. Un gracioso drapeado acentuaba el trasero de la señorita O'Connor. Era la llamada "cola de París", tan de moda en el Este. Completaba su atuendo un sombrerito chato con un ridículo racimo de uvas artificiales. Elizabeth cargaba un bolso de mano con lo necesario, para el caso de no encontrar su equipaje con rapidez. Le habían contado historias de baúles perdidos en los puertos y no quería correr riesgos. Lo apoyó en la tarima de cubierta para desenvolver la capa que la protegería de la bruma, cuando se percató de la presencia de un hombre alto, vestido de negro, que la miraba. Algo turbada, Elizabeth buscó con los ojos la figura del capitán, su protector en ese viaje. Flannery se hallaba ocupado con las maniobras de amarre. Un cabo grueso se disparó en el aire, provocando pánico en algunos pasajeros que se habían arrimado, imprudentes. El capitán vociferaba recriminando al marinero su descuido. Sin duda, el momento no era propicio para molestar. Elizabeth fingió no advertir los pasos del desconocido que se aproximaban hacia ella. Una y otra vez plegó y desplegó la capa, nerviosa.

—Permítame —dijo una voz profunda.

Elizabeth levantó la mirada y vio un rostro poco común: tez morena, ojos oscuros y penetrantes, sin rastro de barba o bigote, y pómulos marcados. El hombre tomó en sus manos fuertes la capa de Elizabeth y la abrió lo suficiente para que ella pudiese acomodarse adentro. Después, sin pedir autorización, anudó con pericia los lazos bajo la barbilla de la muchacha. Elizabeth no se atrevía a mirarlo estando tan cerca. Concluida su ayuda, el hombre levantó el bolso de la joven y con gesto ceremonioso la invitó a seguirlo hasta la borda.

—¿Ha visto ya la ciudad? —le dijo, todavía sin presentarse, lo que fastidió un poco a Elizabeth, acostumbrada a las normas sociales de los círculos donde se había criado.

—Disculpe, señor, no lo conozco.

—Es cierto, perdóneme. Mi nombre es… Jim Morris.

No se le escapó a la muchacha el leve titubeo que precedió a la presentación, lo que le hizo desconfiar aún más. Podía ser un prófugo, un jugador empedernido de esos que cambian de nombre en cada puerto, o… ¡un proxeneta! Elizabeth boqueó al pensar en esa posibilidad. Eran muchos los rumores que corrían acerca de las actividades clandestinas en los puertos, y el de Buenos Aires tenía mala reputación. Sus amistades le habían contado que unas mujeres alemanas habían sido retenidas contra su voluntad por rufianes extranjeros que merodeaban la zona portuaria.

El hombre debió captar el temor de Elizabeth, pues se apresuró a aclarar:

—Vengo de Tennessee, por negocios. ¿Y usted? Si no soy indiscreto al preguntar.

Se encontraban ya a la altura de la barandilla donde se colocaría el puente para descender a las barcazas, de modo que Elizabeth se sintió más segura.

—Sólo de visita. Por el momento.

—¿Por el momento? ¿Es que piensa quedarse en esta región?

"Muchas preguntas para una sospechosa presentación", se dijo Elizabeth, e ignoró el comentario, exclamando:

—¡Mire! Parece que descendemos.

Jim Morris dirigió su mirada hacia donde la muchacha señalaba, no sin antes demorarse un poco en la contemplación del bonito rostro. Reconocería a una mujer valiosa donde la viese y esa señorita, bajo su capa de institutriz y su sombrerito absurdo, era toda una promesa ardiente. "Pequeña Brasa", se dijo, divertido, y la bautizó así para su uso personal. Luego miró interesado el bullir del puerto argentino.

El *Lincoln* había echado el ancla a varias millas de la costa y se aprestaban a descender las barcazas que llevarían a los pasajeros hasta la orilla. Otras embarcaciones pequeñas, unos balandros maltrechos, se acercaban lentamente. Buenos Aires ofrecía a la vista del recién llegado una fortaleza central de forma curva, de la que partía un muelle largo sobre pilotes hundidos en el lodo. Más lejos, un segundo muelle destinado a los pasajeros parecía moverse debido al hormigueo incesante de personas. El colorido y el bullicio permitían olvidar la chatura del panorama y confirmaban las noticias que tenía Jim sobre la envergadura comercial del puerto del Plata. ¿Adónde se dirigiría la muchacha? Llevaba suficientes bultos como para permanecer largo tiempo, aunque con las mujeres no se sabía. Uno solo de los baúles podía estar lleno de cosméticos y perfumes. Jim sonrió al imaginar a Pequeña Brasa emperifollándose. No parecía el tipo de mujer que se dedicaba a esas cosas; su cutis lucía lozano y fresco al natural, con el arrebol propio de la brisa marina y del sol que, sin duda, había aumentado las pecas de su nariz. Él había notado tanto las pecas como el extraño color verdiazul de sus ojos, que denunciaba a los gritos el origen irlandés. La señorita O'Connor podía ser una "damita del este", pero por sus venas corría la sangre de Erin, podía jurarlo. Y en ese momento, encaramada sobre la borda con medio cuerpo afuera, podría haber pasado por una niña traviesa.

—Señorita O'Connor.

La voz del capitán rompió el curso de los pensamientos del desconocido.

—Ha llegado su turno de descender. Permítame que la escolte hasta el puente. No quiero perder a mi pasajera favorita justo cuando hemos llegado a destino —bromeó.

Elizabeth le dedicó otra de sus sonrisas y colocó su mano pequeña en la manaza de Trevor Flannery. Ya se dirigían hacia la plataforma de descenso cuando el hombre alto se interpuso con amabilidad.

—Si me permite, capitán, yo mismo puedo llevar a la señorita, si ella lo consiente, claro.

A Flannery no le gustó el comedido y lo miró de arriba abajo con desconfianza. Era un pasajero que lo había intrigado desde el principio del viaje. Si bien sus papeles estaban en regla, su sexto sentido le decía que el hombre no era lo que parecía. Por cierto, no era sureño, a pesar de su aire caballeroso. Trevor Flannery estaba harto de llevar y traer gente en el *Lincoln* y se jactaba de calarlos al primer vistazo. Ese Jim Morris le resultaba desconcertante. Se había mantenido apartado del resto durante la travesía, no bebía en el comedor ni participaba de los juegos que entretenían a los pasajeros en las largas horas de temporal. Tampoco lo había visto mascar tabaco y escupir, todo lo cual lo volvía sospechoso ante sus ojos. Un hombre que no bebía, no maldecía, no fumaba ni apostaba debía ser sin duda un enfermo o un maniático. No quería dejar a la dulce señorita O'Connor en sus manos, aun sabiendo que, al desembarcar, ella quedaría desligada de él de todos modos. Una vez que el *Lincoln* se abasteciese de carbón, madera y víveres y cargase las mercancías y los bultos de otros pasajeros, reanudaría su navegación de regreso a Florida y de allí a Boston, la ciudad donde había embarcado la señorita O'Connor. Lamentaba dejarla sola en aquellas tierras salvajes, aunque nada podía hacer. No entendía cómo una muchacha tan joven viajaba sin acompañante.

Elizabeth apretó el bolsito de mano que llevaba entre las ropas mientras elaboraba una respuesta para deshacerse del tal Jim Morris con elegancia. Si bien el hombre se había mostrado amable, ella no quería que la viesen bajar en su compañía. Los parientes que con seguridad estarían esperándola en el muelle se formarían una impresión equivocada de su carácter si la viesen departir con un desconocido, y ella debía cuidar su reputación, por si lo de ser maestra cuajaba.

—Le agradezco, señor Morris, no hay necesidad de que me acompañe. Mi familia me aguarda, pues sé que han sido informados de mi llegada.

—Insisto —dijo el hombre, y le ofreció el brazo, que al contacto le resultó a Elizabeth más duro de lo que parecía bajo el paño negro—. No hay nada de malo en aferrarse a alguien mientras se sube a las barquitas. Son como cáscaras de nuez —agregó, divertido.

El capitán rumió algo y, al no encontrar un argumento que impidiese la presencia del señor Morris sin ofenderlo, optó por hacerle saber que la señorita O'Connor tenía cierto respaldo en esa tierra desconocida.

—Le ruego entonces, señor, que escolte a esta dama hasta el muelle, donde sin duda ella se encontrará con su gente. Y si no los ubica enseguida, señorita O'Connor —agregó, mirándola con fijeza—, puede mandarme aviso, que aquí estaré yo para encargarme de todo. Tengo conocidos en el puerto de Buenos Aires que se ocuparán de su traslado a la dirección que sea.

Aunque consideró que el comentario bastaba, lo reforzó con una penetrante mirada de sus ojos neblinosos. Jim Morris acusó recibo de la advertencia con un gesto y acompañó a la señorita O'Connor hacia donde se efectuaba el desembarco.

Los pasajeros del *Lincoln* se apiñaban junto a la barandilla, mezclados con baúles y paquetes en completo desorden. Se oían voces frenéticas tratando de llamar la atención de los que esperaban en el muelle el descenso de los recién llegados. Claro que apenas se distinguía nada desde esa distancia. Los buques de mayor calado ni por asomo se acercaban a menos de cinco mil metros de la cenagosa orilla del Plata. Y la bruma mañanera, unida al humo que despedían las chimeneas del vapor, enturbiaba aún más la visión. Un fornido marinero empujaba para hacer lugar a los primeros de la fila, procurando que en el apuro las damas no perdiesen el sombrero ni los bolsos. Elizabeth se aferró al brazo de Jim Morris al aproximarse al borde de la escalerilla. Por debajo de los tablones, se encrespaba el agua de color marrón. Sintió que unas manos poderosas la aferraban por la cintura y, antes de que pudiese darse cuenta de quién era, voló por los aires en un revuelo de faldas hasta los brazos desnudos de otro marino que, equilibrando el peso de la chalupa con las piernas abiertas, cumplía el papel de recibir a las señoras y a los niños. Jim se instaló con un salto ágil a su lado. Iban apretados en la barcaza, entre hombres, mujeres y niños, metros de tela, zurrones y bolsos de mano. Junto a ellos, el *Lincoln* era un paredón liso y oscuro. Ya no se escuchaba el ajetreo de cubierta, sino el lamido del agua sobre el maderamen de las barcas y las exclamaciones de los pasajeros que continuaban siendo bajados sin demasiada contemplación.

Elizabeth sentía el calor del muslo del señor Morris contra el suyo, a través del terciopelo y las enaguas. No podía hacerse a un lado ni variar la posición, de modo que enfrentó el hecho con fingida indiferencia:

—¿Le parece que demorará mucho el trayecto? —preguntó.

Su escolta le habló tan cerca del oído que su aliento acarició los rizos que escapaban del peinado:

—Por cómo van las cosas, una hora por lo menos. ¿Está incómoda?

—En absoluto —mintió la joven—. Es que el capitán me habló de fuertes vientos que azotan la región y no quisiera encontrarme con ellos.

El intrigante caballero sonrió como si retuviese un secreto.

—No creo que los vientos sean el mayor problema de este país. Por si acaso, ¿sabe usted nadar?

Elizabeth lo miró azorada, hasta que captó el brillo en sus ojos y se echó a reír con un cascabeleo tintineante que cautivó a Jim.

—Me toma en broma, señor.

—Sólo por escucharla reír, señorita. Es un regalo para mis oídos.

Elizabeth guardó prudente silencio y se dedicó a contemplar el horizonte, donde ya se perfilaban las siluetas del puerto de Buenos Aires.

Viajaron en esa embarcación ligera bamboleándose más que durante toda la travesía, sin que ello perjudicase la salud de la señorita O'Connor. No sentía náuseas ni mareos, ni empalidecía ante los bandazos que daba el barquito. Más bien se la veía ansiosa por descubrir entre el gentío las caras de los familiares que la esperaban. En cierto momento las barcas de apoyo no pudieron seguir, pues el río estaba bajo y no había profundidad suficiente. Se mantuvieron flotando, a la espera de unos carromatos tirados por caballos que, chapaleando, cubrieron la distancia que los separaba de la orilla y sirvieron de transporte a los pasajeros en el tramo final.

El carretero que conducía el desvencijado vehículo en el que subieron, un hombre tosco y medio desnudo, los alentaba en medio de juramentos y chistes groseros para que no demorasen.

—¡Vamos, que se viene el agua! —gritaba, sin duda porque preveía la subida intempestiva de la marea, y acompañaba el grito con un escupitajo.

Aquel hombre, cuyo rostro ostentaba cicatrices que daban miedo, se balanceaba en el pescante del carro con la gracia de un matón, llevando cada tanto su mano a la faja deshilachada en la que un cuchillo enorme le cruzaba la espalda. Si alguna duda les quedaba a los desprevenidos viajeros de que el país al que llegaban estaba aun en ciernes, aquellos carreteros que competían entre sí por conseguir más pasajeros para alcanzar la costa se encargaban, con su sola presencia, de confirmarlo.

El zapatito de Elizabeth se atascó entre las tiras de cuero trenzado del piso del carretón y Jim Morris vino en su auxilio, quitándoselo para que pudiese recuperar el pie. Su mano morena rodeó con delicadeza el tobillo cubierto de seda. En menos de tres horas, el atrevido señor Morris había tocado más partes de su cuerpo que si hubiese sido su esposo. Ese pensamiento la sobresaltó y un rubor que a Jim le pareció delicioso cubrió sus mejillas.

Por fortuna, el río continuaba en bajante y los metros barrosos que los separaban de la orilla pudieron salvarse sin lidiar con el agua que, en ocasiones, solía llegar hasta el pecho de los caballos de tiro. Jim Morris, acostumbrado a las inclemencias y adversidades en su propia tierra, observó interesado que los conductores de los carros y carretas mostraban una habilidad increíble para sortear las toscas de barro petrificado que anunciaban la costa cercana. Admiró también, con ojo de conocedor, la figura de dos caballos criollos que le recordaron a los Mustang de las praderas norteamericanas. El resto de los animales de tiro daba lástima.

El viaje resultaba engorroso, puesto que las aguas lamían los costados de los carros y los animales, con sus movimientos nerviosos, completaban el desastre salpicando en todas direcciones.

—Agárrese de su esposo, señora —volvió a gritar el carretero cuando Elizabeth se incorporó—. Y cuidado con los granujas del muelle —agregó, en medio de risotadas.

Nuevo rubor de la joven y luego alivio, al tocar tierra firme con sus pies.

Una miríada de chiquillos correteaba de lado a lado, saltando en medio de los vecinos que buscaban caras conocidas entre los ocupantes de los carros. Un pequeño disturbio atrajo la atención de Elizabeth y pudo entender la advertencia del hombre de la carreta: los tablones que formaban el muelle estaban bastante separados entre sí, y unos sinvergüenzas se ocultaban para atisbar desde abajo las prendas interiores de las damas. Elizabeth vio a un hombre que perseguía a un muchacho, seguido de los aullidos y las risas de los demás, en tanto que la mujer chillaba y alborotaba. Se llevó una mano a la boca para ocultar una sonrisa y se volvió para contemplar la nave que habían dejado atrás. El *Lincoln* no se veía, se adivinaba por el humo de sus chimeneas, que oscurecía el cielo matinal. En cierto momento, el humo se confundió con el gris de los nubarrones que iban cubriendo el amanecer rosado.

—Parece que tendremos tormenta —opinó distraído Jim Morris.

Elizabeth, que en su afán por ver alguna cara conocida ni se había percatado del cambio de clima, susurró para sí:

—¿Dónde estoy?

La misma angustia que la había asaltado a bordo al divisar la costa se adueñó de ella en ese momento. Sola en un país extranjero enorme y convulsionado, sin más armas que las cartas de recomendación de la señora Mann, sus propias credenciales y la compañía de un inquietante desconocido, sintió el impulso de volver sus pasos hacia la orilla y chapotear en el agua hasta alcanzar la barca que acababa de dejarlos allí.

El hombre a su lado la miró con interés.

—¿No esperaba encontrarse sola en el muelle?

Elizabeth hizo sombra innecesaria sobre sus ojos como si pudiese avistar la figura del capitán. De esa manera, ese hombre atrevido vería que todavía tenía quién la protegiera. Jim Morris no era fácil de inhibir, sin embargo. Con soltura la tomó del brazo y recogió el baúl más grande, haciendo señas a un muchachito descalzo que merodeaba cerca.

—Eh, chico… —le dijo, en un español forzado—. Lleva los baúles de la señorita hasta… ¿Adónde se dirige usted, señorita O'Connor?

Elizabeth rebuscó en el bolsillo de su capa y sacó un trozo de papel. Estaba a punto de decir a Morris el nombre de la calle cuando una mujer de aspecto sereno se acercó a ellos. Era algo mayor que Elizabeth y bastante más pequeña de estatura, aunque esa diferencia se disimulaba bajo su apariencia decidida.

—¿La señorita Elizabeth O'Connor?

Por segunda vez, alguien que no conocía la abordaba. Ese viaje estaba convirtiéndose en un enigma.

—Sí, lo soy.

—Me llamo Aurelia Vélez y he venido a recibirla.

La joven mujer extendió una mano fina sin guante y sonrió con alivio al descubrir la identidad de Elizabeth. Había deambulado entre los recién desembarcados buscando la imagen de alguien parecida al daguerrotipo que el presidente Sarmiento le había entregado el día anterior.

"Ésta es la nueva maestra, Aurelia", le había dicho, esperanzado. "Ocúpate de recibirla en tu casa con la hospitalidad que acostumbras, pero antes quiero verla, formarme una idea de su carácter. Dios sabe que hemos fracasado con las otras. Si no enfermaban, partían de regreso antes de que se secara la tinta de sus contratos. Si bien Mary me asegura que la muchacha es distinta y confío en su criterio, quiero verla yo mismo."

Así pues, Aurelia, hija del ministro de Gobierno de Sarmiento, el prestigioso jurista Dalmacio Vélez Sarsfield, había dedicado la mañana a esperar la llegada de otra de las maestras norteamericanas que el Presidente estaba empeñado en traer al país para elevar la educación popular. Ella compartía en un todo las ansias de Sarmiento por educar al pueblo. Su inquietud intelectual la colocaba a la par de cualquier hombre, aunque su discreción femenina hacía que aquello no se notase. Sarmiento, que la había conocido de niña y la amaba como mujer, valoraba su mente tanto como su corazón. Y no era fácil conformar a un hombre como él.

Elizabeth sintió una corriente de simpatía al estrechar la mano de aquella mujercita. Vestía con severidad, sin que hubiese en ello mojigatería sino desinterés por lo frívolo. Aurelia Vélez se imponía como una mujer de ideas, que ya había advertido la presencia del hombre apuesto junto a la señorita O'Connor.

Fijó en él sus ojos desafiantes.

—¿Y el señor?

—Me llamo Jim Morris, soy compañero de viaje de la señorita. Juzgué conveniente acompañarla hasta que encontrase a sus parientes.

Los ojos de Aurelia indagaron en las profundidades de los del hombre y algo vio en ellos que le hizo entender la situación. Después de todo, no en vano había vivido tiempos de conmoción y de luchas.

—En ese caso puede quedarse tranquilo, señor Morris. La señorita está en buenas manos. Le ruego me acompañe, Miss O'Connor. El Presidente de la República desea conocerla en persona y no es un hombre paciente en absoluto.

Al decir esto, Aurelia sonrió con simpatía a Elizabeth, quitándole seriedad a la afirmación. En cuanto a Jim Morris, entendió que lo estaban despidiendo sin mucha sutileza, de modo que juzgó prudente no insistir. Inclinó su cabeza en deferencia a ambas damas y lanzó su último dardo:

—Me despido entonces, señoras. Si tiene la amabilidad, Miss O'Connor, de decirme adónde llevar sus baúles, me encargaré con gusto. Aquí le dejo mi tarjeta, para que pueda ubicarme si necesita cualquier cosa. Y de paso comprobar que mis intenciones son honestas.

Dijo esto último en beneficio de Aurelia, que lo miraba de un modo que lo sobresaltaba. Elizabeth tomó la tarjeta y leyó el nombre del caballero en letras de gran floritura sobre papel manteca. "James Morris, asuntos legales", decía el encabezado, y más abajo, la dirección en Tennessee. Jim observó que Elizabeth dudaba y decidió tomar el toro por las astas.

—No confía usted en mí.

El tono profundo con que lo dijo obligó a Elizabeth a levantar su mirada y encontrarse con la de él, oscura e intensa. Acababa de conocer a ese hombre y no estaba segura de sus intenciones, aunque su intuición le dijo que no era un ladrón. Si había algo oculto o peligroso en él, no era tan simple como la codicia. Ante el estupor de Aurelia, la muchacha de Boston aceptó la oferta.

—Ha sido muy amable, Mr. Morris, no tengo por qué dudar. Le agradeceré que lleve mis baúles a esta dirección —y le extendió el papel que arrugaba entre sus dedos desde hacía rato—. Si no lo distrae demasiado de sus asuntos, desde luego.

—En absoluto. ¿Por quién tengo que preguntar?

—La familia se apellida Dickson y el nombre de pila de mi tía es Florence. Sólo dígales de mi parte que seré recibida por el Presidente —miró de refilón a Aurelia, que asintió— y que en breve pasaré por allá. Por si les resulta extraño —agregó—, dígales que se debe a mi posible trabajo como maestra.

Jim Morris sonrió satisfecho. Ya tenía los detalles que buscaba.

Aurelia tomó del brazo a Elizabeth y la guió a través de una abigarrada multitud para salir del muelle. El caballero de Tennessee se quedó unos segundos mirándolas marchar, deteniendo sus ojos en las curvas generosas de Elizabeth.

—Hasta pronto, Pequeña Brasa —murmuró, y sus palabras sonaron como una promesa.

Luego se inclinó sobre el muchachito que aguardaba, sentado sobre un tocón.

—Vamos a buscar esos bultos, chico, y te ganarás un premio. ¿Conoces esta moneda? —y le mostró al encandilado muchacho un reluciente dólar de plata en su palma callosa.

Aurelia condujo a Elizabeth por una calle empedrada. Por fortuna, las de tierra estaban secas, pues no había llovido. De lo contrario, el ruedo de sus vestidos se habría convertido en un peso difícil de arrastrar. Esquivaron dos o tres rejas voladizas tan ventrudas que obligaban al transeúnte a bajar del cordón de la vereda, y saltaron sobre algunos charcos, vestigios de un temporal pasado. A Elizabeth le impresionaron la estrechez de las calles y la sencillez de las viviendas. Con excepción de ciertas casas solariegas que ostentaban una planta alta y a veces un altillo con azotea, el resto se veía chato y macizo, sin pretensiones. Casi todas estaban blanqueadas y denotaban la influencia española en sus techos de tejas rojas. La joven se sorprendió al ver pequeños puestos de venta en el umbral de algunas casas, donde sonrientes mujeres negras con pañoletas en sus cabezas ofrecían natillas o pasteles de membrillo a los paseantes.

—¿Hay esclavas aquí? —preguntó a Aurelia.

—Ya no. Pero muchos hijos de esclavos han elegido quedarse con los patrones de sus padres. Y estas mujeres —añadió mientras señalaba a una anciana mulata que extendía un mantelito sobre un cajón de madera— están ayudando a sus amas, señoras que han quedado viudas y en mala posición. Vendiendo estas manufacturas caseras sostienen la casa y sus pequeños gastos personales.

—Interesante —murmuró Elizabeth.

—Tengo entendido que no hace mucho seguía vigente la esclavitud en su país —comentó Aurelia mirando de reojo a la joven extranjera.

—Así es. Nos ha costado una gran guerra y estamos saliendo de eso, con mucho esfuerzo. Allá también hay esclavos que se mantienen fieles a sus patrones, sobre todo porque la vida de los libertos no es fácil. Muchos deambulan por las calles, sin trabajo, y se emplean en el ejército por necesidad.

—Pues aquí también han sido soldados en gran medida —dijo pensativa Aurelia—. A veces, fue ésa la prenda de libertad. Sin embargo, en casi todas las casas se conservan criados de raza que hasta son educados junto a los niños de la familia.

—Eso sí que es notable —se admiró Elizabeth—. Allá en el sur de mi país se está haciendo un enorme trabajo, educando a los libertos, la mayoría analfabetos. Es que ellos sólo vivían día a día en los campos de algodón o en los cañaverales de azúcar, y ahora hasta gozan del derecho a votar.

Esa vez le tocó el turno a Aurelia de admirarse.

—¿Votan los analfabetos? Sarmiento lo considera peligroso —comentó.

A Elizabeth le resultó curioso que su anfitriona se refiriese al Presidente de la República con tanta familiaridad. La señora Mann ya le había advertido que algunas costumbres del país eran incomprensibles incluso para ella, que mantenía correspondencia de larga data con el hombre que gobernaba la Argentina.

Los caballeros las seguían con la mirada, pues eran dos mujeres jóvenes sin acompañante masculino, si bien ninguno osó molestarlas en su corto trayecto hasta la calle Belgrano, donde Aurelia se detuvo frente a un portón de madera pintado de verde.

—¿Éste es el despacho de gobierno? —preguntó Elizabeth.

—Oh, no. Es la casa del señor Sarmiento. Él prefirió recibirla aquí, antes de ir a su trabajo.

El portón se abrió al segundo toque de aldaba y un muchacho desmañado, de tez pálida y revuelto cabello rojizo, las recibió en el zaguán embaldosado. Iba vestido con corrección, como si estuviera desempeñando un trabajo en aquella casa de bajos atravesada por dos patios. Al llegar al primero, el joven las condujo hacia la habitación de la izquierda, que se abría sobre el frente. Allí se detuvo, volviéndose hacia las recién llegadas. Era evidente que conocía a Aurelia por la familiaridad con que ésta lo había saludado, y asimismo que estaba embobado por Elizabeth. Se tropezó con las palabras al decirle, en un fervoroso impulso, que él también descendía de irlandeses por parte de madre. Con un ademán invitó a las damas a entrar al sacrosanto estudio del Presidente de la República.

Lo primero que vislumbró Elizabeth fue un perfil corpulento que se recortaba sobre la luz tormentosa del ventanal que miraba al río. El hombre que aguardaba, con las manos unidas tras la espalda, era la imagen misma de la impaciencia aunque no moviese un músculo. Antes de que se volviese hacia ella, la joven pudo apreciar que Domingo Faustino Sarmiento era impresionante, incluso de espaldas. Sin duda, lo afectaba una temprana calvicie, pues la robustez de los hombros denunciaba a un hombre en la plenitud de sus fuerzas. No estaba preparada para enfrentarlo. Cuando el Presidente giró hacia la puerta, Elizabeth se sintió tentada de retroceder: unos ojos penetrantes bajo el peso de las cejas fieramente pobladas la calibraron de arriba abajo, sin dulcificar el gesto en absoluto. Una mole hecha para resistir cualquier vendaval, ése era el Presidente, el amigo de Mary Mann al que la buena mujer prodigaba toda clase de consejos maternales, como si ese señor de talante desapacible pudiese conmoverse ante una sugerencia femenina. Elizabeth oprimió el paquete que había llevado para entregar en persona al señor Sarmiento. ¿Qué prodigio podría haber metido allí adentro la señora Mann que interesase al titán que se alzaba ante ella en ese momento?

Sarmiento avanzó hacia el escritorio de caoba y extendió su mano, grande y callosa, hacia la recién llegada.

—Miss O'Connor, espero —sonó su vozarrón, áspero y cálido.

Elizabeth se compuso de inmediato y extendió a su vez su mano, que desapareció bajo la otra en un firme apretón. Sarmiento apreció en silencio ese gesto sin remilgos que decía mucho acerca del carácter de aquella jovencita, casi una niña, que se aventuraba en un país salvaje para enfrentar los demonios de la ignorancia.

—He querido recibirla directamente —soltó el Presidente sin aguardar respuesta— pues desde hace un tiempo no confío en las personas que se están ocupando de las cosas —y dirigió una mirada intencionada a Aurelia, que disimuló una sonrisa.

Ambos sabían que el Reverendo William Goodfellow, pastor de la Iglesia Episcopal Metodista, que había llegado años atrás para actuar de mediador con los maestros que viniesen de Norteamérica, estaba fracasando por los diversos escollos que la misión planteaba y Sarmiento, hombre de pocas pulgas, solía tomar entre manos todo asunto que se retardase.

—Encantada de conocerlo en persona, señor Presidente.

—Aprecio que hable usted el español, señorita O'Connor, eso nos ahorra mucho tiempo. Dígame, su apellido…

—Es irlandés, señor. Es la sangre que corre por mis venas, aunque mi formación es bostoniana, tal como usted dijo preferir.

Sarmiento esbozó una sonrisa que semejaba una mueca burlona.

—No estoy en situación de preferir tantas cosas, señorita. Esta empresa es de por sí harto difícil y su presencia aquí en mi tierra es un regalo tan excesivo como bien apreciado. Puedo asegurarle que, aunque la amable señora Mann hubiese escogido a sus candidatas entre granjeras del Medio Oeste, igual la recibiría con los brazos abiertos, tal es mi necesidad. Pero celebro que, además, venga dotada de tan altos títulos. Yo mismo soy maestro "de media cuchara", así que no me pongo pretencioso.

Elizabeth no entendió aquella expresión, que remitía a la falta de formación académica de Sarmiento, un hombre que había forjado su educación fuera de las aulas, a fuerza de empeño y voluntad. El Presidente hizo un gesto en dirección a la silla opuesta y se sentó tras el escritorio, después de Elizabeth. De inmediato reparó en Aurelia, todavía en el quicio de la puerta.

—Aurelia querida, gracias por traer a la señorita O'Connor. ¿Seré muy abusivo si te pido que la esperes para acompañarla a su residencia?

Aurelia dio dos pasitos hacia adelante como si deseara decir algo más y luego accedió con simpatía:

—La esperaré y la llevaré a casa a tomar el desayuno.

—¡Por Dios, qué desconsiderado soy! Claro que no ha desayunado, es muy temprano. Ordenaré a mi edecán que le sirva un chocolate.

—No se preocupe por mí, señor. Estoy acostumbrada a tomar algo liviano a media mañana, de manera que bien puedo aguardar a estar instalada, gracias.

Sarmiento echó el corpachón hacia atrás, apoyándose en el alto respaldo de su silla. Elizabeth pudo escuchar el ruido de la puerta al cerrarse detrás de ella, antes de que el Presidente la interrogara.

—Debo preguntar, Miss O'Connor. ¿Ha dejado atrás algún pretendiente que pueda tironear de usted en algún momento? Disculpe mi franqueza —agregó, al ver que la joven se envaraba—. Debo saber si, en caso de aceptar el puesto, cuento con su presencia por un tiempo. Sabrá que otras compatriotas han venido antes que usted y se han marchado también.

Elizabeth no estaba acostumbrada a que indagaran de tal modo en su vida privada. En Boston, a nadie se le habría ocurrido formular preguntas íntimas sin conocerse antes, pero debía adaptarse a esa nueva sociedad y, además, ese hombre era el mismísimo Presidente de la República, que la estaba recibiendo con la confianza de un amigo y ofreciéndole desayunar en su despacho. Y, al parecer, no empleaba circunloquios para referirse a ningún tema.

—No tengo en Boston más que a mi madre y a mi tío, señor.

—Y su madre la extrañará, supongo.

—Ella aprueba mi dedicación a la enseñanza, a pesar de que prefiere tenerme cerca, como es natural. Permítame aclarar que en este punto todavía no estoy decidida. En la Escuela Normal de Boston había sitio para mí, pero yo quise…

Vaciló, y Sarmiento se inclinó hacia adelante, mirándola con fijeza, esperando que ella revelara el secreto de su presencia en aquel sitio tan alejado de su civilizada vida bostoniana.

—Quise dedicarme a quienes más me necesitaran, niños que no tuviesen tantas oportunidades. Por eso estuve un tiempo en la escuela para sordomudos de la señora Mann. Luego, durante una reunión en mi casa, ella mencionó la situación de su país y yo pensé que esta empresa superaría todos los desafíos que pudiesen presentárseme.

—No le quepa duda, señorita O'Connor, ninguna duda —murmuró Sarmiento, mientras sus manazas revolvían unos papeles desordenados sobre el tapete—. A mí también me atraen los desafíos. Créame si le digo que me crezco en las peleas. Por lo que vi durante mis viajes y lo que Mary me ha contado en sus cartas —continuó— los problemas del sur de su país son bastante parecidos a los nuestros de por acá. Si no nos sacudimos el polvo de la brutalidad de los sistemas políticos degradantes, nos quedaremos en tinieblas, mientras que el mundo progresista se irá alejando, como un buque que se pierde en la bruma, dejándonos a la deriva. Civilización o barbarie son las opciones, señorita. Espero que coincida conmigo en que hay que educar a todos por igual, sin discriminación de raza o credo. Es más, desearía saber qué religión profesa o si profesa alguna, pues en esto también veo problemas.

Elizabeth sabía que estaba siendo sometida a un verdadero interrogatorio y, a pesar de que el hombre fogoso que tenía ante sí la cautivaba de modo inexplicable, se sintió molesta por tener que exponer su vida privada en la primera entrevista con alguien del país, aunque fuese el Presidente. Sin duda, Sarmiento no tenía la delicadeza de Aurelia Vélez.

—Como buena irlandesa soy católica, señor.

—Bueno —bufó Sarmiento—. Al menos usted no tendrá problemas con eso.

—¿Cómo dice?

—Es que los curas se han propuesto boicotearme el sistema de traer maestras extranjeras, y todo porque la mayoría son protestantes.

Sarmiento golpeó con fastidio la mesa, haciendo saltar los papeles, y se levantó para dar énfasis a sus palabras.

—No tengo nada en contra de la religión. Mi madre y mis hermanas han sido siempre muy devotas. Yo, como todo varón, soy más remiso a la hora de pisar una iglesia, pero no tolero que se utilicen las creencias, que deben estar reservadas a las vidas privadas, como un azote en la vida pública: no hacer esto, no leer aquello. Por eso quiero maestros laicos, sobre todo para las mujeres, a quienes se les suele llenar la cabeza con paparruchadas. ¡Cómo unas formas de mortaja van a educar a las damas! —exclamó, aludiendo a las monjas.

A medida que se encendía la ira en su discurso, Sarmiento paseaba de un lado a otro en la habitación, sin acordarse de Elizabeth, hasta que ella carraspeó con delicadeza.

—Disculpe. Espero que no sea usted una de esas damitas educadas en conventos, o me creerá un hereje.

Elizabeth rió y el Presidente se dejó mecer por el sonido de aquella risa cristalina.

—Claro que no. Aunque mi madre hubiese querido que estudiara en el Convento de los Milagros, mi tío, un hombre radical, se opuso porque en esos tiempos estaba peleado con el vicario rector. De todas maneras, entiendo que usted se refiere al clero recalcitrante, pues se sabe de algunas órdenes religiosas muy progresistas.

—¿Le preocupa a usted la maledicencia, Miss O'Connor?

Lo abrupto de la pregunta desconcertó a Elizabeth.

—Se lo pregunto —explicó Sarmiento, sin aguardar respuesta— porque yo, que suelo ser provinciano en Buenos Aires y porteño en las provincias, estoy acostumbrado a ella. Sé que la criticarán a usted una y mil veces. Dirán que es una hereje por venir de la América del Norte, por lo menos hasta que sepan que es católica; deplorarán su virtud, o más bien la falta de ella, por aventurarse hasta aquí sola; criticarán sus métodos sólo por ser extranjeros, en fin, quién sabe cuántas sandeces más que a mí ya no me hacen mella. Tengo bien duro el pellejo. Usted, en cambio, es joven y tierna. Temo que la crueldad de la gente que nada hace y mucho dice termine por dañarla.

Elizabeth comprendió que aquel hombre debía sentirse muy solo en la lucha civilizadora. Ella sabía, por boca de la misma Mary Mann, que también su esposo había debido enfrentar mil escollos para imponer sus ideas y sus métodos, así que simpatizó de inmediato con Sarmiento, pues reconocía en él un espíritu similar. Sólo las mujeres favorecidas por una educación superior podían descollar en alguna actividad y ser aceptadas de igual a igual entre los hombres. Sospechó que el Presidente apreciaba a ese tipo de mujer. Si apostaba a las maestras para cambiar su país, sin duda valoraba la condición femenina.

—Mi único temor sería no contar con suficientes alumnos, Excelencia. Fuera de eso, estoy segura de poder soportar desaires y palabras vanas, si llegara a emplearme como maestra.

Sarmiento dulcificó la mirada bajo el ceño gris al contemplar a la personita que tenía enfrente. Si hubiese escrito una lista de las cualidades que deseaba para su próxima maestra importada, no podría haberlas reunido con tanto acierto como las veía en Elizabeth O'Connor: bonita, educada sin afectación, corajuda y con ideas propias. Una mujer de las que a él le gustaban, y cierto era que le gustaban muchas. Aurelia, sin embargo, había ganado su corazón hacía tanto tiempo que le costaba pensar en ninguna otra ocupando su lugar. La sociedad no lo sabía a ciencia cierta, si bien sospechaba que Aurelia Vélez, veinticinco años menor, era la amiga y la amante del Presidente de la Nación quien, además y para escándalo de los moralistas, estaba separado de su esposa. ¿Convivir con una mujer como Benita, tan cruel en sus celos insidiosos y sus persecuciones enfermizas, habiendo por el mundo féminas de la talla de Aurelia Vélez y Elizabeth O'Connor? Mujeres inteligentes, bellas, fieles en la amistad, generosas en su entrega, sin retaceos ni ocultas intenciones. Él también, al igual que el capitán Flannery y Jim Morris, veía la joya oculta bajo la piedra. Elizabeth O'Connor era la indicada, aunque debía ser honesto y advertirle.

Volvió a su asiento y acomodó los papeles para darse tiempo.

—Mary Mann le habrá hablado de mi país, supongo, y de las condiciones de contratación.

—Dijo que el tiempo estipulado era de tres años y que el gobierno ofrecía ciento cincuenta pesos oro. Bien sobrado, debo decir. Una mujer sola no necesita más.

—Ése es otro punto, señorita O'Connor —Sarmiento estuvo a punto de levantarse de nuevo para pontificar y se contuvo—. Todos le dirán que su mejor oportunidad es quedarse aquí en Buenos Aires, y yo seré el primero en recomendárselo. Tendrá comodidades, vida social y pocos contratiempos.

—¿Y sin embargo? —aventuró Elizabeth, sorprendiendo al mandatario.

—Sin embargo, como bien adivina usted, no era ésa mi intención al traerla aquí. Las maestras son necesarias en todas partes, y nunca tanto como tierra adentro. Es allí donde la barbarie echa raíces con mayor profundidad, puesto que las provincias han vivido años de caudillismo y violencia y todo eso conspira contra la educación. Ahora mismo estoy, de tanto en tanto, sofocando rebeliones en algunas de ellas, además de recoger las miserias de una guerra con países hermanados en la historia y... —aquí su voz bajó un tono, llamando la atención de Elizabeth— velando todavía a un hijo perdido en esa guerra.

La expresión adusta de aquel hombre, capaz de aplastar una cabeza con sus manos o de fulminar a un enemigo con la mirada, se convirtió en la máscara de dolor de un padre que añora al hijo que no volverá a abrazar. Elizabeth no sabía de la muerte de Dominguito, herido de guerra en plena juventud. No obstante, le bastó mirar el fondo turbio de los ojos del hombre para sentirse en comunión con su alma.

—Lo siento —susurró, conmovida.

Sarmiento se demoró en dirigirle la mirada. En los ojos de la joven maestra vio reflejada la luz de sus propios proyectos: hacer de toda la República una escuela, que los niños se educaran en la igualdad y que hasta el gaucho, su anatema predilecto, se convirtiese en hombre útil. ¡Ya verían los enemigos y críticos de lo que era capaz con la gente adecuada! ¡Y que el demonio lo llevara si Elizabeth O'Connor no era la más adecuada de todas!

Dos golpes discretos interrumpieron el interludio y Sarmiento recuperó su vozarrón.

—¡Adelante!

De nuevo el edecán tembloroso, sosteniendo una bandeja con una pavita y un mate, cubiertos con una servilleta de lino.

Sarmiento hizo un gesto invitando al mozo a entrar con confianza.

—Francis, deja todo eso acá y dame razón de Aurelia, que la necesito para escoltar a la señorita O'Connor.

El joven balbuceó algo como "faltaba más", "yo la acompaño", "descuide usted", pero Sarmiento detuvo todo ese torrente con otro gesto rotundo.

—Que venga ahora mismo, no vaya a escapársenos la única maestra que no le hace asco a la vida rural —y sonrió a Elizabeth para después agregar, mientras hacía sonar la campanilla con furia—. Redáctame ya mismo una autorización en mi nombre para que la dama aquí presente viaje a la provincia como maestra calificada. Cuando ella lo desee —aclaró, mirando a la joven—. Y llama al doctor Espinosa para que vaya preparando el contrato sin tardanza. No olvides aclarar el destino que podría llevar la señorita O'Connor. Aurelia te dará los datos. ¡Apresúrate!

El joven, que no había alcanzado a cumplir el primero de los mandatos, salió de la estancia dando tumbos, y mientras el Presidente comenzaba el rito del mate de la mañana, Elizabeth se dedicó a contemplar el recinto en el que acababa de pasar casi una hora.

Se trataba de una habitación cuadrada con un amplio ventanal y paredes blanqueadas que mostraban paisajes de París, un viejo reloj suizo y un perchero de bronce del que pendían un sombrero y un bastón. Llamó su atención un cuadro donde se habían enmarcado hojas de otoño de unos árboles que ella conocía bien, pues provenían de los bosques de Concord. Unas sillas lujosas, confiscadas al mariscal Solano López, dictador del Paraguay, de un cargamento que aquél enviaba desde Europa a su amante, Madame Lynch, completaban el mobiliario. Sobre el tapiz delicado de una de esas sillas reposaba, oronda, la figura de un enorme gato de Angora que Elizabeth no había visto al entrar. El animal se desperezó y ronroneó, llamando la atención de Sarmiento.

—Ah, sí —dijo, como si hubiese olvidado presentarlo—. Con éste me entiendo mejor que con algunos compatriotas. Y no le digo nada de mis perros, podrían ser mis consejeros con más prudencia que muchos.

Elizabeth se acercó con cautela. Le gustaban los gatos, aunque en su casa el tío Andrew no los toleraba debido a sus constantes alergias. Una lástima, ya que podrían haber alegrado un poco la vida de su mamá.

En esa actitud la descubrió Aurelia al entrar y rió con ganas cuando el gato se escabulló entre las piernas de la señorita O'Connor.

—Es muy arisco. No hay prenda que no se parezca al dueño —agregó, divertida.

Elizabeth miró el rostro del Presidente y luego el delicado óvalo de Aurelia, iluminado por la risa, y entendió de inmediato lo que todo Buenos Aires comentaba por lo bajo, en las tertulias y los cafés.

Al despedirse, Elizabeth quiso saber qué tenía en mente el Presidente para ella:

—Disculpe usted, Excelencia... En el caso, quiero decir, si acepto formalmente el trabajo, y si no permanezco en la ciudad, ¿a qué sitio debería ir a enseñar? No conozco nada del país y me gustaría formarme una idea.

Sarmiento se concentró en un punto más allá de las cabezas de Aurelia y Elizabeth, y al cabo de unos instantes dijo:

—Mi mayor anhelo ha sido, desde siempre, dotar de una escuela normal a mi provincia. Yo mismo diseñé los planos y los envié desde Nueva York, junto con semillas para el jardín, un piano, libros y hasta una máquina de coser, de esas extraordinarias que hay en su tierra, Miss O'Connor, y la gente me ha correspondido donando fondos para fundarla. Necesita, sin embargo, lo principal: maestros, ya que algunos de sus compatriotas desistieron del viaje. Hay en San Juan tales disturbios políticos en estos momentos, que estaría loco si la enviara allá, por más empeñado que esté en poblar de maestros el país entero. Cierto es que me disgustó mucho la negativa de Mary Gorman, la primera que vino hasta acá, aunque ahora, pasado el tiempo, la justifico un poco. Tuve que imponer la ley marcial en la provincia y, además, para llegar hay que atravesar en diligencia los llanos de La Rioja, infestados de bandidos. Juana Manso, mi gran colaboradora en estas lides, me ha llamado déspota y quién sabe cuántas cosas más, por no contemplar la circunstancia de las recién llegadas.

Aurelia dejó escapar un leve carraspeo. Elizabeth no supo si trataba de evitar que el Presidente se excediera en su relato atemorizante, o si concordaba con los consejos de Juana Manso, de quien también había oído hablar, ya que cruzaba cartas con Mary Mann.

—También es verdad —continuó Sarmiento, ofuscándose más a medida que recordaba los sinsabores pasados— que sus compatriotas radicados en Buenos Aires no me hacen ningún favor con sus habladurías, contaminando las cabezas de las maestras con relatos de degüellos y montoneras. ¡Gringos de porra! —y volvió a dar un puñetazo—. ¡Ni que fueran sus hijas las que van a San Juan!

Al parecer, el Presidente había olvidado que la muchacha que tenía enfrente formaba parte de esos "gringos". Aurelia se lo recordó con un nuevo carraspeo, más contundente.

Sarmiento se inclinó sobre el escritorio, dispuesto a la confidencia.

—Lo que ocurre, Miss O'Connor, es que me acusan de déspota porque pretendo que se cumplan las condiciones pactadas. ¿Debo acaso conformarme con pagar pasaje y gastos de maestras calificadas, para que luego se queden a disfrutar de la vida social de Buenos Aires? Dejemos eso a los diplomáticos, como hice yo en Chicago, cuando aquellas damas tan cumplidas me agasajaron llevándome a teatros y soirées… y, por supuesto, a conocer escuelas y universidades —agregó de inmediato, al ver la expresión de Aurelia.

Luego jugueteó con un pisapapeles mientras recuperaba la compostura.

—Sin ánimo de ofender, Miss O'Connor, el principal detractor de la República es aquí el mismo extranjero que se llena los bolsillos con el oro de su ganancia. Podridos en plata, viven como los *gentlemen* que nunca serán, y hablan mal del país que les permitió su riqueza. Hay en nuestra tierra tela para bordar romances a la Mrs. Radcliffe, pero ¿qué país no tiene inconvenientes? ¿Acaso me rasgo las vestiduras porque mis hermanas vivan en San Juan? ¿Voy a ser menos cuidadoso con ellas que con Miss Gorman? En fin —dio por terminado su alegato—. La cuestión es que hay otras escuelas que la recibirán con los brazos abiertos, sin necesidad de correr riesgos en el desierto. Y en todas esas provincias encontrará usted pobreza. No hablo sólo de pobreza material, que ya es mucha, sino de la del espíritu, la peor de las gangrenas. Una tarea dura, Miss O'Connor —y dura fue la mirada que le dirigió Sarmiento al recalcar esto último.

Elizabeth no se amilanó.

—Se ha hecho bastante en favor de los libertos y aun de los blancos pobres del sur de mi país, señor. Al parecer, esa gente estaba desperdiciada, pues tanto en la milicia como en las aulas se están obteniendo excelentes resultados. Como usted mismo dijo, hay bastante similitud. Si bien no tuve ocasión de acudir a la frontera de mi tierra, sé de buena fuente que se ha podido mejorar en mucho la condición de aquellas personas. A decir verdad, hoy me preocupa más la nueva frontera.

—¿La nueva frontera? —se interesó Sarmiento, sin duda pensando en otro problema acuciante, la cercanía del indio maloquero, que impedía el poblamiento del país.

—En el oeste está empezando a formarse una nueva sociedad, atraída por el brillo del oro y la riqueza fácil, cultivando trigo y maíz, o criando ganado.

—Del ganado no digo que no tenga razón. Tenemos aquí una caterva de gente enriquecida a fuerza de apilar bosta sin que necesiten siquiera agacharse para hacerlo —y Sarmiento no vio, o ignoró el respingo de Aurelia, que temía escandalizar a la señorita O'Connor—. Pero cultivar el suelo es hacer patria. Yo mismo ideé planes de reforma agraria que puse en práctica con buen resultado. Ahí está el pueblo de Chivilcoy, de donde jamás saldrá un caudillo, pues la tierra inculta está al alcance de cualquier padre de familia que desee roturarla. ¡Cien Chivilcoy les prometí en mis años de gobierno! Los caudillos no tendrían quién los siguiera si cada hombre tuviese su propia tierra y trabajo digno.

—Verá usted, señor. Yo siempre pensé que las tierras pródigas hacen hombres flojos, ya que nada les exige demasiado esfuerzo. En Nueva Inglaterra tenemos un clima tan riguroso que nos obliga a crear formas de vida confortables. "Hay educación en la nieve", señor Presidente —sonrió Elizabeth.

Ignoraba la joven cuán hondo calaron sus palabras en el corazón de Sarmiento, ya que reconoció en ellas la influencia de su gran amiga y mentora, Mary Mann, en las épocas felices en que ambos disfrutaban de la presencia del querido Horace.

Él había conocido al matrimonio cuando Horace Mann era secretario de Educación del Estado de Massachusetts. Se hicieron amigos enseguida y aquella amistad había influido de modo notable en las ideas de Sarmiento sobre instrucción pública. Las palabras pronunciadas por Elizabeth trajeron a su mente las de su difunto amigo y provocaron un recuerdo agridulce que enronqueció la voz del Presidente cuando respondió:

—Creo que mi "ángel viejo" no se equivocó cuando me recomendó su nombre, Miss O'Connor. Acaba de convencerme de que es la candidata al puesto más firme que haya tenido. Falta ahora que se convenza usted de lo mismo. Debo advertirle algo más, para serle sincero: habrá problemas, no sólo con las gentes embrutecidas del interior del país, sino con las de Buenos Aires, en especial con las señoras "bien", que querrán acapararla para sus propios fines. De modo inexplicable, no pude ejercer sobre las damas de la Sociedad de Beneficencia la misma seducción que las malas lenguas me atribuyen sobre las damas en general. Es una lástima, porque tendríamos la mitad del camino recorrido. Cuando fui director de Escuelas de Buenos Aires, perdí la batalla con doña Marica Thompson, al pretender yo que las escuelas funcionaran todas de la misma manera en la provincia. Batalla galante, pero batalla al fin. La dama me acusaba de querer arrasar con las escuelas de la Sociedad de Beneficencia, y lo único que pretendía yo era unificar los criterios, para evitar que las niñas resultasen menoscabadas. Pero no quiero preocuparla demasiado —agregó, desestimando lo dicho con un gesto—. Arrancaré a las alumnas de las garras de las buenas señoras, así sea a palos. Los palos se los daré a las señoras, no a las niñas —aclaró, con un guiño.

Elizabeth contuvo la risa mientras observaba al Presidente incorporarse con sorprendente agilidad. Su impaciencia le impedía aguardar sentado la llegada del amanuense.

—¿Y bien? —exclamó de pronto—. ¿Qué me dicen de la vista que tengo desde mi despacho particular? —y abarcó el paisaje ribereño con un gesto ampuloso, como si estuviese mostrando una obra de arte.

Aurelia y Elizabeth intercambiaron una sonrisa ante el abrupto cambio de tema con el que el Presidente daba por terminada la audiencia.

Fue con lágrimas contenidas que el hombre las vio salir, una muy junto a la otra, deseando ser más joven para tener más años de trabajo fecundo como el que les aguardaba a ellas.

Habían caminado unos pocos metros cuando Elizabeth descubrió que no había entregado el paquete que llevaba de parte de la señora Mann. El edecán se encargó de correr para cumplir el recado y por eso Elizabeth no escuchó la carcajada del Presidente al desenvolver, junto con unos libros de ciencias y dos paquetitos de semillas de abeto de Noruega, una camiseta de seda cruda comprada en Hovey's, la gran tienda de Summer. "Para su reumatismo", rezaba la nota. "No me olvido de que allá la humedad es moneda corriente".

CAPÍTULO 2

*E*lizabeth estaba disfrutando a sus anchas de la hospitalidad de Aurelia.

Sentadas en las butacas de terciopelo del saloncito donde Ña Lucía, la criada de los Vélez, les había servido té con bizcochos, ambas conversaban como si no hubiesen vivido sin saber nada una de la otra, a miles de kilómetros de distancia. Elizabeth congenió de inmediato con aquella mujercita discreta y culta, tocada con el encanto de la inteligencia. Aurelia no era bonita. Sus rasgos delicados trasuntaban, sin embargo, una gran pasión. Debía ser una dama de temple para soportar las habladurías que correrían como perlas desatadas por toda la sociedad. En Boston ocurría otro tanto con las lenguas viperinas. El ocio de las clases acomodadas les dejaba mucho tiempo libre para naderías. Por eso ella era un caso raro: a pesar de contar con medios para sostenerse, había elegido una vida de estudio y sacrificio, pues así entendía la docencia.

El saloncito era sobrio, con muebles oscuros incrustados de nácar y porcelanas Jacob Petit sobre la repisa de mármol de la chimenea. La hija del jurista encajaba allí con naturalidad, tal vez porque su rasgo más descollante era el que la sociedad reconocía como masculino. Elizabeth advirtió en las maneras de su anfitriona, así como en la austeridad de la habitación, el verdadero matiz aristocrático de los que no necesitan ostentar. La de Vélez Sarsfield debía ser una familia "de los viejos tiempos", aquellas que se mantenían apegadas a las costumbres rancias sin caer en la frivolidad de las modas europeas. Elizabeth se identificaba con esa condición y se sintió a gusto enseguida.

Una lámpara centelleaba sobre la mesita de té, donde el hornillo mantenía caliente el agua del sahumador.

—Habrá tormenta —sentenció Aurelia, tras mirar la creciente oscuridad—. No se preocupe, usaremos el carruaje de Tatita para llevarla hasta la casa de sus parientes. ¿Los conocía usted?

—Sólo a la tía Florence, que viajó a Concord hace mucho tiempo. Yo era una niña y casi no la recuerdo. Sé que tengo un primo de mi edad y una prima algo mayor. Espero no causarles molestias.

—Imposible. Es usted un encanto de persona. Además, la hospitalidad de los porteños es proverbial, ¿no lo sabía?

Elizabeth se mostró interesada mientras sostenía la taza de porcelana para que Aurelia le sirviera más té.

—No, es bueno saberlo.

—Los visitantes alaban siempre la buena disposición de la gente de Buenos Aires hacia el extranjero. Dicen que se debe a que miran por el puerto siempre hacia fuera, como esperando algo.

La joven sorbió el perfumado brebaje y paladeó un sabor ácido que le resultó delicioso.

—¿Es té de Ceilán? —inquirió.

Aurelia sonrió con picardía, inclinándose como si fuese a compartir un secreto:

—Es té de la casa con una cascarilla de naranja. No me delate o perderé el misterio ante mis visitantes. Aunque no recibo mucho, a decir verdad.

El tono de amargura suscitó la curiosidad de Elizabeth. No era de buen tono preguntar, así que guardó silencio; sin embargo, Aurelia estaba dispuesta a compartir intimidades, pues agregó:

—Como sabrá sin duda apenas salga de aquí, soy lo que se dice una mujer "desfachatada".

Casi se atragantó la joven maestra ante tal aseveración.

—A los ojos del "*tout* Buenos Aires" —prosiguió— una mujer separada es un desacato a las reglas sociales.

—No sabía de su situación, aunque no creo que sea peor que en cualquier otro lado. Las mentes tejen historias para entretenerse y esa pequeña maldad es universal.

—Pues en mi caso, no me lo perdonan. Será porque no hago vida social ni me importa demasiado lo que digan de mí. Tengo ocupaciones más urgentes, como ayudar a Tatita en su estudio. Ahora que es ministro de Sarmiento, además…

—¿Oficia de secretaria?

—Algo así —reconoció Aurelia sonriendo—. Con la desventaja de tener el trabajo en la casa. No hay horarios ni interrupciones.

—Su padre debe sentirse orgulloso.

—Lo está, y yo de él. Es un jurista muy apreciado. Y gran amigo del Presidente, que confía plenamente en él. No sé qué haría sin el apoyo de estos dos hombres.

Aurelia no sabía cuánto revelaba con esas palabras.

—Sé que ambos sabrán reconocerle mérito, algo poco habitual entre los hombres.

En ese momento, la puerta que comunicaba con el vestíbulo se abrió y un caballero de semblante serio y afilado entró en el cuarto. Su imagen austera resultaba intimidante, al igual que sus ojos acerados. Elizabeth se estremeció al notar que carecían de emoción, como si fuesen incapaces de verter lágrimas. Con una mano en la cadena de su reloj y la otra a medias en el bolsillo del chaleco, parecía controlar el tiempo a cada segundo.

—Perdón, hija. No sabía que tenías visita.

—Tatita, le presento a la nueva maestra de Sarmiento, Miss Elizabeth O'Connor, recién llegada de Boston.

El doctor Vélez Sarsfield saludó a Elizabeth y en su aguda mirada pudo reconocer ella la inteligencia que caracterizaba a la hija. Cortés aunque parco en sus modales, el jurista revelaba su falta de interés por las cosas cotidianas en la manera impaciente con que su dedo índice golpeaba el reloj. Elizabeth advirtió que entre padre e hija mediaba gran cariño y entendimiento, lo que le recordó con dolor que ella no había podido disfrutar de un vínculo así con su padre, sustituido demasiado pronto en sus vidas por un tío déspota con el que jamás se sintió a gusto.

—No dejen de conversar por mí. Sólo quería saber si almorzaremos juntos, pues más tarde emprendo viaje hacia la chacra.

—¿Otra vez a Arrecifes? —exclamó con desconsuelo Aurelia—. Papá, ya fue la semana pasada. Se está agotando.

—Vuélvase uno viejo y lo harán un niño para retarlo —dijo Vélez sonriendo a Elizabeth, que lo miraba con simpatía.

—Está bien, pero acuérdese de abrigarse. Almorzaremos a las dos y no acepto que me rechace el postre.

Vélez Sarsfield saludó de nuevo, discreto, y se encaminó a su despacho para encarar la tarea cotidiana, mientras afuera caían goterones que pronosticaban tormenta.

—No se asuste. Aquí tenemos temporales impresionantes y siempre sobrevivimos —le dijo Aurelia con vivacidad—. Se han salvado ustedes de sufrir la tormenta en el barco.

—Eso sí. El capitán Flannery me decía que es peligroso enfrentar al viento desde el río.

—Ah, el pampero. No es peor que la sudestada, no vaya a creer. El río suele crecer tanto que llega hasta las casas y el Fuerte. En esos momentos, una duda de que no se trate del mar.

—¡Fue lo mismo que pensé al ver tanta agua! —se admiró Elizabeth—. ¿Cómo puede ser un río?

—Pues es agua dulce. Y su estuario es tan ancho que los españoles lo llamaron el Mar Dulce. De dulzura no tiene ni un poco, ya que ahí se lavan las ropas, se arrojan los desechos de los saladeros, en fin... Hay que alejarse un poco del centro para disfrutar de un baño placentero. Lástima que no esté usted aquí para el verano.

—Aún no sé qué haré. Su... presidente me ensalzó mucho la necesidad de enseñar lejos de la ciudad.

—Sí, a Sarmiento le preocupa que la Argentina no supere nunca los defectos con que se ha formado, el autoritarismo de los caudillos, la violencia y la falta de respeto por las leyes, lo que hace a una nación cabal, ¿no es así?

—Todos los países han vivido historias horrorosas, creo yo. Allá en Norteamérica, unos y otros han cometido atrocidades en nombre de la civilización y el progreso. Pasarán muchos años antes de que cicatricen esas heridas, sobre todo porque fueron infligidas entre hermanos.

Ambas mujeres quedaron en silencio mientras la tormenta sacudía los vidrios de la ventana y arrojaba chubascos contra la acera, ensuciándolo todo.

—¿Cómo es que no ha hecho usted el viaje de Nueva York a Liverpool primero? —quiso saber Aurelia, cambiando el tono de la conversación—. Tengo entendido que cruzar el océano dos veces es más rápido que venir desde Boston.

—Es más barato de este modo —contestó, sonrojándose, Elizabeth.

El tío Andrew se había mostrado tacaño hasta el último momento, para enfatizar su repudio hacia "el disparate", como llamaba él a su viaje.

—Por supuesto. Además, se siente una más segura que cruzando el Atlántico. Yo no dudaría en hacerlo así.

El tacto de Aurelia evitó la incomodidad y Elizabeth volvió a sentirse a gusto en aquella salita caldeada, donde podía olvidar el mal tiempo y los malos recuerdos.

—Tatita hará este viaje con lluvia. Como si no tuviésemos suficiente con la salud de Rosarito.

—¿Acostumbra su padre a viajar seguido?

—Sólo los viajes familiares a Córdoba y algunos encargos del Presidente. Mi padre ama Buenos Aires, ha sido su obsesión desde pequeño. Su familia es hidalga aunque, como muchas de aquella provincia, vio reducida su fortuna a causa de las guerras civiles. Siendo el único varón, las mujeres se ocuparon de costearle los estudios con sus oficios, usted sabe: tejer mantillas, bordar casullas o sobrepellices. Parece que las únicas que no nos abochornamos por dedicarnos a los trabajos manuales somos las mujeres.

Elizabeth pensó que aquello había sido cierto también en el sur de su país, donde las mujeres subsistían, en los tiempos duros, merced a las manualidades que les enseñaban desde pequeñas. La mentalidad de los del norte, en cambio, los odiados *yankees*, solía ser menos aristocrática. A través de las confidencias de Aurelia pudo vislumbrar la razón del aire de dominio que mostraba el doctor Vélez Sarsfield. No era la primera vez que ella descubría la pobreza y el sacrificio detrás de un carácter firme.

Aurelia ordenó que preparasen el carruaje familiar para llevar a Elizabeth hasta la casa de los Dickson, en el barrio de La Merced, donde se alzaban las mansiones refinadas, "a la europea". Al despedirse de su nueva amiga en el umbral de la casa paterna, se preguntó con tristeza si, después de que los Dickson y otras familias que alternaban con ellos hicieran circular rumores sobre ella y su vida ilícita, la joven señorita O'Connor volvería a tomar una taza de té en su saloncito.

Más tarde, mientras servía el puchero de gallina en la mesa familiar, se preguntó también si Elizabeth se habría dado cuenta de qué tipo de hombre era en realidad Jim Morris.

Miss O'Connor fue recibida con bombos y platillos en la casa de La Merced. Sí, la tía Florence sabía que el *Lincoln* había arribado a puerto al amanecer, que Elizabeth había sido recibida por el señor

Presidente y también que Aurelia Vélez la había invitado a desayunar "té a la inglesa" en su casa. Esto último provocó un leve frunce en su nariz y un carraspeo intencionado en la garganta del primo Roland.

La tía se había convertido en una matrona opulenta que lucía todos sus abalorios aun de entrecasa porque, a su juicio, una visita imprevista o un percance podían caer en cualquier momento. Llevaba el cabello rubio armado sobre la cabeza de tal modo que se apreciaba la piel rosada del cráneo a través de los bucles estirados. Las mejillas apergaminadas se veían enrojecidas por los polvos de carmín, pese a que no era de buen tono usar maquillaje entre las señoras. Ella decía que su palidez enfermiza la obligaba. "Es nuestra sangre inglesa, querida", aclaró. Elizabeth habría querido recordarle que su sangre era irlandesa, aunque no estaba segura de la prosapia de la tía Florence, de parentesco lejano con su madre.

Roland era, sin ninguna duda, un hijo de Albión, con el cabello rubio y los bigotes rojizos, ojos azules y los huesos de la cara puntiagudos, rasgos que se combinaban en un cuerpo desgarbado que sugería torpeza, algo que él parecía explotar en su beneficio, sobre todo con las damas.

La visión de la prima Elizabeth lo deslumbró, no la imaginaba tan seductora, menuda y redondeada en los lugares adecuados. Inclinó la frente al tomar su mano y enseguida barrió con la formalidad al besarla en ambas mejillas, aspirando con deleite el aroma de lilas de su piel.

—Querida Liz, es un honor recibirte. ¿Cómo te ha sentado el viaje? Tremendo, ¿verdad? No te preocupes, aquí descansarás como es debido. Y apenas te repongas, nos iremos de parranda para que conozcas a nuestros amigos.

—¡Roland! —se escandalizó la tía Florence.

—Es broma, mamá. Quiero decir que la presentaré a nuestras amistades. Tenemos que presumir de nuestra bella pariente. Seré la envidia de todos —agregó, satisfecho.

Una vez cruzadas las cortesías de costumbre, Elizabeth fue conducida a su habitación, donde se hospedaría "todo el tiempo que quieras, querida mía", según el comentario de la tía Florence. Allí se relajó por primera vez, después de las emociones de su arribo a la ciudad del Plata. Una muchacha como ella, acostumbrada al refinado Boston, podría haber desdeñado Buenos Aires, que vivía su primer empuje progresista, pero Elizabeth no era melindrosa y aquel sitio, tan distinto a todo lo conocido, la hacía vibrar con la expectativa del descubrimiento. Al desembarcar había aspirado la brisa mezclada con los aromas propios del puerto y, al caminar junto a Aurelia por las calles, el perfume húmedo de la tierra y el pasto que asaltó sus sentidos, embriagándola. Una promesa de aventuras se agazapaba tras las tuneras y madreselvas que vio a lo lejos, donde la vida urbana parecía disolverse en una extensión infinita.

La mansión Dickson no guardaba el recato de la casa Vélez Sarsfield. La tía Florence había copiado cuanto capricho europeo aparecía en los catálogos: muebles dorados, espejos venecianos sobre consolas de pie de cabra, tapizados de damasco y alfombras en todas las habitaciones. La de Elizabeth poseía una cómoda de brocato blanco y cortinas con flecos de seda. Una de las criadas había dispuesto, sobre la repisa de la chimenea, un copón de bronce donde se quemaban "pastillas de Lima" en carbón de leña. El ambiente resultaba recargado y agobiante, al mezclarse el perfume del sahumador con el de las flores repartidas en diversos jarrones. Elizabeth sospechó que aquella habitación sería poco utilizada y que estarían tratando de conjurar el olor a humedad con tanto perfume. Ella era más discreta en sus gustos. Sacó de su baúl de viaje un frasquito con su fragancia favorita: lilas. Lo pasó a un centímetro de su nariz y se sintió mejor al embeberse de aquel aroma dulce y silvestre.

Reparó en que sus bultos de viaje habían sido colocados a los pies de la cama. Los contó, temerosa de que en el trasbordo se hubiese perdido algo, y recién entonces descubrió, en el costado de uno de los bártulos, un trozo de papel adherido.

"Bienvenida —decía—. Estoy a su disposición."

No le hizo falta mirar el nombre más abajo para adivinar que se trataba del inefable señor Morris. Un cosquilleo de excitación recorrió su espina al pensar que, tal vez, había cautivado un corazón en las pocas horas que duró el desembarco. De inmediato se reprochó la frivolidad de aquel pensamiento. Ella se encontraba allí para conocer otro mundo y, si se daba el caso, hacer aquello que mejor le iba: enseñar. No había querido comprometerse ante el Presidente al principio, por temor a no dar la talla para semejante empresa. Sin embargo, a medida que Sarmiento le exponía sus razones, se dejó invadir por el entusiasmo. El hombre resultó ser de lo más persuasivo. Ahora no podía defraudar a un espíritu apasionado por tan noble misión. Suspiró. ¿En qué se estaba metiendo? Nada conocía de las gentes de aquel país y el panorama pintado por Sarmiento no era muy alentador: chismes, embrutecimiento, pobreza... De nuevo saltaba dentro de ella la cabra loca que mentaba su tío a cada momento. Miró el pequeño reloj de broche que su madre le había dado. Calculó que la familia Dickson en pleno estaría aguardándola para darle la bienvenida con un almuerzo en el que la comprometerían a conocer a la flor y nata de la sociedad local. Si por ella fuese, se acostaría vestida y dormiría hasta el día siguiente.

El salón comedor estaba engalanado con sus mejores prendas cuando bajó, dos horas más tarde. Los Dickson adoptaban las costumbres decadentes de última moda: almuerzo tardío con sólo dos o tres platos, contrariando la costumbre colonial de los siete platos. Sobre la mantelería blanca, la mesa resplandecía con una vajilla de finas líneas doradas, copas de cristal veneciano y jarras de plata. En el centro, una fuente oval desbordaba de apetitosos pasteles que despedían un aroma delicioso. Elizabeth no había comido casi nada y su estómago empezaba a rebelarse, así que agradeció la reunión familiar, pese al cansancio y a la apatía que le producía el parloteo incesante de la tía Florence.

—Querida mía, te ves agotada. Bueno, después puedes dormir una larga siesta, ya que nuestros amigos vendrán a conocerte recién al atardecer. En su mayoría, están ligados al comercio y casi ni se detienen a almorzar. Son gente de apellido, ya verás. Quién sabe si no te vas de aquí con un costoso anillo en el dedo, ¿eh? —y sonrió a la muchacha, antes de que terminase de bajar el último peldaño de la escalera del vestíbulo.

Roland creyó oportuno intervenir:

—Nada de eso. Primero tiene que conocer a mis amigos y divertirse. Los colegas de padre son la mar de aburridos.

El joven tomó de la mano a su prima y la condujo a su sitio, a la izquierda de la cabecera, junto a él y frente a la tía Florence. Habían obviado la distribución solemne porque serían sólo los más íntimos.

El tío Dickson hizo su aparición en ese instante. A Elizabeth le causó la misma impresión que su tío Andrew. Eran hombres distantes, con sus propias preocupaciones, que concedían a la familia apenas la atención indispensable. Sintió de inmediato simpatía por su primo Roland. Él también, de seguro, añoraría la camaradería de un padre. En cuanto a la tía, llenaría sus horas con reuniones y conversaciones frívolas, algo de lo que ni siquiera gozaba su madre pues, desde que ella recordaba, no conocía otra gente que la que su tío permitía. Una punzada de dolor le atravesó el pecho al pensarla sola, a merced de aquel hombre amargo. ¡Cuánto la extrañaría a ella, que era su única animación y compañía! Elizabeth sintió afluir las lágrimas y utilizó la llegada de su tío como pretexto.

—Tío Dickson, qué alegría conocerlo, por fin.

Extendió ambas manos hacia el hombre sorprendido por el recibimiento. Elizabeth no sabía que acababa de ganarse un importante aliado, ya que Fred Dickson, de naturaleza reservada, no era sin embargo indiferente al afecto sincero, algo de lo que carecía en su propia casa, con un hijo diletante y una esposa que rehuía la intimidad conyugal.

—Pequeña Elizabeth, no imaginé que fueses una muchacha tan bonita. Bienvenida a esta casa. ¿Cómo está tu madre?

—Espero que bien, aunque triste por mi partida. No quisiera ser molestia para nadie aquí. No sé todavía cuánto tiempo permaneceré, ni si aceptaré el trabajo de maestra.

—De eso tenemos que hablar, sobrina —intervino la tía Florence—. No me gusta nada que andes trabajando por ahí, como si fueses una necesitada. Viniste a Buenos Aires a estar en familia y a conocer gente y nuevos lugares. Puedes quedarte todo lo que desees. Diciembre es muy bonito en la víspera de las Navidades y puede que, para entonces, ya ni siquiera pienses en irte.

La tía volvía a sacar el tema del posible matrimonio de manera velada, aunque a Elizabeth le molestó más la forma despreciativa con que consideraba su trabajo. Se armó de paciencia, pues no quería confrontarse con la familia, menos aún el primer día de su visita.

—Soy maestra, tía. Allá en Boston trabajo a diario y a todo el mundo le parece normal. No están mal vistas las profesiones en las mujeres.

—¿Aun en las de alcurnia? —se asombró la tía.

Sus ojos se veían como de lechuza, agrandados por la sorpresa y también por el maquillaje, más acentuado que antes.

—Sobre todo en ellas —sonrió Elizabeth—. La señora Mann dice que las mujeres somos las más adecuadas para enseñar a los niños. Al parecer, tenemos virtudes de las que carecen los hombres.

—La paciencia para soportarlos debe ser una de ellas —bufó la tía—. Ahora sentémonos, las empanadas aguardan.

Mientras ocupaban su lugar, en medio del rumor apagado de las sillas, Elizabeth observó que la tía lanzaba miradas furibundas a los dos hombres.

"Metí la pata con mi comentario", pensó, y decidió ser más prudente en sus aseveraciones. Ella pasaría allí una temporada y cuanto más agradable fuese la estadía, mejor para todos.

Una criada joven acudió presurosa a servir el vino, que no era el carlón habitual sino de cosecha italiana. Sin duda, los negocios de su tío permitían lujos que otros no gozaban. Una imagen fugaz de las costumbres más sencillas de Aurelia y del propio Presidente le vino a la mente, mientras escanciaban el brebaje en su copa tallada. Se desilusionó un poco al ver que no conocería manjares exóticos en esa oportunidad, ya que sus tíos hacían honor a la comida extranjera: guiso de cordero con papas, sopa de cebolla y hojuelas con salsa de jengibre. La única concesión a los sabores criollos fue la fuente de empanadas del primer plato, que a Elizabeth le supieron exquisitas.

—Son de carne fresca, querida, no salada —aclaró la tía, vanagloriándose de cambiar las costumbres locales con mayor refinamiento culinario.

En la sobremesa, el tío Dickson se levantó para fumar en el despacho, dejándolos con la tía Florence, que jugueteaba con su copa y parloteaba:

—De modo que allá en el norte las muchachas salen a trabajar. En fin, los tiempos modernos… No puedo hacer más que darte buenos consejos, hija mía. En mi opinión, éste es el sitio más inadecuado para que una jovencita salga a las calles a ganar dinero, aunque sea de manera honesta. Los hombres no ven con buenos ojos esa conducta y, además, está el tema del peligro. Quién sabe, allá tal vez las calles estén más custodiadas o la gente sea más civilizada, pero aquí…

—En eso debo dar la razón a mi madre —apostilló Roland—. La calle no es lugar para una mujer de buena familia. Sólo las criadas salen a diario, las lavanderas, o…

—Pero primo, yo no trabajaría "en las calles" propiamente, sino en una escuela. ¿Es que no las hay?

Roland levantó los ojos al techo.

—Las hay y, gracias a Sarmiento, en ellas se codea todo tipo de gente, desde la más encumbrada hasta la más pelada, porque él quiere que la educación sea igual para todos. ¡Como si el hijo de un matarife fuese comparable al de un doctor en leyes o un ministro!

Elizabeth pensó en el entusiasmo de Aurelia y en el del propio Sarmiento. Sabía que los cambios eran siempre resistidos, por eso no le hizo mella el rechazo de su primo a la educación igualadora. Ella la compartía, lo mismo que los educadores del este de los Estados Unidos, que habían acudido a enseñar a los más pobres del sur. La única garantía de igualdad era educar a todos los niños del mismo modo, fuera cual fuese su origen social o condición.

—No serán iguales, Roland, pero pueden tener las mismas oportunidades. Creo que ésa es la idea del Presidente.

Roland abrió mucho los ojos y se inclinó sobre la mesa, exclamando con vehemencia:

—¡Te ha convencido! Ese loco te inculcó sus ideas reformistas en apenas un rato de conversación. Sí, es un loco arbitrario que arrasa con todo. Dicen —y aquí el primo bajó la voz, como si alguien en la casa ignorase el secreto— que ha dejado a su mujer para engancharse con la hija del "viejo" Vélez Sarsfield, esa que te recibió en el puerto.

—No conozco detalles de la vida privada de las personas, Roland —interrumpió con suavidad Elizabeth—. Y la señorita Aurelia me ha parecido una mujer de principios y de ideas. Me atrevo a decir que es una persona leal, pese a que la he tratado poco.

—Bueno, sí, a su modo lo es, aunque se corren rumores de que su esposo ha matado por ella.

El tono de voz de Roland no era tan bajo como para que la tía Florence, absorta de modo extraño en el fondo de su copa, no escuchase.

—Querido, no difames. No sabemos bien qué ocurrió, nadie lo sabe.

—Nadie lo comenta en voz alta, querrá decir. Todo el mundo rumorea que era un hombre prestigioso en su profesión y muy admirado, incluso por el mismo Sarmiento, y que se desgració al matar por celos a un cortejante de su esposa, recién casada, además. Es de esas mujeres que compiten con los hombres, Lizzie, no te conviene frecuentarla. Va sola a todos lados y se mete en cuestiones de política. Verás cuánto más divertidas son mis amigas. Y van a quedarse encandiladas contigo.

—Es curioso cómo las ideas son tan diferentes según los países. De donde vengo, hay muchas mujeres que se meten en cuestiones públicas. Si no es por ellas mismas, lo hacen a través de sus esposos. Y también van solas por la calle, primo, a nadie le parece impropio.

—¿Por eso viajaste sola? —se sorprendió Roland—. Ya me parecía raro.

—No tan sola, ¿no es así, querida? Un apuesto señor vino a traer tus baúles esta mañana. No puedo decir que me haya sorprendido. Una joven como tú debe haber atraído la atención de todo el barco.

Elizabeth sintió que el rubor le calentaba las mejillas. Su primo salió al cruce oportunamente:

—Un caballero, sin duda, que vio la necesidad de ayudar a una dama desvalida.

—Que no habría tenido esa necesidad si hubieses acudido al muelle cuando te dije —intervino de mal modo la tía Florence.

A Roland le tocó el turno de ruborizarse y a Elizabeth de salvar la situación:

—Es mi culpa, tía Florence. Como no conocía las caras de ninguno de ustedes, me apresuré a declararme desolada y el señor Morris se dio cuenta y se ofreció a ayudar. Es un verdadero caballero.

—¿Morris? —murmuró la tía, atraída por ese nombre—. No me suena para nada. No es de las familias inglesas de por aquí.

—Viene por negocios, a lo mejor se queda poco tiempo —aventuró Elizabeth, cada vez más molesta por la conversación.

—Por negocios vienen todos, querida. Después terminan quedándose porque, a decir verdad, la ciudad es muy hospitalaria. Pero volviendo al tema de por qué no fuiste, Roland…

—¡Sí que fui, madre! ¿No escuchó a la prima Liz? Es que ella no me reconoció y desapareció rápido entre la gente. Además, si la "petisa" se la llevó de allí…

—¿La petisa?

—Aurelia Vélez. Le dicen así los íntimos. ¿No viste lo bajita que es?

—Casi como yo —sonrió Elizabeth.

Roland se sonrojó por segunda vez y se apuró a dar por terminada la conversación.

—No te compares, nada que ver una con otra. Ven, prima, voy a mostrarte el resto de la casa y después podrás ir a descansar a tu habitación.

Dejaron a la tía Florence sumida en sus pensamientos y ninguno vio cómo la mujer hacía señas a la criada para que le llenase la copa de nuevo con aquel vino espumante tan rico.

Los primeros días de Elizabeth en Buenos Aires transcurrieron de fiesta en fiesta, de las tertulias a los saraos, de las caminatas por el

Paseo de Julio, bordeando el río, hasta las recorridas en carruaje por el camino de las quintas. Los Dickson poseían una en los suburbios de Palermo, construida al mejor estilo de los palacetes europeos, con imponente reja en la entrada, un jardín de sicomoros y sauces, la glorieta al fondo y una escalinata de mármol que culminaba en la galería de recargados frisos. En honor a Elizabeth, pasaron allí algunos días, recibiendo a todo el Buenos Aires que se preciara de fino, organizando excursiones en sulky y meriendas campestres. Al cabo del tercer día, Elizabeth ya estaba saturada de tanta charla intrascendente, tanto cortejo fatuo y tanto esfuerzo en sostener conversaciones que no iban más allá de algún que otro comentario sobre los nuevos artículos que llegaban al puerto, o sobre qué pensaban los políticos al aceptar la entrada de tanta gentuza sin control. "Una cosa son los ingleses", decían, "que ya están afincados entre nosotros y son gente pujante". "O los norteamericanos", agregaban en deferencia a Elizabeth. "Y otra bien distinta todos estos mercachifles, que van a inundar la ciudad de baratijas", refiriéndose con desprecio a los nuevos inmigrantes que, de a poco, iban dando colorido a Buenos Aires: alemanes del Volga, italianos, franceses, turcos, polacos... todos huyendo de las guerras europeas, buscando una vida pacífica donde pudieran, por fin, cosechar el fruto de sus esfuerzos.

Elizabeth era consciente de que muchos amigos de su primo Roland la cortejaban por venir de una nación que se perfilaba como progresista, si bien albergaban algunas dudas, ya que la atracción de lo europeo era muy fuerte. América del Norte aún era una promesa, como la región del Plata. Y Elizabeth O'Connor se sentía norteamericana hasta la médula.

En cuanto a las jóvenes damas de aquella sociedad elitista, sintieron tanta atracción como antipatía hacia ella. Elizabeth no encajaba en sus expectativas de cazar un marido que las mantuviese y les diera una vida de lujo. Apenas captaron esa diferencia tomaron cierta distancia, aunque siguieron pendientes de ella, cosa que su primo atribuyó a los celos, puesto que la prima Liz estaba concitando la atención de los solteros más codiciados. Una de las más enconadas fue su propia prima, Lydia Dickson. Vivía hacia el norte de la ciudad, donde aún no había edificios lujosos. Su esposo, un médico bastante reconocido, parecía un hombre bueno y paciente, sin duda puesto a prueba mil veces por el carácter agrio y caprichoso de su esposa. Los primeros celos de Lydia se debieron a la simpatía que captó entre su padre y Elizabeth. Como primogénita, se creía merecedora de toda la atención de sus padres, aunque el carácter que fue desarrollando la alejó incluso de su familia. Roland apenas la toleraba y la tía Florence la sufría cada vez que los visitaba. No había tenido hijos, y esa falta agregó un motivo más de acidez a su vida. En una oportunidad, cuando Elizabeth comentó las ideas de la señora Mann, en el sentido de que toda mujer debía enseñar a los hijos ajenos primero, para luego tener los propios, Lydia comentó, despectiva:

—¿Y malgastar energías en otros? Ya no quedaría paciencia para los hijos. Por eso yo no me he decidido todavía a tenerlos. Son una gran responsabilidad y una pierde su libertad al criarlos.

—Espero que no pierdas también la oportunidad, hermana, cuando se te pase el cuarto de hora.

La tía Florence ahogó una protesta hacia Roland, tras mirar el rostro colérico de su hija.

Elizabeth sintió pena por el comentario, que revelaba la amargura de aquella mujer, sin duda decepcionada también del matrimonio, a juzgar por la frialdad con que trataba a su esposo. Frialdad que también encontraba Elizabeth en el trato que Florence dispensaba al tío Fred. Su primera impresión sobre el tío fue cambiando. Ya no le parecía indiferente como su tío Andrew, sino un hombre solitario que encontraba una vía de escape en los negocios y los debates políticos que proliferaban por doquier en Buenos Aires.

Entre las señoras encopetadas que frecuentaban a los Dickson, había una que atraía las miradas lujuriosas de casi todos los hombres. Se trataba de la esposa de un distinguido senador que, dedicado de lleno a sus asuntos públicos, solía dejarle tiempo libre para sus devaneos. Elizabeth percibía en ella una disimulada malicia que la impulsaba a eludirla. Una tarde en que se vio obligada a desempeñar el insoportable papel de alentar a los hombres mientras jugaban cricket, descubrió que la mujer la observaba con interés desde su sitial bajo la sombra de un paraíso. Algo incómoda, Elizabeth simuló estar atenta al juego, lo que no impidió a su observadora comentar:

—Siempre me pregunté cómo podría vivir una mujer bajo las reglas de una sociedad tan puritana como la de su país, Miss O'Connor. Ha de ser insoportable. Entiendo que venga usted a refrescarse un poco a otras latitudes.

Elizabeth se erizó por dentro, pero encontró la serenidad para contestar.

—Las reglas no molestan si son justas, señora.

—Me llamo Teresa —dijo la otra— y he viajado a Norteamérica con mi esposo, el senador Del Águila. Visitamos las hermosas tierras de Florida, donde todo es bello y exuberante, las señoras visten trajes espléndidos y los hombres son verdaderos caballeros, muy distintos a los palurdos que ahora los dominan.

Las otras damas se abanicaron con nerviosismo, puesto que las filosas palabras de Teresa parecían dedicadas a ofender a la parienta de los Dickson en especial.

—Qué puede esperarse de hombres que no saben distinguir la superioridad de las razas —continuó—. Tengo entendido que, después de la guerra, los negros que sirvieron en el ejército se encuentran más pobres que antes. Menudo favor les hicieron al liberarlos, ¿no cree usted? Claro que eso ya es agua pasada en su caso, Miss O'Connor, cuando se encuentra aquí, rodeada de festejantes que le harán olvidar los sinsabores de la guerra y sus secuelas.

Elizabeth miró a Teresa del Águila y sintió en carne propia el dardo de la maldad. Ella no conocía a esa mujer ni había dicho nada que la perjudicara. Sin embargo, la otra se complacía en hostigarla sin motivo. Hasta que la voz de Lydia Dickson le permitió entrever la razón de aquella actitud: los celos.

—Mi prima es una mujer "liberada", Teresa. No la creas tan mojigata. Vino sola en barco y hasta se trajo un pretendiente a bordo.

—¿Ah, sí? —exclamó con interés la belleza morena—. ¿Y cómo pudo flirtear de ese modo, Elizabeth, sin perder la virtud más estimada, la reputación?

La joven abrió la boca para dar una respuesta cortante, cuando Lydia la sorprendió diciendo:

—Mamá dice que es un don nadie. No se conoce su nombre en la ciudad, ni se sabe para qué vino. Ella le tiene reservado uno de los porteños más codiciados, el hijo de los Peña y Balcarce.

Pese a su sorpresa al verse así, vapuleada como una mercadería en oferta, Elizabeth advirtió un cambio sutil en la señora Del Águila al escuchar las palabras de su prima. Los ojos negros se entrecerraron y la mirada bajo las pestañas se tornó fría, en tanto que los labios carnosos se afinaron en un rictus desagradable.

—Eso se llama disparar al aire, querida —dijo, con estudiada indiferencia—. No existe la mujer capaz de hacer sentar cabeza al mayor de los Peña y Balcarce.

Y volvió su atención al juego, mientras se abanicaba con aire indolente.

Por fin, sus tíos decidieron regresar y Elizabeth pudo refugiarse de nuevo en la casa de La Merced, aunque las tertulias seguían sucediéndose, lo mismo que las visitas de cortesía que se veía obligada a efectuar, acompañando a Florence.

Una tarde lluviosa, cuando se le hizo insoportable el tedio de la vida mundana y ociosa, Elizabeth decidió visitar a Aurelia. Le parecía que sólo en ella encontraría el tipo de conversación que su espíritu necesitaba. Quería resarcirse de tanta frivolidad y aprovechó la ausencia de su tía, que se había retirado a su cuarto con la excusa de una jaqueca, y la de su primo, que por las tardes solía reunirse en un club de amigos del que nunca daba demasiadas explicaciones en presencia de su prima.

—Micaela —dijo a la criada que con frecuencia la atendía—. Ordena que me preparen el carruaje, que voy a dar una vuelta, por favor.

La muchacha pareció asustada ante la idea. Elizabeth vio sus ojazos marrones conmocionados y hasta el cabello pareció erizársele más de la cuenta de sólo pensar en la "prima americana" conduciendo un carro.

—No te preocupes, sé conducir estos coches —la tranquilizó Elizabeth—. Sólo ordena que esté listo para las cuatro.

—Ay, señorita —gimió la chica—, que su primo no va a estar contento con esto, va a ver que no, que él gusta de acompañarla adonde vaya y yo me temo que se enoje conmigo si no le aviso.

—Corre por mi cuenta, Micaela. Si Roland pone el grito en el cielo, seré yo quien le explique cómo fueron las cosas, no te voy a desamparar. Además, me cuesta creer que se enoje contigo, parece que le caes muy bien.

La morenita se sonrojó bajo su tez aceitunada, pues no pensó que la señorita hubiese notado que el señorito Dickson la perseguía por los pasillos. ¡En todo ese tiempo la señora jamás había advertido nada!

—*Güeno*, siendo así... Ya le cumplo el pedido, señorita —y salió rauda a ordenar que sacaran el coche por el portón de mulas.

El día lluvioso no invitaba a salir, así que la ciudad estaba poco concurrida. Eso facilitó el tránsito a Elizabeth, acostumbrada a las calles de Boston, mucho más parejas que las de Buenos Aires, donde las carretas daban tantos tumbos que podían perder al pasajero en un abrir y cerrar de ojos. Los Dickson presumían de tener caballos para el tiro y no mulas, como mucha gente. Era más distinguido.

Guiándose por su sentido de la orientación, pudo dar con la vivienda de Aurelia en poco tiempo. Bajó de un salto, acomodándose las enaguas y la falda de su traje color chocolate. Impulsada por el deseo de proteger sus rizos del agua, llevaba una capotita al tono, sujeta bajo la barbilla por cintas de satén. Elizabeth detestaba que su cabello se rizase y, con el clima húmedo de Buenos Aires, era imposible mantenerlo en su sitio. Usaba a diario las peinetas de carey para domeñarlo, mas siempre había un momento en que se desbocaba y brotaba salvaje en torno a su cara. Ése era uno de aquellos días.

El portón se abrió y asomó la cara redonda de Ña Lucía, sorprendida de ver a la damita extranjera bajo semejante clima.

—Buenas tardes. ¿La señorita está en casa?

—Pos sí, niña. Enseguidita le aviso. Arrímese al fuego, que afuera está frío.

Elizabeth se acercó gustosa a la chimenea que calentaba el vestíbulo, mientras desataba los lacitos de su capa. Sobre la repisa de mármol negro había un retrato de la mismísima Aurelia, con la cabeza repleta de rizos apretados, tocados con un listón de terciopelo, y una dulce expresión en la mirada. Elizabeth pensó si la muchacha miraría así a su amado cuando estaban solos.

Un susurro tras ella la sobresaltó.

—Perdón, no quise asustarla —dijo la mujer.

Tenía el semblante más triste que Elizabeth hubiese visto. Era hermosa, aunque su belleza lucía apagada por algún oscuro sentimiento. Su voz también era bella, profunda y dulce. Con sus manos enguantadas se anudaba la capota, escondiendo un espeso cabello que llevaba tirante hacia atrás.

—No hay cuidado. He llegado de improviso, temo ser inoportuna.

—De ningún modo —dijo otra voz desde el saloncito donde ambas habían compartido un té la primera vez—. Dolores, te presento a mi nueva amiga, la señorita Elizabeth O'Connor. Es una de las maestras de Sarmiento.

La mujer morena contempló a Elizabeth con interés.

—Encantada, señorita. Dolores Balcarce, para lo que guste. Si tenemos en común la amistad de Aurelia, sé que seremos amigas.

A Elizabeth le cayó bien la señora Balcarce. Al margen de la compasión que despertó en ella el sufrimiento que delataba, percibió en los modos de la mujer la misma sencillez de espíritu que le había atraído en Aurelia. Se alegró de haber ido a la casa de los Vélez en esa tarde lluviosa.

—Ya me iba. En otro momento podremos compartir una merienda en mi casa, si gusta.

—¡Claro que iremos! —exclamó Aurelia.

¿Así que esa señora era de las pocas personas que Aurelia Vélez trataba? Debía ser alguien especial, sin duda.

La mujer salió y la puerta se cerró tras ella.

—Su cochero la espera en la esquina —aclaró Aurelia—. Así nadie sabrá que me visitó.

Elizabeth se conmovió al conocer el aislamiento en que estaba aquella mujer sólo por tener el coraje de vivir a su manera. Una vez dentro del saloncito de recibo, Elizabeth experimentó la misma calidez que el primer día y se amonestó por no haber visitado antes a su nueva amiga, en lugar de perder el tiempo y la paciencia en las francachelas de los amigos de Roland. ¿Sabría Aurelia con quién pasaba ella sus tardes y sus noches? Se avergonzó ante la posibilidad de que pensara que era como aquella gente vacía y se dispuso a demostrarle que estaba interesada en otras cosas, como la enseñanza de los niños, algo tan caro al Presidente de la República y a Aurelia misma.

Se sentaron en las butacas que Elizabeth ya conocía y Aurelia ordenó chocolate.

—Hace frío —se justificó—. Algo espeso y caliente nos sentará de maravilla.

Minutos después, departían en confianza alrededor de una mesita de ónix donde Ña Lucía había servido un chocolate delicioso, acompañado por bizcochitos de grasa y una factura pequeña con forma de medialuna.

—Tatita no ha vuelto aún de Arrecifes y lo extraño horrores, aunque prefiero que se quede allá cuando hace mal tiempo, pues los caminos se ponen peligrosos con la lluvia y el barro.

—¿Dónde queda ese lugar?

—En la campaña, no demasiado lejos, si bien las condiciones de vida cambian mucho cuando uno se aparta de la ciudad. Si acepta el trabajo de maestra, podrá saberlo por su cuenta. ¿Le asusta pensarlo?

—No tanto —sonrió Elizabeth—. Lo prefiero a tener que sobrellevar mucho tiempo más el tren de vida social de mi primo Roland.

Aurelia sonrió también, conocedora de aquellas fiestas de la elite porteña.

—Yo soy solitaria. Nadie nota mi ausencia en los salones, pero entiendo que una mujer joven y bonita como usted se encuentre solicitada. Es algo que puede llegar a añorar si acepta radicarse fuera de la ciudad.

—¿Me parece a mí o intenta prevenirme? —dijo risueña Elizabeth.

Sabía que no debía esperar nada malo de aquella mujer, de modo que no tomó a mal sus comentarios.

—Lo que me parece —respondió Aurelia con un mohín travieso— es que cualquier cosa que le diga jamás la alejará de la meta que se ha fijado. ¿Me equivoco?

—Me conoce muy bien. Y me alegro, pues me he decidido a tomar el empleo.

—¡Fantástico! Domin... eh... el Presidente se alegrará de saberlo. Tenía puestas en usted muchas esperanzas. Como vino tan bien recomendada por Mary... Si quiere, podemos ir juntas a decírselo. Esta tarde está en su despacho.

Elizabeth aceptó gustosa y condujo el carruaje de los Dickson hasta el Fuerte, donde Sarmiento atendía los asuntos de gobierno.

Mientras trotaban hacia allá, Aurelia le comentó a Elizabeth en pocas palabras cuántas penurias debía sobrellevar el gobierno con la recién terminada guerra del Paraguay en la que, además, había perdido la vida el hijo del Presidente. Y el asesinato de Urquiza en Entre Ríos, "justo ahora que Sarmiento y él habían hecho las paces, después de ser enemigos durante tanto tiempo". Le habló también de las disputas con el anterior Presidente, Bartolomé Mitre, íntimo amigo de Sarmiento, que ahora se le enfrentaba a cada ocasión.

—Yo sé que no es cosa de don Bartolo, que él lo quiere mucho a Sarmiento, pero sus partidarios se volvieron muy quisquillosos. Es difícil gobernar con todo en contra y, además, el carácter del Presidente no es muy benevolente que digamos —al decir esto, se le escapó una sonrisa, porque esa mujer sabía mejor que nadie por dónde renqueaba el "viejo loco", como lo llamaban sus enemigos políticos.

—¿Y no pueden reunirse en privado y resolver sus cuestiones?

—Los hombres son tercos. Y en política cualquier movimiento está mal visto o juzgado por lo que no es. Hace poco, Sarmiento volvía acongojado de la tumba de Dominguito y un periodista publicó que regresaba "tomado" de una juerga nocturna. Eso le dolió mucho.

Cada palabra de Aurelia conmovía más y más a Elizabeth, al punto de sentirse impaciente por llegar al Fuerte y saltar delante de Sarmiento, proclamando que iba a aceptar el puesto de maestra por todo el tiempo que él quisiera.

Aquel hombre tenaz le ganó de mano, gritando primero desde el interior de su despacho. El edecán que Elizabeth ya conocía salió a la carrera y apenas alcanzó a saludarlas de refilón.

—¿Qué habrá ocurrido? —se extrañó Aurelia, y entró en el cuarto.

Encontraron a Sarmiento gesticulando frente a la ventana.

—¿Quién fue? ¡Sólo díganme quién fue! —bramaba.

Parecía que se había cometido un error gravísimo, de seguro en cuestiones de Estado. Elizabeth no entendía cómo Aurelia se animaba a enfrentar al Presidente con naturalidad, como si nada pudiese perjudicarla.

Sarmiento se volvió hacia ellas furioso. Su ceño se había erizado como si estuviese a punto de transformarse en una fiera y Elizabeth recordó el impulso de retroceder que sintió la primera vez.

—Estoy rodeado de imbéciles. No hacen lo que deben y se meten en lo que no saben. Mira acá —y señaló el alféizar de la ventana que apuntaba hacia el foso.

Aurelia y Elizabeth se aproximaron con cautela, sin percibir nada anormal, puesto que miraban la calle, la ribera y la Plaza, cuando lo que el Presidente señalaba estaba ante sus ojos, mucho más cerca, sobre la ventana misma.

—Aquí —dijo, conteniendo la rabia— había un nido de cardenales y un idiota entre mis empleados lo quitó, seguramente pensando en hacerme un favor. ¡Por qué carajo no van a hacerle favores a su abuela!

El estallido asustó a ambas, y Aurelia fue la primera en reaccionar:

—Pues ya su abuela los habrá mandado a freír churros, señor Presidente.

Elizabeth se encogió, creyendo que las dos sucumbirían a la ira del hombre. De pronto, Sarmiento se echó a reír, como si se viese a través de los ojos de ellas.

—Qué viejo loco soy... Miss O'Connor pensará lo peor de mí. Lo que no sabe, Elizabeth —agregó, llamándola por primera vez por su nombre de pila— es que esos pajaritos me hacían compañía cada tarde mientras trabajaba. Y no causaban ningún mal con sus repiqueteos. En fin, las cosas son como son y no puedo pretender que todo vaya según mi gusto. A ver, qué se traen entre manos ustedes dos.

Aurelia empujó hacia adelante a Elizabeth y dijo, exultante:

—La señorita O'Connor acepta el puesto de maestra, donde haga falta.

Esto último casi provocó que Elizabeth se atragantara, aunque la audacia de su amiga valió la pena sólo por ver la expresión radiante de Sarmiento. Poco faltó para que le palmeara el hombro como si se tratase de un correligionario.

—Ya digo yo que las mujeres son el horno donde se cocinan las mejores tortas. ¡Ahora sí! ¡Avanti, pues! ¡Quiero ver ese contrato! ¡Francis! ¡Francis!

Esa tarde, Elizabeth regresó a la mansión Dickson con la bendición del Presidente de la República, la amistad incondicional de Aurelia Vélez, y un extraño cosquilleo en las entrañas, mezcla de desasosiego y entusiasmo.

A su llegada, encontró a su tía agasajando a unas visitas. Una matrona ataviada con un extravagante sombrero de alas negras ribeteadas de blanco se llevó a la nariz los impertinentes para verla mejor, sin duda porque ya habrían hablado sobre ella y deseaba confirmar lo que pensaba.

—Así que ésta es tu sobrina, Florence —comentó, como si Elizabeth fuese una niñita sin permiso para hablar—. Es bonita —reconoció—, aunque se le nota lo irlandés en la mirada.

Atónita ante el comentario, Elizabeth miró a su tía que, con los ojos, le reprochaba haberse presentado así, delatando que viajaba sola y sin aviso por las calles de la ciudad.

—Elizabeth tiene costumbres extrañas para nosotros, Alba. Tendrá que adaptarse de a poco a lo que se le pide a una señorita bien, para que la pretenda un buen partido.

Esas palabras la irritaron más allá de lo conveniente. Poco a poco se le iba aguando el entusiasmo de la decisión que había tomado horas atrás y una rabia creciente se apoderó de su estómago, al punto que necesitó respirar hondo para calmarse. Se quitó los guantes con parsimonia, buscando ese tiempo, y extendió hacia la visita la mano desnuda.

—Mucho gusto —repuso con frialdad.

La señorona la contempló un segundo antes de tomar la mano, y luego se volvió hacia Florence, diciendo:

—No sé en qué estaba pensando mi hermano cuando aceptó esta situación. Traer maestras de Norteamérica, válgame Dios, como si no tuviésemos aquí las necesarias y católicas, además. Pero Mariquita ya se encargó del asunto. Mandamos llamar, a través del cónsul, a dos damas de nuestra religión. Ya llegaron —aclaró, dirigiéndose a Elizabeth— y están alojadas en la casa de mi hermano, con sus correspondientes acompañantes.

—La señora Alba Torres de Sotomayor es hermana del Obispo —explicó la tía Florence, algo nerviosa— y miembro de la Sociedad de Beneficencia.

Elizabeth recordó las expresiones de Sarmiento sobre las Damas de la Sociedad de Beneficencia y su empeño en rechazar a las maestras de credo protestante.

—Las señoras son doña Teresa del Águila y Felicitas Guerrero, viuda de Álzaga —agregó Florence, indicando a las damas jóvenes que observaban la escena.

Elizabeth se encontró con la mirada de la misma mujer de la quinta de Palermo, que la evaluaba con desdén. Vestía de manera elegante, nada estrafalaria como la señora de Sotomayor, y su cabello, recogido en complicados bucles que dejaban escapar algunos rizos sobre la frente y las sienes, daban al rostro pálido un toque de juventud. La señora Del Águila era una dama de gran belleza, tuvo que reconocer con disgusto Elizabeth.

La otra joven, por el contrario, ostentaba una hermosura radiante. Su viudez la obligaba al luto y, sin embargo, aquellas ropas austeras no hacían sino resaltar la tersura de su cutis y la dulzura de los ojos, oscuros y soñadores. Felicitas Guerrero de Álzaga poseía una sensualidad que se manifestaba, sobre todo, en la curva suave de los labios.

Elizabeth se dejó caer en el taburete de terciopelo que su tía le señaló, con el aire de un mártir que camina rumbo al cadalso.

—Su tía nos ha contado —comenzó Felicitas con entusiasmo— que piensa dedicarse a la profesión de maestra. Me parece extraordinario que venga desde tan lejos para enseñar aquí. ¿Sus padres apoyan su decisión? —quiso saber, ansiosa.

—Mi madre siempre me apoya —contestó Elizabeth con intención— aunque, como es natural, teme por mí cuando me alejo. De todas formas, considero que tomar las propias decisiones es la mayor expresión de libertad que puede gozarse.

—¡Qué bien! —exclamó en un impulso Felicitas y, cerrando el abanico con un golpe seco, agregó—: Desearía que mis padres la escucharan para que, por fin, se me permitiese decidir sobre algunas cuestiones de mi herencia.

—Hija, por Dios —observó contrariada doña Alba—. Tu padre es un hombre de bien que sólo quiere tu bienestar. Debes aceptar que hay trabajos inapropiados para tu condición de mujer.

A Elizabeth le quemaba la pregunta en los labios: ¿cuáles serían esos "trabajos" prohibidos? La señora Del Águila se encargó de sacarla de su incertidumbre:

—A Felicitas le gustaría contar las vacas y enderezar los postes de su estancia, la que le heredó su esposo. A pesar de que tiene un hermano que con gusto se ocupa de todo eso.

—¡Es que me agrada hacerlo! —insistió la joven viuda—. ¿Por qué no, si se me dan bien los números y el aire de campo me sienta? Parece que puedo olvidarme de todas mis desgracias cuando estoy allá.

Doña Alba la miró con compasión. Todos en Buenos Aires sabían que la hermosa joven había perdido a su primogénito a causa de unas fiebres y que, al parir a su segundo hijo, la muerte, codiciosa, también se lo había quitado. Tanta desdicha minó las fuerzas de su maduro esposo, que siguió a sus hijos a la tumba, dejándola rica y sola.

—Felicia —y, con el apelativo, Teresa revelaba que gozaba de la confianza de los Guerrero, pues sólo llamaban así a Felicitas los más íntimos—, puedes pasar todo el tiempo que quieras en La Postrera. De ahí a trabajar como un peón o un capataz... hay un trecho, querida. ¿Qué dice usted, Florence?

La tía de Elizabeth encontró su oportunidad para revelar lo que pensaba sobre las profesiones y los trabajos de las mujeres.

—En mi modesta opinión, sólo las venidas a menos trabajan y, aun así, lo hacen a hurtadillas, pues no es cosa decente andar ensuciándose las manos ni tocando dinero o haciendo trueque. Bastante mercadeo venimos viendo en la ciudad de un tiempo a esta parte. Faltaba que participasen en él nuestras jóvenes de buena familia...

—No veo mal alguno en tocar el dinero —se sorprendió Elizabeth.

—Sin duda porque proviene usted de una sociedad mercantil, Miss O'Connor. Aquí hay familias de abolengo cuyas raíces vienen de los tiempos antiguos.

—Como la tuya, Teresa —añadió Florence, zalamera.

—Como la de mi esposo, sí.

—Pues yo tengo planes para mi sobrina —se entusiasmó de repente Florence—. Voy a organizar una fiesta donde ella pueda conocer a la flor y nata de la sociedad porteña. Están invitadas, por supuesto —y, haciendo caso omiso de la expresión de desconcierto de Elizabeth, siguió diciendo, con aire conspirativo—: hay un pretendiente al que le eché el ojo hace tiempo, y al que mi marido conoce bien por sus negocios navieros, ya que su familia importa ultramarinos.

Florence trataba de crear cierto misterio en torno a sus planes, pero ya Teresa del Águila estaba sobre aviso, y la mención del posible candidato volvió a erizarla.

—Será un placer acompañar a la señorita O'Connor en su plan de cazafortunas. Al fin y al cabo, de eso se trata el matrimonio, ¿no?

Las otras se mostraron incómodas ante las cínicas palabras y Florence se apresuró a cambiar de tema.

—Voy a ordenar a Micaela que nos traiga la ambrosía que preparamos esta mañana. Sobrina, jamás has probado postre más delicioso, estoy segura —y se levantó, deseosa de eludir la mirada acusatoria de Elizabeth.

Doña Alba volvió al ataque, redoblando su crítica hacia el plan de traer maestras extranjeras.

—Le decía, Miss O'Connor, que ya han llegado las maestras que nuestra Sociedad consiguió traer, al fin: Emma Nicolay de Caprile y Emma Trégent. Dicen que una de ellas, no sé cuál, tiene un método para la escritura novedoso y efectivo. Y no necesitan de la gimnasia para sus clases. ¡Habrase visto, hacer que las niñas levanten sus brazos por encima de la cabeza! ¿Adónde vamos a llegar?

Se llevó una mano al pecho voluminoso, como si la sola idea de ver niñas moviendo los brazos la sofocase.

—¿Es que no pueden las "señoritas bien" del Río de la Plata levantar los brazos? No lo sabía —repuso Elizabeth con candor.

La señora de Sotomayor no advirtió la burla y prosiguió.

—Claro que pueden, pero no deben. Todos saben que ciertos movimientos producen... este... algunos efectos no deseados en quienes los miran, especialmente tratándose de muchachas jóvenes y casaderas.

La conversación era tan absurda que Elizabeth tuvo que esforzarse por no soltar la risa.

—Qué raro... Allá en mi país, las muchachas suelen participar en juegos de destreza física y nunca noté que se produjesen efectos adversos. Claro que las latitudes tienen mucho que ver en esto —dijo como excusando su ignorancia al respecto.

La señora de Sotomayor continuó, entusiasmada.

—Sin duda es así, aunque yo creo que la principal razón de toda esta ridícula exigencia de mover los brazos o corretear sobre el césped viene del hecho de que nuestro Presidente se ha entusiasmado con las mujeres del Norte más de lo conveniente. ¿Desde cuándo se ha visto que para la educación se requiera sacudir el cuerpo?

—Desde los tiempos de Grecia —murmuró Elizabeth, pensativa.

—Y luego —prosiguió Alba, sin escucharla— hace peligrar las almas de nuestras niñas al colocarlas en manos de herejes.

Florence, que acababa de entrar con la bandeja del postre, se horrorizó ante la virulencia con que su amiga pronunciaba la palabra. Elizabeth no demostró sorpresa ni disgusto, quería ver hasta dónde llegaba aquella ridícula mujer.

—Como si la enseñanza de la religión no fuese el principal motivo de la educación de una niña, sabiendo que depende de ella que sus futuros hijos sean devotos católicos. Lamento la franqueza que me veo obligada a utilizar, señorita Elizabeth, pero los extremos a que nos están conduciendo las mentes liberales me obligan a ello. No piense que hay predisposición en su contra ni nada de eso, simple preocupación maternal es lo que me lleva a bregar por mantener las sabias costumbres de nuestros antepasados, las que nos inculcaron al venir aquí, y que este... demonio parece rechazar, pese a que proviene de la sangre española, como cualquiera de nosotros.

A estas alturas, la rabia de Elizabeth se había disipado y sólo le quedaban el estupor y la curiosidad por saber qué pasaría por la mente de aquella mujer al rechazar así la presencia de maestras preparadas en los mejores métodos pedagógicos, traídos desde Alemania, sólo por no enseñar el catecismo en las aulas. Comenzaba a vislumbrar la magnitud de los obstáculos con los que se enfrentaba Sarmiento y se felicitaba por haber tomado la decisión correcta.

—No estoy al tanto de las costumbres del país, señora, aunque no veo nada de malo en que las niñas aprendan, además de rezos y almidones, algo de matemática, de ciencia y de arte.

Doña Alba volvió al uso de los impertinentes para calar a Elizabeth. Sus ojos claros, achicados por las abultadas mejillas, le daban aspecto de perro de aguas.

—¿Para qué habría de servirle a una señorita destinada a apoyar a su esposo saber ciencia o arte?

—¿Para poder conversar de algo con su esposo, quizá? —aventuró.

—Tonterías. Una mujer de su hogar debe dominar el arte de la cocina, la administración y la crianza, nada más. Las ciencias son cosa de hombres, lo mismo que la gimnasia y los deportes. Si hasta resulta obsceno pensar lo contrario. Jamás enviaría a ninguna de mis hijas a las escuelas normales que pretende instalar el Presidente. Ellas se educaron con maestras devotas que les enseñaron los rudimentos de todo cuanto una señorita debe saber. No necesitan más.

—¿Ni siquiera para trabajar, si hiciera falta?

Las inocentes palabras de Elizabeth provocaron un respingo en doña Alba, por lo inesperado del cuestionamiento.

—¿Trabajar mis niñas? ¿Fuera de la casa? —casi chilló.

—Así es, si las circunstancias lo requieren, como en mi país después de la guerra. O, sin necesidad de eso, si se desea hacer algo por los demás. Enseñar es una noble empresa, señora. No conozco a sus hijas, sin embargo me atrevo a suponer que alguna debe sentir curiosidad por algo más que las recetas de cocina o las cataplasmas, aunque ese conocimiento sea útil, sin duda. Me apeno al pensar que tal vez esa joven deba reprimir sus inquietudes sólo porque algunas personas creen que no es propio de su condición femenina. ¡Cuántas mentes juveniles frustradas deben perderse en el mar de la ignorancia! Por fortuna, han llegado nuevos tiempos, y una mujer que puede organizar un hospital de campaña o escribir una guía de plantas medicinales es valorada por la comunidad, puesto que es útil. En mi país, hay mujeres que están luchando por imponer ciertos cambios, como el sufragio, y puedo asegurarle que son gente de bien, culta y muy capaz.

—Toda mujer que se precie de tal será una fiel compañera de su esposo, atenta a sus necesidades, dispuesta a secundarlo en sus proyectos, dedicada a criar a sus hijos, en quienes están puestas las esperanzas futuras.

La señora de Sotomayor hablaba con el tono de un discurso de tribuna, sin advertirlo. Teresa del Águila disfrutaba del enfrentamiento, en tanto que Felicitas Guerrero contemplaba a Elizabeth con admiración.

—Puede ser —replicó Elizabeth con dureza—, aunque no deseo ese papel de florero para mí, señora. No quiero brillar con luces prestadas, ni busco el amparo de hombres poderosos. Tampoco tengo como ambición principal contraer matrimonio. En cuanto a mi herejía, puede quedarse tranquila, pues como irlandesa, soy católica hasta la médula, aunque jamás se me ocurriría impartir el catecismo en las aulas, a menos que se me pidiera expresamente. Con permiso de ustedes, señoras, debo prepararme, porque en unos días partiré rumbo a mi nuevo destino como maestra. Acabo de firmar el contrato del gobierno.

Dejando a las mujeres petrificadas en sus sillas, Elizabeth subió con estudiada gracia las escaleras, contenta de salir de aquella sala y también de aquella casa donde, cada vez más, se sentía fuera de sitio.

Al día siguiente, un mensajero llevó una tarjeta de parte de Aurelia, donde le anunciaba que visitarían a una persona "muy querida por el Señor Presidente", a la que "le daría mucho gusto conocer a una de las maestras". Mientras desayunaba, Elizabeth se preguntaba de quién se trataría. No hizo comentarios a su familia pues, desde su bravata del día anterior, la tía Florence había enmudecido, en tanto que su primo no acostumbraba a madrugar y el tío Fred solía desayunar en su despacho.

A la hora convenida, el carruaje se estacionó frente a la mansión Dickson para buscarla. Después de la lluvia, un sol débil daba vida a las calles aletargadas. Acunada por el repiqueteo de los cascos sobre el empedrado, Elizabeth se entretuvo contemplando las manzanas regulares, de casitas bajas y alineadas, interrumpidas de pronto por alguna más pretenciosa, de dos pisos, aunque de contornos austeros. El coche tomó la calle de la Piedad, donde la iglesia echó a volar las campanas a su paso, ensordeciendo a las pasajeras y soltando una bandada de aves que obligó al cochero a sofrenar al espantado caballo. Era temprano y algunas lavanderas se dirigían a la zona del Retiro, llevando sobre la cabeza sus atados de ropa sucia. Se saludaban de una acera a la otra con gritos y risas, bamboleando sus caderas generosas y disfrutando de antemano del cigarro que compartirían lejos de los ojos de sus patrones, mientras desgranaban cantos y cambiaban chismes. Buenos Aires parecía despertar a medida que el carro atravesaba sus callecitas de tierra húmeda. Las ruedas se empantanaban, provocando los juramentos del cochero. Elizabeth observó que no había alumbrado público más que en el casco céntrico, así que de seguro utilizarían antorchas en el resto de las calles. Una diferencia notoria con respecto a Nueva Inglaterra, donde el progreso se veía en eso y en las aceras de madera que rodeaban los jardines prolijos de las casas. Las de Buenos Aires eran angostas y apenas permitían el paso de una persona por vez. Ella no había visto jardines en lo de sus tíos, ni tampoco en lo de Aurelia. Los interiores de las casas porteñas conservaban el patio español, muchas veces hasta tres y cuatro de ellos, alineados hacia el fondo del terreno. Pese a que el día recién comenzaba, ya se percibían olores desagradables cuando el coche pasaba cerca de algún mercado o de un terreno baldío donde, con total descuido, se vaciaban los desperdicios. Elizabeth sacó su pañuelito con discreción que no pasó desapercibida para Aurelia.

—Hay mucho por hacer para que el país se modernice —comentó—. Cuesta abolir las viejas costumbres, tan arraigadas. Y la situación pecuniaria nunca es floreciente, para colmo de males. La guerra se llevó todo el caudal disponible y ahora se necesita afrontar grandes obras públicas, que darán trabajo y mejorarán las condiciones de vida.

Mientras Aurelia hablaba, los hechos confirmaban sus palabras, pues un carro acababa de detenerse enfrente de una casa modesta y sus dueños compraban agua al conductor, ya que no recibían servicio sanitario.

El cochero se detuvo por fin en la puerta de una vivienda tan austera como las otras, rodeada por un muro del que asomaba una enredadera de flores amarillas.

—Acá bajamos —anunció Aurelia, y saltó con premura del pescante.

La señora que las recibió impactó a Elizabeth por su parecido extraordinario con Sarmiento. Pensó que podía tratarse de una de las hermanas del Presidente, ya que era también corpulenta, de expresión severa y manos rollizas. La mujer sonrió al verlas y ese gesto suavizó el rostro ceñudo, dándole un aspecto jovial, aunque decidido.

—Mi querida —dijo, a modo de saludo, extendiendo las manos hacia Elizabeth.

—Juana Manso, la mano derecha de Sarmiento —aclaró Aurelia, al mismo tiempo.

¡Así que ella era! Juana Manso llevaba impresa la señal de férrea voluntad en sus rasgos, nada bonitos ni delicados, sino toscos y hasta varoniles en su olvido de sí misma para abrazar causas que parecían imposibles. Las recibió en una sala llena de libros, en un desorden de papeles que a Elizabeth le resultó encantador, pues revelaba a la mujer de trabajo tras la fachada adusta.

—Como verá usted —comenzó Juana—, no pude esperar a conocerla. La paciencia no es una de mis virtudes.

"Como Sarmiento", pensó Elizabeth, sorprendida.

—Aurelia lo sabe y por eso arregló esta visita un tanto destemplada, por la que pido disculpas. Me dicen —y no aclaró quién, aunque Elizabeth lo adivinaba— que va a irse usted ¡por fin! a tierras lejanas. El Presidente debe estar orgulloso, pues consiguió que alguna de sus "hijas" se despegase de Buenos Aires.

—¿Hijas?

Aurelia sofocó una risita.

—Así les dicen a las maestras que están viniendo, "las Hijas de Sarmiento" —aclaró—, para provocar el humor del Presidente, aunque se esfuerzan en vano, ya que a Sarmiento sólo le importa conseguir lo que se propone, sin afectarle lo que digan.

—Igual que a mí —repuso Juana con firmeza—. Aunque a menudo me pregunto si el Presidente no obtendría mayor éxito siendo un poco más contemplativo. Deduzco que ha tenido suerte, señorita O'Connor, al no haber despertado en él la furia que a veces lo arrebata. O tal vez dio en la tecla con usted —agregó, pensativa.

Elizabeth acunó sus manos en el regazo, sin saber qué decir. Le asustaban tantas prevenciones y, si bien había tenido su bautismo de coraje durante la entrevista con el Presidente, sabía que los inconvenientes no terminaban allí.

—Quería conocerla porque es usted la primera maestra que acepta sin remilgos un puesto en el interior del país. Se ve que sus compatriotas no han hecho mella en su ánimo.

—Me hospedo con mis familiares que, a decir verdad, no están muy contentos con la idea, pero yo suelo tomar mis decisiones.

Juana Manso lanzó una mirada de entendimiento a Aurelia y asintió, satisfecha.

—Me parece un buen principio. Casi al mismo tiempo que usted llegaron la señorita Frances Wood, que se aloja con el cónsul, y las hermanas Dudley, en lo del Reverendo Jackson, todas muy bien recomendadas por la señora Mann. ¿Puedo preguntarle si ya las ha visto?

Elizabeth se sorprendió al saber que había otras maestras en la ciudad. Nadie le había dicho nada, ni siquiera Aurelia. Pensó que tal vez temían que se dejara influir por las habladurías, como había sucedido antes. Qué pena, habría sido grato conversar con alguien que compartía su misma lengua y su cultura antes de encaminarse rumbo a su destino.

—Ellas decidieron quedarse enseñando aquí —dijo Juana Manso—, lo que enojó mucho a Sarmiento, como se imaginará, después del disgusto de la Gorman... Yo le dije que ella nada tenía que ver con la decisión de las otras maestras, que todo había sido causado por los extranjeros que las visitaban, pero al Presidente le cuesta aceptar las negativas. Y le dijo cosas que ningún hombre debería decir a una mujer. Pobre señorita Gorman, que ni siquiera pudo cobrar los sueldos prometidos.

Después, como si temiese inculcar temores en Elizabeth, se apresuró a añadir:

—Pero yo me estoy ocupando de ello, pierda cuidado. Sabe, Elizabeth, hay mucha inquina en la gente hacia el que viene de afuera a buscar trabajo. Si viene por negocios es bienvenido; si ocupa un puesto de trabajo, se piensa que va a desplazar a los de aquí, cuando en realidad se necesitan maestras. Aunque sean "gringas" —agregó, risueña.

—Juana, háblenos del lugar adonde irá la señorita O'Connor —intervino Aurelia.

—Dejé ese asunto en manos de una de las damas de la Beneficencia, alguien de mi confianza. Como ellas hicieron venir también a dos maestras que, de seguro, permanecerán en Buenos Aires, sin duda elegirán para Miss O'Connor un destino adecuado a las necesidades del país. Si bien San Juan está vedado, por el momento, hay otras escuelas esperando.

Aurelia frunció el ceño y no dijo nada. Si Juana Manso, una maestra familiarizada con los nuevos métodos educativos a raíz de sus contactos con su mentora Mary Mann, confiaba en una de aquellas devotas y conspicuas señoras, tendría sus razones. Conversaron sobre los métodos de Pestalozzi y el interés que despertaba en el alumno la observación, la importancia de complementar las clases con actividades al aire libre, los proyectos del gobierno sobre las escuelas normales en cada provincia, y así el tiempo fue transcurriendo sin que Elizabeth lo advirtiese, tan a gusto se sentía en compañía de aquellas enérgicas mujeres. A la hora de despedirse, Juana Manso fue muy firme en su recomendación de "no dejarse apabullar por las malas lenguas ni sucumbir a los desplantes de la gente", que serían muchos dondequiera que fuese.

—Usted tiene la ventaja de saber español a la perfección. No necesita el adiestramiento en Paraná que a otras les cuesta tanto. Y además, no es metodista sino católica. No se imagina hasta qué punto eso es una bendición en su trabajo. Hubo casos en que la gente no permitió a sus hijos acudir a las escuelas, porque los obispos lanzaban pastorales en contra de la educación en manos de "herejes", cuando la religión bien entendida jamás debería ser usada en contra de alguien.

—Lo nuevo siempre es resistido —comentó Elizabeth, con comprensión—. Allá en mi país apedrearon el galpón donde una maestra yanqui enseñaba a los niños negros, después de la guerra. Son piedras lanzadas en contra de sí mismos, aunque no lo entiendan así.

—Es sabia para ser tan joven, Elizabeth. Mrs. Mann tuvo buen ojo esta vez. Aurelia, ¿quién acompañará a Miss O'Connor en su viaje?

—Hemos hablado con Tatita y decidimos que lo mejor sería la compañía de una mujer mayor. Pensamos en Ña Lucía.

Elizabeth se sorprendió de que hubiesen tomado una decisión sin consultarla, pero la buena voluntad demostrada por Aurelia Vélez la inhibió de hacer comentarios. Juana Manso aprobó la elección de la vieja criada como chaperona de la maestra. Serviría de freno también a otra clase de problemas, dada la juventud y la belleza de Elizabeth. La modestia que revelaba la muchacha en su vestir y en sus modales no eran obstáculo para los atrevidos que pudiese topar en su camino.

—Que Dios la bendiga, Elizabeth. No pierda la fe en su misión. Cuanto más espinoso es el sendero, más dulce será la recompensa.

Las palabras de Juana retumbaron en la mente de Elizabeth durante el viaje de regreso a la mansión. Si algún resquemor le quedaba por haber aceptado firmar el contrato, se diluyó ante la expectativa creada por aquella conversación, que la afirmó como nunca en el destino elegido para ella.

No gozó de la misma bendición por parte de su familia mientras la despedían en la puerta de la casa de La Merced, varias semanas más tarde. Su tía Florence desfallecía por la preocupación y su primo despotricaba contra las ideas radicales, al tiempo que el tío Fred parecía ensimismado. La prima Lydia no los visitaba desde hacía días, así que se perdió la satisfacción de ver desaparecer de su casa paterna a la "señoritinga del Este" que le resultaba tan irritante. Elizabeth no quería causar disgustos y les recordó, una y otra vez, que no estaría sola sino con la criada de los Vélez, hasta que se adaptara y viera cómo le iban las cosas. Les prometió escribir y aseguró que volvería para compartir con ellos una temporada en cuanto pudiera ausentarse de las aulas, y juró que, si se le presentaban inconvenientes, mandaría llamar al primo Roland para que la fuese a buscar. Aun con todas esas recomendaciones, la tía insistía en que era una locura, en qué diría su madre si supiese que partía a un lugar dejado de la mano de Dios, que nadie sabía quiénes vivían allí, y que los indios merodeaban por toda la campaña.

—Tía Florence, ahí vive gente, por eso hay una escuela.

—Sí, pero ¡qué gente! —rugió la tía, descontrolada.

—Gente que necesita de un maestro y de nuestro apoyo. Aunque soy extranjera, me identifico con la causa de la enseñanza en cualquier lado.

Roland abrazó a su prima con verdadero afecto.

—Te pierdes todas las fiestas, querida Liz. Los muchachos se sentirán muy tristes —y la besó en ambas mejillas.

La tía Florence, sin dejar de lagrimear, hizo lo propio y, más tarde, cuando la calesa desaparecía por la esquina de la calle empedrada, fue la primera en escapar hacia el interior de la casa, en busca de un reconfortante ponche en la cocina.

CAPÍTULO 3

—¡Fran, te lo ruego, no te vayas, no nos abandones!

La mujer que suplicaba se veía pálida y demacrada. Llevaba el cabello tirante en un rodete español y sus ojos, orlados de espesas pestañas, delataban que corría sangre morisca por sus venas. Se la veía hermosa, pese a la angustia que crispaba sus rasgos. La mantilla de encaje negro había resbalado de los hombros todavía cubiertos por el justillo, pues acababa de llegar de la misa en Santo Domingo. Todo en la vieja casa de La Recova tenía un resabio español, aunque hacía rato que el país intentaba sacudirse los restos del pasado colonial.

El hombre que aguardaba impaciente junto a la puerta lanzó una última mirada al lugar donde había vivido creyéndose a salvo de desdichas y sinsabores, bendecido por la suerte de haber nacido en el seno de una familia aristocrática de Buenos Aires. Los Peña y Balcarce, organizadores de memorables fiestas y tertulias, gente "bien" que gozaba de la posición ventajosa de los que comerciaban con el extranjero, aunque fieles a su prosapia hispana, custodios de las costumbres antiguas. Como Dolores, bajo cuya falda de terciopelo granate se adivinaba la crinolina ya en desuso. Las jóvenes porteñas optaban por aligerar sus vestidos de acuerdo con las tendencias francesas, si bien el recato impedía excederse copiando a las feministas norteamericanas. Dolores se consideraba una matrona y vestía de manera más conservadora que sus hijas, que ya pedían a gritos los modelitos europeos en boga.

Dolores Balcarce, segunda esposa de don Rogelio Peña, trataba en vano de impedir el desmembramiento de la familia, rogando a Francisco, su hijo mayor, que no abandonara el hogar paterno en ese día borrascoso.

Madre e hijo se parecían sólo en el negro de los cabellos, pues Francisco Peña y Balcarce poseía un físico imponente, alto y robusto, mientras que Dolores era una mujer menuda, aunque voluptuosa después de haber criado a tres hijos. El hijo tampoco había heredado los ojos oscuros de su madre; los suyos eran de un extraño dorado que, unido al curioso pliegue de sus párpados, daban a la mirada un toque enigmático y salvaje. "Ojos de lince", había susurrado alguien durante un baile. Una damita celosa, sin duda, por no haber atraído la atención de un candidato tan apetecible.

Francisco nunca había sido un galán, por el contrario, era famoso por su carácter parco. No se le conocían conquistas femeninas, aunque nadie dudaba de que las tendría en su haber, ya que cualidades no le faltaban: buena presencia, posición social, inteligencia y juventud. Y una fortuna amasada por su padre en el puerto de Buenos Aires, exportando productos del país e importando otros que vendía a buen precio a los negocios de ultramarinos de la ciudad y del litoral. Las malas lenguas asociaban su apellido también a cierto contrabando, sin que nadie se escandalizara demasiado pues eran prácticas comunes desde los tiempos de la colonia. Ya se sabía que Buenos Aires, sin el contrabando, habría vivido sumida en la miseria.

Sin embargo, ni la estirpe ni la fortuna podían retener a Francisco en su casa familiar en ese momento. El secreto descubierto lo impelía a huir de allí. Ni el rostro descompuesto de su madre bastaba para cortarle el paso. No la juzgaba ni la acusaba, pero no podía permanecer en un hogar en el que se sabía un impostor. Ahora entendía el trato distante de su padre, así como los reparos que éste ponía para colocar a su hijo al frente de sus negocios. Poco y nada le dejaba intervenir en ellos, a pesar de que Francisco había estudiado Economía y se sentía capaz de participar en los asuntos familiares mucho más que Dante, el segundón, retraído y temeroso de disgustar al autoritario don Rogelio.

Por el contrario, la madre había volcado en el hijo mayor todo su fervor. Saberse favorito de Dolores había engendrado en él tal orgullo y suficiencia que no podía resistir la cruda verdad que saltó ante sí, golpeándolo como un guante en plena cara.

Era un bastardo.

Nada de lo que la mujer que lo había parido dijese podía cambiar la brutalidad de ese descubrimiento. Tampoco le importaba que ser ilegítimo perjudicase su reconocimiento social, ya que existían muchos como él en gran número de familias. Los tiempos habían sido duros para todos en el Río de la Plata y bastantes apellidos encumbrados guardaban secretos bajo las siete llaves del disimulo. Para Francisco, sin embargo, confiado en su futuro venturoso, saberse hijo natural cuando le disputaba al que creyó su padre el lugar que le correspondía en la empresa familiar había sido demasiado duro. Eso y la dolencia que lo aquejaba desde hacía un tiempo y que mantenía en secreto lo empujaban a desaparecer. Había querido hacerlo en silencio y a escondidas, y la intempestiva llegada de su madre de la iglesia lo sorprendió mientras se despedía del patio con sus limoneros, de los pasillos adamascados y de la galería donde tantas veces había correteado con sus hermanos bajo la mirada atenta de Ña Tomasa, la negra que hizo de madre para todos ellos, dada la juventud de Dolores cuando casó con Rogelio Peña. Nada importaba. Tomasa estaba muerta y tal vez fuese la única persona de la casa capaz de comprender su desventura, habiendo sido como era una pobre mujer abandonada al nacer, a las puertas de un convento. La familia Peña la había aceptado como negrita de compañía, para cebar el mate y ayudar a vestir a sus mujeres. Después, cuando Rogelio contrajo segundas nupcias, la llevó consigo a la nueva casa, y la negra se prendó de la hermosa Dolores y de cada uno de sus vástagos. Con su rostro picado de viruela y sus senos de nodriza, la vieja Tomasa representó para Francisco el calor de una madre y, a la vez, la severidad de una institutriz. Fue la única persona capaz de propinarle coscorrones cuando hacía falta. Dolores, joven y tierna, sólo tenía mimos y zalamerías para su hijo varón.

La misma que, en ese momento, devastada por la pena, se aferraba a la camisa de Francisco mientras buscaba rastros de compasión en las duras facciones del joven.

—Por favor, no me juzgues, hijo —sollozó.

Francisco suspiró.

—Madre, no haga esto más difícil de lo que ya es. No la juzgo ni la culpo, sépalo. Si me voy es por otra cosa.

—¿Por qué? ¿Por qué, entonces? —gimió Dolores.

—Porque éste no es mi sitio ahora. Debo empezar en otra parte, entiéndalo. No soy un Peña y Balcarce verdadero y no voy a aceptar regalos de nadie.

Un estallido de llanto coronó las palabras de Francisco. Dolores escondió el rostro hinchado entre las manos y sacudió convulsivamente los hombros. Ella también pensaba en Tomasa, que le hubiera servido de consuelo como tantas otras veces, cuando su condición de esposa de un hombre mayor se le hacía insoportable.

—Sí que eres un Balcarce —dijo de pronto, irguiéndose en un patético intento de parecer firme ante su hijo.

—Usted sabe a qué me refiero. Nada tengo para mí en esta casa, todo le pertenece a Dante y prefiero que se respete eso. No quiero pretender cosas que no me corresponden.

—Hijo, yo puedo hablar con tu... con Rogelio y pedirle que te emplee en la compañía. Serás un empleado más y recibirás tu paga, no se te hará un regalo. Hasta puedes vivir en la casa de Flores. Allí hay...

—Basta, madre —la interrumpió Francisco.

Le urgía irse antes de que alguien más apareciese en el saloncito donde estaba teniendo lugar la discusión. Los postigos entornados y una penumbra bienhechora suavizaban el dolor que atravesaba los rostros de ambos. Dolores se colgó del brazo de su hijo, suplicando de modo histérico, sin advertir que estaba siendo arrastrada hacia la puerta por el paso inflexible de Francisco.

—Déjalo.

La voz estentórea cortó el llanto de súbito.

—Quiere irse, déjalo.

—¿Cómo puedes... cómo puedes permitirlo?

Don Rogelio miró la cara deformada de su mujer, los hombros caídos, las manos apretando la mantilla hasta desgajarla y, en el fondo de su ser, sintió una pizca de compasión por aquella hermosa hembra que lo había conquistado cuando él era un viudo todavía atractivo y necesitado de hijos que continuaran su apellido. Dolores Balcarce lo había cautivado con su hermosura morena, tan distinta de la languidez de su primera esposa, demasiado frágil para concebir, que había muerto de fiebres al parir a su primogénito, el que lo siguió a la tumba dos días después. Lo fastidiaba el temperamento sentimental de su segunda esposa. Demasiado impulsiva, propensa al llanto y a la alegría desbordada, resultaba una mujer difícil de tratar. Parecía temerle y, cuando él deseaba compañía, se mostraba silenciosa y sufriente, como si se encaminase al cadalso. Por fortuna, no tenía que ir muy lejos para encontrar brazos más efusivos y complacientes. La calle del Pecado era bien conocida por todos los que buscaban placeres cortesanos y diversión despreocupada. Lo único que le molestaba era encontrarse con alguna cara conocida que pudiese avergonzarlo. Como la de su hijastro, que aquella fatídica noche lo había visto salir del lupanar con unas copas encima y se lo había reprochado. ¡Qué se creía el mocito! Decirle a él lo que era la decencia, cuando su propia madre lo había concebido fuera del matrimonio. Así se lo hizo saber, en medio de la calle polvorienta, bajo la luz de gas de la farola y envuelto en los vapores del alcohol. Mejor que supiese antes que tarde cuál era su verdadera posición en la casa, pues ya estaba harto de los aires de mandamás que se daba el joven. Verlo vestido con chaqueta de viaje y rodeado de bártulos le produjo una intensa satisfacción. Nunca había podido tragar del todo ese traspiés de Dolores, ni siquiera sabiéndolo justificado.

Rogelio ignoró el dolor de su esposa y comentó con ironía:

—El que se va sin que lo echen, vuelve sin que lo llamen, dice el refrán.

Francisco sostuvo la mirada de su padrastro con sus ojos apenas visibles entre los párpados caídos, tratando de que se notase todo el desprecio que de pronto sentía por aquel hombre que los había sermoneado sobre la moral y la caridad cristiana, para después desmentir con sus obras lo mismo que pontificaba.

—No pienso cumplir con el refrán —repuso con frialdad—. No voy a volver.

Dolores dejó escapar un gemido agónico y volvió a acercarse a su hijo, que retrocedió.

—Adiós, madre. Piense que la quiero. Nunca deje que la convenzan de lo contrario —y miró a don Rogelio, para que quedase claro de quién podía esperarse ese convencimiento.

—Fran, hijo, si me quieres de verdad no te alejes así de mí. Puedes vivir cerca, en cualquier parte donde yo pueda verte. Piensa que si muero un día, nunca te veré de nuevo... —otro sollozo ahogó las palabras, fastidiando a Rogelio Peña, que detestaba las escenas.

—No hables de muerte todo el tiempo, mujer. Sabes que me crispa.

Francisco miró a su madre con un atisbo de ternura. En un arrebato, la atrajo hacia su pecho y la abrazó, tratando de infundirle fortaleza, la misma que él estaba intentando mantener en esa despedida. Le susurró al oído, protegiendo del padrastro la intimidad que siempre había reinado entre ellos:

—Adiós, madre, sea fuerte. Voy a estar bien. No seré el primero que pruebe fortuna lejos del hogar, después de todo. Le prometo —añadió, en un rapto de debilidad— hacerle saber de mí cuando me instale.

Una mentira piadosa. Su secreto debía seguir oculto, no quería ser visitado cuando la enfermedad lo convirtiese en un paria. Sólo sabía que tendría que irse lo más lejos posible.

—¿Llevas dinero suficiente? —se alarmó de pronto Dolores.

Le desgarraba el pecho ver partir al hijo de sus amores como un ladrón, con lo puesto. A pesar de que ya no era un niño en ningún sentido, su corazón de madre lo sentía como tal, desprotegido y necesitado de cariño. Lo estrechó entre sus brazos, apoyando la cabeza sobre el fornido pecho.

—Te amo —musitó llorosa.

—Y yo a usted. Siempre.

Un carraspeo los devolvió a la realidad de la separación. Francisco tomó a Dolores por los hombros y la apartó con dificultad, pues la mujer parecía prendida de sus ropas. No quiso mirar su rostro desfigurado por el llanto ni tampoco el impasible de su padrastro, que continuaba parado como una columna en el quicio de la puerta. Se inclinó para recoger el baúl donde había metido algunos libros, sus cigarros y pocas ropas y se dirigió al portón de entrada. Lo abrió de un tirón y salió al zaguán, protegido de los ruidos de la calle por la puerta cancel. Afuera, densos nubarrones anunciaban la tormenta. Un cornetazo surgió entre la neblina y Francisco se detuvo en seco para dejar pasar al jinete uniformado en verde que anunciaba el paso del tranvía tirado por caballos. Las campanillas de los arneses ratificaban que se acercaba el novedoso medio de transporte público que reemplazaría a los carruajes. Francisco se lanzó a cruzar las vías esquivando el convoy, presuroso por cortar el lazo que lo ataba a la casa familiar, ubicada justo enfrente de la línea. No pudo evitar volver el rostro un segundo antes de que el ruidoso tranvía se interpusiese, a tiempo de contemplar a su madre en la ventana, a través de los postigos abiertos, una figura desolada que buscaba con desesperación la imagen amada para retenerla en la memoria. Francisco reanudó la marcha a paso forzado, con el corazón oprimido y la mandíbula tan apretada que le crujía. Los ruidos urbanos ahogaron sus pensamientos y le permitieron cerrar su mente a todo lo que no fuese planear su vida futura. A partir de ese momento, ya no sería un Peña y Balcarce.

Buscaría un nombre ficticio y se labraría una existencia nueva, durara lo que durase. Ya no le importaba.

Un trueno lejano traía olor a tierra mojada. Buenos Aires, que iba camino de convertirse en una gran ciudad, por el momento seguía siendo apenas una Gran Aldea.

No lejos de allí, Ña Lucía aguardaba silenciosa a que su patrona terminara de abrazar a la "señorita maestra", como se había empeñado en llamar a Elizabeth desde que supo que iría a desempeñarse en una escuelita de esas que el Presidente estaba ansioso por sembrar en toda la República. Para Lucía, una negra pobre, la instrucción se le antojaba un tesoro. Si hubiese tenido hijos, habría querido que fuesen a la escuela y gozaran de las oportunidades que ella no tuvo. En Buenos Aires no había tanto remilgo con la servidumbre, bien podía decirlo ella, que se sentía parte de la familia de los patrones. Y si se alejaba de su casa era porque la señorita Aurelia se lo había pedido, para cuidar de "Miselizabét" hasta que se estableciera. Tampoco le vendría mal cambiar de aires. No conocía la campaña y no temía a las incomodidades. Además, se sentía útil. Su presencia sería indispensable para que "una de las maestras" hiciese su trabajo. Cuidaría muy bien de aquella jovencita, sí señor, nada le pasaría mientras la negra Lucía estuviese cerca. Podía jurarlo ante la Virgen de Montserrat.

Elizabeth oprimió una vez más las manos de Aurelia Vélez con afecto.

—Me gustaría tanto que viniera conmigo. Sería otra cosa con usted. Sé que tiene cualidades para dirigir una escuela. La he visto dirigir asuntos más complicados acá en la ciudad, con su padre.

Aurelia sonrió con tristeza.

—Es que cuando una se ve obligada… Además, no puedo dejar sola a Rosarito. Otra vez está delicada y yo soy la que mejor la comprende. Tatita es hombre y mi madre sufre demasiado al verla decaída. Ya sabe cómo es eso de los hijos.

—No, no lo sé, y temo saberlo. Pensando en mi madre, me maravilla que me haya dejado partir, siendo yo lo único que tiene.

La pena ensombreció los ojos almendrados de Elizabeth al mencionar lo que desde hacía tiempo era su principal preocupación.

—No piense en cosas tristes, que necesita de toda su fuerza para los alumnos de allá.

—Y su hermanita, ¿se pondrá bien?

—Dios lo quiera —suspiró Aurelia—. Rosario es débil de los pulmones y el aire húmedo de Buenos Aires no le sienta. Por eso cada tanto vamos a Arrecifes, aunque en realidad deberíamos ir a Córdoba. Aquel aire serrano es lo que necesita.

—Córdoba —repitió Elizabeth—. No está cerca de donde vamos, ¿no?

Aurelia se echó a reír con una risa grave aunque juvenil, y Ña Lucía sonrió. Reía tan poco esa patrona suya, herida por la vida y su situación social, que la amistad de la "señorita maestra" era lo mejor que le había pasado hasta ahora. Lástima que no pudiera quedarse más tiempo.

—No, ¡qué va! Córdoba está justo en el centro del país. Es una provincia grande y hermosa. Allí nació Tatita, en un pueblo de montaña llamado Amboy. Él podría haberse quedado en la ciudad capital donde estudió, pero los asuntos se cocinan en Buenos Aires. Si hay que hacer algo, deberá ser desde aquí. Y el lugar adonde usted va queda en otra dirección, sin duda una bella tierra también, aunque sospecho que el clima será más riguroso. Oí mencionar algo acerca de una laguna.

—¿Otro río que parece mar? —sonrió Elizabeth.

—No conozco el sitio. Ya lo verá usted y me contará los detalles, pues no pienso quedarme en ayunas sobre su nuevo trabajo. Escríbame, Elizabeth, será un soplo de frescura para mí recibir sus cartas.

—Desde luego, lo haré —prometió la muchacha emocionada.

Aurelia abrazó por última vez a su joven amiga y le dio un empujoncito para que subiera por fin al carro que la llevaría hasta las vías del ferrocarril, rumbo al sur. Allá donde el trazado de los rieles concluyera, tomarían otro carricoche que las alcanzaría hasta el lugar de destino. No iban solas, Sarmiento había dispuesto una escolta armada para transitar los caminos que a veces eran sólo una huella. Le preocupaba la seguridad de las viajeras, aunque Elizabeth no era remilgada ni temerosa, como lo había demostrado al embarcarse hacia la Argentina.

Si bien en el este de los Estados Unidos la sociedad era progresista y las ideas renovadoras permitían libertades a las mujeres, en las pampas todavía no se acostumbraba que las jóvenes se manejasen a su antojo, salvo en Buenos Aires, donde las porteñas hacían gala de independencia en sus paseos de compras por las tiendas.

En un coche de alquiler, bien acomodadas una junto a la otra y cubiertas las piernas con una manta de lana, Elizabeth O'Connor y la que desde ese momento sería su sombra, Ña Lucía, emprendieron el viaje hacia el interior del país, un mundo en el que todavía no se habían acallado los ecos de los malones y donde los pueblos eran míseros caseríos desperdigados en medio de la inmensa planicie a la que los conquistadores españoles dieron el nombre que sonó en sus oídos de boca de los mismos indios: "pampa".

En una casa de la calle de la Defensa, los postigos enrejados y el portón de recios paneles ocultaban la intimidad de una escena clandestina: en uno de los dormitorios del segundo patio, allí donde las familias resguardaban su privacidad de los ojos de los visitantes, un hombre y una mujer se fundían en un abrazo. La penumbra amparaba a los amantes. Sobre la cama de alto respaldo, enredados entre las sábanas, los cuerpos desnudos ataban y desataban mil posturas distintas, procurando que la servidumbre, que dormía en los cuartuchos que daban al tercer patio junto al gallinero y la huerta, no escuchase los suspiros ni los gemidos.

La mujer se estremecía bajo las caricias osadas del hombre, deseando que esa tortura deliciosa no acabara jamás. Presentía que algo grave ocurría. Él no habría ido a visitarla un día cualquiera, en plena tarde, si no tuviese motivos urgentes. Y temía escucharlos, porque se estaba enamorando de su *partenaire*. Lo que había comenzado como un capricho de mujer casada y aburrida estaba a punto de consumirla, pues no estaba lista para sufrir por aquel joven que frecuentaba su cama en ausencia del esposo.

Él la penetró una vez más, meciéndose sobre ella con lentitud, buscando prolongar el éxtasis, observando en las sombras cómo la mujer curvaba el labio en una mueca de placer y cerraba los ojos, incapaz de resistir un segundo más.

—Ahora, querido... ¡Ahora! —exclamó, subiendo un tono los susurros.

—Shhh... Evangelina va a oírte.

La mención de la doncella en un momento como ese fastidió a Teresa, que abrió los ojos.

—No hables, sólo ámame —exigió.

Él sonrió y aceleró el ritmo, dispuesto a dejar un buen recuerdo en aquella hembra insatisfecha. La aventura lo estaba cansando, sobre todo por la necesidad de ocultarse en todo momento y evitar las reuniones que el señor Del Águila frecuentaba. Teresa era bella y ardiente, aunque muy posesiva para ser casada. Debería haber aprendido que de los amantes ocasionales no se puede pedir fidelidad.

El punto agónico llegó entre jadeos y ambos se desplomaron, exhaustos. Había sido intenso. Francisco estaba tan vacío como antes, mientras que Teresa sonreía satisfecha como una gata mimada. Se desperezó bajo el peso del hombre y le acarició el rostro humedecido por el sudor antes de formular la temida pregunta:

—¿A qué se debe esta visita inesperada? No me diste tiempo de arreglarme para ti, bandido. Sabes que para una mujer eso es delito.

Francisco rodó hacia un lado y permaneció boca arriba, mirando sin ver el artesonado del techo de vigas. Aquella habitación lo abrumaba: las paredes cubiertas de severos retratos de familia, un rosario de ébano enredado en los barrotes de la cama, dos ramitas de muérdago en una hornacina con la imagen de la Virgen y la sensación del marido ausente, que jamás lo abandonaba. Teresa se le había ofrecido, ésa era la verdad. Él había aceptado por diversión a esa mujer atractiva, deseosa de aventura y muy complaciente, y con ella había vivido momentos de lujuria inolvidables, pero ese día en particular, con la angustia que le agarrotaba el pecho, no estaba seguro de que hubiese sido buena idea visitarla. Lo hizo porque le debía una explicación, una despedida. Aunque no le diría por qué se marchaba ni adónde, no podía abandonar la ciudad sin romper antes con ella. Esperaba que lo entendiese sin armar escándalo. Había por lo menos una veintena de jóvenes y no tan jóvenes que la aceptarían encantados, si ella insistía en meterle los cuernos a su marido.

—Estás callado hoy —lo reconvino Teresa, fingiéndose ofendida.

Francisco se incorporó sobre el codo y se volvió para mirar el rostro somnoliento de la mujer. No había forma de suavizar el efecto que la noticia le produciría, así que más le valía proceder con crudeza.

—Me voy, Teresa, vine para despedirme.

En el silencio que siguió a sus contundentes palabras, sólo la vibración del viejo péndulo se dejó oír, llenando de premonición el corazón de Teresa.

—¿Cómo que te vas? ¿Adónde? ¿Cuándo vuelves?

Francisco suspiró. No iba a ser fácil.

—No creo que vuelva, al menos en mucho tiempo. Estamos despidiéndonos, Teresa.

La mujer retuvo la respiración unos segundos, embargada de un sentimiento impreciso, que empezó siendo pánico y acabó convirtiéndose en odio, furioso despecho hacia aquel sinvergüenza que osaba prescindir de ella, usándola hasta el último minuto, ya que, de haber sabido sus intenciones, ni loca se habría acostado con él ese día.

—¿Despidiéndonos? —gritó, ya sin cuidarse de los sirvientes—. ¿Y ahora me lo dices? ¡Qué conveniente para ti! ¡Una despedida que te dejará caliente la entrepierna por un tiempo! ¿Pensabas decírmelo antes? No, claro que no, habría sido poco práctico. Eso es lo que pasa por acostarse con calentones sin clase.

La grosería del lenguaje de Teresa sorprendió a Francisco, pues jamás la había visto fuera de sí. Había temido que llorara, que suplicara, nunca se le pasó por la cabeza que insultara de ese modo ni mostrara los dientes de manera tan poco femenina mientras se escudaba tras la sábana, quitándole el derecho de volver a ver sus senos desnudos.

—Sabíamos que lo nuestro… —empezó.

—¿Lo nuestro? ¡Qué pretensiones, señor mío! No hay tal "lo nuestro". No hay nada entre nosotros, salvo una picazón que ya hemos calmado. Por lo menos yo ya estoy harta. Vuélvete, que quiero vestirme.

No esperó a que él hiciera lo pedido, saltó de la cama y recogió las desperdigadas ropas con ademanes de poseída. Francisco la contempló durante unos minutos, sospechando que el estallido no había concluido.

—En cuanto a ti, ¡puedes irte al mismísimo infierno! Lo que más lamento es haberte dado cabida en mi cama cuando tenía a mi disposición tantos buenos mozos más refinados que tú que, al fin y al cabo, no eres más que un don nadie. Un Peña y Balcarce, sí, que no corta ni pincha. ¿Acaso tu padre te dio alguna vez vela en el entierro? No, claro que no. Y por algo ha de ser. Tu padre sí que es un hombre hecho y derecho, no le llegas ni a los talones. ¡Maldigo la hora en que lo cambié por ti! —rugió la mujer, sin advertir el efecto siniestro que sus palabras provocaban en el semblante del hombre.

Francisco se puso de pie sintiéndose en trance, experimentando una repugnancia tan grande que se le hizo insoportable la visión de aquella mujer un segundo más. Sentía deseos de estrangularla, de acallar esas palabras con sus manos hasta que no quedaran sino gemidos, de hundirla entre las sábanas donde habían retozado para que su marido la encontrase allí y supiese qué clase de perra tenía por esposa. Algo en su interior resonó, devolviéndole la cordura justo a tiempo. Había estado a punto de sucumbir a otro ataque y, esa vez, en presencia de extraños. Respiró hondo, apretando los ojos hasta sentir que las sienes dejaban de latir, y pudo dominar la oleada.

Ella no lo vería jamás así. Nadie debía verlo, era preciso huir ya mismo.

Sin prestar atención a los insultos de aquella mujer a la que desconocía en esos momentos, se vistió con rapidez. Cuando todavía no se había abotonado la camisa salió al patio, ante la escandalizada expresión de Evangelina, que acudía con la bandeja del mate para su señora. ¡Menuda sorpresa se habría llevado de haber entrado minutos antes! Al trasponer el patio del aljibe, en medio de los árboles frutales pudo escuchar el último insulto, que le recorrió la espina con el efecto de un rayo:

—¡Bastardo! ¡No quiero verte nunca más!

El hombre que salió a la calle como poseído por el diablo estuvo a punto de desbocar al caballo que tiraba de la calesa donde Elizabeth y Ña Lucía se bamboleaban, muy juntas, dándose calor en esa tarde fría y húmeda.

—¡Cuidado! —bramó el cochero indignado, mientras se esforzaba por conservar el control.

En mangas de camisa, arrastrando la chaqueta y sin mirar hacia los lados, Francisco atravesó la calle adoquinada mascullando el rencor hacia su padrastro, hacia la mujer en celo que lo había cautivado y hacia sí mismo, que había caído tan bajo. Por eso no reparó en la joven mujer que viajaba en el carruaje, su cabeza tocada con una capota de color uva y envuelta en un chal que dejaba al descubierto sólo su rostro de grandes ojos claros. Ella sí lo vio. Y se asustó ante la expresión de aquel hombre semidesnudo, de cabello desmelenado y extraños ojos que relucían con fiereza.

—¡Qué bruto! —exclamó Ña Lucía—. Así son estos señoritos, impertinentes. No les importa la gente decente que anda por la calle.

—Me pareció…

—¿Qué, mi niña?

Elizabeth dudó antes de continuar.

—No sé, me pareció que huía de algo o de alguien, pobre hombre.

La negra suspiró, conocedora de muchas situaciones que podían dar lugar a una huida precipitada.

—Pues sí, podría ser. Mejor no averiguar por qué, "Miselizabét". Hay cada uno en esta ciudad... Mire, yo no le voy a decir que me alegro de que tenga que viajar tan lejos para enseñar, pero que va a estar más resguardada de los atrevidos, eso sí. Hay muchos señoritos que quisieran echarle el lazo a una jovencita tan hermosa. Y no con las mejores intenciones, diría yo. Allá donde vamos, en cambio, entre la gente tranquila del pueblo, lo vamos a pasar muy bien, ya verá. Esta negra vieja sabe lo que le dice.

Satisfecha con su predicción, Ña Lucía se apoltronó bajo su manta, pues el viento calaba hasta los huesos. El carruaje seguía el rumbo de la calle de la Defensa, el acceso directo a la ciudad desde el sur, de donde soplaba un punzante aire con olor a sal y a cuero que parecía anticipar el salvajismo de la tierra en la que Elizabeth O'Connor empezaría su misión audaz.

Al pasar frente al convento de San Francisco, las campanas soltaron lúgubres tañidos que hicieron eco en el corazón de ambas mujeres. Y cuando el coche dejó atrás la Manzana de las Luces y la zona de residencia de las más encumbradas familias, un panorama desolador se abrió ante los ojos de Elizabeth.

Un riacho de aspecto aceitoso las acompañó, serpenteando, durante un largo trecho en el que el vehículo daba tumbos entre las lomadas pantanosas. Algunas carretas tiradas por bueyes cruzaban el camino de la calesa y sus conductores, hombres con aspecto de facinerosos, con pañuelos atados en la cabeza y cuchillos atravesados en sus fajas, se tocaban la frente en señal de respetuoso saludo hacia las señoras bien vestidas que circulaban en dirección opuesta. Más de una vez, Elizabeth se sintió inquieta ante la mirada aviesa de un jinete que galopaba hacia la ciudad o, peor aún, que parecía seguir la misma pista que ellas. La escolta proporcionada por Sarmiento le parecía igual de temible, pues eran hombres taciturnos de aspecto amenazador. Cuando ella solicitó un momento de descanso frente a la última iglesia para rezar la oración del viajero, un escolta nervudo se aproximó para decirle, muy cerca de su rostro:

—Con su perdón, señora, es mejor seguir que detenerse. Rece usted mientras anda, que a Dios le importará poco cuándo lo haga.

Elizabeth se irguió para replicar y Ña Lucía le propinó un codazo. De inmediato se disculpó diciendo:

—Tiene razón, mi niña. Es mejor llegar cuanto antes al tren, por si acaso.

Elizabeth permaneció callada y se limitó a observar las reses que circulaban en grupos por la calle fangosa hacia el matadero, mugiendo tristemente, mientras que, algo más lejos, unos edificios cuadrados escupían volutas de humo, revelando que aquella zona límite estaba destinada a las pequeñas fábricas que iban surgiendo.

El arribo a la estación de ferrocarril fue un alivio. Allí las viajeras se despidieron del cochero, que volvería a la casa de los Vélez Sarsfield para dar el parte de su misión cumplida, y la escolta seguiría un trecho más, para asegurarse de que el viaje en tren se desenvolviera como era debido.

Las líneas ferroviarias eran recientes en la región. La primera se había iniciado en la década de 1850, apenas algunos años atrás y, si bien solucionaban en gran medida los engorrosos traslados hasta los suburbios de la ciudad y más allá, todavía los servicios sufrían demoras y percances. Elizabeth y Ña Lucía debían tomar el Ferrocarril del Sud, que partía de la estación Constitución, bastante alejada de la ciudad. El nuevo servicio de tranvías arrastrados por caballos había desarrollado una línea auxiliar que cubría esa distancia, pero el Presidente había preferido que llegasen hasta allí más cómodas, en un coche particular, de modo que el arribo de ambas mujeres fue observado por numerosos pasajeros que, arracimados a lo largo del andén, custodiaban sus bultos, envueltos en el humo denso de la locomotora que pitaba con insistencia.

—¡Válgame, mi niña, que estamos atrasadas! —se apuró Lucía, jadeando al cargar una maleta de cuero trenzado con una mano y un bolso de gruesa tela en la otra.

Elizabeth la seguía, arrastrando un baúl que contenía lo poco que había seleccionado para ese viaje. La mayoría de sus cosas habían quedado en la casa de los Dickson, ya que no pensaba necesitar tanto en medio del campo. Ña Lucía se abrió paso a codazos hasta el borde del andén y allí pudo sentarse sobre la valija, que se ensanchó de modo peligroso en las costuras. Un muchachito se acercó para ofrecer sus servicios de changador y la negra replicó:

—¡Ja! Si nos ahorramos las monedas del tranvía, no ha de ser para dártelas a ti, m'hijo. Vete a ofrecer ayuda a quien la necesite más.

Elizabeth, compasiva, dejó que el chico portase uno de sus bolsos de mano, ya que le pareció demasiado escuálido para cargar el baúl. Lo premió con una moneda y un coscorrón amistoso que arrancó en el muchacho una sonrisa desdentada. Lucía sacudió la cabeza con resignación.

—Ya lo digo yo. Muy tiernita "Miselizabét", demasiado para esta tierra.

Bajo el alero de la estación, la gente dejaba paso a los changadores de fardos de lana y cuero. Los carretones avanzaban oscilantes casi hasta los rieles, para facilitar el trasbordo de enormes balas de sebo y de forraje que venían de los poblados sureños. El tren estaba destinado a la carga de productos más que al transporte de pasajeros, como lo evidenciaba el número de vagones descubiertos. El largo convoy se sacudió al engancharse la locomotora y ésa fue la señal para el embarque. La gente se amontonó junto a la escalerilla y comenzó el lento proceso de subir bártulos y personas casi al mismo tiempo. Una señora gruesa aplastó la cara del guarda al intentar pasar por la estrecha puerta sin dejar atrás la jaula del loro, con el pajarraco incluido; un hombre mayor enganchó el bastón a la baranda primero y trató de alzarse después, como si escalase una montaña, lo que causó la previsible caída, en medio de gran conmoción; y hasta hubo un atrevido que empujó desde atrás a una pasajera para acelerar la subida al vagón, creando otra confusión, esta vez de ánimos, casi al punto de provocar una riña entre el osado y el esposo de la señora. Ña Lucía no prestaba atención, ocupada como estaba en controlar el equipaje para que nadie le birlara un bulto en medio del alboroto. Por eso no vio al caballero que, vestido de simple chaqueta gris y sin sombrero, trepaba con agilidad al vagón contiguo. Una simple mirada le habría bastado para identificar al arrojado que cruzó la calle de la Defensa horas antes, cuando ellas se dirigían en carruaje hacia la estación.

Francisco Peña y Balcarce permaneció sumido en profunda cavilación mientras veía desfilar los pastos duros que orlaban los durmientes, al ponerse en marcha el tren. El pitido de la locomotora, los gritos menguados por la distancia a medida que el convoy se alejaba, los campos de cría que empezaban a pasar delante de sus ojos, todo adquirió una forma nebulosa cuando el tren tomó velocidad y, de la misma manera, dejó atrás los recuerdos de su vida cómoda en Buenos Aires, su apellido, sus amistades, sus conquistas, su familia... la única verdadera que tenía: su madre. Partía hacia lo desconocido con el ímpetu de la huida y el corazón oprimido, con la determinación de cortar lazos con el que había sido y comenzar su nueva vida como lo que era: un bastardo.

Durante la primera parte del viaje, Elizabeth pudo apreciar un fugaz panorama de la tierra que la aguardaba: campos y más campos sin cultivar, grupos de vacas arracimadas bajo la sombra de un ombú, preparándose para pasar la noche. Aquello no se parecía en nada a las pintorescas colinas de Irlanda, que ella conocía por los relatos de su madre y las acuarelas que la mujer había guardado como recuerdo de su difunto esposo. Los campos de Inglaterra y de Irlanda parecían miniaturas de colección comparadas con aquella inmensidad. Elizabeth estaba habituada a las extensiones que conocía a través de libros y fotografías, puesto que en América del Norte también la naturaleza se prodigaba en pinceladas gigantescas, pero lo que los rioplatenses llamaban "pampa" tenía entidad propia. La llanura desierta se desparramaba en todas direcciones, adonde la vista se dirigiese. Nada había fuera de algunas aguadas, bandadas de aves o nubes de cardos flotando a merced del viento. Cada tanto, un pájaro grande y feo contemplaba estático el paso del tren, con un único ojo vuelto de costado, como para fijarse mejor. Los huesos de algún animal solían acompañar esa imagen. Elizabeth supo por Ña Lucía que se trataba de un carancho, un ave carroñera muy común en esa tierra.

—Hay a montones, niña, y mejor que así sea, pues limpian de carne muerta los campos. Usted sabe que los gauchos no se cuidan de enterrar los restos de las vacas que carnean en las redadas.

—¿Los "gaushos"?

—Ay, mi niña, que no sabe quiénes son, ¿verdad?

Elizabeth se avergonzó de no estar enterada de la existencia de tales personajes, al parecer importantes en la pampa. Con su dominio de las aulas, pues no en vano había lidiado con niños impertinentes muchas veces, carraspeó y dijo, como si tal cosa:

—Hay mucho para aprender aquí, Lucía, como en todas partes. Cada tierra esconde sus secretos sólo para ser develados por el viajero interesado. Vamos a ver, ¿quiénes son esos "gaushos" de que me hablas? ¿Habré de encontrarme con algunos al llegar?

Lucía miró admirada a la señorita que tenía enfrente. En un santiamén se había convertido en una maestra firme y serena que, en lugar de preguntar, parecía que ordenaba, como para tomar examen.

"Virgen Santa, creo que el Presidente dio en la tecla con esta niña, sí señor", pensó la negra con deleite.

—Pues verá, "Miselizabét", el gaucho es el rey de la pampa y disputa con el indio ese privilegio. Nadie sabe como él sobrevivir en esta tierra salvaje. Claro que es medio indomable aunque, si se ve necesitado, puede trabajar bien en las chacras, "conchabarse", que le dicen. Lo que más lo pierde es dormir bajo las estrellas, sin más cama que el poncho y el recado bajo su cabeza. Él es como un centauro, ¿vio? Ésos mitad hombre, mitad caballo. La señorita Aurelia me explicó, porque una vez yo estaba sirviendo la mesa cuando escuché al señor Sarmiento despotricar contra los gauchos. Que son incivilizados, decía, que había que enseñarles a vivir con decencia, porque queriendo ser libres sin compromiso se están pareciendo a los indios, a los que odian igual que los blancos. Y los indios y los gauchos lo tienen a maltraer a Sarmiento. Dijo que la patria no crecía porque la tiraban desde atrás las costumbres viejas. Yo escuché todo eso sin querer, sabe usted, por estar dando vueltas para servir de la cocina a la mesa, pero después la señorita Aurelia, que es tan lista, se dio cuenta y me explicó lo de "centauros del Diablo" que había dicho Sarmiento.

Elizabeth sonrió al imaginar la escena: Sarmiento exaltado como cuando ella lo vio insultando a los que habían quitado el nido de la ventana y Aurelia, serena y dulce, oficiando de intérprete para la criada asustada.

—Allá en mi país tenemos problemas parecidos —le comentó a Lucía—. Ahora el presidente Grant está tratando de relacionarse mejor con los indios para que no suceda eso que me dice, de "retroceder". Va a intentar que los cuáqueros se ocupen, pues parece que tienen buena relación con ellos.

Ña Lucía no sabía qué eran los "cuáqueros" y, antes de que pudiese preguntar, una visión arrancó un gritito de entusiasmo de Elizabeth.

Una caballada. Diez o doce animales cabalgaban juntos hacia el cenit, envueltos en una bruma dorada que los volvía irreales. Levantaban nubes de polvo a su paso y casi no se veían las patas, flotaban entre el cielo y la tierra. La tropilla quebró la quietud del paisaje y una bandada de garzas blancas levantó vuelo entre gritos. Los pastizales, tiesos como púas, se abrieron para darles paso. Elizabeth siguió con los ojos las siluetas fantasmales hasta que fueron tragadas por el horizonte.

Sonrió, embelesada. La luz de la tarde encendía de rojo los pastos, mientras teñía de índigo el cielo. Los límites se fundían tras las nubes que desfilaban, perezosas. De manera imperceptible, la soledad se fue apoderando del corazón de Elizabeth y de Lucía, dejándolas sumidas en un silencio de oración. Intuyendo la necesidad de invocar cierto amparo, la negra se persignó, y Elizabeth entrelazó las manos sin darse cuenta. Tanta grandeza mostraba a las claras la pequeñez del hombre que se atrevía a cruzar esas tierras.

Francisco también había visto los caballos. Con ojo de conocedor, distinguió los rasgos de la raza criolla que se estaba convirtiendo en el instrumento de conquista de ese suelo bravío. Pensó en procurarse una buena montura cuando llegase a destino. Si iba a vivir solo, necesitaría un medio de movilización que no le exigiese recurrir a nadie. Cerró los ojos para meditar sobre su situación. Llevaba la dirección del posadero que lo alojaría en Chascomús. De allí a Dolores todavía no había rieles que lo llevaran, de modo que el tramo hasta la laguna de Mar Chiquita sólo podía ser salvado en carreta o a caballo. Su contacto en Buenos Aires le había asegurado que el lugar era aislado y que la casita se encontraba en condiciones, claro que con comodidades mínimas, nada más. Era todo lo que necesitaba. Poco a poco, el traqueteo del viaje le proporcionó un sueño liviano. En él se mezclaban imágenes serenas de su madre cosiendo junto al fuego, su labor extendida sobre el regazo y una expresión triste en el rostro amado, y otras turbulentas, ligadas al ceño de su padrastro y a cierta maledicencia que, ahora entendía, había acompañado siempre su presencia en fiestas y tertulias. ¡Qué ingenuo había sido! La gente murmuraba y él no lo sabía. Tan seguro de sí se sentía que no pensó que las miradas de soslayo y los carraspeos intencionados tuviesen algo que ver con su nacimiento. Antes de que él naciera, Dolores se había visto obligada a soportar la misma humillante condescendencia de aquellos que sospechaban o sabían que no llevaba en el vientre a un auténtico Peña y Balcarce sino a un Balcarce, vaya uno a saber de qué padre. Esto último torturaba el corazón de Francisco. Su madre no le había dicho de quién era hijo, sólo había aclarado las oscuras palabras que le escupió Rogelio en la acera aquella noche. "Es cierto, hijo, él no es tu verdadero padre", le había murmurado acongojada, obligada a reconocer su vergüenza. Si el muy hipócrita de Rogelio Peña no hubiese intervenido, si no hubiese acallado el ruego de su madre justo cuando ella parecía dispuesta a mencionar la paternidad… pero lo había hecho. En venganza por tantos años de tener que reprimir el rechazo hacia ese hijo impuesto, su padrastro había impedido que Francisco conociese de labios de su madre quién era el hombre que lo había engendrado. Ya no hubo otra oportunidad, pues el llanto de Dolores, la furia de Francisco, el pánico, la conmoción de Dante al descubrir la gran pelea familiar, todo se interpuso para impedir que él desentrañase aquel misterio.

El tren se sacudió y el movimiento cortó los lazos de la ensoñación. Francisco miró hacia afuera, donde el crepúsculo había devorado los campos. Un resplandor plateado revelaba la existencia de una charca en la que las aves se posaban, liberadas ya del diario sobrevivir. No muy lejos, una tapera iluminada por la luz de un candil garantizaba la presencia humana en medio del paisaje hostil. Algún pulpero, quizá. No muchos se atrevían a erigir sus casas en la soledad del campo, lejos de la civilización y muy cerca del peligro de los malones o de algún puma.

Alguien desde el tren hizo una señal y el candil osciló, en respuesta. Una figura se desprendió de la tapera y se acercó cabalgando a las vías, para volver grupas tal como había venido. El tren brindaba el servicio de aprovisionamiento de esas pobres almas que subsistían como podían en la pampa.

Francisco volvió a cerrar los ojos cuando el tren recuperó su ritmo, siempre rumbo al sur, hacia donde lo aguardaban la soledad y el retiro de la vida tal como la había conocido. Iba camino de convertirse en un paria, pero por nada del mundo aceptaría quedarse en Buenos Aires, la ciudad que lo conoció como el joven heredero orgulloso que se bebía los vientos en las parrandas nocturnas. Si antes los porteños eran parte de su cepa, ahora los arrancaría de cuajo. Mientras no supiese a qué tenía derecho, él permanecería oculto en la lejanía de su retiro, como un monje que busca ahondar en las verdades del alma. Y no sabía cuánto tiempo podría llevarle esa búsqueda.

Al caer la noche, una figura sacudió la aldaba de la casa de los Dickson.

La criada que abrió contempló sorprendida el rostro cetrino del hombre alto y bien vestido que le ofrecía una tarjeta de visita. Aunque no era hora de visitas, algo indefinible le dijo a Micaela que aquel hombre no era una visita corriente tampoco, sino un mensajero peligroso, pues la mirada de esos ojos oscuros le envió un escalofrío a lo largo de su espalda.

—¿Miss Elizabeth O'Connor se hospeda aquí? —dijo la voz profunda.

El tono resultó amenazante para la muchacha, que se apresuró a solicitar la presencia del señor de la casa.

Fred Dickson apareció en el marco de la puerta cancel, algo molesto por ver interrumpida su cena y, al igual que Micaela, se dejó invadir por la inquietud al contemplar la figura que se destacaba en la oscuridad de la calle.

—¿Busca usted a mi sobrina? —inquirió.

—En efecto. Permítame presentarme, soy Jim Morris, encargado de asuntos legales de Tennessee. ¿Es usted tío de Elizabeth?

La mención del nombre de pila con tanto desparpajo desconcertó a Fred, que replicó, indignado:

—Me temo que ha llegado usted demasiado tarde. Mi sobrina ya partió en tren en el día de hoy y no sabemos cuándo retornará.

A pesar de su actitud hierática, Jim no pudo ocultar un asomo de contrariedad al ver frustrados sus planes. Guardaba un as en la manga, sin embargo, no en vano había desempeñado el papel de tahúr tantas veces en los barcos del Mississippi.

—Quizá pueda decirme usted hacia dónde, ya que tengo una información importante para ella.

—¿Una información?

Fred dudó un instante. No conocía a ese hombre más que de oídas. Sabía que había intentado ver a Elizabeth la mañana que llevó hasta allí los baúles y, a pesar de no estar demasiado atento a las idas y venidas de la familia, no era ajeno al cortejo de los jóvenes en general. Le pareció que el tal Jim Morris se preocupaba demasiado por el bienestar de Elizabeth.

—Si me hace el favor de dármela, señor Morris, con gusto se la haré llegar cuando uno de nosotros viaje hasta allá aunque, si es urgente, se puede recurrir al telégrafo.

—Para eso necesitaría saber la dirección.

Qué molestia. ¿Cómo deshacerse de un candidato terco? Fred Dickson no tenía práctica en esos asuntos, que solía manejar su esposa. Fue ella la que lo sacó del atolladero, si bien no de la manera que él hubiera deseado.

—¿Qué pasa, querido? ¿Quién ha venido? Ah, pero si es el señor Morris. Lo recuerdo bien. ¿Pasa algo malo? —su semblante se tornó ceniciento—. Ay, no, no me diga que algo ha sucedido en el tren que lleva a Lizzie a Chascomús... Por Dios, no...

—Calla, mujer, que nada sucedió —replicó molesto Fred Dickson.

Ya estaba dicho. El día que Florence supiese cerrar a tiempo su bocota...

Jim Morris no demostró la satisfacción que le produjo conocer el paradero de Pequeña Brasa, sino que fingió preocupación, a fin de obtener más de lo que deseaba.

—Si ha ido a Chascomús, entonces... —comenzó, y dejó flotando el resto de la frase.

—¿Entonces qué? —exclamó Florence, congestionada—. ¿Qué pasa? ¡Díganos, señor! La pobre Lizzie tiene metida en la cabeza la idea de ser mujer independiente y yo le dije que puede enseñar a cualquier niño de la ciudad, no sólo los de la campaña.

—Florence... —intercedió el marido, turbado, sin poder impedir el torrente que siguió:

—Fíjese que va a instalarse en la laguna de Mar Chiquita, donde quiera que figure eso en el mapa. Por suerte no ha ido sola como ella pretendía, aun así... Mi hijo insistió para convencerla, pero nada. Los jóvenes son tan tercos. Usted, señor, ¿se dirige hacia allá, por casualidad? Si es así, no vendría mal que le transmitiera nuestra preocupación. La pobre prima Emily tan lejos, sin saber que su hija se interna en las pampas a merced de vaya a saber una qué...

—¡Florence!

Jim encontró su momento para intervenir.

—No se alarme, señora. Mis negocios me obligan a ir de acá para allá y no tendré problema en acercarme al lugar donde se encuentra su sobrina para asegurarme de que se halla en perfectas condiciones. Puedo pasar por aquí al regresar, hacérselo saber y traerle incluso mensajes de su parte.

—¿Y cuándo haría usted eso, señor?

—Apenas mis asuntos me lo permitan, señora —aseguró Jim, como si no pensase partir de inmediato—. Si no es molestia, quisiera poder visitarla en cuanto llegara, para informarle.

—¡Por supuesto que no es molestia! ¡Faltaba más! Honor que nos hace al ocuparse de nuestra tranquilidad. Y si no es abusar de su confianza, ¿podría encargarle que le llevara algo de mi parte?

A esa altura, el tío Fred desistió de hacer callar a su esposa.

—Lo que guste, señora, a su servicio —contestó con galantería Jim Morris. Todo lo que aquel hombre decía tenía un doble filo imperceptible.

—Aguarde aquí un segundo, señor —se apuró la tía Florence—. Fred, querido, haz pasar al señor a la salita mientras subo en busca del cuaderno de Lizzie. ¡Querrá morirse cuando vea que se fue sin él!

De mala gana, Fred Dickson hizo pasar al señor Morris a una habitación con molduras de yeso doradas y papel de seda color crema en las paredes. Allí, sobre una mesita francesa, dejó el caballero su tarjeta, en un cuenco de porcelana. Por fortuna, la señora Dickson no se demoró, ya que Fred no sabía de qué hablar con el desconocido y Jim tampoco tenía paciencia para sostener conversaciones intrascendentes. Lo único que quería era no perder de vista a Pequeña Brasa y aquella familia le estaba proporcionando los medios para cumplir su objetivo. Cual un águila certera, una vez vista la presa, sellaba su destino.

Florence llevaba un libro de tapas azules en cuyo lomo podía leerse "Mis días", pintado en tinta de oro.

—Por Dios, mujer, si esto es un diario personal... —comenzó el tío Fred.

—Nada de eso —interrumpió agitada Florence—. Es una especie de plan de trabajo de Lizzie, sin duda muy necesario en el aula. Ni sé cómo pudo olvidarlo.

Nadie dijo nada acerca de por qué la tía Florence sabía con exactitud qué contenía el libro. Jim Morris lo tomó y se inclinó hacia la señora Dickson, su mejor aliada. Convenía tenerla comiendo de su mano.

—Llevaré esto tan rápido como pueda, señora mía. Confíe en ello. No me desviaré tanto de mi camino si tuerzo el rumbo hacia la costa.

—Ah, ¿sabe usted dónde queda Mar Chiquita?

—El nombre del lugar me ha dado la idea, ya que soy extranjero aquí.

Florence miró por primera vez de modo calculado al hombre que tenía enfrente. Ya no estaba segura de haber obrado bien al encomendarle la misión, pues nada sabía de él, y la expresión ceñuda de su esposo le estaba diciendo precisamente eso. "Al mal tiempo buena cara" pensó. Después de todo, la propia Elizabeth había confiado en él al entregarle su equipaje. Y el hombre había cumplido. No podía ser un farsante.

Apenas las sombras engulleron al señor Morris, el tío Fred se volvió hacia su esposa, furibundo.

En las calles mal iluminadas, el perfil aguileño de Jim Morris se destacó imponente sobre un paredón que miraba hacia la ribera. El destino había trenzado los caminos de Pequeña Brasa y el suyo con fuertes nudos. Su búsqueda lo llevaba hacia el sur, adonde el tren estaba conduciendo, en ese mismo momento, a la maestra de Boston.

"Keetoowah", murmuró con reverencia el hombre inclinándose hacia el norte, antes de emprender la marcha en dirección opuesta.

CAPÍTULO 4

Elizabeth frunció el ceño con dolor. Al cabo de más de cien kilómetros recorridos en medio de frecuentes sacudones y paradas furtivas durante la noche, la rigidez de los asientos y el poco espacio que le quedaba para estirarse, los pies se le habían hinchado y los botines acordonados presionaban contra su empeine de modo terrible. A su lado, Ña Lucía roncaba con estruendo y no parecía sufrir incomodidad alguna; por el contrario, se repantigaba en su asiento de tal forma que reducía el sitio que le tocaba a Elizabeth. La joven decidió levantar los pies y apoyarlos sobre el baúl, pues temía no poder pararse en sus zapatos cuando tuviesen que bajar. En esa posición recorrió los últimos tramos antes de que el tren se detuviera, escupiendo vapor en medio de la nada, frente a un cartel que anunciaba "Chascomús".

El andén de tablones y el alero de la pequeña estación eran todo lo que se veía, aparte de una esquina que oficiaba de pulpería y almacén al mismo tiempo, una construcción chata de paredes blanqueadas y rejas en las ventanas. No había movimiento tampoco. El empleado de la estación y un carretero que parecía dormido en el pescante de su carro, con el sombrero ladeado, eran la única señal de vida. Elizabeth pensó que debía ser demasiado temprano y que la gente de los alrededores estaría durmiendo aún. Ña Lucía despertó de golpe, asustada por el silencio que se produjo al detenerse la locomotora.

—¿Ya estamos? Ay, Virgen bendita —exclamó, llevándose una mano al opulento pecho—. Era hora. Tengo las coyunturas destartaladas.

Elizabeth sonrió. No creía que las "coyunturas" de Lucía fuesen tan delicadas.

—Vamos a ver si nos esperan, mi niña —agregó cautelosa la negra, y su cara redonda se apretó contra la ventanilla en busca de alguna señal, oprimiendo a la pobre Elizabeth con su físico voluminoso.

El examen no pareció convencerla, pues chasqueó los labios con aire dubitativo. Elizabeth miró a su vez y tampoco vio más de lo que ya había apreciado al detenerse la máquina. El guarda del ferrocarril estaba ayudando a los pasajeros de los dos únicos vagones a descender con sus bártulos, cuando el hombre que conducía la carreta se despabiló y se puso en pie de un salto. Era un viejo curtido por la vida rústica y vestido con la dignidad del pobre que procura verse limpio. Su chaqueta de paño negro estaba muy gastada, pero las "bombachas" de campo bien zurcidas y las botas, sin más polvo que el reciente del camino. Un sombrero aludo de copa chata completaba el atuendo. Fue esa prenda lo que le dio a Elizabeth la idea de que aquel hombre era el que las aguardaba, pues el carretero se sacó el sombrero con una mano y se rascó la cabeza con la otra con aire preocupado. ¿Qué otro signo más revelador que ése para explicar la espera prolongada?

—Ese hombre, Lucía, creo que es nuestro cochero.

La negra observó al sujeto con ojo crítico.

—Pues si es ése, lindo carromato nos mandó Sar... digo, el Presidente, para el resto del viaje. Mi trasero va a quedar el doble de ancho de tanto darle y darle... —se interrumpió, turbada al usar ese lenguaje en presencia de una maestra.

Elizabeth le parecía tan joven y tierna que a veces olvidaba su posición. Se relajó al escucharla reír con ganas.

—Ay, Lucía, si hemos sobrevivido hasta ahora, creo que no nos costará tanto lo que falta.

Las mujeres descendieron y Elizabeth fue la primera en pisar el andén, por eso no vio la expresión de la negra Lucía, de repente seria ante el comentario que ella acababa de hacer. Bien sabía la criada que aquello no era sino el principio y que el viaje en tren era miel y azúcar frente a la crudeza de la vida que les aguardaba.

Francisco descendió de su propio vagón sintiéndose renovado al contemplar un paisaje distinto. El amanecer en el campo tenía un aura mística que en la ciudad no se apreciaba. El sol coloreaba los postes de la estación donde una lechucita dormitaba, confundiéndose con las vetas de la madera. Al llevar poco equipaje, no tuvo necesidad de recurrir al changador ni de alquilar un carro. Quería ocuparse de conseguir un buen caballo, pues la monta era imprescindible en el campo.

Un perro lleno de mataduras que dormitaba junto a la boletería arrastró su pobre esqueleto a otro rincón para continuar su descanso. Acodado en el alféizar, Francisco aguardó a que el empleado abriese, mientras contemplaba el desplazamiento de los pasajeros que habían llegado hasta allí. Una pareja de mujeres llamó su atención. Se hallaban rodeadas de equipaje en el extremo del andén, junto a un carromato de bueyes típico de la campaña, sostenido por enormes ruedas y con techo de paja. En aquellos caminos solitarios, aquella choza ambulante proporcionaba cierta seguridad y, sobre todo, reparo del sol abrasador.

Los bueyes se veían cansados. Sin duda, el conductor vendría desde lejos. Francisco observó que se trataba de un paisano vestido a la usanza del gaucho, sin el salvajismo que caracterizaba a éste. Debía ser un hombre aquerenciado en alguna estancia del lugar. ¿Qué haría junto a las damas del vagón? Una señora con su criada, por lo que podía verse. "Señorita", más bien, pues era muy joven. Pese a la ropa arrugada por el viaje, Francisco supo ver la distinción de la damita y le sorprendió hallarla en aquel paraje. Apreció también las formas que se ocultaban bajo las prendas, no tan bien como ella hubiese querido. Algo les estaba diciendo el viejo del carro que a ellas no les parecía adecuado, ya que la negra gesticulaba señalando hacia el tren y luego hacia el sur, adonde él mismo se dirigía. Pensó en intervenir para resolver el conflicto y luego decidió que mejor sería no involucrarse con nadie. No le convenía toparse con gente que pudiera identificarlo más adelante. Se volvió hacia la ventanilla justo a tiempo de encarar al empleado que, con cara de dormido, le informó que el pulpero alquilaba su caballo por días, siempre que dejase en prenda algo para asegurarle su regreso.

El viejo carretero continuaba rascándose la cabeza mientras conducía a las dos mujeres rumbo a su destino final, la laguna de Mar Chiquita. ¿Quién entendía a las hembras? Primero, su esposa le había endilgado esa misión con mucha recomendación, pues se trataba de recibir a "una de las maestras del Presidente". Y luego esa comedida criada negra le había hecho toda clase de recriminaciones por el estado de su carreta: que estaba llena de cachivaches, que dónde se iban a meter ella y "misnosécuánto", que eso no era lo convenido, que para viajar como morcillas ya habían tenido bastante con el tren… y vaya uno a saber cuántas cosas más que él no quiso escuchar. ¿Qué culpa tenía de no disponer más que del carro? Él era apenas un puestero, con poco y nada para darle al buche cada día. Por suerte, la señorita era dulce y comprensiva, pues había hecho callar a la otra y aceptado el viaje sin remilgos. Parecía buena. Era hora de que los niños del lugar tuviesen maestro, aunque dudaba de que tan tierno brote pudiese resistir la vida en el arenal. Casi se había llevado a su Zoraida, y eso que era fuerte la vieja. Chasqueó el látigo sobre las cabezas gachas de la yunta y suspiró. "Malhaya la vida del pobre, siempre tirando, como los bueyes, para no llegar a ningún lado".

El viaje a través de caminos que más bien parecían una simple huella produjo en Elizabeth una especie de sopor, pues el traqueteo actuaba como somnífero. Ña Lucía se daba aire con un abanico de maderillas pintadas que olía a sándalo, y el aroma reconfortaba sus sentidos. Ni un árbol había para mitigar el efecto calcinante del sol, aun en invierno. Elizabeth sintió que le ardía la cara y tiró de la capotita hacia delante. El colmo sería que le saliesen más pecas de las que ya tenía. Volaba tierra por todas partes, bajo el sombrero y debajo de la nariz, ahogando la respiración. Elizabeth tuvo que humedecer un pañuelo en agua de lilas y apretárselo sobre la boca. ¡Cuánto cielo, cuánta tierra, cuánto viento que silbaba en los oídos y mareaba el sentido! Tenía polvo hasta en las pestañas. La determinación que acompañaba todos sus actos flaqueaba en ese momento, cuando la naturaleza mostraba su cara más dura. ¿Cómo sería aquel páramo durante una tormenta, si ya en un día apacible resultaba estremecedor?

Los bueyes avanzaban con parsimonia, firmes en su dirección, como si supiesen adónde iban los viajeros. El conductor se había sumido en profundo silencio después del altercado inicial y Elizabeth lamentaba el entredicho, pues quería empezar con buen pie en aquella tierra. Tendría que hablar con Lucía. No podían pretender gozar de las mismas comodidades que en la ciudad. Mientras fuesen decentes y limpios el alojamiento y la escuela…

La escuela. Mucho no se había extendido el Presidente sobre ese punto. Al parecer, daba por sentado que el edificio estaría aguardándola, listo para empezar. O tal vez confiaba en ella para acondicionarlo. Debía confesar que aquello le preocupaba. En Nueva

Inglaterra los colegios tenían todo lo necesario y los maestros pioneros que se dirigieron al sur profundo para sacar del analfabetismo a tantos niños esclavos sabían que, en las antiguas plantaciones abandonadas, o hasta en las iglesias, contaban con un aula. ¿Cuál sería el lugar que le reservaban en la pampa argentina? La señora Mann aseguraba que Sarmiento había fundado hermosas escuelas en distintas provincias, para formar maestros normales como ella, a fin de que la educación se multiplicase de forma geométrica por todo el país. Sin embargo, al encontrarse tan alejada de la vida urbana, en un sitio desconocido cuya gente poseía un carácter que no entendía, Elizabeth tomó conciencia de la inmensidad de la misión emprendida. Y había arrastrado a otra persona con ella: la buena de Lucía, acostumbrada al buen trato y a las comodidades en casa de sus patrones.

El boyero soltó una frase repentina, antes de caer de nuevo en su silencio.

—La posada, señoras.

Elizabeth entendió que pararían a tomar un refrigerio en una de esas casas cuadradas que, muy de tanto en tanto, iluminaban la soledad de la noche en la llanura. Ésta no era diferente de las otras: blanca por fuera, con algunos manchones de humedad trepando por las paredes, ventanas con rejas y la puerta abierta, trabada con una silla, que dejaba vislumbrar el interior al viajero. Varios caballos permanecían atados al palenque.

Un banco de madera, arrimado debajo de la ventana, daba cuenta de que, cuando el tiempo era propicio, los parroquianos bebían o jugaban a los naipes bajo la sombra del tala que crecía protegiendo la techumbre.

Eusebio, que así se llamaba el carretero, detuvo a los bueyes y descendió del pescante, no sin esfuerzo, dispuesto a ayudar a las damas.

"La primera, la maestra", se dijo, ya que estaba algo rascado con la negra que lo había vapuleado.

Apenas puso los pies en el suelo, Elizabeth sacudió lo mejor que pudo el polvo de sus ropas y acomodó los rulos que ya escapaban de su capota, como era habitual. Tenía sucios de tierra los guantes y sospechaba que también la cara, pero dudaba de que en aquella modesta casa hubiese un aseo adecuado, de manera que se las ingenió para mejorar su aspecto con el espejito que llevaba en su bolso.

"Dios mío", se dijo horrorizada, "parezco gitana". La imagen que le devolvió el trocito de espejo fue desoladora. El cutis que ella tanto protegía del sol se había dorado durante el viaje, el moño deshecho caía sobre un hombro, llegando a rozarle un seno, e inoportunos ricitos ondeaban sobre la frente, dándole el aspecto de niña traviesa que Elizabeth trataba siempre de combatir con aceites y agua de colonia. En cuanto a la boca, su mayor defecto, ya que era carnosa y de color rojo oscuro, se hallaba hinchada por el roce del pañuelo perfumado. Lo único aceptable eran los ojos, relucientes como jade en su rostro quemado. Suspiró y guardó el espejo, derrotada. Parecería siempre una mujerzuela en aquellas tierras. Ajustó su chaqueta para cubrir las arrugas de la blusa y repasó las puntas de sus botines con el pañuelo. Al menos, que no creyeran las gentes de la posada que venía perseguida por los indios.

Lo que pensaron los ocupantes de la pulpería El Tala fue un enigma. Varios pares de ojos masculinos se fijaron en las recién llegadas y, por unos instantes, el rasgueo de una guitarra se interrumpió. La habitación se encontraba en penumbras, pues las aberturas eran estrechas y el sol no alcanzaba a derramarse en su interior. Sobre el piso de ladrillos desparejos, tres o cuatro mesas con sus sillas constituían el mobiliario. El mostrador se extendía a lo ancho del local, dejando un espacio por donde el posadero pasaba para servir, después de cerrar una tranquerita. A Elizabeth le llamó la atención también una reja que subía desde el mostrador al techo. Las paredes estaban manchadas por el humo y no tenían más adornos que algunas sogas enrolladas y ganchos de los que pendían cazos de barro y algunos candiles.

El silencio fue roto por un "adelante", que soltó entusiasta la mujer del pulpero, una matrona que resultaba agradable por la sonrisa de bienvenida que le cruzaba el rostro. Dos trenzas renegridas se enrollaban sobre sus orejas.

—Por acá, señoras, pónganse cómodas. Fidel, un jerez para las señoras, que deben estar agotadas. ¿Desean lavarse las manos?

La gruesa pulpera parloteaba mientras acomodaba dos sillas junto al mostrador, frente a una mesa de la que con rapidez quitó los vasos sucios y la baraja olvidada. Repasó la superficie con un trapo de dudosa limpieza y ofreció su hospitalidad mientras se secaba las manos en el delantal que la cubría desde el pecho hasta las rodillas.

—Disculpen el servicio, es que aquí el viento nos echa adentro la misma tierra que acabamos de sacar.

Elizabeth notó que Lucía empezaba a fruncir la nariz y se apresuró a mostrarse complacida:

—Estaremos encantadas de descansar un rato antes de seguir

viaje —y se sacó los guantes sucios para comprobar que tampoco tenía muy limpias las manos.

Preguntó con timidez por el aseo a la dueña del lugar.

—Atrás, señorita. Venga usted conmigo, que le indicaré.

Ña Lucía se puso de pie para acompañar a Elizabeth, pues no quería dejarla sola ni un segundo, pero la joven la detuvo con un gesto imperioso.

—Quédate, Lucía. Enseguida vuelvo. Mientras, puedes ir pidiendo algo para comer. Que sea liviano, por favor. Y ocúpate de que Eusebio reciba también lo suyo. Aquí tienes.

Tiró del cordón de su bolso y sacó dos monedas que dejó en la palma abierta de la negra. Luego siguió a la pulpera a través del mostrador y Lucía quedó sola, rumiando su descontento. Una sombra de preocupación cruzó su rostro de ébano. "Miselizabét" le iba a dar trabajo si insistía en comportarse tan independiente.

Tuvieron que sortear las mesas ocupadas por parroquianos antes de desaparecer hacia el interior del salón. En una de ellas, un gaucho desarreglado y sucio bebía un líquido ambarino que vertía en un manoseado vasito de vidrio. No pareció advertir que la joven pasó casi rozándolo, pues mantenía gacha la cabeza. Sus manos, morenas y callosas, descansaban a los lados del vaso y la botella, como si esos dos objetos constituyesen todo su universo y mereciesen su adoración. Un olor a grasa de potro se desprendía de las ropas del sujeto, que debía huirle al baño como a la peste. Elizabeth soportó estoicamente ese y otros olores que la acompañaron en su camino hacia el cuarto de atrás.

—¿Es usted extranjera? —inquirió la posadera, curiosa.

No se le había escapado el acento de Elizabeth, a pesar de que la joven se expresaba en correcto español. Intuía, por la compañía de la criada y las ropas, que se trataba de una dama "de calidad", aunque viajase de modo impropio, sin compañía masculina, por esos caminos.

—Vengo de Boston.

—Ah, pues... Donde quiera que quede eso, ha de ser bien lejos, pues por acá nadie habla ni parecido a usted. En Buenos Aires sí, dicen que hay mucha gente de afuera.

Elizabeth sonrió ante la candidez de la mujer.

—Mi lengua materna es el inglés, claro que aprendí español con un maestro muy bueno. Ahora tendré ocasión de practicar —dijo con simpatía.

La pulpera movió su cabeza trenzada, como si comprendiese. A la campaña llegaba a veces algún inglés loco que iba de paso buscando algo. La señorita esa no parecía loca.

—¿Y qué ha de hacer aquí, en Dolores?

—¿Dolores se llama este sitio? —se asombró Elizabeth, pues le vino a la memoria el nombre de la bella dama que conoció en casa de Aurelia.

—Ahí está.

La pulpera señaló una puerta entreabierta al final del patio.

Reuniendo valor, la joven cruzó el empedrado al descubierto hacia el cuarto de baño. La acompañó el gorjeo de un pájaro y el rayo de sol del mediodía, que embellecía la pobreza del lugar. Tras la puerta de madera sólo había una letrina. Paciencia. Se arreglaría lo mejor que pudiese.

En el salón de la pulpería, la guitarra había retomado su rasgueo y las notas, dulzonas y tristes, llenaban los rincones. Dos hombres jugaban a los dados y ese ruido acompañaba el ir y venir del pulpero atendiendo los pedidos, que se reducían a la ginebra, guardada en un estante también enrejado, en la pared del fondo. Las botellas circulaban y el entrechocar de los vasos y el arrastrar de las sillas sobre el ladrillo se mezclaban con una canción que el guitarrero desgranaba en tono bajo, si bien todos la escucharon.

—"Linda como una rosa..." —decía uno de los versos, y seguía— "para desgracia de un hombre... "

Lucía frunció el ceño. Aquella milonga le sonaba a improvisación oportuna. Ojalá "Miselizabét" se apurase. No quería permanecer en aquella pocilga un minuto más del necesario. ¿Cómo se le ocurrió al tal Eusebio llevarlas allí? ¿Acaso no existían comederos más decentes en el camino? ¿Y dónde estaba la escolta prometida? Un viejo y sus bueyes, eso era todo lo que tenían. Y la señorita maestra, a la que nada parecía incomodar, no había exigido el cumplimiento del contrato. La patroncita prometió que contarían con hombres armados hasta el final del viaje. Y allá, en Chascomús, no hubo nadie con trazas de soldado. Sólo un mozo muy apuesto que no se había dignado socorrerlas. Y eso que ella había armado un escandalete para atraer su atención, pero nada. No se dio por aludido. ¿Qué les pasaba a los jóvenes? ¿Rechazaban la oportunidad de conocer a una hermosa señorita? "Los tiempos cambian", se dijo, suspirando.

La milonga se alargaba y Elizabeth no volvía. Lucía decidió alcanzarle a Eusebio unos chorizos servidos por el pulpero.

Después de todo, si el hombre no comía, no aguantaría llevarlas a destino. Tenía que pensar en su pellejo y el de "Miselizabét".

En el patio, Elizabeth acababa de componer su aspecto con ayuda del espejito y el agua del aljibe. Su bolsito descansaba en el brocal del pozo mientras ella desanudaba las cintas de la capota para peinarse. El sol reverberó en su cabello cobrizo cuando descubrió su cabeza y una cascada de rizos se deslizó por la espalda, hasta la cintura. Había perdido tantas horquillas durante el viaje que no sabía cómo domeñaría esa mata de pelo, que tanto trabajo le costaba.

Ésa fue la imagen que vio el hombre que acechaba en la entrada del patio: una diosa pagana de cabellos rojos que alzaba sus brazos, irguiendo el busto y arqueando la cintura, de cara al sol. Se pasó el dorso de la mano por la boca, sediento de algo más que de la ginebra que había estado tomando. Los vapores etílicos lo envolvían, sosteniéndolo en un estado de ensoñación, como en un trance. Avanzó sin hacer ruido con las botas de potro y se detuvo a pocos pasos de Elizabeth. Sus ojos, pequeños y oscuros, recorrieron con lascivia el cuerpo exuberante de la muchacha. Hacía tiempo que no veía una tan linda. Y solita. Algo raro, aunque él no iba a preguntar por qué. Tal vez era una de esas que iban por las tabernas. Quizá cantara o bailase. No le importaría hacerle un favor a un hombre solitario que volvía de un largo viaje. Una mueca le cruzó el rostro al pensar en su viaje. Más bien una "escapada", qué importaba, ella no tenía por qué saberlo. Las mujeres de su clase nunca preguntaban nada, hacían su oficio y se acabó.

Elizabeth se paralizó cuando vio la sombra de un hombre dibujarse sobre el aljibe, a su espalda. Por un momento pensó en Eusebio, que habría ido en su busca, y al mismo tiempo comprobó con horror que la figura que se cernía sobre ella era más corpulenta y alta que la del viejo carretero. Antes de que ella bajase los brazos, dos manos viciosas cubrieron sus pechos desde atrás, sobándolos con descaro, mientras un aliento aguardentoso murmuraba en su oído palabras que no entendía. Quiso gritar y el mismo terror ahogó su garganta, sólo emitió un sonido estrangulado que el hombre interpretó como un gemido.

—Así, linda, bonita… date vuelta, que estamos solos.

En un momento de inspiración, Elizabeth atinó a bajar los brazos con tanta fuerza y rapidez que pudo clavar los codos en las costillas del atacante, causándole un resoplido.

—Ah... brava la moza... —exclamó el hombre, al parecer complacido.

Y renovó su ataque, deslizando sus manos por las caderas de la muchacha, aprisionando su cuerpo de tal modo que entre ambos no cabía ni un soplo de aire.

—Me gustan las hembras salvajes, como los potros. Somos parecidos, amor mío.

Elizabeth sintió tal repugnancia al sentirse manoseada por aquel hombre desagradable y oler el alcohol que lo empapaba, que recobró la fuerza y lanzó un grito agudo que resonó en el patio. El sujeto la retuvo por las muñecas en cuanto vio que ella quería propinarle golpes. Al verlo de frente y comprobar que se encontraba borracho, la joven se desesperó. Había pensado que se trataba de un error al principio, ahora veía que era un ataque. ¿La escucharían desde el salón?

—Quieta, vamos, quieta, que no voy a hacerte nada malo.

—¡Suélteme, animal!

El siguiente grito no alcanzó a salir de su garganta, pues el mal entrazado le tapó la boca con su mano con tanta fuerza que le hizo sangrar el labio. Elizabeth sintió el sabor metálico corriendo por su lengua. Se encontraba en un peligro mayor que el imaginado, pues los acordes de la guitarra, que llegaban hasta el patio, de seguro sofocarían cualquier ruido del exterior y Lucía creería que ella tardaba porque estaba lavándose.

Cerró los ojos, aterrada, para no ver el rostro encendido del hombre que quería violarla, y dos lágrimas gruesas corrieron por sus mejillas. ¡Qué destino para una de las maestras de Sarmiento, brutalmente vejada en su camino hacia la escuelita! Los abrió cuando se sintió liberada del peso del hombre. Vio entonces cómo el sujeto salía volando por sobre los malvones del patio, para aterrizar junto a los baldes que guardaban el grano de las gallinas. Gran alboroto produjo la caída, ruido de latas mezclado con el cacareo histérico de las aves. El hombre quedó despatarrado, tan sorprendido como ella del giro de la situación, y Elizabeth pudo contemplar de frente a su salvador.

Sus ojos, dorados como el río que había atravesado para arribar a puerto, la miraban con fijeza. Elizabeth se preguntó si reprobaría su conducta, si creería que ella había provocado al atacante. Lo contempló en silencio, respirando agitada después de la breve lucha, y ese tiempo le permitió evaluar que, pese a sus ropas sencillas, aquel hombre revelaba una condición elevada. Tenía buena estampa. El cabello algo alborotado, aunque también el suyo debía dar lástima. Los rasgos, tallados con rudeza, le conferían una expresión adusta. Lo más llamativo era el pliegue de los párpados, que atenuaba el brillo de los ojos. Era un hombre que rezumaba una sensualidad oscura e intimidante. Elizabeth sintió la inquietud trepando por su espalda. Le debía la vida y no podía articular palabras para agradecerle. Él tampoco parecía esperarlas, pues la recorrió con su mirada de arriba abajo, evaluando su integridad, y enseguida se ocupó del caído, que intentaba enderezarse a pesar de la borrachera.

El hombre que estaba en el suelo tenía, como los tahúres, una carta traicionera. En un solo movimiento se incorporó y saltó sobre el salvador de Elizabeth, empujándolo hasta el borde del aljibe, donde lo sostuvo por el cogote con su mano izquierda, al tiempo que la derecha extraía de la cintura el facón que la faja ocultaba. La hoja se acercó peligrosamente a la nuez de Adán del otro, cuya posición incómoda, de espaldas sobre el brocal, no le permitía ejercer la fuerza necesaria para sacarse de encima a su atacante. Elizabeth comenzó a temblar. ¡Todo eso estaba ocurriendo a plena luz del día, en el patio interior de una posada, y nadie podía evitarlo! Los contrincantes forcejeaban en silencio, sin emitir siquiera un gruñido. Parecían querer mantener esa contienda en secreto. Sus cuerpos fornidos se entrelazaban en una exhibición de fuerza bruta y control. Elizabeth veía las venas resaltar en los antebrazos, teñirse de oscuro los pómulos bajo el esfuerzo y los miembros tensarse por la furia contenida. Tenía que hacer algo. Ese hombre al que ella no conocía la había salvado y le debía el favor. ¿Qué haría en esa situación una maestra educada en la civilización y la templanza? Con pesar, reconoció que no estaba preparada para los avatares de la vida salvaje. Si por lo menos se hubiese entrenado acompañando a los maestros que iban al sur esclavista a lidiar con la pobreza y el desamparo... Un objeto llamó su atención: una pala colocada de canto sobre una montaña de piedras. En un santiamén se recompuso y, olvidando sus delicadas costumbres, tomó el instrumento por el mango y lo elevó, luchando contra el peso que la hizo tambalear, para descargarlo sobre la espalda del gaucho ebrio con toda su alma. Pensó que lo había matado, pues el hombre se irguió como alcanzado por un disparo y cayó hacia atrás, a sus pies. Lo contempló atontada, todavía sosteniendo el arma improvisada. No notó que unas manos la liberaban de ese peso ni tampoco que la tomaban por los hombros para obligarla a sentarse sobre el montón de piedras.

—¿Se encuentra bien?

La voz la sacó del ensimismamiento. Asintió, consternada por lo que había hecho. El hombre se acercó al pozo, ignorando al caído, y con facilidad izó el cubo rebosante de agua fresca. Empapó en ella su pañuelo y se volvió hacia Elizabeth. Con delicadeza comenzó a pasar el lienzo por la cara enrojecida de la joven. Sus dedos hábiles desabrocharon la blusa y arremangaron sus bordes, dejando al descubierto la piel suave, apenas sonrosada, y el nacimiento de los pechos. El pañuelo húmedo descendió hasta allí, rozó el valle tibio y subió luego hacia el cuello, rodeando la nuca, donde se detuvo unos momentos. Elizabeth fue saliendo del aturdimiento por obra del frescor y también por la sensación incómoda de que algo andaba mal.

—Estamos a mano —dijo la voz.

Los ojos de Elizabeth quedaron atrapados en la hipnótica mirada del hombre. ¿Qué estaba haciendo ahí, sentada sobre la piedra como una pastora, dejando que un extraño le tocase la piel?

—*My God* —susurró, y con presteza ajustó su blusa sobre el cuello.

Francisco contempló divertido el cambio de humor de aquella muchacha. Acababa de enfrentarse a "un destino peor que la muerte", como solían decir las abuelas victorianas, y le horrorizaba que alguien tocase su ropa para ayudarla a reponerse. ¿De dónde habría salido? Recordaba haberla visto antes. ¿Dónde? Era extranjera, sin duda. Y le debía algo, ya que la había liberado de las garras del borracho. Maldito hombre, ya lo veía venir cuando la mujer pasó a su lado rumbo al patio. Pese a que mantenía la cabeza gacha, él había advertido que lo miraba de soslayo, aun entre la bruma alcohólica. Esa muchacha no duraría ni un día en el rigor de la pampa. ¿Sería la esposa de alguien, iría a encontrarse con su marido? Bien podía ser una recién casada. Y no le sorprendería el gesto remilgado; las mujeres casadas tampoco sabían mucho de los placeres de la carne, tal vez menos que ninguna.

La sonrisa del hombre molestó a Elizabeth, creyó que se burlaba de ella.

—No veo la gracia, señor.

—Yo tampoco, se lo aseguro. Estaba almorzando tranquilo cuando decidí venir a… al patio, y descubrí todo este sórdido asunto.

—Ese "gaúsho"… ¿Usted lo conoce? —y miró reticente al hombre tendido en el suelo.

Roncaba con estrépito, de modo que no lo había matado ni herido de gravedad. Francisco también miró, con indiferencia.

—Éste no es un gaucho. Es un mal nacido que anda huyendo de algo, estoy seguro. Los de su calaña se huelen a la distancia, siempre borrachos y sucios. ¿Le hizo daño? —preguntó, recordando que el hombre la estaba sujetando con fuerza.

—No, usted fue muy oportuno, señor.

Ella le estaba dando la ocasión de presentarse, mientras que Francisco no quería dar a conocer su verdadero nombre. La mejor estrategia para pasar desapercibido y ocultarse de todo y de todos era labrarse una identidad falsa. No había pensado en ello todavía, así que dijo lo primero que se le ocurrió.

—Me llamo Santos.

Elizabeth digirió el nombre y el hecho de que no estuviese acompañado de apellido. No podía pecar de indiscreta, de modo que se conformó.

—Elizabeth O'Connor. Mucho gusto, señor Santos. Vengo desde Boston y voy hacia mi trabajo.

—¿Su trabajo? ¿Trabaja usted?

—Pienso hacerlo. Soy maestra y vengo contratada por el gobierno.

De modo que Elizabeth O'Connor era una de las maestras norteamericanas que el Presidente consiguió traer. Parecía una alumna, más que una maestra, con el rostro acalorado y el cabello en desorden, aunque las redondeces que había palpado hablaban de una mujer. Voluptuosa y decidida. ¡Diablos, qué le importaba! Él no estaba para mujeres de clase, después de saberse bastardo. Se irguió con rapidez, molesto, y tendió la mano a la muchacha.

—Vamos, la acompañaré adentro.

El hombre recogió el bolsito olvidado sobre el brocal y, pasando por sobre el cuerpo del caído sin miramientos, arrastró a Elizabeth fuera de allí. Ella trotaba detrás de él como una colegiala. No tuvo tiempo de sentirse ofendida por el trato que le dispensaba pues, apenas traspasaron el límite del mostrador, Ña Lucía se dirigió hacia ellos exaltada.

—¡"Miselizabét"! ¡Por fin! Acá están los señores que debían acompañarnos, la escolta del gobierno. Mírelos, se habían atrasado, los infelices.

La negra observó curiosa al buen mozo que tiraba de su señorita maestra, sin interrumpir el torrente de palabras que salían de su boca.

—Dicen que perdieron el tren y qué sé yo, que vinieron "matando caballo" hasta acá, y que si no hubiera sido por la carreta del Eusebio habrían pasado de largo. ¿A usted le parece?

En el rectángulo de la entrada se veía un grupo de hombres montados, parlamentando entre sí. Su indumentaria dejaba bastante que desear, una mezcla de ropas de gaucho y de milico: chiripá, calzoncillo, chaqueta con botones y pañuelo al cuello. Francisco también miró, ceñudo, al mal entrazado grupo. No podía dejar que aquel pichoncito vagase por la llanura acompañada sólo por dos viejos y cuatro hombres de dudosa condición. Apretando la mandíbula, dijo las palabras de las que, sabía, se arrepentiría:

—Yo iré detrás de ustedes.

Elizabeth se dio vuelta, asombrada, en tanto que Ña Lucía esbozó una sonrisa satisfecha. ¡Por fin había tragado el anzuelo el mozo! Era duro de pelar.

—Vamos, entonces, "Miselizabét", que el tiempo apremia. Señor, nos hace un honor, estamos agradecidas.

Elizabeth también agradeció que el entusiasmo de la negra Lucía no diese cabida a ninguna explicación sobre su tardanza en el cuarto de baño del fondo. Se encontraba demasiado conmocionada como para hablar del suceso. Y Santos "comosellamase" tampoco parecía dado al chisme.

El pequeño grupo salió, dejando atrás una curiosidad insatisfecha, pues desde el pulpero hasta el último parroquiano, todos se preguntaron qué estaría haciendo aquella pollita en medio de gente tan diversa: un viejo, una negra, un fulano de cuidado a juzgar por su expresión, y una escolta militar.

Cabalgaron al ritmo de la carreta de Eusebio durante horas. Francisco montaba un overo de tipo europeo, más compacto que el caballo criollo. Hombre y animal componían una estampa de bravura que conmovía a Elizabeth, acurrucada adentro de la carreta. No podía sacarle los ojos de encima, a pesar de que el tal Santos procuraba colocarse siempre atrás o adelante, nunca al lado. Al llegar a un río caudaloso detuvo a la comitiva y se adelantó, para comprobar si era franqueable. Los milicos obedecían en silencio, sin duda convencidos de que aquel hombre autoritario era "alguien". Eusebio, en cambio, lo miraba de reojo, mientras que Lucía ronroneaba satisfecha, esperando que aquel mozo no se estableciera demasiado lejos de donde iban ellas.

Transcurrieron largas horas en las que la llanura pasó del dorado al rojo fuego. No hubo paradas en el trayecto, salvo las indispensables para que las damas se alejasen un trecho a fin de aliviarse y, cuando el horizonte se tornó purpúreo, Eusebio señaló una bandada que describía círculos, a lo lejos.

—La laguna —dijo.

Elizabeth se empinó sobre el borde de la carreta. Le dolía todo el cuerpo y sabía que tendría un aspecto horrible, después del episodio de violencia y el maltrecho camino. Su mala suerte quería que arribase a todas partes en horarios inconvenientes. Divisó el filo plateado de una gran extensión de agua en la lejanía. Suponía que los hombres querrían hacer descansar a los caballos, pues sabía que la salud de las monturas señalaba la diferencia entre la vida y la muerte. El aire salía de los ollares de las bestias convertido en vapor.

Un milico se acercó y se tocó el quepis con respeto.

—Las órdenes fueron de dejarla instalada, señorita, pero aquí no se ve nada. ¿Adónde va usted?

Elizabeth contempló con angustia el llano inmenso, barrido por el viento, con leves ondulaciones y pocos árboles. Nada hacia el sur, nada hacia el norte. Ella había creído que llegaría a un poblado llamado Mar Chiquita, y que alguien estaría presto a recibirla para indicarle cuál sería su vivienda y dónde estaba la escuelita. Al parecer, las cosas eran bien diferentes. Trató de que su voz no sonase insegura:

—Nuestro destino es Mar Chiquita. ¿Hemos llegado ya?

El soldado miró a sus compañeros, sorprendido. En Mar Chiquita sólo existía la laguna y, del otro lado de la duna, el mar. Debía haber un error. Aunque no era asunto suyo, sentía pena por la muchacha. Pocas mujeres habrían soportado los rigores de un viaje como aquel.

El hombre llamado Santos vino en su auxilio:

—Las damas irán a la iglesia, con seguridad. La casa parroquial suele albergar a los viajeros.

—Ah, bueno. Entonces estamos cerca —respondió aliviado el milico—. Apenas dos kilómetros hacia el este.

Y galopó hacia el resto de la comitiva que aguardaba órdenes para comunicarles que seguirían un corto trecho, hasta que las señoras fuesen recibidas por el cura.

Eusebio iba callado, rumiando pensamientos. Él podría ofrecer refugio a las señoras hasta que encontrasen su lugar definitivo. Zoraida no se opondría, estaría contenta de tener compañía. La pobre vieja no paraba de lamentar la partida de los hijos. Unos días de conversación con gente de ciudad, y más sabiendo que pronto serían vecinos, le alegrarían el corazón. Esperó a que la cruz de la capilla se divisase en la bruma para comentar su idea con las damas.

—No sé, a lo mejor me meto donde no me llaman —e ignoró el gesto fruncido de Ña Lucía—. Acá nomás está mi casa y mi mujer las recibirá gustosa, si las señoras quieren. Llegar de noche siempre es complicado, hasta para un cura. Yo digo que mejor sería dormir en mi casa y mañana, con la luz, ver las cosas de otro modo.

Ya está. Lo había dicho de un tirón. Ahora quedaba esperar.

Elizabeth respiró aliviada. La idea le pareció atinada, sobre todo porque al pensar en el cura del lugar recordó el comentario de Sarmiento acerca del rechazo de la Iglesia a las maestras extranjeras. Y aunque ella profesaba la religión católica, podría haber suspicacias al principio, por ser una de aquellas maestras. No prestó atención al descontento de Lucía y se inclinó hacia adelante, apresurándose a agradecer la oferta.

—Será un honor, Eusebio. Si su esposa no tiene inconvenientes, no podría pensar en una solución mejor. Mañana será otro día y veremos qué nos tiene reservado el gobierno.

Francisco había escuchado la conversación y coincidió con la joven de Boston. Él tampoco estaba seguro de que el cura de Mar Chiquita estuviese al tanto de la llegada de la maestra, y con la luz del día se verían distintas las cosas. No conocía la casa de Eusebio, imaginaba que sería un puesto de estancia, sencillo y provisto de lo indispensable, ya que al viejo se lo veía limpio y bien alimentado. Acercó su caballo a la carreta para despedirse. Cuanto antes saliese de la esfera de aquellas gentes, mejor para él y sus propósitos.

Elizabeth contempló la gallardía con que Santos dirigía al enorme animal y comprendió que iba a despedirse. Lamentaba separarse de aquel hombre que, sin decir una palabra de más, la hacía sentir protegida. ¿Quién sería y adónde iría? Ella estaba demasiado compenetrada del modo de ser bostoniano como para indagar en la vida privada de alguien. Sospechaba que allí en las pampas la gente no era tan medida.

—Señoras, hasta aquí llega mi compañía. Debo seguir mi camino, ahora que están en su sitio.

El silencio de las mujeres le sonó a reproche, maldición.

—¿Estarán bien? —insistió.

—Muy bien, eso creemos —soltó Lucía, despechada.

El mocito volvía a escurrirse. ¡Y ella que lo tenía fichado para "Miselizabét"!

Francisco apretó los dientes, malhumorado. ¿Cómo dejar a esas mujeres en medio del llano al anochecer sin brindarles una disculpa, o un medio para buscarlo, si hacía falta? Se dirigió al viejo carretero y, bajando el tono, le indicó:

—Yo voy a estar cerca de aquí, del otro lado de la gran duna, sobre el mar. Si sucede algo o me necesitan, mándeme buscar. ¿Entendió?

—Entendido, señor. ¿Y por quién pregunto, digo yo?

Francisco maldijo una vez más. Tendría que mantener la identidad fingida ante ese hombre también.

—Santos es mi nombre.

Eusebio masculló un asentimiento que le sonó burlón y Francisco volvió grupas hacia la carreta.

—Buena suerte, señoras. Un gusto conocerlas.

"No tanto, señorito, no tanto", pensó enfadada Lucía, y esbozó un saludo distante. Elizabeth, en cambio, se mostró amable pese a sentirse abandonada en medio del campo.

—Cuídese, señor Santos. Y gracias por todo. Tal vez un día volvamos a encontrarnos.

"No, si puedo evitarlo", pensó de mala gana Francisco. Le estaba resultando encantadora la señorita maestra y sabía que debía alejarse de ella como de la peste.

—Adiós, entonces —murmuró y echó a galopar hacia el reflejo plateado que ya casi no se vislumbraba.

Apenas la sombra se tragó al jinete, la escolta se puso en marcha para llevar a las viajeras hasta lo de Eusebio. La oscuridad se hizo absoluta por falta de luna, aunque los bueyes de Eusebio parecían conocer el camino de memoria. Al cabo de un rato, la luz de un candil alumbró el frente de una casita chata, como tantas otras que Elizabeth había visto perdidas en la inmensidad. Un grupo de árboles coronaba la parte trasera, creando un muro protector contra los vientos del sur. La techumbre de paja estaba reforzada por grandes piedras y vigas de madera. Una ventanita en el costado dejaba ver el interior iluminado a través de unos cueros que hacían de cortinas. El perro que custodiaba la entrada se erizó al percibir la llegada de los caballos de la escolta, pero bastó un chistido de Eusebio para volverlo a su sitio. Antes de que el carretero descendiese, la puerta se abrió y apareció una figura envuelta en una pañoleta, portando otro candil en una mano.

—¿Eusebio?

—Yo, vieja. ¿Quién más? Tenemos visita.

La mujer miró desconfiada al grupo de soldados. Una partida militar nunca era bienvenida, porque no se sabía "para dónde saldría el tiro". Eran comunes las levas forzadas del gobierno para el ejército y más de un gaucho solitario había perdido su libertad a manos de la autoridad. Si bien su Eusebio era viejo para ser soldado, dependían de la necesidad que tuviesen de hombres. Zoraida se acercó sigilosa y, cuando vio que la carreta de su esposo contenía varios bártulos y dos pasajeros, abrió una boca sorprendida que mostró la falta casi completa de dientes.

¡Dos señoras! Se alisó la pañoleta como si en la oscuridad pudiera advertirse la falta de aliño y se apresuró a ayudar a la gruesa Lucía a descender del vehículo. Hubo un momento de confusión mientras los soldados decidían si quedarse hasta la mañana siguiente, hasta que Eusebio, a regañadientes, les ofreció el cobijo del techo donde guardaba los bueyes de tiro, apenas un toldo de paja a varios metros de la casa.

Las viajeras entraron agradecidas a la vivienda, con su piso de tierra bien prensado y barrido, una mesa cubierta por un mantel amarillo y, en el centro, una jarra llena de margaritas. En las paredes había láminas de algún almanaque viejo y varios ganchos, como había visto Elizabeth en la pulpería, de donde colgaban sogas, sombreros y cacharros de cocina. Del techo envigado pendía una lámpara de mechas ardientes que con su luz amarillenta disimulaba la pobreza de la morada. Luces y sombras envolvían los pocos muebles: una mecedora, cuatro sillas, un par de catres convertidos en asientos, y un banco donde reposaba una bandeja con la pavita y el mate. Elizabeth adivinó que ése sería el rincón donde ambos viejos pasarían sus horas muertas al atardecer, cuando ya las tareas estuviesen cumplidas y la oscuridad los impeliese a buscar el refugio del hogar.

—Pasen, pasen por acá, pónganse cómodas. Es poco lo que hay pero se brinda con gusto —cacareó Zoraida, mientras separaba las sillas para que cada una de las mujeres ocupase su sitial. Lo que menos deseaba ninguna de ellas era sentarse de nuevo. Sin embargo, para no desairar el ofrecimiento, se acomodaron obedientes bajo la luz del candil. Desde allí podía verse, tras un cortinado descorrido, un dormitorio pequeño que daba al fondo de la casa.

El rumor de la tropa desensillando y acomodándose en el mísero establo las acompañó durante un rato, hasta que fue reemplazado por el olor a cigarro y algunas risas apagadas. No faltaría mucho para que esos cuatro hombres, agotados, echasen un buen sueño entre la paja de los bueyes, con la cabeza apoyada en el recado.

Zoraida se deshizo en amabilidades con las recién llegadas: si querían té o galletas, un trozo de pan con chicharrones, o tal vez mate cocido calentito. Lamentaba no tener carne de la buena, ya que Eusebio y ella procuraban comer cosas blandas. Con las gallinas ponedoras se arreglaban. Por el sitio no había problema, pues los catres que servían de asiento se transformaban en un santiamén en cómodas camas. Eran de los hijos, que habían partido hacia lugares más poblados para hacer su vida. Claro que los extrañaba. Así era la ley de la vida: los viejos veían partir a los jóvenes. Qué raro que una mujer joven y bonita como "la señorita" viniese a esa soledad a quedarse, nunca se veía algo así. Más bien los jóvenes se iban. Y les quedaba a los viejos la tarea de seguir yugando.

Y así departía, monologando, hasta que Eusebio, cuando consideró saciada su necesidad de hablar, la mandó callar de modo nada sutil:

—Basta ya, mujer, que vas a despertar hasta a los pollos. Prepara unos mates con torta y a la cama.

Elizabeth ocultó su sonrisa bajo el pañuelo. Le caía bien doña Zoraida. Se sentiría dichosa si pudiese tenerla de vecina durante su estadía. Se levantó, pese a las protestas de la dueña, para ayudarla a colocar sobre la mesa unos platitos con trozos de torta esponjosa. Sobre un calentador, Zoraida puso la pava y sacó la lata donde guardaba la yerba. De pronto, se detuvo, dudando:

—¿La señorita toma mate?

—La señorita, no. Yo sí y con mucho gusto —intervino Lucía.

Zoraida seguía indecisa.

—¿Qué puedo ofrecer a la señorita?

—Un té estará bien, Zoraida, gracias. Y si puede agregarle leche fría, tanto mejor.

La mujer contempló arrobada a la muchacha, tan joven y tan dulce. Ah, si ella hubiese tenido una hija así... Diosito le había mandado dos hijos, a cuál más bruto, había que reconocer. Pedro y Pablo los había llamado, como los apóstoles de Jesús, para que le salieran lo más santos posible. Sus travesuras habían hecho, sin ser malos. Si al menos le trajesen una nuera como la señorita…

—Bueno, mujer, ¿qué pasa? La pava está por hervir. Arruinarás el mate.

La voz cascada de Eusebio sacó a Zoraida del trance y ella emprendió presurosa la tarea de cebar el mate primero para acallar a su marido. Después buscaría la lata donde guardaba el poco té que tenía y revolvería donde fuese para conseguir el chorrito de leche fría. La vaca lechera estaba dormida, que si no…

Así pasó Elizabeth la primera noche en la pampa, bien abrigada por una *matra*, sobre un catre contra la pared, después de haber saboreado el pastel más exquisito que recordaba y el té más negro también, porque la leche brilló por su ausencia y Zoraida se deshizo en disculpas por tamaña falta. Le cayó bien, sin embargo, la bebida caliente al finalizar aquel viaje tortuoso. Habían llegado al lugar prometido y, aunque no sabía a ciencia cierta cómo era, ya que la oscuridad no permitía ver más allá del redondel de claridad de la entrada, podía respirar el aire perfumado y escuchar el rumor de las aves nocturnas buscando su alimento. De tanto en tanto, uno que otro ronquido amenizaba el concierto de grillos. Se trataba de los soldados o bien de Eusebio, que no se quedaba atrás.

Al cabo de un rato, suspiró y se quedó dormida.

La llegada de Francisco a su lugar definitivo no tuvo la misma calidez. Después de galopar a través de la llanura cada vez más árida arribó, por fin, a la laguna de Mar Chiquita, que parecía el mismísimo mar, pues hasta oleaje tenía. El paraje era desolado e inhóspito y, por enésima vez, se preguntó dónde estaría la escuelita en la que la señorita O'Connor debía enseñar. No quería que el tema le preocupase, aunque lo cierto era que le preocupaba. ¿A quién se le ocurriría enviar a una mujer sola e indefensa para enseñar a los pocos niños que hubiese? ¿Y qué niños serían esos? Los de los indios de los alrededores, sin duda, ya que los pobladores no se afincaban tan cerca del mar. Si bien la laguna era fuente de alimento, el clima resultaba muy duro, sobre todo durante el invierno. Era más fácil abastecerse de ganado en el interior, donde crecía la hierba verde de las praderas o se podía plantar alfalfa para la caballada.

La casita de la que su amigo Julián le había hablado era una choza.

Traspasada la gran duna que escondía el mar de la vista de la laguna, un matorral espeso formaba un refugio contra los vientos marinos. Allí, en medio de espinos y de altas pitas, se alzaba la "casa" donde se guarecería hasta que supiese qué hacer con su vida. Julián le había dicho que en el poblado cercano de Santa Elena había un almacén de ramos generales. Eso bastaría para aprovisionarse de lo necesario. La leña de los bosques le proporcionaría combustible y además la casa estaba provista, sin lujos, por cierto.

Al decir "sin lujos" se quedaba corto. Era poco más que una tapera: paredes de troncos, techo de paja trenzada y piso de tierra mezclada con arenisca. El interior se veía sucio de ramas, arena y piedras. Incontables tormentas marinas habrían pasado de lado a lado, dejando sus huellas por doquier. Tampoco había mobiliario, salvo que aquellos troncos volcados hubiesen sido mesa y bancos en otros tiempos. Una ventanita daba hacia el mar y otra, hacia una duna erizada de cactus. Del techo pendían unas cuerdas enrolladas a las que Francisco no encontraba ninguna utilidad. Estaba todo por hacerse. Quizá ese trabajo forzado conviniese a su situación, para no pensar, olvidar todo lo que había sido y el destino que le aguardaba. Aunque no había sufrido síntomas de su mal durante el viaje, no se engañaba: allí estaba, agazapado, listo para arrojarle el zarpazo cuando se descuidara. Y él no se descuidaría. Se convertiría en un ermitaño sin más compañía que su caballo, al que había terminado por comprar después de mucho regateo con el puestero, ya que le veía trazas de animal noble.

Las gaviotas dormitaban sobre las olas, como una mancha blanca flotando en la negrura. Una lechuza ululó. Si iba a vivir como un paria, debía empezar a hacerlo en ese mismo instante, acostumbrarse a las inclemencias y a no esperar nada nunca. Desensilló a Gitano, como llamaban al overo, y lo ató a un tronco caído a manera de palenque. Frotó el pelaje del animal, que resopló, contrariado por el esfuerzo exigido. Luego armó un campamento precario a la entrada de la choza, ya que se veía más limpio el exterior que el interior, confiando en que el amanecer le mostrase una visión más amable de la situación. Y si no era así, Dios sabía que él aceptaría lo que fuera.

Bastardo y moribundo, qué podía importarle.

CAPÍTULO 5

Varios meses después...

—¡Misely! ¡Misely!...

La vocecita chillona cortó el aire sereno de la tarde.

—¡Misely, aquí!

—¡Venga, por favor!

Nuevos gritos, esta vez de varias voces, seguidos de risas, provocaron el revuelo de las garzas en la laguna.

El hechizo de la siesta estaba roto.

Con la fatalidad de un castillo de naipes, los momentos de quietud de aquel rincón aislado entre las dunas se fueron desmoronando. El eco de la algarabía se multiplicó, los patos picazos surcaron el cielo graznando, el croar de las ranas se interrumpió y hasta la mansedumbre de las aguas de la Grande se alteró. El viento levantó el oleaje, trayendo consigo las voces, las risas, las palmas, sonidos cada vez más cercanos y perturbadores.

—¡Vea esto, Misely! ¡Guuauuuuuuu!

Francisco reaccionó ante el bullicio con la fiereza de un animal atacado. Levantó la cabeza y barrió el contorno de los pajonales con sus ojos dorados. No vio nada. Su escondite estaba tan bien camuflado tras el último recodo de la laguna que parecía imposible que lo descubrieran. Sin embargo su intuición le decía que esa vez era diferente, que el rincón sagrado, construido con sus propias manos, estaba a punto de ser profanado. Se irguió en toda su altura y se dispuso a salir a su encuentro. Era inútil fingir que allí no vivía nadie, cualquier intruso que hubiese llegado hasta ese punto no se detendría ante la última duna, se sentiría desafiado a trasponerla y ver qué había más allá. Y Francisco no permitiría que su refugio quedase al descubierto. Después de planear con tanto cuidado su ostracismo, no estaba dispuesto a ver arruinado el esfuerzo que tanto dolor le había costado. Se cubrió con la camisa que colgaba de un arbusto en la entrada y no se molestó en abrochársela. Estaba cortando la leña con el torso descubierto, humedecido todavía por el sudor. No pensaba demorarse en ahuyentar a los vándalos. Con agilidad trepó la duna y alcanzó la cima justo a tiempo de captar en toda su magnitud el horror de la situación.

No se trataba de un vándalo. Lo que vio desde la cresta de su solitario refugio lo dejó mudo: ¡una legión de muchachitos! Desbandados entre las pajas bravas y las totoras, chapoteando en la orilla arenosa, aullando y riéndose hasta caer rodando sobre la hierba, eran alrededor de ocho o nueve chiquillos de edades dispares que irrumpían con el mayor desparpajo en su mundo privado. Un temor irracional lo invadió. Si perdiese aquella tranquilidad precaria, el final se aceleraría, estaba seguro. Una oleada de desesperación hizo latir sus sienes. Empezaba de nuevo. Después de tanto tiempo, estaba sintiéndolo otra vez. Cerró los ojos, intentando contener la marea de dolor que ya se anunciaba. Defendería con uñas y dientes su soledad, haría cualquier cosa para preservar su secreto. Nadie, ni siquiera unos niños, pondría en peligro su anonimato. Echó a andar hacia ellos, dejando profundas huellas en la arena a medida que descendía del otro lado de la duna, a zancadas. ¡Diablos, cómo quemaba! No había tomado en cuenta la hora del día, cuando el sol caía en picada y ni siquiera un trébol hacía sombra. ¿Y cómo resistían aquellos malhadados chicos el rigor del sol? Con las cabezas expuestas, mal cubiertos, ni siquiera llevaban zapatos.

Francisco apuró el paso. Tanto por el dolor insoportable en las plantas de los pies como por el furor de verse molestado de aquella manera, el último tramo lo salvó corriendo. A medida que las siluetas de los niños se fueron perfilando mejor, el bullicio se amortiguaba. Sin duda, también ellos podían verlo sobre el montículo de arena.

La imagen era imponente: un hombre enfurecido, con los faldones de la camisa al viento, dejando a la vista el magnífico torso moreno, sin otra ropa que unos pantalones arremangados hasta las rodillas, el cabello oscuro flameando sobre sus hombros y saltando sobre las dunas como un fauno. La visión atemorizó a los niños, que se agolparon unos contra otros, en apretado montón. De repente, Francisco se sintió ridículo. Caer en medio de un grupo de chiquillos con el ímpetu de un guerrero dispuesto a acabar con ellos le hizo ver qué delgado era el hilo que lo unía a la vida civilizada. Buscó entre aquella gente menuda alguno en quien volcar su ira. Todos parecían inconscientes del delito cometido, hasta que su vista de lince percibió un movimiento a su izquierda: una muchachita algo más alta que el resto se acercaba a grandes pasos, haciendo ondear su falda sobre las piernas. A diferencia de los otros, no iba descalza. Hacia allí dirigió Francisco toda su frustración.

—¿Con qué permiso vienen aquí? ¿No saben que ésta es una propiedad privada? —rugió.

Hasta el aleteo de una mariposa habría podido escucharse en el silencio que siguió. Satisfecho, Francisco continuó:

—No quiero ver a ninguno retozando por acá. La próxima vez, los estaré esperando con mi escopeta y al primero que vea, le quemaré el trasero de un chumbazo.

Los niños lo miraban boquiabiertos. Ojos redondos, quietos como estatuas, sólo los cabellos mal cortados se movían al capricho del viento salobre. Francisco tuvo la incómoda sensación de que su discurso no estaba produciendo el efecto deseado, al menos no en todos. Un leve carraspeo a su izquierda confirmó su intuición.

—¡Qué vergüenza!

La voz provino de la muchachita bien formada que se adelantó, haciendo señas a los niños para que se mantuviesen en sus sitios. Con los puños sobre las caderas avanzó, resuelta, encarando al hombre.

—Asustar así a unos niños que no hacen sino jugar y reír. ¿Qué clase de hombre se atrevería a amenazarlos con una escopeta? Y con un lenguaje tan grosero. Es usted un... un... ¡Un villano! Señor, aprenda a disculparse.

Francisco ya no sentía la arena quemante, ni el viento en los oídos, ni la furia ciega del principio, nada, sólo desconcierto. Esa voz... ¿Cómo se atrevía una rapazuela a encarar a un hombre de su tamaño? La irrealidad de la situación le devolvió el juicio y empezó a distinguir mejor a los invasores. Eran ocho niños, entre los seis y los doce años, cinco varones y tres niñas, todos vestidos con ropas superpuestas demasiado holgadas, como si lo prioritario fuese cubrirlos. Aun las niñas, una de ellas tan pequeña que apenas alcanzaba la altura de las totoras de la orilla, lucían miserables. Por eso los había tomado por una banda de pilluelos. La única que vestía con decencia era la muchacha mayor. Llevaba una sencilla falda marrón que rozaba los botines acordonados, calzado impropio para caminar sobe la arena aunque, de algún modo, congruente con el resto del atuendo: blusa abotonada hasta el cuello, con delicados volados en los puños y el escote. Allí era donde aparecía el contraste entre el atuendo severo y el juvenil rostro en forma de corazón que emergía de los voladitos. A pesar de que mantenía los labios apretados, Francisco podía ver que eran carnosos y rosados y que la nariz, recta y pequeña, con finas aletas que temblaban de furia, le daba un aire aristocrático al conjunto. Fueron los ojos, fijos en él aguardando la disculpa exigida, los que desencadenaron el recuerdo en su mente.

—Usted —murmuró.

La voz no llegó hasta la mujer a causa del viento que soplaba desde el mar. Ella no lo había reconocido y se mantenía en sus trece, ofuscada. Habían pasado largos meses y todavía se encontraba allí, en ese lugar inhóspito donde él creyó que no duraría ni unas semanas. Ese invierno había sido de los más duros. Durante tres días, incluso, había nevado. ¡En plena pampa! Algo insólito, que desconcertó tanto a hombres como a animales. Y la tierna muchacha había sobrevivido. Además, lucía diferente de como la recordaba, y Dios sabía que lo había hecho bastante en sus noches solitarias. Su tez había tomado el color de los melocotones y los ojos parecían más verdes de lo que él creía. Era su cabello lo que lo había desorientado en un principio: la espesa cabellera que caía ensortijada sobre la espalda no se parecía en nada al tocado enmarañado con que la muchacha había seguido viaje después de su enfrentamiento con el gaucho alzado de la pulpería. Formaba un halo esplendoroso alrededor de la cabeza, aunque se veía que era rebelde y que las peinetas no daban resultado. Francisco la miró de arriba abajo con descaro premeditado. Prefería pasar por un sinvergüenza antes que verse asediado por indeseada compañía en su refugio. Si la joven maestra no lo reconocía, tanto mejor, aunque era cierto que su amor propio se resentía al pensar que era tan fácil de olvidar.

Elizabeth pudo, en medio de su enfado, apreciar al hombre que tenía enfrente: un bárbaro, sin duda, con el cabello descuidado, la barba de varios días y semidesnudo. La experiencia no tan lejana con aquel gaucho temerario durante el viaje volvió a su mente, creando un nudo de temor en la boca de su estómago. Si hubiera estado sola, habría echado a correr sin tapujos, levantándose la falda hasta las rodillas, si era necesario. En compañía de los niños, debía actuar con coraje y protegerlos. Marina, la más pequeña, se había ocultado tras ella y espiaba al salvaje con su carita sucia.

—Misely —susurró—. Ese "siñor" es malo.

Elizabeth contuvo un rictus de risa.

—No es malo, Marina, sino muy grosero.

Trató de que su voz sonara firme y clara, para que el hombre se disculpara de una buena vez. Como el viento la favorecía, viniendo de su espalda, las palabras llegaron hasta Francisco.

También él contuvo la risa. Y decidió jugar un poco más con la maestrita.

—¿Quién se supone que es usted? —bramó.

—Soy la maestra de la laguna. Los niños y yo hemos venido de excursión.

—Pues éstas son mis tierras, no un parque de recreo. Si no me equivoco, la escuela queda bastante lejos de aquí.

—Como le he dicho, hemos venido de excursión —replicó Elizabeth, remarcando las sílabas como si él fuese uno de sus alumnos, el más lerdo de la clase.

—Pues se irán por donde vinieron. Éstas son mis tierras y no toleraré intrusos.

Elizabeth entrecerró los ojos, midiendo al hombre y calculando su respuesta:

—¿Cuáles exactamente son "sus" tierras, señor? ¿Éstas? ¿Aquéllas? —y la maestra hizo grandes ademanes en dirección al mar, desde donde el rumor del oleaje les llegaba con claridad.

La muchacha quería acorralarlo y Francisco disfrutaba en grande la contienda.

—Todo es mío, señorita: patos, garzas, gaviotas, peces, todo.

Dio un paso adelante y volvió a recorrerla con la mirada, dejando en claro que ella misma podía ser uno de aquellos seres que le pertenecían por estar en sus tierras. Elizabeth ahogó una exclamación. La prepotencia del bárbaro no tenía límites. Ese hombre necesitaba una lección. Y también sus niños, para que viesen que la bajeza era castigada.

—Sepa usted que los seres vivos no tienen dueño, señor, sobre todo si son silvestres como los que viven en la laguna. ¿No le enseñaron las Escrituras cuando niño? Podrá tener un título sobre la tierra, que no le valdrá más que para gozarla mientras esté vivo. Somos peregrinos, señor mío, si aún no lo sabe, le será doloroso averiguarlo.

Francisco permaneció callado, asimilando la retahíla de la muchacha. La diversión inicial dio paso a la indignación. Él no contaba con gran pasión religiosa y la poca que tenía se había evaporado ante la adversidad de los últimos tiempos. La mención de un poder superior capaz de arrebatarle lo que poseía le recordó que ya le había sido arrebatado todo cuanto creyó suyo a lo largo de su vida: la familia, el honor, el nombre, todo.

Avanzó amenazante en dirección al pequeño grupo que permanecía de espaldas al viento.

—No me recuerde la diferencia entre la vida y la muerte, señorita maestra, porque eso excita mi deseo de matar. Mientras yo permanezca vivo, mataré a todo el que se oponga a mis designios.

Un diablo interior lo empujaba a causar conmoción en aquella mujercita sabelotodo cuya mayor desgracia debía ser romperse una uña con la tiza en la pizarra. Disfrutó de la expresión de temor que se dibujó en la carita oval, aunque no quería atemorizar a los niños, sólo a ella. Quería vengarse también, porque su recuerdo había alimentado los fuegos inútiles de tantas noches solitarias en que la imaginó, a pesar suyo, sin aquellas ropas de solterona.

Elizabeth retrocedió un paso, arrastrando a Marina, que seguía parapetada tras la falda. Uno de los muchachitos mayores, de rasgos aindiados, avanzó ocupando el sitio que había dejado la maestra. Con valentía, pues le quemaba el miedo por dentro, encaró a Francisco:

—Atrévase a dañar a Misely y no vivirá para contarlo, señor.

Las palabras llegaron nítidas hasta Francisco, que admiró la osadía del muchacho. Le recordó su propia arrogancia a esa edad, cuando se creía invulnerable, apoyado en su apellido ilustre y su bienestar económico. Aquel chico, sin embargo, no gozaba de ninguno de esos bienes. Tal vez nunca conocería a su padre y, con suerte, tendría una madre que velara por él aunque, a juzgar por su andrajoso aspecto, no contaba con nada más en su haber. Y se atrevía a enfrentarlo a él, un hombre que tendría un aspecto terrible, como le indicaba la aversión de la maestra a acercársele. Sin duda, aquella mujer debía de ejercer mucha influencia entre sus alumnos para que uno de ellos se arriesgase a defenderla de ese modo.

—El asunto no es contigo, muchacho —le respondió, molesto.

El chico avanzó aún más, interponiéndose en la línea que unía las miradas de Elizabeth y el hombre de la duna.

—Un hombre no se mide con una mujer, "señor".

Los otros chiquillos parecían horrorizados y hasta la maestra contuvo el aliento. Había vivido en la pampa el tiempo suficiente para saber que, por menos de esa respuesta, dos hombres podían enzarzarse en una pelea a muerte. Extendió el brazo para sujetar a Eliseo y restar importancia a su actitud, cuando el hombre barbudo dijo, con la voz algo ronca:

—Es cierto, muchacho. Y, por lo que veo, ya eres un hombre. Te felicito —y agregó, mirando fijo a la muchacha—. Y a tu maestra, por tenerte tan bien enseñado. No te preocupes, no pensaba faltarle el respeto. Sobre todo, tomando en cuenta que fue mi protegida durante todo un día de viaje.

El muchachito pareció confuso y miró a su maestra, temiendo haber causado algún daño a alguien importante para ella. Elizabeth aguzó la vista, tratando de ver bajo la feroz apariencia, y entonces comprendió lo que le había inquietado desde el primer momento.

—Usted. ¡Santos! —y corrigió su atrevimiento—. Señor Santos, ¿qué hace aquí?

Francisco sonrió. Al menos, recordaba su falso nombre.

—Lo mismo que usted, empezando una nueva vida.

—No sabíamos que se instalaría tan cerca, nunca nos lo dijo.

—No estaba seguro. En realidad es algo temporal. Cuido la casa de un amigo.

Elizabeth se acercó y la niñita que llevaba pegada se acercó también, con sus piecitos cubiertos de arena.

—Misely —susurró de nuevo—. ¿El "siñor" es bueno ahora?

La joven sonrió, una sonrisa dulce y pícara que Francisco no le conocía. La tensión se apoderó de su ingle.

—Eso está por verse, Marina. Sólo será bueno si nos muestra las aves de la laguna.

—¡Sí! ¡Sí! ¡Sí! —gritaron los niños en conjunto.

Atrapado por unos niños zaparrastrosos y una joven sensual que vestía faldones de monja, Francisco compuso su ceño más pronunciado.

—Bajo ciertas condiciones —aseveró.

—¿Cuáles?

¿Desde cuándo aquella muchachita era tan desinhibida?

—Que se marchen después y no vuelvan por aquí.

La pequeñita lanzó una exclamación de disgusto. Los demás niños se miraron entre sí y Francisco tuvo que brindar una explicación:

—La laguna es un sitio solitario y peligroso, no conviene traer a los niños. Y yo soy un hombre muy ocupado, no puedo garantizarle que estaré siempre aquí, por si acaso.

—Aceptamos su escolta cuando esté disponible, no lo importunaremos. Las salidas de reconocimiento forman parte del plan de estudios, tanto como los números y las letras. No puedo renunciar a ellas. Prometo no arriesgar a los niños si usted dice que este sitio es peligroso, aunque no se ve peligro alguno. ¿Hay pumas aquí, señor Santos?

La risita burlona del muchachito mayor se anticipó a la respuesta de Francisco. Elizabeth, algo ofendida por haber mostrado su ignorancia, se apresuró a agrupar a los chicos.

—Vengan, niños, iremos con el señor Santos a reconocer las aves del lugar, y luego emprenderemos el regreso. Le agradecemos su molestia, señor, y esperamos que su presentación anterior haya sido una broma de mal gusto.

La maestra recuperaba su control y se convertía con rapidez en una de esas institutrices secas y autoritarias que algunos niños de la sociedad porteña soportaban. Francisco observó, empero, con qué delicadeza despegaba a la niñita tímida de su falda, para luego guiarla hacia otra, algo más grande, cuyo cabello rubio contrastaba de manera notable con la piel morena. El mestizaje en aquellas regiones era moneda corriente. Esa niña debía tener madre indígena y padre blanco, sin duda. Sus ojos verdes, tan achinados como los de Eliseo, revelaban la misma sangre nativa en ambos, aunque mezclada de forma diferente.

La pequeña comitiva se alineó, aguardando como una tropa organizada a que su jefe les indicase la dirección a seguir. Francisco se dio cuenta de pronto de que el encargado de impartir esa orden era él, pues hasta la maestra aguardaba, expectante, no exenta de sorna la mirada.

—Estamos listos. Niños, presten atención a lo que el señor les diga, pues mañana dibujaremos todos los animales que veamos y trataremos de escribir sus nombres.

Sintiéndose como un torpe guía, Francisco se acomodó los faldones de la camisa y desenrolló los pantalones arremangados, de súbito incómodo ante su aspecto. Seguiría pareciendo un ermitaño medio loco, aunque vestido, al menos.

Condujo a los niños al extremo sur, donde el médano tras el que se ocultaba la cabaña de Julián se asomaba al mar rugiente. Hacía frío a pesar del sol, pues el aire soplaba desde el océano y en la región no había arboledas que frenasen el ímpetu de los vientos marinos. Francisco observó con el rabillo del ojo que Elizabeth luchaba por mantener el cabello en su sitio y también que, bajo la blusa de suave batista, se delineaban dos puntas duras. La muchacha cruzó los brazos, rodeándose la cintura; pero él ya había comprobado la falta de corsé. Era lógico que la señorita maestra no vistiese con tanto recato en un paraje como aquél, sobre todo si tenía que lidiar con niños todo el día. No obstante, a Francisco se le nubló la vista al imaginarla desnuda bajo la ropa. Aprovechó la algarabía para distraer su atención hacia un ave zancuda que hacía equilibrio sobre una pata, en medio de una corriente de agua.

—¡Misely, ahí, mire!

Elizabeth corrió hacia los niños y se inclinó, mirando hacia abajo desde el médano. Podría haber pasado por una de sus alumnas, si no fuese por las curvas que ya Francisco estaba calculando desde atrás.

—¿Qué es eso, señor Santos? ¿Una cigüeña?

—Puede llamarla así, señorita O'Connor, pero es una garza blanca, muy común en la laguna. Se queda quieta en el agua, a diferencia de aquél, ¿lo ve?

Elizabeth hizo visera con una mano para tapar el reverbero del sol en las olas y así captar la imagen de un ave pequeña y veloz, que caía en picada una y otra vez sobre el mar.

—¿Qué está haciendo?

—Pesca —contestó Francisco, mientras buscaba en derredor algo más emocionante para mostrarles, aunque los niños estaban excitados como si asistiesen a una función de circo.

—Señor, díganos qué pesca —dijo entonces el muchacho que lo había enfrentado.

Francisco entendió que se había creado una especie de rivalidad entre ellos y el chico quería ponerlo a prueba. Aceptó el reto.

—Puede ser una corvina, o un pejerrey, algo pequeño para poder engullir. ¿Sabes pescar, muchacho?

Los ojos rasgados lo miraron con expresión inescrutable.

—Mejor que muchos.

—Eliseo —dijo con suavidad la maestra—. Recuerda que debes ser modesto.

El chico se mostró cortado, aunque no bajó la mirada. La señorita O'Connor no debía tener tarea fácil con un alumno así. Francisco sospechó que sería uno de los más díscolos, y le asombró que asistiese a la escuela a tan avanzada edad. La gente del lugar se valía de los hijos para la subsistencia, era uno de los problemas más graves que debían enfrentar los maestros día a día.

—Yo solía pescar de niño, no aquí, sino en el Río de la Plata.

Vio que sus palabras causaban sensación en el auditorio infantil. Ninguno de aquellos niños escuálidos debía de haber visto el Río de la Plata, aunque sin duda sabrían que allí estaba "la ciudad", como se llamaba a Buenos Aires sin más aclaración.

—Siempre es mejor pescar en el mar —agregó, en beneficio de Eliseo.

Siguieron el camino de arena bordeado de matojos rumbo a un bosquecillo de espinos. Los vientos marinos sacudían las zarzas como si fuesen plumas, tal era su fuerza. Los chiquillos se dispersaron, recogiendo caracoles ocultos en la arena, bajo la atenta mirada de Elizabeth. A Francisco le pareció que, mientras estaba en su papel de maestra, ninguna otra cosa le importaba. Se propuso indagar un poco en su situación.

—¿Cómo se está adaptando a la vida aquí?

Ella miró hacia abajo y desenterró un guijarro con la punta del zapato.

—Puede decirse que estoy adaptada, aunque hay cosas…

Francisco la miró con más atención. Quería preguntarle todo: con quiénes vivía, qué había sido de la negra que la acompañaba, si había venido alguien más de su país a ayudarla…

—¿Qué cosas? —se escuchó preguntar.

Elizabeth se encogió de hombros, como si se tratase de meros caprichos de niña.

—Aquí no se respeta tanto la intimidad como en mi país. La gente es bienintencionada, pero se mete en las cuestiones privadas de los demás. Y en la casa de Eusebio…

—¿Eusebio? ¿Está viviendo con Eusebio en ese rancho?

Elizabeth se conmocionó, como si hubiese cometido una infidencia.

—Pues sí, acepté la hospitalidad de Zoraida. Lucía y yo estamos muy conformes.

—¿No iba a tener usted un albergue en la casa parroquial?

Ante el tono imperioso, Elizabeth pensó si sería indecoroso vivir con Eusebio y su esposa, aunque la negra Lucía se había mostrado encantada, y eso que ella era bien pretenciosa. Sobre todo después de la entrevista en la que el cura había dejado bien en claro que no daría cobijo a una maestra extranjera que no pensaba educar a los "pequeños salvajes" en la fe de Cristo. En vano Elizabeth había hecho gala de su fe católica como buena irlandesa. "Lo más importante es salvar sus almas, señorita, y eso no se va a lograr con una pizarra". Pese a que estuvo a punto de mandarlo a paseo se contuvo, evitando así una confrontación mayor. Por lo menos, el sacerdote no le negaba la entrada a la capilla y aceptaba su ayuda para los menesteres religiosos. Elizabeth confiaba en que el tiempo ablandaría la postura del hombre, que no parecía mala persona, sino más bien resentido por el intento del gobierno de quitar a la Iglesia su tradicional papel educador.

—El Padre Miguel no tiene suficiente espacio para dos mujeres. Sospecho que esperaba a un maestro. No quisimos causarle problemas.

—¿Están ustedes cómodas?

—Oh, sí. Zoraida y Lucía se entienden de maravilla, las dos se unen en contra del pobre Eusebio. Creo que Zoraida necesitaba un cómplice para desquitarse. Está muy sola.

—¿Y usted, señorita O'Connor? ¿No está sola?

Las implicancias de la pregunta provocaron un sonrojo en la muchacha. La presencia de aquel hombre enigmático resultó de pronto turbadora y se alejó un poco, observando a los niños.

—Hábleme de usted —comentó al pasar—. ¿Cómo es que su amigo le pide que cuide una casa en este lugar tan inhóspito? ¿Él vive aquí?

Lo que menos deseaba Francisco era contar las circunstancias de su vida, de modo que sólo atinó a actuar como un niño que busca escapar de la indagatoria de una madre o un maestro.

—¡Mire!

Elizabeth siguió la mano que señalaba hacia el este. Un maravilloso espectáculo se estaba desplegando ante ellos: como salido del propio rayo del sol, un grupo de aves zancudas, enormes y gráciles, volaba rozando apenas la superficie del agua, creando ondas nacaradas que reflejaban su plumaje de subido color rosa. Elizabeth jamás había visto nada tan bello. El sol, más anaranjado a medida que descendía en el cielo, contribuía a acentuar el raro tono de aquellas aves de picos ganchudos cuyos graznidos se confundían con el bramido del viento y las olas furiosas.

Todos, hasta el propio Francisco, permanecieron extasiados contemplando la danza acuática. También Eliseo, que había evidenciado poco interés en lo que el señor Santos tuviese para decir, se veía mudo de asombro, la boca abierta y la mirada plena de encandilamiento infantil. Por unos momentos, se mostró como el niño que todavía era.

—Son hermosos —suspiró Elizabeth—. ¿Qué son, sabe usted?

—Flamencos rosados —la voz de Francisco sonaba suave, como si no quisiese perturbar el hechizo creado por la bandada de flamencos.

—¿De veras? En el sur de mi país dicen que hay muchos, aunque jamás los he visto.

—No es común verlos aquí tampoco. Ha sido un regalo para todos.

Las palabras de Santos conmovieron a Elizabeth. La grosera bestia había desaparecido para dejar aflorar al hombre sensible, capaz de apreciar la belleza.

—Gracias.

Francisco la miró, sorprendido.

—¿Por qué? Puedo asegurarle que yo no los he traído.

—Por dejarnos quedar el tiempo suficiente para verlos. Con este espectáculo tendremos material para varios días de trabajo en la escuela. Fíjese, podemos dibujar flamencos, pintarlos, imitar el grito de los flamencos, escribir la palabra "rosa" y comparar dos cosas rosadas, la flor y el flamenco, infinitas posibilidades...

La muchacha hablaba con el entusiasmo de cualquier jovencita, sólo que en lugar de comentar la próxima fiesta y los vestidos que elegiría, se regodeaba con la forma de instruir a unos pobres niños que jamás saldrían de ese rincón olvidado. Francisco sintió un nudo en el pecho al pensar que la visión de unos flamencos ocuparía varias clases en aquella escuela.

Volvió la cabeza y dijo con brusquedad:

—Hora de volver. Pronto hará frío y el camino de regreso debe hacerse con luz de día. ¿Han venido a pie?

La maestra negó, algo amoscada por el cambio de tono.

—Eusebio nos ha traído en su carro. Somos pocos y cabemos, aunque apretados. No me habría aventurado a pie con los niños —agregó, molesta porque él pudiese considerarla incapaz de manejar una clase.

Dejando a Francisco en el médano, Elizabeth se dedicó a reunir a sus alumnos, que le obedecían de buen grado.

—¿Éstos son todos?

—Son todos los que conseguí que vinieran a la escuela. Hay más, pero sus padres se niegan a enviarlos. Algunos viven lejos. El problema es la desconfianza, les parece peligroso mandar a sus hijos a aprender y no enviarlos a vender sandías o huevos por los caminos —rezongó ella, a pesar suyo.

Ahí estaba el desafío. Era evidente que la maestrita se cuestionaba su capacidad al no poder lograr la asistencia completa de los niños de la región.

—Esto no es Nueva Inglaterra. Aquí no hay edificios ni calles iluminadas.

Si bien quiso consolarla, sus palabras sonaron en los oídos de Elizabeth como una burla.

—No soy estúpida, señor Santos, sé adónde he venido. Aun así, debo reconocer que esta gente es más dura de entendederas de lo que yo creía. Ni siquiera con el atractivo de una buena comida caliente he podido reunir más de ocho niños en lo que va del ciclo escolar. Y no siempre vienen. Cuento con Eusebio, que a veces los va a buscar y los trae a regañadientes. Hay padres que ni hablan español, o fingen que no lo hablan.

—¿No hablan español? —se interesó Francisco.

No quería que le importara, y ya estaba sintiendo rabia hacia los padres que causaban trastornos a la señorita O'Connor.

—Lucía dice que han de ser indios que viven por la zona.

—¿Indios? ¿Dónde viven?

—Pues no sé bien. El padre de Eliseo es uno de ellos. Sospecho que él viene por su cuenta, sin decir nada a nadie, porque le gusta. No aprende mucho, se siente avergonzado de ser mayor que los otros y no saber leer ni escribir. Al mismo tiempo le interesa ver qué hacemos. Es inteligente, me apeno al pensar que no tendrá oportunidades.

—Ésta es la tierra de las oportunidades perdidas, señorita O'Connor, jamás verá tantas como aquí. Debería haber sabido a qué se enfrentaba antes de venir desde tan lejos. Los indios son cosa seria. Todavía quedan malones y cada tanto se tiene noticia de ellos, para tragedia de los habitantes. Le recomiendo que considere sus opciones y vuelva a Buenos Aires. También allí hay niños a los que enseñar. No crea que es necesario acudir siempre a las causas perdidas.

La indignación se dibujó en las delicadas facciones de Elizabeth, que al principio no pudo articular palabra. Cuando recuperó el habla, farfulló:

—¿Qué clase de hombre es usted, que prefiere la comodidad de un sitio abrigado cuando sabe que lo necesitarían más en otro lado, aun corriendo riesgos o sufriendo incomodidades? Después de todo, ¿no se encuentra aquí, custodiando la casa de su amigo, en medio de la nada? ¿O acaso hay algo más que no dice? ¿Qué busca usted en el desierto de arena, señor Santos? Un hombre cómodo y desalmado como usted no debería molestarse por nadie, ni siquiera por un amigo. ¿No será usted un "pairata"? —y la mirada de Elizabeth recorrió la costa, como buscando una encalladura secreta.

Los niños habían rodeado a su maestra y contemplaban atónitos el estallido de la siempre compuesta señorita O'Connor. Al parecer, ese hombre provocaba en ella reacciones inapropiadas.

—¿Qué es "pairata", Misely? —se atrevió a preguntar un chico de aspecto morrudo, repitiendo la forma en que la señorita O'Connor, llevada por la indignación, había pronunciado la palabra.

—Nada que debamos explicar ahora, Luis. Vamos, que es tarde —y para dar énfasis a sus palabras, Elizabeth giró sobre sus pasos, emprendiendo la retirada. Trepaba tan aprisa que Francisco tardó en darse cuenta de que estaba subiendo por el lado equivocado del médano. Si seguía por allí, divisaría el matorral donde se ocultaba su refugio. La sola idea de que ella descubriese dónde y cómo vivía le produjo tal espanto que, sin pensar, gritó de modo alarmante, previniéndola como si fuese a ocurrir un desastre. La muchacha, asustada, perdió pie y comenzó a resbalar por la arena, sin poder sujetarse de nada porque nada había en su camino. Vestida de pies a cabeza, estaba condenada a rodar cuesta abajo. Los niños corrieron también, para ver a su maestra girando de modo indecoroso, en un revoltijo de prendas interiores, cada vez más rápido, hasta rebotar en una mata de espinos y caer en la orilla barrosa de la laguna, cuyas aguas lamieron el bajo de su falda y la arrastraron más aún en su caída.

Brotaron exclamaciones de las gargantas de los chicos, admirados de la velocidad adquirida por Misely en su descenso. Francisco se apuró a descender también a zancadas y la encontró de cara en el barro, en cuatro patas, escupiendo la arena que había tragado en su precipitado trayecto y maldiciendo en inglés, sin cuidarse de que la oyesen o no. Conteniendo la risa, se aproximó para ofrecer su ayuda.

—¿Está bien, señorita O'Connor?

—¿Bien? ¿Cree usted que puedo estar bien después de caer como un guijarro rebotando en la arena? *My God* ¿Qué diablos creía que hacía asustándome de ese modo? ¡Suelte! ¡Yo misma me levantaré!

Los esfuerzos de Elizabeth por incorporarse en medio del zafarrancho de ropas mojadas eran patéticos. Sin hacer caso de sus protestas, Francisco la tomó en sus brazos y la levantó.

—¡Suelte, le digo! ¡Qué van a decir los niños! ¡Bájeme, señor!

Los niños seguían riendo, aunque algunos estaban dudando de las intenciones de aquel hombre. Después de todo, al principio había querido "quemarles el trasero" a todos ellos.

—¿Está bien, Misely? —gritó Eliseo, belicoso.

La voz del muchacho devolvió la cordura a Elizabeth. No quería provocar ninguna pelea y sabía que Eliseo era de cuidado.

—Muy bien, niños, estoy muy bien. Ahora mismo el señor Santos me ayudará a enderezarme para que podamos irnos. ¿No es así?

Miró con intención a Francisco, justo a tiempo de ver cómo él contemplaba su boca, hipnotizado.

—Bájeme, señor Santos —dijo en tono bajo Elizabeth.

Su voz sonó temerosa. Percibía una fuerza oculta en aquel hombre, e intuía que su presencia allí respondía a motivos distintos de los que él alegaba.

Francisco reaccionó, dejando que Elizabeth resbalase hasta tocar el suelo, con su cuerpo tan pegado al suyo que ambos pudieron sentir cómo sus concavidades encajaban unas con otras, en un roce que erizó la piel de Elizabeth y tensó las entrañas de Francisco.

—Váyase, señorita O'Connor —murmuró—. Váyase y no aparezca nunca más por aquí. No respondo de lo que haré si vuelve, ¿entendió?

La amenaza puso los pelos de punta a la muchacha que, sin reparar en el estado de sus ropas, emprendió el camino de regreso bordeando la laguna, bien alejada de las blanduras del médano. Francisco la observaba con expresión contenida, respirando con fuerza y apretando la mandíbula. Aquella mujer estaba a punto de desbaratar su vida y de provocarle un ataque, tal vez el peor de todos. Maldijo al destino que la había enviado al mismo lugar donde él pensaba retirarse del mundo.

Los niños caminaron en la misma dirección, vigilando desde arriba del médano a su maestra, temerosos quizá de que aquel hombre malhumorado le hiciese daño de algún modo. Eliseo fue el último en salir, después de dirigir una mirada aviesa a Francisco.

No se movió hasta que el último de los chicos de la escuelita desapareció tras las estribaciones del desierto de arena. Sólo entonces buscó el refugio de su rincón secreto, sintiendo ya el palpitar en las sienes que le auguraba una marea de dolor.

Eusebio vio llegar a la comitiva silenciosa y apreció el desarreglo en las ropas de Elizabeth, así como la enorme cantidad de arena que se desprendía de su cabello. No dijo nada hasta que todos subieron al carro.

Sólo cuando ya se avistaba la acogedora luz del candil de su rancho, largó su comentario:

—Parece peligroso ese lugar. Dicen que hay cangrejos.

Elizabeth le dirigió una mirada fulminante y respondió:

—Eusebio, haga el favor de alcanzar a los más pequeños a sus casas. Se ha hecho más tarde de lo que creí y pueden estar preocupados. Yo ayudaré a Zoraida con la cena.

—Como guste, señorita.

Antes de que Elizabeth descendiera del carro, Eliseo la enfrentó y, con un ímpetu desacostumbrado, le espetó:

—Si ese hombre le dijo algo malo, Misely, yo…

—Tranquilo, Eliseo, que nada me ha dicho ese hombre. Se llama Santos y ya lo conocía. Fue mi escolta a través del llano cuando vine aquí. Ya ves, no hay de qué preocuparse.

El muchacho apretó los labios y mantuvo la vista fija en su maestra, hasta que el carro que los llevaba la dejó atrás, envuelta en una nube de tierra.

CAPÍTULO 6

𝒟olor. Círculo de llamas. Hervor profundo.

En la oscuridad acogedora del refugio, Francisco se replegaba sobre sí como un animal herido, mordiéndose la parte interna de las mejillas para no gemir. Se mecía de atrás hacia adelante en rítmico vaivén, soportando el incesante martilleo. Clavos ardientes se hundían en sus sienes. La cabeza estaba en llamas. No podía pensar ni sentir más que dolor, hundirse en él, complacerse en el dolor hasta desgarrarse y que su cerebro estallara.

El crepúsculo había traído frescura, pero él ardía hasta en los bordes del cuero cabelludo. Otras veces, la melancolía había anticipado el dolor. Una sensación de pesadez y una niebla ante los ojos habían sido el preludio de la brusca afluencia de sangre invadiendo su cráneo. Ese día había sido completamente distinto, porque "ella" había desencadenado el dolor.

Él lo intuyó apenas la vio.

Había descubierto que su dolencia estaba relacionada con una alteración emocional, pues los ataques, que al principio eran simples jaquecas, sucedían después de alguna discusión o un disgusto. En los últimos meses, antes de descubrir su condición de bastardo, se habían acrecentado en intensidad, y el enfrentamiento con su padrastro lo había catapultado al ataque más intenso que había tenido hasta entonces. Fue cuando tomó la decisión de alejarse, tanto por la repulsa que le provocó saberse bastardo como por la necesidad de ocultar a su madre el sufrimiento de verlo convertirse en un inválido. La irrupción de la maestra, cuya presencia lo sacudía en lo más hondo, había creado una nueva forma de sufrimiento: el dolor sin desencadenante directo, sólo por sentir atracción o placer, el más terrible de todos, el que lo privaba del simple goce de su hombría.

No sabía cuánto estaba durando el ataque. Percibía que afuera reinaba la noche y que el viento sacudía las vigas del techo. Ovillado sobre su catre, no podía hacer otra cosa que sufrir y aguardar. Alguna vez remitiría. Siempre era así. A veces imaginaba que jamás dejaría de dolerle y entonces terribles visiones de sí mismo convertido en una bestia rugiente se imponían, amenazando con quitarle la cordura.

Uno, dos, tres, cuatro, cinco… Contar le producía una distracción salvadora, podía conducir la mente hacia otro lado, eludir el torrente de calor que le agrandaba la cabeza. Era un monstruo. No podía controlar sus reacciones cuando el ataque caía sobre él, por eso se apretaba con brazos y piernas, aprisionándose en una bola de sufrimiento hasta que la tormenta pasaba. Las primeras veces, cuando el dolor trepaba hasta convertirse en un zumbido encerrado en su cabeza, se había dejado llevar y arrojado objetos contra la chimenea de su cuarto, o barrido con todo lo que había sobre su escritorio. Tarde o temprano, esos arranques serían percibidos por los demás. Fue eso lo que lo decidió a alejarse. Dejaba el camino abierto a su medio hermano, lo cual no le importaba demasiado pues Dante no era mal muchacho, pese a su incapacidad para tomar decisiones. Lo que le dolía era ceder ante el padrastro, que estaría disfrutando de su ausencia. Por fin se había librado del indeseado hijo ilegítimo de su esposa.

Pensar en ello le produjo náuseas y se apresuró a contar de nuevo: seis, siete, ocho, nueve…

Era como un niño, como uno de los alumnos pobres de la señorita O'Connor. Podría sentarse con ellos en un banco y recitar: diez, once, doce… y ella le acariciaría la frente y susurraría frases de aliento.

Trece, catorce, quince…

Un estallido final le envolvió el cráneo, desde la nuca hasta la coronilla, alojándose un momento en el costado, justo sobre la oreja, hasta que, entre latidos tumultuosos, fue desapareciendo. El frío reemplazó al ardor y comenzó a tiritar. Sus dientes castañetearon tan fuerte que le dolieron hasta los huesos de la cara. Poco a poco el frenético vaivén se detuvo por completo y, como si tuviese que recordar los movimientos, se estiró con lentitud hasta quedar boca arriba en el catre, mirando el techo sin ver nada. Ésa era otra consecuencia de los ataques: quedaba ciego. Una ceguera absoluta que al principio le había espantado, y al comprobar que era la etapa final del proceso, se convirtió en bienvenida. Dejó vagar su mente por los rincones de sus recuerdos. No importaba ya si eran recuerdos buenos o dolorosos, el ataque no volvería hasta que algo o alguien lo provocase.

Una imagen dulce se desenvolvió ante su mente: la negra Tomasa revolviendo la lechada para el mate de los niños. El aroma de la leche cociéndose con el azúcar cubría todo el patio de adentro, donde reinaban los limoneros de su madre. Dolores solía sentarse en un rincón a verlos jugar, y él y sus hermanos interrumpían sus correrías para depositar un beso en su rostro sereno. Dolores, con sus ojos oscuros, profundos y tristes. Cómo la amaba. Le dolía el pecho al rememorar aquellos episodios felices. Recordaba con precisión el día en que aquella felicidad había terminado: él cumplía doce años y en la casa se preparó un gran festejo. Fran se sentía orgulloso de ser el centro de la reunión y su alegría se vio empañada por un suceso que, a la luz de los hechos, cobraba verdadera significación. Al brindar, alguien había gritado: "¡Por el heredero del emporio Peña y Balcarce!" Se hizo un silencio extraño y su padre, al que entonces todavía respetaba, arrojó la copa lejos de sí, acompañando el estallido del cristal con una grosera maldición. Nadie dijo nada. Podría haber pasado como un exabrupto de euforia, incluso, si Francisco no hubiese advertido las lágrimas surcando las mejillas de su madre. Aquello no era felicidad, sino dolor profundo. Ese día, el niño que entonces era comenzó a sentir un peso en el corazón que lo acompañó siempre, como un negro presentimiento agazapado en sus entrañas.

El frío acabó por hacerlo reaccionar. Se incorporó y en la penumbra interior divisó sombras grises: la vista volvía, puntual. Con cuidado, pues los ataques lo dejaban debilitado, atrancó la puerta y cerró las ventanas para impedir que la casa se helase. Al principio había pensado mudar el refugio y construir otro al reparo de la brisa marina; luego decidió que era más difícil que lo encontrasen de ese lado del médano, pues los viajeros solían detenerse en la laguna, cuyas aguas interiores eran dulces. Del lado del mar pocos se aventuraban.

Un pirata. Sintió deseos de reír al recordar la expresión de la maestra. Podría haberse convertido en uno, claro que sí. Habría sido digno destino para un bastardo, dar rienda suelta a su frustración robando y matando, condenándose para la eternidad. En ese caso, si hubiera visto a la señorita O'Connor en los alrededores del médano, la habría tomado prisionera. No entendía por qué ella le afectaba. Era preciosa como esas muñequitas que las damas porteñas recibían desde las "maisons" de los grandes modistos de Europa para encargar sus atuendos. La señorita O'Connor no parecía preocupada por la moda. Vestía como una institutriz, sin estridencias y, por supuesto, sin escotes. Tal vez fuera eso lo más atrayente: sus intentos de cubrirse dejaban paso a la imaginación de un hombre y él podía adivinar la blandura de sus pechos bajo los altos cuellos y las puntillas, o la estrechez de su cintura en medio de las chaquetas y las capas. Al caminar por la arena, sus caderas se contoneaban en seductor balanceo. Las había visto y su ingle se había quejado de esa visión.

Basta. No podía seguir por ese camino. La señorita O'Connor era una desdichada distracción en su rutina habitual. No debía pensar en ella y, por cierto, no debía verla más. Esperaba que su amenaza diese resultado. Confiaba en que ella no arriesgaría a los niños volviendo a un lugar donde no era bienvenida y ellos tampoco.

La luna plateaba ya la costa cuando Francisco salió a verificar que su caballo estuviese bien. Lo había guarecido entre las matas. Pronto le construiría un establo. Estaba trabajando en ello cuando los niños de la escuelita lo interrumpieron.

Julián le había enviado, por medio de un fiel sirviente, un cargamento de provisiones y herramientas que podía necesitar. En adelante se las procuraría él mismo en Santa Elena. Nadie sospecharía que el viajero que cada tanto compraba víveres era el ermitaño de la laguna.

El viento salino le revolvió el cabello, que crecía salvaje y se enroscaba en el cuello de sus camisas. Hacía días que no se afeitaba. Quería desaparecer, que nadie pudiese reconocer en ese hombre desaliñado al mozo atractivo que había sido. Le costaba, sin embargo, dejar de lado sus costumbres: el baño con jabón, la loción, la ropa de etiqueta… Se bañaba en el mar o en la laguna, según el clima, y no vestía más que pantalones y camisas. Usaba un poncho de lana los días fríos y las botas de potro que le ganó a un gaucho ebrio en un juego de dados. No precisaba más comodidades que eso y su catre de campaña, cubierto de gruesas *matras*. Por vez primera, experimentaba la vida del gaucho al dormir bajo las estrellas. Era una vida precaria y a la vez plena. No podía decir que le disgustara, aunque añoraba las tertulias, los melindres de las muchachas y los lances verbales de los porteños cuando discutían sobre política.

Gitano se encontraba inquieto. Revisó los alrededores con la mirada, siempre atento al cuchillo que guardaba en su faja. Debía ser más cuidadoso y no confiarse, pues aquella región no estaba civilizada aún y no sería extraño que la merodease algún indio. La señorita O'Connor había dicho que algunos alumnos venían de las tolderías. Si bien la frontera de la civilización se hallaba más al sur, nadie podía asegurar que una partida de salvajes no se aventurase hasta las tierras de la laguna, sobre todo tomando en cuenta que no estaban pobladas. Francisco no entendía cómo el Presidente había enviado a una joven como Elizabeth a un lugar tan alejado. Sabía de otras maestras que se habían quedado en Buenos Aires, temerosas de una tierra que no comprendían.

Sarmiento y su ministro Avellaneda confiaban en la capacidad de las mujeres como educadoras; sostenían que sus cualidades maternales las preparaban mejor que a los hombres para la tarea. Conociendo a la señorita O'Connor, percibía en ella una determinación que no creía encontrar en un hombre, al menos para enseñar a los niños. Sin duda, la mujer estaba mejor dotada para actuar como madre y gobernanta. Pensó en Dolores, tan recatada y protegida siempre. Si hubiese estudiado, tal vez su carácter se habría moldeado más firme y habría hecho frente a las arbitrariedades de Rogelio Peña. Dolores y la mayoría de las mujeres estaban educadas para adornar los salones y convertirse en el orgullo de los esposos, que las exhibían como dechado de virtud y belleza. Algunas pocas escapaban del molde, como Mariquita Sánchez, viuda de Thompson. Ella había sido el eje de las tertulias políticas y una inteligente intrigante, sin perder un ápice de su femenina condición. Se decía lo mismo de Aurelia Vélez, la hija del jurista Vélez Sarsfield, si bien ella escondía su luz bajo la sombra de dos grandes hombres. Las malas lenguas decían que se entendía con el Presidente. Menudo carácter tendría la joven si podía con Sarmiento. ¿Sería Elizabeth una de esas mujeres independientes? Bastante coraje tuvo para aventurarse en ese viaje disparatado. No debía haber un prometido ni un esposo, puesto que sería impensable que la dejase partir así como así. Se sorprendió saboreando la idea de que la señorita O'Connor no tuviera compromiso con ningún hombre.

¡Estúpido! ¿Qué podía importar?

Con rabia volvió sus pasos hacia el refugio, decidido a no pensar más que en el presente. Él no tenía derecho a otra cosa, era un hombre condenado. Tarde o temprano, ese mal que lo aquejaba acabaría con él, matándolo de dolor o convirtiéndolo en un paria, un desquiciado que deambularía por las salinas como un loco. En ese caso, rogaba que alguien se apiadase de él y le disparase un tiro certero.

Sumido en esos turbios pensamientos, entró en la cabaña, dispuesto a dormir después de una jornada agotadora.

Gitano se removió en su improvisado pajar. Era un moteado hermoso que todo indio apreciaría. Eso pensaba Eliseo mientras le acariciaba el pescuezo.

—Shhh… ¿*Okarejats*? —susurró en su lengua nativa, junto a la oreja del noble animal.

Eliseo llevaba en la sangre la pasión por los caballos, como sus ancestros.

Una vez que las manadas que los primeros españoles trajeron a la región del Plata se multiplicaron por los llanos, se convirtieron en el bien más preciado para gauchos e indios. Competían por ellos, los codiciaban y hasta los querían como si fueran de la familia. Un buen caballo lo era todo. Los indios montaban desde que aprendían a caminar, y así se fundían de tal forma con el animal que parecían uno, al igual que el gaucho, para quien el caballo representaba la supervivencia: con él dormía y a lomos de él huía si era preciso.

—¿*Okarejats*? —repitió Eliseo.

Gitano estaba bien alimentado y el ofrecimiento de comida no le interesó demasiado. La presencia del muchachito lo había inquietado, aunque pronto se dejó llevar por el modo susurrante con que el indio lo arrullaba. Era un don que tenía Eliseo: hablar con los caballos. Ellos lo escuchaban. Hasta los potros lo dejaban acercarse, porque él sabía "susurrarles" de la manera adecuada.

—*Patshango*, sí.

Estaba fresco, por cierto, pero Eliseo aguantaba el frío nocturno porque quería saber más del hombre ladino que los amenazó primero y les enseñó después, para terminar asustando a Misely.

Aquel sujeto le despertaba sentimientos que el propio Eliseo no reconocía: envidia y un poco de admiración, pues vivía solo y subsistía sin pedir nada a nadie, no como su padre, que se arrimaba a las casas para mendigar víveres.

Allá en los toldos, su gente vivía de mala manera. Los blancos los estaban empujando cada vez más lejos y los hombres como su padre, en lugar de pelear para defender lo suyo, habían reculado, dejándoles el campo libre. Él no quería ser como ellos, quería defender la tierra, enfrentar a los soldados y echarlos a chuzazos.

Misely no sabía todo eso, no conocía las indignidades del pobre indio, que se veía obligado a ofrecerse como peón o como soldado y ni siquiera así era respetado. "Indio malo", "indio maloquero", decían todos. Él iba a ser un verdadero indio malo cuando fuese mayor, iba a "maloquear" de lo lindo entre los pueblerinos. Salvo Misely, que era extranjera y nada sabía, no iba a dejar a ninguno vivo.

—*Herro kote'n...*

Como si supiese la lengua tehuelche, el animal se echó de lado para dormir, obediente.

Eliseo salió del escondrijo, echó una última mirada al refugio del blanco y se deslizó en la noche de la marisma con la misma suavidad con que había llegado. Ni la hierba dura crujía bajo sus pies descalzos.

CAPÍTULO 7

—*Misely*, ¿está bien así?

Elizabeth levantó la cabeza. Trataba de concentrarse en un ejercicio de "castilla", como le decían los chicos a la lengua española. La mayoría hablaba una mezcla de idioma indígena y español matizado con toda clase de modismos que, al principio, le resultaron ininteligibles.

En ese momento Marina, la más pequeña, le mostraba una cuartilla donde había garabateado lo que se suponía era el paisaje de la laguna.

Elizabeth se limpió las manos en el pañuelo por centésima vez en la mañana. El polvo que entraba a sus anchas en la sala que hacía de escuelita, unido a la arcilla de la tiza, estaban estropeando su piel, que se veía cuarteada y áspera. Lucía la había obligado a encargar una loción de glicerina en la tienda de Santa Elena. Eusebio se la traería, junto con el pedido mensual de provisiones. Había anotado también elementos de costura y unas pinzas de metal para el cabello. No quería verse como una salvaje, aunque viviera casi como una.

—A ver, Marina, dámelo.

La niña le alcanzó la cuartilla pintarrajeada con círculos verdes, rosas y azules.

—Mmm... ¿Y qué es esto? —dijo la maestra, señalando el círculo verde.

—Po... la laguna —contestó resuelta la niña.

La risotada de Luis fue acallada de inmediato por la mirada severa de Elizabeth, que siguió preguntando:

—¿Y esto?

—Los "lencos".

—Ajá. ¿Y estos otros?

Marina miró a su maestra. ¿Es que no veía Misely que esos eran los "biguá", los pájaros negros que disputaban la comida a las gaviotas?

—Po...

Elizabeth insistió:

—¿Los conozco?

Marina sonrió con su boquita desdentada y negó con la cabeza. ¡Claro que no los conocía! Misely sabía muchas cosas, otras no.

—Entonces, dime qué son.

—¡Vvv... biguá!

Elizabeth miró los círculos azules, intentando hallar algo que le indicase qué era un "biguá", pero nada había ahí. Supuso que se trataría de un ave, puesto que era lo que abundaba, y como no le gustaba renunciar, levantó la lámina bien alto y preguntó a todos:

—¡A ver si adivinan qué hay aquí, niños!

Los seis que asistían ese día alzaron sus cabezas y analizaron con ojo crítico el dibujo. Luis escondió la cara entre sus brazos para reírse a gusto, mientras que Livia, la niña rubia, inclinaba la cabeza como si el ángulo le permitiese captar mejor la escena. Sentada bien atrás, cerca de la puerta, Juana apenas miraba lo que la maestra mostraba. De todos, era la que más preocupaba a Elizabeth. Su carácter retraído le impedía relacionarse con los demás. Rara vez le arrancaban una palabra y, en esos casos, se ruborizaba como si estuviese exponiéndose ante un auditorio. Elizabeth sabía que su nombre original era *Ashkake*, que en lengua tehuelche quería decir "leña quemada". Se lo había contado Eliseo, de quien la niña era vecina en la toldería. Le había dicho también que Juana vivía con su madre viuda, a la que otro hombre del grupo pretendía, así que pronto tendría un padre nuevo. Elizabeth, por su parte, sospechaba que Juana miraba con amor a Eliseo sin que éste se diese cuenta.

Compartiendo el mismo banco de madera, se hallaba "el Morito", un muchachito al que todos llamaban así por no estar bautizado. Elizabeth dudaba de que los demás lo estuviesen y, sin embargo, le endilgaban el mote al Morito. El chico era larguirucho, moreno y muy vivaz, el que más rápido aprendía, sobre todo los números. Respondía el primero, lo que irritaba a Luis, que quería impresionar a la maestra y no lo conseguía.

Un mocito serio levantó la mano como Elizabeth les había enseñado, pidiendo permiso para hablar.

—A ver, Remigio, dinos qué ves aquí.

—Parecen gaviotines, Misely.

—¡Quiá! —gritó Luis de nuevo, socarrón—. ¡Parecen chicharrones, eso parecen!

Las carcajadas amedrentaron a la autora del dibujo y enfurecieron a Remigio, que se sintió burlado. Elizabeth se apresuró a calmar los ánimos.

—¿Los vimos el otro día en la laguna?

Los chicos se tornaron silenciosos. En el recuerdo de aquella excursión había puntos oscuros que parecían no agradar a la maestra. No esperaban que ella misma sacase el tema.

—¿Qué dibujaste, Marina? ¿Gaviotines o biguás?

—"Biguá", no biguás —corrigió Marina.

—Marina, no debes corregir a tus mayores —la reprendió Elizabeth—. No es correcto hacerlo enfrente de todos. Si digo algo mal, debes explicármelo en privado, sólo a mí.

—¡Qué zonza! —exclamó Luis.

—Luis, lo mismo vale para ti. No debes decir en voz alta lo que piensas de otros, a menos que sea un elogio.

Elizabeth suspiró. Esa mañana había empezado torcida. Soplaba un viento del norte que la hacía transpirar bajo la ropa y su cabello lucía horrible, le dolía la cabeza, pues había recibido la visita mensual de las mujeres, y Eliseo no había vuelto a clase desde el día de la excursión, cosa que la preocupaba. El otro niño que faltaba era el mellizo de Marina, el pequeño Mario. El niñito era enfermizo y casi nunca asistía. Si no tenía erupciones en la piel, padecía inflamación en los pulmones o le goteaba la nariz. A Elizabeth le dolía ver llegar a la hermanita sola en el carro de Eusebio, cada mañana. El niño se atrasaba mucho pues, aunque ella le explicaba los ejercicios las pocas veces que concurría, nunca estaba en condiciones de atender demasiado la clase. Los ojitos oscuros se le cerraban de cansancio. Elizabeth sospechaba que el niño era castigado con frecuencia. Su padre, que vivía como puestero al igual que Eusebio, empinaba el codo más de la cuenta y ese estado de embriaguez lo impulsaba a abusar de sus hijos. Quizá descargaba su furia en el niño porque lo fastidiaba verlo enfermo tanto tiempo. La madre, una mujer escuálida, no parecía reaccionar ante los insultos y golpes del esposo. Elizabeth deseaba entrevistarse con ellos, aunque postergaba el encuentro por temor a que retirasen también a la niña de la escuela. Cada alumno de esa clase era como una piedra preciosa que esperaba ser pulida, todos tenían cualidades y merecían descubrirlas.

—Si nadie me dice lo que ve en este dibujo, lo diré yo misma.

Los niños rodearon la mesa, interesados, y Elizabeth fingió pensar antes de dar su opinión:

—Estoy viendo una gran laguna que el viento mece formando ondas. Aquí, volando sobre las aguas verdes, veo un flamenco rosado. Más allá, veo un… biguá, ¿no? —Marina soltó una risita al ver confirmado su dibujo—. Y justo aquí, donde empieza el médano, veo… veo…

—¡Un gaviotín! —insistió Remigio.

—Sí, y algo más. Este redondel más pequeño… ¿qué era lo que don Eusebio nos preguntó el otro día? ¿Si habíamos visto qué?

—¡Cangrejos! —estalló Luis, muy excitado.

—Eso mismo. Aquí hay un cangrejo muy orondo, caminando hacia el mar.

—Nooo, Misely, los cangrejos están en la laguna. Si mete un dedo, se lo muerden. ¿Por qué no vamos de nuevo y le muestro? Yo sé pescarlos con una rama, un piolín y una piedra. ¡Se prenden de a dos y de a tres!

Los chicos, entusiasmados, comenzaron a aclamar la buena idea de Luis. Elizabeth se sintió agobiada. El hombre solitario le había dejado en claro que no era bienvenida, a pesar de que en un momento dado se mostró amistoso y accedió a acompañarlos. Quizá no estuviese muy cuerdo y cambiaba de parecer a cada rato. Sin embargo, lo recordaba muy centrado durante el viaje a través de la pampa. Y la había defendido del borracho en la pulpería. Elizabeth frunció el ceño. Ese misterio le intrigaba más de lo que hubiese querido admitir. Sólo de pensar en su torso desnudo y su cabello al viento sentía un hormigueo en la boca del estómago. ¡Qué estupidez! Era un paisano sin educación que no sabía tratar a las mujeres. Sin atender al bullicio de los niños, dejó vagar su mente hacia el rostro y la figura de aquel hombre. Delineó cada rasgo en su imaginación y, de repente, un fogonazo de comprensión le demudó el rostro: ¡los ojos! Esos ojos dorados, ella los había visto mucho antes de encontrar a Santos en el camino, fue una tarde en

Buenos Aires, cuando aquel caballero se había lanzado a la calle sin mirar el carruaje que venía. ¿Cómo no se había dado cuenta? ¡Qué tonta había sido! Se trataba del mismo hombre. Era, pues, un joven de buena familia, como lo evidenciaba la ropa que llevaba y el hecho de que salía de una casa de alcurnia. Estaba claro que frecuentaba la sociedad porteña. ¿Qué hacía en la laguna, viviendo como un ermitaño, cuidando de la casa de otro? Algo no encajaba en esa situación. Quizá sería buena idea la excusa de pescar cangrejos para hacerle otra visita.

Elizabeth sonrió. Otro día de paseo no le haría mal a ninguno. Y si Santos se proclamaba dueño de esas tierras, ella solicitaría del Presidente un permiso para visitarlas, siempre cumpliendo con su programa educativo, por supuesto.

CAPÍTULO 8

Amaneció límpido y fresco, un día perfecto para la caminata que tenía planeada. Elizabeth se lavó en la pileta del patio, mojó sus rizos con agua de lilas y los escondió bajo su toquilla. Por si el viento marino soplaba con fuerza, se echó un chal negro sobre los hombros, anudándolo a la manera española. Lo había visto en las mujeres del lugar y le parecía práctico. Se calzó sus botines acordonados, que ya reclamaban algo de lustre. Tendría que usar un poco de la cera que Eusebio aplicaba a las monturas de cuero. Buscó sus guantes y su bolsito, prendas que jamás dejaba de usar ni aun viviendo en el desierto, y revisó el contenido de su portafolio para asegurarse de que había hojas y lápices para todos los niños. Dejó sobre la mesa el libro que había mostrado a Zoraida el día anterior, contando con la curiosidad de la mujer para que indagara sobre las historias que vería dibujadas. Era una estrategia que utilizaba también con los niños: en lugar de insistirles, les dejaba a la vista cosas que llamaran su atención.

—Zoraida, ya me voy —anunció, asomándose al patio de tierra donde se alzaba el horno de barro, redondo como nido de hornero. La mujer se encontraba retirando las últimas hogazas.

—Lleve éstas, señorita, las reservé para los niños. ¡Quién sabe si comen algo esos pobrecitos al amanecer!

Zoraida envolvió los panes en una cesta y la colocó en el carro de Eusebio, que aguardaba paciente el momento de partir.

—Vamos ya, Eusebio, o llegarán los niños antes que yo.

El hombre chasqueó la lengua y los bueyes echaron a andar sin apuro. Durante el trayecto, el día luminoso y el aroma de los panes tibios la inundaron de entusiasmo. Los recelos de la noche anterior habían desaparecido, sólo contaba la jornada de trabajo y, aunque no quería reconocerlo, gran parte de su alegría se derivaba de la excursión que tenía planeada a la laguna.

—Humm...

—¿Qué ocurre, Eusebio?

La carreta se bamboleaba al rozar las zanjas que el arenal iba formando al capricho del viento. A lo lejos, la Grande era un resplandor platinado por el sol, denunciado por bandadas de gaviotas chillonas que giraban en círculos. Elizabeth alzó su cara. El invierno allí era menos riguroso que en su Massachusetts y la joven estaba acostumbrándose al calor del mediodía, que en la tarde cedía ante el avance de las sombras. "Bonito clima", pensó satisfecha.

Eusebio continuaba mascullando en medio de la polvareda que levantaba el carro.

—Intrusos —anunció.

Elizabeth de repente se sintió desasosegada y miró a su alrededor. El panorama era el mismo de siempre: el desierto, matizado por arbustos achaparrados y algunos árboles retorcidos que ella había oído llamar "caldenes" y que parecían reclamar agua al cielo con sus ramas sarmentosas. Eran árboles resistentes que alimentaban al ganado, solventando la escasez de la región. Elizabeth disfrutaba de la vista de sus espigas anaranjadas, encendidas como vainas de fuego al atardecer.

Sólo veía la capillita, que desde lejos parecía un terrón de azúcar, y el cielo sin nubes, preludiando un día glorioso. Eusebio, en cambio, veía otros signos.

—Fuego —dijo, señalando un montículo de ceniza.

Había que gozar de muy buena vista para identificar ese montoncito en medio de la arena mezclada con "uña de gato", la plantita carnosa de la costa marítima. Elizabeth se inclinó sobre el costado de la carreta y trató de ver lo que el hombre estaba tan seguro de haber encontrado.

—¿Será algún indio, Eusebio?

—Tal vez —contestó el hombre con su modo escueto.

Elizabeth descendió de un salto, tomó la canasta de panes y su portafolio y gritó sobre el hombro, antes de desaparecer tras la pared del huerto:

—Vuelva a las cinco, por favor, que hoy tendremos merienda campestre.

Eusebio masculló su disgusto ante las idas y venidas de la maestra. Bastante tenía él con sus viajes al pueblo. La maestra era una muchacha amable y su Zoraida se veía más contenta que nunca al tener "gente fina" para conversar, la cosa era aguantar también a Ña Lucía, que no se quedaba callada y se metía en todo. "Caray con esta gente", pensó, "no tienen suficientes problemas y vienen a buscarse más a estos pagos".

Volvió por donde había venido para revisar las huellas. Estaba seguro de que alguien había dormido a la intemperie y, a juzgar por la disposición de los restos del fuego, no era de por allí.

El Padre Miguel manejaba la azada en el huerto cuando vio a la maestra doblando la esquina. Se quitó el sombrero de paja que usaba en sus faenas al aire libre, pues su cabeza tonsurada no soportaba muchas horas al sol, y soltó la sotana, que llevaba arremangada hasta las rodillas para estar cómodo. ¡Qué chiquilla esa, gastando su juventud entre la gente miserable! Si bien los niños no eran salvajes, tampoco se comportaban de manera civilizada. Ninguno pisaba su capilla, a pesar de que él los visitaba cada semana y les pintaba las torturas del infierno si no se acercaban a Dios. Esa actitud recalcitrante lo hacía parecer mayor de lo que era. Había sido enviado a San Nicolás para ejercer su ministerio y, por cuestiones de jerarquía, quedó sepultado en ese lugar perdido donde él sabía que no salvaría a nadie, pues estaban todos condenados de antemano. La llegada de Elizabeth O'Connor era un soplo de frescura y pese a que él le discutía la necesidad de enseñar a unos pocos desahuciados, en el fondo admiraba el tesón de la joven y deseaba que permaneciera en la Grande. Su compañía lo reconfortaba. Al menos, no habían enviado a una maestra protestante, como en otros lugares. Con una irlandesa católica, por desafiante y moderna que fuese, podía arreglárselas.

—Buenos días, Padre. ¿Le apetece un panecillo caliente?

El cura se limpió la frente con la manga antes de acercarse.

—Claro que sí. El pan es de Dios y no se rechaza nunca.

Elizabeth sonrió con picardía.

—Sobre todo a la mañana temprano, cuando se ara la tierra, ¿no?

—Niña, no empiece a discutirlo todo. A ver qué ha hecho la señora hoy.

—Pancitos para los niños. Hay de sobra. Sírvase dos, Padre.

El cura tomó los crujientes panes y aspiró con fruición antes de hincar el diente en el primero. Detrás de él, una doble hilera de surcos mostraba las entrañas oscuras de la tierra.

—¿Qué está plantando?

Con la boca llena, el Padre Miguel respondió:

—Ajíes.

Elizabeth admiró el pequeño huerto de la capilla. Hierbas aromáticas, coles, calabazas, papas y hasta limones y quinotos crecían junto a la pared, formando un cerco. Elizabeth sabía que el cura preparaba sus sopas y sus guisos con verduras de la huerta y que los niños de alrededor nunca echaban en falta una buena comida al menos una vez al día. Sólo por eso, tenía toda su gratitud.

—Hoy iremos a la laguna de nuevo. ¿Podremos llevar algo para merendar?

El cura tragó su último bocado y carraspeó.

—Es un largo viaje. ¿Para qué hacerlo de nuevo?

—Me gusta que los niños se mantengan entretenidos. Si les enseño a escribir lo que ven, tendré más éxito que obligándolos a copiar las frases de mis libros. De todos modos tendrán que copiarlas, pero estarán más entusiasmados. ¿Ha venido alguno ya? —preguntó ansiosa.

—Pues sí, los de siempre.

—Oh… Pensé que hoy contaría con la presencia de todos.

—Espera mucho de esta gente, señorita O'Connor. La prevengo una vez más: puede hacer cuanto esté a su alcance, que el día que se vaya, estos salvajes volverán a descarriarse. No hay nada aquí que los mantenga civilizados.

—Eso lo dirá el tiempo, Padre. Yo me conformo con avanzar pasito a paso. Claro que si vinieran todos juntos alguna vez…

—Dios nos pone a prueba en lo que más nos duele, para hacernos santos. Si fuera fácil su tarea, no tendría sentido que usted hubiese venido hasta aquí. Yo sólo quiero evitar que se ilusione.

"Como lo hice yo", le faltó decir, y Elizabeth percibió el desánimo en su voz.

—Es un día hermoso para pensamientos pesimistas, Padre. Como decía mi madre: "La luz de adelante es la que ilumina". Veamos lo que nos depara el día, que ya el mañana se arreglará solito.

—Sabias palabras para una mujer tan joven. Vamos, entonces, a ver si los sabandijas están sentados como deben en la casa del Señor o desmadrados, como es costumbre en ellos.

Se encaminaron al saloncito donde funcionaba la "escuela de Misely", como le decían los habitantes de la zona. Elizabeth observó que faltaban Mario y Eliseo. Sintió sobre todo la ausencia de éste, porque temía que el muchachito hubiese decidido no volver más.

El salón parroquial poseía la sencillez de un convento: sus paredes de adobe y su piso de barro amasado se parecían a cualquier casa de los alrededores, pero el viguerío del techo estaba construido con madera de algarrobo y chañar, lo que daba una impresión de solidez ya no tan común. Sobre el blanco de los muros colgaba un crucifijo de madera esmaltada que el Padre Miguel había recibido de las misiones jesuíticas. Sobre los bancos de misa se hallaban encaramados los cinco niños: Marina, el Morito, Luis, Livia y Remigio, todos alborotando en torno a algo que Luis tenía entre manos. El chico esperaba a su maestra, sin duda deseando sorprenderla. Elizabeth se aproximó seguida de cerca por el sacerdote, que ya fruncía el ceño. Luis acunaba entre sus manos sucias un manojo de ramas que le llegaba a la barbilla.

—¡Mire, Misely, robó un nido! —exclamó Marina, con su entusiasmo habitual.

La palabra "robó" hirió los oídos de Elizabeth y transformó su incipiente sonrisa en un gesto adusto.

—¿Cómo es eso?

Luis mostró lo que había conseguido de camino a la escuela: un enorme nido de cotorras ¡con los huevitos adentro! El niño alzó su ofrenda, ansiando la aprobación.

—Lo he tomado para usted, Misely, yo solito.

Elizabeth no tuvo corazón para reprenderlo y prefirió utilizar la situación como una enseñanza.

—Muy impresionante, Luis, lástima que tenga inquilinos ese nido.

Ninguno de los niños sabía el significado de la palabra, de modo que se mantuvieron expectantes. Ella prosiguió.

—Conservaré el nido como regalo cuando hayan nacido los polluelos. ¿Podrás devolverlo a su sitio, mientras?

Luis se mostró compungido.

—No, Misely, me costó mucho bajarlo. Lo boleé desde el suelo y me salió redondo el tiro. Para subirlo hay que trepar y está muy alto.

—Es uno de esos nidos que hacen las cotorras en lo alto —intervino el Padre Miguel—. Es un milagro que los huevos no se hayan roto.

Elizabeth contempló apenada los tres huevitos de color celeste moteado.

—Tu regalo es muy bonito, Luis, te lo agradezco. Me gustaría que lo pusieras en algún lugar donde la madre pueda encontrarlo y completar su tarea de empollar los huevitos. ¿No sería magnífico vigilar a los pichones mientras rompen el cascarón? Porque dudo que puedan sobrevivir sin el calor de la mamá.

Luis asintió, perplejo.

—No pensé que a la mamá le importase. Hay tantos árboles para poner huevos…

—Pero estos son únicos. Aunque pusiera otros, siempre habría perdido estos. Y yo no quiero que se pierda ni uno de estos pájaros, como tampoco quisiera perder a ninguno de ustedes en mi clase.

—¡Si son todos iguales! —protestó el Morito.

—Eso es lo que crees. En la naturaleza, cada madre identifica bien a su cría, salvo, tal vez… —dudó Elizabeth, dispuesta a no mentir a los niños ni siquiera a propósito de una lección.

—¿Cuándo no distinguen a su cachorro? —se interesó Livia.

Rara vez intervenía en las discusiones, así que Elizabeth le dedicó especial atención.

—Bueno, yo he visto a las ovejas dudando al reconocer a sus corderitos, allá en mi tierra, sobre todo si pasaron por un arroyo y se lavaron el vellón.

—Mi padre tiene ovejas y son tontas —dijo Luis.

—Quizá no son tontas, es que saben que, tarde o temprano, sus hijos se separarán de ellas. La naturaleza las prepara para aceptar eso de buena gana, ¿no creen?

Los niños quedaron pensativos. Cada uno buscaba ejemplos de madres olvidadizas o indiferentes. Elizabeth rogaba para que las comparaciones no los condujesen a alguna conclusión sobre sus propias familias. Sabía tan poco sobre esos niños…

Luis entendió que su regalo no era bienvenido y quiso remediarlo.

—Yo podría subirlo si fuera alto, pero…

—Yo soy alto —intervino Remigio.

Elizabeth no permitiría que ninguno corriese peligro subiendo a un árbol, así que se volvió hacia el Padre Miguel en busca de una idea.

El sacerdote retrocedió, sintiéndose de golpe exigido a meterse en un terreno que no le era familiar.

—¿Podremos fabricar una horquilla, Padre?

—Bueno, si se busca la rama apropiada...

—¿Qué les parece, niños? ¿Quién busca la rama más larga para alcanzar la copa del árbol donde estaba el nido?

—¡Yo! ¡Yo! —dijeron varias voces exaltadas.

Las clases se estaban poniendo lindas con Misely.

—¡Pronto, antes de que la mamá cotorra encuentre su árbol vacío!

Los chicos salieron disparados en todas direcciones, dejando a la maestra y al cura solos en el recinto que recuperó de pronto su severidad conventual.

—Se ha metido usted en un gran lío, Misely —dijo con sorna el cura.

—Y usted también, Padre, porque va a ayudarme.

Y Elizabeth salió detrás de sus alumnos con la misma celeridad, dejando al Padre Miguel boquiabierto ante su atrevimiento.

El árbol en cuestión era un tala de los que a veces crecen solos en medio de la llanura, lejos de su monte natural, por obra de las aves que comen su semilla y la desperdigan. Impresionante en su altura, el tala ostentaba pequeñas flores verdosas que se convertirían pronto en frutos amarillos. Hasta entonces, seguiría siendo un árbol espinoso y poco atractivo. Sin embargo, la vida que bullía en su interior lo volvía único. Cotorras, calandrias, patos barcinos y hasta mariposas azules demostraban la hospitalidad del viejo tala. Elizabeth contempló la algarabía que engalanaba la humilde copa. Se preguntaba cómo lograrían enganchar de nuevo el nido de cotorras en el lugar de donde lo había volteado Luis, cuando la voz de Marina, siempre alerta, los distrajo:

—¡Ahí viene!

Un jinete se acercaba galopando. Al principio, Elizabeth se ilusionó pensando que podía tratarse de Eliseo, pero a medida que se aproximaba, la silueta demostró ser más alta y corpulenta. Con cierta aprensión, la joven acercó a la pequeña Marina y a Livia, las dos únicas niñas, pues si bien hasta el momento no habían corrido peligro, no ignoraba que la gente vivía con la escopeta tras la puerta, una costumbre en aquellas inmensidades.

—No es *huinca*, Misely —dijo en voz baja Remigio.

Elizabeth miró al Padre Miguel para que le aclarase aquella afirmación, mas el sacerdote se encontraba preocupado, como si temiese que detrás del jinete viniese una horda de salvajes. Antes de que la joven maestra pudiese averiguar qué había querido decir

Remigio, se perfiló ante ellos un hombre de piel oscura y cabello lacio, vestido a la usanza de cualquier paisano, aunque con un aire distinto que no pasó desapercibido al padre Miguel ni a Remigio, que frunció el entrecejo. El hombre desmontó sin detener al caballo, un animal extraordinario con los cuartos traseros blancos moteados de castaño.

—Jim Morris —murmuró incrédula Elizabeth al descubrir, bajo el ala del chambergo, las facciones afiladas de su compañero de viaje.

Varias veces desde su desembarco había pensado en aquel caballero cuyo acento le resultaba indefinible. Jamás imaginó que pudiera encontrárselo en medio de la pampa cabalgando. ¿Dónde había quedado el hombre de modales corteses y refinado traje? ¿Y qué aspecto tendría ella, con su falda revoloteando al viento, cubierta de tierra como siempre, y los rizos sueltos alrededor de su cara?

"Hermosa", pensó Jim. Se la veía como él suponía que era, una hembra salvaje disfrazada de gatita, incapaz de ocultar su fuego, que destellaba a través del cabello cobrizo.

—Señorita —dijo, tocándose el ala del sombrero en un gesto que resultó cómico a los niños.

—Señor Morris, ¿qué hace usted aquí?

Elizabeth tendió la mano al recién llegado ante el estupor de todos, que la habían escuchado pronunciar un nombre extraño.

—Parece que estamos destinados a encontrarnos —dijo él con lentitud.

Elizabeth se ruborizó por lo que pudiese pensar el sacerdote a su espalda, y el propio Jim la sacó del apuro:

—He venido para traerle algo que olvidó en la ciudad —y aclaró, para resultar más convincente—. Sus tíos me enviaron. Temían que necesitase las direcciones que trajo usted desde Boston.

¡Las direcciones! Debió haberlas olvidado en la mansión Dickson. Por fortuna, no había precisado recurrir a nadie, así que no las echó en falta. Jim le entregó el papel que había recogido en la cubierta del *Lincoln*, y conservó el diario de trabajo para sí.

—Es usted muy gentil al venir hasta aquí sólo por eso —farfulló Elizabeth.

—No es sólo por eso, aunque debo reconocer que me desvié de mi camino para encontrarla. Y no fue fácil, en un lugar como éste —agregó, mirando en derredor, tanto la soledad del páramo como la rueda de niños que lo observaban, curiosos.

—Padre, el señor Morris fue mi compañero de viaje en el vapor donde vine. Tuvo la gentileza de llevar mis baúles a la casa de mis tíos en Buenos Aires.

Jim oprimió la mano del sacerdote en un apretón decidido.

—A su servicio, señor.

El Padre Miguel carraspeó y optó por presentarse él mismo, pues era evidente que la señorita O'Connor había quedado conmocionada por la llegada de aquel hombre singular.

—Y éstos son sus alumnos, por lo que veo.

Los niños miraban admirados al extranjero, salvo Remigio, que se mostraba desconfiado.

—Una parte de ellos. No siempre logro que vengan todos.

—Yo no faltaría a una clase dictada por usted —dijo de modo repentino el hombre.

El tono de las palabras provocó un nuevo carraspeo en el Padre Miguel, que se apresuró a organizar un refrigerio en el salón parroquial.

—¡Pero Misely!—saltó Luis—. ¡Tenemos que devolver el nido!

Jim contempló al muchachito que sostenía la maraña de ramas y advirtió que otro de los niños, un negrito de cabeza rizada, portaba una rama torcida como si fuese una lanza.

—¿Se ha caído un nido? —preguntó.

Luis se ruborizó bajo la suciedad de sus mejillas.

—Eh... bueno, se cayó, sí, pero...

—Él lo boleó para dárselo a Misely, pero ella dice que ahí arriba está mejor. Íbamos a ponerlo cuando usted llegó —soltó Remigio de un tirón, frustrado por la tarea interrumpida.

Jim Morris se hizo cargo de la situación.

—¿Y cómo piensan subirlo hasta allí?

—Estábamos construyendo una horquilla —explicó Elizabeth, tan entusiasmada como sus alumnos.

Jim apreció la animación en el bonito rostro. Se la veía más apetitosa ahora que el sol había dorado su tez, dándole un aspecto de gitana que sin duda ella reprobaría.

—Buen intento, claro que para usarla habrá que trepar. ¿Puedo? —agregó, dirigiéndose al conjunto de niños.

—¡Sí, sí! —clamaron cuatro de ellos, pues Remigio se mantuvo distante.

Jim Morris se despojó del sombrero, dejando al descubierto la cabellera que llevaba sujeta por una tira de cuero, y le siguieron el poncho y las botas. Descalzo y arremangado hasta los codos, tomó la vara de manos del Morito y, apretándola entre los dientes, subió hasta que su cabeza rozó las primeras ramas. Soltó entonces un brazo y extendió la vara hacia abajo, a fin de que Luis enganchase en el extremo el nido de cotorras. Elevó luego el nido hasta la mitad de la copa, donde se veían otros canastos parecidos colgando de las ramas. Ni bien logró acomodar la preciosa carga en una de ellas, se deslizó hasta el suelo como si fuese un oso que roba un panal y huye de las abejas.

—No quiero que las aves me vean tocar el nido —se justificó—. O no querrán criar a los pichones.

Elizabeth se quedó mirándolo, embobada. Ese hombre había logrado en sólo segundos lo que a ellos les hubiese llevado la mañana entera, acabando con el proyecto de merendar en la laguna. Los alumnos prorrumpieron en gritos de alborozo y hasta Luis, que no estaba seguro de devolver el nido, participó del entusiasmo sin reparos.

—Le debemos un agasajo, señor Morris. Permítame invitarlo a compartir nuestra merienda. Tenemos planeada una excursión —dijo, movida por un impulso del que de inmediato se arrepintió.

Aquel hombre había llegado hasta allí para hacerle un favor, no podía abusar y pedirle que, además, los acompañara hasta la costa. Algo la impulsó a solicitar la escolta del señor Morris, sin embargo, quizá el temor de encontrarse de nuevo con el hombre que tan hostil se había mostrado con ella la vez anterior. Jim Morris se caló el sombrero y cruzó el poncho sobre el pecho, a modo de bandolera. A través de la camisa entreabierta su torso, liso y bronceado, relucía con una capa de sudor fino. Dada la parsimonia con que recogía su ropa, Elizabeth supuso que se negaría, pero el hombre la sorprendió tomando las riendas de su caballo y plantándose en ademán de aguardar la señal de partida.

—Cuando guste.

Los niños se entusiasmaron al contar con semejante compañero de viaje, capaz de trepar hasta lo alto para colocar un nido.

—Bien, vamos entonces, niños. El Padre Miguel les dará algo para comer en la orilla. Yo he traído panecillos de la señora Zoraida y un poco de miel.

—¡Yuuuuuuuuu! —aulló Luis, siempre exaltado y dispuesto a cualquier aventura.

Todos corrieron por delante, sin aguardar a Misely, que se apresuró a buscar en el salón su bolso, la sombrilla y el portafolio sin el cual la excursión no podría ser educativa. Al salir, descubrió que el señor Morris la aguardaba en la misma posición, sin preocuparse en absoluto por los niños, que ya eran motas lejanas en el paisaje.

—¡Se han ido! —exclamó Elizabeth preocupada—. Debieron esperar.

—Vamos, señorita O'Connor, llegaremos antes que ellos.

Y sin que Elizabeth pudiese prever lo que ocurriría, Jim la tomó por la cintura, la calzó sobre el lomo de su *appaloosa* y brincó tras ella, rodeándola con sus brazos morenos mientras manipulaba las riendas para que el caballo enfilara hacia el este, donde el resplandor de la laguna se veía dorado por el sol.

El Padre Miguel quedó de pie en medio de la polvareda levantada por los cascos del caballo.

—Dios bendito, quién lo diría —resopló, incrédulo.

Francisco contempló su obra, satisfecho. El cobertizo serviría para guardar leña y para que Gitano se guareciese en los días de lluvia. Levantaría dos tabiques para delimitar un sector con paja en el suelo y un abrevadero en el rincón. El trabajo físico lo ayudaba a no pensar y alejaba los dolores. Si mantenía ese ritmo constante…

Una algarabía retumbó de pronto en su cabeza y le crispó los nervios. Sintió una punzada en el costado izquierdo, junto a la oreja. Apretó los puños hasta que las uñas atravesaron la piel de las palmas y se volvió, furioso, hacia el lugar de donde provenía el ruido. Ya sabía lo que verían sus ojos y no alcanzaba a entender el descaro de aquella mujer al invadir nuevamente su cubil. La visión superó sus expectativas.

Los niños corrían y gritaban como la primera vez, aunque la señorita O'Connor no iba entre ellos sino detrás, a lomos de un magnífico caballo conducido por un experto jinete.

Francisco amaba los caballos, cualidad que no compartía con nadie en la familia, ya que sus hermanos rehuían todo contacto con los animales y Rogelio, por su parte, había sufrido una caída en su juventud que lo alejó para siempre de las jineteadas. Ni siquiera soportaba un paseo por la costa a paso tranquilo. Francisco, en cambio, sentía que a lomos de un caballo podía escapar de sí mismo y olvidarse de todo. Más de una vez se había apartado de su grupo y emprendido una galopada feroz hasta que tanto él como el animal quedaban empapados en sudor. Se preguntaba si aquello no sería ya un síntoma de locura.

Aquel caballo era fuerte y esbelto, sus crines negras contrastaban con el pelaje castaño y el manto nevado en la grupa, salpicado de motas oscuras. Francisco jamás había visto otro así. ¿Qué hacía la marisabidilla señorita O'Connor galopando como alma llevada por el viento a lomos de semejante montura? ¿Y quién era el sujeto que la apretaba contra su pecho? Francisco sintió que sus sienes comenzaban a latir. La furia se convirtió en rabia fría y concentrada.

Los niños acallaron sus voces al verlo aparecer en lo alto del médano como la vez anterior. En esta ocasión, su aspecto era aún más aterrador, ya que el cabello crecido semejaba la melena de un león. Desde la orilla, Elizabeth podía distinguir la furia que embargaba al misterioso Santos. Se recordó que iba bien acompañada y asimismo se dijo que ese hombre había pertenecido en algún momento a la buena sociedad y no podía haber olvidado por completo sus modales.

Jim Morris observó al sujeto y de inmediato se estableció entre ambos una corriente de antipatía. Su mirada de desafío obtuvo como respuesta otra amenazante de parte de Santos. Uno montado en un magnífico caballo, el otro encaramado en lo alto de una duna, parecían guerreros dispuestos a destrozarse mutuamente. Elizabeth percibió la tensión y se apresuró a hacer las presentaciones, como si estuviesen en una amigable reunión.

—Señor Morris, el señor Santos vive aquí, en los alrededores de la laguna. Es... un amante de la naturaleza.

Francisco gruñó al escuchar eso.

—Señor Santos, le presento a Jim Morris, un compañero de viaje del *Lincoln*, el barco que me trajo a la Argentina.

La situación era absurda: una mujer montada en un corcel, presentando a dos hombres que no conocía en absoluto y que se retaban con la mirada. ¿Cuánto conocía a Jim Morris? ¿Y a Santos? Habían sido encuentros ocasionales y perturbadores. Por el momento, se sentía más segura junto a Jim, quizá porque no podía verle el rostro y no sabía con qué ferocidad clavaba su mirada aguileña en la de Santos.

—Es un placer —masculló Morris, mordiendo las palabras.

Francisco controló el impulso de mandarlo al diablo y el esfuerzo le causó una oleada de dolor. ¡Qué le importaba a él de toda esa gente!

—Veo que ha olvidado algo, señorita O'Connor —dijo en tono forzado.

Elizabeth no entendió a qué se refería y se deshizo en explicaciones.

—Verá, los niños y yo hemos decidido pescar cangrejos para estudiarlos en clase. Los dibujaremos primero, tomando modelos del natural como hacen los artistas y luego escribiremos sus características. Es un sistema educativo adaptado a las costumbres locales. Pienso que...

—Veo que sigue sin recordar —interrumpió el hombre del médano.

Desconcertada, Elizabeth no acertó a responder, y él prosiguió:

—Le dije con claridad que éstas son "mis" tierras, señorita. Y ninguna maldita maestra se instalará en ellas con su enjambre de alumnos.

—Un momento —intervino Jim, y su caballo caracoleó, inquieto por la corriente de agresividad que percibía en su jinete.

—No creo haber hablado con usted, "señor".

La actitud de Francisco era tan hostil que a su alrededor todo parecía alejarse: las gaviotas, los biguá que gustaban a Marina, hasta los cangrejos. Elizabeth temió que su capricho culminase en un drama y los niños tuviesen que presenciarlo. ¿Qué clase de gente era esa que, a la menor sospecha de provocación, se abalanzaba sobre el otro dispuesto a acabar con él? Ni siquiera tenían la civilizada opción de los duelos, donde al menos la disputa se organizaba con horarios y testigos. Y siempre cabía la posibilidad de retirar la ofensa.

Francisco comenzó a descender. A su paso, formaba hoyos en la arena y aplastaba las "uñas de gato" que asomaban con timidez. Por fin se detuvo, con las manos apoyadas en las caderas.

—Fuera.

Lo dijo con deliberada lentitud, marcando las sílabas como si estuviese dirigiéndose a un idiota. En su mente sólo había dolor, lacerante dolor que hendía la frente y se alojaba tras sus ojos, quemándolos y produciendo destellos que lo aturdían. Su pose de piernas abiertas encajadas en la arena era la manera de no derrumbarse, de aguantar la andanada de aguijones que estaba recibiendo su cabeza. Latigazos de dolor le cruzaban el cráneo desde atrás y por delante. Nadie sabría nunca lo que estaba sufriendo. Antes prefería morir.

Jim Morris saltó del caballo, dejando a Elizabeth montada en el *appaloosa*. El animal retrocedía y tropezaba en los montículos de arena. Ella se aferró a sus crines para no caer. Había sido buena amazona en Nueva Inglaterra, sobre caballos entrenados para pasear por los parques. La cacería del zorro, costumbre inglesa que algunas familias aristocráticas seguían, no le había interesado jamás. Sentía pena por el pobre zorro. De modo que sus cabalgatas se reducían a recorridos bajo los árboles, bordeando algún río y, por cierto, en su vida había montado un animal como el de Jim Morris. Ver su sombra agrandada en la arena desde la grupa bastó para producirle vértigo. Entre las nieblas de su miedo escuchó a los hombres.

—Repita eso que dijo a la señorita —atropelló Jim, una vez que estuvo a la misma altura que el otro.

—Dije "fuera". Y no va dirigido sólo a la señorita. Los incluye a usted y a los niños.

Jim estudió el rostro del hombre que tenía ante sí. No conocía mucho sobre aquel país, si bien lo visto hasta el momento le había gustado: gente de coraje, luchando contra un destino casi siempre adverso y aceptando aquello que no podían cambiar. Había notado también la enorme diferencia entre el hombre de la ciudad y el de la campaña. Eran dos mundos que no se entendían. Él sabía de eso, pues su gente había sufrido también el extrañamiento y la marginación, aunque notaba menos prejuicios en Buenos Aires. La convivencia forzada en una tierra dura había eliminado los remilgos y, salvo casos recalcitrantes, como sin duda sería el de los Dickson, los porteños alternaban con facilidad tanto con los negros de la Plaza como con los inmigrantes extranjeros que llegaban a comerciar. Su oído bien entrenado le permitió distinguir en el hombre furioso que tenía enfrente a un porteño de pura cepa, comportándose como un salvaje de las pampas. Aunque la razón se le escapaba, ese hombre necesitaba una lección que él estaba muy dispuesto a dar.

—La señorita se queda. Y los niños. Y yo con todos ellos —repuso burlón, sabiendo que el tono enfurecería aún más al desaliñado sujeto.

—Veo que la señorita buscó la ayuda de un matón para invadir mis tierras.

La palabra "matón" provocó una exclamación indignada de Elizabeth.

No hubo tiempo de aclarar el término pues, como obedeciendo a una orden, ambos hombres saltaron hacia delante y cayeron uno contra el otro, trenzándose en una lucha cuerpo a cuerpo que desató la algarabía de los chicos, con excepción de Marina, que lloraba cogida de la mano de Livia. El caballo de Elizabeth comenzó a corcovear y a relinchar, obligándola a aferrarse al cuello con desesperación. Se detuvo después de varios círculos que la marearon y pudo ver el estado de la situación: Santos tenía a Jim Morris sujeto por la camisa, desgarrándola a medida que éste luchaba por desasirse. Ambos habían rodado por la arena, ya que sus cabezas parecían empolvadas, y en los brazos se veían huellas de arañazos. Lo más impresionante de la pelea era que ninguno emitía sonido, se limitaban a pegarse con brutalidad; el único ruido era el de los puños contra la carne, un desagradable chasquido que provocó náuseas en Elizabeth. Jim torció las cosas al girar de repente y quedar encaramado sobre Santos, que empezó a recibir una lluvia de puñetazos en plena cara. Los gritos de Elizabeth no se escuchaban, pues el viento y el oleaje creaban un fondo ensordecedor. Cuando todos pensaban que Morris tenía dominado al Señor del Médano, éste lanzó una suerte de rugido y, con ímpetu extraordinario, tomó a su contrincante por el cuello y comenzó a estrangularlo. Su expresión era alucinada, como si estuviese ciego y de esa lucha dependiera su vida.

—¡No! —gritó Elizabeth, aunque su grito sólo sirvió para alterar de nuevo al caballo, que se alejó del lugar con un caracoleo.

Haciendo uso de toda su destreza, obligó al animal a regresar al sitio de la contienda. Ambos hombres seguían revolcándose, tosiendo y escupiendo arena, y las manos de Santos seguían firmes en torno al cuello de Jim, que ahora luchaba por despegarlas, consciente de que el otro estaba fuera de sí, y que la fuerza que desplegaba rayaba en la locura.

Sintiéndose culpable de lo que ocurría, temerosa de que el enfrentamiento terminase de manera trágica, Elizabeth reaccionó por instinto como una heroína de cuentos de hadas: fingió un desvanecimiento y se dejó caer del caballo, a riesgo de romperse la crisma. Mientras caía, su único pensamiento era: "Que me miren, que me miren". Habría sido patético morir descoyuntada sin que aquellos energúmenos se enterasen siquiera.

La caída de Elizabeth provocó espanto en los niños. Fueron sus gritos lo que llamó la atención de los hombres. Francisco, ya en medio de su ceguera, sintió en los huesos que algo grave ocurría, fuera de la pelea. Aflojó la garra y Jim pudo sacárselo de encima, incorporándose con rapidez para acudir en auxilio de la maestra, no sin antes pronunciar las extrañas palabras: "Pequeña Brasa, no". Fran se puso de pie y corrió hacia donde unos bultos sin forma corrían también, tropezando casi con el cuerpo inerme de la señorita O'Connor. La vista volvía por momentos, resistiéndose a dejarlo ciego por completo, y así pudo advertir que el otro sujeto se dedicaba a controlar al caballo, para evitar que sus cascos lastimasen a la maestra. Sin hacer caso de los gritos de los niños, que sin duda lo considerarían culpable de todo, levantó a Elizabeth y caminó unos pasos sin saber qué actitud tomar, dividido entre la necesidad de hacerla reaccionar y el temor de que su refugio fuese descubierto, no sólo por los niños sino también por un forastero en el que no confiaba. Alguien interesado en la señorita O'Connor, alguien a quien odiaba.

Era la segunda vez que la salvaba, pensó.

Elizabeth supo de inmediato que era Santos quien la llevaba en brazos y no Jim Morris. Después de haber viajado a lomos del mismo caballo con Jim, podía recordar su aroma, levemente ahumado, muy distinto al de la esencia de pino que sentía en ese momento. Trató de que no se notara que estaba aspirando con fruición aquel aroma fresco. Mantuvo los ojos bajos y los labios entreabiertos, controlando la respiración para no descubrirse.

Francisco avanzaba y los niños lo seguían, silenciosos. Creerían que él iba a liquidar a su maestra. La señorita O'Connor no era fácil de eliminar, pensó con ironía. Al llegar a la casucha, resguardada por un círculo de matorrales, Francisco buscó dónde depositar a la joven y se decidió por su propio catre, así las mantas la protegerían de la dureza de la madera. Al inclinarse, no pudo evitar que la cabeza de la muchacha se volcase hacia él, ni que los labios suaves rozaran su pecho desnudo. El contacto le produjo un flechazo de placer inesperado. Se incorporó más rápido de lo debido y la cabeza de Elizabeth rebotó sobre la manta. "Qué bruto", pensó la joven, sin permitir que su expresión revelara nada. Sus sentidos se habían agudizado al mantener los ojos cerrados y descubría maravillada que los ruidos y los olores se percibían de manera más intensa. Debían de hallarse en un recinto, ya que el viento había cesado, aunque el olor del mar no había desaparecido. El arrastrar de pies le reveló la presencia de los niños y su silencio le indicó que estaban asustados. El hombre que la cargaba también parecía asustado, pues su corazón latía rápido. ¿Dónde estaría Jim Morris? Sus sentidos le decían que no se encontraba allí. Escuchó el deambular de Santos por la habitación y el revolver de cosas en un cajón. ¡Era increíble lo que se podía aprender sólo cerrando los ojos! Tomó nota en su mente del descubrimiento para aplicarlo a sus clases. De pronto, algo frío tocó su frente y se sobresaltó.

—Tranquila —susurró alguien, muy cerca.

En la voz profunda Elizabeth reconoció el timbre de Santos, más suave y tierno de lo que jamás habría imaginado.

Las respiraciones contenidas alrededor de su improvisado lecho le produjeron una punzada de culpa, por la preocupación causada al fingirse desvanecida. Estaba a punto de abrir los ojos cuando otra voz, dura y colérica, atravesó el aire.

—¿Dónde está?

Santos se estremeció y se controló, todo a un tiempo. Por el bien de aquella muchacha, debía evitar enfrentarse al salvaje que la acompañaba, fuera quien fuese.

—Aquí —respondió, haciéndose a un lado para que el recién llegado comprobase que no había asesinado a su protegida.

La sola idea de que la señorita O'Connor pudiese estar en la mira de aquel hombre le repugnaba. Jim se acercó y Elizabeth sintió que la miraban con anhelo. No podía abrir los ojos sin más, porque aquellos hombres se darían cuenta de su engaño. Tendría que fingir también dolor. "Dios mío", pensó arrepentida, "adónde conducen las mentiras". Esa misma noche rezaría un rosario de penitencia.

—¿Qué le ha puesto? —dijo Jim con tono desconfiado.

—Sólo un paño de agua fría —la voz de Santos, despojada de su ferocidad, sonaba melodiosa—. Nada letal —añadió con sarcasmo.

—Señor Morris, ¿cuándo despertará?

Francisco notó la familiaridad con que los niños trataban al sujeto y se le retorcieron las entrañas.

—Respira tranquila, se despertará —dijo.

—¿Qué sabe usted?

De nuevo la saña y la desconfianza. Francisco apretó los dientes y algo crujió adentro de su cabeza. Temió sufrir otro ataque y decidió que lo mejor sería que todos se fueran de inmediato.

—Despertará cuando todos se hagan a un lado —repuso—. Déjenla en paz.

Hubo un movimiento y Elizabeth percibió el aire fresco rozando sus mejillas. Encontró allí su oportunidad y comenzó a girar la cabeza hacia uno y otro lado, quejándose con suavidad. La rueda en torno de ella volvió a cerrarse y al instante volvió a abrirse. Sin duda, Santos había intervenido de nuevo. Llevó una mano a los ojos con aire lánguido, a fin de darse tiempo para apreciar la situación antes de enfrentarla.

Sobre ella se cernían dos rostros adustos, a cual más castigado. Jim ostentaba marcas violáceas en el cuello, un corte en la nariz que la volvía ganchuda y arañazos en las mejillas. Santos parecía una fiera: su cabello revuelto enmarcaba un rostro con cardenales en los pómulos, la boca y una ceja. La sangre seca manchaba su cuello y la arena, mezclada con el sudor, había formado una especie de engrudo sobre un feo corte en la sien. Elizabeth se horrorizó. Cualquiera de ellos necesitaba más atención que ella en ese momento.

—¿Qué… me pasó? —pudo decir, y no tuvo que fingir el tono lastimero. La visión de los contendientes bastó para que fuese real.

—Se ha desmayado.

—Sí, Misely, se cayó del caballo.

—¡Está viva, Misely! —gimoteó Marina.

—Por supuesto, tonta —terció Luis—. Nadie muere por un golpe.

—¡Cállense!

Santos la observaba con atención. Sin duda trataría de ver si estaba en condiciones de marcharse. Ella no esperaba ninguna consideración de parte de ese hombre, a pesar de que sus manos habían sido suaves cuando la cargaron y le pusieron agua fresca en la cabeza.

—Estoy bien, niños, sólo fue un mal golpe.

—¿La tiró el caballo, Misely?

La pregunta inocente de Remigio provocó rubor en Elizabeth. ¿Acaso cabían dudas de que la caída hubiese sido accidental? ¿Podría alguien sospechar la verdad?

—¡Qué tonto! ¡Claro que la tiró! —rió Luis y todos rieron junto con él de la ridícula suposición de que pudiese haber ocurrido otra cosa.

Jim dijo de pronto:

—No es propio de Sequoya arrojar a su jinete.

—Pues lo hizo —dijo tajante Santos—. ¿Qué caballo es ese?

La pregunta era una combinación de enojo y curiosidad.

—Uno que me acompaña siempre —respondió Jim, escueto.

Disfrutó de la frustración del hombre. Sabía desde un principio que admiraba su caballo, lo había visto en sus ojos.

Elizabeth no podía creer lo que oía: ella estaba postrada en esa litera y aquellos dos sólo hablaban del caballo. "Hombres", refunfuñó, y se incorporó sobre sus codos. Ese movimiento desató un mar de protestas y atenciones. Santos se impuso y la sostuvo para que no se mareara.

—No se apresure a bajar, señorita O'Connor. Los golpes en la cabeza son traicioneros.

Parecía tener experiencia, por la seguridad con que hablaba.

—No quiero que piense que voy a quedarme más tiempo aquí, señor Santos. Son "sus" tierras y no me gusta "invadirlas" con mis "matones".

La repetición exacta de sus palabras desconcertó a Francisco y provocó un rictus de risa en Jim.

—Insisto. Tómese su tiempo. A menos que quiera desmayarse de nuevo en "mis" tierras.

Ella le lanzó una mirada fulminante y se sentó bien erguida.

—El señor Morris me ayudará a volver sana y salva. ¿No es así, señor Morris?

—A su servicio, Elizabeth.

El uso del nombre de pila encendió la ira de Francisco, al tiempo que irritó a la muchacha. Tenía la incómoda sensación de que se había convertido en rehén involuntario de una disputa y no le gustaba. Con un gesto más adusto de lo que hubiese querido, la joven ordenó:

—Lléveme de nuevo a la escuela, por favor. Por hoy, la excursión ha terminado.

Se escucharon algunas voces compungidas que los alumnos más sensatos acallaron. Todos adoraban a Elizabeth y ninguno quería causarle daño.

—Apóyese en mí, Misely. La ayudaré a montar.

Jim dejó que Remigio oficiara de caballero con su maestra. Se caló el chambergo aplastado y luego de echar una mirada dura al hombre del médano, salió tras la comitiva.

Elizabeth tembló un poco al montar a Sequoya. El animal parecía manso y arrepentido, aunque, como bien sabía ella, jamás la había tirado. Tenía razón Jim con respecto a su caballo.

Mientras cabalgaban a través del desierto de arena, la voz áspera del hombre se dejó caer en su oído, como al descuido:

—Usted no se cayó del caballo, señorita, ¿o sí?

Francisco contemplaba al grupo que se alejaba con una indescriptible sensación de pérdida. En sólo unos días, aquella mujer y sus niños habían torcido su proyecto de vida ermitaña. Ahora no sólo sabían dónde vivía y en qué condiciones, sino que se sentía responsable de cualquier cosa que le sucediera a la señorita O'Connor desde ese momento.

En su amargura, no reparó en que el terrible dolor que lo había atravesado como un rayo mientras luchaba desapareció sin dejar rastros en cuanto tuvo que ocuparse de la señorita O'Connor. De haberlo advertido, se habría encontrado más comprometido de lo que imaginaba.

CAPÍTULO 9

Más allá de las grandes lagunas...

Amanece. Un movimiento inusitado recorre el campamento indio, apenas un ranchería de tiendas construidas con pieles y palos a pique, ocultas tras un monte de caldenes y chañares. El asentamiento es una avanzada de la toldería de Calfucurá, el Gran Cacique. Allí, el caudillo ha enviado a uno de sus aliados, Quiñihual, para que, con ayuda de sus capitanejos, vigile los movimientos del *huinca*.

Se avecina el gran malón y nadie debe sospecharlo.

Quiñihual cumple las órdenes del cacique de la Gran Coalición que se ha formado con indios de diversas tribus: araucanos, ranqueles, manzaneros, picunche, tehuelche, todos han rendido enemistades y rivalidades para unirse contra el enemigo común, el blanco que les devora la pampa día a día, arrinconándolos contra las montañas y privándolos del bien más preciado: la libertad para recorrer la tierra de norte a sur y de este a oeste.

Con el sigilo de las fieras, Calfucurá ha ido reuniéndolos a todos, comprando sus voluntades con promesas y enfervorizando su sangre con vaticinios de destrucción. Los que rehúsan formar parte de la Coalición se arriman a los fortines en busca de la protección del blanco, pues saben que su vida corre peligro. Quiñihual pudo haber sido uno de ellos, ya que no está convencido de este plan, pero años de entendimiento entre sus gentes lo obligan.

El cacique sale de su toldo y se sienta junto al fogón, donde se calienta la pava para el mate. Saca del bolsillo de su chaleco un cigarro de hoja, muerde la punta y con un cuchillo le hace un corte en el otro extremo. Después toma un tizón del fuego que arde a sus pies y lo enciende. Da dos o tres pitadas con satisfacción. Con la misma parsimonia ceba un mate que chupa hasta el rezongo de la bombilla. A su alrededor, las mujeres están preparando una tienda, acarreando ramas, barriendo el piso con jarillas y completando el techo con cueros y paja. Todo indica que se espera una visita importante. Más lejos, dos hombres seleccionan caballos en un corral de palos a pique. Quiñihual fuma y matea, impasible ante el ajetreo de su toldería. Su mirada está fija en el horizonte donde los cardones mecen sus cabezas al viento. Su mente está más lejos aún.

En otros tiempos, era él quien cruzaba la pampa con sus huestes, llegando hasta los pasos cordilleranos que, desde siempre, los indios atravesaron para comerciar con sus caballos. Era su nombre el que resonaba con temor entre el mar y la cordillera. Los años transcurrieron y se hizo viejo. Y sabio. Sabe que esta lucha encarnizada contra el blanco tiene un solo final: la derrota del indio. Lo ve con los ojos del espíritu, que cada día es más nítido en él. Quiñihual también lideró malones y volvió victorioso con el botín que el indio codicia. En especial las cautivas.

Había tomado cautiva y disfrutado de ella. Le dio una hija, la hermosa Pulquitún. Al pensar en ella, desvía la mirada hacia el lugar donde la joven se entretiene trenzando un cesto. Quiñihual sonríe casi sin torcer la boca. No es común ver a Pulquitún en una actividad tan doméstica. Su hija es brava como un guerrero. Ama cabalgar y lanzar las boleadoras y su padre sabe que lo hace como el mejor de sus hombres. Sin embargo, ha amenazado con denigrarla a la condición de doncella segundona en el aduar de las mujeres si no aprende las labores que la convertirán en una buena esposa. Pulquitún no es tonta, sabe que debe obedecer. La ley de la toldería es dura: debe convertirse en esposa de un cacique o un bravo guerrero y darle el hijo varón que espera. Pulquitún se conforma por ahora, pese a su rebeldía. Quiñihual fuma y piensa. Puede casar a su hija con algún cacique de la corte de Calfucurá y garantizar así la seguridad de la joven, si en algún momento él decide claudicar en esta lucha agonizante.

En la reunión del Gran Consejo de caciques y capitanejos se ha decidido continuar "maloqueando" para obtener más mujeres, armas, animales y aguardiente, aunque en esa arremetida la sangre india abone la tierra hasta las raíces. Quiñihual, que entiende esta guerra de otra manera, opina que es mejor buscar un pacto que convenga a ambos pueblos, pero su actitud pacífica ha sido vista con desprecio por los jóvenes guerreros. La estrella de su poderío se apaga y su palabra no tiene el peso de antes. Se decidió entonces enviarlo con un pequeño séquito hacia el este de la frontera, para vigilar al *huinca* y avisar de cualquier movimiento en los fortines. Quiñihual sabe que Calfucurá lo está poniendo a prueba, para ver si es fiel o traidor. Esa convicción lo empuja a buscar un futuro seguro para Pulquitún, lo quiera ella o no.

Más allá del Salado, se levanta el Fortín Centinela, una avanzada del blanco en el desierto. Hasta allí envió Quiñihual indios bomberos para que espíen los movimientos del *huinca*. Los está esperando, para dar parte de lo visto y oído al Gran Calfucurá, sediento de sangre.

Al cabo de un rato, una polvareda anuncia un cambio en la rutina del día. Se acerca una partida. Quiñihual aguarda, expectante, y los alaridos que se hacen eco entre los roquedales le dicen que son amigos. Hombres de Calfucurá. Al aclararse la nube de tierra que los envuelve, se ve que se trata de veinte lanceros, armados hasta los dientes, montados en espléndidos overos que a duras penas sofrenan al llegar a los límites de la toldería. Dos indios acuden de inmediato a sujetar las cabalgaduras y asistir a los animales. Hay caballos de recambio preparados, por si se necesitan. La partida es importante, aunque constituye sólo una vanguardia del ejército que vendrá después. El propio Calfucurá se acercará para parlamentar. Quiñihual aguarda sereno a que los capitanejos desmonten y le presenten respetos. Cinco de ellos se sientan en rueda junto al fogón del cacique y se obsequian cigarros mientras las mujeres salen de los toldos para servirles abundante licor. Quiñihual hace circular un tizón para encender los puros y todos fuman en silencio. Beben, fuman, y la reunión se extiende sin que nadie diga nada. Reina un clima de cortesía. Una vez cumplido el protocolo, uno de los hombres empieza a hablar en araucano, la lengua que se ha impuesto entre las tribus. Quiñihual escucha, fuma y nada dice. El discurso se torna agresivo por momentos. Algunos se mueven, inquietos, y Pulquitún, que sigue ocupada con su cesto a varios metros de allí, se levanta y se mete en su tienda.

El cacique exaltado es Cachul, gran aliado de Calfucurá. No le agrada que Quiñihual no tenga información fresca sobre los movimientos de los blancos. Sospecha. Como nada sucede, se tranquiliza y decide aguardar al Gran Jefe para ver su opinión. Mientras tanto, todos siguen la ronda de tabaco y aguardiente. Al cabo de dos horas, se encuentran bebidos y gesticulan, gritan, hacen aspavientos por cualquier cosa. El círculo se desarma. Algunas mujeres se van. Otras esperan a que los capitanejos las busquen. Quiñihual sigue impertérrito.

Al mediodía, cuando el sol cae a plomo sobre el desierto, otra polvareda anuncia una nueva visita. La tierra tiembla bajo los cascos de los caballos. Quiñihual observa sin inmutarse al enorme grupo de lanceros que rodea al Gran Calfucurá en persona, que se acerca montado en un alazán y lo contempla con fijeza antes de desmontar. Ambos caciques, hermanados en la lucha centenaria, se saludan con una inclinación de cabeza y Calfucurá se sienta para compartir cigarros y licor. Se seguirá el protocolo.

Es un hombre temible el cacique de los Salineros. Algunos lo llaman "el Gran Brujo", porque se dice adivino, y no faltan quienes eluden su presencia para no verse descubiertos en algún engaño. Este indio de rostro ancho y oscuro infunde temor y respeto.

Calfucurá lo mira con sus ojillos astutos. La cabellera negra enmarca una frente sin arrugas. No hay nada en el Jefe de las Salinas que lo distinga de los hombres de su tribu, como no sea la dominancia que emana de su voz y de sus ademanes. Como todos, es de anchos hombros, pecho arqueado y, salvo por el labio superior partido, resultado de un combate donde perdió dos dientes, su porte es atractivo.

Después de fumar y beber en compañía largo rato, Calfucurá da comienzo al parlamento.

—Qué dicen los hombres del Gran Quiñihual.

—Mis hombres no han venido aún. Los pastos aplastados por sus caballos todavía no se enderezaron.

Calfucurá medita, entre el humo de su cigarro. Sabe que Quiñihual no comparte la idea de la Gran Coalición, y sabe también que es un noble guerrero y no traicionará a los de su sangre. No obstante, no llegó a la madurez por ser confiado.

—Esperaré. Otros han visto desplazamientos de soldados en el Azul.

—Puede ser.

—Quiñihual desea un nuevo pacto con el blanco —arremete el Salinero y, ante el silencio de su interlocutor, prosigue:

—Los pactos del *huinca* no tienen letra. Dicen lo que el *huinca* quiere. Vienen con regalos que no son más que recompensas por la tierra que nos quitan. Quiñihual sabe esto muy bien.

Quiñihual asiente en silencio.

—Y, sin embargo, quiere pactar de nuevo.

El viejo cacique suelta una bocanada de humo antes de responder:

—Mi corazón me dice que ya no volveremos a recorrer las tierras del Salado, por más que peleemos. Ésta es otra guerra, que el *huinca* no pelea al modo indio, sino a la distancia, con el fuego de sus armas.

—Tenemos armas —se ataja Calfucurá.

—No todas. No tenemos cañones.

—Sí tenemos. Algunos.

Quiñihual suspira.

—Estoy viejo y cansado, Calfucurá. Si debo luchar, lucho, pero mi espíritu sufre cuando hombres jóvenes, bravos guerreros, mueren por defender una tierra que ya no es nuestra. Un pacto nuevo nos permitirá dividir el territorio. Ceder un poco para obtener otro poco.

Calfucurá se enardece al oír hablar de la tierra.

—Nos quieren embromar, como a chiquitos. Nos dicen que nos darán tierra, y cada día ocupan un trozo más. No es justo que nos dejen sin campo. Quieren agarrarme, pero soy más vivo que ellos. Nunca me agarrarán, nunca, porque antes los voy a correr yo.

—Permite a este viejo pedir una promesa.

Calfucurá indica con la cabeza que está dispuesto a conceder el pedido.

—Quiero que mi hija tenga un esposo pronto, un hombre bravo que la defienda y se la lleve de aquí. Quiero que el espíritu de su madre descanse en paz, sabiendo que la hija está a salvo.

Los ojos de Calfucurá se dirigen a la tienda donde sabe que se esconde la bella mestiza. Él mismo la querría, pero tiene tantas esposas que una más no haría sino entorpecer su aduar. Y Pulquitún es muy joven para compartir la vida de la gran toldería. Será otro cacique el que tenga el privilegio, tal vez uno de la tribu de Sayhueque. Son gente bravía. Hablará con ellos.

—Tu pedido será cumplido. Somos amigos.

Quiñihual suspira aliviado.

Al caer el sol, el retumbar de la tierra les anuncia la llegada de la partida de los indios bomberos. Ambos caciques se ponen de pie mientras los jinetes se arrojan de sus monturas, exhaustos. Han cabalgado sin descanso para traer las nuevas del Fortín. Informan que la comandancia recibió la visita de un soldado. Hubo mucho revuelo. "Hombres partieron hacia el norte." Parlotean en lengua araucana, con las gargantas secas por el polvo del camino. Quiñihual ordena a las mujeres que atiendan a los espías y vuelve a su diálogo con el Jefe de los Salineros, que escucha con atención.

Calfucurá está decidido a organizar el gran malón que dará el golpe de gracia a las fuerzas del blanco. Las noticias que traen los hombres de Quiñihual no hacen sino confirmar su decisión. Las tropas se están moviendo. Hay que atacar antes que ellas, pero primero hay que obtener más armas, cañones si es posible. Para ello deberá organizar, a través de los jefes aliados, malones en distintas zonas de la pampa, saquear poblaciones en la línea de frontera. No hay tiempo que perder.

Quiñihual ve la determinación en los ojos del Gran Cacique y sabe que nada de lo que diga cambiará eso. Se resigna a lo que vendrá. Calfucurá no es ciego, debe saber que la batalla es a todo o nada, si insiste es porque es terco y orgulloso, porque la pampa es sagrada y es del indio, y el cristiano es un advenedizo que se apodera de ella. Y la tierra que el blanco ocupe ya nunca más volverá a ser del indio. Hay que hacerlo recular antes de que se asiente, limpiar las huellas que deja antes de que se sequen. Al otro lado del Salado, donde el sol se levanta y el desierto se transforma en pradera verde, el blanco ha erigido pueblos importantes. Ésa es tierra perdida para el indio.

Quiñihual cierra los ojos y contempla el futuro. Una niebla roja lo tiñe, un aliento de muerte lo cubre. Cansado, ordena servir un festín a Calfucurá y a sus hombres. Se cumplirá el destino y no será él quien pueda impedirlo.

CAPÍTULO 10

$\mathcal{E}$sa mañana, la maestra se encontraba preparando el mate cocido para los alumnos. Sobre el fogón de leña colocó una cacerola llena de agua hasta la mitad, sostenida por un palo, y azuzó el fuego con el fuelle. Dispuso los panecillos de Zoraida sobre la mesa de la rectoría, cada uno en una servilleta. Al notar el primer hervor, echó un puñado de la yerba que el Padre guardaba en un tarro y, siguiendo sus consejos, arrojó en el líquido un tizón encendido. El agua comenzó a chirriar y el mate se precipitó hacia el fondo de la olla. Al cabo de un rato, traspasó la infusión a un jarro y calentó los vasitos de lata. Puso el azúcar para que los mismos niños endulzaran su brebaje. Había notado que les divertía escarbar en la azucarera.

Para alegría de Elizabeth, ese día apareció Mario, con su hociquito sucio y su aire triste. Ella lo sentó sobre su regazo y partió el pan en pedacitos para que lo comiese sin dejar una miga. El niño no crecía a la par de su hermanita y eso le preocupaba.

—Padre —comenzó la joven mientras limpiaba la nariz de Mario con su propio pañuelo—, ¿le parece descabellado pensar en construir una escuela?

El sacerdote, acostumbrado ya a la presencia de los niños en la parroquia como si fuese su propia casa, suspiró antes de contestar:

—Todo aquí es descabellado, querida niña. ¿Qué puede importar una cosa más?

—Es que se me ocurrió...

El Padre Miguel alzó una mano, deteniendo lo que se avecinaba.

—Si está sugiriendo que me calce el gorro de albañil, le digo desde ya que no me veo en ese papel, Miss O'Connor. Puedo ser agricultor y hasta cocinero, nada más.

Elizabeth sonrió ante la obstinación del cura. Ya lo había ablandado bastante pues, comparada su actitud con la de los primeros tiempos, el Padre Miguel era mucho más amable.

—No pensaba tanto, Padre. Aunque tal vez no sea mala idea pedir ayuda y, de paso, brindar trabajo y comida.

Elizabeth hizo señas a Marina para que llevase a Mario al salón de clases. Todos debían estar sentados con sus útiles cuando ella entrara.

—Pensaba en contratar gente de la región, incluso a padres de los alumnos.

Pensaba en uno en concreto: el Calacha. Quizá, si creaba un lazo amistoso con el hombre, la asistencia de su hijo a la escuela mejoraría. Le constaba que Eliseo no lo pasaba mal en las clases, hasta se jactaba un poco, delante de ella y de los demás, de los conocimientos adquiridos en la toldería. Nadie sabía tanto de caballos como él ni era tan certero para bolear a las aves, para disgusto de Elizabeth.

—No es mala idea. Aunque le advierto —atajó el cura— que la misión puede llevar años. Con esta gente, todo es pan para hoy y hambre para mañana. Si lo sabré yo, que tengo la capilla vacía cada domingo.

—Tal vez si trabajaran para la escuela se sentirían más ligados a la capilla. Puedo empezar a reclutar candidatos hoy mismo, después de clase. Si usted se encarga de dar el almuerzo a los niños, claro.

—Ya sabía yo que algo me tocaría en todo esto. Está bien, todo sea por contribuir a esa causa en la que tanto se empeña el Presidente. Si no supiera que es un hombre de provincia, diría que es uno de esos porteños locos que se van en discursos y mueven poco las manos.

—Sarmiento es un hombre de acción —repuso Elizabeth.

—¡Ya lo creo! De acciones descabelladas. Como la de mandar a una criatura como usted a un páramo como éste. Lo mío, vaya y pase, son gajes del oficio.

—Vamos, Padre, si nuestras vocaciones son de lo más parecidas. El maestro y el sacerdote se deben a sus alumnos y a sus fieles.

—Que en este caso vienen a ser lo mismo, ya que los únicos que visitan la capilla son los alumnos de su escuela —rezongó el Padre Miguel.

Elizabeth reía al tiempo que levantaba de la mesa los restos del desayuno y colaboraba en lavar la escasa loza.

—Cuento con usted para más tarde, entonces.

—A las doce en punto tendré lista mi sopa de verduras y una ensalada de papas y huevos duros. Siempre y cuando las ponedoras no se hayan confabulado en mi contra —masculló.

Elizabeth se dirigió al aula sintiendo los pies más ligeros que nunca. La nueva idea de empezar a construir un edificio propio ya estaba bullendo en su cabeza y sabía que no se tranquilizaría hasta que no empezara a ejecutarla. Quizá el Presidente y ella fueran más parecidos de lo que ambos suponían. En secreto, admitió que sería también una buena manera de sacarse de la cabeza al impertinente Santos, en el que pensaba más de lo necesario.

—¿Una escuela? Mi niña, qué ocurrencia —exclamó horrorizada Ña Lucía cuando supo que "Miselizabét" estaba dispuesta a recorrer los campos de Dios en el carro de Eusebio para reclutar peones.

—¿Qué tiene de malo, Lucía? Sería un modo de colaborar con este proyecto y, al mismo tiempo, ayudar a la gente de por aquí a aprender un oficio y a sentirse útiles.

—¡Pues la escuela debería haber estado esperándonos, en lugar de construirla usted con sus manos! Eso es lo que yo digo. ¿Dónde se ha visto enviar a una maestra a enseñar a un lugar donde no hay escuela? Diga que el cura ha sido buenísimo y le cedió la salita de la capilla, que si no… ya me la veía con sus alumnos desperdigados por los cerros, escribiendo y dibujando.

Elizabeth frunció el ceño, pensativa.

—A mí también me extrañó. Había imaginado un aula provista de lo necesario. Hasta me sorprendió que hubiera tan pocos alumnos. Dice el Padre Miguel que a él le sucede algo parecido con la iglesia, que nadie acude a la misa.

—¡Es que son almas perdidas, mi niña! —se quejó Ña Lucía con aire dramático—. ¡Qué se puede hacer en un lugar como éste!

—Las almas perdidas son las que hay que recuperar, Lucía. Y los alumnos díscolos son mi desafío particular. Debemos tomar los escollos como las piedras que Dios nos pone en el camino para hacernos mejores.

—¡Vaya! El padrecito haría bien en ponerla a predicar, niña. Yo creo que usted le levantaría la concurrencia en sólo dos sermones.

A pesar de las protestas, Lucía ayudaba a Elizabeth a reunir las prendas de abrigo, por si el sereno tornaba fresco el atardecer.

—No nos demoremos, "Miselizabét". Por esos campos del Señor no se sabe qué podemos encontrar.

—¿Demorarnos? ¿Es que vas a acompañarme, Lucía?

—¡Pues claro! ¡Faltaba eso! Que yo dejase a la protegida de la señorita Aurelia deambular por allí sin cuidarme de nada. La negra Lucía será muy bruta, pero de zonza no tiene un pelo. Y una jovencita como usted recorriendo la pampa es un señuelo para los gavilanes que de seguro andan a la caza.

Elizabeth sonrió al pensar en Aurelia Vélez como su "protectora", pero se desconcertó con lo de "los gavilanes".

—¿A quiénes se refiere, Lucía?

—Yo me sé muy bien lo que digo, señorita.

Enigmática, la criada salió al patio de atrás, donde encontró a Zoraida poniendo a levar la masa de los panes del día siguiente. La mujer les aconsejó empezar el recorrido por El Duraznillo, la estancia más cercana. El patrón era un hombre de bien que apoyaba las causas justas y, si tenían suerte, hasta podían llegar a conocer a misia Inés, un alma caritativa. Por desgracia, era una mujer de salud delicada a la que la aspereza del clima le sentaba mal, de manera que vivía gran parte del año en la ciudad, mientras que su esposo pasaba temporadas en la estancia, cuidando su fortuna.

Hacia allí dirigió Eusebio el carro, guardándose su opinión sobre lo de visitar vecinos para pedir peones pues, si por él fuera, dejaba que la capilla siguiera sirviendo de escuela. ¿Acaso servía mejor para otra cosa? Claro que no dijo palabra delante de Elizabeth.

El Duraznillo distaba unos cuantos kilómetros del rancho, atravesando unos roquedales con prominencias cerriles. Elizabeth se admiraba de las distintas caras que ofrecía el paisaje. Tan pronto la pampa se mostraba arenosa y despojada, como cubierta de hierba y sembrada de bañados donde las aves danzaban. En ese momento, mientras su cabeza chocaba contra el techo de la carreta en cada salto, el panorama era muy distinto a todo lo conocido: la planicie se había vuelto árida y el viento surcaba el aire con un bramido que crispaba los nervios de Lucía. El terreno desparejo, endurecido por la sequedad del clima, era una tortura para los viajeros. Entre los zangoloteos de la carreta y los chillidos del chajá, que irritaban a Elizabeth, los tres pasajeros surcaron la región que precedía a los dominios de El Duraznillo.

Poseía el aspecto típico de las estancias pampeanas. Se llegaba hasta el casco por una avenida de tierra bordeada de álamos que al final se abría en un patio, donde una tranquera advertía que se trataba de un terreno privado. Tomando en cuenta la inmensidad que los rodeaba, ese pequeño portón resultaba ridículo, aunque producía el efecto deseado en los intrusos. Elizabeth tuvo la sensación de que la estancia era una isla en medio de la pampa: al norte la sierra, al sur la franja amarilla de los grandes médanos y hacia el este, el mar. Esa situación privilegiada entre el mar y la montaña hacía de El Duraznillo un lugar único.

El casco lo conformaban tres edificios separados unos de otros. La casa principal era la construcción más grande, de arquitectura colonial. Los otros dos edificios eran la cocina, con su despensa, y la habitación de los sirvientes. Un patio con aljibe y una glorieta embellecían el entorno. Elizabeth admiró el azul de la glicina que trepaba por la reja mientras descendía, ayudada por Eusebio.

Un hombre con chiripá y rebenque al cinto se quitó el sombrero al ver a las damas y se acercó a ofrecer sus servicios. La estancia era un lugar de trabajo, muy diferente a las casas de verano que Elizabeth había conocido en los alrededores de Buenos Aires. Todo cuanto se veía estaba destinado al uso cotidiano y nada reflejaba una vida muelle.

—Señoras...

—Queremos hablar con el patrón, buen hombre —se adelantó Elizabeth, dejando a Eusebio con la boca abierta—. Soy la maestra de la laguna. Dígale al dueño de esta estancia que he venido desde la casa de Eusebio Miranda para proponerle algo.

Los modales amables aunque autoritarios de la dama que tenía enfrente intimidaron al peón, que de inmediato corrió hacia la "casa grande", como solían llamarla, para anunciar la llegada de "gente principal". Al cabo de unos minutos, por la puerta de arcos salió un hombre rubio de porte atlético, en camisa y pantalón de montar. A medida que se acercaba, Elizabeth pudo apreciar sus pómulos acentuados y el color claro de sus ojos que revelaban ascendencia inglesa, aunque la mirada cálida y los hoyuelos que aparecieron cuando sonrió al verla reflejaban la mezcla de otra sangre. El joven extendió una mano en ademán amistoso mientras se acercaba.

—Señorita, ha preguntado por el dueño de El Duraznillo. Me presento: Julián Zaldívar, a cargo de todo por el momento.

Elizabeth entendió que se hallaba frente al capataz de la estancia, una suerte de mayordomo, en los términos que ella conocía, a pesar de que el mozo le pareció demasiado elegante y de pronunciación muy culta para ser un empleado.

—Encantada de conocerlo, señor Zaldívar. Soy la nueva maestra de la región, Elizabeth O'Connor. Lamento no encontrar al dueño de la finca en este momento, pues tenía necesidad de hablar con él. ¿No suele venir a estas tierras a menudo? No sé si podré volver en los días siguientes. No quisiera importunar al pobre Eusebio, que me tiene tanta paciencia.

Al decir esto, Elizabeth dirigió una mirada agradecida al viejo, que se mostró turbado. El mozo rubio también lo miró, divertido.

—Ah, pero no creo que a Eusebio le moleste pasear a una jovencita encantadora como usted. ¿Verdad, amigo? —y acompañó sus palabras palmeando el hombro del viejo carretero.

Eusebio masculló una de sus frases ininteligibles. Era evidente que aquel hombre apuesto lo conocía bastante bien, a juzgar por la familiaridad con que lo trataba.

—Pase usted adentro, por favor, señorita. ¿Le apetece una taza de té o café? Gastón, ocúpate de que Eusebio se refresque y dale un mate de esos que ceba tu mujer, con bizcochos y todo.

Julián guiñó un ojo a Elizabeth con picardía y extendió los brazos, ampliando la invitación a la negra Lucía, que se abanicaba algo confusa, por no saber qué lugar ocuparía ella en esa situación. Al ver que el mocito elegante las invitaba a ambas, se acomodó el chal, orgullosa, y pensó para sus adentros que, de ser aquel joven un miembro de la sociedad, ya le estaría echando el ojo para "Miselizabét".

El interior de la casa era fresco y acogedor. El piso embaldosado brillaba a fuerza de querosén y las paredes blanqueadas lucían enormes cuadros de animales pintados al óleo. Elizabeth observó que habían destinado el lugar de privilegio sobre la chimenea a un enorme toro negro que levantaba la testuz desafiante en medio de un prado.

—Ése es Caupolicán —explicó Julián, adivinando el pensamiento de aquella muchacha—. Nuestro mejor semental. Perdón —agregó, ruborizándose—. Estamos acostumbrados a hablar con libertad aquí en el campo. Como somos todos hombres, usted sabe...

Elizabeth mantuvo una expresión neutra mientras observaba el cuadro.

—Es un animal imponente. ¿Está muerto?

—¡Oh, no! Lo hemos hecho pintar para que, cuando lo esté, lo recordemos siempre. Acostumbramos a inmortalizar a algún animal del rodeo, sobre todo si nos ha hecho ganar buen dinero con sus servicios. Otros hacen pintar a sus caballos o a sus perros. Los ingleses aman eso, ¿verdad?

Elizabeth notó que el joven hablaba con desenvoltura de las costumbres de sus patrones. Sin duda, debían delegar en él con frecuencia el manejo de la hacienda.

—Supongo que sí. En mi familia la sangre es irlandesa, así que es más probable que pueda hablarle de las ovejas o de las hadas.

La sonrisa de Elizabeth cautivó a Julián. Justo cuando iba a preguntarle por su apellido irlandés, la casera entró con una bandeja repleta de exquisiteces y una gran tetera. La mujer hizo alarde de su habilidad para acomodar todo en una mesita china que arrastró hacia el centro del cuarto.

—Servido el té como a usted le gusta, señor. Traje café también, por si a las damas les apetece. Y las galletas acaban de salir del horno. Que lo disfruten.

—Gracias, Chela. Aunque el único bárbaro que toma café aquí es mi padre.

Julián las invitó con un ademán a ocupar los sillones junto a la chimenea. El propio joven sirvió con destreza el té y ofreció las galletas de avena, que tanto Elizabeth como Lucía apreciaron encantadas. Se apoltronó con aire satisfecho en un sillón y, mientras revolvía el azúcar, se dispuso a conversar con aquellas damas que, de manera insólita, se habían presentado en su puerta.

—Así que ustedes han venido a solicitar a mi padre.

Elizabeth se atragantó con el sorbo de té.

—¿Su padre?

Julián alzó las cejas, fingiendo asombro.

—¿No deseaban ver al patrón de El Duraznillo?

—Oh...

Lucía comenzó a abanicarse con ahínco. ¡Ya le parecía que un señorito así, tan fino, no podía ser otro que el mismísimo heredero! Bueno, a lo mejor, se le cumplía el deseo y "Miselizabét" lo atrapaba. El joven era uno de los "gavilanes" de los que ella hablaba, peligrosos cuando las muchachitas estaban solas, pero inofensivos y muy adecuados cuando había alguien haciendo de chaperona.

—Yo creía que… perdón, señor Zaldívar. En mi ignorancia, creí que era usted un encargado del lugar o un empleado de confianza.

Julián soltó una risa franca ante la turbación de Elizabeth.

—Es por mi facha, señorita. Cuando trabajo en el campo uso la misma ropa de los peones, más o menos, porque no me sentiría cómodo con cuello y camisa. Espero no haberla defraudado.

—Oh, no, por supuesto que no, todo lo contrario. Me será más fácil comunicarle mi propósito al venir aquí.

Elizabeth depositó el platillo con su taza sobre la mesita y cruzó las manos sobre el regazo, antes de empezar a explicar el motivo de su visita. Las primeras palabras que pronunció pasaron desapercibidas para Julián, que sólo escuchaba la voz de la joven con su seductor acento extranjero. A medida que fueron penetrando en su mente prestó más atención.

—¿Dice usted que vino aquí a dirigir una escuela que no existe?

—En realidad, no se me explicó qué edificio me aguardaba. Dictar las clases en la parroquia no me molesta, aunque preferiría tener un lugar propio para disponer a mi gusto, ya que no quiero importunar más al pobre Padre. Además, los alumnos necesitan conocer una verdadera escuela donde se pueda izar la bandera, pegar láminas en las paredes y guardar útiles en un armario. Todo eso forma parte de la enseñanza.

Julián continuó revolviendo el té con aire pensativo.

—Es extraño que no estuviese la escuela para recibirla. Por lo que sé, hay ya algunas construidas, aguardando al personal idóneo para funcionar. No entiendo cómo no hay siquiera un galpón destinado a su escuela. ¿Quiénes la escoltaron hasta aquí?

—Aparte de Eusebio, que me esperaba en la estación de Chascomús, se presentaron unos guardias que habían perdido el rumbo y nos encontraron en… ¿Cómo se llamaba el lugar, Lucía?

—Dolores —respondió de inmediato la negra, frunciendo la nariz al recordar la pulpería donde habían debido guarecerse en el camino.

Elizabeth también se sintió afectada con el recuerdo, tan ligado al ataque sufrido y a su salvador, el insoportable señor Santos. Julián captó la incomodidad de las señoras. Sabía que los viajes en diligencia a través de la pampa eran una tortura para las damas. Mientras no estuviesen tendidas todas las líneas del ferrocarril, otro anhelo del Presidente, seguirían a los tumbos las carretas y las galeras surcando las huellas de la tierra reseca.

—Ya veo. Un viaje difícil. Al menos, encontraron la hospitalidad de los Miranda, una gente muy querida por mi padre.

—¿Los conoce?

—¡Claro! Han sido puesteros de la estancia durante años. Ahora los liberamos, porque se han hecho mayores y les cuesta el trabajo duro, pero mi padre y yo los apreciamos mucho y no quisimos que se alejaran de nuestras tierras. Es más, les cedimos un terreno dentro de los límites de El Duraznillo, pero se halla cerca de la sierra y allí el aire es más frío que en la zona de la laguna. Zoraida prefirió un lugar más bajo, así que los dejamos partir con gran pena. ¿No lo sabían?

—Nos contaron que habían trabajado con un patrón muy bueno, no sabíamos que fuese su padre —repuso Elizabeth, conmovida.

—No hemos sido los únicos patrones. Seguro que les hablaron de Mister Lynch, un inglés aventurero que se puso a criar ovejas en medio de la pampa, hasta que arruinó las praderas y tuvo que trasladarse a otras tierras que adquirió, más al sur. Tengo entendido que le va bastante bien en la región del río Colorado, aunque los indios lo tienen a maltraer.

—¿Hay peligro con los indios en esa zona? —inquirió Elizabeth con aprensión.

El tema de los indios y los mentados "malones" no terminaba de convencerla. Julián dejó su taza y se inclinó hacia delante, como para exponer un tema delicado.

—El peligro no ha pasado, pese a que muchas tribus han sido corridas de los lugares poblados. A diferencia del gaucho, que se defiende solo contra la autoridad, como puede, el indio se agrupa para resistir. Se teme que estén organizando una resistencia mayor que las conocidas hasta ahora, porque en los fortines se ha dado aviso de desplazamientos sospechosos. Tengo amigos militares que me han confesado esos temores.

—¿Y no se puede tratar con ellos? En mi país, los cuáqueros han demostrado tener condiciones para convivir con los nativos. Claro que siempre hay tribus más feroces que no quieren dejar sus tierras. Le confieso, señor Zaldívar, no estoy del todo segura de que debamos quitárselas. Después de todo, ellos vivían aquí antes que nosotros.

Julián contempló el rostro femenino de grandes ojos y labios carnosos y pensó que aquella mujercita curvilínea debería estar sentada en una sala de costura, rodeada de hijos y con un marido atento y cariñoso que le brindara el bienestar que se merecía, en lugar de enseñar a unos niños perdidos en medio del campo, en momentos difíciles para la seguridad de las personas. Una oleada de ternura lo invadió y dejó que su mirada reflejase con claridad su pensamiento. El carraspeo de Lucía lo volvió a la realidad.

"Un gavilán y de los bravos", pensó la negra.

—Señorita O'Connor, éste es un tema donde resulta difícil separar a los buenos de los malos. El avance civilizador es inevitable y eso nunca se consigue sin el sacrificio de alguien. Si tiene alguna experiencia con los indios de su país, comprenderá lo que le digo. Desde que los españoles descubrieron este continente, la historia de América cambió para siempre. Tal vez ésta sea la oportunidad para organizar el futuro de la Argentina. Si el gobierno mandó traer maestros para dirigir escuelas es porque está pensando en cambios importantes. Tiempo atrás, esto era un caldero hirviente, peleando todos contra todos: Buenos Aires contra las provincias, unas provincias contra otras, blancos contra indios y también los indios junto con los blancos. Era imposible definir de qué lado se encontraban las lealtades, porque cambiaban de continuo. Hemos avanzado mucho, aunque todo está por hacerse. El indio no se adapta al cambio. Quiere su tierra del modo que la tenía antes, para recorrerla de lado a lado, y no admite que se instalen pobladores en ella. En cuanto a los pactos que usted dice —suspiró Julián—, a menudo se convierten en letra muerta, pues obedecen a las conveniencias del momento. Tanto indios como blancos los rompen cuando quieren y eso minó la confianza que podía tenerse en ellos.

Elizabeth escuchaba con atención, pues la historia le sonaba familiar. En Norteamérica se vivían las mismas crueles alternativas. Y los indios llevaban las de perder, al igual que allí.

—Tengo algunos alumnos indios, señor Zaldívar. Son afectuosos y desean aprender, aunque me temo que los padres no están muy de acuerdo con enviarlos a la escuela. De todos modos, hago algunos progresos. Viendo esto, se me hace difícil pensar en ellos como gente malvada o asesina.

—Sus alumnos y sus familias tal vez ya no lo sean. Si mandan a sus hijos a una escuela, a regañadientes o no, de seguro conviven con los pobladores. Los galeses del sur han tenido éxito en sus relaciones con los indios, pese a que se trata de tribus feroces, ya ve usted, todo es posible. Sin embargo, no se confíe. Hay caciques mansos que llevan años de convivencia con las autoridades, y también rebeldes que no vacilan en saquear poblaciones si ven la oportunidad. Se llevan animales, objetos de valor y... también mujeres.

Un estremecimiento recorrió la espalda de la negra Lucía. Ella conocía casos de cautivas, mujeres que jamás aparecían o que, si eran recuperadas, perdían la cordura o bien eran tratadas con suspicacia por sus propios familiares. Muchas historias se hilaban sobre el trato dispensado a las cautivas en las tolderías. Con frecuencia los caciques las reclamaban como esposas y las hacían concebir hijos propios. Así, muchos capitanejos eran en realidad mestizos, incluso bautizados a pedido de la madre, curioso caso de mezcla de valores y de sangre.

Elizabeth se mostró preocupada.

—Espero que nuestra zona no sea codiciada por esos rebeldes que usted dice, señor Zaldívar. En el tiempo que llevo aquí nada grave ha sucedido, salvo... —y aquí se detuvo, indecisa.

—¿Salvo...? —la instó Julián, intrigado, y Lucía también la observó con interés.

—Oh, nada serio, me preguntaba si el hombre que vive solo junto a la laguna, al lado del mar, será uno de esos salvajes.

—¿Un hombre? ¿En la laguna? —la voz de Julián sonaba ansiosa.

—Se trata de un tal Santos. Al menos, es el nombre que dio. Lo conocimos durante nuestro viaje a través de la pampa y debo decir que se mostró muy cortés, aunque no le gustó que invadiésemos su territorio con los niños el día que fuimos de excursión.

Lucía clavaba sus negros ojos en "Miselizabét" sin poder dar crédito a lo que oía. ¿El fulano aquel vivía en la laguna? ¿Y la niña lo había visto? Julián Zaldívar, por su parte, adoptó un aire concentrado, como si estuviese decidiendo algo.

—Así que vive un hombre en la laguna. Y dice usted que no es nada amistoso.

—Creo que el pobre hombre debe estar medio loco, porque se enfureció cuando vio a los niños. Sin embargo, cuando me caí del caballo...

—¿Se cayó usted del caballo?

No podría haberse dicho quién de los dos estaba más conmocionado, si Julián o Lucía, pues ambos saltaron sobre sus asientos al escuchar el relato de la joven. Lucía pensó que "Miselizabét" debía llevar una doble vida, pues cada tarde, cuando regresaba de la escuelita, parecía una dulce maestra agotada después de una jornada de trabajo. Jamás creyó que tuviese encuentros peligrosos ni que cabalgase hasta la laguna. En cuanto a Julián, mil pensamientos giraban en su cabeza, a cuál más alocado. ¿Francisco se había enfrentado a esa criatura adorable? ¿La había hecho caer de un caballo? ¿Y se inventó una personalidad secreta? No podía aguardar a que llegara la noche para hacerle una visita y averiguar qué estaba sucediendo allí.

—Nada serio, de verdad —aclaró Elizabeth, arrepentida de haber soltado prenda—. Sólo quise cabalgar en los médanos y no me di cuenta de lo difícil que es dominar al caballo en ese sitio. Una imprudencia de mi parte.

No quería entrar en detalles porque habría debido contar también la presencia de Jim Morris y su caballo moteado, y la pelea entre ambos hombres, todo lo cual habría desencadenado un soponcio en la negra Lucía y quién sabe qué conclusiones en el señor Zaldívar. Y ella debía cuidar su reputación como maestra.

—Santo Dios —murmuró Lucía hipnotizada, mientras miraba a la joven.

—Le diré qué haremos, señorita O'Connor —dijo de pronto Julián—. Para su tranquilidad, iré hasta la zona donde usted dice que vive ese señor Santos, ya que su tierra está bastante cerca de las mías, y averiguaré qué se trae entre manos. Si veo que es una persona decente, se lo haré saber para que en adelante no tenga temor de llevar hasta allí a los niños.

—Ni falta que hace que los lleve de nuevo —terció Lucía, ofuscada.

Elizabeth suspiró. Había actuado de manera impulsiva, como le sucedía cuando se sentía en confianza, no podía culpar al señor Zaldívar de su preocupación, ni tampoco quería causar problemas a Santos, por odioso que fuera. Después de todo, el hombre vivía allí.

—Por favor, le ruego que no se tome esa molestia por mí. Es evidente que ese hombre busca la soledad y no debo profanar su santuario. Me he dado cuenta de que no debí llevar a los niños hasta allí, pese a que me lo advirtió la primera vez.

—¿La primera vez? —exclamó Lucía—. ¿Fue dos veces a ese lugar?

Julián se juró que iría esa misma noche a visitar a Fran. Apenas podía esperar a que las damas se retirasen. Tenía pensado ofrecerles hospitalidad para que no se agotaran en un nuevo viaje. La señorita O'Connor no se opondría a pasar una noche en El Duraznillo, estando en compañía de su criada.

—Haremos esto —dijo, con aires de patrón—. Ustedes se quedarán en mi casa hasta mañana. Por favor —agregó, levantando la mano para acallar protestas—. Que no se diga que un Zaldívar no apoya la educación. Su pedido será satisfecho, mañana mismo enviaré una comitiva para comenzar los trabajos. Antes, debo ocuparme de unas cuantas cosas, como aclarar este asunto del intruso. Y enviar recado a mi padre para informarle de la situación. ¡Chela! —gritó, mientras revolvía los papeles sobre la chimenea—. Ah, aquí estás. Que Gastón lleve un recado hasta el puesto de la sierra. Mi padre se encuentra allí —aclaró, dirigiéndose a Elizabeth—, pero vendrá enseguida. A él le gusta estar en todo y sin duda aprobará el proyecto. Cuente con los Zaldívar para levantar su escuela, señorita O'Connor.

Elizabeth no podía negarse a satisfacer el simple deseo de Julián Zaldívar de albergarlas en su casa, ante tamaña muestra de generosidad por su parte. Lo que temía era provocar un duelo entre él y el señor Santos.

—Por favor, no tome en cuenta lo que le he dicho sobre este Santos. No tiene importancia, le aseguro. Yo no volveré a pisar la laguna, habiendo tantos lugares para llevar a los niños en las excursiones educativas.

—No se diga más, señorita. Sólo quiero tranquilizarla con respecto a este... ¿Cómo lo llamó usted? Ah, sí, "ermitaño". No voy a correr riesgos, se lo aseguro. Además, estaré de vuelta para la cena y podré contarle los sucesos. Chela, las señoras se quedarán esta noche. Prepárales la suite de madre, por favor. Quiero que estén cómodas.

La casera se mostró encantada y en un santiamén organizó la habitación que usaba misia Inés cuando residía en El Duraznillo. Elizabeth y Lucía fueron arrastradas hacia uno de los cuartos del fondo, que miraban al patio de glicinas. La suite era más lujosa que el resto de la casa: la enorme cama estaba cubierta por un lienzo que Chela quitó, dejando a la vista una exquisita colcha de satén. Del baldaquino pendía una gasa que formaba una nube vaporosa.

Mesitas de luz con sobre de mármol negro ostentaban lámparas de alabastro con pie de bronce. La casera acomodó el globo de una para ajustar la mecha y una luminosidad suave se extendió por la habitación.

—Pueden pasar al cuarto de baño para refrescarse, señoras. El patrón ha hecho instalar cañerías de agua, todo un lujo para que su esposa esté cómoda, aunque la señora Inés poco y nada viene.

Después, como avergonzada por la infidencia, se movió con rapidez para abrir los postigos, dejando que la luz invadiera el suelo de madera oscura. De las paredes pendían austeros retratos de familia, todos enmarcados en pan de oro, y los rostros de aquellos antepasados confirmaron a Elizabeth la sangre extranjera del joven Zaldívar.

CAPÍTULO 11

—¡*E*h, no dispares, que soy yo!

Francisco recuperó la compostura al comprobar de quién se trataba.

El día había transcurrido sereno y los ataques no se habían repetido. Estaba claro que la tranquilidad era el mejor bálsamo para la locura. Fran vio a Julián saltar de su silla con agilidad. Algo urgente lo traía, puesto que iba en mangas de camisa.

—No te asustes —lo atajó jocoso, al ver el rostro de su amigo—. Vengo en son de paz.

—¿Qué te ocurre? Te noto divertido. Me alegra que alguien se divierta —gruñó.

—Vamos, no finjas "el ermitaño" conmigo, viejo compañero, que nos conocemos. ¿O acaso creíste poder "tirarme del caballo" también?

Francisco observó la expresión risueña y decidió que Julián no estaba borracho. Otra sería la razón de su desvarío.

—¿Qué te pasa?

—Ah, querido amigo, eso es justo lo que venía a preguntarte. ¿Qué diablos te pasa?

Julián se sentó sobre un tronco con el aire de quien viene a escuchar una buena historia.

—No te entiendo.

—Pues yo creo que está clarísimo. ¿Qué pasa con el eterno

seductor de corazones femeninos, el príncipe que desata pasiones sin freno, el...

—¡Basta! Dime qué sucede y déjame en paz.

—Ah... llegamos a la cuestión principal, vivir en paz. Pero ¿cómo vivir en paz con los demás si no gozamos de la paz en nuestro espíritu?

—Julián, si te traes algo entre manos...

El joven Zaldívar hizo un gesto que proclamaba su inocencia, mostrando las palmas hacia arriba y poniendo cara de ganso.

—Voy a matarte.

—¡Con que ésas tenemos! Te has vuelto violento. ¿Estarás poseído por un demonio? Sólo así puedo entender que hayas aterrorizado a un ser celestial.

—¿Qué carajo estás diciendo?

—¡Por Dios, ahora lo entiendo todo! Ella te vio con los ojos fulgurantes y el pelo erizado, tal cual te veo ahora, profiriendo maldiciones y despidiendo fuegos del infierno. Te habrá tomado por un lobizón, quizá.

—¿Ella? ¿De qué hablas?

Francisco sintió latir el corazón más rápido y un presentimiento subió por su columna.

—De la señorita Elizabeth O'Connor. ¿De quién más? —dijo con estudiada indiferencia Julián, mientras contemplaba los puños de su camisa como si en ello le fuese la vida.

El silencio de Francisco fue tan elocuente que el joven estanciero levantó la vista, inseguro sobre la reacción de su amigo. Vio la ferocidad en los ojos dorados del hombre que se había criado con él y, por un instante, creyó no conocerlo en realidad.

—¿Qué está ocurriendo, Fran? —murmuró, ya sin atisbo de broma.

El otro volvió el rostro para ocultar su sufrimiento.

—Nada.

Julián contempló desconcertado las espaldas anchas, la cintura estrecha, las musculosas piernas y el garbo, en general, que habían hecho de Francisco Peña y Balcarce un hombre codiciado por las damas porteñas. Ninguna, que él supiera, había sido premiada en sus intentos de conquista. Francisco mantenía muy en secreto sus aventuras. Y ninguna mujer, hasta el momento, había sido tan importante como para obligarlo a romper esa costumbre. Sin embargo, esta actitud huraña superaba todo lo conocido hasta ahora. Julián sopesó las posibilidades y decidió que debía tratarse de un asunto de faldas. Fran estaría huyendo de algún marido celoso o de alguna amante obsesionada. Él le había ofrecido sin reparos la casa de la laguna sabiendo que, tarde o temprano, se reunirían allí y podrían intercambiar confidencias, sin embargo, no resultaba sencillo abordarlo. Se conocían desde niños, habían compartido viajes, temporadas de verano, las primeras calavereadas juveniles y hasta alguna mujer en los lupanares del puerto. No había secretos entre ellos... hasta ese momento. Julián se amoscó al sentirse marginado:

—Perdón, no quise invadir su vida privada, Señoría. Olvidé que un Peña y Balcarce de pura cepa tiene que presentar una imagen impecable.

Francisco se volvió furioso hacia su amigo.

—¡Qué dices! No sabes nada.

—Eso es lo que quiero remediar.

—No todo puede decirse.

—Creía que sí. Al menos, entre amigos.

La voz dolida de Julián tocó el corazón de Francisco, que dejó caer los hombros con aire derrotado.

—Te debo una disculpa.

—Olvida eso —Julián hizo un gesto impaciente, e insistió—. Cuéntame qué te agobia, Fran. No pareces el mismo de siempre.

—No lo soy —replicó con dureza—. Ésa es la cuestión.

Julián no supo cómo tomar aquella afirmación hasta que Francisco continuó, sacándolo de su ignorancia.

—No soy "un Peña y Balcarce de pura cepa" como dijiste, ya no.

—¡Qué! ¿Tu padre te expulsó de la casa? —exclamó Julián, conocedor de las disputas que mantenían padre e hijo.

—Habría sido preferible. Fui yo el que partió, con gran dolor de mi madre.

—Fran...

—Déjame explicarte. Serás el único que lo sepa, por si... —Francisco guardó silencio al pensar en lo que iba pedir a su amigo—. Supe, y no me preguntes cómo, que no soy hijo de mi padre como creía. Algo dentro de mí lo estaba diciendo. Como un idiota, lo atribuía a que nuestros caracteres siempre habían sido opuestos. La razón por la que siento desde hace mucho que Rogelio me odia es que no soy su verdadero hijo.

Julián, demudado, esperó a que su amigo prosiguiera.

—Hace meses, por una circunstancia què no viene al caso, lo encaré para echarle en falta su conducta y él me espetó mi condición de bastardo. En ese momento sentí tanta rabia, tanto dolor, que no se me ocurrió preguntar por lo que ahora se convirtió en lo esencial para mí: quién es mi verdadero padre. Mi madre no lo dijo, ni siquiera en el instante de la despedida, y aunque sé que mi partida la ha destrozado, no puedo permanecer en esa casa sabiendo que no tengo derecho a nada de lo que hay allí, nada de lo que recibí desde niño. ¡Nada!

Francisco golpeó con el puño la pared de troncos hasta desollarse los nudillos. Después permaneció agitado, con la cabeza gacha, esperando la reacción de su amigo. Al no escucharla, volvió al tono sardónico.

—Perdóname si con esta confesión hiero tu sensibilidad aristocrática. Ya no tienes un amigo de apellido ilustre.

Julián se incorporó de un salto, rojo de ira.

—Cállate si no quieres que, además, te rompa la nariz de un rebencazo.

Ambos quedaron frente a frente, mirándose a los ojos con una expresión que pasó de la furia contenida a la comprensión y el cariño. Francisco puso su mano sangrante sobre el hombro de Julián.

—Estoy hecho una fiera. Y no sólo por lo que oíste. Hay más.

—¿Más? —exclamó con incredulidad el joven estanciero.

—Sí. Debes saberlo, por si necesito de ti en algún momento. Será duro —lo miró con intensidad, indagándolo con sus ojos dorados para comprobar si su amigo tendría agallas para lo que le pediría—. Estoy enfermo de gravedad.

El aire pareció empañarse entre ellos, y Julián no supo si se debía a las lágrimas que se agolpaban bajo sus párpados. ¡Fran enfermo! Su querido amigo, casi su hermano, enfermo y solo, desterrado de la vida elegante y sin futuro. Era demasiado. Las rodillas le flaquearon y volvió a sentarse sobre el tronco. A Francisco le apenó verlo tan abatido. Dudó en pedirle el gran favor, mas no podía confiar a otro su secreto. Se agachó hasta que su rostro moreno quedó a la misma altura de los ojos claros de Julián, sospechosamente brillantes.

—Prométeme que harás lo que te pida.

Ignorante de la dimensión del pedido, el joven asintió.

—Escucha: mi enfermedad raya en la locura. Sufro de terribles dolores de cabeza, como no has conocido nunca, que pueden durar horas. No soy yo mismo cuando me ataca el dolor. Además, tienen el desagradable efecto de dejarme ciego por un rato. La ceguera se disipa con el tiempo, pero comprenderás que no puedo hacer una vida normal con esta lacra. Por eso te pedí refugio en esta cabaña y, salvo tú, nadie debe saber que vivo acá. La desgracia que me persigue quiso que la maestra de Boston conociese mi escondite, aunque traté de arreglar eso asustándola lo mejor que pude. Amenazándola, incluso. No creo que vuelva. No sé por cuánto tiempo podré resistir estos ataques que son cada vez más frecuentes. Empezaron casi al mismo tiempo que tuve la discusión con mi padre, eso fue lo que me impulsó a partir. No quiero que nadie me vea en ese estado. Temo... no recobrar la razón ni la vista algún día, y en ese caso... te pido, por lo que más quieras, por la amistad que nos une y que sé que no traicionarás, que me mates.

Francisco clavó la mirada en la de Julián, atándolo con ella en un pedido desesperado.

—¡No! ¡No puedo hacer eso! Estás ofuscado, Fran, no sabes lo que dices. Consultaremos a un doctor.

—¡Nada de doctores! ¿No entiendes que no quiero que se sepa? Mi madre moriría si me viese agonizante o inválido. Prefiero que piense que he partido hacia tierras lejanas. Tú te encargarás de convencerla de eso.

—No me pidas algo así, por el amor de Dios —suplicó Julián—. Déjame encontrar a alguien discreto que te revise. Sabes que han llegado médicos extranjeros al país. Ellos traen técnicas nuevas, y no están relacionados con la sociedad como para difundir el secreto. Confía en mí, amigo.

—Confío en ti para esperar que me dispares un tiro al corazón cuando me veas perdido en mi locura.

—¿Y cómo sabré cuando eso suceda? ¿Cuál será el momento sin retorno del que hablas? ¿Crees acaso que soy médico como para saber si estás perdido de manera irremediable en la locura o la ceguera? ¿Y qué si te mato y estabas a punto de recobrar la cordura y la visión?

La desesperación de Julián, tan genuina, mortificó a Francisco. Pedía demasiado, lo sabía. Tal vez fuese mejor suicidarse, no obstante, temía que le fallase el valor a último momento o que, si se internaba en el mar hasta desaparecer, las aguas lo trajesen de nuevo a la orilla y toda la sociedad se enterase de su muerte. Sería fatal para su madre. Podía confiar en que su amigo cavase una tumba olvidada y nadie supiese más de él. ¿Cómo clavarse un puñal o dispararse en la sien en medio de un ataque? Era probable que hasta constituyese una amenaza para los demás. La señorita O'Connor, los niños...

—Escucha, Julián, no te pediría algo así si no estuviese convencido de que voy a morir de todos modos. Cuándo, o de qué manera, no es importante.

—Todos vamos a morir. Yo mismo, al irme de aquí, puedo caer del caballo y romperme la crisma.

Julián porfiaba como un niño y eso enterneció a Francisco.

—Te pido algo que no pediría a nadie más. Sólo confío en ti, en tu silencio y en tu destreza. No quiero compasión. Quiero ser borrado de la faz de la tierra, aunque primero...

—¿Sí? —murmuró esperanzado Julián.

—Desearía saber quién es mi padre. Claro que no sé ni por dónde empezar.

Julián se enjugó los ojos con el dorso de la mano, mientras pensaba con rapidez. Si podía engatusar a su amigo con la búsqueda del padre, tal vez el tiempo fuese pasando y él encontrase la cura para el extraño mal que lo aquejaba.

—Yo te ayudaré.

Francisco alzó una ceja, sardónico. Sabía qué se traía entre manos, aunque no haría ningún mal concediéndole ese tiempo al amigo del alma.

—¿Tu madre jamás te habló de nadie, un "tío" o algo así?

—Vamos, Julián, ese cuento ya es viejo hasta para nosotros.

—Es que a veces, donde menos se piensa... Perdón —dijo de pronto—. Sé que es un tema doloroso, pero quiero ayudar.

—No te preocupes. Si te confío mi vida es porque puedo confiarte todo. La verdad es que mi madre siempre fue callada y me pregunto si ese dolor no habrá sido la causa. No hemos conocido "tíos" ni tampoco tuvimos tanta vida social como otras familias. Por lo menos, no mi madre.

Dijo esto último con resentimiento, lo que le dio a Julián el motivo del enfrentamiento de Fran con su supuesto padre. Los amoríos clandestinos eran moneda corriente entre los señores de la alta sociedad, si bien los hijos no solían enterarse. Resultaba irónico que los deslices de un hombre fueran vistos con complacencia y que el único traspié de una mujer fuese condenado de por vida. Por fortuna para él, sus padres se amaban, a su manera, ya que Inés Durand era una mujer distante. Sin embargo, quería y respetaba a Armando, un hombre que no siempre había sido comprensivo, pues su dedicación a los trabajos del campo robaba muchos momentos de convivencia a su familia. Julián no podía quejarse, había sido el centro de la atención de ambos.

—Si no hay indicios de la vida anterior de tu madre, cuando soltera, entonces...

—Pudo haber engañado a mi padre estando casada.

Ambos callaron, conmocionados por el giro que tomaban sus pensamientos. ¿Dolores adúltera? Imposible. Francisco recordaba las veces en que Tomasa la instaba a salir a tomar el té con las amigas mientras ella los cuidaba, y cómo su madre se negaba, prefiriendo la compañía de sus hijos antes que las reuniones sociales. Aparte de eso, ¿en qué momento hubiese podido engañar a su marido? Ni a sol ni a sombra la dejaba Rogelio, muchas veces por miedo a que ella lo pusiese en ridículo con su "sensibilidad exaltada", como él la llamaba. Sin embargo, eso mismo explicaba muchas conductas extrañas de su padrastro, como la de presenciar las conversaciones de Dolores, o la manera desconsiderada de intervenir cada vez que alguien formulaba una pregunta, como si temiese que la esposa develara algún sórdido secreto.

—Pudo haber sido víctima de un inescrupuloso, lo sabes —dijo con cautela Julián.

Francisco suspiró.

—Pensé mil cosas y ninguna encaja. Mi madre se casó con Rogelio siendo casi una niña, vivió con Tomasa siempre, nos tuvo a nosotros... en fin, si nos tuvo a todos siendo ya la señora de Peña. ¿Cómo explicar que yo no sea hijo de Rogelio si no es con el adulterio?

—No tu madre, de eso estoy seguro. Escucha —dijo de pronto Julián, como inspirado— Ha ido tu madre a Europa estando casada, ¿no?

—Sí, acompañada por Tomasa, como siempre.

—¿Y no crees que Tomasa la habría protegido si algo terrible le hubiese sucedido en ese viaje? De boca de ella, por lo menos, nadie lo sabría.

—Si es así, entonces jamás conoceré a mi padre. Podría ser cualquiera, un francés, un inglés, un marinero del puerto, cualquier hijo de puta.

Julián entendió que Fran se castigaba adrede con imágenes de un padre indigno, como si fuese el culpable de su condición. Lamentó tener que llevarlo por esos derroteros, pero estaba empeñado en distraer la atención de su amigo del tema de la muerte.

—No, no, escúchame, hay algo en lo que no hemos pensado.

—¿Qué?

—Que tu madre pudo haber hecho ese viaje porque se encontraba encinta. ¿Qué mejor manera de ocultar a los ojos de todos el nacimiento? Las fechas se olvidan, se confunden, ya nadie recuerda cuántos meses de gestación llevaba al partir.

Francisco meditó esa hipótesis.

—Es cierto, no sería la primera vez que se utiliza ese ardid. Al menos, mi madre no se deshizo de mí en Europa —añadió con amargura.

Julián le puso la mano sobre el hombro.

—Jamás lo habría hecho, lo sabes.

Fran miró a su amigo en lo profundo de los ojos claros.

—Lo sé, soy injusto al pensarlo. No podría reprocharle nada a mi madre.

—Entonces debemos calcular que tu madre debió partir encinta. ¿De cuántos meses? ¿Cuánto duró el viaje?

—¿Cómo voy a saberlo? Yo estaba ahí, ¿recuerdas? En el vientre de mi madre.

—Alguien debió comentarlo alguna vez. Tomasa, por ejemplo.

—A decir verdad, de ese viaje no se habló nunca, algo que ahora encuentro bastante sospechoso.

—¿Ves? Creo que ésa es la clave. Tendríamos que averiguar la fecha exacta del viaje de tu madre para calcular los meses transcurridos hasta tu nacimiento. Claro que… —Julián se detuvo al recordar algo— siendo así, deberías figurar como extranjero.

—No te preocupes por eso. Un Rogelio Peña puede lograr muchas cosas, hasta una inscripción fraguada en la parroquia. Ventajas del dinero —se burló Francisco.

—Así cuadra bastante bien. Te anotaron cuando llegaste en brazos de tu madre y fuiste concebido aquí. ¿Por quién? Tiene que haber sucedido al poco tiempo de casados, lo que aumenta la posibilidad de que haya sido un abuso contra tu madre. Cuesta pensar en alguien capaz de atentar contra una mujer tan cuidada, tan inocente, incapaz de alimentar pasiones torcidas.

—Son en general las que caen en esas trampas.

La forma de hablar de Francisco llamó la atención de Julián.

—¿Lo dices por alguien en particular?

Fran eludió la respuesta, aunque el joven Zaldívar adivinó por dónde discurría su pensamiento.

—Te refieres a la maestra, ¿verdad?

—No sé qué demonios hace aquí, en medio de un lugar salvaje, educando a unos chiquillos que jamás lograrán aprender a usar zapatos.

—Creo que la subestimas.

—¿Qué sabes? Yo la he visto y puedo asegurarte que me asombra que haya sobrevivido a este invierno.

—La señorita O'Connor es dura de pelar. Ahora mismo debe estar esperando que cumpla la promesa que le hice de contarle mi entrevista contigo. Seguro que no duerme hasta que llegue.

Las palabras de Julián causaron estupor en Francisco, que por un momento se olvidó de sus problemas y sólo vislumbró una cosa: Elizabeth estaba en El Duraznillo, esperando a Julián. El ardor en el estómago que le produjo esa imagen lo sorprendió.

—Espera, Fran, te explicaré lo que sucede.

Después de escuchar el relato de cómo Elizabeth se había apersonado en El Duraznillo buscando ayuda para su escuelita y sus miedos acerca del "señor de la laguna", Francisco empezó a sentir los primeros síntomas de un nuevo ataque. Debería haber previsto que el tumulto emocional que le causaba hablar con Julián de sus problemas no iba a pasar sin dejar rastros. No toleraba que su amigo lo viese sucumbir al dolor y a la penuria de quedar ciego.

—Vete —dijo de pronto.

—Eh, Fran...

—¡Vete! No entiendes. Necesito estar solo.

—Amigo mío...

—¡Vete, por el amor de Dios! ¡Márchate ya! ¡Ahora! —rugió Francisco, ya descontrolado, con la mirada encendida por el dolor que estaba lacerándole el cráneo.

Temeroso de dejarlo en ese estado y también asustado por la reacción, Julián se apresuró a montar y a alejarse, aunque cuidando bien de dar un rodeo y volver por detrás de la casa, donde un bosquecillo de pinos le sirvió de camuflaje. Se aproximó al linde, desde donde podía observar lo que sucedía en el claro. Con gran dolor vio cómo su querido amigo caía de rodillas, tomando la cabeza entre sus manos, y se balanceaba de atrás hacia delante, gimiendo y retorciéndose, convertido en un despojo sufriente.

Por más promesas que hiciere, él no abandonaría a su amigo en su hora más negra.

CAPÍTULO 12

*E*lizabeth se encontraba en el salón parroquial vaciando el contenido de una caja de lápices. En esa caja mágica había también tizas con las que adornaba la pizarra, siempre con una letra distinta, hasta que los niños aprendiesen de memoria todas las que conformaban "la castilla". Se morían por saber de qué color sería la letra cada mañana, un nuevo artilugio de Elizabeth para atraerlos a la clase. El que adivinaba recibía una galleta como premio, así Zoraida participaba, desde lejos, de las clases de la señorita maestra. Ese día, Elizabeth dibujaba una "H". ¡Se quedarían pasmados al no poder adivinar! Se estaba divirtiendo como una niña con ese juego.

Debía controlar, además, las obras que se estaban llevando a cabo a metros de la capilla. Había decidido levantar el galpón detrás de la huerta, de manera que los niños no interrumpiesen las meditaciones del sacerdote por las mañanas. Era un terreno "de nadie", le había dicho el Padre. Y tomando en cuenta que la habían enviado hasta allí sin lugar apropiado donde establecerse, podía disculpársele el atrevimiento de tomar un trozo de tierra sin permiso. Era por una buena causa, se repitió.

—Señorita O'Connor, si me permite.

—Adelante, Padre. ¿Qué sucede?

—Hay aquí una confusión entre los peones. Dicen que ha venido un intruso a ayudarlos y están molestos.

—¿Un intruso? —se extrañó Elizabeth.

Pensó enseguida en Jim Morris, que tan gentil se había ofrecido la última vez a escoltarla. Ella declinó el ofrecimiento con toda la elegancia de que fue capaz, pues no quería tener a ningún hombre revoloteando a su alrededor mientras enseñaba. Después de lo ocurrido en la laguna delante de los niños, estaba curada de espanto. Era un hombre atractivo, no como el irritante señor Santos, al que no podía calificar de "atractivo" con sus párpados plegados y su mandíbula tallada con rudeza, aunque sin duda era varonil. ¿Por qué tenía que pensar en el señor Santos a toda hora? ¿Acaso se merecía esa bestia que le dedicase un solo pensamiento? Elizabeth no quería ablandarse ante la idea de que aquel hombre estaba padeciendo, pues su intuición le decía que había dolor detrás de la hosca actitud de Santos.

El mismo que se hallaba parado junto a los escombros de la futura escuelita, rodeado de los hombres de El Duraznillo. Su pose arrogante intimidaba un poco a los peones, no muy seguros de su identidad.

—Señor Santos ¿Qué hace usted?

—Buenos días, señorita O'Connor. Pasaba para ver si necesitaba ayuda.

Elizabeth sólo pudo hallar una razón para que el insufrible hombre se hubiese enterado de sus necesidades: Julián Zaldívar. El joven estanciero había regresado tarde aquella noche en que ella lo esperó, con la lámpara de querosén encendida. Vio que estaba agotado y temió que hubiesen peleado, aunque no se le veían magulladuras. Cumpliendo con su palabra, Julián le relató el encuentro en pocas palabras y le dijo que en adelante Santos no la molestaría, aunque él le recomendaba buscar otros sitios menos aislados para pasear con los niños, ya que, si bien no había nada que temer del hombre de la playa, podría haber intrusos de baja calaña con aviesas intenciones. Elizabeth no había insistido.

—¿Sabe usted de albañilería?

—No, aunque me doy maña con la madera. Supongo que necesitará pupitres y alguna biblioteca.

Elizabeth lo contempló admirada. ¿Venía en son de paz? El hombre tendría sin duda habilidades, si sobrevivía en un sitio inhóspito, ya que no lo había visto mendigando nada.

—Señor Santos, no puedo emplear más hombres de los que puedo pagar, perdóneme.

—¿Acaso el señor Zaldívar le cobra por sus peones?

¡Ese hombre era insoportable! "Y Julián podría haber sido más discreto", pensó Elizabeth con rabia. Tendría que inventar cualquier excusa y no se le ocurría ninguna con rapidez.

—Vamos, señorita O'Connor —dijo él en tono de concordia—. Permítame compensarla por los disgustos pasados. Creo que se lo debo. Y a mí no me vendría mal una distracción.

Elizabeth dudaba, y la llegada de los niños la obligó a tomar una decisión. No deseaba que la viesen de nuevo discutiendo con aquel hombre.

—Está bien, puede trabajar aquí, siempre y cuando se ajuste a lo convenido con esta gente. Por ahora, están levantando las paredes.

—No interferiré. Puedo traer troncos para las vigas, y, si usted me dice qué es lo que necesita en el interior de la escuela, comenzaré a hacerlo de a poco.

El propio Francisco se maravillaba del impulso que lo había llevado hasta allí para ofrecerse como voluntario. Un demonio interno lo acicateaba, pues lo menos indicado en su situación era permanecer cerca de la maestra y de sus niños, tomando en cuenta el efecto devastador que producían en su salud. Sin embargo, saber que había confiado en Julián al punto de quedarse a pasar la noche en su estancia le roía las entrañas. Le resultaba injusto que ella confiase en otro hombre que acababa de conocer, cuando él era el primero al que podría haber recurrido. Claro que también era el que la había echado con amenazas e insultos.

—Quédese, pero no moleste. A partir de este momento comienzo mi clase. Dicho esto, la señorita O'Connor se marchó, contoneándose, rumbo al salón donde ya la esperaban algunos niños.

"Vaya", se dijo Francisco, divertido, "cualquiera diría que soy otro alumno". Puso manos a la obra ayudando a los peones a acarrear paja y jarillas para amasar el adobe con barro. Harían la escuelita a la manera del hornero, del mismo modo que los jesuitas habían levantado sus reducciones en los tiempos coloniales: piso enladrillado, muros de barro y techo de paja quinchada. Francisco estaba familiarizado con el estilo de la región. Mientras trabajaba, pudo apreciar el modo sencillo en que la señorita O'Connor pasaba la mañana con los niños.

—Misely, ¿qué animal es éste?

—¿Cuál, Marina?

—Aquí nomás, en este "gujerito".

Elizabeth se levantó, diligente, para responder a la pregunta. Marina era una alumna aventajada, pese a su corta edad. La halló en cuclillas, mirando con intensidad algo que se movía adentro de un hueco en la tierra. Elizabeth estaba segura de ver una araña o una langosta. Les explicaría que se trataba de especies distintas de lo que ellos llamaban "animales".

La visión del temible escorpión la paralizó.

—Dios bendito, Marina, retírate, éste es un bicho peligroso.

—¿Cuál? ¿Cuál? —exclamaron los demás, levantándose de sus asientos.

—¡Atrás, niños! Con el escorpión no se juega.

—¡Quiá! —gritó Luis al ver al bicharraco con su cola temblando, listo para picar—. Misely, yo lo mato…

—¡No! ¡Atrás todos, que voy a llamar al Padre Miguel! Él sabrá cómo sacarlo de aquí.

—¿Lo vas a dejar vivo? —se extrañó Remigio.

—Para algo estará en este mundo —respondió la maestra, aunque no estaba convencida de querer poner en práctica tal enseñanza en ese caso.

Fue Mario el que desencadenó los hechos. El pequeño se acercó con timidez por detrás y, de modo inadvertido, extendió un dedito sucio hacia el escorpión. Quería llamar la atención de la maestra haciendo algo que demostrase su valía. El escorpión lanzó su aguijón con certero movimiento y el pequeño Mario ni siquiera atinó a gritar, tan pasmado quedó con el picotazo. Las niñas chillaron, Elizabeth lo alzó, gritando, y se escuchó el silbido de Luis, admirado de la osadía de Mario. Dos peones de la estancia acudieron, aunque Francisco llegó primero, sin camisa y con el cuerpo sudado por el trabajo al sol. En su rostro moreno se leía la angustia por el grito de Elizabeth. De un vistazo comprendió la situación y aplastó al escorpión con la suela de su bota, mientras tomaba en brazos a Mario, que parecía un muñequito junto al pecho de aquel hombre.

—¿Dónde fue? —preguntó al niño, con la mirada fija en la cara de estupor de Elizabeth.

—No lo sé… —tartamudeó ella.

Mario, atontado por lo sucedido, cerraba los ojitos como si ya estuviese haciendo efecto el veneno y alcanzó a levantar el dedo donde se veía la hinchazón de la picadura. Francisco lo sentó sobre su rodilla, sujetó con fuerza la mano del niño y chupó ese dedo pringoso como si fuese un dulce de alfeñique. Cada tanto sacaba el dedo de su boca y lo apretaba sin piedad, conduciendo el veneno hacia la herida. Todos observaban, incluidos los peones y el Padre Miguel, pues el alboroto los había reunido. Mario lo contemplaba fascinado. De su nariz siempre goteante caían hilitos que él sorbía sin ruido, acostumbrado a ese padecimiento, y las lágrimas que habían empezado a brotar quedaron contenidas en los párpados. El "siñor" lo estaba curando, comprendió, y lo dejó hacer con ese fatalismo propio de las gentes que nada esperan. Al cabo de unos minutos que a Elizabeth le parecieron horas, Francisco escupió el último resto de veneno y colocó su mano sobre la frente de Mario, para tantear la fiebre.

—Traigan agua fresca —ordenó, sin mirar a nadie en particular.

Fue Elizabeth la que corrió a la cocina y volvió con un cubo que colocó junto a la pierna de Francisco. Él utilizó su propio pañuelo y lavó la herida del niño. Recién después lo miró, para evaluar su estado. Mario lo miraba también, con los ojos agrandados en su carita flaca. Lentamente, se fue dibujando una sonrisa en el rostro fiero de Francisco, una sonrisa amplia y generosa que robó el aliento de Elizabeth. Sin el ceño fruncido ni el gesto torvo, el señor Santos también podía ser apuesto. Sobre todo si se veían sus dientes, blancos y parejos, y un hoyuelo travieso en una de sus mejillas.

—¿Y, compañero? ¿Cómo estamos?

El milagro se completó al devolverle el niño la sonrisa, con su boquita desdentada como la de su hermana. Ésta se hallaba muy quieta junto a Misely, sin duda sintiéndose culpable de lo sucedido. Si ella no hubiese llamado la atención sobre el escorpión…

—Has sido muy valiente, compañero. Otro hubiese gritado y llorado.

Mario, que siempre lloriqueaba, se sintió henchido de orgullo. Le estaban diciendo que era valiente y bravo.

Al levantar la vista, Francisco descubrió que la señorita O'Connor lo miraba con arrobamiento, como si él fuese un escolar que había cumplido su tarea con creces. Bajó al niño con brusquedad y se incorporó.

—Tuvo suerte —dijo, mirándola fijo—, pero no siempre será así. Mantenga a sus niños lejos de la tierra removida y de la leña acumulada.

Toda la gratitud que sentía Elizabeth se trocó en irritación. ¿Cómo podía prever el comportamiento de las alimañas? El señor

Santos había regresado a su estado natural y ella era, como siempre, el objeto de su ira.

—Disculpe, trataremos de no rozarnos con los insectos ni los artrópodos en el futuro —contestó con mordacidad.

—¿"Arti"... qué? —bufó Luis.

Francisco miró con sorna a Elizabeth.

—La señorita les explicará qué clase de animal es el escorpión, supongo.

—Así es, señor. Les explicaré que todos somos animales, para empezar, y que entre los animales hay muchas especies distintas.

—Nooooo, Misely —rió Luis, cada vez más divertido—. Yo no soy ningún animal.

—Lo eres, Luis, de un modo diferente al que ves en otros seres. Si se sientan, les explicaré.

—Pero yo soy cristiano, Misely —siguió protestando Luis, ahora más serio con el tema.

—Cristiano zonzo —se vengó Remigio.

Antes de que los niños discutieran, Elizabeth palmeó para atraer la atención de todos.

—Niños, vamos a agradecer al señor Santos que haya curado a Mario, en primer lugar, y después vamos a estudiar al escorpión. Le contaremos las patas y les explicaré por qué es primo de la araña.

—Uauuuu... ¿Primo de la araña? —chilló Luis.

—Siempre y cuando el señor Santos haya dejado algo de él —Elizabeth dijo esto con intención de picar a Francisco, pues no toleraba la expresión socarrona con que la estaba mirando.

Mientras la veía regresar a la improvisada aula seguida por sus alumnos, Francisco se dijo que aquella mujer exasperante tenía, sin duda, un don para cautivar a las personas, ya que tanto los niños como el señor Morris, Julián y él mismo habían sucumbido a su hechizo. Y no estaba seguro, pero la expresión "todos somos animales" le sonaba intencionada en los dulces labios de la maestra. Volvió a su trabajo con los peones que, a partir de ese momento, lo trataron con mayor respeto.

El resto del día transcurrió sin sobresaltos. Elizabeth procuró que los niños no saliesen al patio de tierra, pues sospechaba que el escorpión había aparecido junto con los escombros que los albañiles removían. Ella era curiosa y le atraía la ciencia natural, por eso aprovechaba la vida en aquella tierra salvaje para que los niños viesen el mundo que los rodeaba con los ojos del conocimiento. Esa mañana, la enseñanza se basó en la diferencia entre los insectos, de seis patas, y los artrópodos, de ocho. Así entendió Luis el misterio del escorpión "primo" de la araña.

Al retirarse los niños, Elizabeth permaneció recogiendo los útiles y borrando la pizarra, a fin de dejar preparada el aula para el día siguiente. Se sentía sucia y malhumorada. El cabello se le había encrespado más de lo habitual y la tierra que levantaban los peones al trabajar se le había prendido a las ropas y a la cara. Estaba molesta y sólo deseaba volver al rancho para refrescarse y descansar. Murmuraba frases incoherentes para desahogarse, a la vez que sus manos tropezaban con todo lo que los niños dejaban fuera de sitio. Al darse vuelta para apilar los libros sobre uno de los bancos, descubrió la figura de Santos observándola. El hombre se hallaba apoyado con negligencia en el marco de la entrada. La barba empezaba a notársele a esa hora del día, y a través de la camisa abierta se advertía la suciedad del torso, después de haber acarreado maderas y cavado zanjones. La miraba con displicencia, como si la analizara y estuviese decidiendo qué hacer con ella.

—¿Y bien? —largó Elizabeth con mal disimulado enojo.

—¿Y bien qué?

—¿Le disgusta lo que ve? Supongo que sí, a juzgar por su expresión.

—¿Por qué es usted tan arisca, señorita O'Connor?

Elizabeth resopló de modo poco femenino.

—Tal vez no me gusta ser vapuleada enfrente de mis alumnos —repuso.

—Yo no he hecho eso.

—Creo que sí, señor Santos, y no es la primera vez. Le recuerdo que usted critica mi ambición de enseñar a los niños de estas tierras, así que no pierde ocasión de hacérmelo saber. Soy extranjera, señor, no tonta, y me doy cuenta cuando alguien me encuentra antipática o me desprecia.

Francisco se enderezó y se puso serio.

—No la desprecio. Y por cierto, no me resulta nada antipática. Antes bien…

—¿Sí?

Ahora era ella la desafiante, con las manos en las caderas y la barbilla levantada, instándolo a responder. Francisco dejó que sus ojos vagaran por la silueta de la señorita O'Connor, midiendo sus redondeces con calculada precisión. Si Elizabeth se sintió molesta con el escrutinio, no quiso demostrarlo.

—La encuentro... interesante.

—¿Como un artrópodo, señor Santos?

La había irritado con su comentario. Francisco descubría un extraño placer en causarle enojo. Él era un hombre que siempre había sabido embaucar a las mujeres, sin esforzarse demasiado. Sin embargo, intuía que con la maestrita no le resultarían sus ardides. Había en la señorita O'Connor un temple que resistía el embate de las zalamerías masculinas. Lo había comprobado en el modo con que ella se dirigió al señor Morris aquella vez, después de su caída del caballo, y pudo entreverlo incluso en la descripción que hizo Julián de su visita a El Duraznillo. Elizabeth O'Connor ocultaba su feminidad tras su papel de maestra, aunque no era fácil lograrlo con tales atributos. Las cintas de su blusa se habían desatado, al igual que las trenzas con que había intentado mantener a raya su cabellera. Los antebrazos estaban desnudos, pues se había arremangado, sin duda para no ensuciarse, y él podía ver las venas azules que se dibujaban bajo su piel delicada. Llevaba las uñas cortas y prolijas. Esas manos no estaban habituadas a lavar y fregar y él lamentaba que la vida rústica hiciese estragos en ellas. ¿Cuántos padecimientos estaría soportando la señorita O'Connor desde que llegó? Se necesitaba todo un carácter para hacer frente a la crudeza de la vida en la llanura.

Los ojos de Francisco debieron brillar mientras pensaba esto, pues Elizabeth frunció el gesto y, como si recién entonces fuese consciente de su aspecto, comenzó a desenrollar las mangas de su blusa y a acomodar los ricitos que enmarcaban su cara.

—Como una mariposa.

—¿Qué?

—Ya sé cómo la veo, señorita O'Connor. Como una mariposa que no quiere salir de su crisálida. ¿Conoce eso?

—Oh, sí —repuso confundida Elizabeth—. Sé que la oruga teje una... —se detuvo, desconfiada—. ¿Qué me está queriendo decir?

—Nada malo ni pecaminoso, se lo aseguro. Sólo que tal vez sea hora de que la oruga deje paso a la bella mariposa, ¿no cree?

—Yo... no le entiendo, señor.

—Creo que sí.

—Se equivoca.

—Mmm...

Francisco se fue aproximando hacia donde Elizabeth permanecía rígida, con las manos detenidas en la nuca, intentando enrollar de nuevo las trenzas. En esa postura, sus senos se destacaban empujando la tela y marcando la cintura. Francisco podía apreciar un triángulo de piel rosada con suaves pecas. Imaginó sus labios apoyados en ese rincón, absorbiendo la calidez, aspirando el aroma siempre fresco de la señorita O'Connor, que le recordaba a algo silvestre.

—¿Qué perfume usa usted?

—¿Cómo dice?

—No me haga repetir todo lo que digo. ¿A qué huele, señorita?

—Señor Santos...

—¿Muguet?

Francisco seguía aproximándose, obligando a Elizabeth a retroceder, hasta que sus caderas chocaron con el borde de la mesa. Al no encontrar dónde refugiarse, la joven permaneció quieta, viendo cómo aquel hombre avanzaba, hipnotizándola con sus ojos de extraño fulgor. Su color ámbar relucía bajo los párpados, como si los pliegues tuviesen la función de impedir que los ojos de Santos quemasen al mirar. Elizabeth comenzó a encogerse para eludir la amenaza que se cernía sobre ella. De pronto, las manos de Francisco la sujetaron por los hombros, impidiéndole esquivarlo, y el rostro del hombre se acercó al suyo.

—¿Jazmines?

—Eh... uso una loción de lilas, señor.

—¡Lilas, eso es! Sabía que me recordaba algo.

Francisco hundió la cara en el cuello de la maestra, aspirando con deleite. Paralizada por la sorpresa, Elizabeth no atinó a hacer nada, quedando a merced de los apetitos del señor Santos, que la olía como si fuese un animal salvaje. Un puma. Eso era lo que le sugería la mirada del hombre: los ojos ambarinos de un puma. Un peligroso felino que le acariciaba la piel con su nariz, soplando sobre su cuello, causándole un secreto placer que no se sabía capaz de sentir. Elizabeth abrió la boca para decir algo que lo alejara de su cuello y las palabras se le atascaron cuando vio la intensidad con que la miraba.

La sacristía permanecía fresca y oscura, salvo por la luz que se filtraba por las aberturas, formando franjas de sol en el piso. El resplandor envolvía al señor Santos desde atrás, coronándolo con un halo dorado que lo volvía irreal ante Elizabeth. Sintió la cálida respiración sobre su cara, el aroma de pinos que lo identificaba y comprobó con horror que no podría evitar que la besara, pues ya estaba inclinando su cabeza hacia ella, oscureciéndolo todo, impidiéndole ver más allá de su rostro temerario.

—¡Misely! Ya terminamos.

La vocecita chillona de Marina los separó como una cuchillada. Francisco la soltó con tal rapidez que Elizabeth se tambaleó y tuvo que sujetarse del borde de la mesa. Ambos respiraban con dificultad, aunque él se repuso enseguida y, con el aire arrogante de siempre, como si nada hubiese sucedido le volvió la espalda y desapareció del salón, dejándola agitada y temblorosa, desconcertada y furiosa, tanto que ni advirtió que Marina tiraba de su falda para llamarle la atención.

—Misely...

—¿Sí, querida?

—El "siñor" malo se volvió bueno, ¿verdad? Curó a Mario.

Elizabeth miró a la niña con ternura.

—Sí, Marina, el señor Santos curó a tu hermanito y nos está ayudando con la escuela. No es tan malo como creíamos. Sabes —agregó, agachándose junto a la niña—, las personas pueden hacer cosas malas y también cosas buenas, cuando tienen la oportunidad.

La pequeña, que todavía conservaba en la mano una cuchara con el dulce de quinotos que el Padre Miguel les había repartido, la contempló muy seria, absorbiendo todo lo que la maestra decía. Elizabeth le limpió la boca con el bajo de su falda y le besó la nariz.

—Vamos, señorita. Debemos guardar todo antes de que Eusebio llegue a buscarnos.

Y volvió a sus quehaceres de la mano de Marina, mientras pensaba que quizá el señor Santos no fuese malo del todo, pero sí peligroso.

Francisco recorrió a zancadas la distancia que separaba la capilla del árbol donde había atado a Gitano. ¿Qué le estaba sucediendo? ¿Qué pensaba conseguir seduciendo a la señorita O'Connor? ¿Acaso esos ataques estaban acabando ya con su cordura? No entendía por qué se había encaprichado con esa mujercita que no podía sino traerle problemas. Él no estaba en condiciones de entablar una relación, menos con una señorita decente. A lo sumo, podría revolcarse con alguna pulpera amistosa en Santa Elena. Mejor haría en seguir ese camino en lugar de acechar a la maestra norteamericana. Se llevó la mano a la frente, temiendo que se manifestase el primer síntoma del ataque, y comprobó extrañado que no sentía nada raro. La brisa marina le acarició el rostro, haciéndolo sentir más vivo que nunca.

A Elizabeth, en cambio, el interludio con el señor Santos la había alterado de tal manera que apenas habló durante la cena y, aunque no quería despertar inquietud en Lucía que desde la visita a El Duraznillo parecía más una escolta armada que una dama de compañía, no pudo evitar dar vueltas y vueltas, enredando las sábanas, sin poder conciliar el sueño. Cada vez que cerraba los ojos, la imagen de Santos ocupaba su mente y hasta sentía un cosquilleo en los labios, como si acabaran de ser besados por el impertinente hombre de la laguna.

Eliseo contempló maravillado la estampa del caballo que el sujeto desconocido había dejado a su cuidado. Debía ser un forastero, pues a pesar de vestir como gaucho, sus modales y su lengua lo delataban. Quizá fuera un gringo de los que estaban poblando la pampa por esos días. Eliseo palpaba los belfos del animal, percibiendo la fuerza bruta que latía bajo su respiración. Ah, si él tuviese una monta como ésa… Ya mismo estaría viviendo en las Salinas Grandes, donde se rumoreaba que Calfucurá estaba preparando un nuevo ataque. El Señor del Desierto lo recibiría gustoso y lo tomarían por un capitanejo. Ya se veía empuñando la lanza y boleando milicos. Él jamás rogaría por su vida, haría honor a su estirpe y regaría la pampa con sangre *huinca*, como lo venían haciendo las tribus desde hacía un tiempo. Calfucurá siempre decía: "No abandonar Carhué al *huinca*", porque ése era el paso obligado hacia el centro de la Confederación, el corazón de la resistencia indígena. Eliseo sabía todo eso, ya que había hecho sus escapadas días atrás, cuando su padre creía que asistía a la escuela. Le daba algo de pena por la gringuita, pero la lucha era más importante que cuanto pudiera enseñarle la maestra. Después de todo, Misely era una "de ellos", la mandaba el gobierno para enseñarles cosas de blancos. Sequoya relinchó y Eliseo le frotó la nariz.

Con ese pingo, ni las ánimas lo alcanzarían.

CAPÍTULO 13

A la mañana siguiente, Elizabeth se preparó para encarar la tarea de visitar a los padres de los alumnos reticentes. El primero sería el de Eliseo. Pudo sonsacarle a Zoraida la ubicación de la toldería del Calacha y se dispuso a partir en el carro de Eusebio, que murmuraba más de la cuenta. Por un milagro, esa vez la negra Lucía estaba de acuerdo con el hombre. Inmune a tanta oposición, Elizabeth se ajustó la capotita azul y empuñó la sombrilla con la misma determinación que si se tratase de un sable de guerra. Incluso su forma de caminar remedaba la del soldado que parte orgulloso a la batalla. Atrás quedaba la angustiada Zoraida, temerosa de haber causado revuelo, pues su hombre la miró de soslayo al dirigirse a uncir los bueyes.

—Ay, señorita —gimió la mujer—. Diga que yo la previne de no ir, que mi Eusebio me va a matar.

—¡Qué ocurrencia! Claro que no es así. Soy yo la que decidió conocer a las familias de mis alumnos. Es mi deber como maestra, sobre todo si los hijos no acuden a la escuela. Ya verá cómo de estas visitas sale algo bueno.

Ni las quejas de Zoraida, ni los rezongos de Lucía, ni las murmuraciones de Eusebio convencieron a Elizabeth de quedarse esa mañana. Era domingo, no había clases, y presentía que era el momento ideal para conocer a las familias. Pasaría antes por la capilla del Padre Miguel y pediría a Dios que la asistiese en esa misión tan especial. Al partir, la carreta levantó una polvareda, como si la tierra se erizase ante el atrevimiento de la maestra gringa.

A pesar de saber que la escuela estaría vacía, Francisco decidió acudir, de todos modos. Había terminado una pequeña estantería y quería sorprender a la señorita O'Connor al día siguiente. Ató la construcción con unos tientos y la sujetó a su montura. Enfilaba hacia los pagos de la maestra, pensando dónde quedaría mejor aquel mueble, cuando el Padre Miguel le salió al cruce, haciendo señas desesperadas.

—¡Gracias a Dios! Usted es un enviado celestial en este día.

—¿Qué sucede, Padre?

—Miss O'Connor, que no cesa de crearse problemas. Y de creárselos a los demás, ya que estamos. Porque desde que esa mujer llegó a esta tierra, no hago más que preocuparme por ella.

Los aspavientos del cura alarmaron a Francisco, y su relato, aderezado con invocaciones a los todos los santos, acabó de darle una idea de lo que ocurría.

—Maldita sea… —murmuró, contrariado.

Tampoco él deseaba verse mezclado en esos asuntos, pero la sola imagen de la señorita O'Connor deambulando por el desierto en una carreta de bueyes, en compañía de dos ancianos, tratando de convencer a la gente rudimentaria de la necesidad de enviar a sus hijos a la escuela, le revolvía las tripas. Un latido en la sien lo alertó sobre la posibilidad de sufrir otro ataque ese día. Sin embargo, su voz interior acalló esos temores. Desmontó y desató la biblioteca, entregándosela al confundido cura.

—Tome, ponga esto donde mejor le parezca. Yo iré tras la maestra. ¿Hacia dónde fueron?

—A los toldos de la tribu mansa, por ahora. Pero nunca se sabe.

—¿Qué tribu es esa?

—La de Catriel, el cacique amigo. Dice que allí vive el padre de uno de los muchachos. Usted sabe cómo es esa gente, cualquier cosa puede disgustarlos, y los indios amigos se han dado vuelta más de una vez.

Las palabras terminaron de convencerlo de la seriedad de la situación. Reflexionó un momento y decidió que no tenía tiempo de solicitar refuerzos en El Duraznillo.

—¿Tiene usted un arma, Padre? —inquirió.

—¡Hijo! —se escandalizó el sacerdote.

Francisco se impacientó.

—Para defenderse, Padre. No me diga que vive aquí sin una escopeta.

Algo ruborizado, el Padre Miguel entró en la parroquia y salió con una carabina larga que alcanzó a Francisco entre protestas. No había nadie en la pampa que no tuviese el arma pronta para ser disparada. Y si bien el sacerdote rogaba no tener que usarla, sabía que, llegado el caso, se vería obligado a hacerlo sin que le temblara el dedo.

Francisco verificó la carga y cruzó la escopeta sobre la montura. Ya veía de qué modo se acercaba a la toldería sin despertar suspicacias. Se despidió del azorado cura y partió al galope rumbo a la región del Azul, en cuya cercanía se desparramaba la tribu de Catriel.

Catriel y su gente habitaban el fondo del desierto hasta que hicieron las paces con el gobierno de Buenos Aires. A partir de entonces, se hallaban instalados a algunas leguas del Azul, comprometiéndose a no molestar a los cristianos. Recibían a cambio una suerte de subvención anual del Estado argentino en dinero, vacas, yeguas, tabaco, yerba y ropas. Se sabía que el gobierno había nombrado "General" al cacique y que sus subalternos habían recibido diversos grados militares, de acuerdo con su jerarquía. Algunos desconfiaban de la mansedumbre del fiero guerrero, argumentando que el instinto salvaje se mantenía latente bajo las charreteras de milico que el indio ostentaba orgulloso, pero el Estado trataba de avanzar sobre el desierto pactando con las distintas tribus, como una forma de aumentar la ofensiva contra el indio rebelde.

Francisco dirigió a Gitano hacia el interior, donde la "paja brava" reemplazaba a los médanos. El Padre Miguel le había asegurado que la carreta de Eusebio había partido hacía dos horas, lo que lo colocaba en desventaja pues, aunque los bueyes fueran lerdos, el puestero conocía de memoria los bañados del camino, mientras que él era nuevo en la región. ¡Lindo domingo pasaría! El Padre llevaba razón. ¡Qué manera de alborotarlo todo tenía la maestra!

A medida que la carreta avanzaba, se adivinaba la existencia del asentamiento por pequeños indicios: vacas pastando, jaurías aullando o cazando y, por fin, una partida de tres hombres que se acercaron al galope, deteniéndose a pocos metros, en actitud desafiante. Eran los vigías de la toldería, armados con lanzas, enviados para examinar a los que llegaban.

"Pensarán que venimos a traerles provisiones", pensó Elizabeth con cierta inquietud. Ya Lucía la había puesto al tanto de los tratos de aquella gente con el gobierno de Buenos Aires. La joven entendía la situación con claridad, puesto que no difería tanto de la vivida en su país con los nativos. Sin ir más lejos, los cherokee llevaban largo tiempo pactando con los gobiernos de la Unión.

—Dígales que venimos a ver al Calacha, Eusebio.

El puestero gruñó algo entre dientes y detuvo a los bueyes. Uno de los indios se acercó y contempló con interés a la joven que viajaba en la desvencijada carreta. No había otra cosa en ella que una negra vieja, no se veían paquetes ni bolsas.

—¿Tabaco? —dijo.

Eusebio sacó un cigarro de su bolsillo y se lo alcanzó al indio, que sonrió e hizo señales a los otros dos. Ellos se aproximaron, esperando el mismo agasajo, pero Eusebio no tenía cigarros de repuesto. El puestero se giró hacia las mujeres.

—Miren, señoras. Estos indios siempre quieren regalos, no les basta lo que reciben del gobierno. ¿Trae alguna de ustedes algo que pueda gustarles?

Elizabeth y Lucía se miraron, consternadas. ¿Qué podían tener ellas de interés para aquellos salvajes?

Los indios se acercaron más, deseosos de ver qué había adentro del carro, y Lucía dio un respingo ante sus cabezas crinudas. Uno de ellos le dirigió una sonrisa que a la mujer se le antojó lasciva, y por instinto empuñó el abanico que siempre la acompañaba como si fuese una maza.

—¡Eh! —exclamó Eusebio—. Baje el talero, doña, que esta gente se encrespa por nada. Ándese con cuidado.

Elizabeth tomó las riendas de la situación y abrió su bolsito, hurgando con rapidez en su interior. Sacó un pastillero de porcelana con forma de corazón y lo tendió hacia el joven guerrero que aguardaba junto a la carreta. El hombre contempló el objeto y luego miró con veneración a la dama que se lo ofrecía. Como no se atrevía a tomarlo, Elizabeth señaló su propio pecho, diciendo:

—Es mío. Se lo regalo para su esposa. ¿Tiene esposa?

El joven seguía mirándola, y el que había obtenido el cigarro empezó a reír a carcajadas.

—Esposa *huinca*, sí. Quiere una, sí.

La negra Lucía se espantó al ver el rumbo que tomaba la conversación y golpeó frenética a Eusebio con su abanico.

—Vamos, hombre, apúrese y llévenos a la casa de ese tal Calacha, que aquí no tenemos nada que hacer.

—No va a ser tan fácil, Ña Lucía —protestó el hombre—. Estos tres son la avanzada de la tribu. Son los que nos darán el pase para entrar.

—Pues dígales a qué hemos venido, que la señorita es la maestra y le urge hablar con el jefe.

Eusebio se dio vuelta y contempló el rostro de Lucía con aire sagaz.

—¿De veras quiere hablar con el cacique?

—Pues claro. ¿Por qué no?

Eusebio se encogió de hombros con indiferencia.

—Allá usted —fue todo lo que dijo.

—Un momento, Eusebio —intervino Elizabeth—. ¿Qué ocurre? ¿Por qué no podemos hablar con el jefe de la tribu? ¿No es amigo del gobierno, acaso?

—Pues sí, señorita, pero no se habla así como así con un gran jefe. Hay todo un ceremonial. Si pide por Catriel, habrá que esperar varias horas, entre que la recibe, le convida mate y comida, reúne a su gente, le muestra su rancho, todo eso... Y por ahí, hasta se le da por empinar el codo, y yo no lo recomiendo. Es mejor que vaya directamente a ver al Calacha, que es mi compadre. Tal vez estos hombres sepan cómo, si se les dan regalos suficientes.

—¿Y por qué no nos dijo usted que debíamos traer sobornos para esta gente? —replicó furiosa Lucía.

Los indios miraban con malos ojos a la negra, percibían que se sentía incómoda en la toldería. A medida que el parlamento se prolongaba, se acercaron mujeres harapientas, con chicos colgando de sus ropas. Llevaban el cabello trenzado y grandes aros de plata o broches prendidos en una especie de poncho de cuero que las cubría. La mayoría observaba con desconfianza a los viajeros, y al fin optaron por reír con estrépito.

—*Marí-marí* —saludó una de ellas.

Al oírla, los tres vigías se hicieron a un lado, permitiendo el paso de la carreta, no sin antes arrebatar de manos de Elizabeth el pastillero, que uno de los guerreros conservó en su palma, embelesado.

—Ahí fue un recuerdo de familia —protestó Lucía, indignada.

—No importa, Lucía. Si sirve para entablar buena relación, está bien empleado.

—¡Ja! —fue todo lo que dijo la negra, abanicándose con furia.

El asentamiento era sólo un conjunto de ranchos diseminados, con gran movimiento alrededor. Por primera vez, Elizabeth pudo apreciar cómo vivían los "pampas".

Los hombres eran altos en su mayoría, aunque había algunos más bien obesos y de rostro redondo. El pelo negro y lacio les caía sobre los hombros. Tanto hombres como mujeres lucían dientes muy blancos, y sonreían a los recién llegados a medida que pasaban. Era evidente que, superado el control, consideraban que no tenían nada que temer. Elizabeth sonreía también, pues su interés era congraciarse con ellos, para bien de su escuela y de los niños. Buscaba a alguno que le recordase el porte de Eliseo, a fin de abreviar lo más posible la estadía. Pudo observar que, si bien la mayoría lucía una vincha que le sujetaba el pelo sobre la frente, otros llevaban una especie de chambergo o bien el quepis militar. Algunos usaban botas de potro. En verdad, las ropas eran las típicas del hombre de campo, aunque combinadas de maneras extrañas. También, como el gaucho, portaban sus boleadoras y cuchillos. Lucía le propinó un codazo para que advirtiera que hasta los niños practicaban boleando gallinas. Elizabeth hizo un rápido cálculo de cuántos de esos niños que corrían descalzos estaban en edad de asistir a su escuela. La casa parroquial le quedaría chica, pensó con tristeza. Notó que las criaturas alborotaban y nadie se preocupaba por sus travesuras. Una indiecita que le recordó a Marina se acercó a la carreta y con audacia trepó a la rueda. La madre de la niña, una india esbelta, se acercó dispuesta a impedir que algo le sucediese a su hija. Hubo un momento de tensión y algunos rostros se crisparon, tal vez desconfiando de la reacción de las forasteras. Elizabeth comprendió en un instante la situación, se quitó la capotita y la colocó sobre la cabeza trenzada de la pequeña. Se escuchó un murmullo de admiración. Las demás mujeres corrieron a ver el sombrerito y lo tocaron, extasiadas. Elizabeth no quiso escuchar los rezongos de Lucía, que ya contaba otra prenda perdida en esa visita. La chiquilla miraba a la joven con ojos vivaces.

—Es tuya —le dijo Elizabeth, atando las cintas bajo la barbilla de la niña.

La madre la miró con expresión amigable. Elizabeth no advertía que, mientras las mujeres la rodeaban, tal vez esperando algún otro regalo, los hombres admiraban sus cabellos enrulados. Jamás habían visto una cabellera de fuego como aquella. Sin la restricción de la capota, los rizos de Elizabeth se derramaban sobre su espalda, relumbrando al sol de la mañana. El color rosado de su vestido la hacía parecer una fruta deliciosa a la que más de uno hubiese deseado dar un tarascón. Uno de los hombres se aproximó más de la cuenta y tocó un bucle, enredándolo en su dedo. Lo acercó a su nariz y lo olió ruidosamente, provocando hilaridad en los demás. Elizabeth sintió un pequeño tirón y se asustó, pensando que alguno podría haber malinterpretado su gesto al quitarse la capota. Al instante, una de las mujeres palmeó la mano que atrapaba su rizo y todo quedó en risas.

De pronto, todos se hicieron a un lado y apareció un hombre que, por su aspecto, no parecía pampa, aunque vestía como ellos. Era de tez blanca, cabellos entrecanos y barba, detalle que Elizabeth nunca había observado en ningún indio. El hombre se inclinó con ceremonia y les habló en perfecto castellano.

—Bienvenidos a la humilde casa de Catriel. El General espera que lo visiten en su rancho.

Eusebio se tragó su malhumor. Bien podría haber exclamado, como lo hacía a menudo ante su esposa, "te lo dije", frente a la negra Lucía. Ahora sí que estaban fritos. El protocolo del cacique no tendría fin y permanecerían ahí por varias horas, si no días.

Cipriano Catriel, tercer hijo del cacique Juan Catriel, aguardaba a los visitantes en la puerta de su toldo, que no era más grande que los de los capitanejos y demás indios. Sólo un pasillo formado por una enramada, en la parte delantera, evidenciaba que ése era el toldo de un cacique. Allí ardía una fogata. La figura del pampa se alzaba detrás, recibiendo el fulgor de las llamas en plena cara. Elizabeth apreció el porte arrogante del hombre, orgulloso de lucir su casaca militar.

Los catrileros habían demostrado en varias ocasiones su fidelidad al gobierno, y eso les valió gratificaciones y raciones de parte del ejército, aunque Cipriano Catriel, menos perspicaz que su padre, no estaba a la altura de las intrigas militares y la imprevista llegada de un carro lo desconcertó. Elizabeth y sus acompañantes llegaban, sin saberlo, en medio de una difícil situación: el coronel D'Elía, nuevo comandante del Azul, acababa de tener una reunión con "el cacique superior de todos los pampas" para tratar el tema de la seguridad en la frontera, y lo había convocado para otra donde pretendía, además, reunir a Calfuquir, Chipitruz y Manuel Grande. Catriel interpretó la llegada de la carreta como un anuncio de noticias sobre esa reunión y por ello estaba ansioso de recibir a los mensajeros. Al ver que se trataba de un viejo boyero acompañado de una negra fea y una hermosa joven dudó sobre la conveniencia de recibirlos, pero la proverbial hospitalidad del indio se impuso y decidió agasajar a los recién llegados.

Elizabeth no las tenía todas consigo. Una cosa era tratar a los niños de la escuela, o a sus padres, y otra muy distinta trabar relación con un poderoso señor del desierto que, en ese momento, se alzaba ante ella con la estampa de un guerrero. Sintió un escalofrío en su espalda y lamentó haber sido tan impulsiva. Ya el cacique le ofrecía asiento junto a él, mientras indicaba a su lenguaraz que procediera.

—Dice el Señor de la Pampa que ustedes vienen por cuenta del gobierno.

Era una afirmación, no una pregunta, y Elizabeth indujo a mayor confusión al no poder desmentirla del todo.

—En cierta forma sí, yo vengo por cuenta del gobierno. Soy la maestra de la laguna. El señor Eusebio Miranda me acompaña para hablar con el padre de uno de mis alumnos. No quisiera interrumpir los trabajos del señor Catriel. Mi única misión es ubicar al Calacha —Elizabeth temió que "Calacha" fuese un nombre despectivo y no el auténtico del padre de Eliseo, pero la expresión de Catriel se mantuvo inmutable mientras el hombre más viejo traducía el parlamento. Al terminar, sus ojos agudos recorrieron la figura de la joven, como evaluando si estaba a la altura de su misión.

—Dice el Señor de la Pampa que la laguna se encuentra lejos de aquí.

Ante observación tan obvia, la maestra no supo qué decir. A Eusebio y a Lucía se les había secado la lengua, al parecer.

—Dice el Cacique Mayor que dónde supo cómo ubicar Los Toldos.

El sesgo de desconfianza de las preguntas era evidente y Elizabeth entendió que debía sacar a relucir su ingenio para quitarle dureza a la situación. Le preocupaba no contar con regalos suficientes para endulzar los fieros semblantes que veía a su alrededor.

—El Gran Cacique es demasiado famoso como para que no se conozca dónde vive —repuso—. Su fama llega hasta los confines de la playa.

Eusebio y Lucía la miraron estupefactos. ¿Dónde había aprendido la maestrita el arte de parlamentar?

El rostro de Catriel evidenció satisfacción al escuchar esas palabras y se relajó al punto de pedir a las indias que lo rodeaban que trajesen bebida para todos. ¡Eran apenas las once de la mañana y ya iban a embriagarse!, pensó asustada Elizabeth. Venció su repugnancia cuando llevó a los labios el líquido que, por deferencia a su condición de mujer, le sirvieron en un vaso, en vez de ofrecérselo del pico de la damajuana. A Lucía casi le da un soponcio con el primer trago, aunque Eusebio se veía relajado, sobre todo cuando Catriel completó el agasajo con un cigarro del que fumó primero un poco. Las damas no tuvieron que pasar por esa prueba, si bien aguantaron con estoicismo la rueda del mate. Elizabeth sentía que las tripas se revolucionaban al mezclar tales mejunjes.

Al cabo de un rato, Catriel se levantó y descorrió la cortina de pellejo que tapaba la entrada a su rancho. El toldo era tan amplio que cabían hasta dos familias numerosas. El suelo estaba cubierto por cueros diseminados por doquier, a manera de alfombras. No había más muebles que unos catres, dos o tres bancos de madera y algunos arreos, en apariencia de plata, colgados de los techos. A Elizabeth le impresionó la simplicidad del lugar.

La voz del lenguaraz se dejó oír de nuevo:

—Dice el Cacique Mayor que lamenta no poder recibirlos en su casa del Arroyo o en la del Azul, pero ha debido venir para aguardar el parlamento con el ejército.

¿Dos casas? Los viajeros se guardaron la sorpresa por temor a causar alguna ofensa. Los Toldos de Catriel eran, entonces, un asentamiento transitorio. Ninguno sabía bien para qué los había hecho entrar el cacique, aunque mantuvieron una discreta cortesía mientras Catriel abría la puerta trasera del rancho y les indicaba que se acercasen.

A través de un pellejo recogido a medias, vieron que en la parte de atrás había un patio de tierra donde habían levantado un corral en el que pastaban varios caballos, a cuál más hermoso. Un joven los estaba cuidando y se movía entre ellos con suavidad, tocándolos y susurrándoles cosas que Elizabeth no alcanzaba a oír. Allá en su país, los indios tenían fama de ser buenos domadores de caballos, con un sistema mucho más eficaz que el de los blancos, basado en la paciencia y el entendimiento entre el hombre y el animal. Muchas historias corrían acerca de esta manera peculiar de los nativos de amansar un caballo salvaje. Al parecer, los de las pampas argentinas poseían una cualidad semejante.

En forma repentina, Catriel se volvió hacia ella y dijo en perfecto castellano:

—La mujer *huinca* puede elegir el que quiera.

La cara de estupor de Elizabeth satisfizo al cacique, que sonrió con los ojos antes de prorrumpir en una carcajada. Todos miraron al lenguaraz que, algo incómodo, se encogió de hombros, diciendo:

—No se me permite decir que el Gran Cacique habla en cristiano tan bien como yo.

Catriel hacía señas al caballerizo para que apartase una yegua de pelaje rojizo. El joven la condujo fuera del corral, rumbo al patio trasero, y allí se detuvo, apaciguando al animal con largas pasadas de la mano hasta que la yegüita bajó la cabeza y ramoneó entre los pastos duros.

—Es suya —dijo Catriel con llaneza.

—Pero —comenzó asustada Elizabeth—. Yo no puedo...

—Acepte —se escuchó decir con firmeza detrás de ellos.

Todos giraron hacia la entrada, donde la figura de un hombre se dibujaba en las sombras. ¡Santos! ¿Cómo había sabido? A Elizabeth la asaltó una mezcla de confusión y de temor. Temía que la presencia de un hombre desconocido alimentase la fantasía del cacique de que alguien los había enviado para espiar. Sin embargo, Catriel no parecía sino intrigado. Caminó hacia donde la luz le permitió apreciar la fisonomía del recién llegado, y lo que vio no le produjo sospecha ni enojo, ya que se volvió de nuevo hacia la joven, repitiendo:

—Es suya.

Ante la insistencia, Elizabeth no pudo sino aceptar el inesperado regalo que se le ofrecía. El muchacho le colocó al animal sus arreos, que pendían de un gancho en el techo. Estaba claro que podía disponer de aquellas prendas, ya que se movía con total desparpajo frente a su jefe. Tal vez fuese un hijo de Catriel, pensó Elizabeth. En cuanto a Lucía, no salía de su estado de parálisis, tanto por ver el regalo que el indio le hacía a "Miselizabét" como por la presencia repentina de aquel hombre misterioso, que aparecía y desaparecía de sus vidas con tanta facilidad.

Salieron todos al patio para ver cómo la mujer *huinca* montaba. Elizabeth sentía los ojos de los presentes fijos en ella, sobre todo los de Santos. Montó con gracia pese a las enaguas, que se engancharon en los estribos de plata. Sabía cuánto significaban los caballos en aquella tierra y lo valiosos que eran para los indios, y éste llevaba el añadido de la montura, las bridas y el mandil, los estribos y los chapeados, una locura. Estaba a punto de negarse de nuevo cuando su mirada tropezó con una advertencia en los ojos de Santos. Ella percibió, además, una intención condenatoria. Se sintió de inmediato como una niña a la que descubren en una travesura. ¿Qué sucedía con ese hombre? ¿Por qué la había seguido? ¿Tendría tratos con Catriel? Sus preguntas quedaron sin respuesta porque el propio cacique alentó a todos a continuar los festejos con otra ronda de tragos. Parecía eufórico, tal vez porque las visitas no le habían traído noticias nefastas. El recién llegado tenía algo que le intrigaba. No era hombre de D'Elía, ni tampoco gringo. Jamás lo había visto y, sin embargo, le resultaba familiar.

Francisco se acercó a la amazona.

—Bájese. Y encuentre cualquier excusa para salir de aquí —le dijo sin preámbulos.

La muchacha comenzó a apearse, turbada, y como su vestimenta no era la adecuada para montar, al tratar de pasar la pierna por sobre el lomo del animal, la tela quedó atrapada entre la montura y el mandil. Elizabeth tiró con tanta brusquedad que el impulso la deslizó por el costado de la yegua, dejándola caer justo en los brazos de Santos, que seguía firme al pie de la monta. Algunos indios sonrieron al ver los apuros de la mujer *huinca*, y Elizabeth enrojeció hasta la raíz del cabello. El ceño de Francisco, tan cerca de su rostro, acabó por desmoralizarla del todo.

—Bájeme, señor Santos —murmuró, segura de que su posición sería indecorosa a los ojos de los demás.

—Creo que no lo haré, así me aseguro de que saldrá de aquí conmigo.

—No puedo, todavía no —se empecinó Elizabeth.

—¿Por qué no? —Santos no se cuidaba demasiado de que le oyeran.

—Debo ver al Calacha.

—¿Quién?

—Por favor, no llame tanto la atención. Es el padre de Eliseo. A eso venía, cuando al cacique se le antojó invitarnos.

—Sólo a una mojigata como usted se le ocurriría entrar en los dominios de un cacique y hacer una visita como si tal cosa —gruñó Francisco, cada vez más enojado—. ¿Cómo sabe que ese hombre está aquí?

—Lo sé. Y tengo que hablarle.

—Es muy tozuda, señorita O'Connor. ¿Lo sabía? Mal ejemplo para sus alumnos. Poca sensatez en esa cabecita pelirroja.

—¡No soy pelirroja! —exclamó de pronto Elizabeth, olvidando su discreción anterior.

Francisco la miró unos segundos, evaluando el aspecto que tenía la muchacha. Él conocía algunas debilidades y complejos femeninos a causa de su hermana menor, y adivinó que a la maestrita le disgustaba que su cabello se alborotase con lujuria, pues desmentía la imagen pulcra y modesta que ella quería transmitir. Sonrió, pensando que había encontrado un punto para hostigarla cuando quisiera. No era pelirroja, por cierto, su pelo tenía un matiz oscuro con reflejos cobrizos. Y sus ojos... Francisco se puso serio al ver que titilaban, humedecidos por unas lágrimas de impotencia que ella pugnaba por retener. Advirtió en ellos unos puntitos dorados, causantes de aquella mirada radiante. La maestra no era bella sino apetitosa, moldeada con las redondeces que gustan a un hombre.

Francisco sintió un latido desacompasado en la cabeza y se alarmó. Debían salir de allí cuanto antes. La tensión nerviosa que lo había acompañado todo el camino estaba a punto de traicionarlo. Se llevaría a la señorita O'Connor, a Eusebio y a Lucía y, cuando los viese encaminados, desaparecería él también. Un ataque se aproximaba, lo sabía. Bajó a Elizabeth y la tomó del brazo con rudeza.

—Escúcheme. No podemos quedarnos más tiempo. Si bien esta gente es amiga de los cristianos, cualquier mal paso en la conversación puede darlos vuelta, ¿me entiende? Fue insensato venir aquí. Tratemos de solucionar este enredo lo mejor posible. Debe aceptar la yegua —agregó, sin esperar respuesta—. Los indios se ofenden con facilidad. Ya veremos qué se hace con ella después. Que Eusebio la ate al carro, mientras yo trato de encauzar la despedida de Catriel.

—Oiga —comenzó Elizabeth, y Francisco la empujó hacia Lucía, confiando en que la negra, de puro miedo, estaría de su parte.

En efecto, Lucía se apresuró a organizar la partida.

—Vamos, mi niña, que por ahora están sobrios. No sabemos qué puede pasar más tarde. Jesús, María y José, hay historias que se cuentan de las orgías de esta gente... ¡horrorosas! —mientras hablaba, ella también empujaba a Elizabeth, con tanto ahínco que la hizo tropezar dos veces.

—Un momento, Lucía, no podemos irnos así.

—¿Por qué no? Deje que el señorito resuelva el protocolo de despedida, que sabrá hacerlo mejor que nosotras. Y que Eusebio, ya que estamos. El muy ladino no dijo nada, cualquiera diría que nos trajo a propósito.

—No puedo irme sin saber si aquí vive el Calacha.

—¡Por Dios, "Miselizabét"! Que no se da cuenta del peligro que corre en medio de estos salvajes, que a lo mejor están pensando en hacerla cautiva. ¡Virgen Santa, protégenos!

—Pero si Catriel es amigo...

—Amigo de quién, digo yo. Del que le conviene. Hoy de unos, mañana de otros.

—Eso mismo dijo Julián Zaldívar, pero de los cristianos.

—Ya ve, no se puede confiar en nadie. Vamos, mi niña, por lo que más quiera, apúrese. Que yo todavía quiero mover mis huesos un poco más, ver a mi patroncita y, si Dios me deja, comprarme un pedacito de tierra allá, de donde vino mi madre, para descansar cuando me lleven los ángeles.

La cháchara de Lucía iba empujando a Elizabeth hasta la carreta de Eusebio. El viejo ya estaba atando la yegua, tal como Santos le encomendó. En cuanto a éste, su conversación debía de ser convincente, pues Catriel lo miraba tranquilo, asintiendo cada vez que el lenguaraz le transmitía lo que decía. A Catriel le gustaba fingir que no entendía el castellano, era un rastro de orgullo que no podía negársele.

Antes de partir, en un momento de debilidad, Francisco le preguntó si sabía dónde vivía un hombre llamado el Calacha, al que la maestra necesitaba ver con urgencia. Catriel miró hacia un extremo del campamento y le indicó al viejo lenguaraz que acompañase a la mujer *huinca* hasta un toldo alejado de los otros. Fran se disponía a partir cuando Catriel lo detuvo:

—¿*Günv na-Kén*? —dijo.

Francisco alzó una ceja, extrañado. No conocía de la lengua pampa más que algunas palabras. Había mucha mezcla de idiomas en la manera de hablar de los indios de la llanura y a veces resultaba difícil distinguir el origen de los vocablos. No había oído jamás pronunciar aquél. Iba a aclarárselo cuando Catriel pareció perder de pronto todo interés en los invitados y, dándose vuelta, entró en su toldo con parsimonia. No volvió a salir hasta que el carro de Eusebio se alejó de allí, rumbo al oeste. Entonces reapareció en su puerta y murmuró:

—*Huinca* zonzo.

Llegaron al toldo del Calacha en medio de los lamentos de Lucía y la gritería de los chiquillos del campamento, que los siguieron durante todo el recorrido. La toldería de la familia de Eliseo se alzaba sobre un promontorio rocoso resguardado por una cerca de espinos. Esa gente parecía querer distinguirse del resto del asentamiento, pues conservaban la distancia y no vestían como los otros. El propio Calacha, inconfundible por su parecido con Eliseo, los aguardaba de pie en la puerta de su toldo, imponente con su quillango de piel de guanaco vuelto hacia adentro y pintado por afuera con dibujos rojos. Sobre su sombrero campeaba una pluma de ñandú también teñida de rojo. Alto y bien proporcionado, el padre de Eliseo se erguía como una estampa de dignidad en medio de aquellas viviendas pobres. "Un tehuelche de pura cepa", pensó Francisco, reconociendo en el hombre los rasgos distintivos de los pobladores del sur, los "gigantes" que describieron los cronistas españoles.

Un par de mujeres, casi tan altas como el Calacha, salieron a recibirlos. Ambas ostentaban capotes de piel semejantes al del hombre, sujetos por alfileres de plata y ceñidos por una faja de lana en la cintura. Sus cabellos no eran tan largos como los del Calacha, que los llevaba hasta la mitad de la espalda. A Elizabeth le pareció que aquellos indios estaban junto a los demás por necesidad o conveniencia, sin ser parte de ellos.

Eusebio detuvo los bueyes y se volvió hacia la maestra:

—Déjeme hablarle, señorita. El Calacha es mi compadre y cualquier cosa que le diga será atendida.

Elizabeth asintió, agotada por la jornada vivida, y el viejo se dirigió con familiaridad al hombre que aguardaba. Hubo un intercambio de saludos y gestos protocolares, tras lo cual Eusebio fue invitado a sentarse a la puerta del toldo, como habían hecho con Catriel. Las mujeres le ofrecieron bebida y también trozos de carne de un animal que se estaba asando en un espetón. A Elizabeth le rugió el estómago, pues era avanzado el mediodía y no tenía en su cuerpo más que el pan del desayuno. En un momento de la conversación, el Calacha miró fijo a la joven e hizo un gesto que ella interpretó como una invitación. Estaba a punto de descender también cuando Francisco la detuvo.

—Aguarde —dijo con sequedad—. Deje que Eusebio decida.

A Elizabeth le molestaba que ese hombre se tomase atribuciones. Si bien se preocupaba por ellos, la irritaba su tono dominante. ¿No podía ser cortés? Cualquiera habría dicho que estaba a punto de estallar de furia. Lo encaró, dispuesta a demostrarle que su malhumor no le hacía mella, cuando la visión del rostro de Santos la enmudeció. Lucía pálido y desencajado. Apretaba las riendas de su caballo con fuerza y la mandíbula también, dejando ver un músculo que palpitaba en su cara. Los ojos, entrecerrados, no podían ocultar la expresión de tormento. Elizabeth se llevó una mano al pecho, asustada.

—Señor Santos...

Francisco volvió los ojos hacia la voz, sin ver el rostro del que provenía. Las sienes le martilleaban al punto de ensordecerlo, no oía nada y estaba quedándose ciego. Ya la niebla oscurecía su visión. Podía ver más lejos, donde Eusebio y el Calacha hablaban, pero el carro, la maestra y Lucía habían desaparecido, eran borrones que se confundían con el paisaje. Comprobó con horror que el ataque estaba en su apogeo, nada podía salvarlo esa vez de la humillación. Pensó que si alcanzaba a espolear a Gitano quizá pudiese huir antes de quedar en evidencia por completo.

—¡Santos, espere! —gritó Elizabeth al ver partir raudo al jinete, dejando una nube de tierra tras de sí.

El grito alertó a los hombres que parlamentaban y a las mujeres. Todos se pusieron de pie y observaron atónitos cómo aquel hombre cabalgaba descontrolado hacia un bañado que, de modo traicionero, simulaba ser un prado de hierba inofensivo.

—¡Eh! —gritó, a su vez, Eusebio.

Gitano encontró el agua cuando ya era demasiado tarde. El envión de la carrera lo catapultó al bañado. Chapoteó enloquecido, hasta que el suelo cedió bajo sus patas y se hundió, junto con su jinete. Las gotas de agua reverberaron como pepitas de oro, mientras que la figura del caballo emergía, despojada de la silla y del hombre que lo montaba.

—¡Santos! —exclamó, horrorizada, Elizabeth.

—¡Válgame! —dijo Lucía, persignándose.

Si bien el bañado no era profundo, la caída había sido espectacular. Ese hombre podía haber perecido bajo el peso de su caballo. Eusebio y el Calacha corrieron hasta el lugar del accidente, seguidos por los niños de la toldería y una agitada Elizabeth, que casi se había arrojado de cabeza del carro para acudir en auxilio de Santos. Qué podía haberlo impulsado a zambullirse de ese modo, nadie lo sabía. Francisco se hallaba boca abajo, las manos crispadas sobre los hierbajos del agua pantanosa. Su mente estaba lúcida y comprendió que se abalanzarían sobre él para socorrerlo. No sentía dolor sino embotamiento, como si no pudiese gobernar sus miembros. Ciego y embarrado, percibió que unas manos fuertes lo arrastraban hacia la orilla. La luz solar penetraba en sus pupilas, hiriéndole, sin permitirle ver nada. Otras manos, más suaves, recorrieron su cara con rapidez, tanteando en busca de alguna herida.

—Señor Santos, ¿me oye?

La maestra. Buen Dios, no había podido evitar que lo viese. Un nuevo latido lo enfrentó al horror de vivir otro ataque a continuación, sin intervalo.

—Eusebio, vamos a llevarlo a casa, pronto. El Padre Miguel sabe curar algunas cosas.

Otra voz, hueca y extraña, objetó:

—Mi mujer tiene medicina tan buena como la del *huinca*.

Francisco se aterró al pensar que sería atendido por aquella gente rústica.

—Es cierto, señorita. Huenec es buena curandera. A mis hijos les salvó más de una vez las cabezas partidas.

No hubo oposición, al parecer, pues las manos fuertes volvieron a arrastrarlo. ¡Su caballo! ¿Cómo estaría Gitano? Quiso preguntar y no encontró la voz.

—Tranquilo, señor Santos. Vamos a llevarlo al rancho del Calacha. Parece que su esposa sabe curar. Sólo para ver si está usted herido.

La dulce señorita O'Connor caminaba a su lado, aunque no podía verla. Había dejado una mano apoyada sobre su pecho mientras él era conducido por el cacique tehuelche hacia el toldo. Reconoció el olor a humo y a carne asada, así como el de las hierbas colgadas adentro del rancho. Lo depositaron sobre uno de los cueros del piso. Una persona que hasta ese momento no reconocía se arrodilló a su lado y murmuró palabras alentadoras en una lengua que nunca había escuchado.

—*Shoyo*.

Sintió la frescura de una compresa en la frente y un cosquilleo bajo la nariz. La mujer que lo atendía debía de estar practicando medicina ancestral.

—¿*Waiguinsh*?

—*Shoyo* —repitió la voz femenina.

Aquel diálogo incomprensible generó un silencio extraño. Elizabeth estaba cerca, podía oler su fragancia de lilas y, sin duda, estaría sobre ascuas como él acerca del significado de las palabras. Eusebio, en cambio, se oyó conmocionado cuando indagó:

—¿*Shoyo*?

Incómodo al sentirse observado, Francisco se sacudió, intentando incorporarse.

—¡*Aulo m'on, yateshk*! —dijo la voz hueca de antes, y todos rieron, salvo Elizabeth.

—No se enoje, don Santos —explicó entonces Eusebio—. Esta gente quiere ayudarlo. La esposa de mi compadre dice que está usted enfermo y que debe curarse con un sanador indio. Sabemos que no es propio de un cristiano, pero… —y dejó en el aire la alternativa.

Francisco no respondió. Las palabras de Eusebio calaron hondo, porque bien sabía él que estaba enfermo, aunque no creía tener posibilidad de curarse, ni siquiera con un indio. Había rechazado la ayuda de Julián porque se sentía desahuciado. ¿Cómo decir todo esto estando ciego y delante de tanta gente? Guardó silencio un momento más, hasta que se oyó la voz de Elizabeth:

—¿El señor Santos se cayó del caballo porque está enfermo? ¿O se lastimó al caer? Eusebio, será mejor que acudamos al pueblo más cercano. No quisiera ofender a la señora, pero la medicina tribal no es confiable. Dígaselo lo más educadamente que pueda, por favor.

Hubo un murmullo a la derecha mientras se deliberaba sobre qué hacer con él. Al cabo de un rato, Eusebio dijo:

—Dice mi compadre que la enfermedad de este hombre no tiene nada que ver con la caída de hoy, que está mal desde hace tiempo y que no es para medicina de blancos, que es cosa del espíritu.

Francisco sintió que un frío recorría su columna. ¿Acaso se veían señales de locura en él? ¿Qué estaba viendo toda esa gente en su rostro? Volvió a sacudirse, pero esta vez fue Elizabeth la que lo contuvo.

—Cuidado, señor Santos, o va a quitarse la compresa que la esposa del Calacha puso en su cabeza. ¿Se siente mejor ya? ¿Quiere que lo llevemos al pueblo? —esto último lo susurró cerca de su oído, quizá porque tampoco confiaba en los dichos de los tehuelche.

Francisco alcanzó a negar y alzó una mano para tocarse allí donde todavía le latía. En el camino, rozó la mejilla de la señorita O'Connor y se detuvo, palpando la suavidad de la piel. Ella contuvo el aliento mientras Francisco seguía con las yemas la curva de la mandíbula, la línea del mentón y después sus labios temblorosos. Dejó que los dedos se detuvieran en la plenitud de los labios, dibujando su contorno. Sintió la respiración de la señorita O'Connor al pasar bajo su nariz, que él sabía cubierta de pecas. Dudó un instante antes de continuar hasta las cejas, que recorrió con la misma meticulosidad. De pronto, toda la cara de la maestra descansaba en la palma de su mano. Ella había apoyado allí la mejilla derecha.

—Señor Santos, no se preocupe, está en buena compañía. Apenas salgamos de aquí lo llevaré a El Duraznillo. Julián sabrá qué hacer, estoy segura.

La confianza de Elizabeth en su mejor amigo le taladró las sienes de nuevo. Retiró la mano con brusquedad y se incorporó sobre los codos. Había recuperado el habla, no la vista, aunque para eso faltaba poco, lo intuía.

—Vámonos —dijo, intentando no ser descortés—. Tengo que volver a mi casa.

Los demás parecían confusos. En el momento en que Francisco empezaba a distinguir las formas adentro del toldo, la voz hueca del Calacha dijo claro y fuerte:

—*Ikérnoshk*.

—Dice mi compadre que lo dejemos. Nada se puede hacer ahora, señorita.

—Pero Eusebio, este hombre está débil. Ha sufrido un fuerte golpe.

—Créame, señorita, que la gente de mi compadre es medio bruja. Si dicen que ya puede irse, es que puede irse. Ya verá este hombre si se cura o no más adelante. Por ahora, no hay nada que hacer.

—¿Y cómo se supone que lo llevaremos?

—En el carro —dijo con simpleza Eusebio, dando por sentado que Gitano no podría ser montado después de la caída.

Francisco seguía preocupado por su caballo y se lo hizo saber a Elizabeth en un murmullo.

—Está bien, lo está esperando ahí afuera, algo sucio pero entero. El único inconveniente es que perdió la silla en la rodada. Pero mire —agregó, sin darse cuenta de que Francisco todavía no veía—. Puede montar a mi nueva yegua.

Francisco hizo un gesto de horror y Eusebio se echó a reír.

—Un gaucho jamás monta una yegua, señorita, al menos no una de veras.

El hombre se sonrojó de inmediato aunque Elizabeth no había comprendido la doble intención en sus palabras. El Calacha, en cambio, rió con estrépito, mientras que el propio Francisco torcía su boca en una mueca. Eusebio se mostró contrito. Al menos, la bruja de Lucía no lo había escuchado.

Con ayuda de Eusebio, Francisco se puso en pie, aliviado al comprobar que la visión estaba volviendo con rapidez. Vio a Elizabeth despedirse de la mujer alta que lo había atendido y al cacique recoger algunos objetos para ofrecerles.

—*Nákel* —contestó Eusebio y cargó los regalos en el carro.

Antes de partir, el Calacha miró fijo a Francisco y, poniéndole los dedos sobre los párpados, dijo:

—*Imejh*.

Consternado, Eusebio contempló a Francisco con detenimiento, como si quisiese corroborar lo dicho, y sacudió la cabeza, al tiempo que azuzaba a los bueyes para partir rumbo al rancho, según lo convenido en secreto con la señorita Elizabeth.

Atrás quedaron los parientes de Eliseo, quietos como estatuas, observándolos partir sin un solo gesto en sus rostros atezados.

El viaje transcurrió a través de guadales y huellas, hasta que la planicie quedó atrapada entre la serranía y la cinta azul que brillaba a lo lejos. El resto del camino era tierra conocida, de modo que los bueyes se orientaban solos y los pasajeros pudieron relajarse, cada uno sumido en sus pensamientos. Lucía rumiaba lo que le diría a Eusebio ni bien plantase un pie en la casa, por haberlos puesto en ese peligro sin avisarles; Francisco pensaba en un modo amable de rechazar la invitación de los Miranda, ya que adivinaba que ése sería el final del viaje, y Eusebio mascaba su cigarro apagado, regalo del Calacha, mientras revolvía en su mente el significado de las últimas palabras de su compadre: "*imejh*". ¿Qué le pasaría al indio por la cabeza?

Al fin, cuando la luz de la tarde agonizaba, el grito del chajá saludó la llegada del carretón, al tiempo que el perro de los Miranda se sacudía las pulgas para ir al encuentro de su dueño.

"¡Por fin en casa!", pensó Elizabeth, sin advertir qué significativo era ese pensamiento para alguien venido de tan lejos y tan ajeno a la realidad de aquella tierra.

CAPÍTULO 14

El Fortín Centinela se destacaba como un peñasco en el desierto del Tandil. Al ocultarse el sol tras las serranías, los soldados formaron para el cambio de guardia. El capitán Pineda revisaba unos papeles al tiempo que sorbía el mate que le cebaba un milico joven. Se escuchaba el roce de las hojas junto con el rezongo de la bombilla. Los ojos del capitán se toparon con la manoseada carta de Calfucurá, que le había traído un chasqui hacía días.

"Tratemos de arreglarnos, pues los que murieron, murieron, y ahora vamos a hacer las paces para siempre", decía en un párrafo, y continuaba: "Sabrá usted que estoy esperando como cinco mil indios que había mandado venir y que, como tengo que hacerlos volver, para contentarlos le pido me mande tres carretas con géneros. No le parezca mal negocio, ya que es prenda de paz para con estos indios, que si no, no se van a contentar".

—Indio ladino y sucio —murmuró Pineda.

Sabía que eran artimañas que empleaba el Jefe Salinero para hacerse de bienes que las tribus codiciaban y, mientras hablaba de paz en la frontera y ensalzaba su buena voluntad, de paso les avisaba que tenía a su disposición cinco mil indios como fuerza de ataque. No sería la primera vez que, en medio de las tratativas de paz, se fraguaba una guerra solapada.

Se echó hacia atrás en la silla, suspirando. No era fácil lidiar con estas idas y venidas de los caciques. Releyó el otro papel, un pliego sucio que un enviado acababa de traerle matando caballo a través del desierto. Las cartas adquirían un sentido escalofriante si se las leía juntas:

Al señor Capitán del puesto de avanzada Centinela:
    Este Comando General se ha anoticiado de que se estaría agrupando una fuerza de importancia al mando de Calfucurá, a unos 150 kilómetros al sudeste de Carhué. Una avanzada india estaría ubicada a sólo 20 kilómetros del puesto de su defensa. Es un asentamiento del cacique Quiñihual, con lanzas, chusma y familiares que, por su posición estratégica, podría dar a conocer el movimiento de tropas a la indiada. También podría ser gente pacífica que acepte unirse a nuestro ejército, por lo que conviene no atacar de entrada.
    Tomando en cuenta todo esto, se dispone lo siguiente:
    1°: el señor Capitán transmitirá este mismo mensaje al Fortín que le sigue en la línea de frontera, valiéndose de un emisario de confianza.
    2°: el baqueano Laureano Pereyra que lleva esta esquela quedará a disposición del Capitán para conformar una partida de reconocimiento hasta el asentamiento de Quiñihual, que se llevará a cabo con total discreción. La idea es disuadir a Quiñihual y a otros caciques de unirse a Calfucurá y sus hombres. No escatime dádivas, que el Gobierno las apoyará.
    3°: logrado este objetivo, se hará firmar a los caciques y a sus capitanejos el tratado de paz cuyo pliego se acompaña, fijando las condiciones de costumbre.
    4°: se enviará a este Comando General un informe detallado de las acciones realizadas.
    Dada en Fuerte 25 de Mayo, el 30 de octubre de 1870, Álvaro Lagos, Coronel.

El grito de los teros rompió la quietud del atardecer. El capitán rechazó el mate con un gesto y salió a la puerta de la comandancia, desde donde se veía el patio de armas, con los soldados jugando a los naipes.
—¡Cabo!
—¡Ordene, mi capitán!
—Haga pasar al hombre.
El cabo, que de milico tenía sólo la casaca, corrió a llamar al recién llegado, todavía junto al portón de palos. Lo condujo hasta

la comandancia, donde Pineda le señaló un asiento y, con un ademán, indicó que le ofreciesen un mate.

—¿Un amargo?

—Gracias, señor.

El jinete saboreó la yerba al amparo de aquel recinto que olía a bosta de caballo y a tierra, mientras estudiaba al hombre que tenía enfrente. El capitán era de edad mediana como él, curtido por las luchas de frontera y parco en sus gestos. Unos segundos le bastaron para calarlo.

—*Baquiano* Laureano Pereyra, a sus órdenes, señor.

Pineda ya conocía esa información y entendía que la cosa era seria, si el emisario venía del Comando General de Fronteras.

—Con su permiso, señor —y el jinete apoyó sobre el escritorio su mochila, de la que extrajo un facón y un revólver de cañón largo.

Con ese gesto, se colocaba al servicio del capitán del fortín.

Si aquel emisario venía del lado del Azul, uno de los tantos fuertes que jalonaban la frontera con el indio, significaba que todo el ejército estaba en guardia. Ese hombre había llevado su mensaje de fuerte en fuerte.

El capitán Pineda meditó unos momentos con el pliego en la mano. Que no escatimara dádivas, decía. Le dio risa. ¡Si no tenían ni para ellos! La misión era harto peligrosa. Una partida de reconocimiento significaba ir "a la descubierta", aunque la toldería fuese amistosa. ¿No quedaba cerca de allí la estancia El Duraznillo? Su dueño, Armando Zaldívar, era hombre de confianza en el ejército. No le negaría a la tropa el abrigo de su casa, llegado el momento. Miró al baqueano que le había llevado la noticia. Habría que contar con él y, si era lenguaraz, tanto mejor. Suspiró, cansado de esa guerra sin fin. El tiempo diría, inexorable, de quién sería al fin la pampa y todo el territorio que se extendía más al sur, entre el mar y la cordillera. Mientras tanto, indios y blancos seguirían enfrentándose, ignorando ese destino hasta que la victoria de unos sobre los otros acabara con los malones y con las partidas. Pineda sabía que esa carta está jugada. ¿Cuánto faltaba, sin embargo?

CAPÍTULO 15

Zoraida se santiguaba cada dos por tres mientras preparaba un caldo de pollo para el visitante. El hombre había entrado casi a la fuerza, pero ella no estaba dispuesta a contrariar las buenas intenciones de la señorita maestra, siempre tan compasiva. Le explicaron en pocas palabras que se trataba de un vecino de la laguna, que su caballo lo había tirado y que, después de ser atendido de urgencia por la esposa del Calacha, lo enviaban para que se repusiese bajo los cuidados de las mujeres. En ese momento se hallaba tendido en el catre de Misely, con una manta sobre las piernas y dos cojines bajo la cabeza. Se lo veía hostil y ella hasta creyó oírlo gruñir.

—¿Ya está ese caldo, Zoraida?

—Sí, señorita, espere, que agrego unas galletas.

—No sé si el señor estará en condiciones de masticar tanto, Zoraida —dudó Elizabeth que ya sabía lo duras que eran esas galletas de campo.

No había manera de resistirse al empuje de la señorita O'Connor cuando quería algo. Francisco intentó mostrarse hosco, hasta brutal, y ella no se arredró. Elizabeth se sentía culpable de haberlo llevado hasta la toldería con su inconsciencia y quería cerciorarse de que se repondría de tan duro golpe. La había conmovido la visión de Santos luchando contra un dolor desconocido y terrible.

—A ver, enderécese un poco, así, ya está. Se tomará su caldo y se sentirá mejor.

—Me sentiré mucho mejor cuando salga de aquí, señorita O'Connor. Y no me trate como a un inválido.

—Nadie lo trata de ese modo. No negará que sufrió una conmoción allá en el campo, todos vimos cómo se sumergió bajo el peso del caballo. Deje que las personas que lo aprecian se ocupen de usted.

Francisco la miró.

—¿Usted se interesa por mí, señorita O'Connor? ¿Por un "ermitaño" de la laguna?

Elizabeth sintió calor en las mejillas al escuchar el epíteto.

—Me intereso por toda alma que sufre, señor. ¿Es tan difícil de creer eso?

—Quiere decir que si fuese una comadreja o una mula, también me cuidaría.

Elizabeth puso gesto de enojo ante el sarcasmo.

—Pensándolo bien, es como cuidar a una mula, señor. Con una desventaja: que habla. Y dice las cosas más hirientes a propósito.

Después, sin dar lugar a que Francisco replicara, le embutió una cucharada de caldo en la boca que casi lo ahoga. A pesar suyo, él debió reconocer que estaba rico y le sentaba bien.

La llegada de la noche planteó la necesidad de distribuir los lugares para dormir. Elizabeth se puso firme y no permitió que Zoraida y Eusebio cedieran su dormitorio, de modo que improvisaron una cama de campaña con mantas y el mandil de Gitano, después de secarlo junto al fuego.

Lucía estaba muda de la indignación. Su conciencia de chaperona la punzaba. ¿Qué diría la señorita Aurelia si supiese? ¿Qué clase de matrona sería ella si lo permitiese? No pudo más y fingió sofocarse para salir y llamar la atención de la joven. No quería encararla ante los demás.

Su plan surtió efecto, pues Elizabeth se asomó al patio trasero.

—¿Lucía?

—Aquí estoy.

—¿Pasa algo?

La negra continuó abanicándose con fiereza.

—Lucía, me preocupas. ¿Acaso te sientes mal?

—¡Y cómo he de sentirme, si ese hombre duerme a nuestro lado! Mire, mi niña, yo no seré ninguna luminaria, pero ese que está ahí sabe muy bien que esto no es correcto. No sé qué se usará en su país, en esta tierra una señorita de buena cuna no comparte el cuarto con un caballero que no conoce, no señor.

Elizabeth se irguió en su poca estatura y rodeó a Lucía para enfrentarla.

—Lucía, me avergüenza escuchar eso. ¿Qué corazón cristiano le negaría la ayuda a un pobre hombre desvalido?

—¿Desvalido? —estalló la mujer—. Ése está mejor que yo y que usted juntas. No se deje engañar, "Miselizabét", acuérdese de los "gavilanes".

—No entiendo nada de gavilanes, pero si veo a una persona necesitada, no le daré la espalda. Lo he aprendido desde niña, y creo con firmeza en la compasión.

—Pero mi niña, sea realista —rogó Lucía, con tono persuasivo—. ¿No le parece raro que semejante hombretón se encuentre tan tirado sólo por caerse del caballo? ¿Acaso los hombres de campo no sufren caídas de cuando en cuando? Yo digo que se finge enfermo para que usted lo cuide.

—Escucha, Lucía —dijo Elizabeth, en voz más baja—. Te lo cuento sólo a ti, y debes jurarme que guardarás el secreto.

Lucía se persignó, por las dudas. Elizabeth prosiguió, sin hacerle caso:

—El señor Santos no está así sólo por caerse de su caballo. Sospecho que, antes de eso, sufrió una especie de ataque.

—¿Un ataque? —preguntó, desconfiada, la negra.

—No sé qué sería, lo noté muy pálido y sus ojos tenían una expresión terrible, como si estuviese viendo algo horrendo. Le hablé y no me escuchó. Luego echó a correr y, al llegar al terreno cenagoso, su caballo perdió pie.

Elizabeth sintió un escalofrío al recordar la escena pasada. Lucía quedó pensativa. No creía del todo que la situación fuera tan dramática, si bien era cierto que un hombre de ese tamaño y fortaleza no se vería así reducido si no se sintiese muy mal. La negra reflexionó y, al cabo de unos instantes, dio con una solución.

—Déjeme a mí velarlo esta noche, niña. Ocupe mi catre por esta vez.

Elizabeth abrió la boca para protestar y Lucía la acalló con una voz enérgica.

—Es probable que yo me sobrepase, "Miselizabét", y ya tendrá ocasión de echármelo en cara delante de la señorita Aurelia si es así, pero por estas canas que tengo —y se tocó la cabeza para aseverarlo— le juro que, si ese caballero tiene buenas intenciones, encontrará muy apropiado que lo cuide una negra gorda y vieja como yo en lugar de una jovencita hermosa como usted. Póngalo a prueba, "Miselizabét", a ver qué le parece. Si es un gavilán como yo creo, lo aceptará con mala cara. Y si es un señor de esos que proponen matrimonio, será el primero en desear que yo me sacrifique esta noche.

La lógica de Lucía era inobjetable. Hasta en un lugar progresista donde las mujeres salían a trabajar y discutían de política, dormir en la misma habitación con un hombre era una mancha en la reputación de una dama.

—De acuerdo, Lucía, se lo diré para que no piense que estoy huyendo.

—Nada de eso. Se lo diré yo misma, como quien no quiere la cosa. ¡Faltaba más! Vaya armando su propia cama, que yo me encargo. Desde donde yo duermo, la cocina no se ve, así que nadie podrá verla tampoco a usted desde la cocina.

Muy oronda, Lucía emprendió el regreso a la casa. En cuanto a Francisco, no se le había escapado que las mujeres tramaban algo, de modo que la expresión socarrona de la negra cuando se dirigió a su catre no lo tomó por sorpresa. Larga noche le esperaba, acostado en la misma casa donde dormía la maestra, y custodiado por la guardia.

Al clarear del día, ya se hallaba montado y dispuesto a rumbear hacia su refugio. Zoraida le alcanzaba el "mate del estribo" mientras que Eusebio uncía los bueyes para llevar a la maestra a la escuelita.

Fran tenía un humor de los mil demonios. Había pasado la noche soportando los cuidados de la negra Lucía, que tanto le colocaba la compresa fría en la cabeza como le lanzaba una mirada de reojo que le decía a las claras "usted sabrá por vivo, yo sé más por vieja".

Lo único que deseaba era estar a solas en su santuario, lejos de todos y libre para retorcerse en su dolor. Devolvió el mate con el "gracias" de rigor y guió a Gitano hacia el este, después de agradecer la hospitalidad. Huía de la presencia de la maestra. A medio camino, divisó la silueta de Julián que cabalgaba hacia el rancho. Maldijo la intromisión de su amigo, si bien lo que en realidad le molestaba era que gozase de la confianza de la señorita O'Connor. Julián detuvo su caballo y lo saludó con semblante preocupado.

—¿Va todo bien?

—Por cierto. ¿Qué podía ir mal, aparte de padecer una enfermedad incurable y descubrir que soy bastardo? —ironizó Francisco.

Su malhumor crecía a medida que avanzaba la hora.

—Ya veo —fue todo lo que dijo Julián, y arrimó la cabalgadura para viajar a la par de su amigo.

—¿Adónde vas? —dijo Fran, alerta.

—A tu cabaña, por supuesto. O a la mía, como quieras verlo.

Francisco no respondió a la indirecta y galoparon en silencio. Al rato, Julián le advirtió:

—Mi padre te está esperando.

Francisco casi se detuvo al escuchar eso. Lo que más temía era que Julián hubiese sido indiscreto y Armando Zaldívar supiese de sus circunstancias.

—A pesar de tu desconfianza, te he sido fiel —le dijo Julián, adivinándole el pensamiento.

—Perdona, es que estoy algo "curado de espanto" en los últimos días. ¿Para qué quiere verme tu padre?

—Hay novedades de la frontera. Parece que se avecina un ataque de las tribus en conjunto. No se sabe cuándo ni desde dónde, y siempre es Carhué la zona de donde parten los malones. Padre fue convocado desde el Fortín Centinela para que se mantenga alerta y cobije a la tropa, si es necesario. Quería advertirte, porque pueden suceder cosas alrededor de tu refugio. Tal vez…

—¿Sí?

—Digo, tal vez sería mejor que pasaras una temporada en la estancia.

—Sabes que no puedo.

—No hay nadie más que los peones y mi padre, que pasa la mayor parte del tiempo en el Tandil. Vamos, Fran, me sentiré más seguro si estás con nosotros. No es broma lo de Calfucurá.

Francisco meditó mientras continuaban a medio galope, muy cerca ya de la playa.

—¿Cómo supiste dónde encontrarme? —dijo de pronto.

Julián sopesó lo que diría.

—Supe lo de tu "accidente" —recalcó la última palabra—. Elizabeth me mandó recado anoche.

"Elizabeth" la llamaba, maldición. Francisco sentía latir las sienes de nuevo y no creía poder soportar otro ataque en tan poco tiempo. Confiaba en Julián por completo, sabía con certeza que jamás lo traicionaría si él reconocía alguna atracción hacia la maestra. El problema era que no quería reconocerla y además, a los ojos de Elizabeth, era Julián el que salía ganando.

—Entonces sabes que no fue más que un golpe. La maestrita se empeñó en que me retuviesen toda la noche en ese rancho. Accedí para no ser descortés.

Julián guardó silencio. Fran ignoraba que lo había visto durante aquel ataque, en la playa. De nada valía perturbarlo con esa confesión, de modo que siguió hablando de otra cosa.

—¿Qué dices? ¿Te vienes a la estancia? No nos vendrían mal unas manos trabajadoras. Piénsalo.

Ya se veía la duna y la figura de Armando Zaldívar contemplando el mar. El hombre se volvió al escuchar los cascos.

—¡Fran, muchacho! —exclamó con auténtico afecto—. Hace mucho que no nos visitas.

Francisco abrazó al hombre que había representado tan importante papel en su infancia. Armando había sido el héroe que todo muchacho anhela imitar mientras crece. Rogelio Peña, en cambio, jamás le había inspirado admiración ni deseos de parecerse a él en el futuro.

—Te ves fuerte y buen mozo. ¿Qué pasa con las muchachas de hoy? ¿No pueden atraparte?

Julián no podía evitar que la conversación de su padre tomara rumbos dolorosos para Francisco, ya que nada sabía de las nuevas circunstancias, así que optó por aligerar el tono:

—Vamos, papá, sabes bien que Fran es un maestro en el arte de esquivar lances femeninos.

—Sí, claro que lo sé. Por eso digo que ya es hora de estarse quieto y dejar que le echen a uno el lazo. Y eso va para ti también, hijo. El matrimonio no es un jardín de flores, pero proporciona descanso al hombre, un lugar seguro al que puede volver cuando lo necesita. Me dice Julián que has venido para una especie de "retiro espiritual". ¿Es así?

—Podría decirse —contestó con parquedad Francisco.

—No me parece mal. Cada tanto el hombre debe aislarse, encontrarse a sí mismo para tomar decisiones. Que no se te vaya la mano, ¿eh? No queremos que te vuelvas ermitaño.

La mención del apelativo que Elizabeth le había puesto hizo que ambos amigos se miraran, un instante de comunión que pasó desapercibido para Zaldívar.

—Dios no lo quiera —bromeó Julián, para salir del paso—. Estaba tratando de convencer a Fran de venir a vivir con nosotros por estos días, hasta que pase la agitación en la frontera.

Zaldívar asintió.

—Estoy de acuerdo. Este sitio es desolado y podría ser buen refugio para la indiada. El capitán Pineda me dijo que no están seguros del rumbo que puede tomar el próximo ataque, si es que lo hay. Todas las precauciones son pocas, tratándose de Calfucurá. ¡Indio ladino! En el fondo creo que lo admiro, ha logrado algo que parece increíble: unir a las tribus enemigas y formar un frente capaz de burlar al ejército regular.

—Es que el ejército no es tan "regular" como debería, papá. Ahí está el problema.

—Tiempo al tiempo, hijo. Las levas están a la orden del día, aunque los aspirantes no están a la altura de lo que una nación necesita.

—¿Aspirantes? ¿Así los llaman? —dijo Julián con ironía—. Cautivos, les diría yo. ¿Cuántos de esos gauchos se convierten en desertores? Las tolderías están llenas de soldados tránsfugas escapados de las tropas, que sirven de baqueanos a los indios. Esos hombres les son muy útiles, conocen el terreno palmo a palmo y también las costumbres de los fortines, el estado de la caballada, la guarnición, las fuerzas de que disponen...

—Conozco el paño —terció Francisco—, y no los culpo. Los gauchos están a medio camino del blanco y del indio y, como viven a campo abierto, a veces se parecen más a éste.

—No se lo digas a ellos —retrucó Julián—. Podrían envainarte de un solo golpe.

—El caso es —prosiguió Armando Zaldívar— que si se avecina un ataque en masa como los que hubo años atrás habrá maloqueadas sueltas para aprovisionarse de armas y caballos. Eso es lo que temen en los fortines. Tu caballo —agregó, mirando a Gitano con ojo de conocedor— es un botín codiciado. Sería mejor ponerlo a resguardo.

Francisco se sintió acorralado. Reconocía la prudencia de los consejos, aunque no quería convivir con nadie. Sin embargo, no deseaba verse enfrentado a una horda de salvajes solo y armado apenas con un cuchillo y un revólver. Un malón pequeño, de los que solían anteceder a un ataque, constaba de un puñado de indios y el efecto era devastador. Los indios acostumbraban a avanzar de noche, de trecho en trecho, a fin de que su llegada pasara desapercibida, hasta acampar cerca del objetivo final. Desde allí se derramaban como un torrente por la línea de frontera, sembrando el terror. En Buenos Aires se tenía noticias con frecuencia de esos ataques.

—Siendo así —comenzó diciendo— me veré obligado a aceptar su hospitalidad por unos días.

—¡Bien! —exclamó, eufórico, Julián.

Francisco presentía que la alegría de su amigo se debía a su ingenua intención de ayudarlo, más que al peligro de los indios.

—Acertada decisión, muchacho —reconoció Zaldívar—. Vente ahora mismo, si quieres. A menos que tengas cosas que preparar —y miró hacia adentro de la casita, esperando ver baúles o algo por el estilo.

—Vine ligero de equipaje, así que en un rato puedo salir rumbo a la estancia. Vayan ustedes primero.

Julián lo miró, dudoso. Armando, en cambio, aceptó sin ambages la decisión.

—Nos vemos allá, entonces. Vamos, hijo, nos quedan por arrear las reses de los pastos del oeste. Son las más expuestas. No quisiera pasar del mediodía sin acercarlas a los campos de El Duraznillo.

Partieron, dejando a Francisco sumido en sus conflictos. Pensó en la maestra de la laguna, si le gustaría la estantería que había construido para ella y si volvería a las dunas cuando él no estuviese.

¡No debía hacerlo! La sola idea de que la señorita O'Connor y sus niños quedasen a merced de un ataque le heló la sangre. De pronto, nada importó más que advertirle. A esas horas, de seguro estaría camino de la capilla. Gitano resopló cuando lo montó de nuevo. Sin duda, prefería ramonear la hierba que crecía detrás de la casa en lugar de galopar varios kilómetros de nuevo. No había viento y la jornada se anunciaba radiante. Francisco se agachó sobre el lomo de Gitano para disfrutar de la cabalgata, sintiendo latir la sangre de modo salvaje.

El malhumor de Elizabeth se podía palpar a la distancia. Descubrir que el ingrato señor Santos había abandonado el rancho sin saludar siquiera había sido demasiado para sus nervios. Lucía trató de conformarla, diciendo que el hombre se comportaba con discreción al marcharse antes de que las mujeres se levantasen, que no habría querido importunar, que era mejor así, y varias tonterías más que Elizabeth no quiso escuchar. Lo único cierto era que se trataba de un grosero incorregible. ¡Ya podía pudrirse en el pantano, que ella no se agitaría de nuevo por sus cuitas! Rumiaba ideas de venganza y lo imaginaba tendido en las dunas, sin que nadie lo socorriese, mientras acomodaba los útiles sobre el escritorio. Al darse vuelta para apilar los cuadernillos, sus ojos tropezaron con algo nuevo: una pequeña biblioteca sin barnizar, en el rincón de la pizarra. Seis estantes sostenidos por dos laterales y travesaños cruzados en el fondo. Elizabeth rozó la superficie lisa y suave. La habían lijado con prolijidad, no se notaba ni la más leve aspereza. ¿Cómo había llegado ahí? ¿Quién...?

Su corazón dio un salto. ¡Santos! Él había sugerido la idea de construir una biblioteca cuando se acercó a ofrecer trabajo. Toda la furia de minutos antes se disolvió y una calidez le invadió el pecho. Había juzgado con ligereza al señor Santos, no merecía que lo tratase mal sólo porque había partido sin despedirse. Después de todo, el hombre tendría sus reparos, y dormir en casa ajena podía resultarle embarazoso.

—¡Padre Miguel! —gritó desde el salón.

El cura asomó su cabeza, envuelto en los vapores de la cocina. Había preparado él solo el mate cocido, pues la señorita O'Connor estaba retrasada, y en ese momento se encontraba en pleno proceso de hervir las verduras.

—¿Vio usted cuando el señor Santos puso esto aquí?

—No lo vi, porque fui yo el que lo puso, Miss O'Connor.

—Oh —dijo decepcionada Elizabeth—. ¿Lo hizo usted?

—Vaya, no me lo agradezca, Miss O'Connor —contestó irónico el cura—. La verdad es que yo lo puse por indicación del señor que vino a verme ayer por la mañana. Un sujeto muy avasallador. Me ordenó esto y aquello y luego partió raudo a buscarla a usted y a Eusebio. Claro que yo contribuí un poco. Estaba preocupado por su visita a las tolderías. Por cierto, no me ha contado su experiencia.

Elizabeth agitó la mano con impaciencia.

—Ya le contaré con detalles, Padre. Dígame, ¿el señor Santos dijo algo cuando trajo este mueble?

El Padre Miguel se secó las manos en la sotana y avanzó para ver de cerca la biblioteca.

—Veamos. ¿Qué me dijo? Ah, sí. "Ponga esto donde mejor le parezca", creo que fueron sus palabras. Un hombre autoritario, sí señor.

Elizabeth sonrió al ver que el cura disfrutaba azuzándola.

—Y, por cierto, estaría apurado por algo que usted le dijo, ¿no?

—Créame, Miss O'Connor, desde que usted ha entrado en mi parroquia no hay un día igual al otro. No me estoy quejando, tomando en cuenta que la vida aquí solía ser monótona, sin embargo, debo recordarle que soy un hombre mayor y mi corazón no está para ciertos trotes.

—Su corazón está muy bien situado, en el pecho de un hombre generoso que colabora con desinterés en la tarea de enseñar a los niños. Sin usted, no habría sabido ni empezar, Padre. En cuanto a lo de ayer —dijo enseguida, al ver que el cura se ruborizaba—, no hay mucho que contar. Eusebio fue quien llevó la mayor parte de la conversación, ya que conoce la lengua de la tribu del Calacha y, por lo que me ha dicho, el propio padre no sabía que el muchacho faltaba a las clases. Eso me preocupa, porque hace bastante que Eliseo no viene. ¿Adónde podrá ir cada mañana?

—Un muchachito de esa edad, yo diría que se pierde cazando patos o boleando vizcachas. No se haga mala sangre, Miss O'Connor, ya se lo advertí desde el principio: pan para hoy, hambre para mañana. Es imposible sacar de la ignorancia a esta gente.

Elizabeth frunció el ceño.

—No es ignorancia, Padre, es otra cosa. Es rabia, resentimiento porque han cambiado su modo de vida. Puedo entenderlo aunque no lo apruebe. El asunto es encontrar la manera de demostrarles que también pueden sacar provecho del pacto con los blancos.

El cura suspiró, aunque no tuvo ánimo de amargar a la jovencita que, día tras día, acudía a su capilla llena de libros y buenas intenciones.

Un galope lejano interrumpió la conversación.

—Alguien viene. Padre, guarde a los niños hasta que veamos de quién se trata.

—Enseguida. Y no salga, Miss O'Connor. Espere aquí a que vuelva. Maldita sea, mi rifle... —y el cura se alejó, sin ver la expresión de sorpresa de Elizabeth al oírlo maldecir.

Francisco detuvo a Gitano en seco, levantando una nube de tierra en el patio de la capilla. Desmontó de un salto y, con aire de dueño y señor, caminó hacia la entrada de la parroquia balanceando una escopeta. Esa imagen provocó cierta alarma en Elizabeth, que jamás había visto al señor Santos con un arma en la mano. Recordó la amenaza de "quemar el trasero a los niños" y sintió escalofríos.

Francisco se detuvo al verla bajo el arco de la entrada. Lucía fresca y bonita, con un vestido de muselina estampada, un delantal azul que le cubría el pecho y la falda, y el cabello recogido en una toquilla. Como era habitual en ella, los rizos hacían su voluntad en torno a la cara. Lo aguardaba con las manos entrelazadas y los pies juntos, del mismo modo que una madre espera a su hijo para reprenderlo. La señorita O'Connor tenía la virtud de hacerlo sentir siempre en falta.

—Buenos días.

—Buenos días, señor Santos. Veo que está recuperado.

—Puede decirse que sí.

—Me alegra. Supongo que no vino a contármelo, ya que podría haberse ahorrado el viaje si hubiese esperado un rato antes de irse, esta mañana.

"Ya está el responso", pensó divertido Francisco.

—No quise importunarlas más de la cuenta. Por otro lado, la situación no era decorosa, ¿no?

Elizabeth se ruborizó ante la intención en las palabras del hombre. ¿La habría mirado mientras dormía? Se había preguntado eso desde que abrió los ojos ese día.

—¿El Padre Miguel está?

—Adentro, con los niños. No quise que salieran hasta no saber de quién se trataba.

—De eso venía a hablarles. Mire, señorita O'Connor —comenzó, sin preámbulos—. Los indios están alborotados en estos días. No es un grupo aislado ni una sola tribu, existe una suerte de coalición de tribus, comandadas por un jefe muy audaz, de nombre Calfucurá, que se apresta a saquear varias poblaciones de frontera. Lo malo es que no sabemos cuándo ni por dónde, nunca se sabe con los indios. Los fortines se encuentran en guardia y han dado el alerta. Podrían atacar después de esta noche o dejar pasar meses, cuando ya se hubiese relajado la vigilancia. No quiero alarmarla, pero... —y Francisco se detuvo, inseguro de cuánto debía decir a aquella mujercita— sería prudente interrumpir las clases por un tiempo. Yo mismo me iré.

—¿Se va?

—Voy a instalarme en El Duraznillo hasta que se aclare la situación. Si las tropas necesitan refugio, allí lo encontrarán. Pienso colaborar con los patrones. Bajo ningún pretexto, escúcheme bien, de ningún modo vaya a la laguna con los niños, ¿me entiende?

La severa expresión de Santos, con el arma aún en la mano, intranquilizó a Elizabeth. No creía que hasta allí llegase un ataque, pues la gente de la región vivía tranquila desde hacía tiempo. Los Miranda le habían dicho que los indios de los alrededores eran todos pacíficos, como la familia de Eliseo. No podía abandonar a sus niños justo cuando estaba haciendo progresos con algunos. Por un momento pensó que el señor Santos estaba asustándola para impedir que ella volviese a invadir sus dominios, aunque ahora que sabía que la casita era de Julián Zaldívar había decidido que no tenía que pedir permiso para recorrer la playa.

—Esta región está alejada de la zona de frontera —atinó a decir.

—Bastante alejada, no tanto como para impedir que alguna avanzada llegue hasta aquí. Los indios suelen dar grandes rodeos, es parte de su estrategia.

—¿Qué me sugiere entonces, señor Santos? ¿Que abandone el lugar? ¿Y adónde iría?

El Padre Miguel apareció en ese momento y saludó a Francisco mientras echaba una mirada a la escopeta de caño largo.

—Disculpe, Padre. Con lo sucedido ayer olvidé devolverle el arma. Aquí se la traigo y le agradezco que me la haya prestado.

Elizabeth miró aún más sorprendida al sacerdote que revisaba la carga con habilidad, como hombre acostumbrado a disparar. No podía creer que el cura tuviese armas en su capilla. El Padre Miguel evitó mirarla mientras participaba en la conversación que había escuchado desde la ventana.

—Así que tenemos problemas, ¿eh?

—En efecto. Estaba diciéndole a la señorita O'Connor que sería preferible emigrar por un tiempo.

—¿Emigrar? ¿Se refiere usted a que debo partir hacia Boston, señor?

La indignación en la voz de la maestra era palpable. Ella creía que cualquier argumento del señor Santos estaba dirigido a expulsarla de su vista. Francisco pensó en qué diría la remilgada Elizabeth si supiese cuánto le afectaba a él su partida. Darse cuenta de eso lo enfurecía, pues lo último que deseaba era crear un vínculo entre él y otras personas. Había viajado hasta allí para encontrar un sitio donde morir, nada más.

—No me animo a sugerir tanto, señorita, aunque tal vez sea lo mejor para usted. Creo que permanecer en el rancho no es buena solución, pese a que Eusebio y Zoraida son respetados por los indios de la zona. Padre, usted también debería guarecerse por un tiempo.

—Hijo, desde que vine jamás tuve problemas con nadie —y miró a Elizabeth de reojo—. Por otra parte, no puedo abandonar la capilla, es mi deber quedarme, pase lo que pase.

Francisco suspiró. Los tiempos que corrían eran difíciles para todos, incluidos los propios indios, y no siempre quedaban claras las posiciones de unos y de otros. Tuvo la idea repentina de que morir de un lanzazo no sería mala cosa, tomando en cuenta que no deseaba perpetuarse en su enfermedad progresiva. Sin embargo, le había dado la palabra a Julián y la cumpliría. Se hallaba en un dilema. No podía irse tranquilo, dejando a la señorita O'Connor a merced de lo que ocurriese en los próximos días, y tampoco quería llevarla con él, por motivos egoístas: no deseaba fomentar la amistad entre ella y Julián, mucho menos después del comentario de su padre, que esperaba ver casado pronto a su hijo. Además, era probable que sus ataques se incrementasen con la presencia de Elizabeth. Sus dudas debieron reflejarse en su rostro, pues el de la muchacha se dulcificó al decir:

—No se atormente, señor Santos, es seguro que para Navidad iré a Buenos Aires, a la casa de mis parientes. Usted me ha hecho un regalo por adelantado que debo agradecer —y señaló la bibliotequita—. Nunca he recibido algo más apropiado. Me viene de perlas. A partir de ahora, este sitio estará más ordenado y los niños aprenderán eso también. Gracias.

Las palabras, impregnadas de dulzura, llenaban la cabeza de Francisco con un poder embriagador. Le asustó pensar que podía sufrir los síntomas pero, en lugar de latirle las sienes como anticipo, un hormigueo le recorrió el pecho y algo duro comenzó a disolverse en su estómago.

Él era un hombre rígido, poco dado a los melindres, y el rechazo constante del que creyó su padre lo endureció con una veta de resentimiento. Había mucha diferencia en el trato que Rogelio Peña dispensaba a sus hijos menores. Para un niño sensible como era él, deseoso de agradar y ser querido, aquellos gestos sutiles fueron forjando un carácter agresivo que sólo por casualidad no lo condujo por mal camino. Francisco Peña y Balcarce podía ser zalamero, gentil y seductor, aunque esas actitudes tenían sólo un propósito: llevar a la mujer en cuestión a la cama y terminar con ella lo más rápido posible. No en vano se murmuraba que tenía un corazón de pedernal. Jamás había mirado hacia atrás al dejar de lado una conquista. Ninguna mujer le había inspirado ternura. ¿Por qué, en ese momento crucial de su vida, empezaba a sentir esas cosas por alguien como la señorita O'Connor?

—Señor Santos.

La miró, sorprendido de haberse perdido en pensamientos inadecuados.

—Le diré a los niños que usted hizo este mueble para la escuela y eso completará la imagen de héroe que han forjado desde que curó a Mario.

Francisco frunció el ceño.

—No soy un héroe. Dígaselo a esos niños antes de que sea tarde y esperen de mí cosas que no suelo hacer, como pasearlos por la laguna o mecerlos en mis brazos. Le repito algo que le dije la primera vez, señorita: ésta es una tierra dura, de sacrificios. Si pensó que podría ablandarla con sus artes de maestra, está equivocada de medio a medio y más vale que lo sepa desde ahora. Le aconsejo que empaque sus cosas y vuelva a Buenos Aires, como primera medida. Después, el tiempo dirá si le conviene regresar a su patria. A lo mejor, el Presidente le encuentra trabajo en un lugar más decente. Padre, encárguese de convencer a esta mujer cabeza dura de la verdad de lo que digo. Si está dispuesta a viajar, hágamelo saber, que estaré en El Duraznillo. Buenos días.

Y partió, dejando a Elizabeth tan consternada como al mismo Padre Miguel.

La galopada de regreso tuvo el efecto de taladrar la cabeza de Francisco como un martillo en el yunque. El arrebato que lo había poseído era la causa. Apenas se supo lejos de las miradas, se dejó caer del caballo y se ovilló sobre el suelo duro, girando sobre sí para aminorar los síntomas del nuevo ataque. Gitano relinchó, inquieto, mientras su dueño se revolcaba en la tierra, abrazándose y aullando su dolor a los vientos. Su grito se perdió en la bruma marina y entre el graznido de los teros que volaban, agitados por la llegada de un intruso.

En la capilla, Elizabeth disponía los libros en los estantes de la nueva biblioteca ante la mirada curiosa de los niños, sintiendo una marea de sentimientos agolpados en su pecho: dolor, rabia y compasión.

El señor Santos era un enigma y no sabía por qué, se sentía llamada a resolverlo.

CAPÍTULO 16

Los días pasaron, y la amenaza del ataque de los indios se volvió incierta. Elizabeth no tuvo más noticias de Santos ni tampoco recorrió las tierras aledañas a la playa. Sus horas transcurrían en medio de los preparativos de Navidad. Descubrió en el Padre Miguel un aliado, si bien se negó en redondo a que se hablara a los niños de Santa Claus, un personaje pagano que, a su juicio, nada tenía que ver con la Nochebuena.

—Haga usted como desee, Miss O'Connor, que los regalos que reciban estos niños vendrán de los Reyes Magos, únicos verdaderos en la tradición cristiana.

—Pues le recuerdo, Padre, que ellos también eran paganos —protestaba Elizabeth con vehemencia.

La espera de Santa Claus era el recuerdo más bello de su infancia y quería transmitirlo a esos niños pobres que, día a día, absorbían sus enseñanzas con candor. Sin embargo, el Padre Miguel era duro de roer en algunas cosas y Elizabeth tuvo que ceder. En lugar de tejer medias para colgar de las ventanas, solicitó ayuda de Lucía y de Zoraida para recoger materiales y construir un pesebre. Lo pondrían en la nave de la capilla, para que los niños acudiesen a diario a pedir deseos. Eusebio, siempre mascullando su disgusto, se ocupó de juntar paja, piedras y semillas, mientras que Lucía, acostumbrada a los "Belenes" en casa de sus patrones, seleccionaba los materiales para elaborar las figuras. Zoraida, por su parte, dio puntada tras puntada en unas bolsas de arpillera para crear túnicas con que vestirlas. Elizabeth asignó a cada niño una tarea: Luis y Remigio, que discutían por todo, fueron encargados de recoger plumas para rellenar el jergón del Niño Dios; Juana, que era hábil con las manos, se ocupó de vestir las figuritas que Livia y Elizabeth armaban en forma rústica, con piedrecillas y paja; Marina estorbaba más de lo que ayudaba, pero Elizabeth no quería negarle nada a aquella niña vivaz y cariñosa; en cuanto al Morito, el niño ya tenía una profunda fe que lo convirtió en el alma del pesebre. Pese a la paradoja de no estar bautizado, él era el que indicaba dónde debían colocarse los muñequitos, de acuerdo al rol que cada uno había desempeñado en el Nacimiento. Mario y Eliseo brillaron por su ausencia y Elizabeth sufría por los dos, aunque nada podía hacer. De Eliseo no se tenía razón desde hacía tiempo y Mario se encontraba enfermo, como era habitual. El Padre Miguel se dedicó a cocinar confituras para guardar en la despensa: dulce de quinotos, naranjas confitadas y el típico dulce de leche, que guardó en latitas de colores compradas en el almacén de Santa Elena. Él también quería oficiar de Rey Mago.

Diciembre transcurrió con lentitud; los días eran calurosos y la pampa ardía. La falta de lluvia preocupaba a los habitantes. Al peligro de incendio de los pastizales, se agregaba el adelgazamiento del ganado.

En El Duraznillo, Armando Zaldívar recorría los campos proveyendo fardos de pasto a sus vacas y llenando los abrevaderos. Eran jornadas agotadoras que Francisco compartía como un peón más, sintiéndose útil y a gusto entre aquella gente sencilla. Había descubierto que, si permanecía ocupado de sol a sol, los ataques no se producían. Julián también lo había advertido, pues se mostraba animado y entusiasta. Él mismo organizaba los recorridos e insistía en que su amigo participase de todos los arreos.

—Cualquiera diría que lo hemos empleado, hijo —decía, algo turbado, Armando Zaldívar.

—Papá, es el mejor hombre que tenemos. Y me parece que ha descubierto un nuevo oficio.

Francisco compartía con Julián el mate en la cocina y de inmediato partía a caballo adonde la necesidad del campo lo requiriese: a reparar alambrados, cavar zanjas, arrear vacas, y hasta se animó a domar potros, trabajo reservado a unos pocos. Los peones lo aceptaron con facilidad debido a su llaneza en el trato y a la resistencia de que hacía gala. Nadie como él para recorrer a pie grandes distancias, jamás se cansaba, aunque pasara horas sin comer. A la noche, compartía la ronda del mate con los peones, como uno más. Lejos quedaba aquel caballero por el que tantas damas porteñas suspiraban. Ninguna de ellas lo habría reconocido, pues el trabajo rudo lo había vuelto más corpulento y el sol había tallado arrugas en su rostro. El cambio más grande, sin embargo, se encontraba en su interior: el esfuerzo y la rutina, con sus horarios, le permitían dormir mejor, habían abierto su apetito y, lo más importante, alejado el terror de los ataques.

Julián y él tenían la costumbre de practicar tiro, por si acaso la puntería marcase la diferencia entre la vida y la muerte, ya que el alerta sobre los malones no se había extinguido. Algunas veces, partidas de reconocimiento del Centinela visitaban El Duraznillo y sus hombres departían con los patrones, jugaban naipes, o realizaban alguna carrera cuadrera, sólo para distenderse un poco.

La llegada de doña Inés, dos semanas antes de Navidad, alteró la rutina de los hombres. Francisco la recordaba esbelta, huesuda para el gusto de los criollos, de rostro delicado y cabellos rubios. Los ojos, más claros que los de Julián, eran luminosos y serenos. No había cambiado mucho y, salvo algunas canas, Inés Durand seguía siendo una mujer interesante.

Armando la recibió en el portón del camino principal. Trepó con agilidad a la galera y se sentó junto a su esposa, tomando las riendas en sus manos, después de estamparle un beso que la mujer no pudo esquivar. Formaban una pareja contrastante: él, buen mozo en su tipo criollo, moreno, con las sienes ya plateadas y los ojos de mirada profunda; ella, una silueta lánguida de tez pálida, labios finos y mirada un poco triste. Había belleza en la combinación, sin embargo, como si se unieran la fuerza y la inteligencia. Julián había heredado lo mejor de ambos: un espíritu sensible en un cuerpo hermoso y vital.

Julián abrazó con cariño a su madre y enseguida dispuso que le preparasen un té de bienvenida.

—Querido, no sabes cuánto celebro verte en nuestra finca —dijo la mujer a Francisco mientras se quitaba los guantes y la capota que cubría sus cabellos de lino—. ¿Cómo está tu madre?

Al igual que todos en Buenos Aires, Inés Durand no estaba al tanto de los acontecimientos que habían precipitado la partida de Fran, de modo que su pregunta era sincera.

—Supongo que bien.

—Estos hijos... —lo reprendió Inés con suavidad—. No saben el daño que causan cuando ensayan sus alas.

Sacó un pañuelito de encaje y se sonó la nariz con discreción. Su salud delicada la obligaba a tomar toda clase de recaudos cuando viajaba. Su dama de compañía le alcanzó de inmediato un frasco de perfume que Inés aspiró con delicadeza.

—Hay demasiada tierra por todos lados —dijo, a modo de explicación—. Se nota que no ha llovido.

—Ése es sólo uno de los problemas que tenemos —repuso Armando, que acababa de ordenar a los peones el cuidado de los caballos.

El hombre dejaba marcas de tierra en el embaldosado y doña Inés observó ese detalle con disgusto. Detestaba de la vida en el campo que todo se tornara sucio, rústico, desagradable. Por suerte, en su habitación podía aislarse, olvidando que se encontraba en territorio salvaje.

—Padre dice que es sólo uno de los problemas porque estamos temiendo un malón, madre —dijo Julián mientras servía el té.

Esa noticia derrumbó el ánimo de Inés. ¡Un malón! Y justo en esos días se le había ocurrido a ella viajar. ¿Qué podía hacer, por otro lado, si los hombres de su familia no se dignaban ir por la ciudad en tanto tiempo? Era Navidad, no podía quedarse sola, corriendo el riesgo de que, a último momento, cualquier inconveniente típico de la vida rural les impidiese reunirse con ella en Buenos Aires.

—No se habla de eso en la ciudad —repuso.

—Pues aquí es de lo único que se habla —alegó, casi eufórico, Armando—. Los militares vienen y van por estas tierras igual que nuestros peones. Estamos tan familiarizados con ellos como si fuesen de la familia.

"Peor de lo que pensé", se dijo doña Inés. Ya imaginaba la invasión de hombres toscos, invitaciones forzadas a cenar y noches bulliciosas en los establos. Julián debió adivinar sus temores, pues se apresuró a tranquilizarla:

—No es para tanto, madre. Han venido algunas veces, más que nada a comprobar que estemos bien y, de paso, aprovisionarse un poco. No siempre reciben las raciones con puntualidad. ¿Leche?

Doña Inés extendió la taza mientras pensaba en qué bello hijo habían criado ella y Armando. Apuesto, inteligente, cordial, un tesoro para cualquier mujer. ¿Quién sería la afortunada? Especuló sobre las razones por las que Julián pasaba tanto tiempo en El Duraznillo y temió que anduviese enredado con alguna chinita de por allí. Ya averiguaría con Chela sobre las costumbres de su hijo aunque, si Francisco estaba con él, lo más probable era que fuesen distracciones sin consecuencias. Francisco se caracterizaba por no comprometerse con ninguna mujer.

—Se te ha echado de menos en las tertulias, Fran —le dijo de pronto—. Más de una dama se extrañó de tu ausencia.

—Me halaga, doña Inés, no creo que sea para tanto —contestó Francisco, un tanto incómodo.

—Los hombres siempre hacen sufrir a las mujeres —dijo Inés, mirándolo por sobre el borde de la taza.

—No dejé a ninguna en situación de sufrir por mí.

Doña Inés no respondió. Había oído cotorreos sobre la despechada señora Del Águila, pero no era un tema para tratar en público, dado que la mujer estaba casada. Conocía, además, la "ligereza de cascos" de aquella señora, por lo que entendía la situación, aunque ella preferiría que su hijo no siguiese los pasos de un Casanova como Francisco Peña y Balcarce.

—¿No han preparado adornos navideños? —preguntó, al observar que la casa seguía tan austera como siempre.

—No hemos tenido tiempo, madre, lo resolveremos de inmediato. Mañana ordenaré traer del almacén todo lo que haya. Festejaremos a lo grande, con Francisco entre nosotros. Chela prometió lechón adobado y manzanas al jengibre. ¿No es así, Chela?

La mujer asintió, deseosa de complacer a misia Inés, que no era fácil cuando del servicio se trataba. Prefería lidiar con los varones de la casa.

—Estaba pensando, padre —siguió Julián con infantil entusiasmo—. ¿Qué te parece si invitamos en Nochebuena a la señorita O'Connor?

Francisco casi se atraganta con el té y se sintió enfermo cuando escuchó a doña Inés preguntar, interesada:

—¿Y quién es "la señorita O'Connor", si puede saberse?

—La maestra de la laguna, madre. La conocimos hace poco, cuando vino en busca de ayuda para construir su escuela. Desde entonces, una cuadrilla de hombres está trabajando en la capilla del Padre Miguel, para levantar un galpón que sirva de aula. Te encantará Elizabeth, madre, es una mujer notable. Vino contratada por el gobierno.

Doña Inés percibió genuino interés tras el fervor de su hijo por la señorita O'Connor. El apellido sonaba irlandés, o tal vez fuese inglesa por rama materna. Estaba al tanto del proyecto de Sarmiento, aunque no imaginó que una de aquellas maestras que tanto costaba traer al país estuviese allí, en la región agreste de Mar Chiquita.

—¿Y cómo es esa maestra? Ha de tener coraje para aventurarse sola hasta aquí —se interesó, olvidada del cansancio y del temor a los indios.

—Lo tiene. Cuando la conozcas —aseguró Julián, dando por sentado que la invitación sería aceptada— te encantará. Es una mujer excepcional.

—Vaya, no puedo esperar a verla. Tener a una mujer en la casa, además, un espíritu afín que comparta mis penurias, será refrescante —bromeó, sin ver la expresión de Chela, ofendida al ver que misia Inés no la consideraba a ella "una mujer" en la casa—. ¿Es joven?

—Muy joven. ¿Qué edad tendrá Elizabeth, Fran? ¿Dieciocho? ¿Veinte? No más que eso, se la ve muy tierna.

Doña Inés tomó nota de dos cosas mientras escuchaba el parloteo de su hijo: la confianza con que éste la llamaba "Elizabeth" y la reticencia de Francisco a hablar de ella. Fran, por su parte, sentía el estómago revuelto con el giro de la conversación. Había intentado desterrar a la señorita O'Connor de su pensamiento, y la joven seguía en el fondo de su mente como una presencia fantasmal. En ocasiones, su voz apaciguadora se adueñaba de sus recuerdos; otras veces, la veía con el cabello alborotado bajo las capotitas, corriendo tras los niños en la orilla o inclinada sobre el escritorio, sosteniendo la mano de la pequeña Marina para dirigir su escritura. La estampa que más se grabó en su mente fue la expresión de desconsuelo cuando quiso agradecerle la biblioteca y él la trató con dureza. Ese recuerdo lo perseguía y a duras penas conseguía mantenerlo a raya embruteciéndose con el trabajo de campo.

Las palabras de Armando Zaldívar penetraron en sus devaneos mentales:

—Por supuesto que está invitada. Será un placer contar con la señorita O'Connor en la cena de Nochebuena, siempre y cuando se encuentre aquí para entonces.

—¿Por qué, padre, es que pensaba irse?

Francisco aguardó la respuesta con tanto apremio como Julián.

—Algo le oí decir a Eusebio sobre su familia en Buenos Aires, supongo que la esperan para las fiestas de fin de año.

—¿Qué familia es esa, Armando?

—Se trata de los Dickson.

—Ah, entonces son ingleses.

—No lo creo, el parentesco es con Florence, no con Freddie.

Doña Inés frunció la nariz. No le agradaba Florence, una mujer de mal gusto de la que se decía que bebía demasiado. De todas formas, la señorita O'Connor estaba criada en otro país, sin duda nada tenía que ver con las costumbres vulgares de sus parientes de Buenos Aires. Decidió darle una oportunidad. Si era apropiada, trataría de promover un acercamiento entre ella y su hijo. Según lo que observaba, no haría falta mucho.

—La invitaremos, entonces. Te sugiero, Julián, que le avises con tiempo. Chela tiene que hacer las compras con anticipación. Espero, Armando, que la gente del fortín no se considere invitada en Navidad.

El señor Zaldívar se encogió de hombros. Si una partida de hombres se aparecía en la noche, no iba a negarles casa y comida, sin importar lo que le pareciese a su esposa.

Después de que doña Inés se refugió en su cuarto, los hombres volvieron a sus trabajos, aunque la rutina estaba alterada. Zaldívar supuso que tendrían que ser más cuidadosos con los modales y los horarios, mientras que Julián lamentaba haber hablado de los indios frente a su madre. El temor constante durante su infancia había sido que ella muriese, dado que Inés Durand vivía enferma y, como si el tiempo no hubiese pasado, ese mismo miedo se apoderó de él al pensar que su madre podría sufrir de los nervios con el asunto de los malones. Francisco, por su parte, no recobró la paz de los días anteriores, pensando en que vería de nuevo a Elizabeth, riendo en compañía de su mejor amigo, sin que él pudiese evitar la comparación entre su maldito carácter y el de Julián.

—Misely, ¿está bien la "ñuñequita"?

Elizabeth tomó la figura que Marina tenía entre manos y sonrió al ver cómo la niña había anudado el hilo. Se le había ocurrido fabricar las figuras del pesebre con piedras de diferentes tamaños, envueltas en los recortes de arpillera que Zoraida había confeccionado. Esos monigotes habrían horrorizado a la Hermandad del Santo Pesebre, pero en esa tierra salvaje eran preciosas miniaturas artesanales. Le habían servido los relatos de su madre, cuando le contaba que, al no tener dinero para comprar juguetes, ella y sus hermanos se ingeniaban para fabricarlos con lo que tuviesen a mano. Emily armaba sus muñecas de piedra con guijarros que pulía y luego ataba y cubría con retazos de tela. Elizabeth, en su fantasía infantil, soñaba con tener sus propias muñecas de piedra, a pesar de que poseía otras hermosas, de porcelana y cabello natural. ¡Quién le hubiera dicho, en aquellos años felices, que algún día haría muñequitas de piedra, siguiendo los pasos de su madre! Se enterneció al pensar en Emily, tan lejos en esas fechas especiales. Suponía que se reuniría con la tía Christal y los niños y esa idea la reconfortaba, pues no podía soportar que su madre pasara la Navidad sola, en compañía del tío Andrew.

—Es la Virgen María, Marina, no una muñequita.

—Pero dijiste que íbamos a hacer "ñuñecas".

Elizabeth le pellizcó una mejilla.

—Es cierto, dijimos eso, y ahora les pondremos el nombre que les corresponde. Ésta es la madre del Niño Jesús y éste es su padre, José. ¿Ves que lleva barba? —y Elizabeth acomodó la lana de las barbas de José.

—¿Y éste?

—Uno de los Reyes Magos. Mmm… creo que es Melchor. Livia, ¿qué tienes ahí?

—Un Rey Mago, Misely, negro como el Morito.

—Ése es Baltasar. Dámelo, lo pondremos junto a éste. ¿Le pusiste barba también?

Livia se mostró temerosa de haber cometido un error. El Morito dijo con seguridad:

—No lleva barba, ¿a que no, Misely?

—Lo dejaremos así. Ya tenemos bastantes barbas para todos. A ver, Livia, dame la cunita, que vamos a colocar al Niño.

Todos se arrimaron, conscientes de la solemnidad del acto, aunque Elizabeth les explicó que sólo estaban ensayando, ya que el Niñito Jesús sería colocado en la Nochebuena, no antes.

—La cunita vacía queda fea, Misely.

—No importa, imaginaremos que el Niño ha nacido en ese momento. ¿Quién lo pondrá en su cuna?

Elizabeth contempló los rostros entusiastas y tomó una decisión.

—Esta vez lo hará Juana, porque ha trabajado mucho con las ropitas. ¿Quieres, Juana?

La jovencita asintió, muda. Los demás acallaron sus quejas porque Juana era muy querida y no deseaban ofenderla.

—Guárdalo, Juana, para cuando lleguen las doce. ¿Le dijiste a tu madre?

Cohibida por ser el centro de la atención, la muchachita asintió de nuevo. Elizabeth había organizado una Nochebuena compartida con las familias de sus alumnos y, aunque no tenía la seguridad de que todos acudiesen, mantenía la esperanza de que la escuelita sirviese como lazo de unión. En esos días, los recados iban y venían por la llanura, comunicando invitaciones y llevando regalos que eran bienvenidos en todas las casas. El galpón estaría listo para la fecha, de modo que allí mismo colocarían tablas sobre caballetes, usarían la vajilla de la parroquia, que no era mucha, más la poca que tuviese Zoraida y algunas cosas que Elizabeth, por su cuenta, había encargado en Santa Elena. Ella y el Padre Miguel organizaban la decoración del lugar, armando guirnaldas de flores secas y pintando el vidrio de las tulipas para crear un ambiente mágico.

La Navidad en El Duraznillo tomaba un cariz diferente. Doña Inés había enviado a Chela y a dos de los hombres hasta la Ciudad de los Padres de la laguna, con el encargo de comprar adornos para engalanar la finca entera. Hasta el árbol del patio llevaba moños y piñas doradas. Ansiosa por tener algo de qué ocuparse en esos días, la señora de Zaldívar desempolvó figuras de porcelana, vistió la chimenea con telas de color verde y morado y, fiel a sus costumbres, colgó medias de calceta y una enorme bolsa en la que escondió los regalos que había adquirido en Buenos Aires. Como no contaba entonces con la presencia de Francisco ni con la de la maestra, se entretuvo elaborando una lista de compras. Sacó a relucir los candelabros de plata de su familia y puso velas perfumadas con vainilla. Gran parte de su afán se debía a que deseaba que la joven extranjera apreciara las ventajas de convertirse en su nuera. Confiaba también en el encanto de Julián aunque, y jamás lo reconocería ni siquiera para sí, su temor era que Francisco acaparase la atención de la maestra más de la cuenta, dada su reputación con las mujeres. Y tomando en cuenta algunas señales que había advertido durante la conversación el día de su llegada, eso podría suceder. Ya se encargaría ella de abrirle los ojos a la señorita O'Connor.

En Buenos Aires, el espíritu navideño se hacía sentir sobre todo en el interior de las casas y en las iglesias, donde las familias tradicionales colaboraban vistiendo las imágenes o encendiendo cirios.

Dolores Balcarce volvía de Santo Domingo convertida en la portadora de la primera "visita" del Niño Jesús. Siguiendo una costumbre heredada de los tiempos coloniales, las señoras de buena familia se ofrecían como "anfitrionas" de la imagen por un día o dos, para después entregarla a otras matronas ilustres. Un negrito monaguillo la acompañaba. Al doblar la esquina, se toparon con Florence Dickson, que se dirigía al mismo sitio de donde ellos venían. La tía de Elizabeth disimuló su decepción al comprobar que alguien se le había adelantado y que su casa no sería la primera en recibir la bendición.

—Con estos calores —dijo, después del saludo de rigor— no sería raro que los dulces que prepararon nuestras cocineras se derritiesen. ¿Van ustedes a pasar la víspera en la ciudad o piensan partir hacia la quinta de Flores?

Dolores no mantenía relación con casi nadie en la ciudad así que, tras una sonrisa forzada, se apresuró a aclarar que la familia festejaría en la más completa intimidad.

—Qué pena. Me dijeron que habrá farolitos en la Plaza del Fuerte y que el paseo de la Victoria se mantendrá abierto hasta el último minuto. Usted sabe, para vender más. A propósito, ¿sabía que mi sobrina vino de Boston para pasar las fiestas con nosotros? Es una joven encantadora, me gustaría que la conociera. Quién sabe, a lo mejor consigo casarla con algún buen mozo de la ciudad —agregó con intención.

Dolores se sentía cada vez más incómoda. La señora Dickson le parecía petulante y siempre advertía malicia en sus comentarios. Tampoco deseaba ventilar la ausencia de Francisco, que encajaba en la idea de "un buen mozo de la ciudad" por donde se lo mirase.

El monaguillo dijo con aire inocente:

—Señora, que va a llover y el Niño se va a mojar.

Florence lo miró, irritada por el atrevimiento del niño.

—¡Válgame, qué chico desconsiderado, meterse así en la conversación de sus mayores! ¿No te han enseñado…?

—Disculpe, doña Florence, temo que el niño tiene razón. Mire esas nubes que vienen por allí. No quisiera estropear la imagen que el Padre me confió. Sin duda tendremos ocasión de vernos en la Misa de Nochebuena. Mis respetos a su marido.

Dolores esquivó a la señora Dickson, sin darle tiempo a reaccionar.

Más tarde, recluida en su salón, Florence no cesaba de refunfuñar en contra de "las que se creen mejor que una porque son de prosapia española". La llegada de Roland la distrajo, pues el joven traía noticias frescas del puerto.

—Ha llegado un barco, madre. ¡Viera usted qué belleza! Lástima que la prima Lizzie no se encuentre aquí para verlo. ¿Cuándo dijo que volvería?

—A saber, hijo, esa muchacha está loca. Haberse ido, así como así, a vivir en medio del campo, corriendo quién sabe qué peligros —Florence se estremeció mientras hablaba—. Confío en que la criada de los Vélez tenga el tino de traerla de regreso antes de Nochebuena. Si mi prima Emily supiese adónde fue a parar su querida hija... ¿Qué es eso que dices, Roland? ¿Un barco extranjero?

—Pues sí, de Río de Janeiro. Piensan quedarse para los Carnavales. Ha venido gente muy pintoresca. Si Elizabeth volviese para entonces... me encantaría mostrarle cómo los pasamos en Buenos Aires.

—Ni se te ocurra meter a tu prima en medio de los salvajes festejos. Es propio de un país bárbaro atacarse del modo que hacen aquí.

Roland respondió con una carcajada.

—Por favor, madre, si no hay nada más inocente que arrojarse agua y disfrazarse.

—Sí, claro. ¿Desde las azoteas y por litros? —refunfuñó Florence.

El señor Dickson, que había escuchado la conversación mientras se servía un brandy, comentó como al descuido:

—Espero que ese barco cumpla la cuarentena que corresponde a los que vienen de ese puerto.

—¿Por qué lo dices, Freddie? ¿Qué ocurre?

Fred Dickson dejó que el líquido discurriese por su garganta antes de responder.

—Son medidas preventivas que no deben descuidarse, nada más. Se sabe que desde Río de Janeiro ha venido la fiebre en otras épocas.

—Dios bendito —murmuró la tía Florence, llevando la mano llena de anillos al pecho—. Ni lo menciones, Freddie. Lo único que nos faltaba.

—No hay problema con este barco, padre —aseguró Roland con la ligereza de la juventud—. Son pasajeros de categoría que vienen recorriendo las costas en plan de diversión. Espero que las autoridades permitan que se organicen bailes cerca del muelle.

Fred Dickson observó a su hijo y adivinó que el joven ya había entablado alguna clase de amistad con los del barco, de seguro con mujeres frívolas que prometerían noches de placer a los alocados amigos de Roland. Sus esfuerzos por interesar al muchacho en los negocios no habían dado resultado, seguía siendo el joven irresponsable que su esposa se empeñaba en consentir.

—Creo que deberíamos mandar a buscar a mi sobrina, Freddie. No es apropiado que pase las fiestas lejos de su familia. No sé en qué estaría pensando yo cuando permití que se fuera.

—No estaba en nosotros impedírselo, Florence —retrucó con voz áspera el esposo—. Esa muchacha sabe lo que quiere y está dispuesta a conseguirlo contra viento y marea. No sé si reprobarla o admirarla, tratándose de una mujer.

Roland miró de reojo al padre, algo picado, mientras Florence, ajena al tono de la conversación, echó una mirada ávida al botellón de brandy que el hombre guardaba tras las puertitas francesas del bar.

—Da igual —dijo de mal humor—. No es correcto que pasemos Navidad sin ella. Es nuestra sobrina y nuestra invitada. ¡Qué diría Emily! Roland, tienes que ir a buscarla. O mejor —añadió presurosa, por temor a que su hijo se expusiese a los peligros del campo— envía al cochero por ella, con una carta personal donde le recordemos que la estamos esperando. Faltan días para Nochebuena y no hay noticias de su regreso.

A Roland también le fastidiaba no poder alardear ante su prima, ni ante los demás de la belleza de Elizabeth. Algunos amigos le habían preguntado por la prima de Boston con inequívoco interés. Él mismo se encontraba atraído por la joven. Después de todo, el parentesco no era tan cercano como para resultar pecaminoso. Tenía la sensación de que Elizabeth se le había escapado de las manos antes de conocerla mejor. Su madre estaba en lo cierto, habiendo tantos saraos, festejos públicos y oportunidades de trabar amistades, la prima Lizzie podría haber resultado algo más divertida, pensó disgustado. No deseaba emprender un viaje tampoco, ya que las salidas y los encuentros solían multiplicarse en esas fechas, y él no quería perderse ninguno.

Ajeno al espíritu navideño con que los porteños engalanaban sus casas y compraban sus regalos, el Presidente se paseaba furibundo por su despacho, enarbolando una misiva que acababa de leer.

—¡Brutos! ¡Mil veces brutos! Esto me pasa por confiar en una caterva de incapaces. Pero ¿qué puede hacer un hombre si no le es dado delegar en nadie los trabajos que han de cumplirse? ¡Francis! ¡Francis!

El amanuense apareció de inmediato, tropezando con sus propios pies, farfullando una disculpa que Sarmiento no oyó, pues apenas se escuchaba a sí mismo cuando gritaba.

—Francis, haz que la señorita Aurelia venga a mi despacho lo más pronto posible. Se ha cometido un terrible error y confío en ella para repararlo.

Mientras el muchacho salía disparado, Sarmiento se dejó caer sobre el sillón con la cabeza entre las manos. La breve carta que lo había trastornado de tal modo cayó flotando sobre el escritorio:

Mi querido amigo:

Te mando con mi secretario el loro que te prometí. Espero que te resarza del disgusto que sufriste por la pérdida de los cardenales de tu despacho. Eso sí, te pido una cosa: no le enseñes las palabras que acostumbras a soltar en tus momentos de ira, no vaya a ser que te sorprenda en medio de una reunión de Ministerio. Hazle colocar una estaca en la pared y que le den pan mojado en agua, naranjas y semillas de zapallo, que son su alimento favorito.

Es mi deber decirte, también, que han llegado a mis oídos noticias nada halagüeñas sobre la situación de frontera. El Capitán Pineda, del Fuerte Centinela, es muy amigo de mi compadre y hace poco le envió una carta con noticias de un posible malón. Sé que tendrás tus informantes, mas no me quedaría tranquilo si no te advirtiese. Y otra cosa: ¿has enviado a una de tus maestras norteamericanas a la frontera? El Capitán Pineda comenta algo de eso en su carta. Al parecer, un hacendado de una estancia cercana a Mar Chiquita ha hospedado a una joven maestra que se encuentra instalada cerca de la región que hoy se considera peligrosa. Como me ha extrañado eso de parte tuya, te lo hago saber, por si alguien te lo echa en cara más adelante. Ya sé que estás rodeado de enemigos.

No te enfades con el loro, dale tiempo para adaptarse al cambio de clima.

Tuyo,

Posse

—Ah, Pepe, querido amigo, si supieras qué cierto es lo que dices. Estoy solo, completamente solo. Todos están al acecho para ver en qué fallo y así acorralarme. Hasta los que se decían amigos se han vuelto en mi contra. Sólo el viejo Vélez y su hija permanecen a mi lado —murmuró Sarmiento, dejando vagar su mirada más allá de la Plaza del Fuerte, donde el río era una cinta plateada bajo la luz tormentosa.

En la región de la laguna, Elizabeth releía una vez más el texto telegrafiado que le mandaba Aurelia, y su corazón se negaba a aceptar lo que su mente había sospechado desde el principio.

"ERROR TERRIBLE. FAVOR REGRESAR PRONTO. SARMIENTO TRUENA."

Las incongruencias de ese destino como maestra se explicaban con la simplicidad de una línea: todo había sido un error. Su lugar no estaba allí, en medio de la pampa y el océano, sino en otro sitio, donde habría otros niños, otro cura, otra gente, donde no la acecharía un misterioso ermitaño tras las dunas. No entendía por qué eso le provocaba tanta tristeza.

CAPÍTULO 17

$\mathscr{C}$alfucurá mira al extraño que ha pedido refugio en los toldos y medita. No es lo que dice ser. No es *huinca* del país. Ha traído buena información, sin embargo, y no la va a desechar. Las razones de este hombre para fingirse gaucho desertor no le incumben, mientras él saque provecho para sus propósitos. El forastero dice que el gobierno de Buenos Aires se propone rescatar a los numerosos cautivos que están en las tolderías y a Calfucurá le consta que es cierto, porque el dato lo obtuvo él mismo de Avendaño, cautivo de los ranqueles durante casi ocho años y que ahora se ofrece como intérprete del *huinca*. Dice también que los fortines están organizándose para asegurar la frontera. Calfucurá sabe, por sus propios informantes, que el gobierno de Buenos Aires reconoce tres cabezas para negociar con los indios, y que la suya es la más dura de pelar, puesto que Catriel ya ha cedido ante la presión del *huinca*. Sin embargo, el forastero le ha traído un dato valioso: Catriel ha enviado al cacique Yanquitruz una comisión para "tentar los medios de atraerlo" y así poder rescatar a los cautivos de la zona, ayudando al gobierno. Traicionando a su sangre.

Garantías de paz le piden. A él, Señor del Desierto, que ha conseguido lo que nadie, comandar a todos los caciques de la región, uniendo las diferencias en contra del único enemigo verdadero del indio: el ejército. Siente pena por Avendaño porque no es un mal hombre y cree estar promoviendo la paz al actuar como secretario de Catriel. Calfucurá sabe, no obstante, que esa paz no es posible: el propio Avendaño ha sido denigrado por el coronel Barros, el mismo que lo mandó llamar como intérprete al servicio del ejército. No se puede confiar en los *huinca*, se traicionan entre ellos. Es por eso que debe andar con mucho tiento con este hombre que se acoge a la hospitalidad del indio salinero. Lo pondrá bajo vigilancia.

Jim Morris sentía los ojos del cacique fijos en él. Desde que se instaló en el campamento, no le quitó la mirada de encima, pues a pesar de su estudiada pose de gaucho alzado, él carecía de los rasgos del hombre de las pampas.

Miró a su alrededor y encontró un rincón donde descansar del viaje, un hueco formado por un arco de piquillines. Después de espantar a unos cuantos perros que holgazaneaban, se aprestó a leer el libro que guardaba en su chaqueta. Lo hojeó pensando en la mano que había garabateado esas letras redondas y menudas. Pequeña Brasa. Había conservado ese cuaderno como excusa para abordarla de nuevo. De pronto, frunció el ceño. La última vez que se vieron, ella estuvo dura con él, a causa de la pelea con el hombre del médano. Una sospecha desagradable le recorrió el espinazo: aquel hombre se sentía atraído por la maestra y Jim no estaba seguro de que ella no le correspondiera, aun sin saberlo. Su percepción, afinada por el uso de las técnicas de chamán, no lo engañaba. Suspiró y se obligó a no pensar en esa encrucijada. Necesitaba toda su concentración para resolver el asunto que lo había llevado hasta esas tierras del sur. Tomó un lápiz y, en el mismo cuaderno de Elizabeth, escribió los datos que sabía acerca del hombre que buscaba: "doctor", "francés", "Fuerte Centinela". No conocía su nombre ni su aspecto, sólo que había mandado matar a su padre y a su hermano para engrosar su colección de cráneos de los indios de América. Su boca se curvó en una mueca de desprecio. Sería él quien regresara a las praderas del norte portando como recuerdo la cabellera de un francés.

CAPÍTULO 18

*A*penas se supo que la maestra se trasladaría a otro sitio, un velo de tristeza cayó sobre los preparativos navideños. Los niños no fueron avisados para no ensombrecer su alegría, y gran esfuerzo requirió a los adultos componer expresiones gozosas en medio del abatimiento general. Ña Lucía, pese a las protestas reiteradas sobre su situación, reconoció que extrañaría las atenciones de Zoraida y hasta los desplantes de Eusebio, mientras que éstos ya lamentaban el vacío que dejarían sus huéspedes. El Padre Miguel debió contener las lágrimas más de una vez, al colocar los adornos que Elizabeth había preparado con tanto amor. ¿Quién alborotaría el salón parroquial después de Navidad? No albergaba esperanzas de convocar a los padres de los niños a la misa una vez que la señorita O'Connor partiese. Ni siquiera los niños regresarían.

En cuanto a Elizabeth, la pena que la embargaba era profunda. Había llegado a querer a sus niños, pensaba en ellos mientras preparaba las lecciones, y rezaba para que los más díscolos asistiesen a diario; sin embargo, sabía que había otra razón ahondando su tristeza: jamás vería de nuevo al hombre de la laguna. El misterioso señor Santos ya no sería un desafío cotidiano, no sentiría el cosquilleo de anticipación al visitar los alrededores de la casita ni se medirían en lances verbales, pues él seguiría recluido en la zona de los médanos mientras ella partía hacia otra escuela donde su misión educadora fuese más valorada, quizá, aunque menos excitante.

Aunque la misiva de Aurelia exigía prisa, Elizabeth no podía abandonar a sus alumnos, privándolos del festejo prometido. Partiría después de las Navidades.

—¿Vio, niña, que esta situación no era la correcta? Ya me parecía que había gato encerrado. Qué brutos los de la escolta, traernos hasta acá, en medio de la nada, cuando las órdenes decían otra cosa.

—No me explico, Lucía —reflexionó Elizabeth—. La misma Aurelia me hablaba de una laguna.

—Habrá sido de otra, "Miselizabét". Hay tantas por todos lados...

Elizabeth movió la cabeza, apesadumbrada, y continuó envolviendo regalos. Había distribuido sus útiles en paquetitos para repartir entre los niños, con la ilusión de que algunos, en su ausencia, se sintiesen motivados a seguir con las lecciones, aunque ella misma dudaba de que sus deseos se cumpliesen.

Una galopada en el patio llamó su atención. Un jinete de El Duraznillo traía un recado de la señora de la casa, que invitaba a la señorita O'Connor a la velada del día veinticuatro y esperaba que pudiese permanecer también el día de Navidad, estarían encantados de recibirla y agasajarla. Elizabeth contempló la letra estirada de Inés Durand y su corazón saltó de emoción. ¿No había dicho el señor Santos que se quedaría en El Duraznillo por un tiempo? Si ella aceptaba la invitación... No, no podía desairar a la gente del lugar, ni a los niños. Ella pasaría Nochebuena con todos ellos, como lo habían planeado. Aunque nada de malo habría en aceptar la propuesta para el día siguiente.

—Dile a tu patrona que iré con gusto el día veinticinco, ya que en Nochebuena nos reuniremos con el Padre Miguel y los alumnos de la escuelita. Estaré encantada de conocerla y de compartir con ellos la fiesta del Nacimiento.

Después de que el chasqui partió con la respuesta, Elizabeth se sintió ligera de espíritu y hasta se ilusionó pensando que el malentendido de la escuela podría resolverse sin necesidad de ir hasta Buenos Aires. El señor Zaldívar era un hombre poderoso y tenía asuntos en la ciudad. Tal vez averiguase lo que sucedía con su puesto.

Francisco se encontraba junto al corral, viendo trotar a Gitano a través del humo de su cigarro. "Debería montarlo y cabalgar hasta la laguna", pensó. Al igual que él, el caballo sufría el encierro y estaba nervioso. Los trabajos del campo se habían restringido, en parte debido a la amenaza del ataque indio, y en parte a causa de la sequía, que había obligado a los hombres a arrear las reses hacia los terrenos más cercanos, donde se las podía proveer de agua con más facilidad. Las lagunas salitrosas se habían secado y no sería raro que algunas partidas de indios se aventurasen hasta los campos poblados en busca de ganado más gordo.

Un humor extraño se apoderó de Francisco ni bien supo que la señorita O'Connor aceptó la invitación de doña Inés. "De Julián, más bien", pensó, disgustado. El entusiasmo de su amigo por la joven maestra era tan evidente que hasta sus padres se hallaban sorprendidos. "Y complacidos", se dijo. ¿Y qué esperaba? ¿Que una muchacha hermosa y disponible no se fijase en su apuesto amigo, siempre atento y cordial? Las mujeres como Elizabeth O'Connor no eran para él. Las damas que aceptaban las atenciones de Francisco Peña y Balcarce en los buenos tiempos habían sido de reputación dudosa o, al menos, de moral hipócrita.

Mejor haría en olvidarse de la maestrita remilgada, ese pensamiento no lo conduciría a nada bueno. Un hombre enfermo, además...

—¿Buscando un poco de tranquilidad?

La voz de Armando Zaldívar lo sobresaltó.

—Reconozco que mi mujer suele hablar demasiado a veces —continuó—. Es propio de la condición femenina, así que, amigo mío, más vale que te vayas amoldando, si es que ya estás buscando formalizar. O tal vez me estoy apurando —agregó, al tiempo que palmeaba el hombro de Francisco con simpatía—. A tu edad, muchacho, yo me bebía los vientos también y pensaba que jamás me casaría, pero llega el tiempo en que un hombre se cansa de libar en distintas flores y quiere una que sea propia.

Armando buscó en su bolsillo su propio cigarro y lo encendió, disfrutando del pequeño placer con los ojos puestos en la lejanía.

—Creo que a mi hijo ya le llegó el turno.

Las palabras, dichas con liviandad, se enterraron en el corazón de Francisco.

—¿Qué opinas de la maestra, ya que la conociste casi al mismo tiempo que Julián?

Un latido desacompasado comenzó en la sien izquierda y Francisco tuvo que disimular el rictus de dolor.

—No he tenido tiempo de tratarla —contestó de forma automática—, aunque parece una mujer interesante.

"Interesante", qué calificativo anodino para definir a Elizabeth. "Interesante" podría ser la propia doña Inés, o quizá la detestable Teresa, pero no Elizabeth, ella no. "Subyugante" era el nombre apropiado. "Apetecible." "Tentadora."

—Me agradará conocerla, aun siendo extranjera. Te sorprende —dijo el estanciero al ver la expresión de Francisco—. Mi esposa es de sangre inglesa y no debería hablar así; sin embargo, nuestro matrimonio no fue siempre diáfano, Francisco. El carácter, las costumbres familiares, todo se interponía entre nosotros hasta que encontramos la fórmula. Nos ayudó mucho la llegada de Julián. Mi esposa se volcó a él por completo y se volvió más tolerante. Por otro lado, mis viajes continuos a la estancia atemperaron las diferencias. Una tregua es bienvenida en todo matrimonio, eso debes tenerlo en cuenta. No puedo hablar de esto con Julián, pues se trata de su madre, pero cuando supe que la señorita O'Connor era norteamericana, pensé que tal vez a mi muchacho le resultase una mujer algo fría, ¿entiendes? Por eso quería saber qué opinión te merecía.

—No es fría en absoluto —largó de pronto Francisco, sin pensar.

Armando Zaldívar estaba mirándolo, sorprendido, cuando una polvareda surgió en el horizonte. De manera instintiva, palpó el revólver que desde hacía días portaba en el cinto. Francisco arrojó el cigarro y se enderezó, presto a dar la alarma si era necesario.

Al disiparse la tierra, pudieron ver que se trataba del capitán Pineda y su baqueano, Laureano Pereyra. Desmontaron y saludaron con prisa.

—Ave María —dijo el baqueano.

Armando inclinó la cabeza y Francisco hizo lo propio. Una señal bastaba para entenderse. Aquellos hombres estaban de recorrida y seguramente querrían informar de algo a los pobladores de la frontera.

—Don Zaldívar, suerte de encontrarlo. Andamos paseando a un viajero inoportuno.

Las palabras de Pineda extrañaron a Armando, pues no veía a nadie más, hasta que vislumbró una nube de polvo más pequeña a la distancia. Pineda sonrió con socarronería.

—Lo hemos zarandeado un poco, para que vea que la pampa no es para todos.

El jinete se acercó bufando, igual que su caballo, y tardó en desmontar. Al aproximarse al corrillo, Armando y Francisco apreciaron que se trataba de un extranjero vestido de manera puntillosa: las botas polvorientas eran de calidad superior a las de cualquier milico y la chaqueta de seda verde, aunque deteriorada, resultaba pretenciosa en aquellos parajes.

—Doctor Nancy, para servirlos —se presentó el hombre, inclinándose.

Su acento francés y su gesto cortesano también eran incongruentes.

—El doctor está con nosotros en una misión —aclaró el capitán Pineda.

Era evidente que aquella misión desagradaba tanto al capitán como al baqueano, aunque ni Francisco ni Zaldívar pudieron precisar por qué. Los médicos eran muy requeridos en los fortines y como escaseaban, los hombres solían curarse solos. Sus funciones solían ser desempeñadas por los mal llamados "boticarios", hombres sin más conocimiento que el elemental para vendar, entablillar o limpiar heridas.

—Así es. Estoy a cargo de la sanidad del Centinela desde hace varios días, preparado para cualquier eventualidad, ahora que pude aprovisionarme de lo indispensable. La botica que encontré a mi llegada dejaba bastante que desear.

El comentario, pese a que no hacía más que confirmar una situación frecuente, no cayó bien al capitán.

—Ya sabe que cuenta con mis servicios profesionales —añadió Nancy.

—Esperemos no necesitarlo, doctor, pero muchas gracias —respondió Armando.

—¿Y bien? ¿Les parece que habrá *envahissement*?

—El doctor se refiere al malón —tradujo Pineda—. Como hace tiempo que la frontera está en armas, le extraña que los indios no asomen sus hocicos. Ya le expliqué que el salvaje no es predecible, y tanto puede caer de sopetón como avanzar de a poco cada día. Es que el doctor arde en deseos de verles las jetas.

El lenguaje del capitán disgustó a Nancy, que se apresuró a aclarar su impaciencia:

—Sucede que mi interés es científico, señores. No sólo vengo en misión humanitaria, sino que tengo mis propósitos. Hace tiempo que estoy armando una especie de museo en mi casa de la Garonne y todo cuanto pertenece a los salvajes americanos me interesa: puntas de flecha, alfarería...

—Y huesos —agregó el capitán.

—*Oui*, también huesos, ¿por qué no? Es una colección como cualquier otra. Una vez muertos, ¿qué importa dónde se encuentran los restos de los indios?

Francisco comenzó a sentir repugnancia por el doctor Nancy y Armando no le iba atrás, aunque ninguno hizo comentarios.

—El doctor ha venido viajando desde el norte y juntó unos cuantos "restos" —dijo Pineda, despectivo.

El hombre de los fortines luchaba contra el indio y hasta trataba con él, si hacía falta. Conocía su lado malo y el bueno también. No eran raros los casos de indios amigos, ni tampoco los de hombres blancos enredados en amoríos con indias. La manera desaprensiva del francés irritaba al capitán porque no se apoyaba en una enemistad verdadera sino en una desvalorización del indio como hombre. El doctor no había tenido que enfrentarse cara a cara con un enemigo y lancearlo en defensa de su vida, ni lo había visto en llanto desgarrado ante su familia muerta como consecuencia de una partida de milicos o del ataque de otra tribu.

—En Norteamérica ha habido verdaderas masacres —aclaró Nancy— y, de no ser por mí, no quedaría ni rastro de los vencidos. Tuve que pagar bastante por los cráneos de dos guerreros cherokee cerca de Oklahoma, un jefe y su hijo mayor. No es fácil encontrar a alguien, aun con buena paga, que rescate flechas, plumas o cabezas de indios para una noble causa.

—¿Noble causa? —dijo Francisco, asqueado.

—La de la ciencia, *monsieur*. En estos parajes dejados de la mano de Dios todavía están lejos de apreciar la importancia de una investigación científica, pero el día de mañana agradecerá que alguien haya tenido la visión de salvaguardar restos de una tribu primitiva.

—¿Qué hace usted con los cráneos, doctor? —inquirió Armando, tan horrorizado como Francisco, a esa altura.

—Disecarlos primero, en un proceso complicado, y luego enviarlos a Europa, donde mis amigos del museo los acondicionan para exponerlos en vitrinas. Imagínese, será una atracción comparable a la que produjeron en España los nativos que Colón llevó al regresar de su viaje. Europa siente gran interés por los salvajes de América.

—¿No es un poco salvaje también ese interés, doctor?

Nancy miró con suficiencia a Francisco. El hombre le había disgustado desde el principio, tenía un no sé qué de incivilizado en su rostro y él no acostumbraba a tratar con gente inculta, aunque debía disimular, puesto que se trataba, al parecer, de un amigo de la familia.

—Me permito disentir, *monsieur*. Eso depende del punto de vista que se adopte. La ciencia sufre muchos embates, sobre todo de parte de los fanáticos religiosos, de los que, espero, usted no formará parte —sonrió con cinismo.

—De todos modos —terció Armando Zaldívar— no creo que haya venido usted a El Duraznillo esperando encontrar indios, ya que voy a tener que desilusionarlo.

—De eso quería hablarle, señor Zaldívar. Con su permiso, mi baqueano y yo haremos una rastrillada por los alrededores. Maliciamos una emboscada por algunas señales que vimos.

La antipatía hacia Nancy pasó de inmediato a segundo plano, ante la amenaza que traía Pineda. Zaldívar se dispuso a facilitarle los hombres que necesitaba para cumplir su misión, y no pudo evitar invitarlos a cenar. Ya vería luego cómo conformar a su esposa, que de seguro pondría el grito en el cielo. Doña Inés se molestó al principio por la intrusión de los militares, aunque la obsequiosidad del francés la halagó, así que se mostró como una anfitriona considerada. Pineda y Pereyra habrían disfrutado más una mateada en las barracas de los peones, pero no podían desairar a don Zaldívar ni querían dejar al franchute solo, como invitado de honor. Todos se sentaron en torno a la mesa grande y degustaron los platos de Chela.

El doctor Nancy estaba a sus anchas en ese ambiente más civilizado, donde las conversaciones podían elevarse a alturas que en el fortín resultaban imposibles. Ya estaba harto de la vida de frontera y, si no hubiera sido por su ambición de coleccionista, se habría mandado mudar a Francia hacía rato. Procuró, sin embargo, no hablar sobre su colección de tesoros mortuorios en presencia de doña Inés Durand, una dama en todo sentido que no vería con agrado su afición. La sensibilidad femenina debía ser cuidada y fomentada.

Francisco se mantuvo callado durante toda la cena y la conversación fue sostenida por el resto. De pronto, y sin que nada permitiese anticiparlo, el doctor Nancy se volvió hacia él y le espetó:

—¿Sabe, *monsieur*? Su rostro me recuerda a alguien, no sabría decirle quién. Tiene un rasgo peculiar que es inconfundible.

Francisco se envaró, temiendo que aquel hombre estuviese ligado a los Del Águila y fuese a cometer una infidencia.

—No hemos frecuentado los mismos salones —alegó.

—No, no es justamente de los salones de donde lo recuerdo, sino de otro sitio, sólo que no puedo precisar cuál.

La mirada aquilina del francés paseó por los rasgos de Francisco con la misma meticulosidad que si estuviese diseccionándolo.

—*Hélas...* —suspiró—. Ya vendrá a mi mente.

Después de eso, el doctor se abocó a elogiar a Inés Durand por su coraje al visitar la estancia en plena amenaza de "invasión", como insistía en denominar a los malones.

—Un tipo de lo más peculiar —dijo Julián más tarde, mientras Francisco y él tomaban una copita de oporto.

—De lo más desagradable, diría yo.

—A madre le cayó muy bien. Se ve que el tipo se las trae con las mujeres. Por suerte, nos visitó antes de que llegara Elizabeth.

El tic de la mejilla de Fran entró en acción al escuchar el tono con que Julián la nombraba.

—Te noto muy protector hacia la muchacha de Boston.

—No es eso, sino que Elizabeth es de las mujeres que no conocen su atractivo, las que suelen caer presa de los inescrupulosos. Y este Nancy es, sin duda, uno de los peores. ¡Mira que decirte que te recordaba de no sabía dónde! Más le valía quedarse callado si no recordaba nada.

Hubo un momento de silencio y de repente ambos se miraron, movidos por un mismo pensamiento.

—¿Tú crees? —murmuró Francisco.

—Todo es posible —repuso Julián.

—Odiaría pensar que...

—Olvídalo. No tiene la edad suficiente, y sería demasiada casualidad, ¿no?

—Me miraba como si encontrase alguna deformidad repugnante en mi cara —reflexionó Francisco.

—El repugnante es él, pero hay algo que debe tranquilizarte: no se te parece en nada.

CAPÍTULO 19

—*Y* lo trajo un señor irlandés.

Elizabeth se empinó para colocar la estrella de papel en el arbolito que oscilaba sobre la mesa de la sacristía. La ceremonia del árbol no estaba difundida en el campo y Elizabeth les explicaba a los niños que había sido llevada al Río de la Plata por un soldado irlandés, que llegó con las invasiones inglesas y fue atendido por una familia de Buenos Aires cuando cayó malherido.

—¿Y para qué lo atendieron, si vino a invadir la ciudad? —dijo con desprecio Remigio.

La tarea de colocar adornos le parecía cosa de niñas, de modo que se mantenía alejado, observando, al igual que Luis que, sin embargo, ardía en deseos de participar.

—Por caridad cristiana, Remigio. ¿Qué harías si vieses a un hombre que acaba de robarte agonizando en una zanja?

—Yo le echaría tierra encima para liquidarlo —aseveró Remigio, orgulloso.

Livia y Juana ahogaron una exclamación y Elizabeth dejó de luchar con la estrella para enfrentar al muchachito con los brazos en jarra.

—¿Cómo puedes decir eso, Remigio? Me avergüenzo de ti. Y en un día como éste, que vamos a recibir a Jesús. Ven acá.

El chico se acercó, creyendo que recibiría un coscorrón, y se sorprendió al ver que Misely le colocaba en las manos un globo azul.

—Vas a poner este adorno, mientras formulas una oración de arrepentimiento. Colgarás tres esferas azules y por cada una dirás: "Me arrepiento, seré bueno".

Luis se acercó gozoso a contemplar el castigo, mientras las niñas rodeaban a Remigio con solemnidad. Colorado hasta las orejas, el muchachito estiró su cuerpo delgado hasta alcanzar la rama más alta y allí enredó la bola con torpeza, murmurando entre dientes. Elizabeth contuvo una sonrisa. La lección de humildad le serviría. En los últimos tiempos, sobre todo desde la ausencia de Eliseo, los mayores se habían vuelto revoltosos y desobedientes, como si intentasen tomar el lugar que el muchacho más grande había dejado vacante.

—Quiero enseñarles el significado de estos colores. Cada esfera es una oración que rezamos durante los días anteriores a Navidad: la azul representa el arrepentimiento, la plateada —y mientras revolvía en una caja de cartón— es el agradecimiento.

—¡Acá, Misely, tengo una! —gritó Marina.

En sus manitos temblorosas giraba un globo de vidrio rojo que Elizabeth se apresuró a rescatar.

—La roja es una petición. ¿Quieres pedir algo bonito, Marina?

La pequeña frunció las cejas oscuras y se concentró.

—Quiero que mi hermano deje de toser.

Elizabeth sintió fluir las lágrimas y sacó su pañuelito de encaje para enjugarlas. En los últimos dos días había llorado más que en los últimos dos años. La cena de Nochebuena sería a la vez la fiesta de despedida, y cada detalle que preparaba se le clavaba en el corazón como un dardo.

—¿Y ésta?

La voz queda de Juana despertó la curiosidad de todos.

—Ah, la dorada, es una de mis favoritas. Ponla donde quieras, Juana. Significa la alabanza.

Juana se puso de puntillas para enlazar el globo en la rama donde Misely ya había colgado una piña pintada. Remigio continuaba refunfuñando mientras terminaba de colocar la última esfera azul. Retrocedieron para contemplar su obra. Era una pequeña rama escuálida que habían cortado del vivero natural que crecía junto al mar. Con papel de colores, piedras lavadas y viruta fresca, construyeron el Nacimiento. Lo que más entusiasmaba a los niños era la historia de los Reyes de Oriente, que viajaron guiados tan sólo por una estrella. "Niños al fin", pensó Elizabeth. Ella recordaba bien la magia de las Navidades de su infancia, cuando su tía y su madre cantaban villancicos mientras narraban las peripecias de María y José buscando refugio.

Dio los últimos toques y apresuró a los niños, a fin de que estuviesen en sus casas a tiempo para asearse y cambiarse. Zoraida había cosido, noche tras noche, unas camisas con géneros que la maestra ordenó traer del almacén de ramos generales.

—Vea —le había dicho Zoraida con timidez—, estos chicos están muy "hilachitas" y, si usted no lo toma a mal, yo podría coserles algo para la fecha.

Sacó su pañuelito de nuevo y se enjugó la frente. El cielo se había tornado amarillento y el aire resultaba insuficiente. Hasta los animales se veían inquietos. Los niños se mojaban la nuca con el agua del aljibe y aprovechaban la ocasión para jugar un poco y hacer travesuras. Llegaban al aula, serios y empapados, como si pudiesen engañar a la maestra que, por otro lado, fingía no darse cuenta del chapuzón.

Juana se había hecho mujer en esos días. Una mañana no quiso salir al patio cuando la maestra hizo sonar la campanilla de latón y Elizabeth, preocupada, la instó a que confiase en ella. Juana llevaba una vida sosegada junto a su madre, aunque en los últimos tiempos se la veía más silenciosa que nunca y Elizabeth sospechaba que se debía a la ausencia de Eliseo en la toldería. "Demonio de muchacho", pensó con fastidio, "no soy la única a la que hace sufrir con su conducta". Al fin, Juana confió a la maestra su problema: había manchado la única falda que poseía para ir a la escuela ya que, de ordinario, vestía a la usanza tehuelche. Ni lerda ni perezosa, Elizabeth se quitó la enagua y, después de arrancarle los volados, la anudó en torno a la cintura de la muchachita.

—Ya tienes otra, Juana —le dijo a la sorprendida joven—. Y no me la devuelvas, tengo dos y no necesito más.

Juana fue el centro de la admiración de Livia y de Marina por el resto de la jornada. Elizabeth se ocupó también de hablar en privado con la niña, pues ignoraba cuánto podía saber acerca de las consecuencias de su nuevo estado, ni de qué modo vivían en la toldería. Su conocimiento de las costumbres indígenas era escaso y, si bien no quería ofender a Juana con suposiciones inadecuadas, tampoco podía arriesgar la salud de la muchacha. Descubrió con sorpresa que Juana estaba informada de lo que significaba su pérdida mensual de sangre, así como de lo que sucedía entre un hombre y una mujer cuando dormían juntos. Sabía más de lo que ella nunca supo a esa edad. Y se sorprendió más aún al enterarse de que los tehuelche acostumbraban a festejar la menarca con una gran ceremonia en la que todo el grupo participaba. Juana le había contado que, a partir de ese día, ella tendría una habitación aparte en el toldo, separada del resto por una cortina de piel de guanaco o de potro. Lo que horrorizó a Elizabeth fue saber, de labios de la propia Juana, que desde ese momento estaba autorizada a recibir a su candidato por la parte de atrás de la tienda, sin solicitar permiso. Ése sería su cortejo hasta que el interesado decidiese pedir a la novia, ofreciendo a cambio lo que más apreciase, por lo general caballos. La joven norteamericana repudiaba esas costumbres bárbaras, aunque nada dijo puesto que, estando Eliseo lejos, Juana no corría peligro por el momento. Según lo que la muchacha le había confiado en esa conversación secreta, los tehuelche no solían imponer a sus hijas un esposo, de manera que, si Juana amaba a Eliseo, se mantendría pura hasta que el muchacho volviese. "Si vuelve", pensó, sin decir nada sobre sus dudas. ¿Quién velaría por esas almas cuando ella partiese? El Padre Miguel tenía buenas intenciones, pero los niños no habían confiado en él como lo hacían con su maestra. Y se le estrujaba el corazón pensando en lo tristes que se pondrían al saber que la escuelita se cerraría después de Navidad.

En el rancho, Eusebio y Zoraida aguardaban, ansiosos, a que Elizabeth llegara para dar comienzo a los preparativos. Eusebio vestía una chaqueta negra recién cepillada y una corbata al tono. Al ser las botas su posesión más preciada, las había encerado hasta sacarles brillo. Zoraida y Ña Lucía habían compartido el dormitorio para acicalarse, entusiasmadas como quinceañeras. A Elizabeth le sorprendió lo joven que se veía la esposa del puestero sin su viejo pañuelo, pues ocultaba una espléndida cabellera negra con algunas hebras grises que le otorgaban distinción. Zoraida se había esmerado con la aguja y, tanto ella como Lucía, ostentaban pecheras de volados en sus blusas. Lucía había adornado la suya con un alfiler de plata, regalo de su querida Aurelia.

—Planché el vestido rosa, "Miselizabét", me pareció el más bonito —le anunció.

Elizabeth había llevado sólo dos vestidos: uno de satén amarillo y otro rosa con polisón, que ostentaba en la falda cintas de encaje negro. A Lucía la había hechizado el rosa, de modo que decidió por ella y planchó el traje que, a su juicio, mejor cuadraba a la fiesta de Nochebuena. Si Elizabeth hubiese conocido la sencillez del lugar adonde iba, no habría guardado en su baúl ni uno solo de aquellos vestidos. Por otra parte, se alegraba en secreto de poder lucir arreglada con esmero en la Navidad de El Duraznillo.

—El rosa estará bien, Lucía, gracias. Voy a refrescarme un poco. Hace tanto calor...

—No me gusta nada este tiempo —comentó Zoraida con aprensión.

—Mala cosa —coincidió Eusebio, y no dijo más.

En el Centinela, los preparativos de Nochebuena eran más sencillos aún. No había capellán, de modo que las fiestas religiosas se soslayaban la mayoría de las veces. Ésta, sin embargo, era demasiado importante para que pasara sin pena ni gloria, así que el capitán ordenó cuerear una vaca y dispuso que la tropa cenara en su compañía. Las pocas mujeres del fortín encendieron velas de sebo ante la única imagen bendita que había, una Virgen de cera traída desde el Paraguay, y regalaron a los soldados con mazamorra endulzada con azúcar.

—Viene brava la cosa, mi capitán —dijo Pereyra esa tarde, mientras veía cómo los centinelas se ubicaban para la nueva guardia.

El baqueano se refería al clima, pero Pineda barruntaba algo más, algo oscuro que se gestaba tras los montes, donde la indiada solía agruparse para bombearlos. Eran pequeños grupos, de cuatro a seis indios, que se mantenían fijos sobre sus monturas oteando hacia el fuerte, para después marcharse en el silencio inconmensurable. Hacía días que los visitaban de ese modo, sin dejar entrever si se trataba de gente de Catriel, de Pincén o de Cachul.

—Anda maliciando algo, ¿no es así, señor?

—Así es, Pereyra. No me gusta el modo de moverse de los crinudos esta vez. Hace días que deberían haberse hecho notar. Temo que se esté formando algo grande.

—¿Quiere que veamos si hay rastrillada?

Pineda se encogió de hombros.

—Qué más da. Mil veces hemos salido, para nada. Huellas hay, pero más confundidas que perro en cancha de bochas. Maldito Calfucurá, sabe bien cómo hacer que los nervios se cocinen a fuego lento. Vea, Pereyra, cuide que los hombres de la guardia se mantengan alertas. Lo único que falta es que nos caigan encima en Nochebuena.

—Cuente con eso, señor —y el baqueano se encaminó hacia la empalizada. Ni una brisa refrescaba el ambiente. El sol había achicharrado la pampa durante todo ese día y los anteriores a tal punto que el pasto, seco y amarillo, crujía bajo los pies como si fuesen astillas de cristal.

—Caray —masculló el capitán—. No me gusta nada de nada.

Un toque de la trompeta llamó a la oración y el militar hincó su rodilla en la tierra, allí mismo, inclinando la cabeza en recogida actitud. Sabía que toda la soldadesca estaba haciendo lo propio. Aquellos hombres, que vivían el abandono y las miserias de la vida de frontera, siempre tenían un minuto para el responso.

Horas después, otro toque más alegre retumbó en el patio del fortín: la charanga bulliciosa incitó a algunos hombres a bailar, mientras otros llevaban el ritmo con sus nudillos sobre la mesa. El aguardiente corría, aunque con mesura, pues el ojo del capitán estaba alerta. El humo de los asadores se mezclaba con la polvareda que el viento levantaba en remolinos y las risotadas se escapaban por entre los troncos del cerco, perdiéndose en la soledad de la llanura como ecos rotos.

Elizabeth contemplaba con satisfacción el fruto de su esfuerzo. A la invitación habían respondido casi todas las familias, quizá movidas por la curiosidad, para conocer a Misely, de quien tanto hablaban los niños en sus casas. Allí se encontraba la madre de Juana, una mujer joven, vestida de pies a cabeza como una tehuelche aunque sin quillango, a causa del calor. Elizabeth descubrió en su semblante la misma dulzura que caracterizaba a la hija. Juana había usado la enagua de la maestra como vestido de fiesta, ceñida por una faja de lana roja y blanca que daba varias vueltas en su esbelta cintura. A pesar de la ausencia de Eliseo se la veía radiante, sin duda porque esa noche le tocaba desempeñar un papel principal. Llevaba las trenzas recogidas en la coronilla y pendientes de plata.

—Juana, estás hermosa —le había dicho la maestra, haciéndola sonrojar.

Elizabeth trataba por primera vez con las familias ya que, después de aquel intento de entablar relación con los padres de Eliseo, no había vuelto a los toldos. Allí estaban ellos y de nuevo quedó impactada por la prestancia del Calacha y la imponente figura de Huenec. La mujer inclinó la cabeza en silencioso saludo y Elizabeth le correspondió.

Habían acudido, para su sorpresa, los padres de Mario y Marina, con ambos niños. Ése fue su mejor regalo. La madre de los mellizos era una mujer sufrida y de expresión apática. Elizabeth pensó que ella misma debía padecer el mal de su pequeño, ya que la escuchó toser varias veces. Mario estaba feliz. Su hermanita lo llevaba de la mano, mostrándole los adornos del galpón y explicándole, a su modo, cómo nacería el Niño esa noche. Trotando detrás de ella, el pequeño giraba la cabeza a uno y otro lado como lechucita, procurando abarcar toda la magnificencia de ese salón que a él le parecía mágico. "Si me hubieran dejado traer a Santa Claus", se dijo, molesta, Elizabeth. Su mayor anhelo era brindar a aquellos niños un festejo inolvidable, ya que ella no estaría en la laguna el año entrante. ¿Qué sería de ese galpón cuando ella no estuviese? ¿Lo usaría el Padre Miguel como invernadero? ¿Mandarían a un maestro en su lugar? Sabía que había dos candidatos varones en la lista. Elizabeth sacudió la cabeza para desterrar las ideas tristes que le venían a la mente.

—Misely, ésta es mi *cucu*.

Livia avanzó, tirando de una mujer apenas más alta que ella, de cabellos blancos y cutis increíblemente lozano. ¿Quién había dicho que era? ¿Su *cucu*?

—Se dice "abuela" —aclaró Luis, con la boca llena de turrón.

Había incursionado en la cocina del Padre Miguel y éste no pudo resistir las zalamerías del muchacho.

—¿Es tu abuela, entonces? Bienvenida, señora.

Elizabeth tendió una mano a la mujer, que se la apretó con fuerza. Hablaba tan bajito que la joven tuvo que inclinarse, pues la abuelita de Livia medía casi como uno de los niños.

—*Marí-Marí, ñahué, ¿cumleymi?*

Luis ofició de intérprete de la *cucu* y le explicó que la estaba saludando como a una hija. Los siguientes balbuceos de la anciana fueron palabras de agradecimiento a la maestra. Así supo Elizabeth que Livia era huérfana, que sus padres habían perecido víctimas de la viruela, que la niña se había salvado y que, desde entonces, su abuela velaba por ella como una madre. Su mayor ilusión era ver a Livia bien casada y con una prole aunque, si la niña quería ser un día como su maestra, ella no lo vería tan mal. Con manos sarmentosas, la anciana tomó las de Elizabeth y depositó en ellas un paquetito. Al abrirlo, la joven descubrió conmovida un collar de semillas de algarrobo, hecho por la propia abuela. Besó la mejilla arrugada y se volvió con rapidez hacia donde el Padre Miguel estaba disponiendo los sitios de los comensales.

No lloraría, se lo había prometido a sí misma.

—Miss O'Connor, vea si se puede empezar ya con la cena, pues quisiera celebrar misa antes de que esta gente se quede dormida.

Igual que tantas veces en su salón de clases, Elizabeth batió palmas para llamar la atención de los niños y los conminó a sentarse para dar comienzo al festejo de Nochebuena.

Los platos eran sencillos: carne hervida con arroz y papas, pastel de calabaza y caldo de puchero en tazas, todo acompañado por bollitos de grasa y vino de misa, que el Padre Miguel se ocupaba de dosificar con ojo atento. Los invitados hacían honor a cuanto se les servía con apetito voraz, en especial los más ancianos, poco acostumbrados a los manjares. Elizabeth probó de todo, con excepción del mate al final de la comida, pues esa costumbre le repugnaba tanto que no creía poder asimilarla nunca. Tampoco se habituaba a la transposición de los platos, algo bastante frecuente: el postre antes que el caldo o en medio del café, según los casos. Todos aplaudieron al Padre cuando trajo con orgullo su obra maestra: crema batida y duraznos en compota. Hubo chillidos de admiración y mucho entusiasmo al descubrir la bandeja de turrones, una sorpresa que Lucía y Zoraida habían preparado en secreto.

Se acercaba la hora y Juana, nerviosa, miraba una y otra vez a Misely para saber en qué momento exacto debía colocar a Jesús en la cuna. Elizabeth indicó al Padre que apagase los candiles, dejando sólo la lámpara que otorgaría el toque mágico a la escena. Se encaminaron hacia la capilla, donde el altar titilaba con las velas y, en medio de un silencio profundo, ante la señal de su maestra, la joven avanzó hacia el pesebre llevando acunada con amoroso cuidado la figura del Niño que colocó con suavidad en su sitial. Una leve exclamación acompañó el movimiento, como si los ojos ansiosos acabasen de ver por sí mismos el prodigio de la Navidad.

De modo inesperado, una voz cavernosa se hizo oír tras la puerta de la parroquia. Sonaba como una risa ahogada y, al escuchar el rítmico "Jo, Jo, Jo" que tantas veces alegró su niñez, Elizabeth sintió la misma emoción que en aquel entonces. Una figura vestida de verde, calzada con curiosas botas de montar, sus rasgos ocultos tras una profusa barba de algodón y un pañuelo anudado como turbante, apareció arrastrando una bolsa de arpillera, ante el asombro de los niños. Se formó un cerco alrededor del extraño sujeto que reía sin parar, haciendo muecas y guiños en todas direcciones. Elizabeth miró de reojo al Padre Miguel, que fruncía el ceño, mientras Ña Lucía calibraba la identidad del pintoresco "Santa" que se había arriesgado a visitar la escuela de la laguna. Marina aplaudió, Mario se cayó sentado del susto y Luis empujó a Remigio para obligarlo a acercarse, pues jamás se había visto allí nada semejante. Al llegar a la maestra, Santa Claus extrajo de la bolsa una cajita de tela con un gran moño y, haciendo una reverencia, la presentó diciendo:

—Por esta vez, los ángeles me enviaron un regalo para la señorita Elizabeth, porque ha sido buena, ¿verdad, niños?

—¡Sí! ¡Sí! —gritaron todos.

Juana observaba con aprensión la silueta jocosa que entregaba paquetes a los niños, hasta que se detuvo ante ella. Ya no era una niña y temió que pasara de largo, pero el viejo le ofrecía una bolsita atada con una cinta rosa. La tomó con el mismo cuidado con que había acunado a Jesús y ahogó un grito al ver que se trataba de una pañoleta de hermosos colores. ¡Para cubrirse los hombros como Misely!

La algarabía provocada por la llegada de Santa Claus hizo que Elizabeth olvidara todos sus pensamientos tristes, hasta que sus ojos descubrieron al personaje tratando de huir por donde había venido.

—Un momento, Santa, eh… señor —exclamó impulsivamente.

Santa Claus se volvió hacia ella, con los ojos arrugados por la risa, y dijo en tono bajo:

—Vaya, señorita Elizabeth, quién lo hubiera creído. Hasta usted cree en mí.

—¡Julián Zaldívar!

Él volvió a reír, ya sin impostar la voz.

—¿Y quién más? ¿Acaso creía que algún otro haría este papel mejor que yo?

Elizabeth sonrió con tristeza. ¿Quién pensaba ella que podía haber sido tan generoso como para ofrecer a los niños una Nochebuena inolvidable?

—Pero voy a confesarle algo, Elizabeth. Acérquese.

Y, antes de que Elizabeth pudiese evitarlo, el jovial Papá Noel de la laguna depositó un beso atrevido en la mejilla de la muchacha para luego desaparecer, riendo de nuevo como un viejito bondadoso.

CAPÍTULO 20

La mañana de Navidad se presentó sofocante; ni un soplo movía los pastizales y hasta las aves se ocultaban. Elizabeth se disponía a vestirse cuando Ña Lucía le informó que no podría acompañarla a la estancia vecina, ya que Zoraida había amanecido descompuesta.

—La comida copiosa ha de ser —sentenció—. Esta gente es muy frugal y una comilona como la de anoche la trastoca. La pobre se queja de dolor de estómago, náuseas y hasta tiene algo de fiebre. Mire, mi niña, no quiero ser agorera, pero es mejor que no vaya a esa visita. No puede ir sola.

Elizabeth se sintió desconsolada. Se había ilusionado con pasar ese día en El Duraznillo, aunque su mente no quería reconocer el verdadero motivo. Envuelta en su bata, se dirigió a la cocina a comunicarle la decisión a Eusebio.

—Yo la llevo, si quiere —repuso Eusebio, y Elizabeth lo miró, agradecida.

Lucía, en cambio, lanzó una mirada fulminante al viejo. No veía con buenos ojos que "Miselizabét" fuese a almorzar a la casa de "los gavilanes" sin su escolta.

—Más valdría que se quedara, don Miranda, por si lo necesita su mujer —recalcó.

Elizabeth estaba a punto de interceder cuando un galope los distrajo. A través de la ventana distinguió las siluetas de Julián y

Santos no bien se aposentó la polvareda que levantaron los cascos sobre la tierra reseca. Lucía frunció el ceño y Eusebio salió a recibirlos, para regresar informando que los señores pensaban escoltar a la señorita hasta la estancia. Elizabeth se mostró sorprendida, aunque pensó que se tomaban tales molestias a causa de los indios. Más rápido que nunca, se atavió con el vestido de satén amarillo y los botines de cabritilla, dejando de lado las enaguas armadas. Se estaba usando la silueta más fina y, si bien Elizabeth no prestaba atención a la moda, debía reconocer que era más cómodo prescindir de tanta ropa interior. Sobre el corpiño acordonado con cintas color oliva, la muchacha se colocó una chaqueta corta de encaje. Se miró, inquieta, en su espejo de mano. Algo debía hacer con su cabello, más ensortijado que nunca. En un arranque de audacia, improvisó un peinado nuevo: sujetó cada rizo por separado en la coronilla, y formó una corona de rulos en lo alto de la cabeza. Abrió una cajita de nácar que conservaba desde sus quince años y encontró una hebilla en forma de medialuna, incrustada de pequeños topacios. Estaba luchando por cerrarla sobre su torre de rizos cuando entró Lucía y la contempló, disgustada.

—¿Va a ir, nomás? —le dijo.

—Por favor, Lucía, ayúdame con esto.

La negra luchaba con su conciencia mientras observaba los esfuerzos de la joven por completar su atuendo. Estaba encantadora en su traje amarillo, con el cabello en alto y el rostro sonrojado.

—No lo creo conveniente, niña —insistió, aunque no pudo negarse a ayudarla.

Ajustó la hebilla sobre la maraña de rizos y alzó un espejo de mano, para que Elizabeth apreciase el efecto.

—Gracias, Lucía. Prometo volver temprano, si eso es lo que te preocupa. Nada me sucederá en compañía de los caballeros.

La negra bufó. ¡Si era de ellos de quienes debía cuidarse!

—Eusebio la llevará en su carreta, "Miselizabét", no importa si los señores la escoltan. Es impropio que vaya sola con tres hombres pero, ya que no puede evitarse, al menos que uno de ellos sea como su padre. Le hice prometer que iría a recogerla antes del atardecer, pues aquí en el campo las distancias son largas y no hay farolas como en la ciudad. Si yo pudiese ir... pero Zoraida está malita y este hombre que tiene por marido no sabe ni preparar un té.

En lugar de ofenderse o molestarse por el atrevimiento de la negra, Elizabeth se enterneció al saberla preocupada por su bienestar. ¡Le hacía tanto bien que alguien la cuidara, estando lejos de su casa! Se inclinó, sorprendiendo a Lucía con un beso en la lustrosa mejilla.

—Como dicen las niñas, "seré buena" —repuso, entusiasmada con la perspectiva de pasar una tarde en grata compañía.

Se decía a sí misma que deseaba conocer a doña Inés, aunque su voz interior la reprendía por mentirosa. No se habría sentido tan contenta de no saber que dos apuestos jóvenes la aguardaban afuera. Al salir, un rayo de sol la envolvió en un destello dorado. Tanto Julián como Francisco la contemplaron admirados desde lo alto de sus cabalgaduras. Julián reaccionó el primero, bajó de un salto y se acercó a besar la mano enguantada de la maestra.

—Anoche lucía como una rosa, señorita O'Connor, hoy parece una joya. Su presencia engalanará mi casa como nunca.

Francisco escuchaba las zalamerías de su amigo y sentía una piedra en el pecho. A pesar de ser conocido como uno de los seductores más temibles de Buenos Aires, él nunca había usado palabras acarameladas con sus conquistas. Se preguntó si la señorita O'Connor sería sensible a ellas. Vio que la joven levantaba su cabeza hacia él y le hizo una inclinación austera. El ligero desconcierto que mostró su rostro le causó maligna satisfacción.

Emprendieron el viaje, soportando la tierra y el calor sin más protección que los sombreros y, en el caso de Elizabeth, su abanico y el pañuelito de encaje empapado en loción de lilas. La planicie, recalentada por el sol desde temprano, se extendía por donde se mirase sin nada que destruyera su monotonía. La carreta avanzaba más saltarina que nunca, a raíz de los roquedales duros que se formaban en el suelo, y Elizabeth debía sujetarse con ambas manos para no golpearse contra los maderos del costado. Al llegar, les salieron al encuentro Armando Zaldívar, montado en un hermoso zaino, y dos peones que se ocuparon del carro y de brindar a Eusebio un refresco. No bien Elizabeth puso su pie sobre las baldosas del patio, la dueña de casa apareció para darle la bienvenida. La joven apreció del primer vistazo la belleza de Inés Durand. La mujer había elegido un vestido de brocado azul celeste que resaltaba sus rasgos pálidos y, como detalle de distinción, un pañuelito de gasa pendía de una de sus muñecas, a la manera de las doncellas medievales. La madre de Julián debió haber sido una beldad etérea que los galanes se disputaban en los salones de baile. Elizabeth se sintió de pronto disminuida, algo ridícula por haber pretendido lucir mejor de lo que era con aquella gente.

—Señorita O'Connor, bienvenida a mi casa de campo —dijo con voz bien modulada—. Espero que el viaje no haya sido muy fatigoso, con este calor.

Elizabeth fue conducida hasta el salón, donde ocupó el mismo sillón de la otra vez. Doña Inés ofició de anfitriona con admirable dominio de los modales. Sin embargo, por debajo de la obsequiosidad con que la agasajaba, estaba evaluando si la maestra de Boston estaba a la altura de convertirse en la esposa de su hijo. De manera inadvertida, deslizaba preguntas y comentarios destinados a averiguar si la familia de Elizabeth gozaba del prestigio adecuado. Le agradó saber que Florence Dickson no estaba emparentada de modo directo con la madre de la muchacha y, si bien la sangre de Elizabeth no provenía de ilustre prosapia, tuvo que admitir en su fuero interno que lo que le faltaba de linaje lo suplía con una educación exquisita. Julián escuchaba divertido mientras las acompañaba con un té liviano. Armando Zaldívar intervenía lo menos posible, sabiendo que su esposa deseaba acaparar la atención, y Francisco se había refugiado en la cocina, donde Chela lidiaba con el almuerzo mientras intentaba que el hombre no acabase con las hogazas de pan que acababa de colocar en canastitas de plata.

Cuando vio a Elizabeth agotada por responder a tantas preguntas, Julián aprovechó para invitarla a dar un paseo, mientras se disponía la comida en la mesa.

—Sólo por el jardín, madre, para que Elizabeth vea tus enredaderas.

—Está bien, hijo. Iré a la cocina a supervisar la tarea de Chela, mientras tanto. Cuida que la señorita O'Connor no tome demasiado sol, o tendrá un terrible dolor de cabeza esta tarde.

—Descuida, la trataremos como a una mariposa. ¿Vienes, Fran?

Elizabeth levantó la vista con un respingo al escuchar el nombre que le aplicaba Julián al señor Santos. Le había extrañado la familiaridad con que ambos hombres cabalgaron juntos cuando la escoltaron. Aquella vez, cuando le habló a Julián Zaldívar del ermitaño de la laguna, el joven se había mostrado preocupado, como si la presencia de un hombre en la cabaña de los médanos fuese una sorpresa desagradable para él. ¿Es que habían hecho buenas migas desde entonces? La muchacha tuvo una sensación incómoda. La salida abrupta del señor Santos cortó sus pensamientos. Se veía distinto a como ella lo recordaba, con el cabello sujeto en la nuca, afeitado y vistiendo ropa de campo limpia y bien cortada. Lucía como un hombre apuesto, a pesar de que se filtraba en él cierto salvajismo. Caminó del brazo de Julián sin dejar de observarlo. El señor Santos había respondido al nombre de "Fran" como si le perteneciese. Elizabeth estaba educada en la discreción, pero en ese momento le costaba mucho no preguntar a boca de jarro a ese hombre desconcertante sobre su verdadera identidad. Julián le hablaba de las madreselvas que había plantado su madre y de las dificultades para mantener los canteros en un ambiente como aquél. Daba pena la buganvilla medrando en el terreno pedregoso y reseco, así como las escuálidas hortensias.

—Es este calor calcinante, el más grande que hemos tenido en los últimos tiempos —se quejó—. Usted debe estar acostumbrada a gozar de las vistas de un bonito jardín allá en su país, ¿no es así?

Elizabeth recordó el camino de robles que conducía hasta su casa y los lirios con que su madre decoraba la entrada.

—No crea. El frío allá es el mayor enemigo. Bajo la nieve todo desaparece, hasta que el sol de primavera la derrite, formando charcos. El paisaje es bonito cuando el follaje de los árboles cambia de color según la estación. En todas partes la belleza es fruto del esfuerzo, ¿no le parece?

Julián miró con aprecio los ojos verdes de Elizabeth. Sí, la belleza merecía grandes esfuerzos. A su lado, Francisco caminaba huraño, sintiéndose fuera de lugar en esa conversación. Empezaba a arrepentirse de haberse alojado en El Duraznillo, cuando unas palabras de la joven maestra lo sacaron de sus elucubraciones.

—¿Y usted, señor Santos? ¿De qué lugar proviene?

Julián miró a Fran con cautela. Recordaba haberlo llamado por su verdadero nombre en un descuido y ahora tendría que remediar eso.

—El señor Santos vive en Buenos Aires, según tengo entendido.

Fran le dirigió una mirada feroz y respondió escuetamente:

—Así es, pero ahora vivo aquí.

—¿Aquí, en la laguna? —insistió Elizabeth.

—Eh… —intervino Julián con rapidez—. Hemos llegado a un acuerdo con el señor Santos: él se quedará en la casa de la playa, cuidándola, y cada tanto vendrá a la estancia a trabajar. Estamos necesitados de hombres en estos días, con las levas del ejército y el problema de los indios.

—¿Hay peligro de verdad, Julián?

El joven lanzó una mirada fugaz a Francisco, solicitando ayuda. No deseaba alarmar a la dulce señorita O'Connor aunque, en las condiciones en que vivían, tal vez fuese preferible que se encontrase preparada. La ignorancia de los males nunca era buena consejera.

—Temo que sí, Elizabeth —reconoció al fin, al ver que Francisco seguía mudo—. Estamos atravesando un período crítico en la relación con los indios. Calfucurá es un hombre astuto que viene labrando terreno propicio desde hace tiempo y ha conseguido reunir a tribus que vivían enfrentadas. Se dicen muchas cosas de él y no todas son ciertas. Se tejen leyendas, pero su figura es en verdad digna de tomar en cuenta. Puedo asegurarle que el gobierno sabe a qué se enfrenta.

—El señor Sarmiento no me habló de él —reflexionó Elizabeth.

—Pues debió hacerlo —dijo de pronto Francisco.

—Quizá no pensó que esta alianza se formaría tan rápido —aventuró Julián. Elizabeth se mordió el labio, pensativa.

—O tal vez no creyó que yo llegaría hasta aquí —dijo en voz baja.

Habían arribado a un cerco que marcaba el final del pequeño jardín. Más allá, la pampa se extendía sin límite y el contraste entre la gracia de las flores, el limonero y el aljibe y la desnudez de la tierra inculta provocó un estremecimiento en Elizabeth.

—¿Por qué dice usted que el Presidente no creyó que llegaría a la laguna? ¿Acaso no confía en sus maestras?

La joven dudó en revelar su inquietud a aquel muchacho amable, sin embargo, la posibilidad de que el señor Zaldívar intercediera para averiguar lo sucedido y le permitieran quedarse pudo más que la prudencia.

—He recibido un telegrama diciendo que estoy en el sitio equivocado —soltó.

Ambos hombres se quedaron mirándola, consternados.

—Parece que me estaba destinado un lugar diferente, aunque la escolta que me enviaron me trajo hasta esta laguna —continuó Elizabeth—. ¿Hay otra como ésta en alguna parte?

—Muchas, y ninguna me suena adecuada. A decir verdad, tampoco ésta me lo parece —contestó Julián, pensando en lo extraño que le había resultado que no hubiese una escuela aguardando a la señorita O'Connor.

—¿Qué piensa hacer, entonces? —dijo Francisco.

Elizabeth lo encaró con cierta frialdad. Santos le recordaba siempre la inutilidad de sus esfuerzos y la conveniencia de marcharse a Boston.

—Volver a Buenos Aires, por supuesto, apenas reúna mis cosas —respondió con altivez—. Mi deber como maestra contratada es ir adonde me necesiten y, si hubo un error en esto, repararlo.

—Aquí también la necesitan, Elizabeth —repuso con dulzura Julián.

La idea de perder la compañía de la señorita O'Connor le afectaba de un modo que no hubiese querido. De reojo, observó la reacción de Francisco. Lo notó rígido, los ojos más entrecerrados que nunca y la mandíbula apretada.

—Lo sé. Y lamento tanto dejar a mis niños... —murmuró con desconsuelo la joven.

Su expresión resultó conmovedora para ambos y no pudieron decir nada al respecto. Julián suspiró, al tiempo que palmeaba la mano de la señorita O'Connor con afecto.

—Ellos lo lamentarán mucho más, le aseguro. Y yo también.

Francisco sintió latir la sien izquierda y una presión detrás de los ojos que lo perturbó. La confesión de Elizabeth sobre su partida, pese a que él se la había aconsejado tantas veces, estaba desencadenando los síntomas de un ataque, algo que él no podía permitirse durante el almuerzo de Navidad.

—Permiso —alcanzó a decir, con el semblante contraído por la tensión—. Debo hacer algo antes de la comida.

Y desapareció, dejando a Julián y a Elizabeth contemplando su espalda. Una vez fuera del alcance de sus miradas, se apoyó contra la pared del galpón, recalentada por el sol, y cerró los ojos con fuerza, intentando calmarse. Respiró hondo una, dos, tres veces, hasta sentir un leve mareo, y volvió a abrirlos para comprobar, aliviado, que continuaba viendo. Dejó que su respiración se aquietara antes de separarse de la pared. Haberse controlado antes de un ataque le hizo pensar que, quizá con alguna práctica, podría dominar el mal por un tiempo. El asunto era anticipar la causa que lo provocaba. La señorita O'Connor podía contarse como una, sin duda, puesto que, desde que la conocía, los ataques se habían sucedido con poca separación entre sí. La joven lo fastidiaba y lo atraía a la vez. Esa atracción le resultaba inexplicable. Remilgada, discreta, severa como una monja. ¿Qué era lo atractivo en ella, fuera de sus redondeces, su cutis suave y los ojos de almendra? Francisco sonrió con ironía. Sólo eso bastaba para despertar la lujuria en un hombre, pues era lujuria lo que sentía, con el agravante de que no podía satisfacerla, ya que la muchacha era decente y no aceptaría un romance como pasatiempo. En su situación debería alegrarse de su partida inminente, se sacaba un problema de encima; sin embargo, saberlo le había afectado. Lo mismo que a Julián, pudo observar. Tal vez lo que le afectaba era que su amigo se sintiera dolido por la ausencia de la señorita O'Connor. Se pasó la mano por la cara y se revolvió el pelo, todo a un tiempo. Bastantes dramas estaba viviendo sin necesidad de agregar otros, de modo que se irguió, acomodó sus ropas y caminó hacia el comedor de la casa principal, donde Chela ya debía haber dispuesto la mesa de Navidad.

El buen gusto de Inés Durand se apreciaba en el mantel de hilo con hojas de muérdago, la cristalería tallada, la vajilla ribeteada de rojo, las jarras de plata y los cubiertos con mango de marfil. La mesa ostentaba un ramo de jazmines entrelazados con hiedra y una gran vela roja atada con cintas verdes. Cada comensal disponía de un pequeño cuenco con agua de rosas y un delicado ramito de madreselva a la derecha del cubierto.

—Nos arreglamos con lo que podemos —aclaró doña Inés, disculpándose por lo que pudiese faltar en aquel almuerzo.

Armando Zaldívar encabezaba la mesa, con Julián a su izquierda y doña Inés a su derecha; junto a ésta, Elizabeth, que así enfrentaba tanto al heredero de los Zaldívar como al reservado señor Santos. Las fuentes ocupaban el extremo restante, llenando el espacio vacío: cordero asado, pollo al curry, papas a la crema, budín de verduras y una carne arrollada con especias, el plato fuerte de Chela.

Elizabeth ya no tuvo la sensación de ser interrogada y pudo distenderse, riendo de las ocurrencias de Julián y atenta a los comentarios de su padre, que le pareció un hombre interesante. Cada tanto, Inés Durand se inclinaba sobre ella para intercalar sus propios comentarios, que solían ser disidentes, algo que su esposo toleraba con indulgencia. Los Zaldívar mantenían esa estancia desde los tiempos del abuelo de Julián y Armando había aprendido a manejarla desde muy joven, lo que, sin duda, le estaba reservado también al heredero. Doña Inés lamentaba, sin embargo, que Julián no alternase las estadías en el campo con períodos más largos en Buenos Aires, ya que la buena sociedad no debía dejar de frecuentarse. Elizabeth observó que el señor Santos no participaba de la conversación sino que miraba, atento, a uno y a otro, y los demás no parecían extrañados de su silencio. A ella sí le extrañaba, y mucho, que el hombre compartiese el almuerzo de Navidad con la familia, puesto que Julián le había dejado en claro que era una especie de empleado, encargado de cuidar la cabaña de la playa y ayudar con las tareas del campo. Esa nueva posición en torno a la mesa familiar la desconcertaba, y acentuaba su sospecha de que el señor Santos no era lo que parecía. Pudo apreciar que al hombre no le faltaban modales tampoco, lo que hablaba de una educación esmerada, y recordó aquella estampa fiera que vio el día de su partida, cuando lo cruzó en una calle mientras él salía de una vivienda a todo correr. Su aire de dominio, incongruente con su aspecto desarreglado, le había llamado la atención entonces. Eran muchos los enigmas que rodeaban al señor Santos. Lástima que ella no permaneciese el tiempo necesario para poder descifrarlos. Justo cuando su mente transitaba por esos derroteros, la conversación de Julián derivó hacia la situación de su trabajo de maestra. Estaba diciendo a sus padres que ella iba a ser trasladada a otro sitio.

—Pero eso no puede ser —se quejó Inés Durand—. Apenas va usted a estrenar su nueva escuela.

—Lamento haberlo molestado con mi petición para nada —se disculpó Elizabeth compungida.

—Nada de eso —exclamó Julián con la fogosidad de costumbre—. Ese galpón será una escuela, tarde o temprano. Claro que nos encantaría que fuera para la maestra de la laguna y ninguna otra, ¿no es así, padre?

Armando, que a diferencia de su esposa analizaba a Elizabeth sin necesidad de preguntas, confirmó las palabras de su hijo.

—No imagino una maestra más apropiada para esta empresa que la señorita O'Connor, debo reconocer, a pesar de que la vida aquí no es fácil y sin duda lamentará más de una vez haber venido.

—Lo cierto es que me encanta lo que hago. Esperaba encontrar un edificio adecuado, aunque sé arreglármelas con lo que tengo. Allá en Norteamérica, mi ilusión era acudir a enseñar a los niños del sur liberado, aunque jamás llegó a concretarse. La señora Mann me habló de venir a este país y me pareció que la situación de "todo por hacerse" sería parecida.

—Sin duda —aprobó Armando—. Es probable que aquí encuentre menos resentimiento, señorita O'Connor, porque no hay una guerra tan terrible de por medio, aunque está la cuestión del indio y del gaucho, aún no resuelta.

—Algunos de mis alumnos pertenecen a una tribu amigable.

—Sí, ésta es una lucha que lleva varios años y se han tendido lazos entre los indios y los blancos muchas veces.

—Julián me habló de eso —dijo Elizabeth, interesada.

No vio que Francisco fruncía el ceño al escucharla.

—Le habrá dicho, entonces, que estamos en medio de una coalición, quizá la más grande de esta historia de enfrentamientos. Calfucurá supo granjearse la simpatía y también el temor de muchas tribus. Durante años estuvo sostenido por el gobernador Rosas, que pactó la paz a cambio de víveres y regalos, algo bastante común en estos acuerdos. Como no encontró la misma predisposición en los gobernantes que le siguieron, Calfucurá comenzó a organizar un frente combativo, valiéndose de engaños muchas veces. Enfrenta a unos con otros hasta que él mismo se ofrece como el mediador, y así va haciéndose indispensable. Es un tipo listo y debe tener algún encanto especial, pues son muchos los que hablan de él sin conocerlo.

—¿Habla castellano, como el cacique Catriel? —preguntó Elizabeth.

—Sin duda, es de lo más común —aseveró Armando—. ¿Conoce a Catriel?

Al hombre le extrañó que la joven, recién llegada al país, estuviese al tanto de los personajes que poblaban la pampa con sus idas y venidas.

—Lo conoció un domingo —dijo Francisco, llamando la atención de todos.

Armando pareció interesado y doña Inés también, aunque su actitud alerta obedecía a otra inquietud.

—Así es —se apresuró a aclarar Elizabeth—. Fui a conocer a los padres de uno de mis alumnos, un muchachito algo díscolo que se ausenta bastante de mis clases. Es hijo de un hombre al que llaman el Calacha y vive con los indios de Catriel.

—Es el compadre de Eusebio Miranda, padre —intervino Julián, todavía admirado por la osadía de la señorita O'Connor al introducirse en tierra de indios.

Armando asintió, pensativo.

—Calacha y su gente son tehuelche, pero están asimilados a los pampas, como se llama a todos los indios de esta zona. A decir verdad, hay entre los indios tantas diferencias como entre los pobladores de cualquier parte, lo único que los identifica frente a los demás es su rechazo al hombre blanco. Por eso es tan grave la coalición de Calfucurá: ha conseguido eliminar las contiendas tribales y poner a todos de su lado. Catriel y algunos otros son la excepción. Hace mucho que colaboran con el ejército, no siempre bien retribuidos, hay que reconocer.

—¿Les pagan? —preguntó Elizabeth con inocencia.

Armando Zaldívar respondió con una carcajada.

—Ah, no, ni siquiera para la tropa regular hay a veces paga suficiente. No, a los indios "amigos", como se les dice, se les retribuye con alimentos, ropa, animales, todo lo que el indio valora. Las autoridades ponen días señalados para el pago y las tribus mandan comisionados para buscarlo. Lo que me preocupa es que, según quién sea el oficial de turno, el cumplimiento de la obligación pende de un hilo muy delgado. Nunca se sabe qué malentendido puede desencadenar la furia del indio.

—Dígame, Elizabeth, ¿cómo es que usted domina a la perfección nuestro idioma? —se interesó de pronto Inés Durand.

Francisco se sintió aliviado del giro de la conversación, pues no quería ahondar en la visita a los toldos de Catriel.

—Aprendí con el mejor de los maestros, un buen amigo de la señora Mann, un hombre ejemplar que también me enseñó sobre las costumbres de otros países que él visitó, como la India. Supongo que eso me evitó tener que aprender el idioma unos meses antes en Paraná, como otras de mis colegas, y por eso el señor Sarmiento prefirió enviarme enseguida a trabajar.

—Qué interesante. Es notable que una jovencita como usted sepa ya tantas cosas. Sospecho que no le ha quedado tiempo para pensar en el matrimonio.

Elizabeth sintió que se ruborizaba hasta las orejas. La conversación de la señora de Zaldívar siempre parecía tener segundas intenciones.

—A decir verdad, no —repuso, sin saber cómo evaluarían los Zaldívar esa respuesta—. Estoy más interesada en mi trabajo, es como una misión personal.

—Una muchacha tan bonita y educada no puede quedar para vestir santos —insistió Inés—. Si vuelve usted a Buenos Aires en poco tiempo, le ruego que me visite para vincularla con gente bien. Julián, confío en que me acompañes esta vez. No quiero volver sola, con el peligro de los malones acechando.

Los tres hombres quedaron atrapados: Armando, en el disgusto de ver a su mujer manipulando a la joven maestra; Julián, entre el placer de seguir disfrutando de la compañía de Elizabeth y la fidelidad a su amigo, y Francisco, prisionero de confusos sentimientos que no quería analizar.

En ese momento, Chela hizo su aparición llevando manzanas acarameladas y *bavarois* al cognac. Todos recibieron la interrupción con alivio. Terminado el almuerzo, doña Inés sugirió:

—Que los hombres fumen y discutan de política. Nosotras podremos aislarnos a gusto en mi recibidor. Venga, Elizabeth, le mostraré cómo paso mis días cuando vengo a la estancia.

Condujo a la joven hasta una habitación pequeña, contigua al dormitorio donde habían descansado la vez anterior. Las paredes azules con ramitos dorados creaban un ambiente sobrecargado, que el mobiliario de caoba acentuaba. Inés indicó a Elizabeth que se sentara en un silloncito tapizado en seda y ella ocupó otro, enfrente. Agitó una campanita de bronce y encargó a Chela que preparase un té especiado, con guindas confitadas y los polvorones que había traído desde la ciudad.

—Viajo siempre que puedo con los detalles que me recuerdan la civilización, aunque no es fácil luchar contra los elementos —dijo, a modo de explicación.

—¿Viene usted muy seguido?

Doña Inés rechazó la idea de Elizabeth con un gesto gracioso de la mano que llevaba el pañuelito de gasa.

—Por fortuna, no. No quedaría nada de mí si lo hiciese. Soy una mujer delicada y este lugar polvoriento hace estragos en mi salud.

Como para ilustrar lo que decía, tosió sobre el pañuelito.

—Vengo cuando los hombres de mi familia se demoran en regresar a Buenos Aires. Como en esta Navidad, por ejemplo. Si hubiese permanecido en mi casa de la ciudad, estaría sola como un hongo. Aunque algo de bueno trajo la ingratitud masculina, me permitió conocerla. Es usted una joven interesante, Elizabeth. Me pregunto cuáles son sus planes para el futuro.

La entrada de Chela con el té y los pasteles dio tiempo a Elizabeth de pensar su respuesta. El hilo que tejía las conversaciones de la señora de Zaldívar no le quedaba claro, aunque sospechaba la intención. La criada depositó la bandeja y sonrió a la maestra con simpatía.

—Chela, atiende a los señores, sírveles del licor que está en el baúl del despensero. Luego puedes retirarte a descansar hasta la hora del té.

Una vez cerrada la puerta del recibidor, doña Inés volvió al ataque.

—Disculpe mi imprudencia al entrometerme en asuntos personales, Elizabeth. Sucede que no tengo muchas ocasiones de hablar con alguien como usted, en especial aquí en El Duraznillo, y al verla tan joven, entregada a una causa perdida…

Elizabeth frunció el entrecejo.

—¿Por qué perdida, señora Zaldívar?

—Por favor, llámeme Inés. Bueno, imagino que sus alumnos han de ser lo que se dice "salvajes", o poco menos.

—Son un poco díscolos, sí —sonrió la joven, al recordar escenas con los niños de la laguna—. Aunque no los cambiaría por ninguno, le aseguro.

Después permaneció callada, pensando que, en efecto, iba a cambiarlos por otros cuando regresara a Buenos Aires.

—El gobierno le debe tener reservada una escuela hecha y derecha, no me cabe duda, donde usted podrá poner en práctica sus enseñanzas con mayor éxito que aquí. Por otro lado, no es bueno que una joven de su clase se relacione con gente que no está a su altura. Salvo mi marido y mi hijo, ¿qué otros vecinos de calidad encontraría en la laguna? En Buenos Aires podrá reunir las dos cosas, trabajo y vida social, que es bastante intensa. Venga con nosotros después de Navidad, Elizabeth, y le prometo que pasará una temporada estupenda. Habrá bailes de Carnaval, agasajos, y podrá conocer la casa de verano que poseemos en las barrancas.

La tentación de regresar en la galera de los Zaldívar en lugar del carretón de Eusebio era grande, contaría con la compañía de Julián, que le haría menos amargo el viaje; sin embargo, una fuerza inexplicable le impidió acceder de inmediato.

—Le agradezco, todavía no conozco la fecha exacta de mi partida, aunque sé que será pronto. Tal vez, si todavía están aquí cuando me decida…

—Podemos esperar, no faltaría más. Viaja con su criada, ¿verdad?

—Lucía es, en realidad, criada de Aurelia Vélez. Ella me proporcionó su compañía para que yo pudiera venir hasta aquí.

Doña Inés sorbió el té para disimular la sorpresa que le produjo saber que la señorita O'Connor tenía relación con una mujer a la que la sociedad había privado de su trato. Claro que, siendo extranjera, quizá no considerase la situación de Aurelia tan criticable.

Elizabeth también aprovechó el silencio para preguntar lo que le interesaba saber:

—No sabía que el señor Santos fuese un viejo amigo de la familia.

—¿El señor Santos? —la esposa de Armando pareció perdida.

—Sí, creía que era empleado de la finca, pero veo que me equivoqué. Como lo conocí cuando vivía en la cabaña de los médanos...

Inés Durand no podía relacionar todos esos datos y mostró una expresión de tan sincera sorpresa que Elizabeth comprendió al instante su error.

—Oh, no quise parecer entrometida, doña Inés, le ruego me perdone si...

—No, no, al contrario, estoy de lo más intrigada. ¿Dice que hay un señor llamado Santos al que conocemos?

—Pues sí, el mismo que almorzó con nosotros hoy —dudó la joven.

Los ojos celestes de Inés Durand se abrieron como ostras y se entrecerraron después, con sagacidad, al ir comprendiendo la situación.

—Ah, ¿se refiere a Francisco? Por supuesto, los Peña y Balcarce son antiguos amigos. Fran solía visitarnos a menudo, aunque hacía tiempo que no pasaba una temporada con nosotros. Él y Julián anduvieron juntos desde la infancia; por cierto, son bastante diferentes. Confío en que no se haya sentido, digamos... avasallada por Francisco.

Inés Durand dijo esto último mirando a Elizabeth con preocupación. La joven no respondió, atontada por el conocimiento de que el "señor Santos" era, en realidad, Francisco Peña y Balcarce. Recordó que Julián lo había llamado "Fran" con anterioridad. Una rabia incontenible le abrasó el pecho al sentirse burlada por el hombre de la laguna. No sólo los había atemorizado a ella y a sus alumnos, sino que se había presentado ante todos con un nombre falso. Las razones que podía tener para tal conducta se le escapaban y, a decir verdad, tampoco le importaban. El "señor Santos" podía irse al infierno, si de ella dependía. Casi ni escuchó las recomendaciones de la señora de Zaldívar, tanta era su furia.

—No sé en qué circunstancias conoció a Francisco, Elizabeth, pero me siento en el deber de prevenirla sobre su carácter, eh... algo dominante.

—¿Dominante?

—Puede decirse así, aunque "seductor" es la verdadera palabra. Francisco es conocido en la sociedad porteña por sus lances amorosos, y si bien nunca deshonró a ninguna joven de buena cuna, no sería honesta si no le advirtiese sobre sus inclinaciones. Usted es un bocado demasiado tierno y se encuentra muy sola en estos parajes.

Elizabeth captó el sentido del término usado por Lucía, "gavilanes". A él se refería la mujer cuando se preocupaba por su seguridad. También recordó la firmeza con que se impuso para impedir que ella lo cuidase durante su convalecencia. Todo cuadraba con lo que acababa de saber. Ella tenía algo a su favor, sin embargo: Francisco no sabía que estaba enterada de su farsa. El burlador podía ser burlado. Dominando su decepción, continuó su charla con Inés Durand, que derivó hacia temas más banales. En un momento, Elizabeth percibió que la dama se veía algo fatigada y, con tacto, sugirió que le vendría bien un paseo hasta la hora del té, dejando a la madre de Julián en libertad de recostarse un rato si lo deseaba.

Al salir del cuarto, encontró que los hombres habían partido, sin duda a recorrer los campos, de modo que se arrellanó en uno de los sillones para descansar. Al cabo de un rato, aburrida, salió al patio y echó a andar en dirección al camino lateral de la casa, flanqueado por eucaliptos. Caminó sin rumbo por donde la senda la llevaba, aspirando el aire mentolado. Presa del calor de la siesta, se quitó la pechera de encaje, dejando al aire la piel del cuello. Nadie la veía, así que no se cuidó del aspecto que podía ofrecer. Unos metros más adelante, le molestaron también los frunces del corpiño y soltó un poco las cintas, aumentando la porción de piel que escapaba del escote. El viento caliente no daba respiro, aunque al menos movía los pliegues de la falda de Elizabeth, que se sentía libre al caminar de esa manera, sola por el campo. Al llegar a una curva, la tomó sin pensarlo y vio que se trataba de un atajo que conducía a la casa principal desde atrás, usado con probabilidad por los peones de a caballo. Siguió andando, sacudiendo la pechera de encaje con una mano y levantando la falda con la otra, para evitar que se ensuciara, hasta que tuvo la incómoda sensación de ser observada. La sospecha la tornó prudente y aminoró el paso. Comenzó a caminar de puntillas sobre la tierra apisonada y dura, como si huyese de alguien, y habría intentado hacerlo de no haber sido atrapada por una mano firme que la sacó del camino con un brusco tirón. Se encontró cara a cara con el "señor Santos", que la miraba con expresión seria.

—No debe aventurarse sola por los campos —la reconvino, sin soltarla.

Elizabeth tiró de su brazo sin conseguir zafarse.

—Estamos dentro de la estancia —le respondió desafiante—. Nada puede suceder.

—Si cree de verdad eso, es más tonta de lo que parece.

Elizabeth sacudió el brazo, enfurecida, hasta que pudo escapar de la garra del hombre.

—¿Me estaba espiando, "señor Santos"?

La manera insidiosa en que la joven pronunció su nombre debería haber advertido a Francisco, pero él estaba concentrado en dos cosas: la imprudencia de la señorita O'Connor y la visión de su escote.

—Agradezca que lo hice, señorita. Éstos no son tiempos de paseos campestres.

—Los indios no van a irrumpir en la estancia del señor Zaldívar —contestó ella, aunque no estaba muy segura de lo que eran capaces de hacer los indios.

—Tal vez —repuso él con tranquilidad—, aunque no sólo debe cuidarse de los indios.

—Ah, ¿no? ¿Y de quiénes más?

—Hay mucha gente en una estancia, peones que vienen por sólo una temporada, gente que nadie conoce salvo por su trabajo, y que pueden resultar peligrosos para jóvenes inconscientes como usted.

La rabia, acumulada desde horas antes, se le subió a la cabeza como un vino caliente y Elizabeth se enfrentó a Francisco con el semblante acalorado.

—¿Cómo se atreve a denigrarme de ese modo? No es la primera vez que sugiere que no sé cuidarme. Le aclaro, "señor Santos", que soy muy capaz de manejarme sola.

Francisco la contemplaba entre divertido y molesto. Al parecer, la señorita maestra no recordaba el episodio de la pulpería en Dolores. Sería cuestión de refrescarle la memoria.

—¿Así que es capaz de defenderse, señorita O'Connor?

—Por cierto.

—¿Y qué haría usted si un hombre la sujetase así, por ejemplo? —y Francisco acompañó sus palabras con un abrazo repentino, tomando a Elizabeth por la cintura y pegándola a su pecho.

La joven soltó el aire, sofocada, y no pudo separar su cuerpo por más que empujó con sus manos el fornido pecho. Francisco la mantenía apretada con ridícula facilidad, convirtiendo en burla la aseveración anterior. Ella lo miró con furia y se quedó helada al percibir un brillo especulador en los ojos de él. Siempre le habían maravillado los ojos de Santos, a causa de su semejanza con los de un felino. En ese momento, mientras la miraban con voracidad, casi olvidó que se trataba de un hombre y sintió un escalofrío recorriendo su espalda. Entre el pecho voluptuoso de Elizabeth y el sólido de Francisco, el vientre aplastado contra la hebilla del cinturón, la joven sintió que algo duro y amenazador se incrustaba en su pelvis. No podía creer que fuera lo que estaba pensando. Iba a lanzar una exclamación cuando la cabeza de Santos bajó con brusquedad sobre la suya y su boca firme capturó la de Elizabeth con la misma facilidad con que pudo reducirla con una mano. La muchacha se revolvió, pero el abrazo era ineludible. Poco a poco, la tensión dio paso a una laxitud que la adormecía, como si sus piernas le fallasen. Los labios, sellados con fuerza para mostrar su rechazo, se le abrieron sin darse cuenta, permitiendo la intrusión de la lengua de Francisco, caliente y movediza, que hurgaba en todos los rincones de su boca como si se apurase a requisarla antes de que algo sucediera. Elizabeth no sabía si estaba consciente o no de lo que le pasaba, sus sentidos se colmaban del hombre que la sostenía y no supo cuándo aquellas manos comenzaron a recorrer su espalda, deteniéndose en la curva del trasero y presionando con fuerza. Casi al mismo tiempo, las manos indiscretas se movieron hacia delante, subiendo por las costillas y apropiándose de la parte inferior de sus senos. Todo aquello sin que la boca de Santos dejara de moverse sobre la suya, ni ella pudiese hacer nada para impedirlo. Sus pensamientos eran retazos que no se unían entre sí, manteniéndola en la confusión, como un animalito al que su depredador hipnotiza para poder atrapar con facilidad. De pronto, tan rápido como había empezado, el ataque se interrumpió y la voz del hombre se coló en la bruma de su mente.

—Ya ve, señorita O'Connor, que no es tan fácil defenderse como usted cree.

Las palabras se agolparon en la boca de Elizabeth, su pecho palpitó de ira y, como no pudo decir nada de lo que hubiese querido, lanzó sus puños contra el pecho que tenía delante, aporreándolo con alma y vida, acompañando los golpes con patadas en las rodillas del odioso Francisco Peña y Balcarce. Aun en medio de su furia, no le dijo que sabía quién era; guardaría esa carta en la manga para cuando le conviniese, quizá más adelante. Le haría pagar la mentira y la humillación. Decidió que saldría rumbo a Buenos

Aires en compañía de Julián y de su madre. No pensó en el arrepentimiento que sentiría al abandonar a sus niños, no pensó en nada más que en castigar a aquel hombre prepotente.

Más tarde, cuando el sol estaba a punto de caer y Elizabeth aguardaba la llegada de Eusebio, tal como le había prometido a Lucía, la familia Zaldívar se reunió en torno a la chimenea apagada y doña Inés comenzó a repartir los regalos navideños que había preparado para la ocasión: una pipa nueva para Armando, pese a que el hombre prefería los cigarros, y pañuelos de hilo con las iniciales AZ bordadas en seda; un broche de plata para sujetar el pañuelo al cuello para Julián, junto con un libro de exquisita encuadernación; Francisco recibió un juego de navajas de afeitar con mango de nácar y Elizabeth, que no esperaba nada, se sorprendió al abrir una bolsita de terciopelo y hallar un precioso camafeo en cuya tapa esmaltada se dibujaban pétalos azules. Doña Inés recibió algo que su hijo y su esposo, en complicidad, le habían preparado: una diadema de perlas que se prendía al cabello por medio de horquillas invisibles.

Tras la algarabía producida por los regalos, recibieron la inesperada visita del doctor Nancy. El médico había querido acercarse a El Duraznillo para saludar en Navidad y se había hecho acompañar por un soldado del fortín. Al llegar, le sorprendió encontrar a una joven dama invitada de doña Inés. Sintió renacer en él toda su vena cortesana y se acomodó a su gusto para compartir lo que restaba de la velada con tan exquisitas señoras. Ninguno de los hombres se alegró por la presencia del caballero francés, aunque las damas parecían disfrutar de su conversación zalamera y frívola. Elizabeth, que no lo conocía, encontró en la achispada conversación del hombre un modo de distraerse de la conmoción producida por su encuentro con el señor de la laguna. Francisco no ocultó su disgusto y optó por refugiarse en el corral junto con Gitano. Que otros hiciesen la corte al repugnante médico, él no sería uno de ellos. Poco a poco, la presencia del caballo aquietó su espíritu, como solía ocurrirle, y dejó que los pensamientos vagaran, tomando el inevitable rumbo de la señorita O'Connor. Besarla había sido un error. Quiso castigarla por producir en él el efecto de un volcán y salió quemado por la lava. La dulzura de la boca de la maestra, rendida ante la suya, y la tibieza de su cuerpo redondeado estuvieron a punto de volverlo loco. Sería un buen recuerdo para consolarse cuando a él le quedase poco tiempo de vida.

El sol tiñó de rojo la planicie hasta que las sierras del Tandil lo ocultaron por completo. Una oscuridad benefactora se adueñó del campo, que clamaba por la lluvia. Las luciérnagas danzaron entre los arbustos y un mochuelo graznó desde su madriguera. Francisco esperaba que el francés no pretendiese pernoctar en El Duraznillo. Si así fuese, él convencería a Julián de que lo alojasen en las barracas, junto a los peones. Regresó a la casa, cansado de lidiar con sus sentimientos, dispuesto a recluirse en su habitación y desaparecer hasta el día siguiente cuando, al pisar el primer escalón del porche, descubrió a la señorita O'Connor conversando con el francés. Las sombras lo favorecían, así que se mantuvo pegado a la pared, escuchando las voces.

—*Chérie*, no puedo creer que se encuentre a gusto en esta tierra salvaje. Una damita como usted, tan elegante, debería lucirse en salones de baile en lugar de estas praderas incultas.

—Le recuerdo que no soy la única extranjera aquí, *monsieur* Nancy.

—Ah... pronuncia usted mi idioma de maravilla. Si no estuviésemos tan alejados de la civilización, le aseguro que solicitaría el placer de su compañía todos los días.

Francisco se sintió asqueado y a duras penas resistió la tentación de alejarse. Una palabra dicha en tono casual por el francés lo retuvo.

—...comprometida, *mademoiselle*?

Elizabeth tardó en responder, lo que acicateó más la curiosidad de Francisco. Temió oírla pronunciar el nombre de Julián cuando ella dijo, con voz suave:

—Por el momento no pienso en esas cosas, doctor. Tengo mucha vida por delante y mucho trabajo.

—Sin embargo, me pareció que ese hombre —Francisco casi podía adivinar el frunce despectivo de los labios de Nancy al referirse a él— la miraba con intención, *mademoiselle* Elizabeth.

También adivinó el desconcierto en la voz de la maestra.

—¿Qué hombre?

—El invitado de la familia Zaldívar, un sujeto interesante por no decir extraño. Hay algo en él que me eriza la piel y no sé qué es. ¿Lo conocía de antes?

A Elizabeth no le agradó la forma en que el doctor hablaba de Santos, pero no pudo resistirse a indagar más sobre él, suponiendo que pudiera sacar algo en limpio de esa conversación.

—Apenas lo conozco. Entiendo que es amigo de Julián o algo así.

—Mmm... No es el tipo de persona con la que un joven caballero se relacionaría, si me permite la infidencia. Hay algo salvaje en su rostro, un rasgo brutal que me parece más propio de...

—¿Hablaban de mí? —dijo de pronto Francisco, saliendo de su escondite y sobresaltando a ambos.

—En absoluto, *monsieur*, sólo le preguntaba a la señorita O'Connor si ustedes se conocían desde hacía tiempo.

El doctor Nancy era un hombre de recursos y zafaba con facilidad de cualquier situación embarazosa. A Elizabeth, en cambio, le resultó imposible disimular el bochorno de verse descubierta en un chismorreo. Francisco casi sintió pena al observar su encendido rubor.

—Conozco a Elizabeth desde que llegó a la laguna, sí, puede decirse que desde hace bastante tiempo. ¿Satisfecha su curiosidad, doctor?

La voz de Francisco sonaba melosa a propósito, intentando demostrar al franchute que podía haber algo ambiguo en la relación que lo unía a la señorita O'Connor. Advirtió con satisfacción que eso sí lo incomodaba y, por supuesto, también a la propia Elizabeth.

—Es usted un hombre singular, *monsieur*. Habla poco pero, cuando lo hace, sus palabras parecen dardos.

—Tal vez —repuso tranquilo Fran—. ¿No es propio de los indios lanzar flechas?

El doctor soltó una carcajada fingida.

—Espero no me esté diciendo que es uno de ellos.

—¿Quién sabe? Esta tierra es muy diferente a su "civilizada" Europa, doctor. Puede encontrar muchas sorpresas. Las personas pueden parecer lo que no son, ¿no es así, Elizabeth? Y a nadie le importa demasiado tampoco.

El doctor Nancy, molesto con el giro de esa conversación que no entendía, prefirió retirarse a tiempo, percibiendo corrientes profundas de enojo bajo la aparente frialdad de aquel hombre y se despidió con rapidez, inclinándose con ceremonia para besar la mano de Elizabeth.

—*Â bientôt, mademoiselle.*

—Que descanse, doctor —respondió la joven, todavía algo confusa por la furia que había notado en Santos.

Francisco se apresuró a subir los escalones que faltaban hasta quedar a la altura de Elizabeth.

—¿Usted también me encuentra raro, desagradable, un animal, señorita O'Connor? —le espetó.

—¡Yo no he dicho nada de eso!

—Sin embargo, estaba a punto de compartir la curiosidad del doctor por mis rasgos brutales, si mal no recuerdo.

—¿Acostumbra a escuchar tras las puertas, "señor Santos"?

—*Touché, mon amie* —respondió Fran, sin pensar.

La expresión sorprendida de Elizabeth le dijo que había cometido un grave error al hablar en francés. Ella no debía sospechar que él había pertenecido a la buena sociedad. Por su bien, debía seguir creyéndolo un peón de confianza de Julián.

—Vaya, "señor Santos". Ahora sí estoy intrigada. No sabía que pronunciara el francés con tanta corrección. Creo que el doctor Nancy no estaba tan alejado de la verdad cuando se interesaba por su pasado secreto —comentó con malicia, abanicándose como lo haría en un salón de baile.

El gesto, coqueto sin proponérselo, desencadenó una oleada de deseo en Francisco, a la vez que rabia por sentirse de ese modo. La tomó de las muñecas, deteniendo el vaivén del abanico, y la acercó con brusquedad.

—No use sus jueguitos conmigo, señorita O'Connor. Algo de razón tiene el francés cuando dice que no soy tan civilizado como los Zaldívar.

Elizabeth miró los ojos encendidos de Santos con aprensión. Cuando ese hombre la miraba, jamás lo hacía de modo amable. Y, a juzgar por lo ocurrido entre ellos esa tarde, la amabilidad no entraba en el trato que le dispensaba a ella.

—Me doy cuenta, "Francisco". ¿O no es ése su verdadero nombre?

"Ahora sí puedes decir *touché*", pensó satisfecha Elizabeth. Sin embargo, el triunfo le duró poco, pues Francisco no se arredró ante su descubrimiento y, sin cuidarse de los que pudieran verles, aprisionó las manos de la muchacha tras la espalda, dejándola inmovilizada contra su pecho, como antes, pero más desvergonzadamente aún. Cuando habló, lo hizo con la boca pegada a los labios de Elizabeth, confundiendo el aliento con el suyo mientras masticaba las palabras amenazantes:

—No intente ver más allá de las apariencias, señorita O'Connor, no le conviene. Al igual que le dije al doctor, a veces no nos gusta lo que encontramos tras la máscara.

Como si hiciese falta reforzar aquella críptica advertencia, el hombre de la laguna estampó su boca contra la de la maestra, oprimiendo sus labios con tal saña que Elizabeth sintió el borde cortante de los dientes contra la piel. Esa vez el beso duró poco, aunque la intensidad compensó la rapidez. Elizabeth casi no supo en qué momento el señor Santos la abandonaba en el porche para retirarse al interior de la casa.

El calor que agobiaba al campo se hacía sentir también en Buenos Aires. Las calles, húmedas por la cercanía del río, se volvían intransitables a la hora en que el sol apretaba. Los porteños acostumbraban caminar contra las paredes, guareciéndose en esa mínima sombra. El viento levantaba tanto polvo que oscurecía el brillo del sol y cubría en forma permanente los muebles y las ropas de los habitantes. La ciudad vivía sumida en una atmósfera de letargo. Los jóvenes programaban sus diversiones en indolentes charlas al compás del abanico, servidos por criaditas que llevaban en las bandejas refrescos y trocitos de sandía. En las proximidades del Fuerte, hombres y mujeres buscaban refrescarse con un baño en las aguas del Plata. Arremangados hasta las rodillas, unos y otros avanzaban, tanteando los lugares de mayor profundidad para darse un chapuzón. Los criados cuidaban las ropas en la orilla, mientras tanto, y al anochecer la ribera se poblaba de paseantes que secaban sus cabellos al viento.

En el salón de los Vélez, Aurelia trataba de tranquilizar a un preocupado Sarmiento.

—Querido, no te angusties. Esa muchacha debe haber recibido mi telegrama y estará al llegar, estoy segura.

—No me perdonaría si algo le ocurriese. Todavía me pregunto cómo se pudo cometer semejante error.

Aurelia, con modales serenos, acomodó la mantilla que cubría la mesa del té y contempló con ternura al hombre atribulado que tenía enfrente. Ella era de las pocas personas ante las que Sarmiento dejaba entrever un instante de debilidad.

—Nada le pasará. Ni sería culpa tuya en caso de que le sucediera. No la mandaste a San Juan, donde tampoco quisieron ir las otras, justamente para protegerla.

—Para protegerla a ella y evitarme las críticas de los pitucos de Buenos Aires, que ponen el grito en el cielo cada vez que quiero enviar a una maestra hacia allá. ¡Ni que fuese el infierno en la tierra!

Aurelia suspiró mientras recogía las tacitas. No sería "el infierno en la tierra", pero en San Juan la gente se mataba en las calles. Montoneras, levantamientos, degüellos, la realidad del país se hacía cruel en algunas provincias. Extrañaba a Lucía, sus rezongos, su compañía constante, además de su ayuda en la casa. Dios sabía que la vida se le tornaba complicada con su hermanita enferma, su padre enclaustrado escribiendo y las vicisitudes de Sarmiento en el gobierno. ¿Cuánto podía abarcar una mujer? Confiaba en que, por lo menos, la señorita O'Connor encontrase apoyo y consuelo en la buena de Lucía.

—Me pregunto si alguna vez se conseguirá poblar la Argentina de maestros —comentó el hombre ensimismado, con la frente apoyada en una mano.

Aunque era un comentario que no esperaba respuesta, Aurelia dijo:

—Y yo me pregunto si van a agradecértelo, en el caso de que lo consigas.

Sarmiento levantó la vista y la fijó en el rostro de aquella mujer pequeña que albergaba tanta inteligencia. Era curioso: él oía cada vez menos y, sin embargo, cuando Aurelia le hablaba en ese tono confiado y calmo, la escuchaba perfectamente.

Unos golpes ansiosos en la puerta interrumpieron el íntimo interludio.

—Quién podrá ser —murmuró Aurelia, al tiempo que caminaba hacia el zaguán.

La aldaba volvió a sonar en el silencio del anochecer y, al abrir, se le presentó el rostro demacrado del asistente.

—Francis. ¿Qué sucede?

—Hay problemas, señorita, problemas muy graves. Debo hablar con el Presidente.

CAPÍTULO 21

Eusebio no llegaba y Elizabeth no podía disimular su preocupación. Temía que la ausencia del hombre se debiese a una recaída de la esposa. Todos en El Duraznillo compartían su intranquilidad, ya que los Miranda eran apreciados y, por otro lado, estaba el asunto, siempre latente, del ataque por sorpresa de los indios.

—Elizabeth debe pasar la noche con nosotros —insistió doña Inés.

Le parecía una locura que la joven emprendiese el regreso hasta la zona de los médanos al anochecer.

—Lo mismo digo —apoyó Julián—. Enviaré a un chasqui para que averigüe lo sucedido.

—El pobre hombre correría el mismo peligro que yo —porfió Elizabeth—. No, debo regresar ahora mismo. Por favor, sólo les pido que pongan a mi disposición un carro, se los devolveré mañana.

—Ah, *mademoiselle*, una mala elección. Escuche a esta gente, que sabe lo que dice. Ni yo me atrevo a atravesar la distancia del fuerte de noche —y con esa declaración todos supieron que el francés se había invitado a permanecer en la estancia hasta el otro día.

Armando Zaldívar entró en ese momento, acompañado por Francisco. Ambos tenían expresiones decididas y era evidente que habían estado hablando sobre la situación.

—La acompañaremos, señorita Elizabeth —repuso el estanciero—. Si no va a sentirse tranquila sin saber de Eusebio, será mejor que nos pongamos en marcha ya mismo. Con suerte, llegaremos antes de que desaparezca la luna y, si allá en el rancho necesitan ayuda, se la brindaremos.

Las palabras serenas de Armando infundieron confianza a Elizabeth, y la mirada acusatoria del señor Santos le devolvió el desasosiego. ¿De qué la acusaba? ¿De haberlos visitado? ¿De haberse dejado besar? ¿De obligarlos a acompañarla?

—Si es así —intervino el francés—, permítanme ir con ustedes, *mes amis*. Tres hombres valen más que uno.

—Y yo, padre —dijo Julián.

—Iremos sólo Fran y yo, con dos peones. No podemos dejar la casa a cargo de dos mujeres. Julián, cuida de tu madre —Armando miró a su hijo, pues ambos sabían que los nervios de Inés podían postrarla en cuestión de segundos.

El joven aceptó, tironeado entre dos lealtades. El doctor Nancy hizo una suerte de reverencia que indicaba sumisión a la palabra del mandamás y, con esa consigna, se dispusieron a partir.

Doña Inés abrazó a Elizabeth, recordándole que apenas quisiera podrían partir hacia Buenos Aires. La mujer seguía horrorizada de que la maestra pernoctara en un rancho de mala muerte. Armando y Francisco montaron sus respectivas cabalgaduras y separaron una mediana para Elizabeth. La bonita yegua que le había regalado Catriel se hallaba en el rancho, pues Elizabeth había imaginado que volvería en el carro de Eusebio.

—Es mejor así, llamaremos menos la atención —le aclaró Francisco, al ver la perplejidad de la muchacha al saber que iría a caballo.

Cinco jinetes partieron del casco de El Duraznillo rumbo a las tierras costeras. El aire era pesado y a los caballos se los notaba inquietos, lo que preocupó a Francisco, siempre atento a su animal.

Elizabeth se encontró más cómoda a lomos de su yegua que la primera vez, sobre el caballo de Jim Morris, sin duda porque, a medida que practicaba, afirmaba sus habilidades de amazona. Galoparon en forma sostenida hacia el sudeste, manteniéndose cerca unos de otros. Francisco se había ubicado a la derecha de Elizabeth y Armando Zaldívar adelante, abriendo la marcha. Durante una media hora, el silencio fue completo, acentuado por un mutismo sobrenatural que cubría la pampa. Los pájaros nocturnos parecían haberse escondido de los jinetes y la Cruz del Sur apenas se distinguía a causa del polvo que ellos mismos levantaban.

Al cabo de un rato, Elizabeth comenzó a sentir un zumbido en los oídos y miró hacia su escolta, para ver si le sucedía lo mismo. El rostro de Francisco era inescrutable. Como ninguno de aquellos hombres manifestaba nada, supuso que se debía a su falta de experiencia en cabalgatas. Sin embargo, unos momentos más tarde el horizonte se tiñó de amarillo, algo insólito en plena noche. Armando Zaldívar levantó una mano en señal de parlamento. Los caballos resoplaron y los hombres formaron un círculo que abarcó a la joven.

—Parece que vendrá tormenta —dijo el estanciero—. La esperaba, aunque no justo ahora, cuando más nos complica. Mantengámonos cerca. Si llueve —agregó, dirigiéndose a Elizabeth— trate de engancharse al caballo de alguno de nosotros. Fran, te la recomiendo. No quiero que la yegua se espante si hay truenos o relámpagos.

Francisco asintió y todos se pusieron en marcha de nuevo. El cielo comenzó a mostrar toda clase de fenómenos: una claridad violeta, por momentos atravesada por una línea plateada, un viento caliente huracanado que les metía arena en los ojos y los obligaba a encapucharse, hasta que, de improviso, un estruendo ensordecedor sacudió la tierra y provocó corcoveos desorbitados de los animales.

—¡Cuidado! —se escuchó decir en medio del fragor.

Ante la mirada de espanto de Elizabeth, un destello cegador atravesó el aire a su lado y hendió el suelo con tal fuerza que levantó chispas en todas direcciones. Ella sintió temblar a la yegua bajo sus piernas y no supo en qué momento unos brazos fuertes la levantaron y la colocaron en la grupa de otro caballo, sujetándola con firmeza. De inmediato encontró la solidez del pecho de Francisco, oprimiéndola. Se quedó sin aliento, no sólo por la vertiginosa marcha de Gitano, que la obligaba a beber el viento, sino porque ante sí vio un espectáculo dantesco: luengas llamas se elevaban al cielo, iluminándolo con un rojo endemoniado, mientras que el chirriar de la paja incendiada, mezclado con el olor acre de la ceniza, le llenaba las narices. Francisco espoleaba al caballo con frenesí, sin otra meta en esa carrera alocada que sacar del peligro a Elizabeth. No reparó en la paradoja de estar luchando para salvar su vida, cuando días antes deseaba morir, ni tampoco en el temor ciego que lo atacó al ver qué cerca había caído el rayo de la muchacha. La tormenta, que no acababa de desatarse en lluvia sino que amenazaba con más descargas eléctricas en seco, empezó a formar remolinos de polvo altos como árboles, aislando a los jinetes como si estuviesen atravesando un desierto. Muy pronto, Francisco dejó de ver a Armando y a los demás y comprendió que debía resolverse por su cuenta. Dirigió a Gitano hacia la laguna, un lugar que el animal conocía bien y al que volvería con gusto, tratando de escapar de aquel pandemónium. Inclinado sobre la grupa, apretando a Elizabeth bajo su cuerpo, cabalgó como alma que lleva el diablo hasta que el terreno arenoso cedió bajo los cascos y reconoció el resplandor platinado. Aún no llovía y el viento arreciaba, mezclándose con la espuma del mar, propinándole latigazos en la cara y en los brazos. Apenas distinguió la techumbre de la casita tras el médano, tomó a Elizabeth por la cintura y se deslizó del lomo de Gitano, palmeándolo para que el animal buscase su propio refugio. Arrastró a la muchacha hasta la puerta, que estaba abierta y flameando como estandarte. Hizo acopio de toda su fuerza y la empujó hasta cerrarla, la atrancó y recién después soltó a la maestra, que no había pronunciado una palabra desde lo del rayo. El lugar estaba a oscuras, sin más luz que la que prestaban los relámpagos. En medio de esos fulgores, Francisco pudo ver los ojos de Elizabeth, agrandados por el miedo.

—No temas —le dijo, sin saber si ella lo escuchaba—. Ya nos arreglaremos aquí dentro.

Buscó a tientas su farol y la yesca con que solía encenderlo, echando por tierra toda clase de trastos antes de dar con ellos. Por fin, consiguió iluminar la habitación. La imagen era desoladora: al quedar abierta la puerta por los vientos, el suelo estaba plagado de piedras, ramas, piñas, y la ventanita de la parte posterior había perdido el postigo que él le había construido. Sosteniendo el farol en su mano, Francisco continuó revisando el interior del recinto, cuando un ruido desconocido le hizo levantar la vista hacia el techo. Las vigas que lo sostenían temblaban con un repiqueteo y, de repente, Francisco comprendió la razón de las sogas enrolladas. Sin dudarlo, dejó a un lado el farol y, tomando una de aquellas sogas, se colgó de ella con todo su peso, justo a tiempo de evitar que un golpe de viento se llevase el techo. Elizabeth miraba todo con expresión atontada.

—¡Toma la otra cuerda! —gritó Francisco en medio del ruido ensordecedor del mar embravecido y los vientos huracanados.

La joven contempló al hombre meciéndose en el extremo de una soga y luego la manera horrorosa en que el techo amenazaba con despegarse. Algo en su interior despertó, la sensación de estar viviendo una pesadilla desapareció y la resuelta Elizabeth tomó su lugar. Buscó la otra cuerda y se colgó de ella como trapecista de circo, balanceándose a cada arremetida del viento. Permanecieron así los dos, contemplándose en el aire, suspendidos del techo sin poder hacer otra cosa que resistir, hasta que la maestra esbozó una lenta sonrisa, una sonrisa pícara que sorprendió a Francisco en esas circunstancias. Hacía tiempo que no sonreía y no le correspondió, aunque el brillo en sus ojos le dijo a la joven que entendía su complicidad. Estaban juntos en eso, mano a mano, y se lo agradecía.

No habría podido decirse cuánto tiempo pasaron en esa postura, sosteniendo el techo por medios tan precarios. Poco a poco, el viento se tornó constante hasta que terminó siendo el habitual. La lluvia tan anhelada no cayó. En su lugar, el cielo había enviado flechas que quemaron la pampa en distintos puntos.

Francisco soltó la cuerda y se miró las palmas encallecidas. Se acercó a Elizabeth para ver si había sufrido daños y tomó las manos de ella para darles la vuelta. Vio que la maestra tenía las yemas ásperas y diminutos callos en algunos dedos. Ante su mirada interrogante, Elizabeth dijo:

—Es la tiza. Uso una loción de glicerina, pero... —y dejó la frase inconclusa pues, ante su estupefacción, Francisco estaba llevando las manos a sus labios, para besar con suavidad las partes lastimadas.

Se estremeció al notar el roce de los labios sobre la piel. Deseó de manera insensata que rozara del mismo modo sus mejillas, su cuello, su boca. Como si hubiese escuchado esos pensamientos pecaminosos, Francisco se aproximó más aún y deslizó sus manos sobre los brazos de Elizabeth, cubiertos por el saquito de encaje. Semejante atuendo desentonaba en aquella casa destrozada y Francisco comenzó a quitárselo con delicadeza, por temor a que ella se espantase. La joven tenía los rizos enredados de cualquier forma, la hermosa hebilla se había perdido y la pechera de encaje no había resistido los embates del viento y se veía desgajada. Él acabó por quitarla también y pasó la palma de la mano sobre la piel suave de Elizabeth, donde los pechos turgentes se anunciaban. Ella lo contemplaba con los ojos abiertos y expectantes a la luz mortecina del candil, que creaba sombras fugaces en los rincones. Francisco midió la distancia que los separaba del catre y decidió que la conduciría hacia allí con cuidado. Actuaba del mismo modo que lo haría con una potranca a la que estuviera domando. Sus ojos abarcaron la figura menuda de la maestra, con su vestido manchado por la tormenta, desde el escote mal acordonado hasta las botitas. Debajo de la falda asomaba un trozo de enagua y él podía ver que las medias blancas se habían corrido, mostrando jirones de piel rosada. Deseó posar sus labios sobre aquellos retazos de piel, aspirar el aroma de lilas que acompañaba siempre a Elizabeth, sentirla por fin bajo su cuerpo.

—Ven —susurró, tirando con suavidad.

Ella se dejó llevar hasta el rincón donde una manta de lana cubría un catre de campaña. Bajó la vista hacia los dibujos geométricos de la manta y luego la levantó hacia el hombre que la sujetaba por ambos brazos. Había firmeza en esa mirada, decisión y cierta arrogancia que despabiló a Elizabeth. Se sacudió las manos de Francisco y retrocedió.

—Qué vergüenza, señor Santos, aprovechar el desamparo de una muchacha para sus apetitos salvajes.

Un balde de agua helada no habría caído peor que esas palabras mordaces. Francisco se irguió y recuperó su distancia habitual.

—Vaya, señorita O'Connor, quién lo diría, sabe de los apetitos salvajes, después de todo. ¿Será por experiencia?

La burla no hizo mella en el ánimo de Elizabeth. Sabía lo suficiente del señor Santos como para armarse de resistencia.

—Lo dejaré con esa duda, si me lo permite. Después de todo, a mí también me agradan los secretos. ¿O acaso no usa usted un nombre ficticio para sus actividades en la laguna?

Francisco acusó el golpe con una brusca inspiración. Sabía que, tarde o temprano, ella se enteraría, sólo que no habría querido que fuese esa noche, cuando la había sentido tan cerca, tan en comunión con sus propios sentimientos. El bastardo Francisco Balcarce apareció con su amargura y escupió duras palabras al rostro de la joven:

—Mis actividades, como usted las llama, parecen haber consistido en salvarla a usted de diferentes peligros, como recordará. No se preocupe, no pienso cobrarme esas deudas. Hay otras mujeres mejor dispuestas, si quisiera —y agregó, mirándola con desprecio deliberado—. Mucho más imponentes, si no se ofende.

Ofenderse en esas circunstancias habría sido un desatino. Era de suponer que al seductor Francisco Peña y Balcarce le atraerían mujeres hermosas, del tipo de doña Inés, en lugar de una muñequita menuda como ella, con el cabello erizado como una bruja. A pesar de todo, sintió una comezón en el pecho, un atisbo de llanto. Elizabeth no había dedicado su vida a embellecerse ni a encontrar marido, como muchas jóvenes de su edad en Winona, donde estudió y, sin embargo, saberse despreciada por ese hombre cruel se convirtió en la principal causa de su dolor en ese momento en que se hallaba desvalida en una casa en ruinas en medio de la playa. Pestañeó para sobreponerse y buscó palabras para zaherirlo, cuando observó, extrañada, que él tampoco las tenía todas consigo. Un costado de la cara se veía contraído y el ojo de ese lado achicado, como si intentase contener un guiño.

—Señor Santos, ¿se encuentra bien? —preguntó, temerosa.

Francisco evitó responder para fingir que dominaba sus movimientos. El dolor había empezado casi al mismo tiempo que el rechazo de Elizabeth y se había extendido con rapidez asombrosa por todo el costado izquierdo. Sentía latir la sien y parpadear el ojo, mientras que unas punzadas le quemaban la nuca, atravesándole la cabeza hasta la frente. Era un ataque y de los buenos. Quiso volverse de espaldas y no logró que su cuerpo le obedeciera. Intentó aflojar la mandíbula y la tenía tan apretada que se le clavaron los dientes, elevando el dolor hasta cumbres insoportables. Apretó los puños, manteniéndose plantado como un árbol frente a la joven, incapaz de hacer o decir nada que explicase su martirio.

—Señor Santos —insistió Elizabeth—, siéntese, se lo ve muy mal. ¿Está herido?

La muchacha lo tomó de un brazo para atraerlo hacia el banco y notó la rigidez impresionante de los músculos. Asustada, lo soltó.

—Por favor, señor Santos… Francisco, míreme.

La mención de su verdadero nombre causó un cambio en Fran. Atravesó a la muchacha con una mirada de tanta desesperación que ella se encogió. Comprendió, con ese don maternal que la ayudaba en su trato con los alumnos, que Francisco, Santos, o como se llamase, estaba en una crisis de la que no podía salir por sí mismo y, con la misma determinación que caracterizaba su conducta con los niños, tomó el asunto a su cargo.

—Tranquilo —dijo con serenidad, aunque no se sentía serena en absoluto—. Voy a masajear sus músculos, están muy agarrotados. Dígame con los ojos si le hace bien.

Las manos pequeñas acariciaron los brazos de Francisco con suavidad, de arriba hacia abajo primero, de abajo hacia arriba después, cada vez con más presión, intentando ablandar aquella musculatura de piedra. Al ver que no empeoraba, intentó el mismo remedio con las piernas, pues entendió que no se movía porque no le respondían. Mientras trabajaba como una enfermera en el cuerpo del hombre, pensó desesperada que tal vez estuviese sufriendo un ataque al corazón y ella nada podría hacer entonces. Raspaduras, moretones, labios cortados o cabezas magulladas eran su única especialidad. Si estuviesen cerca del toldo del Calacha, la esposa, Huenec, sabría qué hacer, se lamentó, sin recordar que días atrás, ella se había mostrado escéptica sobre las artes curativas de la mujer.

—A ver, intente levantar los brazos, así. ¿Le duele?

La falta de respuesta de Francisco no la amedrentó. Ella misma le levantó los brazos hasta que no pudo sostener más su peso y luego los dejó caer, exhausta. Volvió a los masajes. Cada tanto, le echaba miradas furtivas para ver su reacción, y así descubrió la expresión torturada en los ojos dorados, oscurecidos por el dolor.

—¿Le duele la cabeza también? —aventuró.

Empujó a Francisco hacia el catre con todas sus fuerzas y trató de tumbarlo, sin éxito.

—Por favor —suspiró, fatigada—, colabore conmigo. Voy a acostarlo sobre la cama, ¿ve? Así —y ella se acostó de espaldas, para representar su idea.

Francisco la contemplaba con un dejo de ironía. Así era como había querido tenerla momentos antes, cuando estaba en condiciones de amarla. Ahora, estaba convertido en un inválido. Cerró los ojos, tan dolido en su espíritu como en su cuerpo, y ese momento de debilidad sirvió a Elizabeth para conseguir su cometido, tumbándolo sobre el catre. Antes de que se repusiera de la sorpresa, Francisco sintió las manos de la maestra masajeando las sienes, la nuca, la frente, torciéndole el cuello hacia atrás para meter los dedos por debajo.

—Éste es un viejo truco cosaco que me enseñaron —le anunció, y presionó con sus dedos dos puntos sensibles de la nuca—. Obra maravillas en las jaquecas.

Los dedos habilidosos prosiguieron su camino, pasando de la cara a la coronilla, de los ojos a la mandíbula, hasta que el dolor lacerante fue cediendo. Con resignación, Francisco se preparó para el efecto peor: la ceguera que sobrevendría. Vio cómo la imagen de Elizabeth se difuminaba, perdiendo nitidez, hasta que ya no pudo verla, y quedó inmerso en una oscuridad benevolente, pues le ocultó la conmiseración en el rostro de la joven. Las manos dejaron de moverse y se produjo un silencio. Francisco aguardó la pregunta.

—Señor Santos, ¿me oye?

Francisco asintió.

—¿Y me ve?

Francisco denegó con lentitud.

—¿Qué... qué le ocurrió?

—Estoy ciego.

—Pero... no puede ser.

—No se asuste, señorita O'Connor, el efecto es pasajero, aunque un día se hará definitivo.

—No lo entiendo, ¿se queda ciego a veces?

—Así es. Ya me ha visto antes, ¿recuerda?

Elizabeth recordó cuando, de modo inexplicable, él se lanzó sobre aquel bañado en los toldos de Catriel. No lo había comprendido entonces, pero el señor Santos estaba siendo víctima de un ataque. ¡Y se había quedado ciego también! De ahí la debilidad que mostraba. Elizabeth enmudeció de espanto al saber que aquel hombre formidable, capaz de cabalgar hasta salvarla de un rayo o de luchar con sus manos para defenderla de un borracho, sufría semejante mal. Una oleada de compasión la invadió. No era un sentimiento de lástima como el que podría haberle inspirado un mendigo o un animal desamparado, era algo desconocido, cercano a una generosidad sin nombre que ella jamás había experimentado. Extendió la mano y la apoyó con suavidad sobre los ojos de Francisco, como si con ese roce pudiese devolverle la vista.

—¿Y cuánto dura? —preguntó con voz tenue.

—Un rato, no podría decirlo.

—Está bien, aguardaremos a que vuelva y usted me dirá lo que va viendo.

Elizabeth se acomodó junto a Francisco, lado a lado en el catre, tan cerca que él podía oler las lilas en su pelo.

—¿Sabe? —susurró mientras aguardaban—. Aquella vez, en esta cabaña, cuando usted y Jim pelearon —Elizabeth no notó el estremecimiento de Fran al oír mencionar al hombre del caballo— yo me fingí desmayada. Estuvo mal, lo reconozco, sobre todo por los niños, que se preocuparon, pero tenía que impedir que siguieran lastimándose, así que mantuve mis ojos cerrados todo el tiempo. Descubrí que, al no poder ver, otros sentidos vienen en nuestro auxilio y se acentúan los ruidos, los olores... Aprendí algo nuevo en esa ocasión. Supongo que usted ya lo sabe, puesto que le sucede a menudo. ¿Es así?

Francisco se sentía atontado. La señorita O'Connor había fingido un desmayo para interrumpir aquella pelea brutal y, además, había conseguido engañarlos a todos durante un buen rato. No podía creer que aquella muchacha menuda fuese capaz de tanto, como en ese momento en que, con inocencia, se recostaba a su lado para acompañarlo. No debía permitirlo, debía alejarla, él era un hombre sin apellido, un moribundo.

—¿Puede ver algo? —dijo ella.

—No.

—Tranquilo, ya volverá —y de nuevo apoyó su mano, esa vez sobre el pecho, como si quisiese aquietar el corazón de Francisco.

Éste comenzó a sentir cosas que nada tenían que ver con su mal, un hormigueo que le trepaba por las piernas y se alojaba en su bajo vientre, sensaciones de las que la señorita O'Connor no tenía ni idea.

—Elizabeth…

—Shhh… no tema, la vista volverá, como otras veces.

Francisco se removió, incómodo, y ella tomó su mano para sostenerla entre las suyas.

Maldita muchacha, que nada sabía sobre los hombres. Francisco estuvo a punto de decir algo desagradable cuando manchas borrosas aparecieron frente a sí, imágenes que se encendían y se apagaban junto con las oscilaciones del candil. Elizabeth debió percibir el cambio, pues se incorporó sobre él para escudriñarlo.

—¿Está viendo algo?

—Algo, sí.

—Dígame qué.

Francisco refunfuñó palabras ininteligibles, hasta que el rostro de la maestra se fue delineando. Alcanzó a distinguir primero el cabello alborotado y, poco a poco, la curva de la mejilla, los ojos, la nariz pequeña, faltaban las pecas para completar la imagen que de ella llevaba en su mente.

—La veo a usted.

—¿Me ve claramente?

—Tan claro que puedo apreciar que no se ha peinado.

No supo qué diablo interior lo llevó a mencionar el punto débil de la señorita O'Connor y, cuando estaba a punto de arrepentirse, la misma sonrisa pícara que lo había fascinado antes apareció en el rostro de ella, aliviándolo.

—Señor Santos, qué vergüenza, criticar el cabello de una dama en estas circunstancias.

—¿Qué circunstancias, señorita O'Connor?

Se burlaba, aunque lo hacía sin maldad, siguiéndole la corriente para aligerar la tensión del momento vivido.

—¿Le parece poco un rayo que casi nos parte, un viento que estuvo a punto de volar el techo y...? — no quiso mencionar el ataque, y Francisco lo hizo por ella.

—Y un ciego tonto que no sabe comportarse como un caballero. ¿Hay algo peor?

—Señor Santos...

—Llámame Fran. Francisco es mi nombre.

Elizabeth dijo, con cautela:

—¿Por qué lo ocultaste?

—Por miedo y rabia. No quería que se supiese que Francisco Peña y Balcarce estaba aquejado por una enfermedad desconocida. Quise empezar una vida nueva, lo que durase.

"Lo que durase." La expresión se clavó en el corazón de Elizabeth. No podía creer que ese hombre espléndido, el temible ermitaño de la laguna, estuviese condenado a morir.

—¿Has visto a un médico?

Francisco hizo un gesto desdeñoso.

—Someterme a estudios sería lo mismo que anunciarlo a los cuatro vientos. Mi familia sufriría y, de todos modos, el mal avanzaría. No hay cura para lo que tengo.

—¿Cómo lo sabes? —Elizabeth no era consciente de la facilidad con que había pasado al tuteo.

—Déjalo, Elizabeth. No quiero hablar de esto.

—¿Me ves mejor que antes? —preguntó.

Francisco clavó en ella sus ojos enigmáticos.

—Mucho mejor —y extendió una mano hacia el rostro de Elizabeth.

La tocó con reverencia, como si fuese una frágil porcelana. La joven se mantuvo quieta, maravillada por las sensaciones que esa caricia provocaba en su interior. Él prolongó la exploración a lo largo de la mejilla hasta el labio superior, un poco más abultado que el otro, y la miró a los ojos cuando introdujo su dedo bajo el labio, acariciando los dientes. Elizabeth entendió que le estaba pidiendo permiso y entreabrió la boca, concediéndoselo. El dedo de Francisco tocó la lengua, acarició el interior de la mejilla y el paladar para después volver a los labios, pintándolos con la humedad. Retiró el dedo y lo llevó a su propia boca, chupándolo, sin despegar los ojos de los de Elizabeth. La muchacha se sintió languidecer. Un peso desconocido la empujaba hacia ese hombre al que, horas antes, habría aniquilado con gusto. Dejó que él acariciase su costado, desde la cadera hasta el hombro, encendiéndole la piel. Se sentía incapaz de hacer nada por sí misma, sólo podía dejar que él actuase y a Francisco le resultaba suficiente, ya que su mirada la abrasaba mientras la acariciaba. Con lentitud, él se incorporó hasta quedar encima de Elizabeth, acomodándola de espaldas sobre la manta. El catre era angosto para contenerlos a ambos, y no parecía importar. Francisco bajó la manga del vestido hasta que un hombro quedó a la vista y depositó en ese lugar un beso. Hizo lo mismo con el otro hombro y, cuando el escote le impidió proseguir, lo bajó del todo, dejando expuestos los senos de Elizabeth, generosos y blancos, surcados de venitas azules y coronados por pezones de color miel. Descendió sobre ellos y jugueteó con la lengua sobre uno y sobre el otro, alternando la caricia con besos. Elizabeth echó la cabeza hacia atrás, extasiada. No era dueña de sí, no hubiese podido impedir que Francisco la besara como no podía impedir que su cuerpo se abandonase al placer de sentir la fuerza de ese hombre transformada en suavidad sólo para ella. Francisco la tocó con la pericia de un amante. La maestra de la laguna era una sorpresa. La había creído puritana, engreída, habría jurado que reaccionaría como si la quemasen con un hierro al rojo y, sin embargo, la sentía derretirse bajo sus caricias como la mujer más apasionada. Y ni siquiera había empezado. Con gula, dirigió sus besos hacia la boca blanda de la muchacha y dejó que su lengua se enseñoreara de ella por un buen rato. Después, siempre vigilando sus reacciones, descendió por el valle entre sus pechos, murmurando cosas que la joven no alcanzaba a escuchar, haciéndole perder el sentido bajo sus labios. Al llegar al vientre palpitante, se entretuvo lamiéndole el ombligo y soplando con suavidad en esa hondonada. Elizabeth contuvo la respiración. Afuera los relámpagos proseguían, aunque los truenos apagados indicaban que la tormenta se estaba desplazando hacia el mar. La casita de la playa se había transformado en un capullo de intimidad que los aislaba de todo y Elizabeth se sentía otra persona, alguien más audaz que Miss O'Connor, una mujer dispuesta a todo para satisfacer al hombre que amaba. Ese pensamiento, fugaz y certero, la conmocionó. La boca de Francisco estaba murmurando junto a su oído y le producía escalofríos. El aliento cálido se extendió por su cuello hasta la zona débil de la garganta, donde la sangre de la muchacha palpitaba alocada.

—Fran... —susurró, en tono de súplica, sabiendo que era tarde para protestar, que esa marea de sensaciones no se detendría, a menos que él quisiera, pues ella sólo era un juguete de su pasión.

Francisco acariciaba el cuerpo de Elizabeth como si necesitara comprobar que, por fin, la palomita sería suya. Nada se interponía entre el deseo de ambos, pues no dudaba de que ella lo deseara. Todas las advertencias habían desaparecido de su mente y se dejaba arrastrar por la excitación que le producía el abandono de la muchacha. Sus artes de seducción, siempre a flote, destruyeron cualquier prevención que Elizabeth pudiese conservar. Tiró del destrozado vestido hasta ver la piel a través de la enagua y las medias. Se deshizo de ellas y de las botitas. Se incorporó un poco, para apreciar la desnudez de Elizabeth en su plenitud: la muchacha ofrecía un aspecto pudoroso y pasional que le sacudió las ingles. Habría preferido que ella fuese experimentada para no tener que reprimirse y, sin embargo, saber que él sería su primer hombre le produjo tanta satisfacción que se sorprendió. Nunca le había importado, hasta ese momento.

Se quitó a toda prisa su propia ropa, pateando los pantalones y las botas lejos de sí, y con lentitud se acomodó sobre Elizabeth, apoyando los antebrazos a cada lado de su cabeza. La miró a los ojos, impidiendo con su magnetismo que ella desviase la vista, y se mantuvo expectante unos segundos. En la penumbra el rostro de la joven se veía pálido, los grandes ojos verdes destacados, y la boca entreabierta y húmeda.

—Elizabeth, ¿quieres esto?

A duras penas consiguió formular la pregunta, pues no creía que la negativa de la muchacha pudiese cambiar las cosas en ese punto, aunque la respuesta de ella lo alivió:

—Yo sí, ¿y tú?

Francisco soltó el aire en una especie de risa trunca. ¿Si él lo quería? Dios bendito, se moriría si no la poseyese en ese instante. Se veía obligado a conservar cierta cordura en beneficio de una mujer no iniciada en las artes de amar, de lo contrario...

—Sabes que dolerá.

Elizabeth asintió. No sabía demasiado, sólo lo esencial. En su formación de maestra allá en Winona había aprendido el funcionamiento del cuerpo femenino, ya que la gimnasia era parte importante del programa de estudios. Recordaba que la señora Mann había hecho hincapié en el interés del Presidente por sacar a las jóvenes argentinas de su molicie habitual. "La salud del cuerpo y la salud de la mente van juntas", le dijo en una de sus cartas a su amiga Mary, y esa convicción coincidía con el proyecto educativo de las nuevas maestras. Sin embargo, todo ese conocimiento frío y detallado no la preparaba para las emociones descarnadas que bullían en su interior. Se preguntó, por un momento, si su arrebato sería incorrecto en una joven de su formación moral, aunque la indecisión duró un instante, ya que aquel hombre fornido parecía abarcarla por completo en cada abrazo, impidiendo que sus pensamientos se unieran para adquirir algún sentido.

Francisco llevó su mano hacia la entrepierna de Elizabeth y acarició con delicadeza la piel que rodeaba el centro femenino, formando círculos lentos que obligaron a la joven a sacudir la cabeza hacia uno y otro lado, sin saber por qué. Mientras la tocaba de ese modo, apoyó con cuidado su torso, hasta que los pechos suaves quedaron aplastados bajo su peso. Elizabeth tuvo un leve sofoco y Francisco volvió a incorporarse, atento a sus reacciones.

—Shhh... deja que te enseñe, déjame...

—Sí, sí —lo apremió ella, aunque en realidad estaba algo asustada.

Francisco se colocó de medio lado, para no ejercer tanta presión, y entrelazó una pierna robusta con las de la muchacha; su rodilla subió hasta encontrar los rizos húmedos y luego bajó, repitiendo el movimiento con una cadencia que creó oleadas de placer en Elizabeth. Los gemidos apagados le dijeron que estaba lista para el amor. Siguió explorándola, pese a todo, en parte porque le producía placer verla rendirse de manera tan absoluta, y también porque quería que la primera vez fuese un buen recuerdo. Volvió a acariciarla con la mano, más audaz, tocándola en su intimidad más profunda, hasta que Elizabeth soltó una especie de maullido, echando la cabeza hacia atrás y arqueando la cintura. Francisco se levantó sobre ella lo suficiente para prepararse y arremetió contra el delicioso cuerpo de una sola embestida, penetrándola sin darle tiempo a sentir temor o sorpresa. Tan repentina fue la acción, que Elizabeth ni siquiera gritó: aspiró profundo y quedó estática, con una expresión de asombro que podría haber resultado graciosa si Francisco no hubiese estado inmerso también en su propia excitación. Al mirarla, vio que rodaban lágrimas incontrolables y las enjugó con los pulgares, al tiempo que la besaba con ardor, para distraer sus sensaciones dolorosas y provocar otras de puro placer. Logró que ella cerrara los ojos, aflojándose, y entonces se dedicó a embestirla con más suavidad, entrando más a fondo en cada embate y acariciándola por dentro con movimientos sensuales que arrancaban suspiros a la maestra. Ella lo había tomado del cabello sin darse cuenta y lo arrastraba hacia sí con furia. A pesar de no saber cómo actuar, algo desatado en su interior la guiaba, inspirándole gestos apasionados que enardecían a su amante. En el momento culminante, Francisco la tomó con fuerza de las caderas, empujándola más adentro suyo, como afirmando su posesión, mientras Elizabeth gritaba, mencionando su nombre entre sollozos.

La tormenta se había alejado, quedaban el viento y el bramido del mar para recordarla. Poco a poco, la zona de los médanos recobró su serenidad. Sólo adentro de la casita proseguía la furia, en los abrazos y gemidos de los amantes, olvidados por una noche de todo lo que no fuesen sus pieles húmedas, sus bocas voraces y sus alientos entrecortados. Los últimos temblores los vivieron abrazados, reconfortándose, y la muchacha, al cerrar con fuerza los ojos, se perdió la expresión triunfal de Francisco Peña y Balcarce.

El amanecer sorprendió a Elizabeth tendida boca abajo, con la cabeza apoyada en el musculoso pecho de Santos. El hombre dormía a pierna suelta, repantigado en el catre, dejándole muy poco sitio para su comodidad. Su completa desnudez la perturbó ya que, a la luz del día, la dimensión de lo ocurrido entre ellos se le presentaba con toda su crudeza. Francisco Peña y Balcarce, de quien había sabido el verdadero nombre recién el día anterior, se había adueñado de su cuerpo con la misma facilidad que si se tratase de una prenda prestada. Los recuerdos de su propio comportamiento la atribularon y, de pronto, necesitó poner distancia entre ella y esa escena decadente de dos personas desnudas en un catre de campaña, en una casa olvidada en medio de las dunas. Cuidándose de despertarlo aunque, a juzgar por el ronquido que acompasaba su sueño eso no era probable, Elizabeth se deslizó hacia el suelo y buscó a gatas sus ropas arrugadas. Se colocó lo que quedaba de la enagua, desechó las medias y ató como pudo los cordones del corpiño del vestido amarillo, que estaba hecho una lástima. Mientras estaba atareada en esos menesteres sencillos, pensó en algo que la horrorizó: ¡Ña Lucía! ¿Qué diría la mujer de su ausencia? ¿Y qué habría ocurrido con Eusebio? ¿Acaso la tormenta lo habría encontrado en la mitad del camino? ¿O su falta se debería a la enfermedad de Zoraida? Sin duda, ella había agregado una preocupación más a todos ellos, al no presentarse en el rancho. Claro que podían suponer que los Zaldívar le habían brindado su hospitalidad. No obstante, se sentía culpable. De todas las cosas que los Miranda y Ña Lucía podrían pensar, caer en los brazos de un desconocido no estaba entre ellas.

Miró al hombre que yacía con descuido y apartó con pudor los ojos de la parte baja de su cuerpo, expuesta sin disimulo. Francisco era un espléndido ejemplar masculino: la tez bronceada que ella había atribuido a la vida rural se extendía también por el resto del cuerpo, casi carente de vello; la expresión cerril de su rostro se veía atenuada por el sueño y lo hacía más apuesto; notó los labios bien formados y los pómulos marcados; el cabello salvaje reposaba sobre los hombros y cubría un lado de la cara. El "señor Santos" poseía todo lo que un seductor necesitaba, quizá de manera algo tosca, aunque Elizabeth estaba segura de que esa rusticidad lo volvería aún más atractivo ante las damas. El pensamiento de otras mujeres corriendo detrás de las atenciones del señor Peña y Balcarce le causó indignación.

Ofuscada, salió al fresco de la mañana, olvidando el estado en que se hallaba. Avanzó de espaldas al mar y, con los pies descalzos, atravesó la arena tibia en dirección a los médanos bajos que separaban la casita de la laguna de Mar Chiquita, a la que Eusebio y Zoraida llamaban "la Grande".

Mar Chiquita era una extensión de agua impresionante, capaz de formar olas si el viento quería. Julián le había explicado que se trataba de una "albúfera". "Está comunicada con el mar, separada de él sólo por los médanos", le había dicho. A esas horas tempranas, ofrecía un aspecto apacible, con la superficie rizándose apenas y las gaviotas sobrevolándola a baja altura. La otra orilla se divisaba en la lejanía. Elizabeth caminó hasta donde la arena se humedecía con el vaivén del agua y dejaba ver los cangrejos apiñados en el fondo. Recordó con nostalgia el entusiasmo de Luis ante la idea de pescarlos con un hilo y una piedra. ¿Qué haría el muchachito cuando la escuela no funcionara? ¿Adónde irían a parar su espíritu inquieto y su temperamento alegre? Apretó los labios para no llorar ante tantos recuerdos queridos. ¡Cuánto extrañaría a esos niños que había aprendido a amar en poco tiempo!

Un chillido la distrajo: un pájaro negro surcó el cielo como una saeta. ¿Cómo lo había llamado Marina? "Biguá", sí, eso era. Elizabeth conservaría siempre aquel dibujo infantil. Siguió con la mirada el vuelo rasante de unas gaviotas pequeñas con capucha gris. Sabía poco de las criaturas de aquella región y, dadas las circunstancias, no tendría oportunidad de saber más. El viento marino le removió el cabello del mismo modo que removía los juncos que crecían entre las dunas. Todo era tan desmesurado en aquella tierra... Un estremecimiento la sacudió. Entusiasmarse con la perspectiva de partir para enseñar en países lejanos había resultado fácil allá, en su casa, mientras tomaba té con pasteles y escuchaba los relatos de la señora Mann, que le leía las cartas de Sarmiento en voz alta. Distinto era palpar la realidad. Esa tierra cerril, esa extensión sobrecogedora que la gente de ahí llamaba "pampa", atizaba los espíritus más débiles y ponía a prueba el coraje de cualquiera. Una mujer como ella, sola en aquel desierto plagado de peligros, era una empresa disparatada que jamás debió aceptar. Si su querida madre supiera...

Un coro de graznidos seguido de aleteos interrumpió esos pensamientos. Sobre las aguas habían descendido unos patos de aspecto curioso: blancos en su vientre, plomizos en el dorso y con un ridículo penacho amarillo que los hacía parecer espantados. Pese a la tristeza que la embargaba, la muchacha sonrió. Le gustaba el entorno de la casita de Santos.

Francisco Peña y Balcarce. El hombre al que había entregado su virtud sin pensar. ¿Qué había hecho? ¿Qué hechizo había caído sobre ella, una maestra de Boston, tan segura de sus principios, para sucumbir ante el primer hombre que la pretendía? Aunque el señor Peña y Balcarce no la pretendía, la había seducido. Ésa era la palabra, la horrible conclusión a la que llegarían todos los que supiesen lo ocurrido. ¿Tan endeble era la moral inculcada que se derrumbaba ante la primera prueba? La culpa era de la pampa, pensó con desesperación. Allí no existían convenciones como en Buenos Aires, allí la gente se aferraba a la supervivencia, nada más. Sin embargo, cuando ella volviese, esas convenciones se erigirían de nuevo en torno suyo y la marcarían como una mala mujer, por haberse entregado a un desconocido. Porque, ¿quién era en verdad Francisco Peña y Balcarce? Sólo un nombre y un apellido, ilustres tal vez, que no significaban nada en su vida. No conocía a su familia, no habían conversado bajo los árboles, no habían cabalgado por los parques como hacían dos jóvenes que intimaban, allá en su país. Elizabeth sorbió una lágrima inoportuna. Estaba perdida. Aun si nadie se enteraba de lo sucedido, estaba perdida en su corazón. Porque no podía negar que, si hubiese querido, lo de la noche anterior no habría ocurrido. Algo malvado tendría ella, sin duda, para haber tomado la decisión errada.

—Aquí estás.

La voz cortante la sobresaltó como si la hubiesen descubierto en una mala acción. Francisco se encontraba parado sobre un médano, igual que la primera vez que lo vio, vestido sólo con sus pantalones y con el mismo aire beligerante de entonces. Elizabeth fue consciente de su propio estado: la ropa deshecha, el cabello al viento y los pies desnudos. Una piltrafa. Peor aún, una desvergonzada.

Francisco se había asustado al encontrarse solo en la casita. Creyó que la muchacha había huido y toda clase de temores acudieron a su mente. Por suerte, la joven no era tan alocada como para correr sin rumbo a través del desierto. Estuvo observándola un buen rato antes de interrumpirla. Él había saciado su apetito, alimentado a lo largo de todos sus encuentros anteriores, y ahora sentía algo parecido al remordimiento. La monstruosa tormenta, seguida del ataque de dolor, los había echado uno en brazos del otro, pero para la maestra de Boston aquella noche de amor podía tener consecuencias y él no estaba en condiciones de compensarla.

—¿Qué haces aquí, sola? —dijo, mientras descendía hacia la orilla.

Elizabeth se encogió de hombros. No estaba preparada para enfrentar a su amante cara a cara.

—Pudiste decirme que saldrías —siguió diciendo Francisco—. Me preocupé.

Al llegar junto a la muchacha, notó que ella miraba empecinada hacia la laguna. Contempló su perfil delicado y su cabello encrespado, y una ternura desconocida se apoderó de él. La joven había pasado su primera experiencia de amor y, sin duda, se sentía vulnerable. Nunca había iniciado a una mujer, se imaginó que no sería fácil consolarla.

Llenó de aire salobre sus pulmones, antes de continuar.

—Elizabeth.

Silencio.

—Mírame.

El perfil seguía recortándose, nítido, sobre el fondo del paisaje.

Francisco extendió una mano que posó sobre el hombro de la muchacha. Ella se encogió.

—De nada vale que no me mires. Lo hecho, hecho está.

Esas palabras tuvieron el poder de provocar una reacción. Elizabeth se volvió, rígida, y lo taladró con sus ojos, más verdes aún en la proximidad del agua.

—Gracias por recordármelo, "señor Santos". Soy tan torpe, que no me doy cuenta.

—No me llames así. Sabes cuál es mi nombre ahora.

—¿En serio? ¿Hay una pizca de verdad en algo de lo que usted dice, señor? ¿Cómo puedo saberlo? Se presentó ante todos con una identidad falsa, amenazándonos, luego finge no conocer a los Zaldívar y, por último... —la voz de la joven se quebró.

—Por último —completó él—, me aprovecho de una muchacha inocente.

Elizabeth pareció arrepentirse de su estallido.

—No, no fue así. Reconozco mi culpa en lo que pasó.

Francisco suspiró.

—No hay culpables en esto, Elizabeth, y si los hay, soy yo quien debe asumir la culpa. Soy un hombre grande y conozco adónde llevan los escarceos amorosos.

"Escarceos amorosos", eso era lo que había existido entre ellos. La palabra "amor" no figuraba en nada de lo que habían hecho ambos la noche anterior. Elizabeth sintió estrujársele el corazón.

—Descuide, no me moriré por esto. Como bien dijo, lo hecho, hecho está. Es una sabiduría sencilla y muy útil.

Francisco se erizó ante el reproche velado.

—No la dejaré desamparada, señorita O'Connor —respondió, volviendo al trato distante a propósito—. ¿Qué clase de hombre cree que soy?

De pronto, la dimensión de lo que acababa de decir le quitó el aliento: tenía una responsabilidad con aquella joven, algo que él había tratado de evitar a toda costa. Se había aislado en aquel sitio para borrar la personalidad de Francisco Peña y Balcarce de la faz de la tierra, hasta que la enfermedad hiciera estragos en él. Ahora, todo cambiaba. La señorita O'Connor podía necesitarlo y, si bien descartaba la idea de contraer matrimonio, no podía abandonarla a su suerte.

—Escuche, por ahora nos ocuparemos de lo primero, regresar al rancho de Miranda. Después, cuando retorne a Buenos Aires, le conseguiré un sitio donde vivir. Tengo relaciones que no me negarán un favor y son discretos. Podrá continuar con sus clases y la visitaré cuando pueda, de incógnito. Por el momento...

La enormidad de lo que escuchaba paralizó a Elizabeth. ¡Ese hombre le proponía la indecencia de convertirse en una mantenida! Le colocaría una casa y la visitaría cuando pudiese, haciéndola fingir ante los demás una decencia que ya no tenía. Era demasiado.

—¡Cállese, cómo se atreve! No soy una mala mujer, pese a lo que usted piense, señor como se llame. Si algo puede decirse de mí es que soy una estúpida. No saque sus propias conclusiones. Me iré de aquí, por supuesto, pero no será para continuar viéndolo cuando usted "pueda", como amablemente me ofrece, ¡sino para no verlo nunca más! —y, dicho esto, Elizabeth le volvió la espalda y arremetió contra el médano, subiendo a tropezones y cayendo con las rodillas en la arena cada tanto, hasta desaparecer de la vista de Francisco.

Éste quedó callado, sumido en una profunda concentración. Las palabras despechadas le habían dolido; no obstante, se imponía una cabeza fría para resolver las cuestiones pendientes. Tendría que hablar con Julián para que lo mantuviese al tanto de la situación de la maestra. Confiaba en su amigo. Sin embargo, lo preocupaba no poseer bienes suficientes para heredárselos a la señorita O'Connor cuando él muriese pues, al saber su condición de bastardo, había renunciado a cuanto pudiese recibir de su padrastro. Y la fortuna de su madre era administrada por Rogelio Peña, de modo que no existía manera de resolver esa cuestión sin enterar a todos. Debía pensar en algo y pronto, sin importar si la muchacha lo aceptaba o no. Se trataba de un asunto de honor y lo resolvería como correspondía.

Enfiló hacia el médano también, dejando a su espalda la laguna, donde una brisa marina encrespó las aguas, ahuyentando a los macá plateados, los mismos que habían sorprendido a Elizabeth con sus penachos amarillos.

—¿Te vas, Misely?

Elizabeth contempló sus manos en el regazo, apretando el pañuelito. ¿Cuántas veces se había enjugado el rostro? Ya ni sabía. Miró el cuadradito de encaje como si en él hallase la respuesta a su angustia. Ña Lucía le había enseñado cómo planchar los pañuelos en cualquier circunstancia: "Los lava y los extiende bien tirantes, mi niña, sobre la mesa o la pared, hasta que se sostienen solitos. ¡Verá cómo quedan, almidonados parecen!". Y eso hacía Elizabeth con los innumerables pañuelos que gastaba en esos días de despedida.

Marina había pronunciado las palabras que todos temían. La maestra los había convocado para comentar los sucesos de Nochebuena y comunicarles su partida. Un mensaje de El Duraznillo, de parte de Inés Durand, decía que el carruaje pasaría por el rancho para que ella no se fatigara viajando en el carro de Eusebio. Su mente era un torbellino. En apenas dos días, su vida se había trastocado, no era la misma joven ansiosa que pisó las márgenes del Plata, meses atrás. Su "debilidad", como llamaba ella a su noche de pasión, la había transformado, haciéndola sentir vulgar e indigna de su puesto de maestra. ¿Cómo iba a enseñar conducta a los pequeños si no podía mantenerla ella misma? Pensar que se sintió preocupada por Juana al hacerse mujer... Más valdría que rezara por su alma, porque se encontraba más perdida que las de aquellos inocentes.

El día de su regreso buscó la paz de la confesión en el Padre Miguel, y como no tuvo coraje de contarle lo ocurrido la noche de la tormenta, fue una confesión a medias que no le devolvió la serenidad. Tampoco halló consuelo en el alborozo con que la recibieron Ña Lucía y los Miranda. Los tres habían aguardado noticias de "Miselizabét" a la luz del candil hasta el amanecer. La tormenta golpeó el rancho y destruyó el tinglado donde dormían los bueyes, aunque la buena noticia fue encontrar a Zoraida restablecida de la indigestión. La pobre mujer, sin embargo, no podía disfrutar de su recuperada salud mientras no volviese la "señorita maestra" de la estancia. "Con esos rayos...", balbuceaba, "¿qué dirán los señores de mi Eusebio, que no fue a buscarla?". Cada vez que Eusebio intentaba salir en busca de Elizabeth, era detenido por los accesos de un nuevo ataque de su esposa. El pobre hombre, alarmado al verla sacudida por espasmos, pensaba que aquél sería el último aliento de su mujer. Después, la tormenta impidió el viaje de modo definitivo. Elizabeth los tranquilizó, fingiendo naturalidad, aunque la mirada penetrante de Lucía al verla llegar en compañía del señor Santos le hizo flaquear las rodillas. ¡Cómo pesaba la conciencia del que no se reconocía limpio!

—Sí, Marina, me voy. El gobierno me envía a otro puesto, donde otros niños me necesitan.

—¿Más que nosotros? —terció Luis, ofendido.

Elizabeth suspiró. No era fácil aceptar lo inevitable. Esos niños nada tenían antes de que ella llegara, y sin nada quedarían al partir. ¿Cuánto bien podría haberles hecho en tan poco tiempo? Sus lecciones serían olvidadas en cuanto la vida rústica los devorase. Ya no viajarían hasta la capilla para recitar las palabras que los acercaban a la civilización. No habría desayunos en la cocinita del Padre Miguel, ni dibujos sorpresa en la pizarra, ni horas silenciosas de lucha con una letra o un cálculo, ni ejercicios en el patio, ni paseos a la laguna.

La laguna. Aquella excursión primera, la del encuentro belicoso con el señor Santos, había sido su perdición. Reconocía, con una sinceridad que era su sello personal, que no le había resultado indiferente aquel hombre desde que lo vio en la pulpería del camino. No se trataba de que fuera apuesto, sino de una marca que ella leía en su rostro, algo indefinible de dolor y condena que la atraía, como la madre que busca proteger al hijo que sufre, o el médico que dedica su vida al enfermo que se siente vencido. Sin embargo, esa atracción fatal hacia el señor Santos no era tan abnegada. Lo había deseado, dejó que él se enseñoreara de su cuerpo y de sus sentidos porque quería saber cómo eran sus manos sobre su piel, su boca en su cuello y, Dios la perdonara, creyó que su entrega lo salvaría. ¡Qué ingenua! Una mujer instruida como ella, que había ahuyentado a cuanto pretendiente se cruzara en su camino para mantenerse firme en su propósito de enseñar, sin trabas, caía presa del demonio de la seducción de un hombre casi desconocido que, además, sufría una extraña enfermedad.

Algo muy malo guardaba ella en su interior, no cabía duda.

—¿Y por qué no mandan a otra? —dijo de pronto Remigio.

Elizabeth salió de sus cavilaciones y contempló el círculo de rostros. Aquel puñado de alumnos se había convertido en su razón de existir. Por ellos, soportaba la incomodidad de compartir un rancho mínimo, el polvo del viaje en el carro de Eusebio, los temores nocturnos en las noches de insomnio, la incertidumbre, la soledad. La pampa era un vacío terrible. Conocerla le había permitido entender mejor el espíritu callado de sus habitantes, la melancolía que traslucían sus miradas. Sólo aquellos que tenían un escape hacia la vida mundana, como los Zaldívar, esquivaban el fatalismo de los llanos.

—¡Eso! —exclamó Luis, belicoso—. ¿No tienen otra maestra que mandar?

—Misely es una maestra gringa, tonto —le refutó el Morito—. No vinieron muchas, ¿no es cierto, Misely? —preguntó, ansioso.

—Así es, no somos muchas. Algunas vinieron antes que yo y volvieron a su país porque no se acostumbraban. Otras, ni siquiera llegaron a embarcar.

—¡Quiá! —soltó Luis, chasqueando los dedos—. Tenían miedo, no como Misely.

Los demás parecieron compartir esa opinión. Elizabeth no lo desmintió. También ella había sentido temor al verse en la inmensidad del océano y, más tarde, al desembarcar en una tierra que desde el puerto se veía despojada. Qué curioso: en aquel momento, cuando se veía obligada a volver a la ciudad y tal vez a regresar a su patria, ya no le parecía tan temible adentrarse en un país desconocido y a medio civilizar. A pesar suyo, algo del carácter indómito de aquella región se le había metido adentro.Quizá había encontrado un sitio donde su propio carácter se reconocía a gusto, el "paisaje interior", como lo llamaba su madre. Emily decía que todos tenían un lugar en el mundo al que tal vez jamás llegasen, que siempre los aguardaba. Ese sitio, donde el espíritu se encontraba en un remanso, era el paisaje que cada uno llevaba adentro. ¿Sería la laguna el paisaje de Elizabeth? No lo creía, pues no sentía la serenidad del encuentro, sino el torbellino de la pasión no correspondida. Recordó el abandono con que se había entregado al hombre de los médanos y sintió el calor de la vergüenza subiendo por el rostro. ¿Acaso él había pronunciado palabras de amor? ¿Acaso la había acunado en sus brazos al agotarse su pasión? No podía negar el placer que los había embriagado a ambos, pero no bastaba, no para ella. Aun si no fuese una maestra y no tuviese la misión de guiar las mentes y los corazones de los niños, ella había sido educada en una firme moral cristiana, sabía con certeza qué límites se exigían a las muchachas solteras. Y los había traspuesto. En un instante, con la misma facilidad con que se saca un guante, la joven señorita O'Connor, recomendada por sus méritos en la escuela de Winona por la esposa del educador Horace Mann, se había despojado de su virtud mientras cumplía la noble tarea de civilizar a los niños de ese rincón del sur. Elizabeth alzó la barbilla, decidida a no dejarse derrotar por la tristeza frente a sus alumnos.

—Queridos míos, me voy y quiero llevar algo de cada uno en mi corazón. Les voy a repartir estas hojas para que escriban lo que más les guste.

—¿Un dibujo como los míos? —se entusiasmó Marina.

—Como los tuyos, sí, o... lo que deseen.

—¿Y qué nos darás a cambio, Misely? —preguntó Livia con timidez.

Elizabeth permaneció muda unos instantes. No había pensado que los niños desearían conservar un recuerdo de su maestra. La sola idea la conmovió hasta las entrañas, provocándole un espasmo de llanto que controló a duras penas.

—Yo... les daré un regalo. Mientras escriben en sus cuartillas, lo prepararé.

Se levantó, decidida a no sucumbir a la emoción como tantas veces en esos días. Repartió las hojas y los lápices a los callados niños y se volvió hacia el escritorio, fingiendo estar ocupada. Aferró los bordes con sus manos gastadas por la tiza y se mantuvo erguida, de espaldas al ajetreo que se iniciaba detrás de ella, cerrando los ojos y mordiéndose los labios. Queridos niños... ¡cuánta falta le harían en Buenos Aires o dondequiera que Sarmiento la enviase! Jamás olvidaría a los pequeños de la laguna, tan "hilachitas" siempre, como decía Zoraida, y tan generosos en su cariño. Faltaba Eliseo para completar aquella despedida y, aunque Elizabeth ya había renunciado a verlo, guardaba un cariño especial por el muchachito díscolo, ya que gracias a él había entrevisto algo de la vida en las tolderías, y eso le había ayudado a comprender mejor las circunstancias de sus alumnos. Se dedicó a juntar sus cosas, mientras decidía qué regalar a cada uno. El tintero y la pluma que tanto habían maravillado al Morito, serían su regalo; presentía que el niño estaba destinado a la vida intelectual. A Luis, tan entusiasta, le gustaría la campanilla que usaba para marcar los tiempos de recreo. Juana, la dulce, sería destinataria de su espejo de mango de plata y de alguno de sus listones, pues estaba en la edad en que las muchachas sueñan con ser bellas. Dejaría a Remigio los cartones con los dibujos de animales y a Livia el pequeño costurero de mano que la niña descubrió durante los preparativos de Nochebuena. Para Marina, las tizas de colores y la pizarra. Que hiciera en ella infinidad de dibujos. Faltaban Mario y Eliseo. Pensó un momento en algo que el pequeño hubiese codiciado en los pocos días en que asistió a clase y por fin decidió que el contador de bolas de madera le serviría de juego y enseñanza a la vez. Eliseo. ¿Qué regalar a un muchacho que se muestra duro frente a los demás siendo todavía un niño? Estaba inmersa en ese dilema cuando se eclipsó la luz que atravesaba las ventanas de la capilla y se agolparon sombras sobre el escritorio. Creyendo que se trataba de nubes de tormenta, Elizabeth miró hacia afuera y quedó pasmada. Enormes figuras de contorno indefinido se movían, cubriendo los huecos de las ventanitas, oscureciendo el ámbito de la capilla como gigantes venidos del cielo. Los niños se quedaron mudos de asombro, aunque no parecían asustados. Elizabeth se llevó una mano al pecho, que palpitaba de modo salvaje. La visión duró sólo unos segundos, de inmediato las sombras se disiparon y el sol volvió a iluminar los rincones como si nada hubiese sucedido.

—¿Qué fue eso? —susurró la joven maestra, más para sí que para los niños.

—Los indios, Misely —respondió Remigio, muy suelto de cuerpo—. Deben andar rondando.

Elizabeth tragó el nudo de temor que se le formó en la garganta.

—¿Rondando? ¿Por qué, qué quieren?

Remigio se encogió de hombros al responder:

—Nada, pues. Sólo miran.

La idea de que los indios se dedicasen a espiarla a ella y a los niños en la escuela sustituyó el miedo por el enojo y Elizabeth se lanzó a la puerta del salón, dispuesta a recriminarles su atrevimiento. No vio nada. Se fueron tan de súbito como habían aparecido. Sin embargo, no sólo ella los había visto, los niños también. Un rescoldo de temor subió por su pecho. ¿Correrían peligro los niños? ¿O el Padre? Las palabras de Santos, advirtiéndola, volvieron a su mente. Aquel suceso extraño la convenció del error de su presencia en aquella zona, pues sin duda el Presidente no la enviaría a un lugar amenazado por los indios.

Entró a la capilla, dispuesta a proseguir, ignorando que varios pares de ojos la observaban a la distancia.

CAPÍTULO 22

Los Zaldívar habían dispuesto una berlina para el viaje, todo un lujo en aquellas travesías, pues no quisieron escatimar comodidades para la señorita O'Connor. El coche, tirado por dos caballos y otros dos de repuesto atados en la parte de atrás, constaba de cuatro plazas. Eusebio había mirado con escepticismo aquel vehículo fino y costoso, sin duda pensando que su carretón de bueyes era más apto para la pampa brava.

Se despidieron en la puerta del rancho. Una llorosa Zoraida abrazó sin tapujos a la maestra, enviándole sus bendiciones para el camino y para su nuevo puesto. Eusebio se quitó la boina y apretó la mano de la joven sin pronunciar palabra. A último momento, mientras Lucía trepaba, ayudada por el solícito Julián, Elizabeth sacó de entre las ropas un libro con ilustraciones y lo depositó en las manos de la mujer del puestero.

—Mírelo, Zoraida, así no se sentirá sola. Y si alguna vez regreso, quién sabe, tal vez pueda enseñarle la castilla.

La mujer apretó el libro contra su pecho, conmocionada al darse cuenta de que extrañaría a la señorita más que a sus propios hijos.

Cinco jinetes escoltaron la berlina que avanzaba, bamboleándose. Por la ventanita sucia de tierra, Elizabeth contemplaba las figuras de los Miranda empequeñeciéndose y los perros del rancho ladrando a los caballos. Saludó con su mano enguantada hasta que la casita blanca desapareció tras el recodo de la huella que seguían.

La asistenta de Inés Durand viajaba junto al cochero, provista de todo lo que su patrona pudiese necesitar para soportar el duro viaje. Cada tanto, la mujer giraba la cabeza y atisbaba a través del vidrio, evaluando el estado de la señora. Julián se veía callado y distante, pese a mostrarse atento con las damas en todo momento. Elizabeth lo espiaba a través de sus ojos entornados, fingiendo adormecerse para estudiarlo a gusto. Ella había ocultado la decepción que le produjo no ver a Francisco en la despedida. Su corazón no se resignaba a alejarse así, sin más, de aquel sitio donde la presencia del hombre de la laguna había signado su destino.

El movimiento del carruaje, sumado al calor bochornoso de enero, le provocó un estado de somnolencia que la inundó de recuerdos: la algarabía de los niños al descubrir sus regalos, el beso furtivo de Luis, avergonzado de mostrarse débil como una niña ante la partida de la maestra, la mirada doliente de Juana, la manito de Marina aferrada a su falda, todos ellos clavando en Misely sus ojitos velados de reproche. ¿Por qué? ¿Para qué la señorita había ido hasta allá, si después iba a marcharse?

Y el Padre Miguel. Elizabeth no sabría nunca cuánto le había costado no rebelarse ante la injusticia de dejar a esos niños de nuevo desamparados. "Vaya con Dios, Miss O'Connor", le había dicho con solemnidad, dibujando la señal de la cruz en su frente. Parecía sereno ante el torrente de lágrimas que había derramado Elizabeth, mas cuando la joven se marchó, acudió a sus sementeras y cavó surcos con la azada hasta que se le entumecieron las articulaciones.

El Padre Miguel pertenecía a la congregación de Betharram, que había llegado al país en 1856 y había diseminado su labor misionera por la zona pampeana. La llegada de la señorita O'Connor consiguió remover en su interior una brasa que él creía apagada. El tesón de la joven al lidiar con las asperezas del lugar que le tocó en suerte le devolvió el recuerdo de sus propios años de lucha, a su llegada. Iba a extrañar esa presencia redentora, pues sabía que Dios la había atravesado en su camino para enseñarle algo. Tal vez fuera tiempo de reflexión, de recordar para qué lo habían enviado a ese sitio. Se dirigió a la capilla a grandes pasos. Rezaría por su misión, por su alma desconfiada y por los alumnos de Miss O'Connor y, sobre todo, rezaría para que el espíritu de la jovencita se mantuviera intacto después de aquella epopeya.

Julián miraba sin ver los guadales que se interponían en el camino de la berlina. Estuvo en un tris de cabalgar a la par de la escolta en lugar de acompañar a las damas, aunque su debilidad por estar junto a Elizabeth lo venció. La joven se veía cansada, sin duda debido al ajetreo del viaje, aunque él sabía que la dulce señorita O'Connor cargaba con un peso añadido y eso era lo que le corroía el alma.

Ya desde el día en que reencontraron a Francisco, a su regreso del rancho de Miranda después de la gran tormenta, supo que había ocurrido algo entre su amigo y la maestra de la laguna. Si bien Fran había sido parco en sus explicaciones —que protegiera a Elizabeth en Buenos Aires, que le mandara recado sobre su bienestar, que la conectara con su familia si hacía falta—, todas esas advertencias no habrían tenido sentido si no hubiese sucedido lo que Julián tanto temía. Le gustaba Elizabeth. Era un bocado delicioso, aderezado con virtudes que la volvían más adorable a medida que las iba conociendo. Apenas sospechó que Francisco podría haberle echado el ojo se mantuvo a la sombra, aguardando el mínimo indicio para intervenir, según lo que viera en la muchacha. Ella no daba señales de aceptar a ninguno. Julián hizo el papel de amigo complaciente para los dos, pero se estaba cansando, y en Nochebuena quiso impresionar a la muchacha de Boston con algo que le recordara sus tradiciones. Era cierto que la idea había surgido hablando con Francisco, pero fue Julián quien tomó la iniciativa de disfrazarse, y esa vez leyó asombro en la mirada de Elizabeth. Ella habría preferido ver a Francisco en su lugar. Mantuvo a raya las avanzadas de su madre, puesta en casamentera, y las indirectas de su padre. Hizo cuanto pudo para reprimir su deseo de ofrecer a la maestra algo más que su apoyo, hasta que ocurrió lo del viaje a través de la tormenta. Esa noche supo que había perdido. Debió suponer que, en medio de un espantoso temporal, unos vigorosos brazos masculinos serían el destino natural del miedo de una muchacha desorientada. Esa noche, cuando su padre y los hombres regresaron agotados y sucios a El Duraznillo, preocupados por el paradero de Francisco y la señorita O'Connor, supo que ya nada sería igual. Siempre fue así: Julián era el joven encantador al que las muchachas adoraban, y Fran representaba la atracción de lo prohibido. No le había molestado demasiado hasta conocer a Elizabeth. La joven despertó en él el deseo de crear un vínculo más serio, una amistad más íntima. Fran se había interpuesto, aun sin quererlo.

Julián sintió la respiración quemante en el pecho. Su madre le había advertido que no dejara sola a Elizabeth y él, como un tonto, había confiado en que a una muchacha como ella no la sedujese la dura virilidad del "señor Santos". Debió darse cuenta de que llevaba las de perder desde aquel momento en que la maestra dijo sentirse atemorizada por el "ermitaño de la laguna". Lo peor de todo era que Francisco no le había aclarado cuáles eran sus intenciones y esa duda lo carcomía. Nada de lo ocurrido esa noche estaba claro, salvo su premonición de que era algo definitivo.

La berlina dio un batacazo y Lucía soltó una imprecación. Dormitando, no había advertido el paso del tiempo.

—¡Válgame, estamos en pleno campo! ¿Faltará mucho para la primera parada?

La llanura ardía bajo el sol. Doña Inés se había quitado la capota y mostraba su cabello deshilachado y signos de agotamiento. Aspiró el perfume de una botellita que guardaba en su bolsito y murmuró:

—Cada vez es más largo el camino.

A Julián le preocupaba que su madre sufriese un colapso en la travesía, de modo que asomó su cabeza por la ventana e intimó al cochero a detenerse en cuanto viese un grupo de árboles o algún curso de agua.

—¿Cansada, señorita O'Connor? —preguntó, al ver que Elizabeth estiraba con disimulo las piernas.

—Un poco, lo normal en estos casos. Al menos, tenemos un techo sobre nuestras cabezas.

La joven recordaba, sin duda, el viaje anterior en la carreta de Eusebio, con apenas un retazo de cuero suspendido para protegerlas del sol.

—No debe faltar mucho para Kakel Huincul —comentó Julián, al ver de reojo que su madre se reclinaba sobre el asiento, vencida por el cansancio—. Allí hay una guardia militar. Si es necesario, nos detendremos un rato, pues para Dolores falta un trecho.

—Dios mío, no. Un fortín no es el lugar adecuado para nosotras, hijo. Ya bastante tuve con los soldados del Centinela durante mi estadía. La señorita O'Connor no se sentirá cómoda y la comprendo.

—Por mí no se apure, doña Inés —dijo Elizabeth, algo preocupada por la palidez de la madre de Julián.

La mujer casi no había dicho palabra durante el viaje y recurría a la botellita de tónico muy seguido.

—Convérseme un poco, Miss O'Connor —repuso de pronto Inés, abanicándose—. Soy una compañera de viaje deplorable, lo lamento. Mi salud no me ayuda.

—No se preocupe. Recuerdo que mi viaje en el *Lincoln* tampoco fue fácil, aunque no tuve los mareos que sufrieron los demás pasajeros. Debe ser mi sangre irlandesa. Decía mi madre que mis ancestros fueron hombres de mar.

—Qué interesante. ¿De qué lugar proviene su familia, Miss O'Connor?

—Son oriundos del condado de Kerry, en la costa sudoeste de Irlanda. Mi madre me contó que el abuelo de mi padre era un viejo lobo de mar que cruzaba a los viajeros de una isla a otra en su bote. Allá hay islas por todos lados, un verdadero laberinto. Tal vez yo haya heredado ese gusto por navegar y así se explica mi presencia en estas tierras tan lejanas.

—¿Ha visitado el país de sus orígenes alguna vez?

Elizabeth adoptó una expresión melancólica y esperanzada.

—Nunca, y lo deseo mucho. Los cuentos con los que me dormía de pequeña están llenos de historias de allá, hablan de druidas y de hadas. Yo había pensado... —y Elizabeth se cortó, al recordar cuáles habían sido sus ilusiones al llegar a la laguna.

—¿Sí? —Inés Durand se inclinó hacia adelante, interesada en el relato de la maestra más de lo que esperaba.

—Sólo que planeaba enseñar a los niños algunas de esas tradiciones, porque son muy bonitas y estimulan la imaginación. La señora Mann siempre me hablaba de incorporar nuevas técnicas en la enseñanza y yo creí que las historias fantásticas de la isla serían adecuadas para mis niños.

—¿Y no lo fueron?

—En realidad, no hubo tiempo de comprobarlo. Las necesidades inmediatas de los alumnos me obligaban a veces a improvisar.

—Usted debe haber ayudado mucho a esas pobres almas perdidas —comentó Inés Durand, pensativa—. Insisto, sin embargo, en que sus facultades serán mejor apreciadas en un lugar más avanzado, como Buenos Aires, o alguna de las provincias donde ya funcionan escuelas normales para la formación de maestros.

—Sin duda es allí adonde pensaba enviarla Sarmiento —intervino Julián, que no había podido sustraerse al encanto con que Elizabeth hablaba de su vena irlandesa.

—El "loco" le dicen —comentó doña Inés—. ¡Quién sabe lo que estaría pensando al enviarla a este lugar!

Ña Lucía se removió, molesta por la insinuación. Ella conocía al Presidente mejor que esas gentes, ya que a diario le servía el té o el chocolate cuando compartía la sobremesa con su patroncita. Se mordió la lengua para no replicar.

—Oh, estoy segura de que el error no fue suyo. Me impresionó como un hombre que sabe lo que quiere, de carácter fuerte —dijo Elizabeth.

—Eso no lo pongo en duda —aseveró la madre de Julián—. Sin embargo, soy partidaria de que las tareas más duras deben desempeñarlas los hombres. ¿Acaso no hay maestros para traer?

—Otra cosa que sostiene la señora Mann es que las mujeres estamos mejor dotadas para enseñar a los niños. Dice que, por cuestiones de naturaleza, nos amoldamos más a las necesidades de los pequeños. De todas formas, tengo entendido que algunos educadores están siendo contratados.

—El señor Stearns —afirmó Julián—. Creo que fue a Paraná, aunque no sé qué suerte ha corrido. Nuestro país no es fácil, señorita O'Connor. Se necesita mano dura y eso nos hace correr riesgos, ya que los caudillos tienen gran aceptación entre las gentes. De ese caudillismo nos quiere sacar Sarmiento y, la verdad, a veces dudo de que lo consiga.

—¿Conoce a Miss Gorman? —dijo de pronto Elizabeth.

Le había quedado la pena de no comunicarse con la primera de las compatriotas que viajó a la Argentina. Julián estaba a punto de responder cuando su madre lo sorprendió al afirmar:

—¿Mary Gorman? Supe que el Presidente la conoció en su país, durante un viaje, y que le causó mucho impacto. Se llama Elizabeth, al igual que usted. Quizá hasta sea irlandesa.

—No tuve el gusto de conocerla, y no estoy segura del origen de su sangre pero, si por casualidad fuera escocesa, no creo que le divierta la confusión. Los escoceses son muy orgullosos de su identidad.

—¿Los irlandeses no?

Elizabeth se sonrojó ante la pregunta incisiva de Julián.

—Pues… debo admitir que sí, tanto o más. Si hay algo que define a un irlandés es su orgullo. Supongo que les costó mucho defender su identidad frente a las invasiones. Yo misma, pese a haber nacido en Boston, me considero irlandesa por sangre. Tal vez las historias que contaba mi madre hayan influido mucho, no sé… Mire —añadió, sacando de entre las puntillas del cuello un dije sujeto por una cinta azul—. Es el trébol de Irlanda, su símbolo.

Julián aprovechó la ocasión para acercar su rostro al de

Elizabeth y aspirar su fragancia de lilas. Vio un pequeño trébol de oro que relucía sobre la yema del dedo de la joven.

—Muy bonito.

—El verde del trébol es también un rasgo de identidad. Allá todo es muy verde, por eso la llaman la "isla esmeralda".

—Por eso son tan verdes sus ojos —comentó con suavidad Julián.

Elizabeth volvió a sonrojarse, en tanto que doña Inés y Ña Lucía cruzaron miradas.

—¿Y por qué preguntaba por Mary Gorman, Miss O'Connor?

—Sé que vino a Buenos Aires el año pasado, sin embargo, nadie me habló de ella ni supe dónde se alojaba.

—Tengo entendido —contestó doña Inés, con la autoridad que le daban las horas de tertulia compartidas— que la pretendía un compatriota suyo, de la misma familia que la recibió, y a raíz de eso no siguió adelante con el proyecto de Sarmiento.

—Qué pena. Era una de las pocas que hablaban castellano a la perfección.

—Como usted, "Miselizabét" —intervino Ña Lucía, que se moría por meter bocado en la conversación.

—Sí, ésa fue una de las ventajas que señaló la señora Mann cuando me recomendó. Pero también puedo hablar gaélico, la vieja lengua de Irlanda.

Y, para demostrarlo, entonó una balada que narraba la historia de un amor desdichado que sólo en el país de las hadas podía realizarse.

La dulce voz de la señorita O'Connor invadió el interior del vehículo, hechizando a los tres pasajeros con su suave cadencia. Julián, herido más allá de lo posible por la dulzura de la voz, cerró los puños y mantuvo la vista fija hacia delante, procurando no encontrarse con los ojos de Elizabeth.

El coche se detuvo, interrumpiendo el mágico momento.

—¿Adónde hemos llegado, hijo?

—Es la laguna de Kakel Huincul. Bajemos para estirar las piernas.

La propuesta fue aceptada con entusiasmo. Los pasajeros, custodiados por la escolta, se aproximaron a los pajonales de la orilla. Elizabeth empapó su pañuelito en el agua fresca y se humedeció la frente y las sienes. Julián ayudó a su madre a tenderse bajo la sombra exigua de un caldén y luego se alejó en procura de su propio refresco, lejos de las miradas de las damas. Ña Lucía y la doncella de doña Inés compartieron el agua de un botellón que la previsora mujer llevaba en una cesta. El aire denso retenía el graznido de los patos y el aleteo de las garzas. Cada tanto, una bandada de pajarillos verdes, muy chillones, surcaba el cielo con gran alboroto.

Elizabeth se abrió la blusa para apretar el pañuelito mojado en la base del cuello, palpitante por la fatiga. Ansiaba despojarse de los botines y chapotear en la orilla, pero no le pareció decoroso frente a los hombres, de manera que se conformó con arremangarse la blusa y caminar moviendo la falda. Aquella laguna era hermosa también, aunque carecía de la sensación de libertad que transmitía la de Mar Chiquita. Rememoró sus andanzas entre los médanos, cuando sentía la arena caliente bajo los pies y la sal del aire en sus pulmones. ¿Qué haría en esos momentos Francisco? ¿Se acordaría de ella o ya la habría pasado a la lista de conquistas fáciles? La conciencia de haber actuado como una tonta le produjo desazón y pateó con furia unas piedrecillas redondas que cayeron en el agua. Se quitó la capotita celeste y continuó caminando, con el cabello libre de ataduras.

Julián la observaba de lejos. Era una estampa bucólica entre los juncos, recogiendo flores y añadiéndolas a su sombrero. El joven echó un vistazo hacia atrás para asegurarse de que no los veían, y en varias zancadas alcanzó a la muchacha.

—¿Mejor?

Elizabeth se sobresaltó, no tanto por la presencia de Julián sino porque su llegada interrumpió los pensamientos pecaminosos. Pese a sus esfuerzos, no podía sacarse de la cabeza al señor Santos, en especial al que había conocido la noche de la tormenta pues, aunque en la mayoría de sus encuentros él se había comportado de manera salvaje y hasta cruel, aquella noche demostró ser capaz de honda ternura al iniciarla en el amor. Ese contraste creaba más dudas en su interior.

—Mejor, gracias —dijo, cuando encontró su voz.

—Fue muy lindo lo que cantó allá, en el coche, Elizabeth. ¿Cómo se llama?

Ella se encogió de hombros.

—La mayor parte de las canciones que conozco no tienen título o, al menos, mi madre nunca lo supo. Tampoco sé escribirlas, sólo cantarlas.

Julián se puso a la par, conteniendo su paso para acompañarla. Las ruidosas catas volvieron a pasar, provocando que Elizabeth alzara la cabeza y frunciera el ceño.

—¿Qué son?

—Acá las llaman periquitos o cotorras. Son una plaga, se adueñan de todo. Viven en grandes árboles, de varios nidos por copa. Hacen un batifondo increíble.

—Ah —dijo de pronto la joven—. Es como la que Luis bajó del tala.

Como Julián la miró interrogante, ella le relató el episodio del nido con animación, hasta que el relato orilló el encuentro con el señor Santos.

Julián percibió el tono cuidadoso con que ella hablaba del asunto y decidió tomar el toro por las astas.

—Elizabeth —murmuró, deteniéndose junto a un cañaveral que los ocultaba del resto del pasaje.

La muchacha contempló el rostro delgado y notó que sus rasgos, siempre amables y risueños, se endurecían al mirar hacia la otra margen de la laguna. Julián quería decirle algo y ella temía que fuese lo que estaba pensando.

—Le ruego me disculpe si la ofende mi atrevimiento, no me consideraría su amigo si no hablara con la mano en el corazón.

—Diga —lo animó Elizabeth, casi temblando.

—Una muchacha como usted, sola en un país extranjero, puede necesitar a veces… el apoyo de un amigo. Puede confiar en que mi familia y yo estaremos siempre a su lado cuando lo necesite. No importa cuál sea la necesidad. ¿Entiende lo que le digo?

Elizabeth asintió, sin entender demasiado. Julián se veía molesto.

—Lo que quiero decir —prosiguió— es que me tendrá a su lado siempre que lo desee, aun si no quisiera revelar a otros la razón. Elizabeth —exclamó, fastidiado por no poder ser más franco en todo ese asunto—, conozco bien las contingencias que pueden apenar a una jovencita inexperta como usted, y no tome a mal mi apreciación. Yo… me intereso seriamente en su bienestar y, si me lo permite, la visitaré a diario en Buenos Aires para saber cómo se encuentra y ver que nada le falte. Me importas, Elizabeth, permíteme que te tutee. Puedo esperar el tiempo que sea y sólo pido honestidad de tu parte.

Era lo más cercano a una declaración, y si bien lo no dicho pesaba entre ellos Julián apreció el entendimiento en los ojos de la muchacha, ya que se había sonrojado. Odió a Francisco en ese instante y tuvo que contenerse para no estrechar a la señorita

O'Connor entre sus brazos y jurarle amor y protección para toda la vida, aun arruinada como estaba.

Elizabeth creyó, por un momento, que Julián le estaba proponiendo la misma situación deshonesta que el señor Santos, y algo en la mirada del joven le dijo que se trataba de una compensación, la única posible. Se sintió malvada e ingrata por no aceptar la solución que con generosidad le ofrecía. ¡Si tan sólo fuera Francisco Peña y Balcarce el que le hablase, en lugar de Julián Zaldívar! Midió las palabras que diría para no herirlo.

—Agradezco su fidelidad, Julián. Sé que cuento con un buen amigo —y sonrió, para atenuar el efecto—. Pero supongo que estaré bien, una vez que me hayan asignado mi nuevo puesto. No olvidaré la amabilidad con que me recibieron ni tampoco la ayuda que me brindó cuando acudí a su casa.

—Por favor, tutéame, Elizabeth.

—Yo… Julián, no deseo que te preocupes por mí. Serán sólo tres años de contrato, luego partiré hacia mi país. Como experiencia…

—Tres años es suficiente.

—¿Cómo?

—Digo que en tres años pueden pasar muchas cosas y mi oferta sigue en pie.

Elizabeth miró desconsolada la superficie de la laguna, donde algunas aves zancudas picoteaban buscando alimento. Las lágrimas se agolpaban tras los párpados y no quería dejarlas salir. Estaba tan avergonzada… La preocupación de Julián la había enfrentado con la seriedad de su situación: podría haber quedado encinta del encuentro con Santos. La proposición de Santos la había humillado, por eso ella había reaccionado con altivez, rechazándolo; la de Julián, en cambio, la convertía en una mujer necesitada de la protección masculina para conservar las apariencias, algo que Elizabeth detestaba. Si había estudiado para ser maestra, era porque valoraba la independencia y sentía que las cosas estaban cambiando para las mujeres, tal vez en su país antes que en otros. La epopeya de las maestras que acudieron a Virginia a educar a los libertos en pésimas condiciones de higiene y comodidad le había servido de ejemplo mientras se preparaba. Las enseñanzas de Horace Mann, las novedades educativas de Matilde Krieger para los *kindergarten*, su corta experiencia con los sordomudos junto a Mary Mann, toda su formación intelectual sería echada por la borda si ella recurría a un hombre, cualquiera que fuese, para solucionar el más viejo de los problemas femeninos: un embarazo no deseado. Recurrió a su herencia de luchadora irlandesa para rechazar la oferta, más tentadora aún porque ella apreciaba a Julián y sabía que la vida a su lado sería fácil y llegaría a quererlo. Debía ser honesta, sin embargo. Él tampoco merecía cargar con la culpa de otro. Además, todavía era muy pronto para saber si su desliz había tenido fruto.

Respiró hondo y lo enfrentó con su expresión más serena.

—Dios me protegerá, siempre lo hace.

—Si no fuese así… —insistió él.

—En ese caso, si surge algo inesperado —y sonrió con amargura ante las expresiones que ambos usaban para no llamar a las cosas por su nombre— prometo confiar en mi buen amigo.

La sonrisa forzada y la continua referencia a la amistad que los unía le dieron a Julián la medida del esfuerzo que hacía la joven para mantener la distancia y la dignidad. Elizabeth no deseaba demostrar debilidad, maldito fuera Fran por provocársela, pero él estaría alerta ante cualquier indicio para apoyarla, lo quisiese ella o no. Le ofreció el brazo para volver hacia donde los demás ya se encontraban listos para proseguir el viaje. Recorrieron la orilla en un silencio amigable.

—¿Qué vas a hacer apenas llegues a la ciudad, Elizabeth?

—Visitar a mi familia. Deben extrañar que no les haya escrito, la vida en el rancho y la escuela ocupaban todo mi tiempo.

—Si quieres, puedo escoltarte hasta donde el gobierno te asigne un nuevo puesto.

Elizabeth iba a negarse cuando pensó que Julián merecía que aceptara, al menos, una de sus ofertas, de modo que asintió.

—Tengo entendido que en las provincias hay familias dispuestas a aceptar a una maestra como huésped.

—Sin duda las hay, aunque debo advertirte, Elizabeth, la vida en provincias es dura, por no mencionar los caminos plagados de peligros. Sé que fue el motivo por el que algunas maestras desistieron, así que, si a Sarmiento se le ocurre enviarte a San Juan, por ejemplo, su tierra natal, debes negarte, lo mismo que si…

Algo previno a Julián, que se detuvo y miró a la joven. Elizabeth soltó el brazo y lo enfrentó, con las manos en la cadera.

—Julián Zaldívar, no le he dado autoridad para dirigir mi carrera. Iré adonde el gobierno me envíe y mi sentido común me aconseje, de modo que le ruego no me dé órdenes.

El joven temió haberla ofendido, pero el brillo en los ojos de la muchacha le confirmó que había hablado en broma. Aceptó el reto.

Elizabeth O'Connor podría encontrarse humillada, pero jamás sería una mujer desamparada. Y la admiraba más por ello.

Francisco reparaba los destrozos de la tormenta, acompañado por la furia del oleaje y del viento que le curtía la piel. El techo se había salvado gracias al esfuerzo conjunto de él y de la maestra, que colgaron como monos de las cuerdas. Sólo debía reparar un postigo roto y parte del establo que estaba construyendo. El recuerdo de la noche de la tormenta lo obligó a detenerse y a respirar profundo. Miró hacia el mar, de donde había venido aquella criatura exasperante que, sin embargo, le resultaba imposible olvidar. La señorita O'Connor, maestra normal de las escuelas del norte, quién lo hubiera dicho, recalar allí, en un puerto tan alejado del mundo moderno, con sus sombreritos y su sombrilla, tapada hasta el cuello y, sin embargo, capaz de levantar a un muerto con sus modales recatados. Maldita mujer. Lo que más le molestaba era que ella tuviese el poder de desarmarlo como la dama más avezada en cuestiones de amor.

Caminaba hacia la locura y no deseaba testigos de su decadencia. A Julián le exigiría el cumplimiento de su promesa y al final, cuando ya no quedase nada de él, esperaba que la maestra de la laguna recurriese a su amigo ante cualquier necesidad. Se lo había sonsacado a Julián también.

Un coro de graznidos lo distrajo de sus lúgubres pensamientos y miró hacia donde el mar entraba a borbotones en la boca de la laguna. Una bandada de flamencos rosados volvió a rozar las aguas, reflejándose en ellas como conchas de nácar. Francisco los miró danzar sobre la superficie, virar de súbito y perderse en otro rincón de la albúfera.

Maldición, cómo la recordaba... Con sus ojos almendrados, agradeciéndole la visión de aquellas aves como si él hubiese creado un milagro sólo para ella y los niños. ¿Por qué? ¿Por qué el destino le asestaba aquel golpe fatal justo cuando aparecía en su camino una persona que, tal vez, podía cambiar su vida para siempre? Apretó con furia la tabla que sostenía hasta clavarse las astillas en la palma y, cuando el dolor se volvió insoportable, la arrojó lejos de sí con un grito salvaje que se perdió en el fragor de las olas. Un latido desacompasado lo alertó. Venía de nuevo. Era natural, no debía sorprenderle, los ataques se aceleraban a medida que su mal avanzaba. Con fatalismo, se encaminó hacia el médano, dispuesto a recibir los lanzazos de dolor oculto en el interior de la casita. Recuperaría la visión antes de que anocheciese, si tenía suerte, y podría terminar de arreglar el postigo.

Después del ajetreado viaje, la berlina de los Zaldívar llegó por fin a la ciudad de Buenos Aires. Una niebla espesa se desprendía de las aguas del Riachuelo, desdibujando las siluetas de los edificios de Barracas. Ni siquiera el pitido del ferrocarril La Boca-Ensenada se dejaba oír a través de la bruma. Después de cruzar la Plaza de la Victoria desierta, la berlina se detuvo frente a la calle del Buen Orden, donde se alzaba la casa de los Zaldívar. Elizabeth atisbó a través de la suciedad del vidrio una moderna construcción de estilo renacentista, muy común en esas épocas de inmigración italiana.

—Por favor, Miss O'Connor, acepte nuestra hospitalidad. No es justo que vaya a casa de sus parientes sin haber tomado un refrigerio —sugirió Inés Durand.

El viaje parecía haberla envejecido y su voz sonaba tenue, como un suspiro.

Elizabeth no pudo rehusar la invitación, pese a que el semblante contrariado de Ña Lucía le decía a las claras que la mujer deseaba presentarse cuanto antes en la casa de sus patrones.

—Cuando se encuentren repuestas yo mismo las escoltaré —anunció Julián.

Con esa promesa, ambas mujeres se acomodaron en la casa, Lucía en el cuarto de la servidumbre y Elizabeth en un coqueto dormitorio de huéspedes. Julián envió recado a las dos familias de las viajeras, para tranquilizarlas con respecto a su bienestar, y dispuso una merienda para todos en el patio del medio, reservado a la intimidad del hogar.

Sola por primera vez en tanto tiempo, Elizabeth pudo perderse en sus pensamientos con total abandono. Se sentó sobre la colcha de brocado y se despojó de sus botines, sintiendo alivio al liberar los pies, hinchados de tanto viajar, y se permitió la libertad de arrojarse de espaldas sobre el lecho, disfrutando de la sensación. Estaba a punto de quedarse dormida mirando el cielo raso lleno de molduras cuando la aldaba de la puerta de calle sonó en sus oídos. Desde su ventana del piso alto, vio que Julián recibía a un hombre vestido de negro. El recién llegado rechazó entrar a la casa y cruzó la calle con precipitación. Intrigada, Elizabeth salió del cuarto y desde el rellano superior escuchó la exclamación ahogada de Inés Durand. Algo terrible estaba sucediendo. Cualquier desgracia que vivieran los Zaldívar era asunto suyo, de modo que se ató con prisa los cordones, bajó la escalera y encontró a la dueña de casa y a su hijo mirándola con rostros compungidos.

—¿Qué ocurre? ¿Qué quería ese hombre?

Inés se llevó una mano a la boca, tapando un sollozo, lo que erizó la piel de Elizabeth con el tacto de una premonición.

—Querida...

La conmoción les impidió captar todo el significado del apelativo que Julián le dirigía. El joven se aproximó a la muchacha y tomó una mano entre las suyas con afecto.

—Siéntate, Elizabeth, tengo malas noticias.

Ella se sentó en un silloncito del amplio recibidor y aguardó la mala nueva. Mil pensamientos cruzaron por su mente: su madre, sola en Boston, muriendo sin poder ver por última vez a su hija; la señora Mann presa de una enfermedad fatal; Sarmiento derrocado en una de las revoluciones sangrientas de las que Mary le hablaba, todo a la vez y sin concierto galopaba en su sangre, provocándole sudores fríos y temblor.

Nunca imaginó la magnitud de la noticia que salió de labios de su amigo.

—Tu tía Florence está enferma de peste. Tu primo Roland vino a decírnoslo, para evitar que visitaras la casa en este momento, puede ser contagioso.

Elizabeth deletreaba las palabras sin conseguir entenderlas. ¿Tía Florence? ¿Peste? Escuchó frases conmiserativas de parte de Inés Durand y percibió que Julián adoptaba una expresión preocupada.

—Elizabeth, ¿me oyes? ¿Estás bien? Elizabeth, mírame.

Quizá a causa del cansancio, tardó más de lo debido en reaccionar ante la fatal noticia, pues Julián llamó con urgencia a una criada y le pidió las sales que usaba su madre. Instantes después, Elizabeth se vio reclinada en una otomana, asistida por Lucía y otra mujer, ambas moviéndose con eficiencia alrededor.

—Beba esto, niña, es un té de hierbas que la recompondrá —decía Lucía.

Mientras bebía el líquido amargo, Elizabeth buscó a Julián con la mirada. Lo encontró sentado frente a ella, inclinado hacia delante, para no perder detalle de su expresión. Notó que él llevaba aún las ropas sucias del viaje y el cabello revuelto. Parecía más joven de lo que era con ese desaliño.

—¿Está mejor?

—Sí, patrón —respondió la criada—. Ya está buena la señorita. Fue un soponcio nada más. Con esta noticia...

Lucía la miraba con más pavor que tristeza y Elizabeth se preguntó qué tanto conocería a su tía para afligirse de tal modo. Todos, incluidos los sirvientes, parecían compungidos. Se compadecerían de ella, pues estando enferma su tía, su permanencia en Buenos Aires se complicaba.

Julián se arrodilló a su lado y con un ademán alejó a las dos mujeres.

—Escucha, Elizabeth, esta noticia debe ser terrible para ti, pero no hay tiempo para lamentarse, debes partir de inmediato.

—¿Partir? ¿Adónde?

—Al campo. Yo mismo te acompañaré, después de enviar aviso a la casa de las barrancas para que acomoden todo. Irá mi madre también y algunos sirvientes. Por supuesto, si deseas, Lucía te acompañará.

—¿Qué dices, Julián? No puedo irme apenas llego, debo hablar con el Presidente...

—Dudo que el Presidente pueda hablar contigo en estos días. Hay una emergencia y de seguro él también se encontrará lejos.

Elizabeth se irguió cuanto pudo para enfrentar a ese joven impetuoso y le soltó, del modo autoritario con que solía frenar a sus alumnos:

—Si no me dices qué está sucediendo, no me moveré de aquí ni aunque me echen los galgos.

Julián contuvo la risa ante la expresión beligerante de la señorita O'Connor. Se la veía tan bella cuando se enojaba...

—Perdona, Elizabeth, creía que me habías escuchado cuando te lo dije, se ve que ya estabas perdiendo el conocimiento. Todos debemos partir lo antes posible. Se ha desatado una epidemia terrible en la ciudad, querida niña: la fiebre amarilla. Muchos han muerto ya y muchos morirán si no toman recaudos. Debes rendirte ante esto y permitir que te llevemos a las barrancas, donde el aire es puro y estamos lo bastante alejados como para que la peste no llegue.

La noticia cayó sobre Elizabeth como un mazazo: ¡la fiebre! Bien sabía ella lo que significaba, pues había azotado el sur de su país en una ocasión, con un saldo fatal. Los pantanos, la aglomeración de viviendas y la falta de higiene solían ser el caldo de cultivo, aunque el hijo de Mary Mann, siempre interesado en cuestiones científicas, hablaba de un mosquito que vivía en las aguas estancadas. Esa opinión no estaba difundida, así que la aparición esporádica de fiebres solía ser tomada con fatalismo, sin que se supiera a ciencia cierta la causa. ¡Cómo podía llegar hasta allí, donde no había tanta población y la ciudad parecía tan abierta!

—No puede ser la fiebre... ¿Están seguros?

Julián asintió con pesar.

—Está confirmado. Parece que ya hubo un caso a principios de enero y las autoridades no lo atribuyeron a la peste, pese a que algunos médicos alertaron.

—¿Cómo? Los pantanos...

—Dice tu primo que vino un barco días pasados, durante la Navidad. Al parecer, había gente enferma a bordo y se mezclaron con los pobladores. Es terrible. Sólo hoy murieron seis personas. Y ahora se sabe que en el litoral hace rato que muere gente por la misma causa. Es probable que la fiebre venga desde el Paraguay también, con esta guerra que pasamos...

La dimensión de la tragedia se alzó ante ellos. Elizabeth respiró hondo, sintiendo todavía el aroma de las sales junto a su nariz, y miró a Lucía que, algo apartada, no despegaba sus ojazos negros de ella.

—Vamos a ver a tu patrona antes que nada, Lucía.

La mujer le sonrió, agradecida. Era lo que más anhelaba, ver si todos estaban bien "en lo del doctor". A Julián no le pareció apropiado.

—Elizabeth, debes partir ya mismo, sin ver a nadie en esta ciudad. Cualquier casa puede ser foco de contagio.

—No me iré sin saber si mi amiga Aurelia se encuentra bien y si mi tío necesita ayuda.

—Puede que la señorita Aurelia ya no esté. Los que tienen casa de verano se habrán ido, como haremos nosotros.

Elizabeth miró de nuevo a Lucía.

—¿La señorita Aurelia tiene casa de verano, Lucía?

La negra asintió, contrita:

—Sí, "Miselizabét", la de Arrecifes, pero es bastante alejada. No creo que haya podido trasladar a la niña Rosario.

—Pues debería hacerlo —intervino Julián—. Sería una locura

exponerla al contagio. Elizabeth, hazme caso en esto, al menos. Tu trabajo, todo puede esperar ante una emergencia como ésta.

Elizabeth sabía que Julián era razonable, pero no podía dejar de visitar a Aurelia, saber si la necesitaba. Al no ser aceptada por la sociedad, era probable que se hallara muy sola en caso de enfermedad. No se iría sin verla, aunque más no fuera por un rato.

Se incorporó con rapidez y se tambaleó, víctima del mareo. La criada lanzó una exclamación:

—¡La fiebre, tiene la fiebre!

—No seas idiota, Lucinda, si recién llegamos. Anda, llama a mi madre y dile que estaremos prontos a partir dentro de dos horas. Es el tiempo que te doy para que veas si en lo de los Vélez están bien, Elizabeth, pero te advierto que, ante el menor asomo de enfermedad por allá, te saco en volandas antes de que pises el umbral.

La joven sonrió al ver la desesperación de Julián. No podría haber encontrado un amigo mejor en toda la ciudad. Ese pensamiento la entristeció. Un amigo, era todo lo que podía ser Julián Zaldívar para ella. Y lo lamentaba, vaya si lo lamentaba.

—No te preocupes, sé lo que hago. Por fortuna para mí y para ustedes, padecí las fiebres cuando niña, durante un paseo por Nueva Orleáns. No hay cuidado conmigo. No soy inconsciente, Julián, no los pondría en peligro por un capricho. Veré si Aurelia me necesita y también pasaré por lo de mis parientes. Pobre tía Florence, no sé si mi primo y mi tío se las apañarán para atenderla.

—Para eso hay criados. Vamos.

Elizabeth no sabía que Julián podía ser tan autoritario. La ayudó a incorporarse y la instó a terminar cuanto antes con los cumplimientos. Lucía la acompañó al cuarto.

—Perdóneme, "Miselizabét", yo me quedo con la patroncita —dijo la negra cuando ya se encontraban en la puerta, dispuestas a subir a la berlina otra vez—. La señorita Aurelia va a necesitarme mucho si alguien en la casa se enferma, mientras que usted tiene a misia Inés para que le sirva de compañía.

En los ojos de la mujer Elizabeth leyó la súplica.

—Lucía, ¿y si te enfermas también?

La negra alzó los hombros y se persignó.

—Que la Virgen de Montserrat me proteja, entonces. Todos quedamos en manos de Dios cuando la desgracia es muy grande, niña. Me debo a la familia del doctor y más que nada a la señorita

Aurelia. Ella parece fuerte, "Miselizabét", pero yo sé que saca fuerza de donde no la hay, la pobre. Y una negra vieja como yo, que ya vivió bastante, si tiene un buen morir cuidando a la gente que la acogió, puede dar las gracias al cielo.

Elizabeth se conmovió ante la sencilla resignación de la mujer. Lucía no se alejaría de los Vélez Sarsfield, a menos que la muerte la llevase.

La berlina las condujo a ambas y a Julián Zaldívar, que se había convertido en su escolta permanente, por las desiertas calles de una ciudad que, por primera vez, Elizabeth encontró distinta.

En su agotador viaje desde las tierras del Tandil y la laguna no había podido apreciar los cambios que se ofrecían ante su vista. Buenos Aires mostraba una apariencia fantasmal: las tiendas de la Recova estaban cerradas, en muda demostración del luto de sus habituales clientes; algunas paredes pintadas con cruces rojas advertían a los que circulaban la señal de la enfermedad; allí, la peste había barrido con todos; la mayoría de las casas céntricas se hallaban cerradas a cal y canto, hablando a las claras de una huida precipitada o, tal vez, de muerte.

La berlina recorría el empedrado solitario, dejando tras de sí el eco de las ruedas y los cascos de los caballos.

—Mire, niña, la iglesia está cerrada —exclamó Lucía, santiguándose.

En efecto, las puertas de San Ignacio no ofrecían el consuelo de los rezos en su fresca nave central a los atemorizados habitantes de la ciudad, quizá cuando más lo necesitaban.

Al doblar una esquina, los pasajeros se enfrentaron a un cuadro que les heló la sangre: varios vecinos amontonaban madera con movimientos frenéticos, librando una encarnizada lucha contra un enemigo sin rostro, mientras que, a unos metros, otros sacaban a la calle muebles, mantas y todo tipo de enseres domésticos en confuso montón, con evidente intención de deshacerse de ellos.

—¿Qué sucede, qué hacen? —casi gritó Elizabeth, pegada su cara a la ventanilla que todavía conservaba el barro del viaje.

—Supongo que quemarán las pertenencias de algún infeliz que haya muerto recién —contestó Julián, intentando no dejarse llevar por el pánico.

—Pero, ¿y los que quedan en la casa?

—Niña, los que viven ahí deben marcharse cuanto antes, si quieren escapar de la peste. Yo lo sé, pues el año pasado, también en verano, una comadre mía falleció de fiebre y los hijos se mudaron no bien terminaron de velarla. Ni sus escarpines dejaron.

El comentario de Lucía echaba nueva luz sobre los acontecimientos.

—Entonces, ¿ya hubo epidemia antes?

—Unos casos, sí, no se extendió mucho. Las autoridades dijeron que nuestro clima nos salvaba de las fiebres tropicales. Veo que se equivocaron —masculló Julián.

Los tres continuaron adelante, hasta la casa de la calle Belgrano. Elizabeth temía que los signos exteriores de la vivienda anunciasen el paso de la enfermedad, así que respiró aliviada al comprobar que los postigos estaban abiertos y que no había cruces pintadas en las paredes. Descendió del coche antes de que Julián pudiese ayudarla y, seguida de una ansiosa Lucía, golpeó con la aldaba varias veces.

El rostro demacrado de Aurelia se iluminó al ver a la señorita O'Connor.

—Querida —exclamó, emocionada, y le tendió los brazos.

Ambas jóvenes, unidas por el azar en una amistad más entrañable cada vez, se estrecharon en un abrazo.

—Estaba preocupada —siguió diciendo Aurelia—. No sabíamos si habría recibido mi aviso.

—No podía marcharme dejando a mis alumnos sin explicaciones. Tuve que organizar las fiestas navideñas como habíamos quedado y luego despedirme de cada uno. ¿Qué sucede, Aurelia? Hemos recibido noticias alarmantes.

La señorita Vélez hizo pasar a los recién llegados al primer vestíbulo y allí abrazó también a la querida Lucía, que lagrimeaba sin poder contenerse. Luego, saludó a Julián Zaldívar con aire más formal.

—Estamos bien —anticipó, al ver la expresión temerosa de Ña Lucía—. Tatita ha partido hacia Arrecifes para continuar con su obra tranquilo, sin correr riesgos. Es un hombre mayor y cualquier enfermedad podría ser grave para él. Estamos en medio de una epidemia, Elizabeth, una como nunca antes sufrimos.

—Lo supimos apenas llegamos —intervino Julián.

No estaba de acuerdo con aquella visita y no veía la hora de partir hacia las zonas altas del suburbio.

—Entonces sabrán que los casos van en aumento día a día. El barrio más castigado es San Telmo, lo mismo que el año pasado, pero esta vez la peste se está extendiendo muy rápido. Dicen que en los inquilinatos ataca a mansalva y por acá hay muchos. Elizabeth —añadió clavando sus ojos penetrantes en la maestra—, no es conveniente que se quede. Trate de convencer a su familia de partir hacia Flores. Hay muchos que ya se instalaron en las quintas, es más sano el aire de allá.

—Es tarde para eso, Aurelia. Mi tía Florence está enferma.

—Dios mío. Entonces usted debe buscar alojamiento con otra familia. A menos que acepte venir hasta Arrecifes con nosotras. Mi hermana y yo partiremos dentro de dos días.

—La señorita O'Connor vendrá conmigo a la casa de las barrancas —volvió a intervenir Julián, cada vez más nervioso por el cariz que tomaban las cosas en la ciudad—. Con mi señora madre, por supuesto —agregó, al notar extrañeza en el rostro de Aurelia.

Elizabeth logró convencer a su amigo para que volviese a su casa a preparar el equipaje, mientras ella conversaba con Aurelia y se ponía al tanto de su situación como maestra contratada. De ese modo, ahorrarían tiempo y las dos mujeres podrían despacharse a gusto sin intromisiones. El joven accedió a regañadientes y conminó a Elizabeth a estar lista en una hora, el plazo que le otorgaba para organizar la partida.

Lucía se encaminó a la cocina, dispuesta a preparar un chocolate de los que acostumbraba a obsequiar a su patrona.

—Así están las cosas, querida Elizabeth, bien difíciles. Para colmo, la ciudad no está preparada para albergar a tantos enfermos, esto ha desbordado todas las previsiones. Las víctimas de la peste aumentan y ya no quedan camas en los hospitales. Sé que la Comisión Municipal ha dispuesto construir un lazareto para cubrir las necesidades, pero los mismos médicos no dan abasto, sin contar con que también ellos resultan atacados por la enfermedad muchas veces. Ay, Elizabeth, creíamos que teníamos suficientes problemas con el asesinato de Urquiza el año pasado y las intrigas de los mitristas, pero esto nos demuestra que los males atraen males mayores. Me da pena el Presidente, que había tomado medidas sanitarias hace meses y, sin embargo, no alcanzaron.

—Aurelia, no conozco esas medidas, pero sé que hay cosas que están más allá de nuestro alcance. Cuando niña enfermé de fiebres en mi país y fui afortunada, pues salvé la vida. Eso me inmuniza ante este flagelo. Si puedo ayudar en algo, ayudaré.

Aurelia Vélez contempló con gratitud a aquella jovencita que se disponía a colaborar en otra empresa más ardua aún.

—No se le puede pedir tanto. Sin embargo, saber que está inmunizada me tranquiliza. Temía que llegara a la ciudad y se enfermara. Además —agregó, aclarándose la voz—, está ese asunto del equívoco en su lugar de trabajo. Sarmiento estaba furibundo.

—¿Qué ocurrió? —preguntó Elizabeth, recordando las veces en que había visto montar en cólera al Presidente de la República.

—La dama de confianza de Juana Manso no era tan confiable como ella creía —explicó Aurelia, conteniendo su disgusto—. Al parecer, alguien cambió el nombre de su lugar de trabajo, la laguna de Pigüé por la de Mar Chiquita. Allá, en Pigüé, la aguardaban con todo preparado. La reacción del Presidente al saber que estuvo tratando de enseñar a niños casi analfabetos, en lugar de ocupar el puesto que le corresponde como maestra normal, fue tremenda. Temí que apostrofara a la pobre Juana, que no hace más que colaborar con el proyecto, y a veces no puede resolver tantos inconvenientes como se presentan. Lo de la Gorman, y ahora esto… Todavía está por verse quién pudo haber trocado los nombres de su destino, ya que suponemos que fue adrede. Una barbaridad. Lo peor fue no saber nada de usted en tantos días, nos hizo temer cualquier cosa, como los indios andan por la línea de frontera… Yo misma me encargué de resolver su futura instalación. Claro que con esto de la fiebre…

—No me moveré de la ciudad mientras mi tía esté enferma.

—El señor Zaldívar…

—No puedo abandonar a mi familia en este trance, sobre todo si yo misma no corro peligro. Al salir de aquí, iré a la casa de mis tíos. Depende del estado de mi tía que me vaya o no, mal que le pese a Julián.

Aurelia la contempló, evaluando cuánto interés podría tener el hijo de los Zaldívar en la señorita maestra. Ella lo había visto muy pendiente de la joven. Eso le recordó la expresión de otro hombre, un extranjero en el que la señorita O'Connor había producido el mismo efecto. Al parecer, la joven tenía arrastre entre el género masculino. Esperaba que un compromiso no la hiciese desistir de su labor educativa, pues Sarmiento se sentiría sumamente afligido. No sería la primera vez que las maestras acababan casándose en Buenos Aires.

Lucía trajo el chocolate y las dos mujeres compartieron un breve interludio que las distrajo por un momento de las tristes nuevas.

Antes de partir, Elizabeth obtuvo de Aurelia la promesa de escribir desde Arrecifes.

—Si estoy en las barrancas, mi primo me remitirá la carta —aseguró.

—También le avisaré cuando las cosas vuelvan a la normalidad. Las escuelas están cerradas y hasta que no se conjure la peste, me temo que también las iglesias y los edificios públicos. Las autoridades partieron en busca de mejores aires, lo mismo que muchos profesionales. Son pocos los que quedan, Elizabeth, y lo hacen con espíritu de sacrificio, pues corren serio peligro.

Las palabras de Aurelia confirmaron a Elizabeth en su intención de permanecer en la ciudad, ayudando en lo que pudiera. Además, en su fuero interno sentía la necesidad de ocuparse de algo, de alguien que no fuese ella misma, para olvidar el peso que sentía en su corazón.

Salieron al vestíbulo y Elizabeth abrazó a Lucía, que aguardaba su turno con paciencia. Sin saber cuándo volverían a verse, la despedida tuvo visos de tristeza.

—Cuídese, "Miselizabét", y recuerde lo que le dije sobre los "gavilanes" —susurró en el oído de la joven.

Elizabeth sonrió entre lágrimas. ¡Si Ña Lucía supiera! Diría lo mismo que le decía Zoraida a Eusebio muchas veces: "Tarde piaste". Ahora entendía las prevenciones de la negra. Ella, con toda su instrucción a cuestas, había caído en las garras de un gavilán igual que una chiquilla desprevenida.

Julián, que esperaba en la calle, acomodó a Elizabeth en la berlina y subió a su lado. Las tres mujeres continuaron mirándose hasta que el coche dobló la esquina.

—¿Y bien? —inquirió el joven al sentirse más seguro, próximos a partir—. ¿Qué dice Aurelia Vélez sobre lo que ocurre?

—La situación es dramática, muchos han ido al interior, para huir del aire malsano; lo mismo hacían en los pantanos de mi tierra los que podían, por lo general los patrones, pues la servidumbre quedaba cuidando las casas y enfermaba. Julián —dijo, encarándolo con seriedad—. Ahora debo visitar a mis tíos.

—De ningún modo.

—Lo exijo. Siendo inmune a la enfermedad, soy la única que puede hacerlo, así que déjame en la puerta y vuelve a buscarme en un rato, a menos que mi primo pueda acompañarme. No sé con qué me encontraré al llegar.

Julián la observó con severidad y Elizabeth pudo ver que la preocupación había afilado sus rasgos, infundiéndole un aspecto más duro, desconocido en él. Comprendió que nada lograría tratándolo como a uno de sus alumnos díscolos.

—Por favor —suplicó en tono más suave, mientras apoyaba su mano sobre el brazo del joven.

Julián suspiró. Podía obligar a la señorita O'Connor a hacer su voluntad, pero si ella se mostraba vulnerable, estaba perdido.

—Como dije antes, sólo un rato. Y vendré a buscarte.

—Julián, puede que deba quedarme a atender a mi tía. Soy la única que no corre peligro de contagio y sería una ingratitud de mi parte darles la espalda cuando ellos me han recibido con los brazos abiertos. Te prometo enviar a diario señas de lo que ocurra.

Julián apretó los dientes y miró hacia adelante, donde la calle mostraba una escena tétrica: un carro fúnebre, con caballos emplumados, el cochero erguido en el pescante y los deudos caminando atrás. Algunos de ellos serían los siguientes en ocupar el ataúd. La joven también se conmovió y ambos permanecieron en silencio contemplando el cortejo, compuesto sólo por hombres. Sin duda, las mujeres llorarían su dolor en la intimidad. Julián observó que el carro tomaba la dirección oeste, lo que significaba que el cementerio del norte, el de los Padres Recoletos, se hallaba saturado. La epidemia estaba tomando dimensiones mayores de lo temido en un primer momento.

Al llegar a la casa de La Merced, la joven se volvió una vez más hacia su protector y sonrió.

—Estaré bien. Sólo quiero saber si puedo ayudar en algo y, si es así, me quedaré. Julián, prométeme que se pondrán a salvo en la casa de las afueras. A lo mejor, en unos días podremos encontrarnos de nuevo y todo habrá sido un mal sueño.

Se miraron a los ojos con intensidad. Ninguno creía que fuera tan fácil salir de esa pesadilla. Por fin, Julián tomó la mano de Elizabeth, oprimiéndola con vigor.

—Antes de partir pasaré por aquí, para saber de ti y de tu familia. Todavía puedes decidir otra cosa, Elizabeth.

Ella se mordió el labio, incapaz de pronunciar palabra. El afecto sincero de Julián la conmovía hasta las fibras más íntimas, quizá porque ya no se sentía tan fuerte como cuando emprendió aquella aventura. El hombre de la laguna había hecho mella en su espíritu y no volvería a ser la que era.

La puerta de la mansión se abrió a medias y la criada contempló a Elizabeth como si fuese una aparición.

—Soy yo, Micaela, déjame pasar. ¿Está mi primo?

El nombrado hizo su entrada, todavía con el traje negro con que lo había visto Elizabeth desde la ventana. Estaba demacrado y sus pómulos se acentuaban más que nunca bajo la piel fina. Él también miró a la joven con grandes ojos. ¡Acababa de recomendarle que no fuese a la casa!

—Lizzie... —murmuró, desconcertado.

Elizabeth sintió ternura por aquel joven, tan orgulloso y alegre en los tiempos de su llegada al puerto, y tan alicaído en ese momento en que la desgracia golpeaba a pobres y a ricos sin piedad.

—Primo, vine a ayudarles. ¿Cómo está la tía?

Las palabras de Elizabeth tuvieron el efecto de un bálsamo reparador en el corazón del muchacho y fue como un dique derrumbado, dejando correr el agua contenida a borbotones. Roland se arrojó en brazos de su prima sollozando como un niño.

CAPÍTULO 23

*T*res hombres compartían un café de sobremesa en El Duraznillo. Armando Zaldívar intentaba mantener una conversación neutral con el doctor Nancy que, desde hacía rato, alardeaba de sus hazañas en procura de trofeos por toda América. Francisco no despegaba la vista de la taza humeante. La labia del doctor le resultaba insoportable, le hormigueaban los dedos de ganas de estrangularlo. Temía sufrir un ataque si seguía escuchándolo.

De pronto, algo que el francés dijo llamó su atención.

—Los diarios que llegaron al fortín dicen que se desató una epidemia en la ciudad. Confío en poder llegar y partir sin problemas. Será cosa de dos días. Después, el ministro me encomendará a otro fuerte, más grande que el Centinela. *Quelle bonheur*, podré manejar una botica más o menos decente.

Tanto Armando como Francisco se quedaron prendidos de la fatal noticia.

—¿Epidemia? —exclamó Zaldívar—. ¿De qué?

Ya pensaba en su esposa y su hijo corriendo peligro en Buenos Aires.

—Una de esas fiebres tropicales, rara en estas latitudes, *n'es-ce-pas?* —y el doctor Nancy se reclinó sobre la silla, como si el tema fuese intrascendente, sin advertir la expresión de Francisco—. *Enfin, c'est la vie* —comentó con cinismo—. En cuanto a mí, me envían hacia el norte, la otra frontera. Lo que lamento es no poder visitarlos más, *mes amis*. Quién sabe qué gente habrá en el Fuerte Lavalle.

—¿Qué dicen los diarios? —insistió Armando.

—No mucho, sólo que la mayoría de la población está escapando hacia los suburbios.

El hacendado sintió alivio. Si Julián tenía la cabeza bien puesta, llevaría a su madre a la quinta de las barrancas, lejos del peligro, y también a la señorita O'Connor, si no había malinterpretado los signos que veía en su hijo. Miró a Francisco, sentado con rigidez a su lado. Él también mostraba señas alarmantes.

—No te preocupes, Fran. Julián sacará a todos de allí y puedo asegurarte que tu padre tomará la misma decisión con la familia, llevándolos a la quinta de Flores.

Francisco mantuvo la vista clavada en la pared de enfrente, por encima de la enrulada cabeza del francés. Trataba de controlar la furia y la desazón que lo invadían. Elizabeth. Dolores. Julián. Tres personas queridas en serio peligro. Demasiado para resistir un ataque. Debía hacerlo, sin embargo, no podía caer en ese momento, frente a Zaldívar y al doctor. Ya éste lo estaba mirando con curiosidad.

—Y usted, *monsieur*... eh... ¿Balcarce, me había dicho? ¿Tiene parientes por allá que corran riesgos? Porque, si es así, me ofrezco en el poco tiempo que esté a preguntar por su salud y luego informarle.

El doctor dio una chupada a su cigarro y observó la expresión de Francisco con los ojos entrecerrados. No había duda de que pretendía hurgar en su pasado, saber su identidad. ¿Por qué diablos ese hombre se sentía con derecho a dudar? ¿Acaso sabía algo? Francisco percibía el filo de la desconfianza.

—No hará falta, doctor —intervino Zaldívar—. Mi hijo se ocupará de todo, si lo conozco bien. Tiene alma de ángel guardián ese muchacho.

El comentario, dicho con afecto, clavó un puñal en el corazón de Francisco, enfermo de celos desde que dejó partir a la señorita O'Connor. No podía tenerla y no soportaba que la tuviera nadie tampoco.

Una vez reparada la casita de la laguna, Francisco se había trasladado a la estancia para colaborar con el padre de Julián en lo que hiciera falta, antes de decidir qué haría con su vida. Lo impensable había ocurrido y ya nada podía remediarlo: alguien había quedado ligado a él, ahora debía velar por su futuro. Pedirle a Julián que la vigilase era sólo un paso. Debía procurar que Elizabeth tuviese dónde vivir, si sucedía lo peor. Sólo bajo los coletazos de un ataque podría haberse descuidado con respecto a la muchacha. En tantos años desde que empezó a cortejar, nunca se encontró ante la eventualidad de un embarazo no deseado. Por un lado, las mujeres con las que se relacionaba sabían cuidarse de esos accidentes y por el otro, él solía ser precavido. Ninguna mujer le había hecho perder la cabeza... hasta ese momento.

Empujó la taza de café lejos de sí y se levantó con brusquedad.

—Con permiso, voy a ver a mi caballo.

Saludó al francés sin mucha ceremonia y salió por la puerta de atrás, esperando que el hombre hubiese partido cuando él regresara de la cabalgata.

—Vaya, qué humor —comentó el doctor Nancy.

—El señor Peña y Balcarce es un hombre de pocas palabras, doctor, sepa disculparlo. Créame si le digo que eso es una virtud en estos parajes.

Si el doctor entendió la indirecta, no dio muestra alguna. Por el contrario, se explayó un poco más sobre la funesta noticia, también proporcionada por los diarios que llegaron al fortín, de la inminente capitulación de París frente a Prusia. Ese tema lo entusiasmó por un buen rato, hasta que los miembros de su escolta le avisaron que seguirían el viaje hacia la ciudad.

La vida de Elizabeth en Buenos Aires adquirió pronto el cariz de una pesadilla. Apenas se instaló en la mansión Dickson, se abocó al cuidado de la tía Florence, reemplazando a la criada, que llevaba la mayor parte del trabajo, y al inútil de su primo. El tío Fred, declarándose inepto para esos menesteres, vivía confinado en su estudio, del que salía sólo para dormir y preguntar por su esposa. Florence había pasado por casi todos los síntomas propios del cuadro febril: dolor lumbar, temblores, vómito de bilis y decaimiento, para luego volverse amarilla como un limón. Sin embargo, Elizabeth albergaba la esperanza de la curación, pues no se había presentado el temido "vómito negro", la forma más grave de la enfermedad, una hemorragia interna de la que pocos se salvaban.

Día tras día, la joven le proporcionaba los únicos cuidados posibles en esas condiciones. Tan entrada en carnes como era, la tía parecía una sombra viviente: ojeras violáceas, ojos hundidos y el cabello ralo y pegado al cráneo. Elizabeth no cejaba en sus esfuerzos por sacarla adelante, sin embargo. La prima Lydia se había refugiado en la quinta con su esposo pues, como declaró no bien supo la enfermedad de su madre, nadie podía asegurar que ella no estuviese aguardando un hijo y no quería exponerse al contagio. Así, pues, eran tres los habitantes de la mansión que gozaban de salud por el momento, sin contar a los sirvientes.

Cuando por fin las autoridades aceptaron la existencia de la epidemia, vencida la natural desidia de los porteños, que descreían de las primeras noticias aparecidas en los diarios, comenzaron a organizarse las medidas de prevención, aunque tardías: se realizaron inspecciones en casas y mercados, se ordenó barrer las calles al sol cada día, se aplicaron multas a los carreteros que dejaban caer al suelo sus artículos y se blanquearon las casas por fuera aunque no hubiese todavía enfermos. Pese a todo, los estragos de la enfermedad se multiplicaban. La fiebre parecía estar en todas partes al mismo tiempo, no podía establecerse un rumbo ni un cauce en el curso de la epidemia. Abandonado ya el intento por disimular lo evidente, el éxodo se manifestó en toda su plenitud. Al principio, hubo un ajetreo infernal de carruajes, trenes, tranvías y caballos en la desbandada de los pobladores más acaudalados que partían en todas direcciones cargados con muebles y pertenencias. Pasadas las primeras semanas de confusión, la ciudad cobró el aspecto lúgubre que Elizabeth había encontrado a su llegada. Las calles se encontraban desiertas. ¡Hasta el pasto había crecido entre los adoquines, por la falta de tránsito! Cada tanto, algún coche se hacía oír, pero nadie espiaba entre los visillos, por temor a toparse con la carroza fúnebre o, lo más frecuente, el carro de la basura, que pasaba de puerta en puerta y, al espeluznante grito de "saquen a sus muertos", recogía su triste carga para llevarla a la fosa común, donde los cadáveres reposaban entre capas de cal viva. El aire apestaba a ceniza, ya que se aconsejaba no sólo quemar los enseres de los enfermos para evitar el contagio, sino también encender fuegos "limpios", hechos de maderas y combustible, para purificar la atmósfera.

A veces, mientras rezaba el rosario por las noches, Elizabeth veía el resplandor de las hogueras colarse por las ventanas cerradas. Sentía tal desazón entonces, que apretaba los párpados con fuerza y rezaba en voz alta para conjurar los demonios.

Las noticias nunca eran alentadoras. El Boletín de la Epidemia traía listas cada vez más largas de muertos y nuevos enfermos, como si la peste, en lugar de recorrer la ciudad de parte a parte, se regodease girando en círculos. Había manzanas donde no quedaba una sola casa que no tuviese que contar víctimas, y los crespones negros en las aldabas ondulaban al viento, en fúnebre anuncio de que allí ya habían recibido la fatídica visita.

Una tarde, Elizabeth echó en falta algunos comestibles, pues los criados evitaban salir, y decidió comprarlos ella misma. Si bien contaba con dinero propio, acudió a su tío, pues consideraba que le correspondía estar al tanto del manejo de la casa, faltando la mano de la tía Florence. Lo halló ensimismado en un periódico, con un vaso de brandy en la mano y los ojos vidriosos. Temió que hubiese contraído la fiebre también y, al acercarse, comprobó que estaba llorando.

—Mira —le dijo, extendiendo la hoja impresa hacia ella—. Ha muerto Serena Frances Wood.

Elizabeth demoró un segundo en reconocer el nombre de la maestra que había venido al Río de la Plata apenas unos meses antes que ella. Decía en el obituario que la Comisión de Educación de Boston había intentado disuadirla de aquel viaje hacia las pampas sin éxito, al igual que le sucedió a ella. Fanny Wood era metodista y sus compatriotas en la Argentina la habían convencido de quedarse en la ciudad, en lugar de partir hacia San Juan. Recordó que Juana Manso le había hablado de la furia de Sarmiento, después del fracaso con Mary Gorman. ¡Pobre Serena! El periódico decía que había fundado una escuela en el Retiro con el mismo ímpetu con que fundó aquella primera escuela para libertos en Virginia. Y todo para acabar sus días apenas un año después.

"Me hubiese gustado conocerla", pensó Elizabeth, apesadumbrada.

—Cuando llegaste —seguía diciendo el tío Fred— tuve la intención de presentarlas. Ella estuvo un tiempo alojada con las Dudley y luego, con el cónsul Dexter. Te fuiste tan pronto, Lizzie... Pobre mujer, morir así. Dicen que se hallaba a salvo en el campo y que volvió para atender a la familia que la había acogido.

—Tío, no se angustie —dijo con suavidad Elizabeth, al ver que el hombre perdía un poco la compostura, y agregó, en un intento de distraerlo—: Faltan algunos víveres. Voy a ir a comprarlos.

Fred Dickson miró a su sobrina con expresión ausente. Parecía no darse cuenta de lo que ella hacía allí, día tras día. ¿Por qué le pedía permiso? ¿Por qué faltaban provisiones? ¿Acaso Florence no había impartido órdenes en la cocina?

—¿Falta carne? Dicen que los saladeros están cerrados, por lo de la fiebre, ya sabes. No se puede vender carne, Lizzie, ¿no estás enterada?

La joven se arrodilló frente al rostro congestionado de su tío.

—Lo sé, por eso voy a ir adonde funciona la Comisión Popular, tío. Allí entregan bonos de carne y otras provisiones. Tienen un depósito de mercaderías indispensables. ¿Desea usted algo?

Fred Dickson miró con nostalgia la copa de brandy, casi vacía. Deseaba hundirse en el líquido ambarino hasta olvidar todo cuanto estaba ocurriendo. Era un prisionero en su casa y un inútil, al igual que su hijo. Su comercio se encontraba interrumpido y el dinero iba menguando. Roland no servía más que para divertirse y Lydia era una egoísta malcriada. Y Florence... su Florence, a la que había llegado a detestar en algún momento, se balanceaba entre la vida y la muerte sin que él pudiera tenderle una mano.

—Necesito dinero, tío —escuchó que decía Elizabeth—. Sólo un poco, por si veo algo más que necesite.

Fred hizo un gesto automático hacia el bolsillo del chaleco, olvidando que estaba vestido con la ropa de entrecasa desde hacía días.

—En la cómoda, en el tercer cajón, allí guardo algo de dinero. No quiero entrar al dormitorio, porque... —calló, sintiéndose culpable por no haber visitado a su mujer desde que empezó la enfermedad.

Elizabeth comprendió de inmediato.

—No se apure, tío, yo lo encontraré. Ya habrá tiempo de acompañar a la tía cuando se reponga —no dijo "si se repone", porque creía en el poder mágico de las palabras, como buena irlandesa.

Minutos más tarde, salía a la calle, por primera vez en mucho tiempo, para encontrarse con una ciudad devastada. Trató de no mirar las puertas para no descubrir las señales de luto, ni tampoco los rostros de los pocos transeúntes que se cruzaron con ella, porque temía percibir la desolación de las pérdidas o los vestigios de la fiebre. Sin embargo, al doblar una esquina en la parte baja de la ciudad llamó su atención un niño pequeño, que se hallaba parado en mitad de la calle. Vestía con harapos, estaba descalzo y sucio, pero lo que detuvo el andar de Elizabeth fue la expresión de absoluto desamparo que vio en sus ojos. Por la vestimenta, se notaba que se trataba de un chiquillo inmigrante, de los muchos que a diario recibía la ciudad desde los barcos. Una vez que estuvo delante del niño, observó que a su derecha se encontraba una vivienda con la puerta abierta y un llanto suave brotaba del interior. Elizabeth dudó un momento sobre la prudencia de obedecer a su instinto en aquellos momentos, pues cualquier contacto con los enfermos podía condenar a su familia, y mientras debatía consigo misma, el niño le señaló con su dedito pringoso la casa de donde venía el llanto. Era uno de esos inquilinatos de los que le había hablado Aurelia, llamados "conventillos", donde varias familias vivían hacinadas, separadas en piezas, compartiendo los servicios y el patio donde desarrollaban su vida doméstica. Avanzó unos pasos y percibió el denso olor a moho y a putrefacción que se desprendía de la oscuridad reinante. Cuando acostumbró sus ojos, vio una forma en el suelo, a pocos centímetros. Comprobó con espanto que se trataba de una mujer, que yacía de espaldas con su camisón sencillo, los brazos extendidos hacia arriba en rendición absoluta y la cabeza vuelta hacia un lado. Elizabeth se llevó una mano a la garganta, ahogando un gemido. Debía ser la madre, o tal vez la hermana del niño de la calle. Pobrecito. ¿Habría alguien que pudiese cuidarlo? No bien tuvo ese pensamiento, escuchó de nuevo el llanto y, con renovado horror, aprendió que la realidad podía ser más cruel aún: junto a la mujer, sollozando con las pocas fuerzas que le quedaban, un pequeño de apenas un año forcejeaba, intentando mamar del seno de la que fue su madre. La infeliz criatura, sin comprender la fatal suerte que corría, pugnaba por obtener lo que nunca hasta ahora le había sido negado.

—Dios Santo —murmuró Elizabeth, arrodillándose para tomar al niño en sus brazos.

—No lo toque, señorita —dijo una voz grave, en la que se captaba también la compasión.

Elizabeth miró desde abajo la figura robusta de un hombre vestido con levita oscura y sin sombrero, mostrando sus cabellos canos peinados de lado y una barba que se confundía con las gruesas patillas.

—Deje que nosotros nos encarguemos del niño. Usted podría contagiarse.

Elizabeth se puso de pie y observó que el hombre no sólo era robusto sino muy alto, aunque se imponía, más que por el tamaño, por un halo de omnipotencia que parecía desprenderse de él. Confió de inmediato en aquel hombre.

—Ella... ha muerto —dijo, sintiéndose estúpida al remarcar lo evidente.

—Lo sabemos —contestó el hombre con amabilidad.

Recién entonces Elizabeth se dio cuenta de que no venía solo sino con otro hombre más joven, bien vestido, que se había quitado el sombrero en señal de respeto ante la difunta.

El muchachito, desde el umbral, los contemplaba con ojos asustados. El hombre robusto le dirigió una mirada de simpatía, en tanto que el otro se inclinó para recoger al bebé sollozante.

—Los llevaremos con el Padre O'Gorman —dijo el hombre mayor y luego, dirigiéndose a Elizabeth—: ¿Usted conocía a la familia, señorita?

—No, sólo pasaba, es decir, me dirigía a la sede de la Comisión Popular para recoger unos bonos para la familia Dickson. Mi tía, Florence Dickson, está presa de la fiebre también.

—Entonces vaya, pues. Deje que nosotros nos ocupemos de esta gente, señorita. No conviene que siga en contacto con los enfermos. Pronto habrá que quemar todo esto —y con un gesto abarcó el pobre cuarto repleto de bártulos destartalados. Un catre contra la pared cubierto de frazadas remendadas y con las sábanas manchadas por los accesos de la enfermedad, el baúl de viaje bajo la cama, algunos enseres domésticos mezclados con restos de comida y otras sustancias que, a juzgar por el olor, no deberían estar allí. Un ambiente ignominioso para ser habitado por un ser humano. Elizabeth sintió una repentina náusea, seguida de una debilidad en las piernas que la obligó a sujetarse del quicio de la puerta.

—Señora —exclamó el hombre más joven e intentó sujetarla, aun con el pequeño en brazos.

—No es nada, estoy bien. Sólo que... ¿qué será de estos niños? ¿No tienen un padre?

El hombre canoso miró hacia el camastro con pena infinita en los ojos. Allí donde Elizabeth creía que sólo había mantas, una figura postrada, deformados sus rasgos por la máscara de la agonía, se destacaba apenas entre la sucia ropa de cama. Sus manos crispadas sujetaban todavía la sábana, aunque ya los dedos tenían la rigidez de la muerte.

—Habrá sido el primero, y trajo la peste a su esposa.

Elizabeth observó entonces que entre las cosas que atiborraban el lugar había algunas que indicaban que el señor de la casa era estibador en el puerto o algo parecido. Sin duda, habría contraído la enfermedad directamente de los barcos y, sin saberlo, la había llevado a su propia casa.

—Vamos, tratemos de salvar a los niños —dijo uno de los hombres, Elizabeth no supo cuál, pues salió de aquel lugar de espanto atontada, para encontrarse de nuevo en la calle, tan lúgubre como aquel sucucho.

—Yo puedo conseguirle los bonos, señorita. Sólo déme su dirección y así se evitará deambular por la ciudad corriendo riesgos.

El hombre robusto sacó de su bolsillo una libreta en cuyo membrete Elizabeth leyó: "Doctor Roque Pérez". Comprendió que se hallaba frente al mismísimo jurisconsulto, un hombre piadoso que, sin dudar, se había puesto al frente de una comisión de emergencia para atenuar los efectos de la peste, atendiendo a los enfermos y recaudando fondos para pagar a los médicos y enfermeros y comprar las medicinas necesarias.

¿No le había dicho Aurelia que el nuevo lazareto se llamaba San Roque? ¡Debía ser en honor a él! Lo miró con gratitud y quiso articular palabras de agradecimiento; en lugar de ello, brotaron de sus ojos ardientes lágrimas y se atragantó con ellas.

—Vamos, muchacha, tenemos que ser fuertes. Dígame a dónde debo llevar las provisiones y qué necesita.

Una vez que anotó los datos, Roque Pérez tomó del brazo a Elizabeth y la condujo hacia un coche de alquiler que aguardaba a varios metros.

—Hágame el favor, vuélvase a su casa en este carro y deje que el cochero regrese solo. El doctor Argerich y yo tenemos trabajo aquí, mientras tanto.

—Pero ¿y los niños?

—El Padre O'Gorman se encargará de ellos. ¿Lo conoce? Es el párroco de San Nicolás de Bari y tuvo la piadosa idea de fundar un hogar para estos pobres huérfanos. Vaya, muchacha, vaya con Dios y cuide de su tía. Más no se le puede pedir a una jovencita como usted.

La empujó con suavidad y Elizabeth se vio a bordo de un sulky que la condujo, entre saltos y bamboleos, hasta la mansión Dickson.

A medida que la tía Florence evolucionaba, la situación en la casa se volvía más difícil para Elizabeth. Su tío Fred parecía haber abandonado la voluntad de vivir y había que rogarle que se alimentara. Muchas veces, viendo que no abandonaba el estudio en todo el día, la joven le alcanzaba una bandeja con platos preparados por ella misma, pues las criadas de la cocina tampoco se mostraban serviciales, al faltar la mirada vigilante de los patrones. Roland salía todo el tiempo, visitando amistades que Elizabeth no conocía, aunque sospechaba que no eran recomendables, a juzgar por el estado en que regresaba, tarde por las noches. La muchacha temía que contrajese la enfermedad al exponerse de ese modo, si bien estaba más allá de sus fuerzas controlarlo. Roland se había convertido en una especie de paria que deambulaba sin hacer nada constructivo y sin molestarse en facilitar las cosas a su prima.

En cuanto a la enferma, había recuperado la conciencia y, al salir de su delirio y comprobar que era su sobrina la que la cuidaba, cayó en una devoción hacia Elizabeth que resultaba agobiante. A todas horas la llamaba, exigía saber en qué habitación pasaba la noche por si la necesitaba y no dejaba de atosigarla con preguntas sobre los demás miembros de la casa y de la vecindad: dónde se hallaba Freddie, por qué no la visitaba, que si la engañaban y se encontraba enfermo también, que Lydia no venía nunca, y el pobre Rolandito, tan solo debía sentirse... ¿Y dónde estaban sus amigas, las que se reunían a tomar el té con ella cada dos tardes? ¿Acaso tenían la fiebre también? ¿Y cómo Elizabeth no había mandado llamar al sacerdote? ¿Y si moría?

Una tarde, exhausta, decidió salir para distraer la vista de aquellas paredes que ya le resultaban odiosas. Se detuvo frente al espejo del ropero de su cuarto y la asustó verse tan pálida. Sin gozar del sol, sin poder comer con regularidad ni dormir lo suficiente, parecía un espectro reflejado en la luna en lugar de ella misma. Se pellizcó las mejillas para darles color y buscó las pinzas para dar forma a su cabello. Deseó tener en ese momento los odiados rizos de antaño, pues su cabello rojizo se veía deslucido. Lo recogió en un grueso rodete sobre la coronilla y lo sujetó con dos horquillas de carey. Ya vería qué hacer con él más tarde. Por fortuna, conservaba sus aceites y sus perfumes, aunque no había tenido tiempo de pensar en ellos desde hacía mucho. Mientras ajustaba el corpiño de su vestido violeta, sintió una punzada de dolor en el costado que le quitó la respiración. Asustada, se dejó caer sobre la cama y respiró hasta aliviarse. Aflojó un poco los cordoncillos y comprobó que estaba mejor. Para reanimarse, recurrió a su loción de lilas y hasta se permitió la frivolidad de colocarse unos pendientes de perla, regalo de su madre. Antes de salir, se contempló de nuevo en el espejo del recibidor, que le devolvió una imagen algo más decente que la anterior.

—¿Sales, sobrina? —dijo el tío Fred, asomando la nariz por la puerta del estudio.

—Sólo un momento, tío, aprovechando que la tía Florence duerme. Ya le indiqué a Micaela que la atienda si llama. Creo que se ha puesto algo melindrosa con la enfermedad.

Fred Dickson sacudió la cabeza como si le estuviesen dando una mala noticia y volvió a su refugio sin decir nada más.

Las calles no estaban más animadas que antes, aunque sólo con ver el cielo Elizabeth se sintió entusiasmada y por primera vez tuvo conciencia del estado a que se hallaba reducida en la casa de sus tíos. Se preguntó si no habría hecho mejor en partir con Julián y su madre. Sabía de ellos por la correspondencia que mantenían, lo único que le conservaba la cordura.

Mientras caminaba con lentitud, saboreando el placer de sentir los adoquines bajo sus pies, pensaba en las cartas de Julián. Todas tenían una posdata parecida: "No dejes de avisarme cualquier cosa que suceda", o "no olvides que correré a visitarte si te sientes mal". A veces la recomendación tomaba la forma de una orden: "Cuida de ti como si estuvieses enferma o te las verás conmigo". Aquellas indicaciones no tenían mucho sentido. Julián sabía que ella no contraería la fiebre de modo que, si temía que se sintiera mal, debía ser a causa de otra cosa.

Un chispazo de comprensión le demudó la expresión. ¡Julián sospechaba que ella podía estar encinta! No podía entenderse de otro modo tanta solicitud. ¿El propio Santos se lo habría comentado? La vergüenza la inundó al pensar que ambos hombres habían hablado de la posibilidad de que estuviese "en apuros". ¡A esas indecencias se veía reducida una muchacha que no se dejaba respetar! Si era sincera con ella misma, la posibilidad no era descabellada y debía reconocer que ocupaba un lugar en el fondo de su mente, aunque los acontecimientos de los últimos días no le permitieron pensar en ello.

Apuró el paso de manera inconsciente, queriendo huir de esa idea perturbadora, y no reparó en un carro desvencijado que doblaba a gran velocidad. El conductor lanzó epítetos groseros al ver que la joven se interponía en su camino. Elizabeth se hizo a un lado con rapidez, no sin que el barro salpicara antes el ruedo de su vestido.

—¡Qué bruto! —exclamó, y al levantar la vista descubrió que el carro llevaba varios ataúdes apilados y que el movimiento brusco había abierto la tapa de uno de ellos.

Horrorizada, se apretó contra la pared y se tapó los ojos con ambas manos, sin cuidarse de lo que pudiera pasarle. Era demasiado el espanto que le tocaba vivir en esos días, no podía soportarlo, no podía...

—Señorita, ¿está bien?

La voz, suave como un pétalo, se deslizó en su oído inspirándole un sosiego que hacía tiempo no sentía. Entre los dedos, atisbó un rostro angelical. Considerando la dulzura de aquella voz y el efecto que le produjo, creyó por un momento que se hallaba ante una presencia celestial, envuelta en un ropaje blanco.

—¿Se lastimó? —volvió a hablar el ángel.

Elizabeth se repuso al comprobar que, si bien los rasgos eran angelicales, el tacto de aquella figura era bien terrenal, pues la sujetaba del brazo con firmeza.

—No, no lo creo —respondió, más calmada.

La presencia volvió a sonreír, mostrando unos dientes parejos y delicados.

—Temí que ese carro la hubiese golpeado, como se echó usted hacia atrás...

Recién entonces Elizabeth prestó atención a un detalle que se le había pasado por alto: ¡la figura llevaba toca de novicia! El ángel salvador era una Hermana de alguna congregación. Y no era blanco el vestido como le pareció al principio, sino celeste, apenas más claro que sus ojos. Sólo la toca era de un blanco purísimo y formaba una especie de halo alrededor del rostro, la causa de que Elizabeth pensara en ella como una aparición.

—Iba distraída. Y ese carro... —Elizabeth sintió un escalofrío al recordar lo que llevaba el carretero en su vehículo.

La novicia miró hacia donde el carro había desaparecido y asintió, comprensiva.

—Venga, sentémonos —la animó.

Elizabeth la creyó loca, pues se hallaban en plena epidemia y nadie se entretenía en la vereda. La joven la condujo por una calle lateral embarrada hasta una vivienda sin ventanas, con un portal de gran tamaño, del estilo de las antiguas capillas españolas. Con una fuerza que desmentía su aspecto frágil, la novicia empujó una de las alas de la puerta y la hizo entrar a una habitación en penumbras en la que Elizabeth distinguió la luz titilante de unas velas. Al fondo se levantaba un altar pequeño, cubierto de flores blancas entre las que sobresalía una preciosa imagen de la Virgen esmaltada sobre fondo de oro. Era un cuadro al uso de las imágenes bizantinas y representaba a la Virgen Niña en una actitud de recogimiento conmovedora. La novicia caminó hasta una pila de mármol en la que hundió los dedos y se persignó, para después arrodillarse y musitar una plegaria. Elizabeth la imitó y, al inclinar la cabeza, observó que el suelo era de ladrillo cocido a mano y que no había bancos de misa sino cinco o seis sillas dispuestas en semicírculo. Lo poco que se apreciaba en la penumbra reflejaba sencillez espartana: un manto con flecos sobre el altar y un cuenco de porcelana con velas encendidas. Las paredes lisas, sin adornos ni imágenes, reflejaban la luz de las velas como figuras danzantes.

La extraña novicia indicó a Elizabeth dónde sentarse y después lo hizo a su lado, encendiendo un cirio que agregó al cuenco.

—Se necesita un respiro en medio de tanto sufrimiento, ¿no es cierto?

Elizabeth la observó con atención. Era más joven de lo que podía esperarse y más bonita. La esbeltez que se adivinaba bajo los hábitos y el cabello dorado que la toca no ocultaba del todo harían de la joven una belleza de las más renombradas. Sintió, a su pesar, una punzada de envidia. Elizabeth no se consideraba atractiva. Se veía demasiado bajita, voluptuosa, con un cabello rebelde y esas pecas… Odiaba sus pecas, que la hacían parecer una mocosa con trenzas. Se preguntaba si así la habría visto el señor Santos, pese a su seducción. La idea de que aquel hombre que llenaba todas sus horas con su recuerdo la viese como una chiquilla a la que podía manipular a su antojo le encendió las mejillas.

—Ah, ya veo que se siente mejor —comentó la novicia—. Allá afuera estaba muy pálida, parecía enferma.

—¿Y no teme usted contagiarse?

La joven descartó esa posibilidad con un gesto.

—La Virgen me protegerá, si es su voluntad que enferme. Me debo a ella. Soy una Hermana de la caridad, de las que llegaron al puerto de Buenos Aires hace poco.

Elizabeth había oído mencionar, entre tantas noticias que circulaban de boca en boca por esos días, que el gobierno había autorizado el desembarco de un grupo de religiosas acostumbradas a cuidar a los enfermos. Las llamaban "las monjitas", pero no sabía quiénes eran ni de dónde venían. Ahora tenía a una de ellas ante sí.

—Soy Elizabeth O'Connor y vengo desde Boston, Hermana, a esta ciudad que así nos recibe.

La joven notó la amargura en la voz de Elizabeth y respondió al comentario con dulzura.

—Ah, pero no es que nos reciba, sino que nos necesita, ésa es la diferencia. Por eso hemos venido usted y yo. Llámeme Clara, por favor. Todavía no hice mis votos y por eso puedo ir de aquí para allá, aunque llevo estas ropas que me señalan como aspirante. Nuestra congregación es pequeña, la Orden de Nazaret, que viene de Francia.

—¿Usted es francesa, Hermana?

Aunque la novicia le había hablado en español, Elizabeth percibió en ella un acento extraño.

—Nací en Francia cuando mis padres viajaban para visitar a mis abuelos y me crié allá hasta los nueve años. Después, al fallecer mi madre, mi padre me trajo a América. Vivimos en la plantación que él heredó en Virginia, y volví a Francia cuando mi abuela me mandó llamar, al cumplir quince. Fue allí donde conocí a las Hermanas y su misión salvadora. Claro que recién me uní a ellas hace unos meses.

—Clara, es usted tan joven... ¿Cómo...? —y Elizabeth calló, temiendo cometer una indiscreción al preguntar los motivos por los que una bella jovencita desearía convertirse en monja.

La novicia echó a reír y su risa llenó los huecos del recinto con un retintín mágico.

—Agradezco el cumplido, pero ¡estoy por cumplir los veinte! —dijo, como si a esa edad nadie pudiese considerarla joven ni apetecible.

Elizabeth se maravilló al saber que ambas tenían casi la misma edad. La novicia parecía frágil y, sin embargo, una muchacha que vivía en la austeridad, atendiendo a los demás, sin familia que la protegiese y recién llegada de un país lejano, debía tener fortaleza de espíritu, al menos.

—Y si desea saber por qué elegí los hábitos —agregó, más seria— es difícil de explicar. A menudo siento que Ella espera algo de mí y estoy dispuesta a saber qué es. Mi confesor me dice que debo estar segura, por eso no me concede los votos, aunque yo sé que estoy llamada a salvar a alguien. No sé si alguna vez ha sentido algo así, Elizabeth, es como si el camino se abriese ante una, sin que se pueda elegir. Yo creía que mi vida sería la de una muchacha tradicional, que iría a fiestas, conocería gente, tendría enamorados... y de repente mi abuela me llamó para que la asistiera en su lecho de muerte. En París, usted sabe, la vida es muy ligera, podría haber caído en la tentación de quedarme para siempre disfrutando de mi herencia, y Dios quiso que conociese a una de las Hermanas el día que mi abuela falleció. Como si "Memé" me hubiese conducido a ella, la Hermana Jeannie se presentó y me dijo que me ayudaría a enterrar a *grand-mère*. Por supuesto, yo era casi una niña y acepté, asustada como estaba. A partir de entonces, las Hermanas estuvieron siempre en mi vida de un modo u otro. Conocí su misión al lado de los que sufren, tanto del cuerpo como del espíritu.

La maestra se arrepintió de haber envidiado por un momento a aquella muchacha. Sin duda llevaría una vida bastante solitaria si se apegaba a la congregación para darle sentido. A ella jamás se le habría pasado por la cabeza ser monja, aunque imaginó que la abnegación con que hablaba de su "misión salvadora" sería idéntica a la que ella experimentaba por su misión educadora. Quizá no fuesen tan distintas, después de todo: ambas extranjeras, jóvenes y dedicadas en cuerpo y alma a los demás, fuesen niños o enfermos. Miró con simpatía a Clara y se excusó por su curiosidad.

—No, qué va —respondió la novicia—. Las Hermanas dicen que mi mayor pecado es hablar de más, no puedo evitarlo. Creo que si en la congregación hubiese que hacer votos de silencio no podría resistirlo. Sé que puedo abrumar con mi cháchara. Es que estoy tan sola a veces… —y sus ojos límpidos se nublaron—. Aunque Dios sabe por qué hace las cosas. Para compensar, cuénteme por qué vino al Río de la Plata, Elizabeth, y cómo es que la encontré caminando sola en estos días aciagos.

Elizabeth relató sus peripecias desde que llegó al puerto, su viaje equivocado a la laguna de Mar Chiquita y su escuelita trunca en la capilla del Padre Miguel. También habló de sus niños, a los que había tenido que abandonar muy a su pesar. Clara supo entender lo que sucedía en el corazón de la joven maestra.

—Ellos la querrán siempre, guardarán el recuerdo de esas clases en su corazón, ya verá. Y quién sabe, a lo mejor puede usted volver algún día. Las cosas están cambiando en esta ciudad. Las autoridades quieren modernizarla a toda costa. Ya ve, el ferrocarril se extiende cada vez más y hay nuevas construcciones lejos del centro. Y lo más importante —dijo con seriedad— es que se pondrán en marcha obras de albañilería para mejorar las condiciones sanitarias. Esta epidemia ha demostrado que la higiene dejaba mucho que desear. Verá usted que pronto se instalarán cañerías y se buscará la manera de conducir las aguas servidas sin infectar el aire. Siempre escuché decir a mi padre que la limpieza es la mejor medicina, porque actúa previniendo males.

—Un hombre sabio su padre.

—Un médico, Elizabeth, un gran médico —repuso Clara con afecto—. Lástima que... —y calló, guardando para sí la razón de su tristeza.

—Espero que no haya muerto.

—Oh, no, gracias a Dios. Lo que sucede es que no nos hemos entendido muy bien él y yo.

—A causa de su vocación religiosa, supongo.

—Pues sí. Es difícil para un padre aceptar que su única hija no le dará nietos. Mi padre soñaba verme casada y con muchos hijos, tal vez porque es lo que hubiera deseado tener con mi madre.

—¿No tiene usted hermanos?

Clara denegó con la cabeza.

—Ni uno, y me habría encantado. No sólo porque amo a los niños, sino porque un hermano hubiese sido una gran compañía cuando vivía en aquel caserón de Virginia. Mi padre, como buen médico, se debía a sus pacientes, así que muchas noches salía para visitar casos de urgencia y yo me quedaba a solas con los criados. Creo que fui a encontrarme con mi abuela en un acto de rebeldía, para demostrarle a mi padre que podía arreglarme sola, ya que sola había vivido. Me arrepiento ahora de mi egoísmo, mi padre actuó según su corazón, como lo hago yo ahora y como de seguro ha hecho usted al alejarse de su país.

—Clara, usted hizo lo que cualquier niña, reprochar a su padre. Si yo tuviese uno, encontraría sin duda algo para criticarle. He tratado a muchos niños en mi carrera y puedo asegurarle que, llegados a cierta edad, se ponen difíciles con sus mayores. Hubo entre mis alumnos un muchachito al que hubiese querido ayudar, está en esa edad complicada en que no son grandes ni pequeños. Me gustaría saber qué se ha hecho de él en este tiempo.

Permanecieron un momento calladas, hasta que Clara dijo de pronto:

—Volverá.

—¿Cómo?

—Volverá usted al sur, lo sé.

—¿Cómo lo sabe?

—Me lo ha dicho —aseguró con entusiasmo, mientras señalaba la imagen dorada.

Elizabeth la contempló con una sombra de escepticismo que no hizo mella en el carácter de Clara, pues la novicia continuó, excitada:

—Tengo mis conversaciones privadas, aunque a nadie se lo cuento, y acabo de saber que usted volverá al sur, donde está esa laguna, porque ha dejado allí algo que la reclama.

Por fortuna para Elizabeth, la oscuridad era suficiente como para ocultar el rubor que le encendió el rostro al escuchar esas palabras.

—Y voy a decirle algo más, Elizabeth. Le toca sufrir en estos días, lo siento aquí —y la novicia se tocó el pecho—. Sin embargo, no se sienta sola, porque hay alguien que piensa en usted y vendrá a buscarla.

"Julián", pensó con desencanto Elizabeth. Ya sabía ella que era fiel como perro guardián. Clara no sabía que no era él a quien deseaba, pues, a pesar de ser la causa de su sufrimiento, el señor de la laguna se había adueñado de su corazón.

La voz suave de la novicia la sacó de su ensimismamiento.

—Lleve esto, como un recuerdo, para que la acompañe.

Clara sacó de entre los pliegues del hábito una cadena con una medalla y la puso en la palma de la maestra, que comenzó a negarse, confusa.

—Guárdelo, Elizabeth, quiero que me recuerde cuando esté lejos, para que vea cómo se cumple lo que le he dicho. Es la imagen de la Virgen cuando era niña.

Elizabeth comprobó que la medalla reproducía el cuadro del altar. Pasó su pulgar sobre la superficie esmaltada con emoción. Agradecía el extraño designio que había llevado sus pasos al encuentro con la Hermana Clara, en medio de la epidemia, la desesperación de los parientes, la resignación de los enfermos, el pánico de los que huían y las solitarias luchas de los que se quedaban. Ese momento compartido en la frescura de una habitación con cirios le brindó consuelo en su drama personal, del que nada había dicho a la novicia.

Ella, sin embargo, todavía podía sorprenderla:

—Rece mucho, Elizabeth. Nosotras, las mujeres, debemos dar nuestro amor a María, de ella recibimos la fuerza para soportar todas las penurias y a ella debemos encomendar nuestros seres queridos. La Virgen la escucha y la guiará por la senda más suave, sólo debe entregarse a ella de corazón.

La mirada de Clara, transparente y limpia de toda mezquindad, le infundió una fortaleza que creía perdida. Cerró su mano sobre la medalla y repuso con emoción:

—Clara, no olvidaré sus palabras, que tanto bien me hacen. Creo que Dios nos conduce por caminos de los que nada sabemos. Llevaré esta medalla y rezaré para que volvamos a encontrarnos.

Clara volvió a reír con una risa impropia de novicia recatada.

—¡Se lo ordeno! Mi congregación es peregrina, vamos de un lado a otro, así que estoy segura de que hallaremos la forma de encontrarnos. Si ambas se lo pedimos —agregó, señalando la medalla—. Ella nos lo concederá.

Las campanas de San Francisco tañeron y Elizabeth se puso de pie. Clara, tras santiguarse, la acompañó hasta la puerta.

—Aquí me quedo por un rato, hasta que la Hermana Beatriz vuelva del Hospital General. Vaya con Dios, Elizabeth.

La maestra recordó que, poco antes, otra persona le había deseado lo mismo al despedirse. Se sintió protegida y albergó la esperanza de que su vida pudiese enderezarse de alguna manera.

—Lo mismo digo, Clara.

Más tarde, al regresar a la mansión Dickson, a Elizabeth no le resultó tan agobiante la rutina de cuidar a su tía enferma y al resto de la familia.

Una fuerza misteriosa parecía sostenerla.

Francisco fumaba un cigarro, abstraído, en el corral donde Gitano ramoneaba la hierba, más tranquilo después de la cabalgata salvaje a la que lo había sometido su amo. Atardecía con esa nota triste, propia de la pampa. Las llamas del ocaso se habían extinguido y sólo quedaba la penumbra gris que pronto desaparecería. Era la hora del mate en las casas y el silencio en los campos.

—Te molesta el francés, ¿verdad?

Esa costumbre de Armando Zaldívar de sorprenderlo desde atrás, sin hacer ruido, lo iba a volver loco.

—Es un tipo insoportable.

—No lo niego. Al fin, es un médico y hay que aceptar su presencia en los fortines. Me pregunto si se quedará en Buenos Aires para ayudar con la epidemia.

—Lo veo más interesado en cortar cabezas de los indios para su museo —comentó Francisco, sarcástico.

—Qué hábito repugnante.

—Armando, creo que voy a partir.

—¿Partir? ¿Adónde?

—Creo que volveré a la ciudad.

—Ah, quieres ver a tu familia, lo comprendo. La verdad sea dicha, muchacho, nunca entendí del todo por qué te aislabas en esa casucha de la laguna. Julián me decía que querías tranquilidad por un tiempo, pero a mí no se me cocía el pan, como dicen los paisanos. Estás en problemas.

Era una afirmación, no una pregunta, y Francisco supo que no podía engañar a Armando Zaldívar con excusas. Era mejor contar la verdad a medias.

—Podría decirse, sí.

—Bien. Cualquier cosa que necesites, estoy a tu disposición. A Julián le repito siempre que puede contar con su padre mientras viva y te ofrezco lo mismo porque sé que, a veces, los padres podemos ser tiranos con nuestros hijos. Es un lío de faldas, presumo.

Armando debía suponer que había seducido a una mujer casada y estaba huyendo del marido celoso. Era algo que encajaba en la fama que se había hecho en Buenos Aires, aunque jamás se había visto empujado a esos extremos. Las mujeres casadas con las que se había acostado eran lo bastante zorras como para no dejarse sorprender y él era astuto también. ¿Cómo decir a ese hombre ilusionado con un posible casamiento para su hijo que la razón de su desvelo era la mismísima maestra de la laguna?

—Algo por el estilo, aunque más me preocupan los míos en esta epidemia de peste.

—Te arriesgas, lo sabes.

—Mi madre no sabe que estoy aquí, Armando. Eso me pesa y, por otro lado, tampoco encontré lo que había venido a buscar.

Armando lió su cigarro y meditó unos momentos a través del humo.

—En ese caso, te proporcionaré una escolta reducida, dadas las circunstancias. ¿Cuándo partirás?

—En dos días, si es posible.

—Bien. Eso nos da tiempo para preparar un asado de despedida. Voy a avisarle a Chela que mande carnear una vaca.

Cuando quedó de nuevo solo, Francisco se preguntó qué demonio lo había empujado a admitir que quería volver. ¿Qué iba a hacer en Buenos Aires? Julián se tomaría muy a pecho su misión protectora, estaba seguro. Y la señorita O'Connor debía estar preparándose para partir rumbo a su destino definitivo de maestra, sobre todo con la epidemia asolando la ciudad.

Por primera vez desde que aparecieron los síntomas de su enfermedad, Francisco se había sentido consolado, y por una chiquilla que nada sabía sobre las artes del amor. Elizabeth era tan devota en su dedicación a los demás... Por supuesto, él debía ser un desafío para ella, una especie de paria, por eso se le había entregado, casi sin darse cuenta. Ese pensamiento lo fastidió y arrojó el cigarro, aplastándolo con furia.

Un enfermo y un bastardo. A esas categorías quedó reducido el Peña y Balcarce que todos apreciaban en Buenos Aires. Su orgullo herido le estaba jugando una mala pasada y pese a todo quería llegar al fondo y hundirse con tal de estar cerca de ella. Recordó su indignación cuando le propuso colocarle casa en la ciudad. Sonrió con cinismo. Iba a tener que aceptarlo de todos modos, si las cosas se torcían. Conocía a las mujeres, sabía que para ellas la seguridad era un valor apreciado. ¿Acaso su madre no continuaba sometida a Rogelio por esa razón? Podría haberse mudado a la casa de Flores, verlo de tanto en tanto y, sin embargo, soportaba las humillaciones de un esposo que no la amaba para sentirse a salvo. Elizabeth O'Connor tendría que estar hecha de la misma pasta. Cierto era que tenía agallas, como lo demostró viajando desde tan lejos; no obstante, se sentiría vulnerable como cualquier mujer. Si reaccionó ante su propuesta con la fiereza de una leona herida fue porque se sintió utilizada. Ése fue su error, el ataque sufrido le impidió sacar a relucir sus estrategias de seductor. Los fingimientos eran necesarios con las mujeres y no los había utilizado con Elizabeth. Iba a remediarlo apenas pudiera. Seducción, ésa era la clave, aunque Elizabeth no querría ni verlo después de lo ocurrido. El señor Santos sería un recuerdo que ella ansiaba borrar, sin duda.

El "señor Santos" sí, pero... ¿y si ella conociese al verdadero Francisco Peña y Balcarce?

Una idea interesante comenzó a formarse en su cabeza. Lo único que debía hacer era mantener a raya los ataques.

CAPÍTULO 24

*A*ntes de que la convalecencia de la tía Florence terminara, la joven criada de los Dickson, Micaela, cayó enferma de peste y tras ella, Roland. En la mansión había tres enfermos que atender y un loco, pues el tío Fred había comenzado a desvariar ante tamaño infortunio. Era demasiado para la pobre Elizabeth. Tenía que atrancar la puerta para evitar que el hombre huyese a las calles aterrorizado gritando "la peste, la peste", como si el atacado fuese él, o como si recién acabara de enterarse del mal que azotaba la ciudad.

Una mañana encontró la cocina desierta y ni rastros del desayuno. Indagó a la criada de adentro y ésta le confesó que la cocinera había huido por la noche a la casa de una hermana que vivía en el campo, por miedo al contagio. La tragedia ponía a prueba todas las voluntades.

Otro día, Elizabeth se dispuso, con ayuda de la mucama, a ventilar la sala, que estaba cerrada desde el principio de la enfermedad de la tía Florence. Abrieron los postigos, dejando entrar la luz macilenta del amanecer junto con el olor repugnante del ácido carbólico y el cloruro de calcio, los desinfectantes usados para mantener a raya el contagio. Unas partículas de polvo blanco hicieron toser a Elizabeth.

—Señorita, no respire —le dijo la mucama asustada—. Es el polvo de cal que usan para tapar a los muertos.

Cerraron los postigos y dejaron que la oscuridad se adueñara de nuevo de la habitación.

El horror era algo tan cotidiano que a Elizabeth le costaba recordar una época en que no hubiera habido peste. Por suerte para ella, al vivir encerrada no veía a las personas que morían en la calle, víctimas de la fiebre de manera súbita, aunque el olor putrefacto decía a las claras que no siempre se podían recoger los cadáveres con rapidez.

Una vez desencadenado el mal poco podía hacerse, fuera de atender las necesidades de la víctima para que se sintiese confortada, siempre y cuando mantuviera la conciencia como para darse cuenta.

El caso de Roland parecía más grave que el de su madre y Elizabeth decidió buscar ayuda con los médicos de la Comisión. Tenía el membrete del doctor Roque Pérez, donde se leía una dirección, no lejos de allí. Hasta ese momento, se había negado a trasladar a su tía al Hospital General, pese a que sabía que los médicos y las enfermeras realizaban extraordinarios esfuerzos para salvar vidas, porque verse en un hospital lleno de camas alineadas, junto a desconocidos, habría resultado fatal para ella. Además, la mujer no había experimentado las formas de peste más malignas.

No era el caso de Roland. Su primo había llegado a los síntomas más preocupantes y Elizabeth no se sentía con fuerzas para enfrentarlos.

Salió una tarde rumbo a la calle de Marte, vestida con lo más fresco que encontró en su ropero, ya que el calor de los Carnavales no perdonaba. Ni siquiera cubrió sus cabellos, algo impensable en otras épocas para la señorita O'Connor.

El cielo se hallaba encapotado, el clima se sentía pegajoso como nunca, la brisa del río traía humedad y parecía acentuar las evidencias de la peste en las calles. Al llegar a una vereda de casas distinguidas, Elizabeth se topó con una placa de bronce que decía: "Doctor Ortiz, médico". Una luz roja colocada sobre la pared la iluminaba. Se detuvo, indecisa. Ella pensaba recurrir a la Comisión Sanitaria para que le enviasen un médico a la casa, pero si encontraba uno en el camino, bien podía consultarlo. Subió al peldaño para alcanzar la aldaba, una garra de león de pesado bronce, y aguardó. Al cabo de unos minutos, la puerta se abrió y un hombre vestido de modo impecable y con el cabello lustroso peinado hacia atrás apareció en el marco. Elizabeth se sintió intimidada ante la mirada inquisitiva. Creería que ella era una fulana cualquiera, o tal vez una sirvienta desamparada en busca de trabajo, al verla sola en las calles y vestida con ropas sencillas. La mirada del hombre era cálida, sin embargo, y no dijo nada ofensivo.

—¿Me necesitan, señorita?

¡Claro! Tratándose de un médico, sería normal que acudieran a buscarlo en cualquier momento. Más tranquila, Elizabeth se presentó y repuso:

—¿Es usted el doctor del letrero? Si es así, solicito su ayuda, pues llevo varios días atendiendo a enfermos de fiebre y hay un caso difícil para mí.

El doctor Ortiz contempló a la persona que tenía ante sí. Debía tener mucho temple para salir a las calles apestadas y, sobre todo, enfrentar sola la tarea de cuidar enfermos. La hizo pasar a un saloncito contiguo al zaguán. Allí la invitó a sentarse y le ofreció un café que Elizabeth rechazó, algo incómoda al invadir el recinto de un hombre, aunque fuese médico. El doctor Ortiz se sentó enfrente de ella, con las manos cruzadas ante sí, en actitud expectante.

—Dice usted que viene cuidando enfermos de fiebre. ¿Dónde?

—En la propia casa. Al principio se trató sólo de mi tía y su enfermedad no alcanzó las etapas más graves, ahora tengo a mi primo y a una criada enfermos al mismo tiempo y temo que los síntomas no son los mismos.

El hombre se llevó una mano a la barbilla, pensativo.

—¿Alguien la envió a mí?

—No… quiero decir, encontré su placa en la calle y pensé…

—Voy a serle sincero, señorita. Soy médico, aunque mi especialidad es la homeopatía, algo no muy bien visto entre mis colegas. Rara vez acuden a mí, a menos que se encuentren desahuciados, como tal vez sea este caso. Quiero que sepa que mis métodos no son los habituales. ¿Entiende lo que digo?

Elizabeth entendía a medias. Si ese hombre era médico, debía saber cómo actuar, no importaba cuáles fueran sus métodos. Recordó a Huenec y sus prácticas poco ortodoxas para sacar al señor Santos de su conmoción. Estaba dispuesta a recurrir a cualquier remedio con tal de salvar a Roland y a la muchacha. Sabía que, en situaciones extremas, no se podía elegir.

—Me encuentra usted de casualidad. Vivo en Chile y he venido sólo a cerrar la casa —al ver la decepción en el rostro de la joven, agregó—: Sin embargo, un médico es lo más parecido a un sacerdote. No importa dónde esté, siempre puede ponerse el hábito y ayudar al que lo solicita. No se apure, señorita, la acompañaré a su casa y veré qué puede hacerse.

El doctor Ortiz indicó a Elizabeth que aguardase mientras buscaba su sombrero y llamaba un coche. Luego, ambos partieron hacia la mansión Dickson.

Dos largas horas estuvo revisando a los pacientes. Al salir de los cuartos, el hombre se dirigió a Elizabeth sin preámbulos:

—La muchacha morirá, sépalo desde ahora. No hay vuelta atrás en el estado en que se encuentra. Su primo todavía puede salvarse, siempre que su organismo aguante los embates de la fiebre. Sin embargo, no albergue demasiada esperanza, señorita. He visto casos más leves terminar con la vida del paciente, todo depende de su propia resistencia. Justamente de eso trata la homeopatía, de apuntalar al organismo para que no se enferme o que, llegado el caso, pueda resistir la enfermedad.

—Pero, ¿los médicos no saben eso? —comentó dudosa Elizabeth.

—No todos los médicos comparten este enfoque y por eso los homeópatas estamos marginados de la buena sociedad médica —el doctor Ortiz dijo esto con cierta amargura que oscureció sus ojos marrones—. Espero que llegue el día en que se dejen de lado los convencionalismos y se acepte que todo lo que cura es medicina, sin importar los métodos.

—¿Incluso la medicina de los indios?

—Incluso ésa —sonrió el doctor, y su semblante se iluminó al ver que la joven comprendía su punto de vista—. Los antiguos eran muy sabios cuando centraron su atención en los humores del cuerpo. Nos estaban diciendo que nos enfermamos cuando el cuerpo quiere y no cuando los gérmenes atacan. Hay una gran diferencia y es complejo de explicar.

—Y no queda mucho tiempo —suspiró Elizabeth.

—Así es. Si opta por mi medicina, le dejaré unos preparados que llevo conmigo y le indicaré cómo tomarlos. Lamento no poder quedarme, hace tiempo que no vivo en Buenos Aires por motivos personales y no puedo ejercer aquí. Esa placa que usted vio estaba a punto de ser quitada. Fue providencial que la viese antes.

Elizabeth pensó que todo en su vida estaba siendo guiado por un hilo misterioso: el encuentro con la novicia, con el doctor Ortiz... Esperaba que ese hilo la condujera, por fin, adonde su corazón hallara el sosiego que buscaba. El doctor apuntó en una libreta el nombre de las sustancias y cómo debían suministrarse. Incluso indicó a Elizabeth que tomara una gotas de un frasquito de color oscuro para fortalecer el cuerpo, "y el espíritu", agregó, sonriendo. Cuando ella le habló del problema del tío Fred, el doctor Ortiz meneó la cabeza con pesar.

—Es terrible cómo la mente actúa sobre el cuerpo, tanto para bien como para mal. He visto casos increíbles de enfermedad y de curación por la mente. Es un tema que me apasiona y al que pienso dedicarme allá, en Chile, cuando regrese. No albergo muchas esperanzas de ser escuchado, pero debo intentarlo.

De pronto, a Elizabeth se le ocurrió que el doctor Ortiz podía tener una respuesta al problema que aquejaba al señor Santos. Vino a su mente el nombre de Dioclecian Lewis, un médico de Harvard que también sostenía principios originales, como el efecto sanador de la gimnasia. No perdía nada con intentarlo, aunque tal vez Francisco no mereciera tanta preocupación. Le refirió en pocas palabras los síntomas que había visto en Santos, sin nombrarlo y sin decir nada sobre las circunstancias en que lo había conocido.

—Es un caso paradigmático —repuso él, muy interesado—. Porque la ceguera suele ser un efecto secundario de un mal más complejo. Hay distintos tipos de ceguera, y si este pobre hombre la sufre por períodos, recuperándose por completo cada vez, es indudable que el mal no es orgánico, por lo menos, su principio no lo es. Lástima que no pueda verlo. Sin embargo, puedo hacer algo por él —y abrió el maletín de donde había sacado los otros medicamentos—. Esto es un tónico que apacigua los efluvios de la sangre al cerebro. Los dolores de cabeza son producidos por el torrente de sangre que acude sin control, las más de las veces aguijoneado por los nervios. ¿Entiende?

Elizabeth asintió, fascinada. Como si un velo se descorriese, veía ante sí la solución al problema del señor de la laguna. ¿Cómo no lo había notado antes? Cada ataque que ella había presenciado ocurría en medio de alguna situación traumática: la pelea con Jim Morris, la visita a los toldos de Catriel, la tormenta en el desierto…

—¿Y este tónico calmará sus nervios? —preguntó, indecisa.

—Al principio. Actuará como un canalizador de esa fuerza, pero la verdadera curación está aquí —y el doctor se tocó la frente con un gesto significativo.

Elizabeth se mostró tan intrigada que el doctor Ortiz se echó a reír.

—Usted sería una discípula extraordinaria, señorita O'Connor. Casi estoy lamentando no quedarme para instruirla. Sabe Dios que no son muchos los que se interesan por estos asuntos. No me es posible, sin embargo —y Elizabeth percibió un dejo de amargura en esa explicación.

El pobre doctor Ortiz también tendría sus problemas, algo que tal vez ni su medicina podría solucionar.

Se despidieron deseándose mutuo bienestar, sin saber si sus caminos se cruzarían de nuevo. Habían intercambiado algo valioso y no olvidarían ese encuentro.

A principios de febrero, los muertos alcanzaban cifras escalofriantes. Los viajes de los sepultureros al osario común no cesaban y allí los cajones se apilaban unos sobre otros, pues ni tiempo había de acomodarlos. Como suele ocurrir en situaciones extremas, los más degradados quisieron sacar provecho y hubo una huelga de enterradores que no duró más de dos días, pues el director del cementerio los obligó a retornar al trabajo a punta de pistola. Lo bueno y lo malo del hombre se alternaban, como caras de una misma moneda, y cada día ocurrían actos de arrojo y de cobardía. Y cada día las noticias informaban de la muerte o la recaída de unos y otros, buenos y malos, pobres o ricos, con esa fatal justicia propia de la desdicha.

Una mañana en que Elizabeth salió a la puerta para comprobar que el umbral estuviese limpio, medida de prevención exigida por las autoridades, escuchó la voz de un pregonero y se detuvo para ver qué ofrecía. Eran tan escasos los carros que pasaban... Cuando el hombre se tocó el sombrero para saludar, ella dijo con ingenuidad:

—¿Qué vende, señor?

—Cajones, señorita. ¿Quiere alguno?

El horror de la situación adquirió un matiz grotesco en esa oferta descarada de algo tan terrible como si fuera una mercancía común. Elizabeth no pudo soportarlo y entró con rapidez, cerrando la puerta con un golpe.

—¿Cómo puede ser, cómo puede ser? —gimió, llevándose las manos a la cabeza.

La mucama se le acercó, temerosa.

—Señorita...

—¿Qué sucede, Emalina?

—Es Micaela. Ha muerto.

Las dos se miraron, consternadas. No por anunciada, aquella muerte les afectaba menos. Elizabeth pensó en los cajones del vendedor ambulante. Tal vez había juzgado con dureza al hombre y estaba realizando un servicio.

Esa tarde llegó una carta desesperada de Julián. Le decía que doña Inés había enfermado y, aunque los médicos aseguraban que no se trataba de la fiebre, el pobre temía lo peor, dada la fragilidad de su madre. Lamentaba también la lejanía, pues no tenía consuelo al no ver a Elizabeth y saber si se encontraba bien. Sentía que estaba faltando a una promesa. A esa altura de la carta, Elizabeth no entendía a qué promesa se refería, ya que ella jamás le había arrancado ninguna. Le contestó con el mejor ánimo que pudo, haciéndole saber las cosas buenas, como la recuperación de la tía y las posibilidades de Roland, y ocultando las malas, como la demencia del tío y la muerte de Micaela. Al apoyar la pluma sobre la carpeta del estudio de su tío se sintió mareada y cerró los ojos un instante para aislarse de tanto dolor. La asaltó un sueño leve y se remontó al jardín de la casa de su madre, con su caminito de piedra. La vio en su actitud más frecuente, bordando junto a la ventana, con el cabello recogido en un rodete complicado que sólo ella sabía hacerse. Ese sueño sencillo le proporcionó un descanso apacible. Soñó también con los niños de la laguna, y vio con nitidez, como si estuviesen a su lado, a Eusebio, a Zoraida, al Padre Miguel, hasta que apareció un personaje que nunca había visto: un hombre aguerrido, entrado en años, erguido sobre una roca, mirando la lejanía. Sentía su tristeza como si fuese propia y, aun dormida, corrieron lágrimas por sus mejillas. Cuando el hombre del sueño volvió el rostro, la visión de sus ojos dorados la despertó con un sobresalto.

—Señorita, señorita —insistía la voz junto a su cabeza.

Emalina la llamaba desde el mundo real, tan distinto del onírico, para decirle que ya estaba dispuesto el cadáver de Micaela para ser llevado por el sepulturero. Elizabeth se levantó demasiado aprisa y sufrió tal mareo que debió sostenerse del respaldo de la silla.

—¡Señorita! —exclamó la mucama, asustada.

Cualquier desmayo era visto con terror como síntoma de fiebre, a pesar de que, en el caso de Elizabeth, ella estaba libre de peligro.

—No es nada, Emalina, sólo estaba dormida. Vamos —agregó, cansada—. No quiero que el señor Roland se entere, podría perjudicarlo.

Esa noche, después de la magra cena que prepararon, Elizabeth se dirigió a la alcoba de su primo. Siempre le echaba un vistazo antes de irse a dormir.

Roland se encontraba boca arriba, con los brazos extendidos hacia fuera, como si estuviese sufriendo un calambre. Uno de los síntomas frecuentes era la rigidez en los miembros, que confería a los enfermos aspecto cadavérico, por eso Elizabeth no se asustó al verlo. Al llegar junto a su cama para acomodarle la colcha, advirtió que tenía los ojos vidriosos y los labios yertos, sin embargo, clavó en Elizabeth su mirada, lo que sorprendió a la muchacha, acostumbrada a verlo en estado de delirio. Se inclinó y acercó su oído a la boca pálida.

—Prima... —murmuró Roland, con aliento agónico.

Pese a su lamentable aspecto, Elizabeth sintió una tremenda alegría al escucharlo. ¡Había reaccionado! ¡La conocía! Era buena señal. La medicina del doctor Ortiz había dado resultado.

La buena nueva corrió por toda la casa, aunque fueron pocos los que pudieron comprenderla cabalmente: la tía Florence, debilitada por la falta de alimentos, vivía adormilada y el tío Fred seguía perdido en su mundo privado. Semanas más tarde, Roland ensayaba sus piernas en el primer patio, alrededor del aljibe. Casi no se sostenía, aunque su orgullo lo compelía a intentarlo una y otra vez. Quería presentarse ante sus amigos con la distinción de haber sobrevivido a la peste.

—Verás, Lizzie, cuando todo esto acabe los dos saldremos a desquitarnos por las calles de Buenos Aires. Todavía podemos festejar el Carnaval.

Su prima lo escuchaba con indulgencia. No valía la pena entristecerlo con la larga lista de amigos muertos, familias enteras diezmadas. Todavía el pasto no había crecido en las viejas tumbas cuando ya se apiñaban las nuevas alrededor.

En una mañana de ese mes fatídico, Elizabeth se encontraba sentada junto a la ventana, mirando a través de los visillos entreabiertos. Gruesos nubarrones amenazaban con anegar la ciudad enlutada, lo que redundaría en un aumento de los casos, pues la enfermedad parecía seguir los vaivenes del clima. Mientras recordaba la extraña conversación que había sostenido con la novicia de Nazaret, su mirada tropezó con una figura parada cerca de la esquina. Los postigos no permitían ver de quién se trataba, y estaba oscuro, además, a causa de la tormenta. Algo en esa silueta vestida de negro la sacudió de su embotamiento. Todo era negro en Buenos Aires desde hacía más de dos meses: el aire tiznado por el humo, la ropa de la gente, los crespones en las puertas, los féretros que desfilaban de la mañana a la noche... Elizabeth atisbó, con el aliento contenido, hasta que la figura le dio la espalda y desapareció. La muchacha se llevó una mano a la boca, angustiada. Le había parecido... no, imposible. El corazón galopaba en su pecho con brío y las sienes le latían. Aguardó unos momentos más, para ver si volvía, y la esquina permaneció desierta, envuelta en la bruma.

Ese día, en medio de la copiosa lluvia que se desató sobre la ciudad, Buenos Aires contó más de quinientos muertos. La fiebre había alzado su guadaña con toda virulencia.

Ese mismo día, la señorita O'Connor supo con certeza que esperaba un hijo. Y fue en ese negro día que Francisco Peña y Balcarce volvió de la región de la laguna.

CAPÍTULO 25

La imagen mortuoria de Buenos Aires lo golpeó con tal fuerza que no se conformó con leer las listas de las víctimas. Necesitaba verla.

Había galopado matando caballo casi sin detenerse, obligando a la escolta a pensar que estaba loco. Llegar se convirtió en su meta a costa de cualquier sacrificio, a riesgo de cualquier accidente. Mucho antes de los suburbios, la tormenta los había castigado sin piedad, calándolos hasta los huesos y tendiéndoles trampas mortales en los bañados y pantanos. Nada pudo disminuir el ritmo endemoniado que llevaban. La imagen de Elizabeth se instaló en su mente, guiándolo como un faro en la oscuridad. A pesar de la promesa de Julián de velar por ella, Francisco necesitaba vigilarla de cerca.

La cabalgata le ayudó a relajarse y pudo elaborar su plan, una idea descabellada que dependía para su éxito no sólo de su astucia sino también de la credulidad de ella. Si bien no tenía claros los detalles, confiaba en poder pergeñar su estrategia a medida que se sucediesen los hechos. Lo primero era conseguir una vivienda aislada donde no corriese el riesgo de cruzarse con gente conocida. Para ello, tendría que recurrir a algún amigo que le debiera favores. No tenía por qué ser alguien de la buena sociedad, todo lo contrario, sería mucho mejor que fuese algún parrandero de los que había frecuentado en los tiempos en que vivía de forma alocada, dándose a los excesos y desafiando a Rogelio Peña con su conducta. Recordaba dos o tres nombres de ángeles caídos a los que la sociedad de lustre les había retirado el saludo. Eran jóvenes descarriados que, aunque no frecuentaban los salones ni podían aspirar a un matrimonio decente, todavía eran mantenidos por la fortuna familiar en secreto y podrían ayudarle en su búsqueda. Él mismo era uno de ellos, pensó con sorna.

Resolvería el asunto de la vivienda y luego podría empezar a desplegar su plan. Para eso, se había cerciorado de la ubicación de la mansión Dickson y de los recorridos que solía hacer la señorita O'Connor. No podía dejar nada librado al azar.

La ayuda vino de la mano de Ralfi, un jugador empedernido que solía perder hasta las medias en los cuartos de hotel de sus amigos extranjeros. Lo halló en uno de ellos, jugando al whist con varios ingleses. Jovial como siempre, aunque más demacrado de lo que lo recordaba, Ralfi se levantó eufórico a saludarlo y luego de tentarlo en vano con apuestas y tragos de whisky le proporcionó los datos que necesitaba, sin duda creyendo que Fran trataba de colocar a una amante. Dejó que esa idea cuajase en la mente alcoholizada de su amigo, pues era la mejor solución.

Avanzó por las calles desiertas y anegadas por la lluvia hasta una puerta discreta en el barrio bajo, uno de los rincones más castigados por la fiebre. No temía contagiarse. De todas las calamidades que podían ocurrir, aquella no lo desvelaba. Tal vez, pensó irónico, el hombre que lo había engendrado era una especie de bestia invulnerable y le había transmitido esa fortaleza. El dueño de la casita de campo no hizo preguntas ni regateó el precio. Los acontecimientos eran tan graves en Buenos Aires que sin duda no contaba con alquilar su propiedad en medio de la tragedia.

Se trataba de una vivienda sencilla, rodeada de un jardincito donde prosperaban las hortensias. Poseía un comedor, un saloncito que podía oficiar de despacho o recibidor, y un dormitorio abuhardillado en el piso alto. Francisco frunció el ceño. El dudoso gusto de la decoración decía a las claras que esa casita había estado habitada por una cortesana. Como lo importante era mantenerse fuera del círculo de sus conocidos, hizo de tripas corazón frente a los detalles que no le gustaban y se preparó para organizar su nueva vida, una identidad confiable a los ojos de la maestra. Abrió su bolso de viaje y desparramó sobre la mesa los artículos que había conseguido antes de llegar, ya que sabía, por rumores en el camino, que en Buenos Aires casi no abrían los negocios a causa de la fiebre. Contempló todo con mirada crítica. Sacó de su faja un sobre y contó el dinero que había recibido de Armando Zaldívar por su trabajo en la hacienda. El pobre hombre se había sentido incómodo al tener que pagar al amigo de su hijo como si fuese un empleado. Con el tiempo, quizá, todo aquello adquiriese un sentido. Por el momento, sobraban las explicaciones.

Miró a su alrededor y encontró lo que necesitaba: una biblioteca. Faltaba reunir los libros para llenarla. La noticia de una muerte reciente, apenas al llegar, le dio la idea de comprar a la viuda los libros del difunto, pues eran los que mejor se adecuaban al papel que iba a representar. Pensó con amargura que la desdicha de unos solía ser la oportunidad para otros. Distribuyó el dinero con cuidado para que le rindiese el tiempo necesario y se dispuso a refrescarse y a descansar un poco antes de iniciar la aventura que se había propuesto.

Llegó el mes de marzo y con él, la esperanza. Las muertes no habían aumentado después del fatídico Día Negro, como lo llamaban los periódicos. La cantidad de víctimas se mantenía constante, con tendencia a disminuir. Algunos porteños se atrevieron a regresar de sus fincas, animados por las noticias, y ese fluir de gente nueva alimentó con carne fresca las fauces de la fiebre. Las cifras volvieron a subir por breve tiempo. Después, la enfermedad se mostró en franca decadencia hasta que se pudo comprobar que durante varios días no hubo nuevas víctimas de la fiebre amarilla en la castigada Buenos Aires. La ciudad, acostumbrada a sufrir de tanto en tanto los azotes del cólera, acababa de soportar el mayor flagelo de su historia, perdiendo más de la mitad de la población en el trance. Del mismo modo repentino en que los porteños se fueron en masa, así regresaron, anhelando reencontrar sus casas y volver a la normalidad. Nada era como antes, sin embargo. No había familia que no tuviese que lamentar alguna muerte y muchas de ellas desaparecieron, pues la peste se los había llevado a todos. En los primeros días, resultaba conmovedor ver a los paseantes encontrarse en las calles y preguntarse por sus deudos, corroborando la muerte o la salvación de aquellos de cuya suerte dudaban. Todos, sin excepción, vestían de luto, formando un extraño ejército que recorría de arriba abajo la ciudad entera, golpeando puertas o sollozando con disimulo. Había amigos que se abrazaban con júbilo al saberse vivos, viudas que rezaban horas enteras en las capillas de nuevo abiertas, jóvenes temerosas de encontrarse con otras que les contasen la mala nueva de la muerte del enamorado. Buenos Aires se recobraba con lentitud: las calles volvían a ser ruidosas y el pasto desaparecía de los adoquines, aunque el luto prosiguió bastante tiempo, en homenaje a los caídos en la epidemia. Uno de los últimos había sido el doctor Roque Pérez, según leyó Elizabeth en el periódico de aquel día. Aquel hombre desinteresado de su propia suerte pagaba con su vida el precio de haber organizado la defensa de Buenos Aires. Él había convocado a la Comisión Sanitaria, reclutado a los médicos y enfermeras dispuestos a ayudar, e impulsado con su ejemplo a los que sentían el llamado generoso sin saber cómo orientarlo. Elizabeth recordó la escena en el cuartito pobre de la casa del Bajo, cuando se encontró ante la imagen de la joven madre muerta y su niño de pecho desamparado. Recordó la confianza que aquel hombre le inspiró y las afectuosas palabras de consuelo que le dirigió, además de preocuparse en persona de enviarle las provisiones que en ese momento necesitaba.

Ese hombre maravilloso estaba muerto.

Sintiéndose al borde de sus fuerzas, la joven recostó la cabeza sobre los brazos y lloró. En el llanto amargo se desvanecían todo su coraje y toda su esperanza. Las cosas no podían haber sido peores: el tío Freddy no se recobraba de su demencia, la tía Florence se había convertido en una convaleciente eterna, solicitando toda clase de cuidados de manera hostil, y Roland, pese a su debilidad, insistía en retomar la vida de antes, apurado por olvidar su sufrimiento. Julián no regresaba como los demás de la casa de campo y ella, que ansiaba retomar su trabajo para marcharse de allí cuanto antes, estaba aguardando un hijo.

Un hijo que no tendría padre, pues suponía que Santos no estaría dispuesto a hacerse cargo. Tampoco deseaba que lo hiciera por obligación. Las insistentes palabras de Julián cobraron nuevo sentido en su mente: "No dudes en mandarme a buscar ante cualquier cosa que suceda, cualquier cosa". Era obvio que su oferta de amistad y de apoyo incondicional sólo podía tener un sentido: cumplir con ella como no lo haría el señor Santos.

Jamás lo permitiría. Julián merecía una mujer que lo amase por sí mismo, no por necesidad. Ella era una desgraciada que había caído en las garras de un seductor, y no estaba dispuesta a aferrarse a nadie para salvarse, antes prefería morir.

Ante ese pensamiento dramático, llevó su mano al vientre. No debía pensar en morir. Su niño viviría, pobrecito, no tenía la culpa de los devaneos de su madre. Por él, lucharía con uñas y dientes. Enseñar en las escuelas estaba descartado. ¿Con qué cara se presentaría ante Sarmiento para retomar su puesto, inflada por una maternidad que no reconocía padre? Debía pensar en otra alternativa. Volver a Boston era la más adecuada, una vez cobrado el dinero del contrato. En realidad, no había cumplido con sus términos. De los tres años, ni siquiera uno había permanecido en la Argentina. Siendo honesta, no podía esperar que le pagaran. Tal vez, en reconocimiento a su esfuerzo, podrían costearle el viaje de regreso, nada más.

La vida futura se presentaba turbia ante Elizabeth, más aún que el presente en la mansión, rodeada de inútiles que contaban con ella para todo.

Para colmo, el regreso de la sociedad porteña significó también el de las visitas de cortesía. Día tras día, Elizabeth se veía obligada a recibir a las amistades de su tía, que preguntaban solícitas por los miembros de la familia y contaban sus propias cuitas. En esas ocasiones, la joven arreglaba a Florence para recibir, peinándola y ayudándola a vestirse, algo que para la mujer se convirtió en una necesidad. Parecía pensar que Elizabeth era su doncella personal y como tal la trataba. De buena gana habría mandado a todos al diablo, de no saberse desamparada en una ciudad donde no conocía a nadie. Pensó con cariño en Aurelia, que se hallaría con su padre y su hermanita en Arrecifes, pues no querrían arriesgarse hasta que no estuviesen seguros de que la epidemia se había desvanecido. Recordó a la Hermana de Nazaret y la medallita que le había regalado. Mientras tocaba aquella alhaja, pensó en las terribles historias que se contaban sobre la vida entre los libertos del sur. Serena Wood había tenido el coraje de resistir y aun de repetir la experiencia en un lugar tan alejado como la Argentina. Ella debía tomar ejemplo de esos espíritus fuertes: Serena Frances, Roque Pérez y la misma Aurelia, que se sabía repudiada y, sin embargo, continuaba apoyando a los hombres en quienes creía con el mismo tesón.

Decidió que, si la vida la ponía a prueba, le presentaría batalla, como buena irlandesa. Se enjugó las lágrimas y se refugió en su cuarto, dispuesta a acicalarse un poco. Esa tarde recibirían visitas y sabía que las matronas la mirarían de arriba abajo, buscando defectos en la "maestra gringa" de Sarmiento. No iba a darles el gusto.

Todavía le quedaban los trajes que había traído de Boston. Decidió ponerse uno de color caramelo que avivaría su tez. Elizabeth poseía un cutis casi translúcido, salvo por aquellas pecas que odiaba. Sin la ayuda de la pobre Micaela, tuvo que vestirse sola, pues las demás criadas no estaban a la altura. Se ajustó el corpiño sobre la camisola, notando por vez primera que le producía cierto sofoco el talle apretado, y se vio obligada a levantar cada pie sobre el borde de la cama para atarse las hebillas de los zapatos, ya que doblarse sobre su vientre le estaba costando mucho. Podía calcular con exactitud el tiempo de embarazo: dos meses. No sufría síntomas, salvo un cansancio repentino al terminar las comidas o el sueño profundo durante las noches. No sentía náuseas ni malestar de ningún tipo. Si ése era un indicio del carácter del niño, como decían algunas comadronas, el suyo sería poco menos que un ángel. Sonrió al imaginar un pequeño con cara de querubín en sus brazos. De inmediato la asaltó otra imagen que le quitó la sonrisa: un bebé de cabellos negros y mirada dorada y feroz. Dios bendito, estaba delirando. Con fastidio, se dedicó a su cabello. Se colocó las peinetas y completó el conjunto con unos pendientes de topacio que conservaba entre sus tesoros heredados. Era demasiado pretencioso para una tarde en la casa, pero no quería verse disminuida ante las señoronas que acudían para satisfacer sus ansias de chismes. Más de una le había lanzado las zarpas para saber si estaba disponible. Todas tenían algún hijo, sobrino o ahijado en edad de sentar cabeza y, aunque recelaban de una mujer joven que trabajaba, confiaban en que un matrimonio la retendría en casa. La señorita O'Connor era "de buen ver" y muchos porteños anhelaban emparentarse con extranjeros.

Bajó la escalera sintiéndose renovada y se encontró con el malhumor de la tía Florence.

—Sobrina, acabo de enterarme de que no tenemos bizcochos para el té. Justo hoy, que vienen las Del Solar, amigas de los Ferguson. Van a decir que estamos en las últimas. Desde que la estúpida de la cocinera se fue, dejándonos en la estacada, no hemos tenido una comida decente. Esto no lo permitiré. A la hora del té, quiero en mi mesa todo lo que hace falta. ¿Por qué no mandas a la criada en busca de bizcochos? Dicen que alrededor de la Recova Vieja venden bollos y masas.

Elizabeth suspiró. Faltaba eso. La tía Florence recurría a ella hasta para ordenar a los sirvientes. Había descubierto que podía obtener más cosas a través de ella que pidiéndolas por sí misma. Decidió que saldría en busca de los bizcochos para acallar las quejas de su tía y, de paso, despejarse un poco. Subió en busca de un chal, pues en marzo soplaba viento fresco. Además, no estaba bien visto mostrar colorido en la ciudad enlutada, de modo que eligió uno negro que le cubría casi todo el cuerpo.

Ya se disponía a salir cuando la voz aguda de Florence chilló:

—¿Vas a ir sola?

—Tía —contestó, armándose de paciencia—. Si pude viajar sola hasta aquí y manejarme sola en la laguna, bien puedo comprar masas sola, a unas calles. No se inquiete.

—Pero no es correcto —insistió Florence.

—Qué pena —respondió Elizabeth, sintiendo una maligna satisfacción al irritarla—. Porque lo voy a hacer, de todos modos.

Y salió, dejando a la tía Florence con la boca abierta.

Una ráfaga de aire la reanimó. El otoño había alejado los efluvios de la peste, devolviendo a la ciudad sus colores. El río destellaba con tonos rojizos y el cielo se mostraba puro como un zafiro. Era un día para pasear del brazo de un cortejante, algo que ella ya nunca haría.

Apuró el paso, dirigiéndose hacia la Recova, que dividía las dos plazas principales. En la de la Victoria encontró a una negra vieja que vendía unos bollitos de canela deliciosos. Compró una buena cantidad y también galletas de jengibre que le recordaban las que hacía su propia madre. Acomodó los paquetes bajo el brazo y echó a andar sin prisas por las calles de nuevo bulliciosas. Era tan reconfortante contemplar a la gente deambulando como antes, saludarse de una vereda a otra, formar corrillo en una esquina o simplemente dejarse ver...

La gente de Buenos Aires amaba el ruido y la diversión. Los jóvenes, en especial, gustaban de las bromas, muchas veces pesadas, de las que hacían víctimas a los desprevenidos. Los inmigrantes se habían convertido en el blanco de la mayor parte de ellas en los últimos meses, sin contar con que también fueron la diana en la que la peste acertó casi todas sus flechas. Al ser pobres y tener que hacinarse en casas de alquiler, la falta de higiene aceleró el contagio entre ellos. Elizabeth los distinguía del resto de los habitantes por sus ropas y su habla pintoresca. Era curioso que, siendo ella una maestra extranjera, hubiese entrado al país en una categoría diferente de la del inmigrante común. Algunos caballeros inclinaban la cabeza con respeto y admiración al verla pasar y otros, más atrevidos, deslizaban en su oído algún piropo. Ella caminaba erguida, mirando fijo hacia adelante, sin reparar en nadie, y ruborizándose a veces.

Eligió una calle paralela a la de La Merced para regresar, una vía más tranquila, a fin de poder transitar sin cuidarse de la gente. Las casas eran menos presuntuosas, conservaban un aire más colonial, reposado y pueblerino. Le gustó aquella calle, donde el sol rebotaba en las paredes blancas y las ventanas permanecían abiertas, dejando que el aire removiese los cortinados. Caminó zarandeándose un poco, saboreando ese interludio en el que podía pensar en sus propias cosas. Desde el fondo de los patios, se escuchaba el cacareo de las gallinas y alguna que otra expresión castiza. Prosiguió su paseo cada vez más distraída hasta que, de manera imprevista, se encontró pisando terrones blandos con sus zapatitos color crema. Allí la vereda desaparecía, dejando lugar a una avenida de tilos que rezumaban un perfume delicioso. Elizabeth aspiró con fruición aquel aroma y se detuvo un momento para gozar de la sombra. La calle de tierra se hacía campo a medida que avanzaba y no estaba segura de querer internarse más en ella, a pesar de que el panorama era tentador. Abrió uno de los paquetes y saboreó un bollito de jengibre. Con la boca llena, bordeó la filigrana de sombras en el suelo, igual que una niña jugando a la rayuela, hasta que, al levantar la cabeza, se topó con una casita de aspecto encantador. Le recordó esos *cottages* tan comunes en los alrededores de su ciudad, con ventanitas bordeadas de flores y caminitos de piedra, acogedores como la casa de una abuela. La casita no tenía flores, sin embargo, y el camino que conducía a la entrada se veía repleto de malezas. No salía humo de la chimenea ni se veían cortinas ondeando con la brisa. Quizá estuviera abandonada.

Elizabeth atisbó a través del vidrio, mientras robaba otro bollito del paquete. Le pareció distinguir la espalda ancha de un hombre sentado tras la ventana. Un movimiento de la mano le reveló que aquel ocupante solitario estaba enfrascado en la lectura de un libro y que, cada tanto, levantaba la cabeza para meditar sobre lo leído. Qué actitud interesante. Le gustaban los hombres que disfrutaban del placer de la lectura sin alardes. Al darse cuenta de lo impropio de su conducta, espiando a un desconocido, la joven volvió al sendero de inmediato y emprendió el regreso, tratando de no perderse. Vano intento. Al cabo de varias vueltas, volvió a la avenida de los tilos y a la casita, únicas referencias seguras. Sin querer miró a través de la misma ventana, y no encontró la silueta del lector esa vez. Estaba a punto de intentar de nuevo el regreso partiendo del mismo punto, cuando una voz profunda y cultivada dijo a sus espaldas:

—¿Puedo ayudarla?

Elizabeth giró, dispuesta a disculparse con el hombre que la había sorprendido espiando cuando la voz se heló en su garganta al verlo.

Era él.

Él, con sus ojos dorados bajo los pesados pliegues, su cabello espeso y oscuro, con su altura impresionante y sus pómulos marcados, pero...

Era y no era.

Los ojos la miraban con amabilidad a través de unos lentes de marco redondo. El cabello no lucía salvaje sino recortado sobre la nuca y peinado con raya al medio. Vestía con una informalidad muy cuidada: pantalón de franela marrón, chaqueta azul sobre una camisa sin corbata, sólo con un pañuelo de seda. El hombre que la contemplaba era una versión pulcra y comedida del señor Santos que ella conocía, como si estuviese viendo a un Santos anterior a la locura destructiva del otro.

Elizabeth tragó saliva antes de articular la disculpa que iba a decir.

—Perdón, señor, sólo miraba.

Enrojeció al darse cuenta de que era eso lo que estaba mal, mirar desde afuera como una intrusa. Sin embargo, esta versión urbana del señor Santos supo disimular su confusión.

—Disculpe usted, señorita, si la asusté. Me pareció que buscaba ayuda.

Elizabeth demoró en enhebrar la respuesta adecuada.

—En realidad no, quiero decir, necesitaba saber cómo regresar a mi casa.

—Qué descortés, no me he presentado y aquí estoy, hablando con familiaridad a una muchacha que me tomará por un atrevido. Mi nombre es Santos Balcarce.

"¿Santos Balcarce?" ¿Qué estaba diciendo? ¿Acaso era un juego de palabras? Elizabeth contempló con detenimiento los rasgos del hombre de la ventana, pues no cabía duda de que se trataba del mismo que había atisbado leyendo en su despacho. Incluso llevaba el libro sujeto tras la espalda. A pesar de sus balbuceos, no le hacía sentir que estaba loca ni que era una idiota por no poder explicarse.

El verdadero Santos ya le hubiese gritado, o mirado con desprecio. ¿Es que éste se llamaba "Santos" también? Algo muy extraño estaba sucediendo y, a menos que sufriese una insolación, se hallaba frente a un doble del hombre de la laguna, el padre de su hijo. Ante ese pensamiento, Elizabeth tocó su vientre por instinto, como si quisiera proteger al niño por nacer, gesto que no pasó desapercibido a Fran.

—¿Se siente mal, señorita?

—No, no. Sólo que me encuentro perdida como una tonta, y pensé...

—¿Sí?

—Pensé que, volviendo hasta su casa, lo último que vi en mi caminata, podría orientarme de nuevo.

—Sabia observación —repuso el hombre, como meditando aquello—. ¿Y ha sido así?

—Pues no.

—Debemos hacer algo, entonces —y le ofreció su brazo como apoyo.

La fortaleza del músculo que había bajo el paño la convenció de que aquel caballero poseía la misma complexión del señor Santos. ¡Y el mismo nombre!

Caminaron unos pasos en dirección al sendero antes de que la joven se detuviese para increparlo:

—Disculpe, esto es muy raro. Usted dice llamarse...

—Santos Balcarce. Y no lo digo yo, lo dicen todos —sonrió con aire educado el hombre.

—¡Pero no puede ser!

—¿Y por qué, señorita?

Parecía realmente afligido de que ella no le creyese.

—No puede ser porque yo conozco a un Santos igual a usted en todo, salvo en...

Se detuvo, indecisa, y el hombre no la ayudó esa vez. Parecía curioso por saber lo que ella iba a decir a continuación.

—Salvo en el carácter —terminó diciendo Elizabeth.

Santos Balcarce adoptó una actitud comedida, la del que sospecha algo y teme estar en lo cierto. Miró hacia la avenida de los tilos y respiró para tranquilizarse.

—¿Dónde ha visto usted a alguien tan parecido a mí? —inquirió.

—En la laguna de Mar Chiquita, donde estuve hasta hace dos meses. Sé que suena imposible, pero ese hombre dijo llamarse...

—Santos, sí. Me lo temía.

La aseveración del hombre dejó muda a Elizabeth. Ella estaba dispuesta a escuchar cualquier clase de explicación lógica para lo que sucedía, hasta una burla, pero escuchar al señor Balcarce decir que conocía al "otro Santos" era por completo inesperado.

—Usted... ¿lo conoce? Al "Santos" de la laguna, quiero decir.

El hombre asintió con pesar.

—Es una extraordinaria casualidad, pero ambos conocemos a la misma persona. Claro que usted lo conoce de manera incorrecta, lamento decirle, señorita.

—Llámeme Elizabeth, por favor —dijo de modo impulsivo la joven.

Si iban a compartir un secreto y una coincidencia tan insólita, bien podía darle su nombre a ese desconocido, o "casi".

—Elizabeth, no sé en qué circunstancias ha visto usted a mi hermano.

—¿Su hermano? ¿Santos es su hermano? Espere, él dijo llamarse así, pero en realidad supe que su nombre era Francisco.

—Así es —aseguró el hombre—. Es lo que viene diciendo desde hace tiempo, desde que esa locura tan extraña empezó a aquejarlo.

Elizabeth abrió grandes los ojos al escuchar que se hablaba de la locura del señor Santos. El hombre pareció advertir su sorpresa.

—Se ha dado cuenta, ¿verdad? De su locura, digo.

—No está loco, al menos no en el sentido real. Sufre de jaquecas muy fuertes que lo dejan... ciego, aunque sólo por un rato.

No sabía por qué estaba defendiendo al señor de la laguna.

—Sí, es cierto, no se trata de locura sino de enfermedad. Una extraña enfermedad que no sabemos si tiene cura. Mi hermano nació completamente normal, Elizabeth, puedo asegurárselo. Desde hace un tiempo se ha vuelto nervioso y busca la soledad.

—¿Son gemelos?

Santos Balcarce pareció dudar y por fin dijo:

—Nacimos con poca diferencia de edad. Siempre hemos sido como dos gotas de agua, hasta que este mal hizo presa de él, para nuestra desdicha. Mire —agregó mostrando el libro que llevaba—. Hace mucho que vengo leyendo libros de medicina para ver si descubro alguna explicación para lo que le sucede. Hasta ahora... —y Santos Balcarce dejó en el aire las palabras con gran tristeza.

—No entiendo. ¿Por qué él dice que se llama como usted?

El hombre se encogió de hombros.

—Es parte de su delirio, supongo. Quizá estuvimos siempre muy identificados, o tal vez él prefiera ser como yo, quién sabe.

Elizabeth se mostró conmovida.

—O sea que usted es el verdadero Santos Balcarce. Y él es Francisco Balcarce. ¡Pero él dijo llamarse "Peña y Balcarce"!

El hombre carraspeó, en apariencia molesto. A Fran se le había escapado la supresión del apellido del padrastro. Reparó el error con un nuevo argumento. Había que estar muy atento con la señorita O'Connor, no era fácil de engatusar.

—No suelo usar el apellido paterno por una cuestión de renombre. Pretendo ser conocido por mis investigaciones y no por los negocios de mi padre. Mi hermano, en cambio, no tiene los mismos objetivos que yo.

—¿Y cuáles son esos objetivos, señor Santos?

—Soy un aficionado naturalista —contestó, con un ademán que abarcaba el entorno bucólico que los rodeaba—. Me gustan las plantas y los animales, incluso los insectos, me agrada estudiarlos. Por eso vivo alejado de la ciudad. Y como mi inclinación me vuelve muy curioso, me he volcado a la medicina como autodidacta, claro está, para saber si puedo ayudar a mi hermano.

Todo era muy extraño. Elizabeth se sentía en presencia del mismísimo señor Santos, es decir, de Francisco Peña y Balcarce, el que la hostigaba cada vez que la veía y había acabado por seducirla sin escrúpulos en la casita de la laguna. Sin embargo aquel hombre, que parecía un doble del otro, hablaba con un lenguaje cuidado, usaba modales refinados, se veía amable, considerado y, sobre todo, afligido por la suerte de su hermano salvaje. No sabía qué pensar.

—Si mi hermano le ha faltado de alguna manera, Elizabeth, le ruego me permita disculparlo en su nombre.

La muchacha sufrió un sobresalto. ¡Dios mío, si ese hombre supiese!

—No, no es eso, es que su carácter es más reservado que el suyo, más solitario. Mientras estuve en la región de la laguna, él no quería ser molestado.

—¿Y por qué estaba usted allí, si puede saberse? No parece un lugar adecuado para una jovencita delicada.

Elizabeth le refirió en pocas palabras cuál era su misión en la escuelita de la laguna y las circunstancias en que conoció a Francisco. Le habló de su amistad con Julián Zaldívar y Fran tuvo que contener los celos al escuchar los elogios que le dispensaba a su amigo.

—Julián jamás me dijo que Francisco tenía un hermano —repuso ella.

Otro asunto resbaladizo. Fran ideó una rápida respuesta.

—Verá, así como no uso el apellido paterno, tampoco alterno con las amistades de mi familia, como los Zaldívar. Es que me he distanciado de mi padre al no aceptar dedicarme a los negocios familiares.

Se maravillaba de la inventiva que tenía. Conversar con la señorita O'Connor era toda una prueba. Era evidente que necesitaba pulir más su plan para que no ofreciese grietas si quería convencerla de su nueva identidad. A decir verdad, Elizabeth se le había adelantado, no se consideraba listo para enfrentarla aún, pero la casualidad la había llevado hasta él y no podía desaprovecharla.

La encontró tan bonita como siempre, aunque algo pálida. Ese vestido dibujaba sus curvas como nunca antes las había visto. Y llevaba un nuevo peinado, más extravagante de lo que acostumbraba en la escuelita. Se preguntó si su arreglo personal se debería a la existencia de algún cortejante. La idea le repugnó y endureció el semblante. En ese momento, Elizabeth vio la expresión de Francisco reflejada en el rostro de Santos Balcarce y sintió un estremecimiento.

—Por favor, Elizabeth, permítame ofrecerle un té o algo, temo que esta sorpresa haya sido demasiado para usted.

—No, señor Balcarce, se lo agradezco, debo volver. Estarán esperándome, pensarán que me he perdido en la Plaza y eso es inaudito —sonrió—. Pero quisiera pedirle un favor.

—El que desee.

—Me gustaría conversar con usted otro día, con más tranquilidad. Hay cosas que quisiera saber sobre su hermano, para comprenderlo mejor. Y hay otras que quiero que usted sepa, pues podrían ayudarlo.

—Me halaga su preocupación por los asuntos de mi familia, señorita Elizabeth. Se nota que es un alma generosa.

—No soy generosa en absoluto —respondió Elizabeth de modo abrupto—. Tengo mis razones.

El hombre la miró con curiosidad y ella se vio en la necesidad de aclarar sus palabras impulsivas.

—Es que no siempre nos hemos llevado bien su hermano y yo,

y han quedado pendientes algunas explicaciones. ¿Usted piensa ir a visitarlo?

Fran se irguió como si la idea lo hiriese.

—Él prefiere estar solo allá, usted lo ha dicho.

—Sí, pero si está enfermo y hay posibilidades de curación...

—Yo no dije que las hubiera —repuso en tono cortante el señor Balcarce.

Por momentos, ambos hermanos se parecían de modo extraordinario.

—Pero si así fuese —insistió Elizabeth—. Créame, señor Balcarce, tenemos que hablar. Hoy no puedo, me esperan para ordenar el té, pero si usted va a la ciudad seguido...

—No suelo ir a la ciudad seguido, sin embargo, en honor a usted puedo hacer una excepción. ¿Por dónde acostumbra a pasear, Elizabeth?

Ella sopesó las posibilidades. Una cita a solas sonaría clandestina y lo último que quería era que el hermano del señor de la laguna pensase lo peor de ella, aunque tarde o temprano lo pensaría, cuando la preñez se le notase. Lo más sensato sería despedirse de ese hombre y evitar todo contacto con su familia. Sin embargo, Elizabeth no podía ni quería hacerlo. Necesitaba que el verdadero Santos Balcarce le hablase de su salvaje hermano, necesitaba entender al hombre que la había seducido para abandonarla después de ofrecerle un arreglo deshonesto. Y también quería contarle al hermano la alternativa ofrecida por el doctor Ortiz. Conservaba el frasquito de tónico entre sus cosas, aguardando el momento de enseñárselo al hombre de la laguna. Una necesidad más allá de toda lógica la empujaba a mantener el contacto con el ermitaño que la había ultrajado. Sobre todo porque ella había estado muy de acuerdo con ese ultraje, en principio.

Pensó en un lugar público adecuado.

—El paseo de la ribera. Podemos vernos ahí —sugirió.

A Fran no le pareció buena idea.

—Es demasiado concurrido —objetó— si deseamos hablar tranquilos.

—Puede visitarme en casa de mis tíos, entonces. Aunque siempre hay gente, tengo un reservado que puedo usar para mí.

—No —se apresuró a contestar Santos Balcarce, con ese tono de voz que tanto lo asemejaba a Francisco—. Quiero decir, sus tíos pueden malinterpretar mis intenciones si la visito sólo a usted.

—Oh, qué tonta. No pensé en eso.

—Escuche, Elizabeth —dijo Fran, algo impaciente—, no compliquemos tanto las cosas. Si el paseo de la ribera le parece bien, le propongo elegir un tramo alejado donde no tengamos que estar saludando a todo el mundo. Como usted sabe, la gente va a los lugares públicos para ver y ser visto. Yo no siento deseos de ver a nadie ni quiero que me vean. La estaré esperando mañana a la tarde, a eso de las seis. ¿Le parece?

Elizabeth se quedó mirándolo perpleja. Él debió notar que algo no marchaba bien, pues se mostró precavido.

—¿La he ofendido con mi propuesta?

—No, en absoluto, sólo que, por un momento, usted me resultó tan parecido a su hermano Francisco, que... quiero decir, él también se muestra reacio a que lo vean. Y suele dar órdenes cuando habla.

"Otra pifiada." Debía ensayar las conversaciones para no cometer tantos errores. Sería afortunado si la señorita O'Connor no se daba cuenta del engaño al regresar a su casa ese mismo día.

—Bueno, por algo somos hermanos —alegó—. Aunque mi retiro no es completo, prefiero la soledad para mis estudios e investigaciones. Además, como mi familia no estuvo de acuerdo en mi decisión de no trabajar en la empresa, es como si yo ya no existiera para ellos. Sé que suena duro, pero debo aceptar que un hombre toma sus decisiones y, con ellas, afronta las consecuencias.

De nuevo Elizabeth lo miraba de un modo que le erizaba el vello.

—Cuánta razón tiene, señor Balcarce. Un hombre toma sus decisiones y afronta las consecuencias. Es una filosofía muy sabia.

—¿La reprueba?

—La alabo, señor Balcarce. Ojalá su hermano fuese como usted.

Las palabras de la señorita O'Connor, impregnadas de una gran tristeza, se clavaron en el pecho de Fran con el filo de una navaja. Estuvo en un tris de echar por el aire su disfraz, tomarla en sus brazos y besarla hasta perder el sentido, aunque sabía que antes debía redimirse o ella jamás lo aceptaría.

De nuevo le ofreció el apoyo de su brazo.

—Permítame acompañarla hasta el comienzo de la calle, Elizabeth. No me perdonaría si se perdiese otra vez.

La muchacha se aferró a ese sostén y caminaron en silencio hasta que aparecieron las primeras casitas de la calle larga. Entonces, se volvió y sonrió a su acompañante.

—Ha sido muy amable con una mujer desconocida, señor Balcarce.

—Por favor, Elizabeth, usted no es una desconocida para mí, si ha conocido a mi hermano, aunque sea en deplorables circunstancias. Y le ruego que me llame Santos.

—Lo haré. Al menos lo intentaré, pues no puedo olvidar que ése fue el nombre que identificó a su hermano en un principio.

—Verá que somos muy diferentes, Elizabeth. Cuando lo comprenda, ya no le costará dar a cada uno su nombre correcto.

—Así lo espero. Gracias por acompañarme, Santos.

—A usted por la agradable charla, Elizabeth, y por revelarme su preocupación por mi querido hermano.

Fran permaneció mirándola hasta que la figura se hizo tan pequeña que no pudo distinguirla. Se quitó los lentes y frotó los ojos con el pulgar y el índice. Esas gafas falsas le apretaban un poco el puente de la nariz y le producían nerviosismo. Por un momento, temió que la alteración de verla y escucharla hablando de él como si fuese otra persona le produjese un ataque. Sabía que entonces estaría todo perdido. Salvo aquella vez en El Duraznillo, jamás pudo sofrenar un ataque en pleno desarrollo. ¿Y a qué curación se refería la señorita O'Connor? A duras penas se contuvo para no sacudirla y obligarla a decir lo que sabía. Debía actuar con prudencia, no asustarla ni apurarla con exigencias. El Santos Balcarce que ella debía conocer a partir de ese momento era un hombre sensible, sereno, reservado y, sobre todo, intrigante. Debía intrigarla, atraerla con el misterio de su ciencia, de su interés por su hermano, de su soledad, de su pasión oculta bajo la formal apariencia de un naturalista. Le enseñaría las plantas, los animales, los insectos, y lograría que ella los viese en todo su esplendor. Sonrió al calarse de nuevo los lentes. Santos Balcarce, tras su aire de científico distraído, sería tan depravado como las fierecillas que estudiaba y que se apareaban a plena luz.

La tarde de té con las Del Solar fue desastrosa. A la tía Florence no le parecieron adecuados los bizcochos de canela y dijo que los de jengibre eran muy pocos. Elizabeth se abstuvo de comentarle que había estado comiendo unos cuantos mientras regresaba. Alucinada por su encuentro inesperado con el hermano del señor de la laguna, había devorado casi todo el paquete sin darse cuenta. Por otro lado, se encontraba demasiado distraída como para mantener una conversación coherente y su tía le recriminaba con la mirada al verla callada ante una pregunta de sus invitadas. Elizabeth no podía pensar en otra cosa que no fuera el señor Santos Balcarce, tan parecido a su hermano y tan distinto a la vez. En su recuerdo, el hombre que la había amado con pasión durante la tormenta aparecía más salvaje y desmelenado que nunca, quizá por comparación con este otro Peña y Balcarce, tan distinguido y atento. Saber que al día siguiente lo encontraría de nuevo le produjo tal excitación que se descubrió deseando refugiarse en su cuarto para ocuparse de sus confusos pensamientos. Lástima que el primo Roland, deseoso de retomar sus actividades sociales, la buscó para indagarla.

—Te vi salir hoy, Lizzie. ¿Cómo está la ciudad? —preguntó, ansioso.

—Se la ve más animada que días atrás.

Roland compuso una expresión soñadora que resultaba triste en su rostro demacrado.

—Ah... —suspiró—. Quién pudiera dar, aunque fuese, una vueltita por la manzana.

—No conviene que te agites, el doctor lo dijo.

—¡Bah! ¡Qué sabe ese gliptodonte de las necesidades de un joven! Cada día me siento más fuerte. Mira —y extendió un brazo delgado para mostrar la fuerza de sus músculos.

En realidad, Roland se restablecía con rapidez. Padeció una etapa de tristeza durante la convalecencia, acentuada por la noticia de la muerte de Micaela pero, a medida que se acercaba el otoño, mejoraba su aspecto y su resistencia.

—Los peores momentos son los de la convalecencia, primo, es cuando se cometen imprudencias.

—Mi buena Lizzie, siempre tan juiciosa. ¿No te aburres de ser tan correcta a toda hora, primita? —se burló Roland.

La enfermedad había acentuado su costado cínico. Elizabeth suspiró. Si él supiese... si todos supiesen.

—Quizá no tenga tiempo de aburrirme, con todo lo que hay que hacer aquí —y le lanzó una mirada de reproche, ya que Roland no colaboraba en nada, en eso no había cambiado.

—En fin, las mujeres siempre tienen un argumento —se quejó—. ¿Vas a salir de nuevo?

—¿Por qué lo dices?

—Si sales, aunque sea por un ratito, avísame. Te acompañaré. No debes pasear sola, Lizzie. Nuestras costumbres no son como las de tu país. Aquí, una mujer decente se hace acompañar de un pariente o alguien del servicio.

"Una mujer decente", pensó con rabia Elizabeth, ésa era la diferencia. Tanto daba que recorriese la ciudad entera sin acompañante, en su caso.

—Te avisaré. Ahora iré a descansar, la caminata me ha agotado.

A solas en el cuarto, Elizabeth se quitó los zapatos y aflojó las cintas del corpiño para respirar con libertad. Miró hacia afuera, donde el porche ya se cubría de hojas doradas, y luego hacia la esquina donde los carruajes se entrecruzaban a riesgo de estamparse el uno contra el otro. Su vida había cambiado tanto... ¿En cuánto tiempo? Apenas nueve meses. El tiempo de gestación de un niño. La coincidencia del plazo la sobresaltó, como un presagio. Nueve meses antes, llegó al puerto de Buenos Aires, llena de temores y esperanzas, y en ese lapso las cosas se enredaron de tal forma que su vida dio un vuelco. Tendría que tomar alguna decisión sobre su futuro ya mismo. La vista del delicado secreter de palisandro le sugirió un comienzo: escribiría a Aurelia. Confiaba en su discreción y en su comprensión. Si había alguien que podía hablar con el Presidente para atenuar su circunstancia, ésa era Aurelia Vélez.

Tomó la pluma, destapó el tintero y comenzó a garabatear con letra redondeada y prolija.

El paseo de la ribera se veía concurrido. El río lamía la orilla y la brisa traía aromas dulces de las quintas. Elizabeth caminaba mezclada entre la gente, del brazo de su primo. No hubo forma de disuadirlo. Ya fuese por acompañarla, o por no perderse la salida, Roland se había mostrado terco a la hora de partir: o iba con él, o no saldría. Elizabeth se resignó a su compañía, aunque empleaba los ocasionales silencios para idear la forma de alejarlo cuando llegasen al tramo más retirado del paseo.

Algunos barcos deportivos se balanceaban a lo lejos como gaviotas, mientras que, desde el puerto, el viento traía el rumor de los aparejos y los gritos de los estibadores.

Un hombre joven, de intensa mirada y bigote encerado, le dirigió una reverencia, tocándose el sombrero. Sus ojos, al evaluarla con descaro, desmentían el respeto del ceremonial. Roland apretó el brazo de Elizabeth y la condujo con rapidez a través del gentío.

—Estos "cocoliches" —murmuró, contrariado.

Elizabeth miró por sobre el hombro de su escolta al atrevido caballero, que sonreía bajo el mostacho.

—¿Quién? —preguntó, sofocada por la prisa con que su primo la arrastraba.

Roland chasqueó la lengua con desprecio.

—Esta gente, venida de cualquier parte, está inundando la ciudad. Son inmigrantes, vaya a saber uno de qué remoto pueblucho. Los hay de todos los colores: italianos, franceses, alemanes, turcos... Dentro de poco, no sabremos ni quiénes somos.

Elizabeth observó divertida que Roland no había mencionado a los ingleses entre los inmigrantes. Sin duda, pensaría que figuraban en una categoría especial. Iba a replicar, cuando su primo ya fijaba su vista en un grupo alborotador que se destacaba bajo una glorieta. Eran seis o siete jóvenes que reían y señalaban a los paseantes, mofándose de algunos con total desvergüenza.

Elizabeth frunció el ceño.

—¿Son tus amigos?

—¡Están todos! —exclamó, eufórico, Roland—. Todos ellos, prima, sin faltar uno. ¡Dios bendito, creía que todavía tendría que lamentar una muerte o dos! Lizzie, ¿serás buena y me dejarás compartir un rato con ellos? No te muevas de aquí. Puedes sentarte bajo estos árboles. Voy a mostrarme para que vean que también sobreviví a la peste. Y, de paso, divertirnos un poco.

Roland era como todos esos gandules, un zángano mantenido por la fortuna paterna que no se había visto obligado a trabajar.

Pensándolo bien, la ocasión estaba servida. Su primo no se daría cuenta de su ausencia si se alejaba de allí, y siempre podía excusarse diciéndole que le había dado dolor de cabeza. Cuando él regresara a la mansión, ella lo estaría aguardando, enfadada de modo convincente.

Esperó a que el grupo enfilara hacia unas damas que revoloteaban en torno a las jarcias de la orilla y se encaminó a la calle larga que, en esa parte de la ciudad, era casi un descampado.

Santos Balcarce la aguardaba de pie bajo un paraíso. Con aire distraído, estudiaba la forma de las hojas y luego apuntaba algo en un cuaderno. Elizabeth caminó despacio, disfrutando de antemano la oportunidad de sorprenderlo como había hecho él antes.

A Fran le estaba costando mantener la cabeza echada hacia atrás, fingiendo interés por unas estúpidas hojas de otoño a punto de caer. La había visto caminar hacia él desde lejos, su contoneo era inconfundible. Recordó que debía fingir ser corto de vista, algo difícil, ya que se caracterizaba por su visión de lince. Acercó el cuaderno al rostro, como lo haría un hombre miope, y luego fingió sorprenderse con el golpecito de la sombrilla de la muchacha en el hombro.

Estaba preciosa. Siempre lo había sido y, sin embargo, la veía radiante, como si una luz la iluminara desde adentro.

—Elizabeth, está deslumbrante hoy.

La joven se ruborizó.

—No use cumplidos conmigo, Santos. Sabe que soy una muchacha del montón.

—Será del montón de muchachas bellas que pasean por Buenos Aires, entonces —continuó zalamero—. Venga, sentémonos aquí —y señaló un tronco caído al costado del camino.

Antes de que Elizabeth se aproximara, sacó un pañuelo y cubrió la corteza con él. Así sentados, codo a codo, la posición resultaba bastante íntima y Elizabeth se sintió cohibida al sentir el muslo del señor Santos rozando su rodilla. Fran la observaba con intensidad. Si la señorita O'Connor hubiese girado de improviso la cabeza, habría descubierto a un Santos Balcarce voraz, mucho más parecido al tosco señor de la laguna que al atildado hombre de ciencia que la acompañaba.

—Espero no haber causado problemas al proponerle este lugar —comenzó él.

—Mi primo Roland me acompañó la mitad del camino, aunque ahora deberé volver sola.

—De ningún modo. Previendo la situación, hice mis arreglos —contestó Fran, señalando un pequeño coche que aguardaba a unos metros de donde estaban.

Antes de que Elizabeth pudiera sorprenderse, el hombre que ella creía Santos se inclinó y le ofreció un ramito de violetas.

—Usted me recuerda a estas flores, Elizabeth. Permítame obsequiarle este humilde ramo como atención y disculpa por forzarla a venir hasta aquí. Rarezas de un hombre solitario.

Turbada, la joven tomó el ramo y apreció el suave aroma que despedía, muy parecido al perfume que ella acostumbraba usar.

—Traje conmigo mis libros de medicina. Ya que usted presenció los síntomas del mal de mi hermano, quizá me sirva de ayuda para dilucidar de qué se trata —y abrió un volumen plagado de dibujos extraños.

Elizabeth inclinó la cabeza sobre el libro, atraída por aquellas figuras. Fran observó con el rabillo del ojo cómo su rostro adoptaba diferentes expresiones, según lo que iba viendo: asombro, duda, repugnancia, incredulidad. Su amante de una sola noche era tan transparente que no costaba nada descubrir sus secretos. Supo que estaba nerviosa a su lado, por la manera en que giraba la sombrilla entre sus dedos. Al cabo de un rato, ella murmuró:

—Así.

—¿Cómo dice? —Fran acercó la oreja.

—Así parecía el señor San... quiero decir, Francisco, cuando terminó su ataque.

Elizabeth señalaba una figura de expresión ausente, los ojos vacíos, sin vida, mirando un punto indefinido con aire impávido. Fran se estremeció al pensar que él podía dar esa impresión al sufrir las jaquecas. Ambos permanecieron callados, observando la imagen, sumidos en sus pensamientos.

—¿Y siempre es así? —dijo de pronto Santos Balcarce.

—Bueno, no puedo asegurarlo. No he visto los ataques de Francisco más que en dos oportunidades, y... —calló, horrorizada al recordar que una de esas ocasiones debía constituir un secreto para todos, al menos mientras se pudiera.

Fran la contempló con fijeza.

—¿En ambas se mostró igual? —insistió, implacable.

—No sé, no podría asegurarlo.

—Pero usted dijo que lo había visto, Elizabeth. No quiero ser pesado, es muy importante para mí. Los médicos a los que puedo recurrir, si es que lo hago, querrán saber detalles y dudo que mi hermano se los proporcione. ¿Vio a Francisco durante dos de sus ataques?

—Sí.

—¿Y en ambos casos se mostraba así, con esta expresión tan... estúpida?

—Oh, no —exclamó con disgusto ella—. No diga eso, Santos. Su hermano no parece estúpido en absoluto, más bien todo lo contrario. Se lo ve siempre alerta, como a la defensiva. Yo diría que es un hombre sensible, al que lo afectan cosas que otro pasaría por alto.

—¿Por ejemplo?

—Por ejemplo, el ruido —y, al decirlo, Elizabeth recordó el día de la excursión con los niños.

—¿Qué tanto puede afectarlo el ruido?

El tono despectivo que utilizó desató un pequeño brote de ira en Elizabeth.

—No debería mostrarse tan duro con su hermano, Santos. Después de todo, no es culpable de estar enfermo.

Fran corrigió su semblante impaciente.

—No quiero aparentar indiferencia, Elizabeth. Es que la ciencia debe ser desapasionada, fría, puro cálculo, para asegurar su certeza. Usted sabe, la idea del científico absorto en un problema sin atender a nada más. No debo permitir que mi cariño fraterno nuble mi entendimiento.

Elizabeth se ablandó de inmediato. Al parecer, el argumento le resultó convincente. No pudo evitar una comparación fugaz entre los dos hermanos, sin embargo: uno tan ardiente y el otro tan controlado.

—Veamos —prosiguió el hermano controlado y frío—. Quiere decir que el mal que sufre Francisco y que usted ha presenciado en su apogeo lo deja como un pollo mojado.

Elizabeth dio un respingo.

—¿Cómo dice? No me parece una definición muy científica —protestó.

—Debemos ser didácticos. Un hombre de ciencia debe efectuar comparaciones con lo que conoce para darse una idea y darla a los demás. ¿Diría usted que mi hermano quedaba como un pollo mojado, Elizabeth, después de un ataque?

—No, no diría eso —contestó ella con vehemencia—. Diría que queda exhausto, como alguien que acaba de atravesar una crisis y ya no tiene fuerzas para seguir.

Fran meditó esa respuesta.

—Es usted muy observadora, Elizabeth. Debería haberse dedicado a la ciencia también.

Ella se removió un poco. El muslo de Santos Balcarce presionaba sobre su rodilla con más fuerza que antes. Casi podría asegurar que había abierto las piernas aún más, reduciéndola a una esquina del tronco. Si quería mantenerse sentada, debía soportar ese contacto que la perturbaba.

Adoptó una expresión comedida.

—Tengo una información que tal vez le interese.

Fran la miró, sorprendido a su vez.

—Un hombre que me inspira mucha confianza —siguió

diciendo Elizabeth— me dio un tónico especial que podría servir en el caso de su hermano.

Fran reprimió una oleada de celos al saber que ella había intimado con otro hombre lo suficiente como para que le diese un tónico. A duras penas mantuvo silencio hasta el final.

—El doctor Ortiz es un médico serio que ha curado a mi primo de la fiebre amarilla, así que podemos confiar en su saber —omitió decir que Micaela había muerto, aunque en ese caso el doctor había vaticinado su muerte y, por desgracia, estuvo en lo cierto—. Él se ha volcado a otro tipo de terapia, más... —aquí Elizabeth se detuvo, indecisa, pues no recordaba con exactitud las palabras del doctor Ortiz.

—¿No será un curandero? —arriesgó Fran, picado por la admiración que creyó oír en la voz de ella.

Elizabeth le dirigió una mirada altiva y continuó:

—En su casa había una placa con su nombre, al parecer es reconocido, aunque sin duda habrá quienes lo critiquen —aseveró.

—¿Fue usted a su casa? —dijo de pronto Santos Balcarce, olvidando todo su aplomo.

—¡Por supuesto que lo hice! La ciudad hervía de fiebre y yo no dudé en recurrir a quien supiera qué hacer en este caso. No veo qué tiene de malo.

—No es apropiado que una señorita visite a un hombre en su propia casa, sola.

—Le recuerdo, Santos, que usted mismo me invitó a beber un té en su casa ayer y que, de no haberme negado, le habría parecido muy apropiado en ese momento.

Los dos se contemplaron con furia concentrada durante unos segundos, hasta que Fran reaccionó.

—Disculpe, no soy quién para entrometerme en su vida, Elizabeth. Es usted una dama y sabe comportarse en cualquier situación. Por un momento me dejé llevar por el instinto protector de todo caballero.

—No es usted un hombre corriente, sin embargo —aventuró Elizabeth.

—No por dedicarme a la ciencia natural me convierto en un energúmeno, señorita Elizabeth.

Ella contuvo la risa, disimulándola con una tos. Le intrigaba el parecido de Santos Balcarce con su hermano Francisco. Era como si aquél lo poseyese de pronto, al igual que un espíritu diabólico.

Las facciones amables se tornaban afiladas, la mirada soñadora se volvía fiera y hasta el cabello, tan peinado, parecía erizarse.

—Ahora soy yo quien se disculpa —ofreció con encanto—. No perdamos tiempo en discusiones, Santos, que la salud de su hermano depende, tal vez, de este tónico que el doctor Ortiz me obsequió con tanta generosidad.

—¿Y dónde está ese portento, si puede saberse?

—No lo traje hoy conmigo, pues podría haberle resultado sospechoso a mi primo. Lamento decir que deberemos encontrarnos en otro momento para que yo pueda dárselo.

La sonrisa de Fran corrió el riesgo de transformarse en una mueca de lobo hambriento.

—No será ninguna molestia para mí, al contrario. Me siento muy a gusto en su compañía, Elizabeth. No me cabe duda de que, tras su condición de maestra, hay un espíritu científico que se apasiona como yo por la vida natural.

Elizabeth se sintió honrada por el comentario. Le gustaban las plantas y los animales y, aunque jamás se le había ocurrido hacer de ese interés una profesión, sabía que algunas mujeres en su país sí lo hacían y eran respetadas.

—Pero cuando pregunté por aquel portento, no me refería al tónico sino al doctor Ortiz que usted mencionó. ¿Es de por aquí?

—No se encuentra en la ciudad, iba camino a Chile, según me dijo.

—Ya veo —Fran se esforzó en recordar cuál de los Ortiz que conocía era médico.

—¿Cuándo podremos vernos de nuevo, Santos? No quiero interrumpir sus estudios.

—Mañana.

—¿Mañana mismo?

—Estoy muy preocupado por mi hermano, Elizabeth. Cuanto antes pueda desentrañar la razón del mal que lo aqueja, mejor para él y para mí.

—Bien, en ese caso tendré que inventar otra excusa para salir.

—Si lo desea, puedo acercarme a su casa.

—¿No dijo usted que mis tíos podrían pensar...?

—De noche.

La abrupta respuesta y sus implicancias dejaron muda a Elizabeth. Otra vez Santos Balcarce la desconcertaba.

—Puedo pasar con mi carruaje por detrás de la casa, el tiempo suficiente para que usted me proporcione el tónico. Quiero decir, si confía en mí como para dármelo. ¿Dijo ese doctor cómo debería tomarse?

Elizabeth se sintió insegura. Había pensado en ofrecer con generosidad el ansiado remedio para la dolencia del señor de la laguna, y ahora que debía delegar en otro la misión no estaba tan convencida, aun tratándose de su hermano.

—Usted dijo que no iría a visitarlo —arriesgó.

—Puedo hacerlo, si cuento con un buen motivo.

Elizabeth se mordió el labio de un modo encantador.

—¿Qué sucede, Elizabeth? ¿No confía en mí? —dijo con suavidad Fran.

—No es eso, es que…

—¿Sí?

—Esperaba poder ver al señor Francisco curarse y no sé por cuánto tiempo más permaneceré en Buenos Aires.

La información despertó recelo y temor en Fran, que se puso alerta de inmediato.

—¿Por qué dice eso? ¿Acaso piensa viajar de nuevo?

—Volveré a mi país apenas pueda.

Fran sintió un dolor agudo en las sienes, seguido de un mareo. Se puso de pie con brusquedad, resuelto a terminar esa reunión enseguida.

—Con más razón debemos apresurarnos, entonces.

Elizabeth lo contempló desde su asiento del árbol, intrigada por el tono perentorio.

—Elizabeth —siguió diciendo con voz ahogada—. Me será imposible acompañarla como lo prometí. Vuelva usted con mi coche, que lo buscaré tras la casa más tarde, quizá mañana.

—¿Mañana? Entonces, el tónico…

—¡Dejemos el tónico por hoy! —estalló Fran—. Tengo cosas urgentes que atender. Vuelva en mi carro, Elizabeth. Prometo visitarla mañana según lo convenido. Y recuerde esperarme en la puerta trasera.

Mientras iba dando instrucciones, Santos Balcarce caminaba hacia donde la calle larga desembocaba en el prado que Elizabeth había conocido el día anterior. Lo hacía a zancadas, como si estuviera furioso, y no giró la cabeza ni una vez, hasta que ella lo perdió de vista.

La joven permaneció unos minutos sentada, mirando el ramito

de violetas, sin saber qué pensar. El señor Santos no estaría enfermo, pero tenía reacciones muy parecidas a las de su hermano, si bien sus estallidos eran controlados. ¿Sería un mal hereditario? ¿Acaso el señor de la laguna había recibido la mayor parte de esa tara?

Elizabeth miró el carruaje, una galera pequeña, tirada por un solo caballo. Al sacudir las riendas, comenzó a inventar una excusa para explicar por qué regresaba a la casa sin Roland y conduciendo el carro de un desconocido.

Dolor. Vacío. Temblor. Oscuridad.

Las etapas del proceso se sucedieron con vertiginosa rapidez. Fran llegó a la casita de campo ya ciego, tropezando con las piedras y sujetándose de cuanto encontraba en su camino. Nunca se había sentido tan vulnerable ni tan desdichado. Cuando parecía controlar la situación y estaba a punto de obtener tanto la confianza de la señorita O'Connor como la receta de su curación, el ataque lo estropeó todo. Y podía darse por satisfecho de no haber sucumbido delante de Elizabeth, pues la velocidad con que se presentó no dejaba margen para nada.

Una vez adentro, se dejó caer sobre un sillón apolillado y respiró hondo, intentando calmarse. Ella lo tomaría por loco. Diría que todos los miembros de la familia Balcarce estaban tocados y no lo aguardaría al día siguiente como él pretendía. Maldito fuera, estaba escrito que no tenía salvación. ¿Por qué se le había ocurrido la peregrina idea de buscar a la señorita O'Connor, cuando ya ella estaba lejos de su alcance y libre para hacer la vida que quisiera?

La vida que quisiera. Quería volver a Boston. ¿Qué habría ocurrido en la ciudad, aparte de la peste, que la impulsaba a abandonar una misión tan importante en su vida? ¿Acaso Sarmiento la habría despedido? Imposible. El viejo loco estaba empeñado en traer maestros para civilizar al país, y no iba a deshacerse de una perla como la señorita O'Connor. ¿Qué había pasado, entonces? Su pensamiento voló hacia Julián. Se la había confiado una vez a su gran amigo, temiendo lo peor, y luego, desdiciéndose, resolvió ir él mismo en su ayuda. Buena la había hecho al inventar ese embrollo del hermano naturalista.

Se pasó la mano por la cara, arrastrando los lentes. El mal estaba hecho. No podía hacer desaparecer al señor Santos Balcarce, científico de pacotilla marginado por su familia. Elizabeth no era tonta, sumaría dos y dos y acabaría por odiarlo o, peor aún, despreciarlo. A menudo se preguntaba si su mal no provenía de sus descabelladas cavilaciones. Desde pequeño había cavilado sobre asuntos que lo sobrepasaban: el odio que brillaba en los ojos de su padre, las lágrimas silenciosas de su madre, el desprecio que le inspiraban las mujeres en general, su aversión a enredarse con otro tipo de mujeres, las que podrían, tal vez, brindarle consuelo… No entendía por qué había elegido castigarse con una vida disipada que no le proporcionaba paz.

Suspiró. Elizabeth representaba el tipo de mujer que él creía prohibido y, sin embargo, la había acorralado hasta hacerla suya. Y no contento con eso, quería perseguirla hasta confundirla con otra identidad y obligarla a confesar un amor que de seguro ella no sentía. ¿Con qué derecho? ¿Qué otra cosa sino desprecio podía sentir la muchacha por el energúmeno que había sido él en Mar Chiquita?

"Su hermano es un hombre sensible." Las palabras de Elizabeth reverberaron en su cabeza todavía dolorida. No podía creer que la joven pensara eso de él, a menos que lo dijese para llevarle la contra al hermano petulante. Sin duda, eso sería. Elizabeth era una muchacha terca y orgullosa, no daría el brazo a torcer. A Francisco Balcarce le diría que era una bestia y a Santos Balcarce, que era un desalmado. A cada hermano le enrostraría un defecto de manera que cuando estuviese con uno ensalzase al otro, y a la inversa. Buen Dios, se estaba volviendo loco de veras. Dentro de poco, si seguía en esa línea de pensamiento, acabaría retándose a duelo a sí mismo. Se incorporó con dificultad y arrastró su cuerpo hasta el cuarto de aseo. Mientras se desvestía, se preguntó si tendría en la cara la expresión de un pollo mojado.

CAPÍTULO 26

*E*lizabeth acariciaba el frasquito oscuro en la soledad de su cuarto. Faltaban dos horas para la medianoche y aún dudaba sobre el acierto de confiar en el señor Santos Balcarce. El día anterior había querido indagar a la tía Florence sobre la familia Peña y Balcarce, pero la encontró de un humor extraño. Al regresar de su paseo clandestino, su tía se encontraba en el estudio del tío Fred y se sobresaltó al oírla. Le echó en cara su mala costumbre de caminar de puntillas y corrió escaleras arriba a refugiarse en su cuarto. Más tarde, durante la cena, la vio ojerosa y callada, como si alguna preocupación le quitase el sueño.

Elizabeth no tuvo que inventar excusas, ya que Roland no volvió hasta muy tarde, y la tía Florence no parecía interesada en nada que no fuese la sopa de pollo que la nueva cocinera había preparado.

Una de las razones que la alentaban en su decisión de partir era que la vida en casa de los Dickson se estaba tornando desagradable. Con el tío Fred ausente la mayor parte del tiempo, la tía Florence más impredecible que nunca y Roland otra vez metido en sus parrandas, Elizabeth sentía que nada tenía que hacer allí. Volver a cualquier escuela ya estaba descartado en su situación. Y prefería desaparecer a tiempo, antes de que su estado se hiciese evidente para todos.

Miró a través de la ventana. Oscurecía más de prisa en marzo y soplaba un viento fresco. Tomó su chal y se miró al espejo, sintiéndose una extraña. Su cuerpo estaba distinto y su rostro poseía un aire soñoliento. ¿Lo habría notado alguien ya? El único que podría sospechar algo sería Julián y, por lo que ella sabía, aún no había regresado de la finca de verano.

El reloj del salón dio las once. Santos Balcarce sólo había dicho "a la noche", sin precisar horario. Pensaría que ella iba a montar guardia desde el anochecer. Bajó a la cocina en procura de una leche con canela, demorándose el tiempo necesario para espiar las cuadras de atrás. El portón de mulas estaba abierto, de modo que bastaba un vistazo para saber si alguien entraba bajo la luz de la farola.

Al dar las once y media, decidió bajar de nuevo. Esperaba no despertar sospechas en la servidumbre, pues no faltarían lenguas mordaces que tejiesen historias suculentas al día siguiente. La cocina se hallaba iluminada por la tenue luz del rescoldo donde todavía humeaba la tetera. Abrió la puerta y se asomó al frío nocturno, arrebujada en su chal. El chillido de un murciélago la asustó, pero después se acostumbró a los aleteos y permaneció contemplando las estrellas. Parecía mentira que, en algún momento, aquel cielo tan terso hubiese estado oscurecido por el humo de las cremaciones y las fogatas. Un estremecimiento le recorrió la espalda. Ella podría haber muerto en esa tierra, igual que Serena Frances.

Encontrar la muerte tan lejos del hogar, qué triste destino.

Sus pensamientos lúgubres le impidieron darse cuenta de la sombra que atravesó el portón, pegada a la pared. Y cuando lo hizo, se halló frente al pecho fornido de Santos Balcarce. Aquel hombre tenía la virtud de deslizarse sin hacer ruido. Le indicó que guardara silencio, al ver que Elizabeth iba a protestar por el susto. Luego le hizo señas para que se apartara de la cocina, desde donde podían verlos. El muy fresco parecía tener todo calculado. Una vez que se encontraron en las sombras del patio, Santos la urgió a mostrarle el remedio. Elizabeth sacó el frasquito de entre los pliegues del chal y se lo extendió. El hombre lo tomó con reverencia, escudriñando en la oscuridad la etiqueta. Sólo una fórmula garabateada, nada que él conociera. Esperaba que no fuese veneno aunque, pensándolo bien, no podía aspirar a mejor suerte que morir de una vez y no de a poco, por cuentagotas. Levantó la vista y capturó la expresión ansiosa de Elizabeth. La muchacha sin duda esperaba que él dijese algo sesudo con relación al remedio. No iba a desilusionarla.

—Es lo que imaginé —susurró.

—¿Sí?

—Un preparado de hierbas medicinales. Espero que sirva.

—¿Lo va a llevar pronto?

Fran observó que a Elizabeth le castañeteaban los dientes.

—Tiene frío. Venga.

La empujó hacia la galera, donde él ya había acomodado una manta y, sin esperar su asentimiento, la alzó y la sentó adentro. Luego subió con agilidad y se ubicó a su lado, cerrando el poco espacio con su cuerpo enorme.

—¿Está mejor? —murmuró.

—¿Está loco? No pueden vernos aquí.

—No estamos haciendo nada malo.

—Entonces hubiésemos podido hacerlo durante el día, a la vista de todos —protestó Elizabeth.

—Si tanto le preocupa el qué dirán, jamás debió aceptar verse conmigo. No soy lo que se dice una persona recomendable.

—¿Y por qué no? —se extrañó Elizabeth—. ¿No es, acaso, un naturalista aficionado?

—Bueno, eso quiero decir, que no soy una persona de las que se presentan a la buena sociedad. La mayoría de la gente nos toma por extravagantes.

—A mí me parece muy normal ocuparse de asuntos científicos. Lo que digo es que no conviene aparentar algo indebido cuando no hay necesidad.

—Lo tomaré en cuenta, señorita Elizabeth. Su prudencia me abruma.

Elizabeth percibió el filo sarcástico en el tono y de golpe se sintió en peligro. Santos Balcarce no parecía tan inofensivo a la luz de la luna, vestido de negro y deslizándose en secreto a la sombra de los muros. Hasta la mirada parecía distinta, tenía un matiz duro que las gafas disimulaban. Cayó en la cuenta de que no las llevaba.

—¿Qué pasó con sus lentes? ¿No los necesita?

Fran masculló una maldición y hurgó en su bolsillo, calándose los lentes de inmediato. ¿Cómo podía volverse tan descuidado? Elizabeth lo observaba atenta, su mirada dilatada por la oscuridad y, tal vez, por el miedo. Por fortuna, la misma noche ocultaba los rasgos que hubiesen podido delatarlo. Fran decidió buscar un tema de distracción.

—No sabemos cómo se toma este tónico misterioso.

Elizabeth miró el frasco, apenada.

—No, no lo sabemos con exactitud, el doctor Ortiz siempre hablaba de gotas. Debe ser un remedio poderoso, si apenas unas gotas surten efecto.

Fran apretó el frasco salvador entre sus dedos. No confiaba del todo en ese tónico, aunque nada perdía con probarlo y, de paso, mantenía interesada a la señorita O'Connor. ¿Por cuánto tiempo?

—Dijo usted que se iría a su país. ¿Cuándo?

El tono perentorio otra vez.

—Pues cuando encuentre pasaje en un barco.

—¿Y por qué?

—Nada tengo que hacer aquí —respondió la muchacha— ahora que he terminado mi estadía en la laguna...

—Qué, ¿no precisan maestras en otra parte? ¿Qué sucede con los planes de educación del gobierno?

La forma de comportarse del señor Santos era inconcebible, tratándose de un hombre de ciencias calmo y concentrado. La miraba muy de cerca, como si analizara sus respuestas a través de su expresión.

—No sucede nada, sólo que mi misión ha concluido —repuso Elizabeth algo temblorosa.

—Pues lamento decirle que no podrá irse aún.

—¿No? ¿Y por qué? —Elizabeth ya se había fastidiado de la arrogancia que este otro hermano parecía tener también.

—Porque la necesito para curar a mi hermano.

La respuesta la dejó sin habla. ¿La necesitaba? ¿A ella? Si el aficionado a las ciencias era él; aunque, pensándolo bien, no era descabellado que recurriese a ella, la última en tratar con Francisco en la laguna. Su experiencia era reciente, pues Santos Balcarce no veía a su hermano desde hacía tiempo. La idea de ser útil le devolvió la serenidad. Elizabeth jamás había rechazado un desafío, aun en causas imposibles, o especialmente en ésas. Levantó la barbilla en un inconfundible ademán enérgico, que Fran conocía tan bien.

—Bueno, puedo esperar un poco, si usted va a ver a su hermano.

—Iré. Y me acompañará.

—No, eso no —exclamó horrorizada.

—Si no puedo traer a mi hermano aquí, debo ir y llevarla conmigo. De otro modo, no sé cómo lograr que tome el remedio.

—Tiene que haber otro modo.

—¿Qué le pasa, Elizabeth, por qué se altera tanto? No la vi tan asustada cuando hablamos de esto ayer. ¿Ha sucedido algo con mi hermano enfermo allá en la laguna?

Elizabeth sacudió la cabeza con desesperación.

—No, no es eso, es que yo no le caigo bien a su hermano. Quiero decir, me parece que si lograra traerlo a su casa, su presencia podría disuadirlo de sus modales incivilizados.

—¿Modales incivilizados?

—No deseo ofenderlo, Santos, Francisco dista mucho de ser un hombre de mundo. A veces se comporta como un verdadero salvaje. Temo que cuanto más tiempo pase allá peor será para su salud. ¿Por qué no trata de introducirlo de nuevo en la vida de sociedad? Es un conocimiento que él ha perdido. El tónico puede ayudar a que lo recupere.

Fran fingió meditar la situación. Elizabeth le planteaba un reto. Él podía elegir entre dos soluciones para quedarse con ella: aparentar que su supuesto hermano "incivilizado" se curaba y entonces dejar que intentase recuperarla, o bien "matar" a su maldito hermano de la laguna y, si era cierto que ese tónico obraba milagros, Santos Balcarce, el científico, podría conquistar el corazón de una muchacha solitaria. Casi estaba deseando esto último, pues no veía cómo Elizabeth podría aceptar relacionarse de nuevo con la bestia de los médanos.

—Santos —dijo con dulzura la muchacha—. No se atormente, por favor.

Fran aceptó la oportunidad que se le brindaba y adoptó un aire torturado.

—Pido perdón por mis arrebatos. Es la desesperación la que los provoca.

—Lo sé, por eso voy a ayudarlo. Postergaré mi viaje y lo acompañaré a la laguna a ver a Francisco. Después podré irme más tranquila, sabiendo que él se encuentra mejor.

Fran no entendía la razón de tanta tristeza en aquellas palabras. La Elizabeth que él conocía pateaba el suelo y lo desafiaba con las manos en las caderas, salía de recorrida por las tolderías sin más compañía que un viejo y una negra y era capaz de galopar a lomos de un caballo de aspecto extraño. Eso, sin contar que se atrevió a colgarse de las cuerdas del techo en medio de una tormenta infernal, para después entregarse a un hombre temible sólo por brindarle consuelo. La Elizabeth que él conocía era valiente y generosa, no frágil y vulnerable como la que tenía frente a sí. ¿Dónde había quedado aquel fuego? ¿Sería él la causa de su debilidad? Quiso averiguarlo. Tomó una mano de la joven y la llevó a sus labios con reverencia. No usaba guantes, de modo que puso sentir la suavidad de su piel. Al levantar la vista, la encontró mirándolo con fijeza, algo perturbada. Avanzó más y tomó el mentón de Elizabeth para alzarlo hacia él. Debía ser muy cuidadoso o la espantaría. Debía utilizar las palabras adecuadas.

—Elizabeth, ha sido usted un ángel en mi camino. No se ofenda si le digo que ocupa un lugar importante en mi corazón —y rozó con suavidad de pluma los labios carnosos con los suyos, tan rápido que la muchacha dudó de que el contacto hubiese existido en realidad.

Tampoco le dejó tiempo para averiguarlo. Fran la bajó al empedrado con la misma rapidez con que la había montado en el carro. Tomó las riendas y, enderezándose en el pescante, se dirigió hacia la salida, tras despedirse con una inclinación de cabeza.

—Nos veremos uno de estos días, Elizabeth. Pronto tendrá noticias.

Atravesó el portón de mulas y desapareció en la noche. Cuando el eco del golpeteo de los cascos se apagó, Elizabeth todavía seguía de pie en la oscuridad, contemplando el lugar donde había estado la galera.

¿La había besado? ¿Santos Balcarce la había besado? Tocó sus labios con dedos temblorosos y decidió que sí, la había besado, de manera tan suave y gentil que, más que un beso galante, aquel roce había sido un modo sutil de agradecerle su ayuda para salvar la vida de su hermano.

Más tarde, sin poder conciliar el sueño entre las sábanas, Elizabeth rememoró los besos del otro, el ardiente señor de la laguna, que no pedía permiso ni se disculpaba por sus arrebatos. Estuvo largo rato decidiendo qué besos prefería.

Se durmió al amanecer, sin haber encontrado la respuesta.

Fran regresó a la casita de las afueras pasada la medianoche. Hizo el camino de vuelta despacio, aprovechando el fresco y la soledad para meditar. Con una mano en las riendas y la otra en el bolsillo manoseando el frasquito, se entretuvo considerando su situación con la señorita O'Connor. La había sentido distante, temerosa y también intrigada. Sabía que el misterio era como un afrodisíaco para las mujeres; su vasta experiencia lo confirmaba. Si lo mantenía, gozaría de la atención de Elizabeth. Explotaría su vena solidaria. No bien mencionó su necesidad de ella para la causa del hermano, captó el brillo de interés en sus ojos. Elizabeth haría lo que fuera para salvar al hombre de la laguna, el que había provocado su ruina.

El traqueteo le indicó que el camino había terminado y se hallaba en el sendero de campo. Dirigió al animal de tiro hacia el portal de la casita.

¿Sería el momento adecuado para probar el remedio? ¿Podría confiar en ese desconocido doctor Ortiz? Al parecer, Elizabeth confiaba, y pensar en ello le produjo una ráfaga de malhumor. Dejó el carruaje en un callejón formado por un macizo de hiedra y desató al viejo caballo para que se arrimase al abrevadero por su cuenta. Estaba demasiado cansado para dedicarle atención. Gitano se ocuparía de señalarle el camino hacia los pastos tiernos. Cargó con la manta y los arreos y se encaminó hacia la entrada. Un instinto natural en él le hizo detenerse y palpar el arma que llevaba por precaución. Las sombras de los eucaliptos danzaban sobre el porche, de modo que la puerta de la pequeña vivienda se veía sólo por momentos. Con sigilo recorrió el corto trecho hacia el umbral de piedra, topándose con el hombre rubio y esbelto que le salió al encuentro.

—Eres descuidado con tus cosas. La puerta no estaba cerrada —comentó Julián, a modo de saludo.

Fran percibió el tono cortés y frío con que su amigo le daba la bienvenida. Una bienvenida algo insólita, pasada la medianoche y sin aviso. De nuevo su instinto le dijo que Julián estaba herido. Y sospechaba la razón.

—No te hacía en la ciudad, me sorprendiste.

—No más de lo que me sorprendiste tú al venir como un ladrón a esconderte en este lugar. ¿Desde cuándo estás en Buenos Aires, Fran? ¿Le dijiste a mi padre que te vendrías, o huiste de allá como un matrero?

Más herido de lo que imaginaba. Fran respiró hondo, para evitar que las emociones desataran un ataque en ese momento, y abrió la puerta invitando a su amigo a entrar.

—Pasa y hablemos. No hay mucho que ofrecer, aunque presumo que no vienes en plan de visita.

Entraron en la habitación oscura que olía a humedad y a mueble viejo, y Julián aguardó de pie a que Francisco encendiera un candil. A la luz mortecina, observó que su amigo estaba viviendo con poco más de lo que tenía en la cabaña de la playa. Aquel lugar parecía un desecho de baratijas.

—Siéntate —ordenó Fran, señalando el sofá hundido junto a la ventana.

Julián se apoltronó, dispuesto a escuchar. Había cabalgado como loco desde las barrancas al enterarse de que Francisco estaba de regreso en Buenos Aires, pero en lugar de hacerlo con el ímpetu de abrazarlo, como otras veces, lo motivaba el deseo de recriminarle su conducta y sonsacarle sus intenciones. Su corazón no había conocido la paz desde que dejó a Elizabeth en la ciudad y se marchó con su madre. Día tras día revisaba la nómina de fallecidos, para poder pasar la jornada en relativa tranquilidad, sabiendo que ella estaba bien. Cada noche rogaba en su interior poder verla de nuevo. Si bien ella no corría peligro, según había dicho, él y su madre sí, por lo cual agradecía a Dios el haberlos mantenido a salvo de la peste en un sitio no tan alejado como para no recibir el efluvio de la enfermedad. Doña Inés había sufrido un resfrío prolongado y eso fue todo. Las cartas de Elizabeth le proporcionaron durante ese tiempo su único solaz. Al no recibirlas en el último mes, su preocupación llegó a un límite insostenible. No sabía qué lo impulsaba, si la promesa hecha a Fran, o su propio apego insensato a la maestra. Ella ocupaba sus pensamientos día y noche, por ella era capaz de abandonar a su madre quejosa y cabalgar en la oscuridad sólo para saber que estaba bien. Sólo para descubrir que Francisco la visitaba en la medianoche como un amante furtivo.

—¿Un trago? —ofreció Fran, abriendo un pequeño bar de marquetería desportillada.

Julián aceptó, aún en silencio.

—¿Cómo te enteraste de mi regreso? —preguntó Francisco, en apariencia despreocupado.

Julián tomó la copita que le tendió su amigo y sorbió un poco antes de responder.

—Fácil. Un peón de la estancia viajó para llevarle a mi padre noticias y nos contó lo de tu partida. No sabíamos si habías dejado razón o te habías largado sin más, como hiciste aquí con tu familia.

Fran dejó que el licor calentara su garganta antes de contestar a ese evidente desafío.

—Armando lo sabe, le expliqué que necesitaba saber si los míos estaban bien.

—¿Y lo están?

Fue la primera observación hecha con el tono de la antigua amistad y Fran la agradeció.

—Por fortuna, no hay víctimas que lamentar entre los Peña y Balcarce. Tampoco entre los de tu familia, supongo.

—Tampoco.

Entre los dos flotaba la verdadera causa de la visita, y ninguno se atrevía a sacarla a relucir.

—No te reprocho haber salido de la ciudad en esas circunstancias —comenzó Fran, sin saber por qué algo malévolo lo impelía a hostigar a Julián.

—¿Que no me reprochas? ¿Que no me reprochas? ¡Estaría bueno que lo hicieras, cuando abandonaste a todos los que te necesitaban!

Fran apretó los dientes.

—Me refiero a que te había encargado una misión y entiendo que no pudieras cumplirla —aclaró.

—Por eso decidiste venir en persona a ocuparte de ella —arremetió Julián con rabia.

—¿Acaso lo ves mal?

El joven se incorporó de un salto. No se veía como el amable Julián que todos conocían. Sus ropas desastradas hablaban de su apuro en llegar, así como el cabello despeinado, mientras que las facciones afiladas revelaban su conmoción interior. Fran no había visto a su amigo en ese estado más que una vez, y prefería no pensar que se repetían las circunstancias. Fue años atrás, cuando cayó enamorado perdido de una muchacha inadecuada, alguien que su familia jamás aceptaría y que, en un arranque de generosidad, lo había abandonado para no causarle problemas. Julián había llorado su amargura sobre el hombro de Fran y éste, con cínico descaro, le había aconsejado libar en otras flores, pues sobraban en abundancia. Ahora se arrepentía de ese mal consejo, dictado por las propias y amargas experiencias de juventud. Él mismo, pese a todo, no estaba dispuesto a renunciar a una mujer también inadecuada para él. Ni toda su experiencia mundana le servía para resarcirse de la ausencia de Elizabeth, ahora que había probado de su néctar.

—Eres un mal nacido, Fran. Destruyes a todos los que te rodean —lanzó Julián de pronto.

—Cuidado, amigo. No estoy de humor para insultos.

—¡Claro! Hay que respetar tus humores, si estás nervioso, si quieres soledad, si quieres compañía... todos a tu servicio, ¿no es así? Incluidas las muchachas tiernas y sensibles.

—Bueno —dijo Fran, echándose a la garganta el último trago—. Por fin sacaste tus garras. Ahora podremos hablar en serio.

El movimiento de Julián lo tomó desprevenido. El joven se lanzó hacia adelante, lo aferró de un hombro y lo hizo volverse para propinarle un puñetazo en plena cara. Fran cayó sobre el bar y resbaló, dando con su espalda en las baldosas. Julián se arrojó sobre él, resuelto a proseguir la golpiza que Francisco no estaba dispuesto a recibir ni a dar. Se revolvió de modo que puso a su amigo contra el suelo y lo sujetó del cuello.

—No seas necio, Julián. Hablemos como gente civilizada.

—¿Sí? —alcanzó a decir, ahogándose—. ¿Como tú, que mancillaste a una jovencita y luego la abandonaste al cuidado de otro?

Fran aflojó el agarre y dejó que Julián se incorporara, mascullando. Al verlo en pie ante él, desarreglado y con la mirada encendida de furor, sintió un asomo de compasión. Su amigo era mejor hombre que él, merecía mil veces más a Elizabeth y, pese a saberlo, no quería renunciar a la maestra, a su consuelo, a su pasión insospechada. De un modo elemental, sentía que ese territorio era suyo y de nadie más. Lo defendería con uñas y dientes.

—No hice eso, Julián, lo sabes. Si te encomendé cuidarla fue porque en ese momento no me sentía capaz de cumplir ese papel. En cuanto a lo otro, ¿por qué dices que la mancillé?

La sospecha caló de inmediato en él. Desde que vio a Elizabeth de nuevo, ese instinto sorprendente le murmuraba que algo nuevo había en ella, y aun así, no quiso aceptar que podía estar aguardando un hijo, porque no quería afrontar la situación. Sin embargo, si se confirmaba, haría lo correcto, tomaría el lugar que le correspondía aunque tuviese que humillarse ante su padrastro. ¿Qué había dicho el maldito? "El que se va sin que lo echen, vuelve sin que lo llamen". Cuánta razón tuvo. Sin embargo, Elizabeth no iba a pagar por su orgullo. Le debía mucho. Francisco Peña y Balcarce tendría que salir a la luz nuevamente.

—Dime, Julián, por el amor de Dios… ¿Sabes algo que yo no sé?

El joven se atusó los rubios cabellos con aire desesperado.

—¿Qué otra cosa puedo pensar? Ella regresa poco menos que huyendo de allá, se niega a hablar de ti, se recluye en la casa de su tía a pesar de la situación angustiosa de la fiebre y luego, cuando le ofrezco mi apoyo, se avergüenza y elude la conversación. Vine hasta aquí dejando a mi madre en delicado estado sólo para verla. No voy a mentirte, Fran, saber de tu regreso fue el motivo principal. Temía que la acosaras y eso fue lo que sucedió. ¡Insististe en visitarla, a pesar de todo! Vi cómo la obligaste a recibirte en plena noche, como una... como una... —y Julián se atragantó con las palabras que hubieran comprometido a la maestra.

—Como una puta —completó Fran.

—¡Calla!

—Sabes que no lo es, entonces, ¿para qué te mortificas? ¿Me estabas espiando?

—No a ti.

—Quiere decir que pensabas visitar a Elizabeth en la noche, igual que yo. Al parecer, tampoco la respetas demasiado.

—Eres un...

—¡Basta! —gritó Francisco, temeroso de caer en una convulsión enfrente de su amigo—. Los dos estamos enamorados de la misma mujer, Julián. ¿Para qué engañarnos con medias palabras? Tenemos que afrontarlo.

Julián se congeló al escuchar eso. ¿Fran enamorado? Imposible. Su amigo tenía el corazón de pedernal. En otros tiempos había admirado esa invulnerabilidad, pues él se sabía enamoradizo y débil, algo que lo avergonzaba, y no habría creído jamás que esa situación pudiese revertirse. Contempló el semblante endurecido de Francisco, su rostro que no era hermoso sino imponente. ¿Hasta qué punto lo conocía? Habían compartido travesuras de niños, juergas de juventud y confesiones aunque, en cierto modo, transitando sendas paralelas, sin tocarse demasiado. Fran tenía sus secretos y él los respetaba.

Hasta que ambos conocieron a Elizabeth O'Connor.

—No dijiste que estuvieras enamorado —farfulló.

Eso lo cambiaba todo. Los reducía a esperar la decisión de Elizabeth, suponiendo que la joven quisiese optar entre ellos. Julián era un hombre de honor. Si su amigo amaba a la maestra, quedarían en igualdad de condiciones.

Fran lo miró de reojo antes de servirse otro trago.

—No lo supe hasta hoy.

—¿Hasta hoy? ¿Qué sucedió hoy?

—Siéntate y empecemos de nuevo, Julián. Quiero ser sincero contigo.

Las sombras nocturnas avanzaban, envolviendo la casita del campo, mientras el supuesto "Santos Balcarce" revelaba a su antiguo amigo los alcances de su plan. El péndulo de un reloj de pie marcaba el pulso de la conversación en la que un Francisco desesperado y vulnerable confesaba su miedo a morir sin saber si dejaba atrás algo más que un apellido deshonrado. Julián permaneció en silencio mucho después de terminado el relato. Su semblante torturado revelaba la lucha interna que mantenía. Amaba a Elizabeth de un modo diferente al que había amado a aquella otra muchacha que se cruzó en su camino, años atrás. Aquel amor fue un desgarro en su corazón, que jamás volvió a latir del mismo modo. Elizabeth representaba para él un remanso, la calma que devuelve las ganas de vivir y disfrutar, un amor suave y gentil que le daría hijos a los que amar y el refugio de un hogar lleno de risas y cariño. Elizabeth O'Connor garantizaba todo eso. Sin embargo, a través de las palabras de Francisco comprendió que, para su amigo, Elizabeth significaba lo mismo que había sentido él hacia la joven que lo abandonó, un amor visceral que pocas veces se da en la vida y mucho menos se repite. Lo creyese o no, Fran estaba más enamorado de lo que él mismo suponía.

Y podía morir. Y él, su amigo del alma, no podía negarle una felicidad que, quizá, fuese la última de su vida.

—Tú ganas —le dijo—. Pero no estoy de acuerdo con engañarla.

—No deseo engañarla, Julián, fingir otra identidad fue sólo una manera de acercarme a ella sin que desconfiara, al mismo tiempo que me permite vivir al margen de la vida social.

Julián suspiró, sintiéndose vencido.

—¿Por cuánto tiempo?

—Hasta que acepte venir conmigo a Mar Chiquita. Puedes acompañarnos, si desconfías de mis intenciones —agregó, estudiando la expresión de su amigo.

—Sí, claro, es lo que más deseas —ironizó Julián.

—Aunque te parezca raro, no me opondría, sobre todo porque no me siento tan seguro de mantenerme entero durante todo el tiempo. Hoy mismo tuve miedo de sucumbir a un ataque enfrente de ella.

Toda la furia de Julián se desvaneció en un instante. Al igual que Elizabeth, la compasión brotaba en él con naturalidad.

—Iré, si me lo pides. ¿Cuándo?

—Primero voy a tomar este remedio durante unos días. Si veo que ayuda en algo, podemos intentarlo en, digamos, dos semanas.

—Está bien —contestó cansado Julián, mientras se levantaba.

—Quédate. Hay lugar, si quieres reponerte del viaje. Las comodidades no son muchas, pero…

—Parece que te atraen las condiciones duras de vida. Primero la cabaña, ahora este…

—Parece un burdel, ¿no?

—Me quitaste las palabras de la boca. No la habrás traído aquí, ¿no? —agregó de pronto, escandalizado.

Fran omitió decir que había estado a punto.

—No. Ella no habría aceptado, de todos modos.

Julián lo miró con una intensidad extraña en los ojos claros.

—Por supuesto, ella no. No sé cómo lo haces, amigo, tienes un don con las mujeres. Todas se rinden a tus encantos, que no sé cuáles serán, aunque es innegable que las seduces. Algún día me dirás cómo. No, no te levantes, conozco la salida —dijo con ironía—. Sabes dónde vivo, búscame si me necesitas. Eso sí, te advierto, voy a visitar a Elizabeth y si ella me demuestra algo más que amistad, no seré capaz de negárselo. ¿Está claro?

—No espero otra cosa de ti, Julián. ¿Amigos?

Julián observó la mano extendida ante él y al estrecharla sus resquemores se desvanecieron. Fran había sido sincero, él no podía ser menos.

Lucharían por el amor de la misma mujer, cada uno con sus armas, y el vencedor se llevaría el premio y también el respeto del otro.

Jim Morris se envuelve en su poncho y reposa a la luz de las estrellas. Su sangre late, alerta ante la inminencia de los hechos tan esperados. Clava la mirada en la Cruz del Sur, y encuentra que tiene forma de arco y flecha, un dardo a punto de ser lanzado con mortífera puntería.

Su pensamiento toma derroteros dolorosos. Recuerda la imagen que golpeó sus ojos cuando llegó al campamento: los cuerpos decapitados de su padre y de su hermano, heredero del clan, la sangre derramada entre las grietas de las rocas, sus miembros mutilados, mezclados con los restos de la matanza. Todo lo ve entre lágrimas, titilante como esas estrellas que tiemblan sobre su cabeza en los toldos de Quiñihual, tan lejos de su tierra. Y recuerda el bramido desgarrador de la mujer de su hermano, Luna Azul, alzando hacia él sus manos ensangrentadas y pidiéndole venganza. Debería haberla tomado por esposa, para evitarle el aislamiento, pero en aquel momento no pudo decidir nada, sólo sufrir la agonía de la masacre y la humillación de su padre y de su querido hermano, Halcón Rojo.

Jim Morris se hunde más en su poncho, para amortiguar el frío helado que le producen los recuerdos. La única que podría conjurarlos es Pequeña Brasa, que bien empleado tiene ese nombre con que él la bautizó.

Pensar en ella lo lleva a palpar el diario entre sus ropas. Lo abre al azar, descubriendo una vez más esa letra redonda que lo cautiva.

Ella escribe en inglés, su lengua materna:

Las abolicionistas nos dan un verdadero ejemplo de lo que debe inculcarse en los niños y, en especial, en las niñas de nuestros días: la mujer tiene un papel público también y derecho a la educación superior. Cuando leo los manifiestos de las primeras oradoras de nuestro bendito país, en Nueva York, Filadelfia, Massachusetts, me siento inflamada por un fuego interno que me mueve a seguir con mi misión, pese a todos los obstáculos. No debería haber lugar sobre la tierra donde las mujeres tuvieran prohibido su pensamiento. Este hombre de América del Sur, que sostiene con tanta pasión el rol de la mujer en la sociedad, debería haber nacido aquí mismo y, sin embargo, se debate como un beduino en el desierto, luchando contra las tormentas de arena, fiel a sus principios. Debo conocerlo. Tengo que presentarme ante el señor Sarmiento en la República Argentina y decirle que comparto sus ideales.

Jim sonrió. "Pequeña Brasa, no hay duda." Él descubrió ese fuego interno desde el primer día en que la vio, parada sobre el puente del *Lincoln* en medio del oleaje tumultuoso que mandó a los camarotes a todo el pasaje de a bordo. ¿Por qué, entonces, le resulta difícil capturarla en una de sus visiones del futuro?

CAPÍTULO 27

*E*l tónico misterioso del doctor Ortiz parecía producir un efecto benéfico.

Francisco tuvo que reconocer que se sentía despejado y que, pese al nerviosismo provocado por las circunstancias, no sintió latir sus sienes ni tampoco la debilidad que precedía siempre a sus ataques. Incluso cuando vio desde lejos a su madre asistir a la misa, envuelta en su mantillón de encaje negro, con la mirada triste y la cabeza baja, pudo resistir la emoción sin que se desencadenase ninguna consecuencia.

Se imponía volver a la laguna, a fin de desenmascarar al verdadero Francisco Peña y Balcarce, o bien renunciar a él para siempre y convertirse en Santos Balcarce, iniciando una vida nueva.

Esa disyuntiva lo martirizó durante varias noches. Si algo debía agradecer al nuevo giro de la situación era que, por momentos, olvidaba su condición de bastardo y la necesidad acuciante de saber quién era su verdadero padre.

El fiel Julián lo había visitado un par de veces para cerciorarse de su salud y para indagar, con la sutileza de un elefante marino, cómo marchaba su relación con la maestra de Boston. Al fin había aceptado, aunque a regañadientes, organizar el viaje hacia la laguna, cuando llegase el momento. Y el momento se precipitó, a causa de un episodio que puso en peligro el plan de Francisco.

Una de las tardes en que acompañaba a Elizabeth a lo largo del paseo de la ribera en su último tramo, sus pasos tropezaron con un grupo de personas que volvían de merendar entre los árboles. Fran percibió la tensión en su acompañante. Del brazo de otras dos damas que cuchicheaban, avanzaba doña Teresa del Águila. La mujer clavaba la mirada en Elizabeth y en él, alternadamente, sin dar crédito a sus ojos. Era imposible no detenerse sin incurrir en descortesía, ya que las demás personas los habían visto también; Fran ensayó una inclinación de cabeza, pero ya Teresa se había desprendido de sus amigas y se dirigía hacia ellos con feroz determinación.

—Señorita O'Connor, qué coincidencia verla por aquí. ¿Tomando vacaciones de su trabajo?

Elizabeth reprimió un gesto de disgusto ante el indeseado encuentro.

—Por ahora —repuso—. Aunque espero que se me asigne un nuevo destino.

Aquella mujer odiosa no tenía por qué saber de sus circunstancias.

—Tengo entendido que fracasó en su intento de educar a los indios del sur.

Teresa no se dignaba mirar a Fran, algo que a éste le resultó providencial.

—No lo considero un fracaso, señora. Sucede que hubo un error en mi designación. Confío en que será reparado.

—Ya veo que, mientras tanto, ha encontrado un protector que la distraiga, antes de arrojarse al desierto de nuevo. Señor Peña y Balcarce, hace mucho que no se lo ve en la sociedad —y le tendió su mano lánguida—. Le recomiendo en especial a la señorita O'Connor. Su sangre irlandesa la lleva a cometer imprudencias indignas de una dama. ¿Dónde se conocieron ustedes, si se puede saber?

La lengua viperina de Teresa erizó los nervios de Francisco, que no estaba seguro de poder mantener la farsa si aquella mujer se empeñaba en zaherirlo. Sin embargo, fue Elizabeth la que distrajo la atención de súbito:

—¿Cómo supo usted que fui al sur como maestra? —preguntó de modo directo.

Esa vez fue Teresa la que se sintió molesta.

—No lo sé, quizá porque es lo habitual, ¿no es así? Perdonen —agregó, como si recordase algo importante—. Debo partir. Espero verlo pronto, señor, recuerde que hay compromisos ineludibles. Con su permiso.

Y les dio la espalda, antes de que ninguno de los dos pudiese replicar.

Fran estaba furioso. Elizabeth, en cambio, tuvo la revelación que necesitaba, aunque no supo si reprochar o agradecer a Teresa del Águila que hubiese adulterado el documento de su asignación, ya que ese error le permitió conocer al hombre de la laguna.

El día que Julián acompañó a Elizabeth a la casita de campo para planear los detalles del viaje, Fran pudo comprobar el espíritu que animaba a cada uno. Los visitantes se habían sentado para compartir un mísero té que Francisco pudo ofrecerles gracias a una incursión apresurada al almacén de la Recova. Elizabeth, en el sofá apolillado bajo la ventana; Julián, en una silla desvencijada junto a la puerta. Elizabeth inclinada hacia adelante, para no perder palabra de los planes que Francisco explicaba, Julián echado hacia atrás, para demostrar lo lejos que estaba de aprobarlos.

Pergeñaron un plan de acción bastante simple: tomarían el tren hasta Chascomús y, desde allí, un coche hasta Dolores, de donde enviarían recado a El Duraznillo para que los recogiesen en el vehículo de los Zaldívar. Francisco consultó con la mirada a su amigo mientras hablaba, para asegurarse de que no se oponía a instalarlos en su estancia por un tiempo. Abusaba de la confianza de Julián porque no podía imponer a la señorita O'Connor una estadía en el rancho de los Miranda de nuevo. Si quería cortejarla como era debido, prefería contar con el apoyo de los Zaldívar como chaperones.

—Das por sentadas demasiadas cosas —masculló su amigo al salir tras Elizabeth, antes de despedirse.

Francisco le dio un apretón y murmuró:

—Hoy por ti, mañana por mí, ¿recuerdas?

Julián se ruborizó. Más de una vez Francisco lo había cubierto en sus enredos amorosos, mintiendo por él o suplantándolo, cuando olvidaba una cita o prefería eludirla.

Una vez solo, Fran se quitó los incómodos lentes de intelectual y se aflojó el corbatín para repantigarse en el sofá que todavía conservaba el aroma a lilas de Elizabeth. Si la suerte estaba de su lado por una vez en mucho tiempo, llegaría a la estancia del Tandil en buena compañía y sintiéndose sano, algo desacostumbrado en su vida.

La noticia de que Elizabeth regresaría a la tierra salvaje adonde el Presidente de la República la había enviado por error causó conmoción en la mansión Dickson. Su tío, más repuesto aunque algo excéntrico después de la crisis, argumentó que iría a la mismísima casa de gobierno a cantarle cuatro frescas a ese viejo loco, a pesar de la insistencia con que Elizabeth le explicaba que era idea de ella y de nadie más. La tía Florence, ojerosa y alicaída, le vaticinó toda clase de desdichas. "Ya nos lo reclamará tu madre y no sabremos qué contestarle. Eres una desagradecida, después de todo lo que hicimos por ti." Elizabeth no sabía qué otra cosa habían hecho, fuera de albergarla bajo su techo, pues en los últimos tiempos se sentía tan sola como si hubiese vivido en una pensión. Roland la miró con expresión torva, como si ella fuese una traidora, mientras que la nueva criada, Valentina, la contemplaba con ojos espantados.

A decir verdad, el viaje le proporcionaba la excusa perfecta para salir de aquella casa y encontrarse con gente a la que había llegado a querer como si fuese de su propia familia. Le preocupaba también su situación económica. Si bien había traído sus ahorros, tarde o temprano el dinero se acabaría y no estaba en condiciones de cobrar su sueldo. De su regreso a la laguna, además, dependía su futuro. Si Francisco la mirara con cariño, si reconociese en sus ojos la misma calidez que descubrió la noche de la tormenta en la playa, ella podría suponer que había esperanzas de que su hijo tuviese, al menos, un padre que lo guiara en la vida, aunque no se casara con ella. No bien pensaba de ese modo, se condenaba por débil y mojigata. ¡Valiente mujer independiente estaba hecha! Al primer escollo, buscaba un hombre masculino para apoyarse. Debería avergonzarse, después de la educación recibida. ¿Qué harían en su situación las abolicionistas que tanto revolucionaron la opinión pública de su país? Seguro que organizarían fondos de ayuda para las mujeres desamparadas. La idea le iluminó la mirada. ¿Por qué no? ¿Acaso la situación de la mujer era tan distinta en otra tierra? "Allá o acá, el hilo siempre se corta por lo más delgado", pensó. Las mujeres y los niños solían ser las primeras víctimas de cualquier suceso: pestes, guerras o revoluciones.

Esa noche, al envolverse en la manta, Elizabeth reflexionó sobre su suerte y la de tantas otras muchachas desgraciadas. Echó de menos su diario, donde acostumbraba a volcar las ideas que bullían en su mente. ¿Dónde lo habría dejado? De pronto recordó que el señor Morris le había dicho que lo tenía, pero… nunca se lo devolvió. Pensando en ese curioso hecho, se durmió con el ceño fruncido.

En la mañana de la partida, Francisco aguardaba impaciente la llegada de Julián y de Elizabeth. Cada minuto que pasaba en el andén lo exponía a ser reconocido por algún antiguo amigo o vecino de la casa familiar. Había tenido cuidado en arreglarse de pies a cabeza como el aficionado naturalista Santos Balcarce, con sus lentes, su cabello partido en dos, sus patillas, su traje pasado de moda y una bufanda que cubría gran parte de su barbilla, un subterfugio de último momento que le pareció adecuado tanto para camuflarse como para dar la impresión de friolento y debilucho, algo que nadie supondría, dada su corpulencia. Exasperado por la demora, percibió un movimiento a su lado, seguido de unas palabras en francés. El tono de la voz que las pronunciaba le erizó el vello de la nuca. El doctor Nancy. ¿Qué diablos hacía ese tipo en la estación del Ferrocarril del Sud? Se volvió con disimulo: en efecto, el mismo individuo que tantas veces le provocó repulsión se hallaba a su lado, aguardando la partida del tren. Se desplazó hacia la otra punta del andén, evitando llamar la atención y, justo a tiempo, encontró a los otros dos viajeros caminando presurosos hacia él.

—Fr… eh, Santos —exclamó agitado Julián—, disculpe la demora, estuvimos detenidos en el tranvía, hubo un pequeño accidente.

—Nada grave, espero —dijo Fran, mirando fijo a su amigo para hacerle notar su desliz cuando casi lo llamó por su nombre de pila, el de su falso hermano.

Julián sabía que debía aparentar cierta frialdad en el trato hacia él, pues se suponía que "Santos" era el Balcarce excéntrico, alejado de la familia por propia voluntad.

—Un perro se atravesó y mordió la pata de uno de los caballos —terció Elizabeth, conmocionada—. Creímos que no llegábamos a tiempo. Pobre animal…

—¿El perro o el caballo?

Elizabeth miró a Santos Balcarce con enojo.

—El caballo, por supuesto. El conductor tuvo que separarlo de la yunta para reemplazarlo por otro. Eso nos quitó casi una hora.

—Bien, lo importante es que están aquí. Permítame su equipaje, señorita Elizabeth. Ocuparemos el vagón de atrás, ya me fijé en los boletos. Señor Zaldívar, le toca la fila de enfrente.

Julián miró a Francisco con encono.

—¿Trajo el tónico? —se preocupó Elizabeth.

Por toda respuesta, Francisco se palpó el bolsillo de la chaqueta. Si ella supiera que no se separaba del tónico ni para dormir...

—Vamos —apremió—. Es mejor que estemos sentados cuando toda esta gente suba.

Rogaba que el malhadado doctor no se ubicase en el mismo vagón que ellos. El pitido de la locomotora, el chirriar de las ruedas, el correr de los pasajeros remolones, unido al ladrido de los perros de la estación y el humo denso que envolvió a todos por un momento, crearon una confusión en la que resultó fácil pasar desapercibido. Fran la aprovechó para registrar con su vista cada rincón del vagón donde viajaban. Estaba salvado, el doctor se hallaba lejos de ellos. Aun cuando no lo reconociera, cosa que dudaba, de inmediato se sentiría atraído por la señorita O'Connor y, por cierto, no dejaría de reconocer a Julián, su anfitrión en El Duraznillo.

De nuevo los campos verdes, alternados con gramilla, se sucedieron ante los ojos de Elizabeth que, pensativa, apoyaba la frente sobre el vidrio. ¡Qué distinto aquel viaje del primero que hizo en el mismo tren, acompañada por Ña Lucía! Recordaba sus ilusiones con respecto a su puesto de maestra, la conversación en la que Lucía le explicaba realidades de esa tierra que ella todavía no conocía y, por supuesto, el suceso en la posada de Dolores, donde Francisco la salvó de las garras de aquel gaucho mal entrazado. ¡Quién le hubiera vaticinado que caería en las garras del mismo salvador, tiempo después! Ese pensamiento le arrancó un suspiro y el señor Santos, solícito, se inclinó hacia adelante.

—¿Se encuentra bien?

Elizabeth se alisó la falda y asintió. Llevaba un discreto traje de color gris, cubierto por una capa de piel y la infaltable capotita, adornada con un ramillete de rosas. Escondía las manos en un manguito. Francisco la contempló con detenimiento. Se la veía pequeña y desvalida, aunque él sabía que era sólo una impresión, pues la señorita O'Connor era de dura madera en lo que a sus propósitos se refería. Sin embargo, había una vulnerabilidad nueva en ella, y no era la primera vez que lo notaba.

—En Dolores podremos descansar un buen rato, mientras aguardamos el coche que vendrá a buscarnos —le aseguró.

—Conozco este camino, lo hice hace meses, cuando viajé a la laguna. No creí volver a recorrerlo en tan poco tiempo.

—¿Se arrepiente de haber venido?

—No me arrepiento. Deseo ayudar a su hermano, de verdad. Sólo me pregunto si él aceptará mi ayuda de buen grado, y eso me preocupa.

—Mi hermano está enfermo. Deberá aceptar lo que sea para curarse.

—Usted está muy seguro de poder dominarlo, señor Santos, sin embargo, su hermano se ha convertido en un hombre impredecible, capaz de amenazar a los niños y también de salvarlos de una infección —comentó Elizabeth recordando la picadura del escorpión—. Conmigo ha sido... desconcertante. A veces cortés, otras prepotente, un hombre muy difícil de comprender. ¿Le gustan los niños, señor Santos? —dijo de pronto, sobresaltando a Francisco.

—Bueno, en mi vida solitaria y científica no tengo mucho trato con ellos —repuso, algo incómodo.

¿Adónde quería llegar la señorita O'Connor?

—¿Le gustan, pese a eso? Quiero decir, ¿tendría paciencia con los niños pequeños? ¿Sabría entretenerlos o consolarlos?

Cada vez más inquieto, Francisco balbuceó:

—N... no, no creo que sepa. Alguien debería enseñarme.

Elizabeth sonrió con tristeza.

—Supongo que de nada serviría que le preguntase si su hermano ama a los niños, ¿verdad? Han estado separados demasiado tiempo. Aunque quizá, durante su juventud, su hermano fue un muchacho alegre y despreocupado. Tal vez entonces soñaba con formar un hogar y tener sus hijos.

La expresión de la joven era tan nostálgica que Francisco se alarmó. De manera inconsciente fijó su vista en el vientre de Elizabeth, donde reposaba el manguito de piel. Los pliegues de la ropa ocultaban cualquier cambio que su cuerpo hubiese sufrido. Si ella aguardaba un hijo, no se le notaría hasta dentro de unos meses. ¿Cómo estar seguro? ¿Cómo averiguarlo sin comprometer su identidad?

El rostro amable de Julián apareció de improviso entre ambos.

—¿Desea una cocoa caliente, Elizabeth?

Fran observó estupefacto cómo su amigo extraía, orgulloso, un botellón de su bolso. Más atónito aún, contempló la sonrisa de agradecimiento de Elizabeth. Rumiando su descontento, tuvo que admitir que Julián sí sabía cómo tratar a las mujeres decentes.

El tren se detuvo, entre sofocos, en Chascomús. Los bañados brillaban bajo la luz del sol y las garzas volaban, formando bandadas bulliciosas.

Los pasajeros descendieron, entumecidos, saltando para retener el calor que se les escapaba con rapidez en el viento frío. La pequeña estación estaba tal cual la recordaba Elizabeth, con sus perros pulgosos y los fardos aguardando para ser cargados en el viaje de regreso a la ciudad.

Julián y el señor Santos la escoltaron hacia el interior, más húmedo todavía que afuera, y mientras tramitaban el alquiler de un coche hasta Dolores, ella se entretuvo observando a su alrededor. Aquella estación constituía el límite civilizado. El sol creaba espejismos en los pozos de agua y despuntaba sobre las planicies amarillentas. Todavía podía ser amable la campiña, pues se veían cultivos y alguna que otra casita, pero Elizabeth sabía que les aguardaba la pampa bravía a medida que avanzaran en su trayecto. Vendrían las cortaderas entre las rocas, los guadales traicioneros, la polvareda. Ya no verían grupos de árboles, sino alguno solitario de tanto en tanto, alzándose en la inmensidad.

—Trataremos de esquivar los campos del Tuyú —dijo Julián, a su lado.

—¿Qué es eso?

—Una zona pantanosa que se encuentra en nuestro camino, llena de cangrejales y bañados. Como desde Dolores viajaremos con nuestra propia escolta, indicaré que hagamos un rodeo, aunque se alargue el camino, es más agradable pisar terreno seco.

Francisco observaba a esos dos conversar y sintió una punzada de remordimiento. ¿Qué derecho tenía a interponerse entre un hombre bueno y una muchacha libre, casadera? Sobre todo él, que nada podía ofrecer. Sin embargo, la sospecha de que Elizabeth podía estar embarazada era demasiado importante para descartarla. Le debía, al menos, responder por su hijo.

—Ya viene el carro —anunció, acercándose—. Espero que el viaje sea liviano.

Julián se mantuvo callado, reticente, porque a cada paso que daban se arrepentía de la promesa hecha a Francisco. Quería a la maestra para él.

La galera que acudió a recogerlos venía crujiendo y bamboleándose sobre las sopandas de cuero, tirada por seis mulas viejas. Pese a tener los ejes forrados, la caja se veía bastante destartalada a causa de los golpes y barquinazos que de seguro habría dado en los caminos. Francisco miró con el ceño fruncido cómo el guardia del pescante desenrollaba el estribo para que Elizabeth posase su pie enfundado en una bota de cabritilla.

Julián cruzó unas palabras con el cochero para hacerle saber que ellos descenderían en Dolores y luego ayudó a Elizabeth a instalarse sobre los duros asientos.

—No abra la ventana, señora —advirtió el hombre, al ver que Elizabeth pugnaba por levantar el vidrio empañado— o se ahogará con la polvareda.

Con esa perspectiva poco auspiciosa, emprendieron el viaje hacia el sudeste de la provincia de Buenos Aires.

Los primeros kilómetros transcurrieron sobre terreno parejo. Al pasar una de las postas que jalonaban el camino, la galera empezó a dar tumbos y las ruedas de madera ondularon sobre sus ejes. El vehículo corría peligro de encajarse en las viejas huellas de los carretones de bueyes. Elizabeth se sintió mareada. Francisco advirtió que empalidecía y se llevaba una mano a la boca. Con presteza, golpeó el techo para que se detuviesen. El cochero lo hizo, después de maldecir, y Francisco ayudó a la joven a descender.

—Un momento, nada más —le anunció al fastidiado conductor—. Mi esposa se siente mal.

Elizabeth dio un respingo y Julián otro, desde adentro.

—Digo esto para que se sienta protegida, señorita Elizabeth. Los hombres no suelen comportarse cuando ven mujeres solas viajando.

"Si lo sabré", pensó amargada la muchacha, mientras un vómito compulsivo la obligaba a correr hacia unos matorrales.

Francisco apretó los dientes. "Está embarazada", se dijo, y no supo si la certeza lo inundaba de temor o de alivio.

—Debo parecer una desastrada —dijo Elizabeth al regresar, avergonzada del espectáculo que había dado.

—No se apure, a todos nos sucede en estos coches infernales. Tome —y extendió un pañuelo perfumado hacia ella.

Elizabeth agradeció el gesto y apretó la tela contra sus labios. Un aroma familiar la inundó, reconfortándola. ¿Qué perfume usaba el señor Santos? No tuvo ocasión de saberlo, pues el mismo Santos la levantó en vilo para sentarla otra vez en su sitio, subiendo tras ella con agilidad.

El resto del pasaje estaba compuesto por un oficial de correos que roncaba con estrépito y un matrimonio de ancianos que ocupaba casi todo el espacio con sus voluminosos cuerpos. Ninguno prestaba atención al otro; los únicos que intercambiaban algunas palabras en ese viaje eran la señorita O'Connor y sus escoltas.

Julián comentó que por allí se encontraba la "esquina" de Ranchos y que convendría aprovisionarse en ella, dado que las esquinas eran más decentes que las pulperías, donde no faltaban las grescas de los gauchos borrachos. Recordando el episodio de la pulpería en Dolores, Francisco estuvo de acuerdo.

—Estamos a media hora de Ranchos, estoy seguro —dijo Julián.

Sin embargo, el tiempo pasaba, las leguas corrían y no se veían rastros de ninguna esquina ni de otra construcción humana. Julián y Francisco intercambiaban miradas de preocupación. Desde hacía dos horas, ambos observaban una polvareda lejana, siempre en la misma dirección. El cochero adujo que se trataba de otra galera que había partido al mismo tiempo que ellos, de seguro hacia el mismo destino.

—Tratan de ir en caravana —explicó.

La respuesta sumió en el silencio a los dos hombres. Al cabo de otra hora quedó claro que la esquina de Ranchos no estaba en la dirección que llevaban. Ante el requerimiento de Julián, el cochero afirmó que seguían una ruta nueva, más segura, pues días pasados habían visto indios por aquella zona. No pudieron evitar que la respuesta se escuchara adentro del coche y despertara al matrimonio mayor. La mujer se llevó la mano enjoyada al pecho.

—¡Dios bendito! Hasta estas tierras llegan esos salvajes… Pensar que hay que entrar en tratos con ellos. Habría que eliminarlos a todos, no darles resuello. No sé en qué está pensando el gobierno.

—Tal vez prefiere negociar, señora. A veces, da mejor resultado —comentó Julián.

La mujer resopló y el esposo miró a Julián como si fuese un espía de Calfucurá. Francisco tomó la mano de Elizabeth en un impulso. La veía demasiado lánguida y le preocupaba.

—Ánimo, no falta mucho para Dolores. Allí tomaremos habitaciones en una posada y esperaremos más cómodos la llegada del coche de los Zaldívar. Son buena gente —agregó, para reafirmar la idea de que él no trataba mucho a los amigos de la familia.

Los ojos verdes de Elizabeth lo miraron con gratitud.

—Lo sé, los conocí en mi anterior viaje. Los padres de Julián fueron amables conmigo.

Francisco reprimió un brote de celos y añadió:

—¿Quiere que le cuente algo para distraerse?

Elizabeth miró el paisaje que apenas se distinguía entre la polvareda que la galera levantaba, y respondió:

—Cuénteme cómo es esta pampa, qué animales viven en ella, qué plantas crecen. No estuve tanto tiempo como para recorrerla y la laguna es muy diferente.

Francisco carraspeó, confuso, y Julián lo alentó con una sonrisa maliciosa.

—Eso, señor Santos, aprovechemos su condición de naturalista para distraernos un poco. Háblenos de las especies que pueblan la pampa argentina.

Se alegraba de ponerlo en un aprieto, sin duda. Francisco le dedicó una mirada fulminante y no tuvo más remedio que aceptar. Confiaba en no causar mala impresión a los demás pasajeros.

—Ésta es una tierra difícil, señorita O'Connor —empezó diciendo—. Verá, a menudo parece deshabitada por lo inhóspito del clima o del suelo y, sin embargo, cientos de especies merodean por aquí. Allá, ¿lo ve? —y señaló un ave que levantó vuelo desde un tronco—. Aquél es un carancho, el encargado de limpiar el campo de desperdicios.

Elizabeth alcanzó a ver al pajarraco que Ña Lucía le había mostrado.

—Se alimenta de carroña, aunque puede cazar presas pequeñas.

—El hambre es mala consejera —terció Julián, con doble intención.

Francisco lo ignoró y prosiguió con su improvisada clase.

—Verá toda clase de aves porque el agua abunda y las atrae. Cigüeñas, garzas, flamencos, patos y...

—Oh, sí, en la laguna vimos flamencos preciosos —acotó, entusiasmada, Elizabeth—. El señor S... quiero decir, su hermano, me explicó que solían ir al atardecer.

Francisco calló, embriagado por una inexplicable emoción. Aquella muchacha, a quien él trataba de importunar cada vez que podía, había atesorado sus palabras, a las que él no daba importancia. Clavó su mirada en los ojos de Elizabeth y se sintió mareado. Se irguió con un brusco movimiento, temeroso de necesitar el tónico en medio del viaje. No podría explicar eso a la señorita O'Connor, de modo que intentó calmar su ansiedad.

—Mi hermano dijo bien. Aquella laguna es especial, no todas tienen sus características. A decir verdad, es la única.

—Es una albúfera —volvió a intervenir Julián—. ¿Recuerdas que te lo dije, Elizabeth?

Maldito Julián. ¿Es que quería provocarle un ataque?

—Exacto —dijo con énfasis—. Pero la señorita querrá saber qué otros animales pululan por la pampa. Las lechuzas, por ejemplo. La mayoría son nocturnas y no las vemos, aunque aquéllas —y Francisco señaló una especie de mochuelo que sobresalía entre los pastos— viven en los agujeros que dejan las vizcachas. Al paisano no le gustan mucho, las considera de mal agüero.

—Pobres... —murmuró Elizabeth, girando la cabeza para ver a la lechucita, que también giraba la suya, siguiéndolos con los ojos.

—Otro habitante de por aquí es el tero, que suele importunar con sus gritos.

—En el rancho de los Miranda se escuchaba siempre un grito repetido, algo así como...

—Sí, el chajá —asintió Fran.

—¿Usted lo escuchó también? —se sorprendió Elizabeth.

Francisco comprendió que se había adelantado y trató de reparar el error.

—Es que es de lo más común. También suele atribuírsele significado agorero.

—Hábleme del puma, por favor. Una vez pensé que su hermano tenía los ojos del color de los del puma.

Esta vez fue Julián quien carraspeó, molesto.

—Bueno, no sabría decirle. Mi hermano y yo nos parecemos, aunque claro, él no usa lentes, y entonces...

Elizabeth lo miró fijo.

—Yo diría que tienen el mismo color de ojos. ¿Qué dices, Julián?

El aludido resopló y no contestó, lo que fue aprovechado por Francisco para soltar una carcajada.

—Vaya, ahora el observado soy yo. Créame, señorita Elizabeth, no estoy acostumbrado a ese papel. Siempre actúo como el observador. Sin embargo, yo diría que es usted quien tiene los ojos del puma.

—¿Yo?

—Así es. Verdes. Los gatos suelen tener ojos verdes, ¿lo sabía?

La atención dispensada por Santos provocó un cosquilleo en el pecho de Elizabeth. Percibía el calor que emanaba de su físico tanto como si lo tuviese encima. "Encima de ella, con su cuerpo tibio y poderoso, aprisionándola entre sus brazos, recorriéndola con sus besos, haciéndola sentir débil y poderosa al mismo tiempo." El recuerdo le provocó calor en las mejillas y sudor en las manos.

—Parece que nos detenemos —avisó el oficial de correos, de súbito.

La galera se detuvo en un mar de polvo, en medio de la nada. Al aposentarse la tierra, pudieron comprobar que no había allí esquina ni pulpería. Sólo cardos, matorrales de piquillín y rocas. A la distancia, un montecito de chañares.

—¿Qué pasa, cochero? —gritó Francisco, asomándose.

—Rastrillada, señor —contestó el de arriba.

En el silencio ominoso, el cese de los ruidos de la galera profundizó la sensación de soledad. El sol bajaba y la tierra se desprendía del calor recibido durante el día. En dos horas más reinaría un frío de muerte.

Lo primero que pensó Fran al escuchar la respuesta del cochero fue "los indios no atacan de noche". Sin embargo, faltaban dos largas horas para el anochecer y los malones solían aparecer de improviso. Apretó la mano de Elizabeth para infundirle coraje y dirigió una mirada a Julián. Ambos se entendieron y buscaron una excusa para descender. Una vez lejos de los oídos de los pasajeros, el conductor les explicó que el muchacho del pescante venía observando, desde hacía rato, huellas frescas sobre el camino.

—Apronten las armas si las tienen, señores —les dijo—. Puede que me equivoque, aunque con la indiada al acecho nunca se sabe. Podrían ser amigos, pero tal vez no.

Él mismo preparó un rifle que dejó apoyado a su lado cuando subió al pescante. Francisco y Julián iban armados, cosa natural en los caminos, aunque no aclararon nada al resto del pasaje, para no alarmar. La galera apuró el paso y las mulas, azuzadas sin piedad, consiguieron llegar a Dolores antes de la noche. Tomaron dos cuartos en la Posada del Zorzal, un lugar limpio y sencillo, atendido por un matrimonio de vascos. Elizabeth pudo refrescarse en una habitación caldeada, cuando la dueña en persona subió con una jofaina algo desportillada y un jabón. Después de comer un suculento guiso y un postre de nueces cosechadas en los fondos, los viajeros se retiraron a los cuartos. Elizabeth no tardó en dormirse, sin que nada perturbara su sueño profundo. Francisco y Julián, en cambio, no se sentían tan tranquilos. Degustaban un licor que el viejo vasco les había servido aduciendo que era "un vinito de lo mejor", mientras las llamas de la salamandra trepaban por las paredes del cuarto, creando figuras siniestras en la penumbra.

—¿Qué opinas? —comenzó Julián, inquieto.

Francisco dejó que el licor le calentara el pecho:

—No sé, no se veía clara la huella, mezclada con las de otros carros.

—El tipo parecía muy seguro.

—El miedo es mal consejero —respondió Francisco, parodiando las palabras de su amigo horas antes.

Julián lo miró con suspicacia.

—No te gusta perder, ¿eh?

—¿Acaso estoy perdiendo? —atacó Fran, belicoso.

Julián desvió la mirada.

—No me gusta lo que estás haciendo con Elizabeth, es todo.

Francisco suspiró. En algún momento se sabría y era mejor decirlo de frente.

—Julián, tengo motivos para pensar que ella... espera un hijo mío.

El joven Zaldívar acusó el golpe con estoicismo. En cierta forma, lo presentía. Aquella expresión desolada de Elizabeth cuando volvían de la laguna, la manera en que ella lo eludía, como si se avergonzara de algo... La muchacha era demasiado honesta para mentirle y tampoco podía admitir haber caído en una situación comprometida.

Pobre Elizabeth. Maldito Fran.

Sin pensar, Julián descargó un puño sobre la mesa haciendo saltar las copitas.

—Tenías que hacerlo, tenías que estropearlo todo.

—Julián...

—Debería estrangularte, retarte, aunque ya de nada serviría.

—¡Julián!

Francisco percibía la frustración de su amigo y se dolía por él. Si esto hubiese ocurrido tiempo atrás, cuando todavía era respetado y mimado por la sociedad porteña, otra habría sido la reacción de su amigo. Porque, de los dos, ahora era Julián Zaldívar el indicado para pretender a la maestra. Sin embargo, las circunstancias lo convertían a él, un don nadie, en el padre del hijo por venir.

—¿Cómo ocurrió? ¿Cuándo? Quiero saberlo.

—No me parece necesario.

—Fran —dijo Julián con furia contenida—. Si descubro que me engañas en esto...

Francisco se levantó con lentitud y encaró a su amigo con la expresión más tensa que nunca.

—Jamás lo habría mencionado si no tuviese alguna seguridad —repuso, mordiendo las palabras.

Julián buscó en el fondo de su copita el resto del licor y luego se pasó la mano por el rubio cabello, alborotándolo. Había perdido. Fran se llevaría a Elizabeth. De repente, una idea nueva cruzó por su mente.

—¿Quieres a ese niño?

Al ver que Fran permanecía mudo, insistió con vehemencia:

—¿Lo quieres? ¿Estás dispuesto a cumplirle a ella por obligación, o lo quieres de verdad? Porque te juro, Fran, que no me importaría cargar con el hijo de otro, aunque sea tuyo, con tal de proteger a Elizabeth.

Las palabras venenosas de Julián le dolieron más de lo que imaginaba. Habría preferido que su amigo lo golpease o lo retase a duelo, antes que percibir el desprecio contenido en aquella frase: "aunque sea tuyo". El hijo de un bastardo. Fue ese ataque sorpresivo lo que lo movió a contestar con voz firme:

—No dejaré a mi hijo sin padre.

—¿Pero la quieres? —insistió Julián.

Francisco rememoró la manera dulce y apasionada en que Elizabeth le había brindado consuelo aquella noche en la playa, la suavidad de su cuerpo blando, amoldado al suyo, los suspiros delicados, las lágrimas, la sonrisa de placer seguida de un breve sueño acurrucada entre sus brazos. ¿Por qué no? ¿Acaso había tenido alguna vez algo mejor? No hubo ninguna mujer que lo amara por él mismo, sin tomar en cuenta su posición o su fortuna. Mientras fue Francisco Peña y Balcarce, no le faltaron las candidatas. Una vez esfumada aquella aureola, era probable que ninguna damita suspirara por él. Sólo Elizabeth. Para ella, las personas valían por sus esfuerzos y la bondad de su corazón. La había visto disfrutar de la sencillez de los Miranda en su pobre rancho, de los cuidados de la negra Lucía y hasta de los pocos momentos en que él se mostró agradable. Para Elizabeth O'Connor, los oropeles eran superfluos, ella veía el interior de las personas, con esa perspicacia ejercitada en su condición de maestra y esa natural disposición a proteger a los más necesitados.

—La quiero, sí —respondió con firmeza, y él mismo se sorprendió del tono de su voz.

El viaje prosiguió al amanecer, después de un frugal desayuno ofrecido en el estribo por la vasca: leche recién ordeñada "para la señora".

El dueño de la posada les dijo que la otra galera les llevaba cierta ventaja.

—Pasaron por acá anoche y durmieron un poco, pero el mandamás que venía con ellos quería partir muy temprano.

Francisco se preguntaba quiénes viajarían en aquel vehículo que les pisaba los talones. La Posada del Zorzal quedó atrás, recortada por el resplandor del sol naciente, y de nuevo el traqueteo monótono se impuso a las conversaciones. El coche de los Zaldívar era más cómodo que la galera alquilada, de modo que Elizabeth pudo disfrutar del paisaje sin sentirse acalambrada. Julián se encargó de indicarle al conductor, un peón de El Duraznillo, que siguiera el camino de la sierra, alejado de los pantanos del Tuyú.

—Es un poco más largo, pero no correremos el riesgo de encajarnos en la tierra blanda —aseguró.

El descanso y la buena comida obraron milagros en el ánimo de Elizabeth. Se la veía casi entusiasmada por la perspectiva de encontrarse con el señor Peña y Balcarce y, por supuesto, con sus alumnos. Contó a sus acompañantes algunas anécdotas de la escuelita y Francisco se enterneció al comprobar con cuánto detalle recordaba cada minucia, cada palabra de los niños. Sería una buena madre.

Julián debió advertir que el otro la miraba embobado, pues extendió de pronto sus piernas, sin cuidarse de ocupar el lugar de Francisco, y dijo en voz bien alta:

—¿Qué piensa hacer cuando lleguemos, señor Santos?

La pregunta lo tomó desprevenido. Fran comprendió que, en su papel de hermano excéntrico del amigo de Julián, podía no ser bienvenido en la estancia, si bien la cortesía obligaba a ofrecerle alojamiento. Julián no sería tan rencoroso como para llevar la farsa hasta las últimas consecuencias, al menos eso esperaba.

Lo miró con fingida humildad y respondió:

—¿Habrá algún hotel cerca de allí?

Su amigo le retrucó con una mirada torva, en tanto que Elizabeth se horrorizó.

—Por favor, ni lo piense. Allá no hay nada que se parezca a un hotel, ni siquiera una posada sencilla. Mientras yo estuve, compartí el rancho de un puestero y su esposa, ya que al Padre Miguel no le pareció apropiado alojarme en la parroquia. Es probable que a un hombre solo no le ponga reparos. En cualquier caso, don Armando Zaldívar lo recibirá gustoso en la casa, estoy segura.

La confianza con que Elizabeth hablaba del afecto de los Zaldívar le resultó dolorosa a Francisco. Debía aceptar que no había sido amable con ella en la laguna, así que se merecía lo que estaba sucediendo.

Permanecieron callados un rato y la monotonía del paisaje los amodorró. Elizabeth dormitó hasta que su cabeza encontró el hombro de Julián, sentado a su lado, y allí se quedó, sumida en un sueño sereno. Francisco buscó el horizonte con la mirada, para no pensar que la mujer que deseaba confiaba tanto en su mejor amigo como para dormir junto a él, y también para eludir la expresión victoriosa de Julián.

Al mediodía, el sol calcinaba la tierra pese a ser otoño. Sin árboles ni pastos tiernos, la pampa árida se ofrecía en su desnudez implacable, y en el interior del vehículo el calor se concentraba por la imposibilidad de abrir las ventanas.

De repente, un alarido atroz congeló el aire.

Francisco y Julián se despabilaron de inmediato y escudriñaron el panorama. A lo lejos, unos manchones blancos de sal reverberaban, hiriendo la vista y dificultando la percepción de lo que ocurría. Más cerca, grandes matorrales de cardo Castilla ondulaban a merced del viento. No parecía suceder nada y, sin embargo, Fran sintió erizarse el vello de su nuca.

Sonó un disparo que acabó con sus dudas.

En la inmensidad, aquellos ruidos alcanzaban dimensiones monstruosas, llenando todos los huecos. El cielo se oscureció cuando espirales de tierra subieron desde la lejanía para extenderse hasta la galera, que continuaba bamboleante, siempre en la dirección indicada por Julián. El conductor y sus dos escoltas ya habían captado la situación y sacaron a relucir sus pistolas y sus rifles.

—Fran —dijo Julián, con un atisbo de temor en la voz.

—Lo sé.

En aquel breve intercambio, estaba todo dicho: indios.

El malón tan temido.

Fran cargó su pistola y desenfundó el cuchillo, colocándoselo en el cinturón, en tanto que Julián revisaba las armas que portaba ocultas en su equipaje. Elizabeth los contemplaba con horror. Se había despertado por el sacudón del coche, coincidente con el bramido escuchado. Su razón le decía que estaba ocurriendo algo terrible y su cuerpo aún no recibía las señales, se sentía envuelta en una bruma de irrealidad. Recién al ver la precisión con que los dos hombres se preparaban para defenderse, comenzó a temblar. Le castañeteaban los dientes y no podía articular las palabras que deseaba decir.

—Elizabeth, quédese aquí adentro, no importa lo que vea ni oiga. No salga, ¿entiende?

El señor Santos la miraba con fiereza. Poco quedaba del atildado naturalista que contemplaba la vida desde una lupa o a través de los libros. Santos Balcarce había sufrido una transformación inquietante y ella no tenía tiempo de analizarla, pues ya Julián corroboraba la orden, diciéndole:

—Por el amor de Dios, Elizabeth, haz caso y permanece adentro del coche. Si el conductor muere o nosotros no podemos subir, conduce las mulas hacia donde sea, a toda velocidad. ¿Escuchaste? ¿Escuchaste? —repitió, con una nota histérica en la voz.

Luego, miró al señor Santos de modo significativo. El hombre asintió y entonces Julián puso en su mano una de las pistolas.

—Esto se dispara así —le explicó, empujando sus dedos para que los colocase en la posición adecuada—. Úsalo si es necesario.

—¿Usarlo? —balbuceó Elizabeth, desconcertada.

Todo ocurría demasiado rápido.

—Dispare, Elizabeth, a cualquiera que no sea uno de nosotros —sentenció Fran.

Sin ocuparse más de ella, ambos se parapetaron tras las puertas, levantando los vidrios para colocar los caños de las pistolas.

Afuera reinaba la confusión. Ya se veía con claridad lo que sucedía. Una galera similar a la de ellos se encontraba volcada en la tierra, con las ruedas girando en el aire. Una pequeña multitud danzaba en torno.

La pampa parecía abandonada, vacía de vida. No había ni uno de los animales que señaló el señor Santos durante el viaje. El único movimiento se concentraba alrededor de la galera destrozada que, para horror de Elizabeth, ¡tenía gente adentro! Al disiparse la tierra, pudo ver que los que giraban en círculo eran salvajes semidesnudos, de expresiones feroces. Blandían unas lanzas de tamaño increíble, haciéndolas girar en el aire de puro alarde. Elizabeth no podía calcular cuántos eran. Quince o cincuenta, estaban por todas partes y metían tanta bulla que parecían una tribu entera. Francisco observaba con frialdad la danza sangrienta y comprendió que acababan de asesinar a los ocupantes de la galera que los había seguido hasta la Posada del Zorzal. El malón era pequeño, un puñado de indios que habría visto la ocasión de hacerse de algunas provisiones. La rastrillada del día anterior debió ser de ellos. Lástima que tomaron el recaudo de cambiar la dirección del viaje, pues era lo que los indios esperaban. En los campos del Tuyú, tal vez, no se habrían arriesgado. Apretó los dientes mientras apuntaba a uno que parecía ser el jefe, vestido con quepis y chaqueta militar. Los nativos codiciaban los uniformes y luego hacían gala de ellos, demostrando superioridad. El disparo retumbó en el interior de la galera, provocando la reacción de Elizabeth. La muchacha se llevó las manos a los oídos, gritando y dejando caer la pistola. Fran la tomó de inmediato y casi se la clavó en la mano, atravesándola con una mirada feroz.

—¡Úsela! No la suelte. ¡Dispare o lo haré yo para evitar que los indios la cautiven! ¿Entendió, Elizabeth? O dispara a matar, o la mato yo mismo, antes que ellos.

La enormidad de lo escuchado paralizó a la muchacha y no volvió a soltar la pistola, que le quemaba en las manos. Ella jamás había tocado un arma. Su vida transcurría entre libros y gente civilizada. De nada le servían ahora, en medio de aquella horda que aullaba y aniquilaba con pasmosa facilidad. También los demás lo hacían. Desde lo alto del coche, se escuchaban los disparos de los hombres de El Duraznillo, en tanto que Julián, el dulce y apuesto Julián que con tanta ternura la trataba siempre, tenía el semblante contraído en una mueca de furia y disparaba... ¡Con las dos manos! El señor Santos llevaba el cuchillo de hoja larga sujeto entre los dientes, igual que un indio, y cargaba las armas a tal velocidad que Elizabeth se sintió mareada. La pólvora llenaba la cabina del vehículo y le secaba la garganta.

Un golpe sacudió la galera y uno de los conductores cayó fulminado desde el techo. Elizabeth gritó sin que nadie la escuchase, pues las detonaciones se sucedían sin pausa. Los indios también llevaban armas de fuego y las usaban con regocijo, contentos de poder medirse en igualdad de condiciones con el *huinca*. Hubo un forcejeo y el indio asesino cayó también, mostrando su rostro contorsionado por el dolor ante Elizabeth. Un rastro de sangre recorrió el vidrio de arriba abajo. A través de la mancha, la joven vio cómo uno de los indios se volvía hacia la galera, como si recién descubriese su existencia. Era más alto que los otros y no vestía como ellos. Captó un instante de vacilación en la actitud del hombre y, pese al desmayo que sentía, pudo apreciar que aquel sujeto gozaba de cierta autoridad. ¿Sería un gaucho alzado, de los que Julián le había hablado? ¿Podría esperar de él mayor compasión, o sería tan despiadado como los indios con los que iba? El jinete se acercó al galope corto, guardando distancia al ver los cañones de las pistolas. Julián disparaba por la ventanilla opuesta, de modo que fue Francisco el que se encaró con él.

—Hijo de puta —murmuró.

Antes de que Elizabeth pudiese darse cuenta de lo que sucedía, el señor Santos disparó, y la bala rozó el poncho flameante del jinete. Se escucharon nuevos alaridos y la indiada arremetió contra los ocupantes del segundo coche. Elizabeth, temblorosa, levantaba el arma que apenas podía mantener quieta, cuando el jinete emponchado hizo un gesto que cortó el avance de los pampas. Reinó un silencio extraño. Uno de los indios desmontó y se aproximó al jefe, gesticulando con furia. Al parecer, no estaba de acuerdo con la tregua. Los tres ocupantes del coche observaban el fluir de los acontecimientos, prontos a reaccionar ante el menor descuido. El hombre que tenía autoridad no separaba la vista de la galera, aunque tampoco dejaba de vigilar a los demás. Francisco dirigió una mirada de preocupación a Julián. El joven no las tenía todas consigo. Aquel malón no reunía las características comunes. Por empezar, un coche aislado en medio de la pampa no era tentación suficiente para arriesgarse a atravesar la línea de fortines. El Centinela no estaba lejos y, además, había soldados patrullando la zona, según ellos sabían. Si hubieran arrastrado caballos o ganado, los indios podrían haberse tentado; se les antojaba demasiada audacia por tan poco, a menos que supiesen de antemano que en la galera volcada llevaban algo valioso... o a alguien.

De pronto, una saeta encendida surcó el aire que los separaba de la indiada y se clavó en el techo de la galera. Francisco soltó una maldición y comenzó a utilizar la manta de viaje para apagar el fuego incipiente con una mano, mientras que con la otra sostenía la pistola, siempre apuntando. Julián acudió en su ayuda, en tanto que Elizabeth hacía lo propio.

—¡Abajo! —exclamó Francisco, justo a tiempo de evitar otro lanzazo que atravesó los vidrios.

La confusión reinaba tanto adentro de la galera como afuera, ya que el hombre montado, al ver lo sucedido, había lanzado su caballo contra el indio desobediente. El pampa cayó bajo los cascos sin que sus compañeros hicieran nada por defenderlo. Ésa fue la oportunidad que aprovechó Francisco para disparar a quemarropa, seguido por Julián, ambos enardecidos, dispuestos a acabar con la horda o dejar la piel en el intento.

Ahogada por el humo, con los ojos llorosos y sin poder ver adónde apuntaba, dolorida por los golpes que, sin querer, tanto Santos como Julián le propinaban al desplazarse hacia uno y otro lado, Elizabeth se dejó caer al suelo, vencida. Su pensamiento voló hacia el hijo que, tal vez, jamás llegaría a conocer. Escuchó como entre sueños un estampido, el ruido de un cuerpo que caía, más gritos y los cascos de los caballos cerca, muy cerca. La puerta del coche se abrió de un tirón y unos brazos fuertes la arrastraron hacia afuera. El aire cortante casi la dejó sin respiración, o quizá fuese la brusquedad del apretón. Sintió que la alzaban en medio de voces e imprecaciones que no entendió y que la colocaban sobre el lomo de un caballo, boca abajo. Le dolía el vientre y temió por su bebé. La tierra que levantaban los cascos del animal no le permitía ver qué había sucedido adentro de la galera. Quería saber si Santos y Julián estaban a salvo, si el indio que la llevaba tenía la misma expresión salvaje que los que ella había visto. ¿Y el gaucho? ¿Lo habrían matado sus cómplices?

Cerró los ojos y dejó que una bendita inconsciencia se apoderara de ella.

CAPÍTULO 28

$\mathcal{Y}$a está hecho. La venganza, cumplida.

Aunque no puede devolver la dignidad a sus parientes, humillará al que se las arrebató. La cabeza del doctor Nancy será expuesta, para escarnio de su espíritu, en el mismo cañadón donde su padre y su hermano perdieron la suya. No le resultó difícil averiguar por dónde pasaría la galera que llevaba al doctor y sus medicinas rumbo al fuerte. Tampoco le costó entusiasmar a algunos hombres de Quiñihual para que lo acompañasen. Son jóvenes y están sedientos de aventuras y riquezas. Sin embargo, debe reconocer que el destino se burla de los hombres, incluso de los elegidos como él.

Pequeña Brasa. ¿Cómo adivinar que ella seguiría el mismo camino? Verla adentro de aquel coche, expuesta a morir de un lanzazo o atravesada por una bala, casi le detiene el corazón. La ha salvado de una muerte segura. Los hombres que lo secundaron en la matanza no quedaron satisfechos con la escasez del botín, no imaginaban que se limitarían a decapitar a un hombre que no significaba nada para ellos. Por fortuna, en esos días pasados en los toldos de Quiñihual ha cultivado la amistad del cacique y de su hija, lo que le confiere autoridad sobre los demás. Por eso nadie se interpuso cuando aplastó al atacante bajo los cascos de Sequoya.

Mira a la joven que yace sobre una manta de cuero, bajo su poncho de lana. Se hallan en su propia tienda, la que construyó a poco de llegar, con la intención de asimilarse al modo de vida de aquella gente. La ha levantado algo alejada, para disfrutar de más intimidad y evitar a algunas mujeres pampas que se le cruzan en el camino con intención.

La única mujer que él desea ver en sus mantas es la que ahora duerme con expresión tranquila, ignorando que su cautiverio ha causado gran revuelo en la comunidad. Ver al indio forastero volver con una cautiva ha provocado reclamos de parte de los guerreros jóvenes. ¿Por qué ellos no tienen derecho de preferencia, siendo parte de la gente de Quiñihual? Después de todo, han maloqueado junto con el nuevo. El cacique tuvo que hacer uso de toda su disciplina, acompañada de diplomacia, para aquietar los ánimos. Bastante soliviantada está la sangre guerrera con las noticias de la Gran Coalición que planea Calfucurá. Muchos de los más jóvenes desprecian en silencio la actitud contemplativa de Quiñihual, aunque lo respetan por ser mayor y por su pasado glorioso. Jim Morris explotó esas ansias de maloquear en su beneficio y volvió con un botín inesperado. Además de la cabeza del francés, tiene a Pequeña Brasa, por fin, bajo su techo. Sin embargo, su sentido alerta le dice que hay un error en todo eso. Su visión anticipatoria no le advirtió de la presencia de Elizabeth en la galera porque su mente estaba fija en la misión y nada más. Ahora que puede liberar la mente, ésta le dice que aquello está mal y no entiende la razón.

Quema unas hojas que siempre lleva en su cinturón y deja caer los cueros que cierran la tienda para que el humo no se disperse. Necesita pensar, concentrarse. Se sienta con las piernas cruzadas y aspira hondo, embriagándose con el olor acre. Aprieta los dientes y fija su pensamiento en un solo punto, agudizando los sentidos. Nada.

Al cabo de dos horas, abre los ojos y sacude las manos ante sí para cortar la unión con los espíritus. No puede conectarse. Nunca le ha sucedido antes. Tampoco ha sentido antes la conmoción que le produce Pequeña Brasa. La joven continúa dormida de manera profunda, a juzgar por la respiración y los labios entreabiertos. Jim le ha suministrado unas gotas de su propia manufactura para evitarle dolor. Todavía tendrá que soportar algunas crisis y no quiere verla sucumbir a la desesperación. Se inclina sobre ella y extiende una mano, con la palma hacia abajo, a escasos centímetros del cuerpo cubierto por la manta. Dibuja unos movimientos imperceptibles y susurra unas palabras en un idioma extraño. Elizabeth frunce el ceño y vuelve la cabeza. Tiene un hematoma sobre el pómulo, allí donde la silla del caballo la golpeó al cruzarla sobre el lomo. Jim pasa con suavidad el dedo pulgar, de piel áspera, disfrutando del contraste.

—¿Quién eres? —le dice—. ¿Por qué te cruzaste en mi camino?

La muchacha murmura una incoherencia y saca una mano de abajo de la manta que Jim se apresura a tomar entre las suyas. La siente helada y le brinda calor soplándole su aliento. Ella encuentra sosiego en la caricia y cae de nuevo en el sopor medicinal.

La tarde avanza y los miembros de la tribu de Quiñihual se retiran a sus aduares. No hay tranquilidad en sus espíritus, sin embargo, Jim lo sabe. Su misión exige que se marche pronto de allí, para completar el círculo de la venganza. Y será un largo camino hasta su tierra, un camino plagado de peligros e incertidumbres.

La mayor incertidumbre es qué hacer con la joven maestra que yace a sus pies. Ella lo odiará al verlo, supondrá que es el causante de la matanza. Y lo es, en efecto, sólo que su cuchillo estuvo dirigido a uno de los pasajeros de la galera, el repugnante coleccionista de cráneos. No es su culpa que el resto de los indios pasara por las lanzas a todos los demás. Es el curso normal de la guerra que se libra de norte a sur y de este a oeste, entre dos razas que no pueden convivir.

Un rasguido de cueros le indica que tiene visita.

El propio Quiñihual se adentra en su tienda, con la prestancia de un jefe que viene a exigir respuestas.

—*Ca mapu che.*

"*Ca mapu che*", "extranjero". Nunca lo engañó, después de todo. Quiñihual es un zorro astuto.

—Te saludo, Gran Jefe —responde.

El cacique mira el bulto que reposa bajo el poncho y luego los ojos de Jim.

—¿*Huinca zomo, eymi?*

—Es mía, sí. Venía en el otro carro.

Quiñihual escudriña el rostro de Elizabeth antes de insistir:

—¿*Eymi zomo?*

Si el cacique insiste en la posesión de aquella mujer cautiva es porque en el campamento habrá habido discusiones acerca de los derechos que él, un extraño, puede ejercer entre los pampas. El peligro acecha más pronto de lo previsto.

—Me la llevaré. Es de mi tierra, volveremos juntos.

Quiñihual lo contempla con fijeza, no del todo conforme. Algunos hombres destacados de su tribu le han reclamado la posesión de la cautiva. Sin embargo, esos hombres han desobedecido la orden del jefe de no maloquear, de modo que Quiñihual tampoco desea satisfacer los deseos de los rebeldes. Jim Morris capta la disyuntiva y la aprovecha para declarar sus propósitos.

—Mi misión está cumplida. Como bien sabe el Jefe que todo lo ve, no pertenezco a este mundo y la mujer tampoco. Será mejor para todos que nos separemos aquí.

Las palabras de Jim tranquilizan a Quiñihual. Este forastero, parecido a ellos en algunos aspectos y tan distinto en otros, se irá como vino y sólo quedará el problema de la guerra contra el gobierno. Sayhueque ya se declaró amigo de los blancos y le toca a Quiñihual tomar su decisión. En cierta forma, es un alivio poder hacerlo, aunque primero se asegurará de que Pulquitún esté a salvo, lo quiera ella o no.

Ésta es su hora.

—El que ha de partir partirá, con una condición.

Jim guarda silencio, expectante.

—Llevará a dos mujeres, no a una sola.

Por un momento, Jim no entiende a qué se refiere Quiñihual, hasta que a los labios del cacique asoma una sonrisa de satisfacción. ¡El muy zorro! Quiere que parta con la hija rebelde. Jim no se esperaba esa carga. Bastante tiene con llevarse a Pequeña Brasa, pese al repudio que ella le demostrará y al sentido alerta, que le dice que es un error hacerlo. Está obrando por impulso, y agregar a Pulquitún a su caravana es una locura.

Quiñihual percibe su reticencia y saca a relucir todo su poder.

—Pulquitún irá contigo y la cuidarás como a tu mujer. Adonde vayas, ella te seguirá. No te pido que la hagas tu esposa, sí que la protejas. No debe caer en manos enemigas. Si ella no va contigo, la mujer *huinca* tampoco. Uno de mis hombres la desea para él. Es joven y puede trabajar, aunque la veo delicada, quizá no sobreviva a este invierno —añade con malicia.

Quiñihual sabe que esa última afirmación decidirá al hombre. Por todos es sabido que las mujeres cautivas muchas veces mueren debido a los malos tratos de las otras mujeres del aduar, celosas de ellas, y también por los excesos de sus esposos indios, que se emborrachan y luego las castigan. No todas. Muchas terminan amando a sus esposos, que son buenos con ellas. Crían a sus hijos y, poco a poco, olvidan que han vivido del otro lado de la frontera. Algunas hasta rechazan volver cuando tienen la oportunidad, como la rubia esposa de Tromen, uno de sus capitanejos más fieles. Sin embargo, si quiere doblegar la voluntad de este hombre, Quiñihual debe hacerle creer que la mujer sufrirá toda clase de padecimientos. Observa, complacido, que lo ha logrado.

Jim aprieta los puños y levanta la cabeza, fulminando al jefe con su mirada.

—Me iré de aquí con las dos esta misma noche. Si tu hija viene a mi tienda, partirá conmigo. Si no lo hace la dejaré, pase lo que pase.

Quiñihual asiente y sale del toldo, presto a comunicar la noticia a su temperamental hija. Casi teme más ese encuentro que el que acaba de tener con el hombre de otras tierras o el que, sin duda, tendrá con Calfucurá, cuando sepa que rendirá sus lanzas ante el avance de la frontera sobre el Salado.

Francisco abrió un ojo al sentir el frío nocturno sobre su cuerpo maltrecho. Intentó volverse de lado y las costillas se le clavaron, dejándolo sin aliento. Sentía la cabeza pesada y un velo de sangre le cubría la visión. Los sucesos vividos desfilaron por su mente con rapidez, estremeciéndolo de pavor. ¡Elizabeth! ¡Julián! ¿Dónde estaban? ¿Dónde estaba él, además? No reconocía lo que veía, si bien poco y nada distinguía en la oscuridad. Como en sueños, recordó el aleteo de los caranchos y el relincho de un caballo. ¡Gitano! Levantó la cabeza con brusquedad y sintió que se le partía de dolor. No era el dolor habitual de los ataques, sin embargo. Palpó su bolsillo al pensar en eso y comprobó con alivio que el frasco seguía ahí, no sabía en qué condiciones. Pasaron varios minutos antes de que encontrara la fuerza para incorporarse. Por fin, consiguió apoyarse sobre el codo y mirar a su alrededor. Se hallaba a varios metros de donde sucedió el ataque. Podía ver a la distancia los restos de las galeras y el humo dejado por el incendio, como jirones blancos en la noche. Tuvo la certeza de que se encontraba solo. Esa certeza lo angustió tanto que sacó la botellita y bebió compulsivamente un trago de aquel remedio del que sólo necesitaba gotas. Tenía que mantenerse sereno si quería rescatar a Elizabeth, porque ése sería el paso siguiente, una vez que consiguiese mantenerse en pie.

Caminar hasta el lugar de los sucesos le demandó más de media hora y, cuando llegó, se arrodilló ante la galera de la que sólo quedaba el esqueleto, y contempló sin emoción los rostros de los peones de El Duraznillo, contraídos por la mueca de la muerte. Ni rastros de la mujer amada y de su mejor amigo. Tal vez fuera buena noticia, pensó esperanzado.

Sobre la tierra apisonada durante el entrevero, sintió de pronto una vibración, algo que el indio y el gaucho siempre saben de antemano con sólo pegar su oreja al suelo. "Cascos del sur abajo", murmuró. Venían jinetes desde el sudeste. Estaba salvado. Serían gente de El Duraznillo, sin duda, avisados del malón y acompañados por el ejército. Respiró hondo, conteniendo el dolor que laceraba sus flancos, y se puso de pie, soportando con valentía la sensación de deshacerse en miles de esquirlas.

Los cascos se volvieron atronadores y una voz en la oscuridad gritó:

—¿Quién va?

Francisco no reconoció la propia en la respuesta, cuando dijo:

—Peña y Balcarce, amigo de don Zaldívar...

Maldito Quiñihual, bien sabía lo que le endilgaba al cargarlo con su hija.

Jim Morris iba mascando su descontento mientras observaba la espalda de la orgullosa muchacha que ni se dignó dirigirle la palabra, tanta era su furia al verse alejada de su gente y de la guerra que sobrevendría. Lo malo era que tampoco colaboraba. Al ensillar a Sequoya y al caballo del hombre de la laguna, la joven india le había dicho a su padre que jamás viajaría a lomos de otro caballo que no fuese el suyo. Hubo que preparar una yegua a último momento, en plena noche, sólo para satisfacer su capricho. Y luego, al despedirse, lanzó al rostro del padre las palabras hirientes:

—Pulquitún se va contra su voluntad. Jamás formará familia ni dará hijos al mundo, para que la sangre de su linaje no se perpetúe.

Sólo un hombre como Jim, para quien la sangre, la herencia y el honor eran la vida misma, podía comprender el efecto que aquellas palabras podían tener sobre el viejo cacique. Sin embargo, el guerrero no movió un músculo, recibiendo la herida en el corazón con la misma serenidad con que recibiría el lanzazo certero que acabaría con su vida.

Llevaban horas cabalgando y la joven india seguía muda y erguida sobre la yegua. No así Elizabeth, a quien Jim sujetaba delante de él, en su silla. La muchacha desfallecía por el efecto combinado de la medicina, el cansancio y el agotamiento emocional. Tampoco hablaba, aunque sus ojos lo decían todo. Lo detestaba.

Lo reconoció apenas pasaron los vapores del bálsamo que él le suministró.

—Usted —dijo, con el tono más condenatorio que pudo.

Al comprender que él se la llevaba de allí se mostró angustiada, aunque no estaba en condiciones de ejercer resistencia, de modo que resultó fácil cargarla y subirla a Sequoya.

—¡No! —alcanzó a oír Jim y supo que, para la maestra de Boston, ésa era la señal de que creía muertos a sus acompañantes. No la sacó de su error, no le interesaba. Si aquel hombre arrogante de la playa no yacía a merced de los carroñeros era porque el indio que estuvo a punto de chucearlo había dudado. Algo vio en aquel sujeto que le inspiró temor o respeto. Ni su condición ni sus ropas, sino algo indefinible en su rostro, que Jim había percibido desde la primera vez. Aquel hombre ignoraba que tenía más en común con sus atacantes de lo que creía. No era cosa suya, sin embargo. Bastante tenía con regresar a su mundo con las dos mujeres a cuestas.

En cuanto al otro, el de cabellos de oro... que los espíritus lo acompañasen.

Elizabeth se mantenía erguida por la repugnancia que le producían las manos de Jim Morris sobre su cintura. Deseaba arrojarse del caballo y quedarse para siempre tirada, a merced del viento y la arena, hasta que cubriesen su cuerpo en tibia sepultura. Muertos Santos y Julián, su destino en aquella tierra salvaje era incierto. Pobre Julián, tan atento siempre a su seguridad y a su bienestar... ¿Qué pensarían sus padres al saberlo asesinado por una partida de indios? Todo por acompañarlos a ella y a Santos en una empresa descabellada. Se sentía culpable y tan cansada... Jamás debió haber venido, no debió acariciar ideas románticas sobre la enseñanza en países lejanos. ¿No había suficientes almas perdidas en su país, acaso? ¿Tenía que seguir siempre sus impulsos y arremeter con lo más difícil? Pensar que Santos y Julián estaban muertos le produjo una inmensa tristeza y dejó correr lágrimas que mojaron las manos de Jim.

Pequeña Brasa sufría y él no podía remediarlo, si quería llevársela a las tierras de su gente. Decirle que el hombre por quien lloraba, el maldito de la laguna, había sobrevivido al ataque pampa habría significado perderla, pues ella querría volver. Creyéndose sola y desamparada, sería más fácil de manipular. Pulquitún la detestaba, no cabía duda. Desde el primer vistazo, él notó la antipatía de la joven india hacia Pequeña Brasa, tal vez por creerla su mujer o sólo por ser blanca. Tendría que mantenerlas separadas y, apenas pudiera, ofrecer a Pulquitún a algún hombre en busca de esposa. No tendría cabida en su tribu, mejor sería desembarazarse de ella a lo largo del camino, lo bastante lejos para que no corriese peligro, como le prometió a su padre. Aunque ajeno a las disputas de aquellos nativos, Jim las comprendía bien, pues no se diferenciaban tanto de las suyas, en el País de los Búfalos.

El camino de las montañas era el más seguro, de modo que enfiló hacia la dorsal de los Andes, sabiendo que les aguardaban días duros, de intenso calor alternado con terribles fríos nocturnos. Tenía que evitar las Salinas Grandes, reducto de los alzados de Calfucurá, para verse libre de las guerras internas de aquel país. Pulquitún sabría cómo, aunque no querría decírselo.

—Alto —ordenó—. Haremos noche aquí.

—No es de noche —porfió Pulquitún.

—La noche caerá pronto y tenemos que descansar.

—Yo no lo necesito —insistió la muchacha india—. Será por la *huinca*, que es floja —agregó con saña.

Jim no respondió. Si aquella mujer porfiada quería zaherirlo con su lengua, allá ella. Lo único que lo movía era la seguridad de Pequeña Brasa y el cumplimiento de su propósito. Desmontó y obligó a Elizabeth a sentarse sobre las mantas que extendió en el piso. Pulquitún observaba la escena desde lejos, furiosa. Ella no quería ir con ese hombre extraño que sólo tenía ojos para la *huinca*, ni quería verse separada de su gente. Su padre había cometido un error al obligarla a partir, un tremendo error que ella le haría pagar. Por el momento, trataría de sobrevivir con ayuda de ese hombre y, en la primera oportunidad, huiría rumbo a las Salinas, donde la gente de su sangre la recibiría como a una guerrera más. Podía bolear, chucear a cualquier cristiano y desollar vacas y caballos. No había nada que ella no supiese hacer como un hombre.

—Come —la instó Jim, ofreciendo a su cautiva un caldo que había cocinado en una fogata pequeña.

Elizabeth volvió la cabeza, rehusando como una niña.

—Comerás —la urgió, sujetándole la mandíbula e introduciendo el líquido a través de sus labios cerrados.

La muchacha resistió todo lo que pudo, hasta que el borde metálico del jarro lastimó su boca y tuvo que ceder, dejando que el caldo espeso resbalara por su garganta. Se le mezcló con las lágrimas y se atoró. Jim aguardó paciente a que terminase de toser y le introdujo más sopa, implacable. Lograría que la muchacha sobreviviera, costase lo que costase. Que la otra tampoco quisiera comer no le preocupó, pues ella no deseaba morir como Pequeña Brasa.

—Ahora duerme —ordenó, una vez que consiguió darle algo de café.

Elizabeth lo miró con odio. Tanto mejor. Era más sano alimentar su odio. Armó un campamento circular en torno al fogón y se acostó cerca de ella. Cualquier movimiento lo despertaría, tenía el sueño liviano. En cuanto a Pulquitún, si huía se vería perdida en aquella planicie desolada, no le convenía arriesgarse. Al revés que Pequeña Brasa, la joven india conocía los peligros a que se enfrentaba.

La Cruz del Sur apareció, nítida, sobre sus cabezas. Jim seguiría el rumbo opuesto, siempre hacia el norte y luego hacia el este, hasta que fuese seguro detenerse, vestirse de modo adecuado y tomar un vapor rumbo a la tierra de sus ancestros. Pensando en ese momento y en el rostro de Luna Azul cuando le mostrase la cabeza del francés, se durmió.

El bruto dormía, era su oportunidad de escapar. Esperaba que no le flaquease el cuerpo en el momento de la huida y que su sentido de la orientación no la engañase. Habían cabalgado en sentido opuesto todo el tiempo, de modo que lo único que debía hacer era montar sobre uno de los caballos y desandar el camino. Confiaba en que el animal encontraría el rumbo. Se incorporó en silencio, mordiéndose el labio cada vez que un pequeño ruido la delataba. El frío de la noche laceraba sus manos desnudas, pero ella sólo pensaba en una cosa: regresar. Arrastrando la manta tras de sí, pudo aproximarse al sitio donde pastaban los tres caballos. Reconoció al moteado del bruto y dudó, por fin decidió que no le convenía retarlo huyendo con su caballo. En dos pasos estuvo junto al otro animal, más grande, que la miró tranquilo con sus ojos oscuros.

—Shhh... —murmuró, e hizo el primer movimiento para colocar la manta sobre el lomo.

Un brazo fuerte la sujetó desde atrás y un cuchillo brilló en la negrura, deteniéndose en su cuello.

—¿Adónde vas? ¿Crees que vamos a seguirte por todos lados, perra inútil?

Pulquitún había vigilado los intentos de la mujer *huinca* hasta que decidió que era suficiente. Si la perra huía, el hombre la haría correr tras ella, perdiendo un tiempo valioso para su propia huida. No estaba dispuesta a eso. La empujó hacia el fuego y la amedrentó blandiendo el cuchillo ante sus ojos. Sin embargo, no contaba con el temperamento de Elizabeth. Agotada por el sufrimiento, sintiendo que nada tenía que perder y furiosa por verse sacudida de un lado a otro, el enojo pudo más que cualquier temor y Elizabeth golpeó la mano de Pulquitún, desviando el arma de su cara.

—¿Cómo se atreve a meterse en mi camino? —susurró feroz, pues no quería que Jim Morris despertase—. Hágase a un lado y déjeme ir, así se quedará usted con ese hombre bestial que tanto le gusta.

—¿Que me gusta? —exclamó la india, también bajando la voz—. ¿Quién le dijo eso? Ese hombre no es nada para mí, ningún hombre vale la vida de una mujer. Sólo quiero llegar a mi destino.

—¡Pues yo también! Hágame el favor de no impedirlo y yo no impediré su fuga.

—Nadie va a fugarse —dijo una voz grave desde la oscuridad.

La figura de Jim salió de las sombras y se plantó ante las dos mujeres con aire burlón.

—Lamento que ninguna de las dos esté dispuesta a seguirme por su voluntad, en todo caso, eso me facilita las cosas. Puedo atarlas a ambas y solucionar el conflicto. Hay caballos de sobra para llevar un fardo en el lomo. ¿Quién será la primera?

Las dos muchachas miraron el rostro aguileño del hombre con idéntica furia, aunque en el de Elizabeth se leía cierto temor. No había perdido a su niño todavía; sin embargo, una nueva cabalgata en esas condiciones podía ser fatal. Jim, que percibió el atisbo de miedo, no hizo nada para tranquilizarla. Si quería llevarse a Pequeña Brasa de allí, debía ser inflexible. Ya vería cómo se las arreglaba cuando la tuviera en su tierra, como su mujer. Tal vez Luna Azul colaborara en la tarea, enseñando a la joven de Boston a vivir como una cherokee.

El resto de la noche transcurrió sin sobresaltos y cuando al amanecer emprendieron la marcha Jim Morris descubrió que, al menos en su odio hacia él, aquellas dos mujeres se sentían unidas.

La morosidad con que el gobierno resolvía los asuntos de frontera irritaba tanto a los de un bando como a los del otro. Rumores de atrocidades cometidas por ambos surcaban el desierto y los espíritus se alimentaban de odio. En el medio de la lucha, el gaucho optaba por ayudar al indio cuando huía de la autoridad y por plegarse al blanco si buscaba vengarse de algún atropello.

El capitán Pineda fumaba en su despacho de la comandancia, luego de un día agitado.

—Están todos alzados, como una manada de machos cabríos, tanto del lado de Chile como del nuestro, malhaya... Ni las remesas de trigo son promesa suficiente para ellos ahora.

—Es por culpa de Calfucurá. El muy ladino sabe cómo engatusarlos. Hasta lo toman por adivino.

Pineda lanzó un escupitajo desdeñoso ante las palabras de su baqueano. Los dos hombres habían entablado una firme amistad en esos meses de correrías por la línea de frontera.

—¡Quiá! Veremos si adivina su propia suerte, entonces —repuso—. Porque se las verá fieras cuando el ejército arremeta, dentro de poco. Los chilenos los están azuzando, les conviene mandarlos para este lado de la cordillera, pues roban ganado que comercian allá a buen precio. ¿No ha visto, Pereyra, con cuánta largueza andan negociando los ministros chilenos con los caciques? El gobierno argentino reclama y se hacen los sordos, pero ya vendrá el momento, ya vendrá.

—¿Y para cuándo será eso, mi capitán?

Pineda soltó una columna de humo que se mantuvo suspendida ante sus ojos un instante y respondió, pensativo:

—Había creído que sería ya mismo, pero no. Vaya uno a saber qué piensan los de la ciudad. Como ellos no están acá, helándose las patas en los fortines...

Permanecieron en silencio unos momentos hasta que Laureano Pereyra preguntó con cierto reparo:

—¿Y al mocito ése, amigo de don Zaldívar, usted le cree?

—¿Por qué no? Si él mismo fue atacado.

Ante la falta de respuesta, Pineda lo observó con atención.

—¿Acaso usted desconfía?

Pereyra se encogió de hombros.

—Usted perdone, mi capitán, yo llevo años detrás de estos indios y a mí se me hace que ese hombre no es lo que parece.

—A ver si me aclara, Pereyra, que la noche es fría y no tengo ganas de adivinanzas.

—Para mí, el tal Peña y Balcarce es un indio nomás. Y de los bravos.

El capitán Pineda sintió un escalofrío hasta en los huesos. ¿Sería el señorito ese un espía de Calfucurá? ¿Podría tenerlos engañados a todos, incluido al mismo Armando Zaldívar? Pobre hombre si era así, cobijando bajo el alero de su casa a uno de los asesinos de su propio hijo…

Como invocado por las palabras del capitán, apareció Francisco en el patio del fortín, después de dar el santo y seña a los guardias. Se reponía con rapidez de sus heridas en la estancia de los Zaldívar. Don Armando había partido a la ciudad para dar a su esposa la triste noticia del ataque indio. No quiso que se enterara por otros, pues temía la reacción de la frágil mujer ante la desaparición de su único hijo. Francisco hizo suyo el dolor del padre al ver a aquel hombre cabalgando con entereza rumbo a tan triste misión.

Fran se presentó en la comandancia, sin advertir el efecto que provocaba en aquellos hombres que acababan de nombrarlo.

—¿Qué lo trae por acá, señor Peña y Balcarce?

—Espero no interrumpir —dijo, al ver al baqueano con cara de pocos amigos.

—En absoluto. Siéntese.

El capitán hizo sitio, empujando los papeles que cubrían su modesto escritorio.

Pineda era un hombre respetado por su gente. El capitán compartía las estrecheces de la vida de campaña con el resto de la guarnición sin rechistar. Jamás hacía ostentación de su cargo y trataba de ser justo en aquellas circunstancias donde la línea entre el bien y el mal se difuminaba.

Los hombres se saludaron con un gesto sobrio.

—Vea, capitán, vine por un asunto delicado en el que espero toda la ayuda que pueda darme.

—Usted dirá.

Francisco sabía que la horrible muerte del doctor Nancy había causado pavor entre los soldados y, a pesar de que el francés no era apreciado debido a su carácter presuntuoso, su suerte había sido demasiado espeluznante como para no compadecerlo. Su cuerpo, despojado de la cabeza, fue enterrado en el terreno contiguo a la empalizada, donde también se levantó una cruz de dos palos como recordatorio. No se sabía si tenía familia que lo reclamase, de manera que ésos serían los honores por el momento. En cuanto a las reliquias que el hombre destinaba a su museo europeo, nadie conocía dónde las guardaba así que, al cabo de unos días, el asunto pasó al olvido. Y hubo que solicitar nuevo médico al Fortín Mercedes, uno de los más importantes en la línea de frontera.

Dando por sabido todo esto, Francisco fue al grano:

—Necesito una partida de hombres para rescatar a la señorita O'Connor.

El capitán Pineda aplastó su cigarro sobre la madera y guardó silencio. Pereyra parecía incómodo, jugaba con su rebenque y miraba la punta de sus botas. Fran dejó pasar un tiempo prudencial y luego, impaciente por la falta de respuesta, agregó:

—Serán recompensados.

Pineda levantó la cabeza y se atusó el bigote, pensativo.

—Mire, señor, le voy a ser franco. No es cuestión de dinero. Necesito todos los hombres que pueda usar en la defensa de la frontera. Créame si le digo que emplear aunque sea cinco de ellos en una causa particular sería criminal, por las consecuencias que pudieran sobrevenir.

Fran sintió el temido latir en las sienes al escuchar semejante excusa, pues no le cabía duda de que se trataba de eso. Elizabeth no era la primera mujer cautiva ni sería la última, y adentrarse en territorio indio para recuperarla podía significar la muerte. Todos lamentaban la suerte de la maestra de Boston y esperaban que, al menos, diese con un esposo indio que la protegiese de las represalias de las mujeres y de los trabajos forzados a que se veían sometidas las blancas arrancadas de su civilización. Otra cuestión ensombrecía las miradas de todos: el ultraje. Una mujer blanca jamás podría regresar con facilidad a la sociedad de la que había sido arrebatada, pues esa sociedad prefería verla muerta antes que mujer de un indio, tal era el odio engendrado entre las civilizaciones opuestas. Aunque no todos pensaban así, la mayoría sentía mayor la afrenta que la compasión. Él mismo había amenazado a Elizabeth con ejecutarla antes de que cayese en manos de los salvajes. Sin embargo, prefería tenerla entre sus brazos que matarla en vida, olvidándola.

—Entiendo sus razones, capitán, le aseguro que don Armando Zaldívar está muy dispuesto a colaborar con la guarnición en lo que sea. Sé que me acompañaría si estuviese aquí, pero acaba de partir hacia Buenos Aires.

—Me pone usted en una situación difícil, señor —objetó el militar—. No depende sólo de mí.

—Aun así, si usted da la orden...

—Meter a mis hombres en territorio indio sin salvaguarda de ningún tipo sería mandarlos a una muerte segura.

—El gobierno está organizando el rescate de todos los cautivos —dijo Francisco, enterado ya de los proyectos que se amasaban en la ciudad.

—Llevará su tiempo, supongo. Y cuando se haga será a lo grande, con el respaldo de un ejército, algo que, como usted puede ver, nos falta aquí.

El capitán Pineda hablaba con voz pausada y sin alterarse, aunque Francisco percibía soterradas emociones bajo su apariencia controlada. Pereyra parecía deseoso de dar su opinión en aquel diálogo forzado.

—¿Entonces no se hará nada por salvar a una mujer indefensa de su cautiverio?

La voz de Francisco adquirió matices afilados y amenazantes, lo que motivó un respingo de Pereyra.

Fran no era consciente del aspecto que ofrecía, con su cabello crecido, la barba de varios días, la expresión adusta que acentuaba sus facciones toscas y aquellos ojos extraños, iluminados en ese momento por la ira. Pasaría por cualquier cosa antes que por un mocito bien de Buenos Aires. El capitán lanzó una mirada de reojo a su baqueano, como dándole la razón acerca de sus sospechas. Francisco podría ser un Peña y Balcarce, pero se parecía mucho más a un gaucho matrero.

—No puedo prometerle ayuda, a menos que me lleguen refuerzos —mantuvo con firmeza, pese a la actitud hostil del visitante.

—Condena a la señorita O'Connor a una existencia miserable, por no decir a una muerte ignominiosa —bramó Fran, poniéndose de pie.

El baqueano se interpuso, como si pudiese atajar la furia del hombre.

—Si me permite un consejo, amigo —dijo, ante la sorpresa de Pineda—. No arriesgue la vida de los hombres por una cautiva.

Esas palabras tuvieron el efecto de encender a Francisco como no lo había hecho ninguna cosa hasta entonces. Pateó la silla hacia atrás, incrustándola en la puerta con estrépito, y tomó a Pereyra por el cuello de la camisa, pegando su nariz a la de él para que no se perdiese ni un ápice de su respuesta.

—Dígamelo cuando rapten a su esposa o a su hija, "señor". Sólo un cobarde negaría su protección a una dama.

Antes de que desenvainasen el cuchillo, como era de esperar, el capitán los sujetó de los hombros para contenerlos y habló con voz firme que no admitía réplica:

—Calma. Los dos tienen razón.

Francisco y Pereyra se miraron con furia, manteniendo una postura combativa, mientras el capitán continuaba.

—Lo que mi baqueano le dice, señor, es que a veces las mujeres robadas nos dan el esquinazo.

Ante la expresión incrédula de Fran, prosiguió:

—No es la primera vez que un hombre se atreve a negociar con el indio un rescate, o a caerle encima con toda la tropa para recuperar a su mujer y, cuando se cree victorioso, resulta que ella elige quedarse en la toldería, fiel al crinudo que la tomó por la fuerza. No digo que sea la naturaleza de la señorita —agregó con rapidez, al ver la cara de Francisco—, pero hay que considerarlo cuando se trata de arriesgar el pellejo de tantos. No olvide que las cautivas, muchas veces, conciben hijos mestizos. ¿A qué mujer puede exigírsele que abandone a sus hijos?

Las razones del capitán no hicieron sino enfurecer a Francisco, al punto que temió por su cordura si permanecía un momento más en aquel sitio. La mención de un hijo provocó un nuevo dolor, hasta entonces desconocido, que le retorció las entrañas.

La rescataría solo, decidió. Era lo correcto, tomando en cuenta que había sido rudo con ella desde el primer día y la había convertido en una mujer deshonrada sin reparar en el daño. Ahora que sus sentimientos quedaron al desnudo, dejaría la piel a tiras si era necesario, y la recuperaría fuera como fuese. En cuanto a lo que decía Pineda, estaba seguro de que Elizabeth no le volvería la espalda, a pesar de los resentimientos que pudiese albergar hacia el "señor de la laguna".

Partió del lugar sin despedirse, dispuesto a preparar su rescate. Tendría que llevar provisiones y abalorios que atrajesen al indio, para el caso de que hubiese una negociación. Traspasó al galope el portón del fortín, sin escuchar la recomendación del capitán Pineda en medio del ruido de los cascos:

—¡No sea arrojado, amigo, aguarde los refuerzos del gobierno!

Cerró los sentidos a todo lo que no fuese el propósito que perseguía y enfiló hacia la hacienda. Si algún indio bombero lo veía recorrer el desierto de rocas y matorrales a la velocidad del viento, inclinado sobre el lomo del animal, con el semblante contraído y los músculos tensos, pensaría que se trataba de un pampa, con el negro cabello ondeando sobre sus hombros y los ojos entrecerrados, fijos en el camino, en una meta que, a partir de ahora, se convertiría en la razón de su vida: Elizabeth.

CAPÍTULO 29

*J*im Morris las sometía a una marcha forzada a través del territorio más desolado que Elizabeth hubiese visto. Sólo rocas y montes espinosos constituían el paisaje del que el agua parecía haberse evaporado para siempre. Cada tanto, una hondonada recordaba que allí había desembocado un río, aunque de aquella laguna sólo quedaba un fondo salino que el sol convertía en plata bruñida. Tenía sed, se sentía sucia y le dolía todo el cuerpo. Había sido un milagro no haber abortado durante el ataque a la galera. Si ese niño estaba tan aferrado a su seno sería porque de él iba a sacar las fuerzas para salir adelante.

Elizabeth miró de reojo el perfil de su captor. Nada conservaba del gentil pasajero que le procuró compañía al descender del *Lincoln*. Sus facciones endurecidas parecían talladas sobre piedra, llevaba el cabello en una coleta, rozando los omóplatos, y su vestimenta cada vez se asemejaba más a la de cualquier indio. Ella había percibido un atisbo de ese salvajismo el día que Jim Morris la visitó en la capilla y la acompañó hasta la laguna. Ahora la mutación era completa. Aquel hombre cortés, vestido con ropa elegante y modales de caballero sureño, se había ido despojando de las capas de civilización para quedar en su esencia desnuda, igual que las rocas que los rodeaban por todas partes. ¿Cómo pudo equivocarse tanto? Ella, que consideraba al señor de la laguna un energúmeno, tenía frente a sí la prueba de que otros podían superarlo. Francisco, por lo menos, había sabido ser tierno cuando hizo falta.

—No piense tanto, Elizabeth, o se le calentará la cabeza.

Indignada porque ese hombre supiese que estaba pensando en él, clavó la vista en el camino y se mantuvo callada.

Pulquitún marchaba unos metros al costado, por un sendero paralelo, sin dignarse a echarles una mirada. Elizabeth no la culpaba por su actitud hostil: ella también era una prisionera, por lo que pudo deducir. Al principio la creyó celosa, luego comprobó que detestaba a Morris tanto o más que la propia Elizabeth.

Jim decidió hacer un alto al llegar el sol al cenit, para evitar la insolación. Las mujeres no llevaban sombreros y sus rostros sofocados le decían que aguantarían poco más sin beber agua ni descansar. Claro que ninguna de las dos lo reconocería. En tozudez, no creía que hubiese diferencias entre la india y la dama de Boston. Se encaminó hacia una cueva que formaba una sombra protectora con su alero rocoso. Desmontaron, y Pulquitún se ocupó de desensillar los caballos y frotarlos, tarea que parecía agradarle. Jim fabricó una especie de nido con las mantas que traía enrolladas sobre el lomo de Sequoya e instó a Elizabeth a recostarse sobre ellas. Le tendió la cantimplora y la muchacha bebió con afán. Él se la quitó antes de que pudiese dar el tercer trago.

—Debemos escatimarla —le dijo— hasta que nos topemos con algún arroyo.

—Entonces será mejor que no bebamos nunca, pues por aquí no hay agua ni la habrá —contestó ofuscada Elizabeth.

Jim la contempló con detenimiento. Eran las primeras palabras que le dirigía en mucho tiempo y, como esperaba, teñidas de desprecio. Pulquitún también bebió y no fue necesario quitarle la cantimplora. La india sabía bien a qué se enfrentaban. Jim no pudo sino sentir admiración hacia ella.

—Lindo animal —comentó Pulquitún, pasándose el dorso de la mano por la boca.

Elizabeth se sobresaltó, creyendo que se refería a su carcelero, hasta advertir que las palabras elogiosas estaban dirigidas al caballo sin montura que llevaban con ellos, un tordillo de espectacular alzada.

Jim contempló a Gitano sin poder ocultar su estima. Había codiciado ese caballo desde el principio. Debía reconocer que su contendiente también tenía buen ojo, pues se había conmovido al ver a Sequoya.

—Descansen —ordenó.

El atardecer era una hora lánguida, la del recogimiento y las oraciones para conjurar a los malos espíritus. En la tierra de Jim, la gente conocedora era respetuosa de las fuerzas mayores. Sólo el blanco se animaba a desafiarlas, con bastante mala suerte a veces, sin advertir que estaba siendo castigado por su soberbia.

Después de la magra cena, una liebre que Morris cazó sin moverse del sitio, los tres se dispusieron a dormir. Pulquitún armó una cama algo alejada de la cueva, usando paja cortadera como colchón y una de las mantas traídas de su toldo. La india hacía gala de resistencia al dormir bajo las estrellas. Elizabeth, en cambio, se arrebujaba en su manta de lana, tiritando. Jim podía oír el castañeteo de los dientes en la oscuridad. Habría deseado extender un brazo y atraerla hacia sí, darle calor con su cuerpo, prometerle que todo iría bien para ella. Lo que lo detenía era el rechazo que esa actitud provocaría en la joven y la convicción de que, para sus fines, era mejor que ella creyese que su vida corría peligro. De ese modo, no intentaría escapar.

La luna asomó su cara, blanqueando el desierto hasta donde la vista alcanzaba. En esa palidez sepulcral, cada árbol, cada hondonada parecía poseído por un ser maligno que acechaba al viajero. Sería por eso que los indios no atacaban de noche.

El ronquido de Jim mantuvo despierta a Elizabeth. Evitaba darse vuelta para no alertarlo. Cada vez que ese hombre la miraba, ella temblaba por dentro, aunque fingía altivez para mantenerlo a raya. Su intuición le decía que él respetaba el valor, lo había percibido cuando miraba a la india. Escuchó estremecida el grito de un ave nocturna. ¿Cuál sería? A su mente vino el recuerdo del señor de la laguna explicándole la conducta de los flamencos rosados. Qué curioso, parecía familiarizado con las aves y sus costumbres, al igual que su hermano. No era el único parecido, pensó. Santos Balcarce también podía mirar de un modo amenazador, a través de sus lentes. Lo recordó acodado en la ventanilla de la galera, disparando y cargando el arma al mismo tiempo. Ese pensamiento le trajo otro recuerdo doloroso: el bueno de Julián mirándola con compasión, como si adivinase su suerte a partir de ese momento. Elizabeth posó su mano sobre el vientre, conmovida. Julián sabía que ella aguardaba un hijo de su amigo. Había querido protegerla ofreciéndole su apellido y ella lo había rechazado. ¡Qué no daría por una segunda oportunidad! ¿Sería capaz de casarse con un hombre llevando en su seno el hijo de otro? En aquella tierra dejada de la mano de Dios, una mujer era capaz de cualquier cosa. Allí, en el desierto, durmiendo bajo un techo de rocas en compañía de una india y un bandolero, embarazada y muerta de sed, las reglas eran otras.

La sed, inmensa, la abrasaba por dentro. ¿Tendría fiebre? Se tocó la frente. Tiritaba tanto que no pudo comprobar si estaba caliente. La cantimplora de Jim no estaba lejos, lo había visto guardarla entre sus cosas, a la entrada de la gruta. Él no podía negarle un sorbo de agua, aun si escaseaba. Si no mojaba su boca, moriría allí mismo de calor, de fiebre y de sed. Se incorporó, apretando los dientes para que no castañeteasen. En la penumbra, advirtió en el primer bulto el cuerpo de Jim Morris. Dormía atravesado, sin duda para evitar que ella saliese. Muy astuto. Envuelta en su manta, Elizabeth se deslizó hacia un extremo de la cueva procurando no arrastrar piedras. Se mantenía pegada a la pared interior, a fin de que el rayo lunar no le diese de lleno. El corazón le latía casi con dolor, tanto era su nerviosismo. Tanteó el piso de la caverna para no tropezar y gateó hasta la salida. No era tan difícil, después de todo. Animada por el éxito, avanzó con sigilo hacia las alforjas. Confiando en su tacto, comenzó a acariciar los objetos para identificarlos. Había mantas, correas de cuero y una bolsa de lana en cuyo interior tocó piedrecillas y algunas ramitas que le pincharon los dedos. Por allí no era. Su mano avanzó al ras del suelo hasta dar con otra alforja de cuero, cerrada con hebillas. Estaba a punto de desecharla cuando su instinto la empujó a revisarla. Quizá guardase un arma. Algo le decía que Jim Morris no cometería semejante descuido, sin embargo lo intentó. Palpó el cierre y abrió la solapa de la mochila. El interior albergaba un bulto blando. Los dedos de Elizabeth tocaron la tela de un pañuelo y tiraron de él hasta sacarlo. Estaba húmedo. Se habría derramado la cantimplora, qué desperdicio. Animada, volcó la alforja con cuidado y dejó salir el contenido. El grito del pájaro nocturno acompañó el movimiento y una nube oscureció la luna, formando una sombra que atravesó la escena.

El horror.

Allí, rodando en el polvo ante sus ojos, otros ojos la miraban, vacíos de vida, fijos en una agonía eterna. La sangre coagulada manchaba las facciones, pegoteaba el rubio cabello, y aun en medio de la descomposición Elizabeth reconoció la cabeza del doctor Nancy, inexplicablemente desprendida de su cuerpo, guardada en la alforja del señor Morris y ahora expuesta, para su espanto, al resplandor de la luna.

La sangre se agolpó en sus sienes, se sintió desfallecer y la boca se le abrió en un grito que nunca brotó. Balbuceó sin sentido y sus manos aferraron polvo del suelo, buscando algo real, cotidiano. No podía desprender la vista del macabro hallazgo y esa misma visión la estaba desquiciando. Debía salir de allí, buscar a alguien, decirle que la cabeza del doctor estaba en un sitio donde no debía, tenían que restituírsela... ¡Doctor Nancy! ¡Aquí está su cabeza!

Elizabeth pudo, por fin, levantar la vista y dirigirla hacia la noche. Todo estaba bien, ella estaba soñando. No había una cabeza pegoteada de sangre en el suelo. Sin embargo, no intentó comprobarlo. Se levantó, temblando, y dio dos pasos, rozando el malhadado trofeo. En su confusa mente, no podía relacionar el contenido de la mochila con nada de lo que estaba sucediendo. ¿Sabría Jim Morris lo ocurrido? ¿Quién le gastó semejante broma? Se preguntó si era su deber despertarlo y avisarle que la cabeza del médico de los fortines estaba en su alforja, para que no se sorprendiera a la mañana siguiente. Caminó unos cuantos pasos más, sin saber adónde se dirigía, y permaneció allí, casi sin respirar, sin sentir el frío sobre su piel, hasta que una voz la sacó de su estupor.

—Elizabeth.

Pegó un salto y giró, encarándose con Jim. El hombre la miraba de manera significativa. Sin su sombrero ni su poncho, se lo veía distinto: el cabello lacio formaba un manto que acentuaba sus facciones afiladas. Por primera vez, Elizabeth reparó en la inclinación de sus ojos, en la nariz aguileña, en su perfil rapaz.

Y entonces lo supo. Había sido él.

Jim Morris, el caballero gentil que echó su capa sobre sus hombros en la cubierta del *Lincoln*, que la buscó para devolverle sus cosas, la defendió ante los ataques del señor de la laguna, el mismo Jim Morris capaz de hablar con dulce tono sureño e inclinarse con cortesía ante ella, había desgajado la cabeza del doctor Nancy y la llevaba en su mochila, quién sabe adónde y por qué.

—Elizabeth, ven —decía la voz profunda.

Ella se echó hacia atrás, por instinto, eludiendo la mano que iba a capturar su brazo. Nada era lo que parecía. Jim era un asesino. Francisco Peña y Balcarce había sido "Santos" hasta que ella descubrió su engaño, y ahora tenía un hermano que se llamaba como él y la conducía hacia la laguna para... ¿Para qué? Julián la miraba con ojos tristes mientras agujereaba el pecho de los indios con su pistola escondida. Roland, su primo, visitaba los tugurios del puerto mientras su tío se abandonaba a los desvaríos en su despacho y su tía Florence se consumía sin palabras en aquella triste casa de La Merced. Los mismos indios, capaces de asaltar su carruaje y encenderle fuego, habían intentado curar el ataque del señor de la laguna. Los niños de la escuelita, la dulce Juana, prendada del fiero Eliseo. Ña Lucía, que le advertía sobre los "gavilanes": "Cuídese, Miselizabét, yo sé por qué se lo digo". Aurelia, tan sola en un mundo de hombres, como ella. El Presidente luchando contra la barbarie.

¿Dónde, sino allí, estaba la barbarie?

Elizabeth reculó, hipnotizada por la mirada de Jim. El hombre tenía el pecho ancho y la camisa tirante descubría el torso, lampiño y oscuro. Jim no tenía pelos en el pecho. Nunca lo había notado. Tampoco tenía barba. Los indios carecían de pelo en el cuerpo, lo sabía porque allá en su país era un rasgo difícil de disimular.

Jim era un indio. ¿Cómo podía ser, si había venido con ella en el vapor? Había traído su caballo, el ejemplar moteado que ahora pastaba tranquilo detrás de ellos. ¿Y el otro caballo? Elizabeth miró de reojo hacia la silueta de Gitano. ¿Cómo no se había dado cuenta? Era el caballo del señor de la laguna. ¿Qué hacía en poder de Jim Morris? Un pensamiento escalofriante le erizó el vello y paralizó su cuerpo: Jim había matado a Francisco. ¡Claro, si lo odiaba! ¡Justo ahora, que ella y su hermano Santos iban a curarlo con el tónico del doctor Ortiz! Otro médico. ¿Iría el doctor Ortiz a los fortines, a reemplazar al doctor Nancy? ¿Perdería la cabeza también?

Elizabeth llevó su mano a la frente afiebrada. Qué calor... sin embargo, no había sol. Con el rabillo del ojo, descubrió una silueta cercana: la india. Ella también la acechaba. Los dos, Jim y la india, querían su cabeza. No eran de la misma tribu, pero tenían las mismas costumbres bárbaras.

Nunca tendrían su cabeza, nunca.

Elizabeth giró sobre sus pies y echó a correr. Percibió que Jim se abalanzaba sobre ella y que una maldición coronaba su vano intento. Corrió, corrió, corrió hasta que la silueta de Gitano se perfiló ante ella. Haciendo uso de toda su destreza olvidada, se aferró a las crines del animal, rogando por que el caballo entendiera lo que se esperaba de él. Gitano cabeceó, relinchando, y luego avanzó unos pasos, sin control. Voces airadas sonaban detrás.

—Vamos, caballito, vamos... —suplicó Elizabeth, llorosa.

Arrastrada por él, llegó hasta una lomadita que le sirvió de estribo y pudo pasar una pierna sobre el anca, justo antes de que el animal se echase a galopar, espantado por lo que estaba ocurriendo. Elizabeth se mantuvo acostada sobre la grupa, aferrada a las crines, la cabeza ladeada para no ver las figuras tenebrosas de la pampa a su paso. Sólo escuchaba el retumbar de los cascos y el resuello del bruto.

—Vamos, vamos, vamos… —murmuraba enloquecida, y Gitano parecía tener alas bajo su cuerpo.

No supo cuánto cabalgaron, ni cómo apareció ante ellos una pradera en medio de la sequía espantosa que habían atravesado. Gitano volvió a cabecear y decidió que había tenido bastante por esa noche. Ramoneó entre los pastos tiernos y resolvió esperar a que amaneciera en ese paraíso inesperado. Elizabeth permaneció acostada sobre el lomo, llorando con los ojos cerrados, crispada, sin ver dónde estaba ni saber qué hacer a continuación. Con mansedumbre, el caballo se detuvo, sin pretender desembarazarse de ese peso muerto.

La estrella del alba anunció el amanecer y el paisaje helado quedó a la vista. Estaban junto a una de las grandes lagunas, una que no se había secado y todavía albergaba una intensa vida a su alrededor. Los loros alborotaban en los matorrales y las garzas hundían sus picos en las aguas quietas. Bandadas de chorlitos surcaban el cielo pálido, clamando por alimento. Entre los juncos que crecían al borde del agua, las vizcachas comenzaban su diario trajín. Algún gato salvaje habría acudido a la laguna la noche anterior, quizá para beber después de un atracón de carne fresca. La mañana se desplegaba con pereza y el agua los congregaba a todos. Gitano parecía entenderlo así, pues bebía con avidez, sus patas hundidas en el barro de la orilla, ajeno a la criatura que dormía en su lomo.

Ajeno también a los ojos que lo observaban desde lejos.

—¿*Okarejats*?

Esos ojos apreciaban la estampa del animal. Con cautela, pues la pampa es como un gran escenario donde se ve desde muy lejos, el hombre se deslizó entre las cortaderas, procurando acercarse sin ser visto. Sus pies casi no hollaban el terreno. Silencioso como un gato, con la mirada puesta en el moteado, avanzó. Tenía mil recursos para engañar, podía cabalgar de lado abrazado al pescuezo del caballo, avanzar de bruces sin espantar al avestruz, silbar como un pájaro y hasta caer sobre el lomo de ese magnífico animal, montándolo en pelo, sin necesidad de estribos ni de riendas. Sus ojos se detuvieron en el jinete, que parecía muerto, aunque se sujetaba de las crines con tanta fuerza que bien podría estar vivo. Se vería obligado a despenarlo para apoderarse de tan magnífica monta. Sacó su cuchillo y avanzó con el pecho en la tierra, levantando la cabeza como una comadreja. Ya mordía la hoja del arma para disponer de ambas manos cuando percibió que el jinete se movía.

"Ahora." El hombre saltó, como impulsado por un resorte, y en el envión se llevó al jinete consigo, cayendo sobre la hierba húmeda.

—¡Ay!

El grito incongruente lo paralizó. Sus manos ansiosas recorrieron las ropas para descubrir la identidad del cristiano. De pronto, el rostro quedó expuesto con claridad ante él. El hombre sintió que la sangre se le iba del cuerpo al ver esos ojos verdes, brillantes por la fiebre, que lo contemplaban incrédulos.

—Eliseo… —murmuró Elizabeth, antes de caer en un profundo sopor.

—¡Misely!

El joven no entendía qué extraño designio había llevado a la maestra de la laguna hasta esos parajes, pero comprendió que necesitaba ayuda.

Con la misma agilidad con que la había tumbado, la levantó en brazos y la colocó sobre el lomo del caballo que pensaba robar. Montó tras ella y la sujetó con firmeza. Sus pies desnudos acariciaron los ijares de Gitano con mimo, a la vez que de sus labios brotó un canturreo tranquilizador. Veía que el animal había sido forzado a una cabalgata agotadora, estaba sudado y tenía los ollares dilatados. Sin embargo, era necesario que lo condujera hacia las casas, donde su gente sabría cómo atender a Misely.

Su gente. La gente de Calfucurá, donde él ahora se guarecía, por fin convertido en un verdadero pampa. Cuando aquel forastero lo encontró espiándolo, en lugar de echarlo le había pedido que custodiase su caballo. Intrigado, Eliseo lo había seguido, y así conoció el paradero del Gran Cacique y pudo ofrecerse como uno de sus bravos guerreros.

Descubrió que Calfucurá era un hombre taimado que no confiaba en nadie. Eliseo tuvo que vivir arrimado durante mucho tiempo como mozo de trabajo de una de las casas, hasta que los capitanejos del Gran Jefe reconocieron su valor. No querían llevarlo a los malones y él se infiltró en uno, destacándose por su arrojo. Al saber los salineros que su padre, el Calacha, vivía en las tolderías de Catriel, se le hizo más difícil aún obtener su confianza. Ser pariente de sangre de un indio "amigo" de los blancos no constituía buena carta de presentación, si bien el propio Calfucurá había sido durante años amigo de los gobiernos.

Corrían otros tiempos, sin embargo, los tiempos del indio.

Eliseo lo entendía y lo soportó todo con tal de verse aceptado. Por fin, llegó el día en que Calfucurá dejó de mirarlo como a un insecto y le permitió figurar entre sus huestes, las que lo acompañaban en sus mensajerías permanentes.

—Si me sirves bien —le había dicho— te recomendaré con uno de mis mejores jefes para que te cases con su hija y obtengas la mejor parte de todos los botines. Espuelas, yeguas, mantas, lo que sea.

A Eliseo no le importaba casarse, sólo quería lucir su gallardía como defensor del desierto, que todos hablaran de él, que la tierra temblara al pronunciarse su nombre. A Calfucurá pareció divertirle la pretensión, porque lo miró con sus ojillos vivaces, sacudió la cabeza y no le prestó importancia. Desde entonces, Eliseo buscaba la manera de destacarse. En cada boleada de avestruces, cada partida de caza, estaba él. Y cuando comprendió que actuando en grupo costaba identificar a los héroes de la jornada, empezó a salir por su cuenta: cazaba un puma él solito, volvía con algún caballo robado, intercambiaba mantas por azúcar y tabaco en lugares que nadie sabía. Ya tenía sus admiradores y también sus enemigos. Algunos muchachos jóvenes como él recelaban de su fama creciente.

Por eso, para lucirse, decidió tomar aquel caballo que vio a lo lejos. El destino, sin embargo, le reservaba un traspié: era el caballo del hombre de la laguna y el jinete, nada menos que Misely. ¿Qué habría sucedido? Poco y nada le importaba la suerte del otro, lo que lo tenía a maltraer era la salud de su maestra. De repente, todos los meses pasados forjándose fama de hombre entre los pampas quedaron reducidos a polvo ante la presencia de la dulce señorita que le apoyaba la mano sobre el hombro y lo conminaba a comportarse. Recordaba que, cuando se organizaban los malones, siempre había temido que se dirigieran hacia la zona de la laguna, porque allí estaba Misely y no quería que le sucediese nada. Jamás confesó su temor por miedo a verse ridiculizado o, peor aún, a que ese dato incentivase a los pampas y fuesen hasta allí sólo para hacer cautiva a la maestra. Al parecer, eso había ocurrido de todos modos. Debieron capturarla y ella escapó. Eliseo sacudió la cabeza.

Ninguna mujer huía del cautiverio. Lo común era que los captores lacerasen las plantas de los pies de los cautivos para evitar que pudiesen caminar largos trechos. Tembló al pensar en esa tortura para Misely. Un repentino temor detuvo su marcha. ¿Cómo la recibirían en el campamento? Sin duda pensarían que él la había tomado cautiva, o podía ocurrir que otro hombre, quizá un capitanejo, la quisiese para él, y Eliseo sabía que no tenía autoridad para reclamar mujer ante otro mayor que él. Tendría que interceder Calfucurá y no estaba tan seguro de la inclinación del Gran Jefe. Se mostraba voluble en las preferencias, a veces. No podía aparecerse así como así con una cristiana enferma sin llamar la atención. Se mordió el labio, con el gesto inconsciente de un chiquillo, pensando con rapidez. Tenía que encontrar a alguien que curase a la maestra y no podía ser entre los indios enemigos de los blancos. Debía arrimarse a una toldería "amiga", aunque en ella el enemigo fuese él, como hombre de Calfucurá.

El dilema planteado sólo tenía una solución, algo que no deseaba y, sin embargo, constituía la única opción: ir a los toldos de su padre. Huenec sabría cómo curar a Misely. Allí no correría peligro ninguno de los dos. Azuzó a Gitano con un apretón de rodillas y emprendió un galope suave hacia el este, hacia la toldería de Catriel.

—Maldición.

Jim Morris lamentó por centésima vez haber cargado con la india. No sólo era mala compañía, sino que se había convertido en la causa de su desdicha. Por su culpa, Pequeña Brasa había escapado. Debió prevenir la zancadilla que le tendería al ver que se disponía a detener a la joven blanca. Pulquitún no deseaba arrastrar a esa muchacha con ellos y vio su oportunidad de deshacerse de ella cuando se arrojó delante de Jim para impedir que la alcanzase. El ingenio de Elizabeth y la velocidad de Gitano hicieron el resto. Jim Morris no se daba por vencido, sin embargo. Al ver que la presa huía, y después de sacarse de encima a la gata montesa, se limitó a ver la dirección que tomaba el caballo y a recoger un objeto brillante que quedó en el suelo, junto a su bota, una medalla esmaltada con una imagen muy bonita en su interior. Se había desprendido del cuello de Pequeña Brasa. Jim la acarició con su dedo calloso y la guardó en su bolsillo. La llevaría como talismán, lo ayudaría en la búsqueda de la mujer.

Llevaban dos días en esa intención, sin novedad. El rastro de Gitano era claro hasta la laguna rodeada de verde; después, se tornaba confuso, como si alguien se hubiese interpuesto. Había muchas pisadas de animales, incluso barrido de huellas. Jim reconocía la estrategia, pues él mismo la practicaba. Allí sobraban las cortaderas para deshacer las marcas en la tierra polvorienta.

Pulquitún lo seguía con la cara torcida en señal de disgusto. Jim la había maniatado y sujetado a su silla para impedir que hiciese algo que acabara con su paciencia. Apenas pudiera, se desembarazaría de ella, tal vez vendiéndola a un indio pacífico que supiese tratarla. O, mejor aún, podría vengarse cambiándola por cueros a un indio sabandija que le diese unos buenos azotes cada mañana. Se lo merecía por ladina.

La joven se mantenía erguida, sabiendo que podía ser castigada. No lo pensó dos veces cuando se lanzó a los pies del hombre, favoreciendo la huida de la gringuita. Estaban mejor sin ella. Pulquitún sólo quería llegar a un lugar donde la admitiesen por lo que valía y no como moneda de cambio. Algún noble guerrero que apreciase la compañía de una mujer valerosa debía existir en alguna parte. Desechó las lágrimas quemantes que le brotaron al recordar la manera desaprensiva con que su padre se había librado de ella. En su fuero íntimo, reconocía que Quiñihual la quería, aunque no la apreciaba. La veía como un estorbo, la hija díscola que convenía ubicar como esposa para evitar problemas. Pulquitún no quería ser esposa, quería demostrar sus aptitudes guerreras, causar admiración, contribuir a la causa del indio. Algo que su padre daba ya por perdido.

Miró de soslayo a Jim Morris. Él tenía su causa también, que no era la de su gente. Pulquitún nada sabía del extranjero y, sin embargo, entendía sus razones. Él era como ella, un guerrero en busca de venganza.

Se detuvieron en un chañar y Jim desmontó para mirar el terreno. Había dos alternativas, a juzgar por las huellas: una señalaba el oeste, la dirección más lógica siguiendo la ruta inicial de huida de Elizabeth; la otra iba hacia el este, en un abrupto cambio de rumbo. En ésta, la pisada se notaba más profunda. Jim meditó un momento y luego optó por esta última. Elizabeth ya no iba sola, si éste era el camino correcto.

Alguien había subido a lomos de Gitano.

La llegada de Eliseo a las casas del Calacha fue recibida con gran algarabía. Sólo tres o cuatro toldos componían el grupo, pues los indios no vivían arracimados. Unos cuantos chiquillos alborotadores corrían alrededor de las patas de Gitano, seguidos por una veintena de perros. Eliseo se mantenía erguido con orgullo, aunque por dentro no estaba seguro del recibimiento que se le brindaría. Él era el hijo rebelde, vuelto contra la paz de Catriel y, por ende, contra los suyos, que vivían al amparo del jefe del Azul. Le preocupaba, además, la situación de Misely. En los días que llevaba cabalgando, casi no había despertado de su fiebre, salvo para beber el agua que él procuraba meterle en la boca por la fuerza. Tenía los labios hinchados y las mejillas ardiendo. Temía no llegar a tiempo de salvar a su maestra.

Calacha se asomó a la puerta de su tienda no bien escuchó el bullicio. Seguía siendo imponente a los ojos del hijo, pese a que el muchacho despreciaba la actitud servil que adoptaba la tribu hacia el hombre blanco. Huenec apareció tras el cacique, llevando en los brazos un niño envuelto en una faja de lana. Ambos contemplaron impávidos la llegada del hijo pródigo y a la mujer apoyada en su pecho, como dormida. Huenec hizo un gesto de reconocimiento al ver a Elizabeth. Entregó el niño a una india vieja y avanzó, decidida.

—¿*Llaingsh?* —comentó, extendiendo los brazos hacia la joven.

A Eliseo le sorprendió la familiaridad con que su madre aceptaba la presencia de la mujer blanca en los toldos.

—¿Puedes curarla?

Huenec asintió con vigor y recibió el cuerpo de Elizabeth en sus brazos, al parecer más preocupada por la muchacha que por su propio hijo, a quien no veía desde hacía meses. El Calacha sí se encaró con Eliseo. Lo midió con la vista de arriba abajo, calculando su vigor y su condición. Debió gustarle lo que veía, pues se echó a reír y luego palmeó el cuello robusto de Gitano.

—*Ketesh k'cahuel ma* —dijo, satisfecho.

Había elogiado el caballo que traía su hijo y en ello reconocía su destreza, de modo que Eliseo respiró aliviado.

CAPÍTULO 30

"—¡*Misely*! ¡Misely, mire! El biguá, Misely, ¿no lo conoce?"

"—Esta gente, Miss O'Connor, no tiene salvación. Váyase por donde vino."

"—Misely, ¿puedo poner la bola roja?"

"—Mi *cucu* le manda esto..."

"—Usted no es para esta tierra, señorita O'Connor, será mejor que se vuelva y deje de jugar a la maestra."

Huenec enjugaba con paciencia la frente perlada de sudor de Elizabeth. En el interior de la tienda, un humo asfixiante formaba espirales alrededor del camastro donde la habían colocado. Sólo Huenec y una jovencita tehuelche se ocupaban de la enferma, turnándose para velar su sueño enfebrecido y darle su medicina, brebajes machacados en un mortero y cocinados en un fuego encendido en la entrada del toldo.

"—Parece mentira, sobrina, qué voy a decirle a tu madre si te lanzas a la pampa salvaje sin más protección que una negra vieja."

"—Primita, ¿no te gustan las fiestas?"

"—Elizabeth, Sarmiento confía mucho en usted. Y créame, no hay mucha gente que le inspire confianza."

"—Misely... Misely... me duele... Misely..."

Elizabeth giraba la cabeza hacia uno y otro lado, buscando aire fresco, mientras imágenes turbadoras de caballos desbocados, hombres sucios y amenazadores cruzaban por su mente sin pausa.

"—Quédese ahí y use esto, si es necesario. Dispare, Elizabeth, dispare, dispare… dispare…"

"—Son los gavilanes, Miselizabét, se lo dije, se lo advertí."

Huenec aplicó una compresa embebida en un líquido nauseabundo y la oprimió sobre la frente de Elizabeth, frunciendo el ceño ante algo que percibía y no se le revelaba aún. La muchacha deliraba y su cuerpo, consumido por la fiebre, temblaba de manera terrible. Sin embargo, no era la fiebre en sí lo que preocupaba a la mujer, sino algo sutil que encerraba el cuerpo de la mujer blanca y que no acertaba a descubrir. Había preparado las medicinas adecuadas, moliendo raíces que la joven Tayin recolectaba en las cercanías, había quemado la corteza del molle y el chañar para descongestionar la respiración, y nada parecía surtir efecto.

Eliseo se asomó bajo la cortina de cuero levantada.

—¿*Llaingsh*?

—Mal —fue la lacónica respuesta.

El muchacho se aproximó al lecho y contempló el semblante enrojecido de Misely. Así tendida, aferrando con dedos temblorosos la manta que la cubría y respirando con dificultad, la maestra parecía una niña, igual que sus alumnos. Eliseo comprendió entonces que Misely era muy joven. Y muy valiente al emprender una misión educadora en aquella tierra desconocida. Un remolino de furia le colmó el pecho.

¡Misely no moriría! ¡No podía morir! Los niños de la laguna la necesitaban, él mismo la necesitaba. Se arrodilló para contemplarla de cerca y envió su respiración suave hacia las mejillas encendidas de la enferma. Su madre lo alejó con un gesto severo y Eliseo retrocedió, obediente. Desde que volvió a los toldos familiares, su conducta no era la del muchachito díscolo que buscaba huir. Había una humildad desconocida en él. El Calacha lo había tratado como si no hubiesen transcurrido meses desde su partida. Cabalgaron, cazaron y fumaron juntos, compartiendo silencios más elocuentes que cualquier discurso. El tehuelche aceptaba al hijo rebelde, aunque no su elección. La madre era otra cosa. Huenec se había mantenido terca en su indiferencia hacia ese hijo por el que tanto sufrió. Lo castigaba con su silencio, que no era amigable como el de su esposo. Y Eliseo rondaba a la madre con el aire de un cachorro apaleado. El deseo de curar a la maestra los mantenía unidos, y nada más. Cada día, Eliseo entraba al toldo para ver si había mejorado y cada día recibía respuestas cortas y nada alentadoras de Huenec. Tayin no era tampoco de mucha ayuda. La muchachita sentía temor por aquel joven que había maloqueado con Calfucurá y regresaba convertido en un guerrero.

Elizabeth gimió y entreabrió los ojos. Con el ardor de la fiebre, parecían más verdes que nunca. Desde su posición, veía un conjunto de cosas sin sentido: tirantes de madera, colgaduras de cuero, cojines forrados de lana, todo desdibujado por un humo penetrante que impregnaba su nariz. Y en ese momento se agregaba la cabeza de un indio, con el cabello sujeto por una vincha tejida y el pecho cubierto por un poncho negro y blanco. Elizabeth tuvo un sobresalto, pues la visión le recordó un momento de terror vivido antes, aunque no podía precisar cuándo ni de qué se trataba. Hacía tanto calor allí...

La cara del indio se dulcificó con una sonrisa desconcertante.

—Misely, ¿está despierta?

La voz enronquecida le resultó familiar y a la vez extraña.

—Madre, la maestra despertó.

Hubo un movimiento a su izquierda y otro rostro, curtido y bello, apareció ante sus ojos. Reconoció a la mujer que la cuidaba. El tacto de sus manos y sus susurros tranquilizadores eran recuerdos familiares. Elizabeth intentó sonreír a su vez.

—Beba esto.

La mujer india acercó a los labios de Elizabeth un cuenco que despedía un olor amargo y, sin embargo, reconfortante. La joven se entregó a los cuidados sin oponer resistencia. Después de todo, había estado en manos de aquella gente desde hacía... ¿cuánto tiempo?

Su mirada fue interpretada por Huenec, que respondió con sencillez:

—Lleva tres días aquí.

El líquido discurrió a través de la garganta, provocando escozor, y Elizabeth tosió.

—Un poco más.

Obediente, bebió otros dos sorbos y apoyó la cabeza con cansancio sobre el cojín de lana.

—Tiene mucha fiebre —explicó la mujer con voz suave—, pero su cuerpo no se cura porque hay mucha tristeza.

Aquellas palabras simples expresaban tanta verdad que Elizabeth se sorprendió de no haber aplicado ese pensamiento otras veces. Recordó, con la imprecisión de un sueño lejano, que alguien padecía una enfermedad del espíritu. Allí mismo, donde ella yacía, había escuchado las palabras que lo afirmaban. ¿Tendría ella la misma dolencia? ¿Y quién era el que la sufría? Su mente no podía relacionar los recuerdos desmenuzados que se agolpaban sin sentido y gimió, derrotada.

—¿Misely? —dijo el indio, consternado.

—No es nada. Tiene que acostumbrarse a lo que ve —intervino la mujer.

Era increíble la percepción de aquella india, nada escapaba a su mente. Elizabeth cerró los ojos, fatigada, y permitió que las manos sanadoras cambiaran la compresa y palparan su cintura a través de la manta. No escuchó el murmullo que siguió, pues cayó en un sopor sin descanso.

—Ahora entiendo —dijo despacio Huenec—. La mujer *huinca* lleva un hijo en su vientre.

Tanto Tayin como Eliseo se sobresaltaron con la noticia.

—Necesito medicina más fuerte —dijo la tehuelche con firmeza—. Hijo —y era la primera vez, desde su regreso, que lo llamaba de ese modo—. Ve a buscar a "la abuela".

Eliseo tragó saliva, preocupado. Si necesitaban a "la abuela", que vivía sola en el monte, la situación debía ser delicada. Se incorporó y salió a todo correr, rumbo a la soledad del desierto.

Huenec pasó su mano grande y callosa sobre la frente de Elizabeth.

—*Kooch* te protege, tu *hámel* debe nacer.

Francisco alcanzó los roquedales próximos al Azul dos días después de la partida, a lomos de un alazán de las cuadras de El Duraznillo.

Durante la travesía, encontró algunos pampas y parlamentó con ellos, una vez seguro de que no iban en malón. Su escaso conocimiento de la lengua no impidió los intercambios de rigor: cigarros y azúcar por un lazo de tripa y plumas de avestruz. Eran pampas de Cachul, pacíficos. Por ellos supo que en los alrededores no habían cautivado mujeres. La noticia lo decepcionó, aunque un dato dicho al azar le dio esperanza: el hijo del Calacha había regresado con su padre. Después de haber maloqueado con los salineros, el rebelde había sentado cabeza. Francisco pensó que si lograba aliarse con el muchachito podría recibir ayuda en el rescate. Recordaba a Eliseo como un jovencito arrogante y de mal genio, pero hasta el más taimado sabía reconocer el valor de una recompensa. Si no iba de buen grado, al menos iría por codicia. Fran hizo tintinear las monedas en su faltriquera, ilusionándose con poder comprar a Elizabeth y pagar la ayuda que le brindasen. Lamentaba no contar con Gitano. ¿Quién hubiese dicho que el desgraciado de Jim Morris se aliaría con los alzados de las Salinas? Nunca le había gustado, ahora entendía la razón. Sin embargo, le costaba imaginarlo dañando a Elizabeth, cuando parecía desearla. De seguro la habría forzado a compartir su lecho. Pensarlo le produjo un estallido en la cabeza. Buscó el tónico y tomó un sorbo. Debía cuidarlo, o no llegaría a rescatar a la maestra antes de terminarlo. Todavía no imaginaba cómo encararía la situación de su doble personalidad. Por más que demoraba el sueño cada noche tratando de hallar la mejor solución, no acababa de decidir si presentarse como Santos Balcarce, el naturalista aficionado, o Francisco Peña y Balcarce, el loco de la laguna. A juzgar por su aspecto, era más fácil convencer a Elizabeth de ser este último.

El alazán trepó a una loma sin dificultad y desde allí Francisco dominó el panorama: un monte espeso se levantaba como un manchón en el desierto, y de él partían dos figuras. A pesar de la distancia, distinguió con claridad que una de ellas llevaba un poncho pampa. La otra era más pequeña, no podía saberse si era hombre o mujer, pues sus ropas eran un montón de trapos superpuestos. Francisco espoleó al caballo para descender de la loma antes de ser visto. Si bien no parecían peligrosos, podían llevar armas. Tal vez fueran del campamento donde retenían a Elizabeth o, al menos, podrían darle razón de ella. Las novedades corrían por el desierto de manera asombrosa. Una mujer blanca no pasaría desapercibida.

Al cabo de varios kilómetros, la abuela obligó a Eliseo a detenerse. Sus huesos ya no resistían la cabalgata y nadie iba a imponerle un ritmo al que no estaba acostumbrada.

—Hágame dar un poco de agüita, hijo.

Eliseo la miró con impaciencia. Se le hacía eterno el viaje hacia los toldos con la vieja. No hacía más que quejarse de todo: la montura, el frío, el calor, la sed... Esperaba que aquella mujer conservase toda su ciencia pues, por lo que él veía, sólo era una vieja medio loca, empeñada en vivir sola en medio del monte, sin otra compañía que los pumas.

Sacó su cantimplora y le ofreció un trago de agua.

—¡Puaj! Está caliente —protestó la abuela—. Qué, ¿no tienes agüita fresca?

—Se calienta por lo que tardamos, *cucu* —le respondió de mala gana.

No sabía si la abuela era tehuelche, como los de su raza, o se había mezclado con los araucanos del otro lado, como ocurría con la mayoría de los indios. La mujer hablaba "la castilla" como si fuese su lengua madre.

—Dame una ginebra, entonces. ¿No tienes?

Eliseo resopló. ¡Linda abuela llevaba para curar a Misely! ¿Sabría su madre que la mujer empinaba el codo? Estaba a punto de contestar algo despectivo cuando la vieja se tocó la frente y lanzó un alarido que parecía el grito de un chimango. Eliseo sintió erizarse la piel bajo el poncho.

—Ay, ay, ay, ay, ay... —canturreó la abuela, meciéndose sobre el lomo del caballo que le habían prestado.

—¿Qué pasa, *cucu*? ¿Qué tiene?

—Ay, ay, ay, ay, ay... qué pena que me da, tanta tristeza, qué pena...

Creyendo que la mujer desvariaba, Eliseo se aprestaba a conducirla de nuevo hacia el monte, dispuesto a asumir la responsabilidad de volver con las manos vacías, cuando avistó al jinete. Montaba un regio alazán y marchaba hacia ellos sin temor. Parecía un gaucho matrero, aunque...

Entrecerrando los ojos, Eliseo escudriñó al hombre surgido de la nada. A medida que se perfilaba mejor, captó algo familiar en el modo de cabalgar, una actitud autoritaria que le traía un recuerdo. Los hombros anchos, inclinados hacia adelante, cierta languidez en los movimientos propia del que se siente seguro de sí, cada rasgo que se revelaba lo ponía más nervioso, pues su corazón le estaba diciendo algo que su mente no aceptaba: ¡el hombre de la laguna!

Y de pronto, junto a esa convicción, surgió otra, más dramática: el padre del hijo de Misely. Sólo esa razón justificaba su presencia en aquel desierto. Eliseo albergó la aviesa intención de ocultarle el paradero de la maestra, pues nunca había aceptado a aquel hombre, cuando la abuela intervino con su voz cascada, desbaratando sus propósitos:

—¿Éste será el que viene por la enferma?

Fran alcanzó a escuchar la frase, aun en medio de las ráfagas de viento, y azuzó al caballo hasta casi tocar las cabalgaduras de los otros.

—Buenas —dijo sin preámbulos—, ¿van para las casas?

No aclaraba las casas de quién, esperando que esa información le fuese brindada.

—Ay, ay, ay, sí, señor, así es, vamos para lo de mi *ñañug*, que tiene a alguien "malito" en su *ruca*.

Eliseo miró con rabia a la vieja. La "abuela", como la llamaban en la toldería, no era pariente de ellos. Si llamaba "nuera" a Huenec sería por una cuestión de edad, o tal vez porque se consideraba madre de todos los hombres del grupo. Las palabras, dichas en *mapuzugun*, revelaban que no era tehuelche.

—¿Usted —preguntó con hostilidad—, para dónde va?

Francisco observó al joven y sintió la misma familiaridad que había captado Eliseo antes.

—Voy en busca de una mujer blanca —respondió sin rodeos.

Un muchacho y una vieja no eran rivales para él. Si sus palabras despertaban sospechas, no correría riesgos.

—Entonces vamos juntos —repuso la vieja con aire satisfecho—. Y si el señor tiene una ginebra para que esta pobre mujer moje su gorguero, se agradece.

La rabia de Eliseo podía palparse. Francisco no era bienvenido en la comitiva y esa convicción lo decidió a ir con ellos. Eso, y las palabras anteriores de la vieja sobre "la enferma". Poca cosa para fundar tamaña esperanza, pero en medio del desierto y sin rastros de Elizabeth, debía aferrarse a cualquier indicio. Sacó de entre sus ropas una botellita forrada en cuero y la extendió hacia la vieja que, golosa, trasegó el líquido como un hombre.

—Buen licor —comentó, chasqueando la lengua.

Eliseo rehusó el ofrecimiento de beber y les dio la espalda, enfilando hacia los toldos, tan huraño como cuando el hombre de la laguna despertaba el odio en su pecho.

Marcharon a través de las soledades durante horas, sin hablarse. La abuela cabeceaba sobre el lomo de su caballo viejo, manteniéndose erguida de modo misterioso. A veces, murmuraba letanías con las que acompañaba el paso lento de los animales. Al atardecer, cuando el cielo del oeste se tragaba toda la luz, divisaron unas elevaciones cubiertas de vegetación espinosa y hacia allí se dirigieron, siempre tras el joven indio, que parecía seguro del camino.

Francisco reconoció la toldería del Calacha, donde había sufrido aquel bochornoso ataque hacía tantos meses, y volvió la vista con rapidez hacia el indio que los guiaba. ¿Cómo no lo supo antes? ¡Eliseo, el alumno hostil de Elizabeth! Estaba cambiado y, sin embargo, su estampa le había parecido conocida. Ese descubrimiento lo embargó de alegría y avanzó en un trote largo hacia los promontorios rocosos. No escuchó la voz airada de Eliseo, aunque sí el grito áspero de la vieja:

—¡Huija, apurado va el que viene por lo suyo!

Los cascos del alazán retumbaron en la toldería y las mujeres asomaron sus cabezas, curiosas. El campamento estaba iluminado por los fogones encendidos en cada tienda.

Francisco no recordaba cuál era la del Calacha y no hizo falta preguntar, pues la aparición de una mujer alta en una de ellas lo llevó hacia allí. Huenec contempló la figura del hombre y en un santiamén reconoció el "mal del espíritu" que le había pronosticado tiempo atrás. Así, pues, la tristeza de la mujer blanca venía de allí. Más atrás, las siluetas de su hijo y de la abuela la tranquilizaron. Necesitaba toda la ayuda que pudiera obtener de la magia curativa de aquella mujer.

Ignorando a Francisco, Huenec se aproximó a los otros y ayudó a la vieja a desmontar.

—Ay, ay, ay, ay... —gimió la abuela—. Ya no estoy para estos trotes. ¿Qué me trae por acá, si se puede saber?

—Un mal muy grande, abuela, que no puedo sacar yo sola.

La vieja miró a Huenec con ojillos astutos y repuso, más complaciente:

—Vayamos, pues.

Descolgó una bolsa sucia de la montura y la cargó sobre su hombro, echando a caminar junto a Huenec sin ocuparse del recién llegado ni de Eliseo. Cierta dignidad se desprendía de su menudo cuerpo.

Una vez adentro, se dirigió sin dudar al lecho de Elizabeth, acercando el cuarteado rostro para aspirar los humores del mal que rodeaba a la joven. Sacudió la cabeza y se dejó caer a un costado del catre, hurgando en su bolso mientras mascullaba. Huenec permanecía junto a ella, observando.

—Cutrán... cutrán... —decía sin parar la vieja, mirando de reojo la reacción de los testigos.

Con esas palabras, reconocía la existencia de una enfermedad en el cuerpo de la paciente. Huenec, Tayin y los demás reconocían las voces araucanas porque la convivencia había entremezclado los vocablos y en la vida cotidiana se hablaba tanto la lengua madre como la del pueblo dominante y hasta la castilla del blanco. Ese colorido vocabulario impactó en los oídos de Francisco cuando entró, agachado, para esquivar la colgadura de cuero.

Elizabeth.

Una punzada de dolor le atravesó el pecho al verla tendida entre las rústicas mantas y, al mismo tiempo, lo inundó el alivio de saberla viva. Contuvo el impulso de arrojarse sobre el lecho al sentir fija sobre él la mirada de Eliseo. Quería constatar si respiraba, si conservaba sus dulces colores y, sobre todo, quería asegurarse de que nada malo le hubiese sucedido en su cautiverio. Apretó los puños hasta hacerse daño mientras contemplaba la palidez de la joven a través del humo que invadía la estancia. La vieja seguía susurrando mientras sacaba objetos de su bolsa: un ovillo de hilo sobado con sal, unas piedritas, un manojo de yuyos que arrojó al fuego sin consultar a nadie y un jarro que extendió hacia la esposa del Calacha, ordenando que fuese llenado.

—*Pulque* —decía, sacudiendo el jarro.

Tanto Eliseo como Francisco fruncieron el ceño, pues ambos habían visto a la vieja beber con fruición durante el camino. Huenec los ignoró y ordenó que se cumpliese la voluntad de la abuela.

Siempre inmersa en sus rezos, la vieja sacó de la bolsa dos palitos con plumas de ñandú en la punta e indicó a dos mujeres de la tribu que los sostuvieran, mientras ella rellenaba dos calabacitas con piedras para entregarlas a dos hombres. Miró en derredor, buscando a los candidatos, y se topó con los rostros desconfiados de Francisco y Eliseo. Como si le divirtiera la situación y estuviese a punto de cometer una travesura, la abuela extendió esas maracas improvisadas a ambos hombres que, en su desconcierto, las tomaron sin objetar.

La vieja se mostró dudosa de pronto, mirando hacia todas partes, hasta que Huenec interpretó su dilema: había que sacrificar un animal, ya que el hilo sobado debía anudarse en torno a un corazón sangrante, formando un rosario que se colgaría del cuello. El dedo sarmentoso se levantó, dibujando círculos en apariencia al azar sobre la escasa concurrencia de la tienda, hasta detenerse en la figura imponente de Francisco.

—Tú —dijo con voz clara, muy diferente de la que usaba para sus letanías— serás el sacrificador.

Francisco no entendía qué se esperaba de él y su mano se dirigió en un impulso hacia el puñal que escondía bajo el poncho, pues la palabra "sacrificio" lo había puesto en guardia. No permitiría que aquellos salvajes tocasen un solo pelo de Elizabeth. Antes, deberían matarlo y, aún agonizante, se llevaría a varios al infierno. La expresión de Huenec lo tranquilizó en parte: esa mujer había cuidado de Elizabeth y parecía desearle el bien. No obstante, dejó que su mano descansara sobre el mango del cuchillo a través de la tela.

La vieja insistía e instó a Francisco a que les procurara el animal del sacrificio. Viendo que el hombre dudaba, lo empujó con energía hacia la puerta. Al salir al frío nocturno, Fran alcanzó a escuchar la exclamación de Eliseo ante la palabra *kahuej*, pronunciada por la anciana.

Las otras tiendas estaban cerradas. Cada familia disfrutaba de su intimidad, ajena a los sufrimientos de la joven blanca que luchaba por sobrevivir. Sólo los fuegos ardían, como antorchas vigilantes, y alguna que otra silueta masculina se movía furtiva entre las sombras. Si bien aquel asentamiento pertenecía a la gente de Catriel, que convivía en paz con los blancos, las nuevas circunstancias impedían fiarse de nadie. El mismo Calfucurá podía ordenar un ataque a las tribus amigas del gobierno. Francisco acariciaba el puñal mientras trataba de imaginar qué se esperaba que hiciera. No le agradaba dejar sola a Elizabeth en la tienda, rodeada de indios, aunque debía reconocer que se preocupaban por ella. Y saber que la familia de Eliseo la albergaba en su propia casa era una garantía, pues los alumnos de la laguna amaban a la maestra. "Tal vez más de la cuenta", pensó, sarcástico, al recordar que Eliseo se había vuelto hombre en esos meses.

Deambuló en círculos, esperando ver alguna sabandija de la noche y no tener que sacrificar a uno de los muchos perros que poblaban la toldería, cuando escuchó pasos y se volvió, presto a defenderse. Era Eliseo. Francisco no simpatizaba con el muchacho más que éste con él, sin embargo, en ese momento Eliseo parecía compadecerlo por algo. Un relincho cortó el silencio y el joven indio miró hacia donde descansaban sus cabalgaduras.

—La abuela ya eligió.

Francisco lo miró sin comprender, hasta que Eliseo se dirigió hacia la oscuridad, más allá del resplandor de las llamas, y desenganchó al alazán.

—¿Qué haces? —exclamó Fran, interponiéndose.

—Éste es el elegido —repuso con sencillez Eliseo, aunque en sus ojos se leía la pena por tener que sacrificar a tan espléndido animal.

—Déjalo.

Eliseo se encogió de hombros.

—La abuela dijo que debía ser un animal suyo.

—Este caballo no me pertenece, lo traje porque perdí el mío.

Eliseo dudó ante esa confesión y acarició el cuello del alazán con reverencia.

—Creo que quiere que haga usted un sacrificio.

—¿Yo debo matarlo? —se horrorizó Francisco.

Eliseo levantó la barbilla, desafiante.

—¡Qué! ¿No haría eso por Misely?

Francisco entrecerró los ojos, calibrando el orgullo del muchacho y tratando de ver si había algo de enamoramiento en su actitud.

—Daría la vida por ella, por eso vine. Pero no veo la razón de matar a un animal tan valioso cuando cualquier bicho que camine puede servir.

Eliseo movió la cabeza con tristeza.

—La curación requiere un gran sacrificio de parte de alguien que ame a la señorita.

Ambos permanecieron silenciosos. Francisco no confiaba en la medicina de la vieja y desde el principio tuvo la intención de llevarse a Elizabeth rumbo al fortín más cercano donde hubiese un médico, aunque no vio nada malo en dejar que esa gente hiciese su ritual, mientras tanto. Elizabeth le había contado que la esposa del Calacha sabía curar con hierbas y que se había mostrado muy eficaz cuando él sufrió aquel ataque. Qué ironía haber estado ambos en el mismo lugar y con la misma gente, procurándose la salud que les era esquiva. Eliseo tampoco estaba de acuerdo con sacrificar al noble animal. Era corriente que los sacrificios se hiciesen con alguna yegua vieja cuya sangre se daba a beber en un cuerno de toro. Sin embargo, el alazán…

—La abuela no sabe cuál es su caballo —dijo el muchacho de pronto.

—¿Qué sugieres?

—Mate a cualquier otro. El que monté cuando vine puede servir.

—¿Sacrificarías a tu propio caballo?

—No lo haría gratis, señor —sonrió con astucia Eliseo.

Francisco leyó la intención en los ojos negros del muchacho y sonrió, a su vez. Con razón se sentía incómodo el hijo del Calacha entre los niños de la escuelita. Era casi un hombre cuando la maestra lo convocó a su aula, y sin un pelo de tonto. Fran tendió la mano hacia el joven indio. Renunciaría al alazán y así, el sacrificio personal se cumpliría sin necesidad de matar al animal.

—Trato hecho. Pero tendrás que proporcionarme un caballo, aunque sea viejo, para la señorita O'Connor. Y me llevaré a Gitano, que la trajo hasta aquí —dijo, sorprendiendo a su vez a Eliseo.

Ni lerdo ni perezoso, Fran había descubierto a su tordillo entreverado con la tropilla de la toldería. Faltaba saber en qué circunstancias lo habían encontrado, aunque eso podía esperar. Eliseo apretó la mano ofrecida con firmeza y entre ambos hombres se selló un pacto que no era amistoso, sino de respeto. Juntos, buscaron al cansado caballo de tiro para arrancarle el corazón.

Elizabeth escuchaba cánticos y aspiraba extraños vapores que le picaban en la nariz. Muchas veces intentó abrir los ojos, pero fue en vano: el sueño era profundo y le costaba salir de él. Una voz entre todas distrajo su atención. Profunda, hueca, murmuraba palabras que jamás había escuchado antes:

—Mi amor... Debes curarte... Voy a cuidar de ti...

Su sonido era dulce y ella se sintió confortada, a pesar de no saber quién las pronunciaba. Varias veces cayó en un sopor sin sueños y otras tantas percibió lo que la rodeaba sin verlo hasta que, al cabo de mucho tiempo, una mano fresca tocó su frente y su mejilla.

—Mejora —oyó decir.

Los cánticos prosiguieron y el golpeteo de unos cascabeles también. Sintió algo viscoso y desagradable que rozaba su cara y la exclamación ahogada que acompañó a esa sensación. Luego, la voz profunda se dedicó a consolarla.

—No temas... Ya pasará...

Le parecía flotar sobre el camastro donde la acostaron, como si su cuerpo fuese etéreo; la cabeza le daba vueltas con un vértigo que la asustaba, y la voz estaba siempre ahí, a su lado, brindándole apoyo. A ella se agregó el contacto de una mano fuerte y caliente que tomó la suya y la envolvió por completo. Habría jurado que la mano se apoyó un instante sobre su vientre, a través de la manta que la cubría. En ese momento, sus ojos cerrados se llenaron de lágrimas que se derramaron por sus mejillas.

—Shhh.... Todo va a salir bien.

Varios sueños más tarde, Elizabeth levantó los párpados pesados y recibió el impacto de la claridad filtrándose por las aberturas del toldo. Bañados en esa luz lechosa, los objetos se veían más deslucidos. Una presencia a su derecha llamó su atención: una viejecita consumida como pasa de uva, encogida en postura fetal, balanceándose con cierto ritmo y acunándose con una letanía murmurada. Elizabeth reconoció la voz de los cánticos. La mujer tenía los ojos fijos en su vientre y, de modo instintivo, Elizabeth protegió a su bebé con una mano que sacó de abajo de la manta. La mujer la miró y lanzó un gemido agónico, contorsionándose de manera espasmódica. A la izquierda del lecho, otra presencia irrumpió de pronto: una figura corpulenta de aspecto desgreñado. Con sus manos tanteó sobre el cuerpo de Elizabeth y se inclinó hacia su rostro.

—¿Estás bien?

Elizabeth abrió más los ojos y los fijó en aquel hombre de cabello enmarañado y barba crecida. La miraba con sus ojos dorados, taladrándola. Llevaba una vincha y un poncho de lana que lo cubría casi por completo. No era un indio. Parecía… parecía…

—¿Santos? —murmuró, conmocionada, Elizabeth.

Su voz fue apenas un murmullo que bastó para provocar una sonrisa avasalladora en el hombre.

—Estás despierta.

¿Lo estaba? ¿No era acaso el sueño más extraño de todos? Se encontraba enferma en la toldería, sin saber cómo había llegado allí, y ahora se presentaba ante ella el hombre menos pensado, el naturalista Santos Balcarce, hermano del señor de la laguna. ¿O era acaso el otro, el mismísimo Francisco Peña y Balcarce el que se inclinaba sobre ella con expresión atenta y cariñosa? Imposible. Jamás descubriría semejante actitud en el hombre bestial que había conocido.

—Santos…

—Shhh, no hables por ahora. Ya podrás hacerlo cuando bebas algo caliente. Hace días que no comes.

No comía desde hacía tiempo, era cierto. Su estómago se lo recordaba con rugidos poco delicados. El hombre sonrió de nuevo.

—Veré si puedo conseguirte un caldo —dijo.

La voz. Era la misma que la había consolado durante las fiebres. La reconocía. La viejecita se incorporó y pasó por la cara de Elizabeth una mano flaca que olía a hierbas.

—Ya está. *Nguenechén* estuvo aquí y te salvó, niña.

La mujer parecía satisfecha con lo que veía, pues se puso a palmear y a brincar, desmintiendo los años que aparentaba tener. Ante tanto jolgorio, varias personas entraron al toldo. Elizabeth reconoció a la hermosa Huenec y le dedicó una débil sonrisa. La mujer corrió a llamar a su esposo y a una jovencita tímida que vestía quillango como el resto. Entre los que entraron, agolpándose alrededor de su lecho, Elizabeth distinguió un rostro muy querido.

—Eliseo —dijo con voz ronca por la emoción.

—Misely —respondió el muchacho, arrodillándose a su lado—. Yo fui a buscar a la abuela para que la curase.

En un arrebato infantil, Eliseo quiso que su maestra supiera que había hecho algo por los demás, como ella le decía tantas veces. Elizabeth levantó su mano enflaquecida y acarició la cabeza del guerrero como si en él viese todavía al niño rebelde que tanto trabajo le daba.

—Gracias —murmuró—. Siempre supe que eras bueno.

Huenec contempló la emoción que afloraba al rostro de su hijo y sintió que también adentro de ella se ablandaba algo. Tal vez, el muchachito que había criado con tanto amor no estuviese perdido del todo.

CAPÍTULO 31

—¿*T*ienes frío?

Se hallaban sentados sobre mantas al sol de la tarde, a cierta distancia de las casas. Elizabeth tenía un poncho pampa sobre los hombros, a manera de chal, y las piernas cubiertas por una ruana tejida. La palidez de los primeros días había sido sustituida por un dorado que acentuaba las pecas de la nariz. Estaba delgada, pese a las atenciones de Huenec, y eso preocupaba a Francisco.

La joven se arrebujó más en su poncho.

—Un poco. El sol ya casi no calienta.

—Entremos entonces —propuso Fran, y se aprestó a levantarla en brazos.

—Puedo caminar —protestó Elizabeth—. No es necesario que me carguen a cada momento.

Fran la contempló en silencio. Algo que Elizabeth no había recuperado durante su convalecencia era el buen humor. Pasaba muchos ratos ensimismada y él no encontraba la manera de distraerla. La gente de la toldería ya se había acostumbrado a la callada presencia de la joven, considerándola normal. La rutina se instaló de nuevo en la toldería, como si nada fuera de lo común hubiera sucedido. Los días transcurrían sin nada que hacer salvo madrugar, caminar para que Elizabeth ejercitara sus músculos, comer carne de armadillo, avestruz o guanaco, en el mejor de los casos, y beber las tisanas preparadas por Huenec, que vigilaba de cerca a la muchacha. La vieja curandera había regresado a su vivienda del monte, después de recomendar a Francisco que bebiese la sangre del caballo sacrificado. Le regaló un cuerno vaciado para ese fin y palmeó el vientre de Elizabeth. Ella se había ruborizado, sin atreverse a mirar a la cara al hombre que, desde su llegada, se había convertido en su protector.

Francisco no tenía muchas ocasiones de hablar en la intimidad con ella. La vida en las tolderías era muy compartida. En algunos toldos hasta se levantaban las cortinas de cuero para poder ir y venir de una tienda a la otra, ampliando la convivencia a dos familias completas. No veía el momento de alejarse de allí cuando Elizabeth estuviese recuperada. A decir verdad, no sabía por qué no lo estaba ya. La esposa del Calacha aseguraba que todo iba bien, aunque se mostraba remisa a autorizar la partida de la muchacha. Francisco sospechaba que se debía al deseo de tener una compañía femenina nueva. Huenec era la única capaz de arrancar una sonrisa o una conversación a Elizabeth.

Esa mañana, Francisco había ido con el Calacha a visitar el corral para elegir un caballo y el jefe indio insistió en darles también un carro para que la muchacha *huinca* viajase cómoda. Francisco aceptó, pues sabía que esa gente se ofendía si rechazaban sus regalos. Recordó la yegua que el mismísimo Catriel había obsequiado a Elizabeth. ¡Qué bien les vendría ahora ese animal, joven y brioso! Deberían conformarse con uno de los flacos caballos de la tribu para la remuda. El invierno y la sequía habían mermado en mucho la carne de los animales, causando la muerte de algunos. Le había contado a Elizabeth el proyecto de partir en breve, sin que la joven mostrara interés.

—¿Adónde iría? —preguntó sin entusiasmo.

—A Buenos Aires, por supuesto —respondió él, desconcertado—. Te repondrás mejor en la casa de tus tíos.

El silencio de Elizabeth fue elocuente. No deseaba volver con sus tíos. Tampoco quería retornar a El Duraznillo, donde la ausencia de Julián sería un motivo más de infelicidad. El rancho de los Miranda estaba descartado, los pobres no podrían cargar con una mujer embarazada y sola, que ni siquiera contaba con fondos para sostenerse. La única alternativa era regresar a Boston, y aun eso se complicaba, sin dinero ni acompañante. Ya no era la joven intrépida del viaje de llegada, ahora aguardaba un hijo y estaba convaleciente de una grave fiebre. Esperaba que no hubiese afectado al bebé. En un movimiento inconsciente, se palpó el vientre al pensar en el niño. Francisco la vio y contuvo un suspiro de exasperación.

¿Cuándo le confesaría ella su estado? No sabía a ciencia cierta si lo creía Santos Balcarce o estaba fingiendo. A menudo la sorprendía mirándolo con fijeza y, al verse descubierta, desviaba la vista con rapidez.

Elizabeth se estaba convirtiendo en un enigma.

—No deseo volver a la ciudad —dijo, distante.

Fran observó que miraba hacia el horizonte, donde la caída del sol teñía de rosa las nubes.

—Perdona si te parezco atrevido —respondió, siempre en su papel de Santos, el naturalista—. ¿No hay nadie a quien le importe tu ausencia? Deben extrañarte los que te conocen, sin saber de ti durante tanto tiempo. Recuerdo que me hablaste de un matrimonio llamado...

—Miranda —aclaró ella, con un matiz cálido al recordarlos.

—Los Miranda, sí. Y el sacerdote de la capilla. ¿Acaso no esperaban verte de nuevo? Hasta mi hermano, pese a su enfermedad, podría preocuparse al saber que hubo un pequeño malón en las cercanías.

La mención del hombre de la laguna provocó en Elizabeth una reacción que no pasó desapercibida a Francisco: se puso rígida, apretando los bordes del poncho sobre sus hombros. La calidez huyó de su mirada.

—Sé que mi hermano actúa de modo desconcertante, pero sin duda se preocuparía por tu salud si supiese que has estado enferma.

Elizabeth notó la confianza con que ese hombre se dirigía a ella, olvidando el trato respetuoso y cortés que había mantenido en la ciudad. Claro que acababan de compartir algo más que un té y paseos junto al río. Lo miró con ojo crítico antes de responder:

—Su hermano está aún más enfermo que yo. Y no ha recibido el tónico que puede curarlo. ¿Lo tiene usted todavía?

Fran se sintió incómodo ante el giro de la conversación. Del remedio quedaba apenas un poco y él había tenido buen cuidado de no usarlo en público, para no levantar sospechas.

—Lo tengo, sí, aunque no sé si es buena idea seguir adelante con el plan. Tu estado de salud es delicado.

Elizabeth se enderezó más aún.

—Me repondré. Gozo de una excelente salud irlandesa. Creo que su hermano necesita más cuidados que yo.

Se incorporó para reforzar lo dicho, pisando el extremo de la ruana, lo que la hizo trastabillar. Francisco se apresuró a detener su caída. Al tocarla, notó la delgadez de la muchacha y masculló una maldición.

—Disculpe si tropecé con usted al caer —dijo ella con sequedad.

—No es eso y lo sabes, Elizabeth. Me enfado al ver que no te recuperas lo suficiente como para salir de aquí. No comes como debes, estás hecha un manojo de huesos.

—Vaya, gracias. Veo que usted y su hermano se parecen más de lo que creí. Ninguno se destaca por su galantería.

La mordacidad en la voz de la joven espoleó el carácter de Francisco. Ella se tomaba a la ligera el estado de salud cuando era imperioso que se cuidase, no sólo por sí misma sino también por el bebé. Decidió que era el momento de aclarar esa cuestión.

—Esto es algo serio, Elizabeth. La esposa del Calacha te cuida con guante fino, como si fueses de porcelana. ¿Hay algún problema que yo no sepa?

—¿Desde cuándo nos tratamos con tanta familiaridad, señor Santos? No lo recuerdo —respondió ella, ignorando la pregunta.

Francisco suspiró, exasperado.

—Pensé que habíamos superado las barreras formales después de sobrevivir ambos a un ataque indio, señorita O'Connor.

Elizabeth contrajo el rostro en una mueca de dolor.

—Así es, ambos hemos sobrevivido, no todos.

La referencia a Julián provocó en Fran un sentimiento ambiguo: dolor por el amigo perdido y celos por la melancolía con que lo recordaba Elizabeth.

—No puedo cambiar lo sucedido, aunque lo deseo de corazón —dijo con voz estrangulada—. Julián sería el primero en querer verla recuperada y en honor a él debería intentarlo, señorita O'Connor.

Elizabeth lo miró de reojo, mientras ambos caminaban hacia el toldo donde Huenec estaría preparando una sopa sustanciosa para ella. Al llegar a la fogata, se volvió hacia el hombre fornido que se había convertido en su escolta.

—Por Julián me esforzaré, entonces. Y puede volver al trato familiar, Santos. Ya me había acostumbrado.

Después, se inclinó bajo la cortina de cuero y desapareció tras el resplandor del fuego.

Transcurrieron varios días, cruciales para la recuperación de Elizabeth. La muchacha parecía haber tomado una decisión y comenzó a alimentarse y a ejercitar su cuerpo a conciencia. Una joven de la toldería le regaló prendas que le permitían moverse con libertad y aprovechó esa ventaja para dar largos paseos al sol, a veces acompañada por Tayin, otras por Francisco y, pese al disgusto de éste, algunas veces por Eliseo, que aún residía en la vivienda familiar. El contacto con su antiguo alumno le devolvía la ilusión de retomar su puesto de maestra. Muchas de sus enseñanzas seguían latentes en el joven rebelde y saberlo le producía la satisfacción del deber cumplido. Y también añoranza por aquellos que había dejado en la estacada al partir. Huenec le aseguró que el hijo de sus entrañas crecía sano y fuerte y esa certeza la inundó de gratitud. Dios no la había desamparado del todo.

Al cabo de una semana, le anunció a Francisco su decisión.

—Estoy dispuesta a emprender el viaje, Santos. Me encuentro mucho mejor.

Pese a esperar con ansias ese momento, Francisco se preocupó, pues la travesía era dura, más aún en el estado de Elizabeth, un estado que ella no había confesado en ningún momento.

—¿Qué dice Huenec sobre eso? —inquirió.

—Que podría haber partido mucho antes, pero prefirió esperar a que su hijo pudiera acompañarnos parte del camino.

Esa revelación picó a Francisco. Eliseo no era tan niño como para no sentir algo por la joven maestra, sentimiento que, unido a la admiración que le despertaba Elizabeth y al recelo que le provocaba él, auguraban un viaje conflictivo.

—¿Hasta dónde? —preguntó.

Elizabeth se encogió de hombros. No conocía la geografía del lugar.

—Creo que las distancias se miden aquí por tiempo más que por kilómetros, así que haga el cálculo, tomando en cuenta que Eliseo dijo que viajaría dos días con nosotros.

Dos días. Un infierno.

—Supongo que es mejor cruzar el desierto de a tres, sobre todo si uno de los tres es indio. Un seguro para el caso de encontrar rebeldes.

Elizabeth lo miró con la severidad de maestra que él recordaba.

—No es bueno desmerecer la ayuda que se recibe, señor Santos.

—Veo que hemos vuelto al trato formal.

—Nunca me alejé de él, señor Santos, al menos yo.

Y la joven le volvió la espalda, dejando a Francisco malhumorado. Si ella quería imponer distancia, no la defraudaría. Él también tenía su orgullo.

La partida de los toldos fue conmovedora. Huenec había entablado una verdadera amistad con la maestra de la laguna, reforzada por el sentimiento de ambas mujeres hacia Eliseo. Tayin y otras muchachitas indias que veneraban a Elizabeth por su dulzura y por haberles enseñado algunos palotes de escritura la abrazaron sin pudor y derramaron lágrimas al pie del carretón donde la maestra viajaría.

El Calacha no acudió a la despedida. Vigilaba desde lo alto de un montículo de rocas, inmóvil como una de ellas, la vista fija en el horizonte que aguardaba a los viajeros. Si alguna lágrima se deslizó por las curtidas mejillas del cacique tehuelche antes de que el viento pudiese secarla, nadie lo supo.

La carreta, tirada por un par de mulas y escoltada por Gitano, el alazán y otro caballo de remonta, emprendió el largo camino hacia el sudeste, dejando atrás el humo de los fuegos que apenas se distinguían en la inmensidad.

Eliseo cabalgaba con ligereza, aproximándose a la maestra cada tanto para preguntar si estaba cansada, si deseaba agua, si prefería detenerse... Francisco montaba en la retaguardia, vigilando las espaldas de la caravana y también al atrevido muchacho.

Elizabeth había decidido al fin refugiarse en El Duraznillo, sin duda influida por su alma de samaritana, para acompañar a los Zaldívar en su duelo. Fue esta decisión lo que engendró una idea en Fran, tan desgarradora como apropiada a las circunstancias. Amaba a Elizabeth tanto como para sacrificarse por ella, y el recuerdo de su amigo muerto, un alma pura y noble, acabó por decidirlo. Él no merecía a ninguno de los dos. Les haría un favor a ambos, para luego desaparecer. Mentiría sobre la paternidad del niño que aguardaba Elizabeth, lo haría pasar por hijo de Julián. Se lo debía a su amigo, para que sus padres tuviesen el consuelo de un nieto. Y a ella, para que cuando él muriese quedase amparada por un apellido y una familia. En cuanto a él... apretó los dientes para contrarrestar la angustia que le produjo pensar en su hijo criado por otros. Un latido y una puntada lo llevaron a palpar sus ropas en procura del tónico. Destapó el corcho y bebió de golpe lo que restaba. Al diablo con todo. Podía morirse tranquilo, la mujer que amaba estaría a salvo.

"Por ti, Julián", murmuró, y cerró los ojos, transido de dolor.

Fiel a su carácter, no tuvo en cuenta la voluntad de Elizabeth. Haría lo que debía hacerse. Ella entendería que era su única oportunidad para rehacer su vida. Como madre del hijo de Julián Zaldívar, pertenecería a la sociedad de la que él había sido expulsado; sería respetada. Los Zaldívar eran poderosos, podrían convencer a todos de que Julián se había casado antes de su muerte.

Acamparon bajo la carreta, donde Fran improvisó un lecho para Elizabeth. Montarían guardia por turnos, pues si bien no esperaban ataques de indios durante la noche, forajidos de toda calaña recorrían el arenal y no podían descuidarse. Luego de su guardia, se acomodó a escasos metros de la carreta, envuelto en su poncho y apoyando la cabeza en el recado. Había pasado gran parte de su período de vigilancia perdido en pensamientos acerca del futuro de Elizabeth y rumiando planes de venganza sobre Jim Morris. Se preguntaba dónde estaría, pues ella parecía no recordar nada después del ataque a la galera, sólo haberse despertado en medio de la toldería. Hasta ahora, él no podía asegurar que el forastero no la hubiese violado, o que no lo hubiesen hecho todos los salvajes que atacaron la caravana. Tal vez fuera eso lo que le había causado semejante fiebre. Tales pensamientos agitaban su sangre y hacían peligrar su cordura, por eso los evitaba cuanto podía. De pronto, percibió un sonido ahogado. Se incorporó y aguzó la vista para penetrar la oscuridad que los separaba. No cabía duda, Elizabeth lloraba y trataba de contener sus sollozos. Fran se arrastró hacia ella y metió la cabeza bajo la carreta.

—Elizabeth, soy yo. ¿Sucede algo? ¿Se siente mal?

Maldijo ante la posibilidad de que ella tuviese una recaída en esos momentos, cuando atravesaban la llanura, sin auxilio médico. La muchacha hizo un ruidito de sorpresa al verse descubierta y no respondió.

—Sé que está acongojada. Sabe que puede decírmelo. O a Eliseo, si no me tiene confianza —masculló.

—No estoy enferma, sólo triste.

La confesión traspasó el corazón de Francisco. ¿Qué consuelo podía ofrecerle, si él mismo era un despojo? Sin embargo, intentó tranquilizarla.

—Los caminos son duros y las noches nos obligan a enfrentarnos con nuestros fantasmas, Elizabeth. Le aseguro que no bien arribemos se sentirá mejor. ¿Es seguro que no le duele nada?

Vio que la joven negaba con la cabeza.

—Bien, eso es lo principal. ¿Tiene miedo?

Nuevo movimiento, esta vez afirmativo.

—Eliseo y yo estamos acostumbrados a los peligros, así que no debe temer. Con suerte, pronto entraremos en un territorio que los indios no transitan. Eliseo seguirá su rumbo, lo sabe.

Elizabeth asintió.

—No deseo que se vaya.

Fran carraspeó, molesto.

—Él tiene sus propios designios.

—Es sólo un niño —comentó Elizabeth.

Fran no respondió a eso.

—¿Santos?

—Sí, Elizabeth, dígame lo que quiera.

—¿Qué diría usted si...? —comenzó la joven, y le falló la voz.

—Diga lo que sienta, Elizabeth. Aunque somos casi extraños, hemos compartido cosas importantes y puede confiarme sus temores.

Fran intentó no pensar en las cosas importantes que habían compartido.

La vocecita de Elizabeth sonaba amortiguada entre las mantas:

—¿Qué pensaría si le dijese que no soy tan buena como todos creen?

—Diría que se equivoca, por supuesto. Salta a la vista que es una buena persona.

—No en ese sentido, sino como mujer —aclaró, algo fastidiada por no ser comprendida de inmediato.

—¿Como mujer? No entiendo.

Sin embargo, Fran creía entrever hacia dónde se dirigían los temores de Elizabeth. No intentó facilitárselo, por miedo a develar sus propios sentimientos.

—Olvídelo, Santos. Es complicado explicar ciertas cosas a un hombre. Por lo menos, a ciertos hombres.

—Entiendo que no soy la clase de hombre en quien se puede confiar —dijo con voz fría Francisco.

—No se ofenda, es que no nos conocemos tanto como para que le confíe mis intimidades igual que a... —y Elizabeth se interrumpió, como si temiese pronunciar un nombre.

Esa reserva encendió el temperamento de Francisco.

—¿Quiere decir como a Julián, por ejemplo? Porque entiendo que mi hermano no fue digno de su confianza tampoco, tan brutal como es.

—Julián fue un buen amigo —murmuró ella en tono nostálgico.

—¿Nada más que eso?

—No es poca cosa —retrucó ella.

—Sabe a qué me refiero.

—Si lo que quiere saber es si amaba a Julián, déjeme decirle que hice un gran esfuerzo por amarlo mientras fue mi amigo, pues he visto pocos hombres tan encantadores. Sin embargo…

—¿Sí?

—No es algo que se pueda ordenar al corazón.

Francisco no contestó. Su propio corazón latía frenético ante las intimidades que le contaba Elizabeth. ¿Qué más podría confiarle en esa noche estrellada donde no se veían las caras y apenas se percibían como sombras?

—Santos, quiero que sepa algo, por si ocurre lo peor.

—Nada va a ocurrirle, Elizabeth.

—No, no, déjeme decirle ahora lo que negaré por la mañana —insistió la muchacha, presa de cierta desesperación—. Estoy encinta.

A pesar de saberlo ya, la confesión golpeó las entrañas de Francisco como una revelación. Por fin, Elizabeth admitía esperar un hijo suyo.

Lo que dijo a continuación lo dejó helado:

—No sé quién es el padre.

—¿Cómo dice? —casi aulló, provocando que Eliseo se volviese a mirarlos desde su puesto de vigía.

—Sabía que me juzgaría mal —empezó a decir Elizabeth.

—No entiendo —protestó Fran, intentando controlar su voz—. ¿Cómo que no conoce al padre?

—Verá, es difícil de explicar.

—No me cabe duda.

Ella le lanzó una mirada de reproche y continuó hablando:

—Por eso le advertí que no soy una mujer buena. No me violaron —aclaró de prisa—. El hijo que espero no es de ninguno de los hombres que me raptaron.

—Ya lo sé.

—¿Cómo lo sabe? —se sorprendió la joven.

—Pues… me imaginé que no estaría tan tranquila si así hubiese sido, es todo.

La furia de Francisco lo llevaba a cometer errores. Debía dejar que Elizabeth se explicara. Los dedos le temblaban, no obstante, deseosos de obligarla a reconocer que el hijo era de él. Las desconcertantes palabras lo habían conmocionado al punto de olvidar quién se suponía que era. Quería sacudirla hasta arrancarle la verdad, algo imposible en las circunstancias que atravesaban.

—En realidad, no importa, sólo quiero una promesa suya.

—¿Mía? ¿Qué puedo ofrecerle yo?

"Nada, no tengo nada para ti, querida", pensó frustrado Francisco. Elizabeth se movió a su vez y acercó su cara para escudriñarlo en las sombras.

—¿Puedo confiarle mi hijo si, al nacer, me sucediera algo?

—Nada va a sucederle. Como bien dijo antes, tiene una excelente salud irlandesa —protestó Fran, conmocionado ante la idea.

Tan seguro estaba de su propia muerte, que no había pensado en los temores de ella.

—Aun así, los partos tienen sus complicaciones. Sólo quiero tranquilizarme con respecto a la suerte de mi niño, quiero que crezca seguro y protegido, que tenga un padre... aunque sea postizo.

Francisco estuvo a punto de lanzar una carcajada brutal ante la jugarreta del destino: él, verdadero padre del niño que llevaba Elizabeth en su seno, debía prometer cuidarlo como su padre postizo. Sólo a un bastardo podía ocurrirle algo tan patético. Respiró hondo para aquietar su espíritu y controló su voz al preguntar:

—¿Qué quiere que haga?

—Que lo proteja, lo eduque y le hable de su madre, para que sepa cuánto lo quise y que jamás me arrepentí de traerlo al mundo.

—Elizabeth...

—¿No acepta ser el tutor de mi hijo?

—Esto es muy comprometedor, Elizabeth. Yo pensaba...

—¿Qué, señor Santos?

—Pensaba que el padre de su hijo era Julián Zaldívar y entendía que íbamos hacia la estancia para que el niño se criara con sus abuelos.

Ya lo había dicho. A ver cómo lo tomaba ella. Aguardó, conteniendo el aliento, hasta que la joven articuló una débil respuesta:

—¿Eso fue lo que pensó, que el niño era de Julián?

Parecía desolada ante la idea y Fran trató de apaciguar sus temores:

—Elizabeth, no se torture. Verá que todo saldrá bien con su hijo. Será sano y crecerá feliz junto a su madre, aquí o... —volvió el rostro, angustiado ante la posibilidad de que su hijo se educase en el extranjero— en Boston.

—De todos modos, quiero una promesa —exigió ella, firme.

—Sea. Prometo hacer todo lo que esté en mis manos por su niño.

Ella contempló un momento la silueta recortada en la oscuridad.

—Quiero algo más.

Temiendo ante la nueva exigencia, Francisco asintió en silencio.

—Béseme, señor Santos.

Ninguna otra petición podría haberlo sorprendido tanto. Francisco entrecerró los ojos para evaluar si Elizabeth hablaba en serio o se burlaba del pobre naturalista excéntrico, pero en las sombras no veía su expresión.

—No lo creo conveniente, Elizabeth —dijo a regañadientes.

—¿Rehúsa concederme ese pequeño pedido?

—Me rehúso a confundirla más de lo que está. Dice no saber quién es el padre de su hijo y asegura haber intentado enamorarse de Julián Zaldívar. Supongo que sus sentimientos son, por lo menos, confusos.

—Béseme, señor Santos. Soy una mujer sola, me siento triste y tengo miedo.

Francisco tendría que haber sido un santo para resistir el tono suplicante de la mujer a la que amaba en silencio. Levantó una mano, la acercó hacia donde supuso que hallaría la boca sensual de Elizabeth y fue recompensado con el tacto sedoso de sus labios. Los recorrió con la punta del índice, raspándolos con su yema callosa. Sintió el calor de un suspiro de la joven y esa sensación lo sacudió hasta la médula. Se inclinó apenas, ubicándose mejor bajo la carreta, y comprobó que ella se había movido también, acortando la distancia. Sin dejar de tocarla, Fran acercó la cara hasta sentir sobre su propia boca la respiración entrecortada de Elizabeth y rozó los labios con los suyos. Era el tipo de beso que daba el naturalista Santos Balcarce. Sólo él sabía cuánto le costaba refrenar el impulso de separar esos labios y empujar con su lengua hasta el fondo. Sus ingles se tensaron al captar la tibieza del cuerpo de Elizabeth. Al alejarse, distinguió el rostro de la muchacha alzado hacia él en actitud expectante, los ojos cerrados y la boca entreabierta. "Carajo", pensó desesperado. No podía revelarse como el energúmeno que era sin destruir la farsa que había montado. Debía mantener las apariencias. "No me tientes, Elizabeth", oró en su mente. Sin embargo, la joven parecía no advertir nada extraño. Su actitud pasiva y satisfecha le crispaba los nervios. Unió de nuevo su boca a la de ella y la sintió latir bajo su beso. Elizabeth estaba excitada. O quizá temblase de miedo. Volvió a besarla con más insistencia y captó la sutil invitación en los labios entreabiertos. Sin detenerse a pensar en las consecuencias, abrió los suyos y atrapó la boca de Elizabeth con voracidad, recorriendo los recovecos cálidos con su lengua atrevida y sorbiendo la de la joven con fuerza, hasta tomarla para sí, privándola de toda voluntad.

Elizabeth se sintió transportada a un universo tibio y seguro entre los brazos del señor Santos. La corpulencia del hombre la envolvía, al tiempo que las manos recorrían su silueta camuflada por capas de ropa gruesa. Santos olía a pasto húmedo y a lana de oveja, pues había permanecido sobre el campo al anochecer, envuelto en su poncho. Era un olor reconfortante y ella, en su repentina fragilidad, necesitaba aferrarse a las cosas terrenales. Elevó sus propias manos hasta tocar el cabello áspero del hombre, que se estremeció al sentirla. Impulsada por la necesidad, hundió los dedos hasta la nuca y allí permaneció, dejando que el calor del cuerpo de Santos aliviase sus escalofríos.

Fran estaba en llamas. Había añorado tanto los besos de aquella noche, en la casita de la playa… Elizabeth conservaba la combinación de dulzura y audacia que tanto lo cautivaba. Con delicadeza retiró su boca y observó en la oscuridad los rasgos pálidos de la muchacha. Tenía los ojos enturbiados por el deseo y los labios hinchados. Fran deslizó un dedo por la mejilla húmeda: había llorado y conservaba las huellas. Una ternura arrolladora se apoderó de él y la abrazó con fuerza, jurándose protegerla de todo mal, hasta que un pensamiento insidioso penetró en su mente: Elizabeth se entregaba a Santos Balcarce, el supuesto hermano del hombre al que había amado en la laguna. Y lo hacía sin escrúpulos, después de reconocer que estaba encinta de otro. La idea de ser aceptado tan pronto como sustituto de su otro yo lo golpeó con dureza. ¿Acaso no había significado nada para ella? ¿Le daba lo mismo cualquier hombre, Julián Zaldívar o el hermano ficticio? La separó de sí con repugnancia. Elizabeth percibió el cambio de actitud, pues abrió del todo los ojos y trató de ver en el rostro del hombre la razón.

—¿Qué sucede? —murmuró.

—Es mejor que mantengamos la distancia, señorita O'Connor, por su bien. No quiero agregar confusión a su agitada vida.

Las palabras cayeron como plomo sobre la atribulada muchacha, que se sintió despreciada. La tibieza de momentos antes se transformó en un abismo de frialdad que obligó a Elizabeth a arrebujarse en sus mantas para conjurarlo.

Santos volvía a parecerse al señor de la laguna, hostil y enigmático.

—Duerma —dijo con voz cortante—. La despertaré cuando amanezca.

Elizabeth apoyó la cabeza sobre el rollo de tela que le servía de almohada y cerró los ojos con fuerza, intentando no pensar que se hallaba sola de nuevo, en un desierto en plena noche, a merced de los indios y de un hombre que la había besado con el mismo fervor que Francisco Peña y Balcarce.

Eliseo partió con la primera claridad del tercer día. En silencio, como todos los de su raza, preparó su caballo y se aproximó a la carreta.

—Misely —dijo con voz contenida—. Debo partir.

—Lo sé, Eliseo. Me gustaría que vinieras con nosotros.

El muchacho miró hacia el oeste, donde lo esperaba la misión vengadora de Calfucurá.

—No puedo.

Habría querido decir más, explicarle a su maestra que ya no era el niño de la escuelita, aunque llevaría en su pecho el recuerdo de aquellos días como un tesoro. Su parquedad se lo impedía. Elizabeth sonrió, comprensiva.

—Ve con Dios, Eliseo. Y sé un hombre bueno. Recuerda que tu madre te ama y te espera, no te alejes demasiado de ella.

El joven indio contempló a su maestra con adoración. Estaba a un palmo de caer rendido ante ella y no podía permitírselo. No ahora, que formaba parte de algo importante, como siempre había querido. Carraspeó para dar tinte de bravura a su voz y contestó:

—Volveré cuando todo termine.

Las palabras enigmáticas hicieron fruncir el ceño a Elizabeth.

—¿Cuando todo termine?

La expresión de Eliseo se endureció, transformándolo en el guerrero que era.

—La guerra, Misely.

La respuesta del muchacho reveló la inmensidad del abismo que los separaba. Elizabeth sintió dolor por él, por la familia del Calacha y por ella misma, que no contaría más con aquel alumno díscolo, si es que alguna vez regresaba a la laguna. Con ternura, tomó la mano callosa de Eliseo y la llevó hasta sus labios.

—Entonces, que Dios te proteja y nos proteja a todos —murmuró.

El joven contrajo las mandíbulas y contuvo el impulso de arrancar su mano de las suaves manos de Misely. No deseaba avergonzarse ante ella derramando lágrimas justo cuando empezaba a ser alguien entre los suyos. Lo salvó la llegada del hombre de los médanos.

—¿Vamos?

Francisco pensó que esos dos llevaban bastante tiempo murmurando y decidió acortar la despedida. Si bien no temía que Elizabeth sucumbiese a la adoración que le profesaba el muchacho, le fastidiaba que ella albergase en su pecho preocupación por todos, menos por el hombre que la había amado tiempo atrás. Francisco Peña y Balcarce era el último en la lista de consideraciones de la señorita O'Connor.

Eliseo recuperó el porte guerrero y, tras una mirada dura a Fran y otra más cálida a Elizabeth, montó de un salto sobre su caballo y se alejó al galope.

La joven se quedó mirándolo hasta que fue un punto en el horizonte.

—Lo vamos a extrañar —comentó, casi para sí.

Fran respondió con un gruñido. Sus sentimientos hacia Eliseo eran ambivalentes: gratitud por haber salvado la vida de Elizabeth al llevarla a los toldos, combinada con desconfianza hacia sus inclinaciones guerreras. Tampoco él pudo dejar de observar la partida del muchacho, sobre todo porque admiraba la estampa que formaba montado en el brioso alazán de la cuadra de los Zaldívar.

Siguieron la dirección sudeste durante tres largas horas sin intercambiar una palabra. Después de dejar atrás las tierras del Azul, poco faltaba para llegar a las serranías del Tandil y a El Duraznillo. Avanzaban con cierta tranquilidad, protegidos por la nueva línea de frontera, bastante extendida hacia el oeste en el último año. Los rumores de la Gran Coalición habían obligado a fortalecer la vigilancia y, en más de una ocasión, el eco de la llanura trajo hasta los viajeros disparos de fusiles que daban el santo y seña a la guardia de los fortines. Francisco no se confiaba del todo, dado el estado de insurrección reinante. Huellas de caballos indios a lo largo del camino confirmaban sus temores.

—¿Falta mucho? —preguntó Elizabeth, agotada.

Había evitado quejarse, en parte porque deseaba llegar y también porque no quería dar el brazo a torcer y ser la primera en hablar con aquel hombre desconcertante. El recuerdo del beso atrevido punzaba en su mente y la intranquilizaba.

—Cuando veamos los montes de duraznos, podremos considerarnos a salvo —respondió Francisco—. Hasta entonces, conviene apurar el paso aunque, si no se encuentra bien, aquí cerca hay un pequeño refugio de piedras.

La estaba forzando demasiado, tomando en cuenta su estado y las necesidades naturales de una dama.

—¿Duraznos?

La voz de Elizabeth sonó ansiosa. Sin duda, añoraría alguna fruta fresca después de la epopeya vivida. Fran lamentó no poder ofrecerle nada semejante. Llevaban sólo agua y los víveres proporcionados por los tehuelche, no muy refinados para una dama.

—En toda esta tierra al sur del Salado hay montes de duraznos. El gobierno ordenó plantarlos hace años y proveyó las plantas, sin cargo alguno. Fue una manera de obligar a los estancieros a civilizar la región.

La respuesta de Fran aclaraba la razón del nombre de la estancia de los Zaldívar.

—¿Y dónde está ese refugio de piedras? —aventuró ella.

Fran ocultó su sonrisa. Terca como mula, no iba a pedirle que se detuvieran, sino a sugerirlo de modo casual, con su vocecita inocente. Decidió ceder, por esa vez.

—Aquí nomás, a la izquierda. Voy a ensillar el otro caballo mientras usted se refresca.

Elizabeth se recogió las faldas de cuero prestadas y casi se arrastró hacia la hondonada que formaban las rocas. La ropa india era más cómoda para atender a sus necesidades en plena pampa que sus enaguas y faldas con metros de tela, botones y lazos. Al salir del hueco, observó que el hombre ya había traspasado los arreos al caballo de remonta y fumaba un cigarro con indolencia. La pose arrogante, aun en medio de la situación lastimosa en que se encontraban, alimentó un pensamiento inquietante que se había ido formando en su cabeza desde hacía tiempo.

—Santos.

Él se volvió, respondiendo con naturalidad al nombre.

—Me preguntaba...

Fran aguardó, mientras evaluaba el estado de Elizabeth después de tan ardua travesía. Sus ropas eran una mezcla andrajosa de quillango y chaqueta de dama. Y las botitas, destrozadas, se hallaban sujetas al pie por unas tiras de cuero que Huenec había improvisado. Así y todo, Fran la encontraba cautivante.

—Me preguntaba si usted vería bien el camino sin sus gafas.

Por un momento, él mantuvo la mirada fija en ella, como si dudara de sus intenciones, y al fin soltó un suspiro, resignado.

—Me las arreglo como puedo, señorita O'Connor, así como usted se amolda a sus ropas de india. No puedo pretender comodidades en medio del desierto. Sin embargo, le aseguro que no soy del todo ciego. Llegaremos a destino, quédese tranquila.

Elizabeth meditó la respuesta mientras se acercaba a él.

—Qué bien. También me pregunto si su hermano se alegrará de verlo. Son ustedes tan distintos y hace tanto que no se ven... La última vez no parecía muy amigable.

—Mi hermano no es tonto. Apreciará el remedio que le llevo y, con su ayuda, volverá a ser la persona que era.

Francisco pensó que ya estaba por perder del todo la cordura hablando de su hermano salvaje como si existiese.

—Es bueno saberlo. A pesar de su hostilidad, su hermano es un hombre agradable. Me gustará llegar a conocerlo cuando se muestre como es, sin el fantasma de su enfermedad —dijo Elizabeth, con aire nostálgico.

—Eso, si se cura —comentó Fran con amargura.

—¿Cree usted que el remedio no surtirá efecto? —se alarmó ella.

Francisco pensó que el tónico había sido un milagro de eficacia, aunque de nada serviría el frasco vacío que conservaba entre sus ropas. Durante el trayecto, había evitado los pensamientos turbadores para no poner a prueba su resistencia.

—Tal vez mi hermano no tenga cura —dijo, con tal desaliento en la voz que Elizabeth lo miró con intensidad.

Se encontraban en las lomas que anticipaban las sierras del Tandil, de modo que la visión del camino que seguirían quedaba oculta por las primeras estribaciones. Fue por eso que no advirtieron la silueta que los contemplaba desde lo alto, erguida en su caballo jaspeado.

Jim Morris había cabalgado en firme, sin detenerse, hasta que descubrió las huellas de la carreta. Sólo entonces recobró su proverbial serenidad, la misma que le permitió rastrear al asesino de su familia y cobrarse la deuda, aunque tuviese que recorrer medio mundo. Ahora, tenía a un tiro de flecha su objetivo. Lo único que se interponía era el maldito hombre de la laguna. Por lo que podía ver, Pequeña Brasa no lo acompañaba contra su voluntad, aunque su actitud no era amistosa. Jim no había tenido ocasión de analizar la situación hasta ese momento porque su misión abarcaba toda su mente, y así debía ser. Cumplida su venganza, quedaba en libertad de proponerse otras metas, como reclamar a la joven de Boston y eliminar a quien se opusiese. El hombre del médano lo intrigó desde el principio. Su intuición chamánica le hablaba de un pasado oscuro, tormentos interiores y una dualidad que todavía no se había manifestado. El apodado "Santos" que conoció en los alrededores de Mar Chiquita escondía secretos que ni él mismo sabía. ¿Sería por eso que no alcanzaba la visión de Pequeña Brasa en su tierra cherokee? Esa imposibilidad de "verse" junto a ella con los ojos del espíritu lo preocupaba. Con una leve presión, incitó a Sequoya a descender la loma, acercándose desde atrás con el sigilo de un puma.

Francisco sentía sobre sí la mirada penetrante de Elizabeth y no volvió el rostro para no descubrirse vulnerable ante ella. Hablar de su enfermedad lo exponía a los temores más recónditos: la muerte, el deshonor de su origen incierto, el dolor de su madre. Aplastó el cigarro con su bota y, al descender la mirada, percibió una sombra fugaz a su izquierda. Giró, desenfundando la pistola con tal rapidez que la muchacha no entendió lo ocurrido hasta que lo vio apuntando a algo a sus espaldas.

La estampa altiva de Jim Morris, su secuestrador.

El hombre miraba con fijeza el arma que Santos empuñaba con fría determinación. Elizabeth alcanzó a oír una maldición en su boca antes de escuchar el martilleo del gatillo, presto a disparar.

—Hijo de puta —pronunció con claridad Fran—. No saldrá vivo esta vez.

Jim torció la boca, despreciando la amenaza, aunque no dejó de vigilar los movimientos de Francisco. No precisaba de la intuición chamánica para comprender lo que leía en los ojos de aquel hombre: amaba a Pequeña Brasa y la quería para sí, algo que contrariaba sus designios. Tocó el ala de su sombrero, a manera de saludo dirigido a la dama.

—Veo que mi compañía le resultó tan desagradable, Miss O'Connor, que prefirió la de este hombre incivilizado.

—Si de civilización se trata, señor Morris —dijo Elizabeth—, no está en posición de criticar a nadie después de llevar en su bolso la cabeza del doctor Nancy.

Las palabras de la joven conmocionaron a los dos hombres. Para Fran, fue un impacto conocer la identidad del asesino del doctor. La manera en que cortaron de cuajo su cabeza había dado pábulo a toda clase de rumores y conjeturas, pues nadie había visto algo así. Si bien estaban acostumbrados a los degüellos en esos tiempos de barbarie, fue la forma en que se hizo, con precisión quirúrgica, lo que causó estupor. En cuanto a Jim, saber que Pequeña Brasa conocía al doctor Nancy lo inquietó. Tal vez ella albergaba sentimientos de afecto hacia aquel hombre, o quizá la había atendido alguna vez. Sus ojos de águila reflejaron un instante de debilidad ante la posibilidad de causar dolor a la mujer que había atrapado su corazón.

—¿Qué busca, Morris? ¿Más cabezas para su colección? —dijo, sarcástico, Fran—. Por lo que supe, el doctor era aficionado a los museos de hombres. ¿Acaso es usted un competidor?

Un estremecimiento recorrió la espalda de Elizabeth al recordar la escena de la cabeza de Nancy rodando ante ella.

—Elizabeth —murmuró Fran, al percibir su temor—. Colóquese detrás de mí.

La joven evaluó la situación y decidió que, si había alguien que podía evitar una masacre en ese momento, era ella.

—No, no lo haré —respondió con voz firme—. El señor Morris ya se va.

Fran la miró de reojo con una mezcla de incredulidad y rabia. ¿Qué creía ella, que era una riña de alumnos de la escuela?

—Elizabeth...

—Señor Morris —prosiguió la joven, fingiendo indiferencia—. Por si no lo advirtió antes, no me sentí a gusto en su compañía, ni en la de la muchacha que... A propósito ¿Dónde está? No la habrá...

Las palabras se le amontonaron en la garganta pensando en la pobre Pulquitún también decapitada.

—Al revés que usted, la "Mujer Brava" sabe lo que le conviene —repuso con tranquilidad Jim.

No iba a explicarle que la joven india se convirtió en una carga tan pesada que a punto estuvo de despacharla. Su buena estrella quiso que, en el camino de regreso, se toparan con el mismo muchachito bravío que cuidó de Sequoya y allí encontró la oportunidad de deshacerse de Pulquitún. Apenas supo ella que Eliseo viajaba para encontrarse con la gente de Calfucurá y participar en el malón, se mostró deseosa de acompañarlo. No era asunto suyo si el tal Eliseo resultaba un esposo apropiado o no. Ambos parecían contentos con el arreglo.

Elizabeth miró alrededor, buscando rastros de la joven india.

—Tiene mi palabra —repuso Jim, al ver la duda en su rostro—. La mujer está a salvo.

—Gran cosa la palabra de un asesino —terció Francisco.

Un demonio interior lo impelía a azuzar al forastero. No dudaba del interés que tenía en la joven maestra. La sola idea de que esas manos hubieran recorrido su cuerpo le produjo una punzada de dolor en la sien. "No, ahora no", pensó alarmado. No podía sucumbir a un ataque en esos momentos, cuando debía proteger a Elizabeth. Sin embargo, el mismo miedo a que ocurriese fue el detonante. Un calambre le adormeció el brazo, al tiempo que espasmos de dolor recorrieron la parte de atrás de la cabeza. Como ante una orden de su cuerpo, se desencadenaron los síntomas: calor en la frente, aguijones en las sienes, oleadas de dolor en la nuca y ese extraño adormecimiento en el brazo que sostenía la pistola. Maldito fuera si no podía siquiera salvar a la mujer amada. Lo que más lo aterrorizaba era quedarse ciego, pues entonces estarían a merced de aquel asesino.

Jim observaba todo con fría complacencia. Su natural percepción, aumentada por la sensación de peligro, le permitió captar el sufrimiento del hombre que tenía ante sí. El tormento que antes apenas intuía, ahora se manifestaba en su plenitud. El sujeto del médano padecía una extraña enfermedad invisible y a él le resultaría fácil deshacerse de él y llevarse de nuevo a Pequeña Brasa. Sin embargo, si obraba de ese modo ante ella eliminaría toda posibilidad de convertirla en su mujer, pues lo odiaría. Esa idea lo paralizó. ¿Por qué Pequeña Brasa prefería a un hombre desastrado como aquél? ¿No eran enemigos cuando ambos vivían cerca de la laguna? ¿En qué momento habían creado un vínculo entre ellos?

Jim concentró su mirada sobre la mujer y volvió sus ojos hacia adentro, hacia la Mente Superior, desdibujando el contorno de lo que veía. Era peligroso exponerse así mientras lo apuntaban con un arma, pero debía saber la razón de las inclinaciones de la maestra. Al principio, sintió un calor intenso en su cabeza y en su pecho, después la niebla azul cubrió sus ojos como un velo de seda. La figura de Elizabeth se volvió transparente a través de ese velo y Jim pudo ver con claridad lo que existía entre ella y el hombre, la cinta plateada que los envolvía a ambos: un hijo.

El hombre había plantado una semilla en el cuerpo de Pequeña Brasa.

Y ella lo sabía, por eso volvió junto a él. Ella lo amaba.

El conocimiento no le brindó serenidad como otras veces. Aunque ahora entendía por qué jamás visualizaba a Pequeña Brasa en su vida, como él deseaba, la confirmación de que la muchacha estaba destinada a otro lo afectó tanto que cerró los ojos a la visión negándose, por primera vez, a aceptar lo que el Espíritu que Todo lo Anima le enviaba.

Había querido hacerla suya desde que la vio en el *Lincoln*, cuando él representaba su papel de caballero. La misión le había impedido cortejarla de modo adecuado y ahora, cuando estaba libre para hacerlo, las circunstancias jugaban en su contra. Deseó de manera irracional rebelarse y forzar las cosas a su gusto, aunque fuera impropio de un chamán. Luchó contra los impulsos que lo deshonraban como elegido de su tribu y libró su batalla más difícil. El corazón enturbiaba su mente, no le permitía dominar su razón, y él no podía permitirlo. Debía arrancar a Pequeña Brasa de su cabeza y de su pecho. Sabía cómo hacerlo, sólo faltaba la voluntad.

Jim elevó unas palabras susurradas al viento y alzó su cabeza de rasgos afilados. Permaneció unos momentos en actitud contemplativa hasta que su cuerpo se relajó y su mente se despejó. Abrió los ojos. Frente a él se desarrollaba un nuevo cuadro: la maestra de Boston, de rodillas junto al hombre de la laguna, sosteniéndole la cabeza y musitando palabras suaves, como una madre que arrulla a su niño. Aquel individuo, aun caído, le apuntaba con su pistola y pugnaba por cumplir su cometido, pese al dolor que lo doblegaba.

Jim podría haberlo ayudado proporcionándole algún calmante que suavizara el ataque, mas la frialdad que se había apoderado de él le impidió moverse. Romper el vínculo con Pequeña Brasa le había exigido tal esfuerzo que no era capaz de nada más. Con lentitud, guió a Sequoya dando un rodeo hasta salir de la mira del cañón que lo apuntaba. Se despidió en su mente de la mujer que lo cautivaba al punto de tentarlo con olvidar su misión y emprendió el regreso hacia su tierra. Otro desierto, otra lucha. Su gente lo esperaba para recuperar la dignidad y él no iba a fallarles. Sin volver la cabeza ni una vez, apretando en su palma la medallita esmaltada, como un talismán, se juró no caer jamás en las trampas del corazón. Y mientras cabalgaba hacia el ocaso enlazó a Gitano, que descansaba bajo un chañar.

Una pequeña venganza sobre el hombre que le había arrebatado a la mujer.

CAPÍTULO 32

Elizabeth no advirtió la partida de Jim Morris. Conmovida, sujetaba la cabeza del señor de la laguna esperando que recuperara la visión. Él aferraba aún entre sus dedos acalambrados la pistola, insistiendo en defenderla pese a su estado. Una marea de dulzura invadió el pecho de la muchacha al ver la desesperación de Francisco, ciego y dolorido, apuntando con mano firme hacia donde estaba el enemigo. Elizabeth no entendía qué demonio se había apoderado de Jim Morris para llevarlo a cometer actos semejantes. Todo en aquella tierra era incomprensible para sus puntos de vista civilizados. Se daba cuenta de que las teorías que circulaban en su país, entre los intelectuales, no se aplicaban a la realidad de las pampas del sur, con su gente hospitalaria y bravía, sus venganzas sangrientas y sus paisajes desolados. Hasta en el territorio confederado, golpeado por la guerra, se conservaban más formas que en ese país al que Sarmiento pretendía modernizar.

Francisco experimentó alivio al percibir que recuperaba la vista. Sin soltar el arma, aguardó a que la silueta de su oponente se dibujara de nuevo ante él. No fallaría esa vez. Oprimió la pistola y mantuvo rígido el brazo, mientras sus ojos vislumbraban la claridad.

De pronto, no vio más que el cielo y la cara de Elizabeth ante sí. Intentó levantar la cabeza pese al dolor y escuchó la voz de la muchacha susurrando:

—Quieto, o tendrá una recaída.

Sólo entonces cayó en la cuenta de que había sufrido el ataque frente a Elizabeth O'Connor. De nada valía que se esmerara en fingir, puesto que su identidad acababa de descubrirse.

—Elizabeth... —comenzó a decir.

—Tranquilo, Francisco —lo interrumpió ella—, vamos a usar ese tónico milagroso en usted ahora mismo. Su buen hermano "Santos" lo ha traído, ¿no es verdad?

El tono burlón terminó de despejar su mente. Ya estaba hecho. Todo había salido a la luz y, en cierta forma, se alegraba. Engañar a Elizabeth nunca le había gustado, aunque tal vez ella pensara que seguía siendo el bruto arrogante que había conocido en la laguna. La miró y sólo vio preocupación en su semblante. Ella le retiraba el pelo de la frente con amoroso cuidado. Francisco no recordaba cuándo había recibido tales tratos por última vez. La única mujer capaz de hacerlo, Ña Tomasa, había muerto tiempo atrás.

—Ya no habrá secretos entre nosotros, señor Peña y Balcarce. ¿O acaso tiene otro nombre que no conozco?

—Ninguno de mis nombres fue una mentira total, Elizabeth —contestó Fran, mientras se incorporaba—. Soy Francisco José de todos los Santos Peña y Balcarce, si quieres saber la verdad.

—Vaya, bonito nombre. Y muy largo. Ya veo que no le resultó difícil inventarse un apodo para engañarme. ¿Por qué?

Antes de responder, Fran miró en todas direcciones, sorprendido.

—El señor Morris se ha ido. Creo que lo pensó mejor y decidió que yo no era tan buena compañía.

—Se equivocó, entonces. Eres la mejor compañía que un hombre puede tener —dijo Francisco.

Elizabeth sintió el corazón liviano ante esas palabras, dichas en un arranque de sinceridad. Si ese hombre demostrase un poco de simpatía, ella podría sentirse aliviada y confiar en él. Su futuro no se vería tan oscuro.

Lo ayudó a ponerse de pie pues la ceguera, al desaparecer, le producía cierto mareo, y ambos caminaron hacia la carreta. Estaban solos en medio de la nada, con un caballo flaco por toda montura. Elizabeth pensó con tristeza que Francisco debía estar lamentando la ausencia de Gitano y odió a Jim Morris por la vileza de despojarlo de un animal tan espléndido.

El cielo se teñía de naranja y el viento, más frío a cada momento, les recordaba que la noche estaba próxima.

—Vamos a acampar aquí —anunció Francisco—. De nada vale que avancemos si tampoco podemos caer en la estancia a horas impropias, con esta facha.

La verdad era que parecían una pareja de vagabundos. Hasta podían confundirlos con gente de avería y dispararles. Elizabeth sacó las mantas con que solía cubrirse cuando dormía bajo el carro y las extendió. Francisco la miraba en silencio. No habían dicho todo lo que debían decirse, y él ya estaba pensando en un lenguaje más directo que el de las palabras. Faltaba saber si ella se lo permitiría. Una cosa era caer en los brazos del escrupuloso Santos, hombre de ciencias de aspecto civilizado, y otra muy distinta volver a las garras del energúmeno que la había poseído en la laguna para después darle órdenes sobre cómo debía comportarse.

—Déjame ayudarte —dijo, inclinándose a su lado para acomodar las mantas.

Elizabeth asintió y compartieron la tarea de desatar los caballos y encender un fuego donde calentar café. Bebieron sin cruzar palabra y, cuando las primeras estrellas aparecieron sobre sus cabezas, un relincho los sorprendió, interrumpiendo la armonía del momento. La silueta de Gitano, saliendo de las sombras, colmó de alegría el corazón de Francisco. El animal galopó hacia el fuego como si adivinase la presencia de su amo y se detuvo, pateando el suelo con impaciencia. Tanto Francisco como Elizabeth se levantaron de un salto y corrieron al encuentro del tordillo. Gitano sacudía la cabeza con aire satisfecho al ver el recibimiento que se le hacía. La mano de Elizabeth tropezó en un momento con la de Francisco y ella la retiró presurosa, temiendo ese contacto que, sin embargo, también anhelaba. Fran extendió el brazo y capturó de nuevo la mano de la muchacha.

—Acarícialo, él lo necesita.

Las palabras tuvieron un extraño significado para Elizabeth, y se sintió cohibida al deslizar la palma por la testuz altiva de Gitano. El hombre la observaba con fijeza, acentuando su incomodidad.

Pasaron parte de la noche a la luz de la fogata, comentando los sucesos vividos y la inexplicable fuga de Gitano, pues Francisco dudaba de que un conocedor de caballos como Morris hubiese dejado escapar semejante ejemplar. Elizabeth tenía otra opinión.

—Creo que se arrepintió de todo el mal que causó y encontró la forma de pedir perdón —comentó.

Fran la miró con incredulidad.

—¿Por qué no? Cuando lo conocí, a bordo del *Lincoln*, era una persona amable y considerada. No entiendo cómo se fue volviendo salvaje a medida que pasaba el tiempo. Hasta cambió su aspecto. Parecía…

—¿Un indio?

—Pues sí, un indio. Creo recordar que uno de mis alumnos comentó algo así cuando lo vio.

—Yo también lo encuentro extraño, sin embargo es un asesino, Elizabeth, no puede pedírsele clemencia, mucho menos que se compadezca del dueño de un caballo que él mismo robó.

—Insisto, es su modo de hacernos saber que está arrepentido.

Francisco observó a la muchacha con ternura.

—Tienes el corazón blando, ésa será tu perdición.

—¿Mi perdición? —repitió Elizabeth, confusa.

—Sí, porque voy a abusar de él y a pedir que me incluyas en tu perdón.

Mientras hablaba, Francisco tomó las manos de la joven y las apretó entre las suyas. Elizabeth bajó los ojos, cada vez más turbada.

—Yo no tengo nada que perdonar —murmuró.

—Claro que sí. Y voy a enumerarte todas las razones. Primero, te maltraté cuando apareciste con tus alumnos en mi refugio.

—Estabas construyendo un lugar solitario para ti —arguyó ella.

—Dije que les dispararía si volvían, ¿recuerdas?

—No lo habrías hecho.

Haciendo caso omiso de las intervenciones de Elizabeth, Fran continuó con la enumeración.

—Traté de intimidarte varias veces para que abandonaras la región. Hasta me burlé de tus fines altruistas. Fui brusco contigo.

—Me construiste una biblioteca —recordó Elizabeth con añoranza.

—En la estancia de los Zaldívar te traté como a una… una mujer ligera. Lo hice a propósito, nunca pensé que lo fueras.

El mismo Fran se horrorizaba al comprobar en cuántas ocasiones la había martirizado, y Elizabeth sonreía al recordarlo, como si fuesen travesuras de niño.

—Estaba furiosa, porque había averiguado tu verdadero nombre. Se le escapó a Julián y luego la señora Durand me lo confirmó. Me sentí estafada —reconoció—. Claro que tenías tus razones para eludirme —agregó, pensativa.

—No hay razones para maltratar a una persona como tú, Elizabeth, no intentes ver bondad donde sólo hay egoísmo y brutalidad.

Elizabeth buscó en los encuentros que habían tenido alguno que hubiese sido más amable, y al fin dio con el más temido de todos: la noche de la tormenta. Su expresión la delató, pues Fran dijo con voz profunda:

—Y la peor de todas fue tomar tu inocencia aprovechándome de la debilidad de tu corazón.

—Estabas enfermo —atinó a decir la muchacha, casi en un murmullo.

—No justifica lo que hice. No estabas en condiciones de responder ante mis exigencias. Fui brutal contigo, Elizabeth, y aunque no hay forma de retroceder en lo hecho, te pido que consideres mi petición.

La joven alzó la cabeza, sorprendida ante el tono anhelante con que el hombre pronunció las últimas palabras.

—Quiero que me aceptes en tu vida. No tengo nada que ofrecer. Estoy enfermo de muerte, desheredado, y no puedo resignarme a perder el tiempo que me queda sin ti. Hice todo lo posible por olvidarte, después por encomendarte a Julián, y ahora él... —Fran se interrumpió, herido por el recuerdo de su amigo—. Ahora sólo te queda la familia Zaldívar. Ellos aceptarían felices a una mujer que llevara la simiente de su hijo, pero comprendo que no puedo imponerte una felicidad basada en una mentira. Si lo deseas, podemos fingir que él ha sido el padre. Si no, aquí estoy para ofrecerte mi apoyo. Sé que el hijo que esperas es mío.

El rostro de Elizabeth se relajó al ver que él reconocía la paternidad.

—Yo dije a "Santos" Balcarce que no conocía al padre.

—Lo sé —la interrumpió Fran—. Lo hiciste para provocarme. ¿O no estabas sospechando ya mi identidad?

La muchacha se ruborizó.

—Debo confesar que tuve mis dudas, sí.

—¿Desde cuándo? —quiso saber él.

—Bueno, al principio me sorprendieron algunas reacciones más propias del hombre que yo conocía que del atildado hermano científico, y después de mi convalecencia en la toldería casi tuve la certeza.

—No pude fingir en esos momentos, preocupado por ti.

—Cuando sugeriste que Julián podía ser el padre creí que no ibas a reconocer jamás a tu hijo. Me sentí derrotada, pues una mujer no puede hacer nada para probar la paternidad; depende de la voluntad y de la confianza del marido.

La palabra "marido" produjo un impacto en ambos. Francisco no había propuesto nada formal y Elizabeth no sabía si, en las condiciones en que se hallaban, debía interpretar la petición de "compartir su vida" como un matrimonio o un simple acuerdo. Recordó la vez en que él se lo había planteado con total desparpajo. Fran también lo recordó.

—Confío en ti y confié siempre en Julián. Más allá de nuestros enfrentamientos por ganar tu corazón, fuimos amigos hasta el último día. Su ausencia es lo único que enturbia este instante de felicidad que depende de ti.

Elizabeth asintió, compungida. El duelo por el amigo los unía en lugar de distanciarlos. El fiel Julián, con su alma noble, les había regalado una amistad invalorable.

—Elizabeth.

Ella levantó la mirada con aire incierto.

—Lo que dije antes lo sostengo, si es que aceptas unirte a un desahuciado.

La propuesta encendió el ánimo de Elizabeth, que de inmediato afrontó el tema de la salud de Francisco como lo principal.

—¡Claro que no estás desahuciado! ¿Dónde está ese tónico? Lo tienes, ¿verdad?

Fran no tuvo coraje para decirle que se había terminado y que, a menos que rastreasen al doctor Ortiz hasta Chile, debía resignarse a esos episodios de locura y ceguera hasta el último y definitivo. Al ver que la muchacha se ponía de pie, dispuesta a buscar el remedio milagroso, Fran se incorporó a su vez, deseoso de lograr su paz mental de otra manera.

—Deja eso por ahora —dijo con suavidad— y respóndeme. ¿Soportarás unirte a un hombre como yo?

Ella lo miró, indecisa. Su educación le exigía a gritos una petición formal de matrimonio, mientras que su corazón clamaba por su amor, de cualquier modo que fuese. Francisco la acercó a su pecho de un tirón. Viéndose entre sus brazos, Elizabeth sintió flaquear sus convicciones.

—Mírame —ordenó él.

Los ojos verdes titilaron al elevarse hacia los suyos, más dorados a causa del resplandor del fuego. Había temor y esperanza en los de ella.

—Déjame besarte.

Elizabeth bajó los párpados, escondiendo su vulnerabilidad, y dejó que los labios de Francisco rozaran los suyos, con delicadeza primero, de modo firme después, hasta que forzaron la entrada a su boca repitiendo el beso descarnado que el supuesto hermano Santos había dado a la joven días atrás. Ser besada de esa forma le quitaba toda resistencia, la rendía a las caricias de Francisco sin poder oponerse. Estaba enamorada, no podía ser de otra manera; sentirse así era una prueba. ¿Qué haría si los sentimientos de él no alcanzaban a los de ella? Él hablaba de "unirse". ¿De qué modo? ¿Y por qué? Elizabeth temía que la existencia del hijo fuera la única causa. Sólo la responsabilidad podía mover a un hombre que se sabía enfermo de gravedad a hacerse cargo de una mujer encinta.

Francisco se maravilló al sentir el aroma de lilas en la piel de ella, pese a los kilómetros de polvareda recorridos. Aspiró con deleite ese olor tan suyo y deslizó los labios por el cuello hasta el corpiño. Elizabeth había conservado la parte superior del vestido, con una hilera de botones y la puntilla que sobresalía del escote. Las manos ansiosas del hombre desabrocharon los primeros botones y, al no percibir resistencia, bajaron hasta la cintura, algo más ensanchada, oprimiendo las carnes con suavidad. El enroscado cabello de la joven entorpecía sus movimientos, aunque también su tacto sedoso lo excitaba. Con una mano sujetó la mata de pelo, enrollándolo en la muñeca y tirando hacia atrás, de modo que el cuello de Elizabeth quedó expuesto a su boca exploradora. Con la otra, continuó desabotonando el corpiño hasta ver los pliegues de la camisa interior. Los senos abundantes se perfilaban nítidos a través de la tela. Fran alejó la cabeza para verlos mejor a la luz del fuego.

—Ven, siéntate —murmuró con voz ronca.

Ella obedeció, trémula. Fran acomodó las mantas junto al fuego y la obligó a recostarse. La noche sin luna se extendía sobre ellos, cubriendo las caricias que el fuego delineaba. El aire que los envolvía olía a pasto. No había testigos del encuentro, sólo los caballos a la distancia y las aves nocturnas. Francisco la cubrió con su cuerpo y la mantuvo encerrada entre sus brazos, observándola con atención.

—¿Qué sucede? —preguntó Elizabeth, ansiosa.

—Eres bella —repuso el hombre con sencillez.

—Debo estar horrible —lo contrarió ella, intentando tocarse el cabello en un movimiento reflejo muy femenino.

—La mujer más hermosa que haya visto.

—Adulador.

—¿No me crees? No te culpo, te he mentido tanto...

Sin aguardar respuesta, Fran recorrió el rostro de la muchacha con sus dedos rasposos, deleitándose en la suavidad de la piel, deteniéndose en la comisura de los labios, el hueco detrás de las orejas, frotando de manera tenue los sitios sensibles de Elizabeth. Ella respondió con un ronroneo que estuvo a punto de volverlo loco. Francisco oprimió apenas la pelvis de la muchacha con su ingle henchida, para que comprobara su estado de excitación, y se divirtió al ver que abría los ojos de inmediato.

—Así me haces sentir —repuso con descaro.

El sonrojo de Elizabeth no era visible en la noche aunque allí estaría, si la conocía lo suficiente. Quiso provocarla aún más. Con sus fuertes muslos separó los de ella hasta quedar encajado en la suavidad de su cuerpo. Se frotó un poco, disfrutando de la sensación y produciendo deseos anticipados en Elizabeth. Era virgen aún en muchas cuestiones del amor, pese a haberlo tenido entre sus piernas antes. No sabía qué cosas lo excitaban ni cómo llevarlo a la cumbre más rápido. Tampoco él la conocía mucho en ese sentido aunque, con años de experiencia de ventaja, podía adivinar sus sensaciones. Sosteniéndose sobre sus codos para no pesar sobre ella, consiguió levantar la falda de cuero sólo hasta la rodilla. Maldijo hacia sus adentros al ver las desventajas de la ropa india para algunas cuestiones. Se arrodilló entre las piernas de la muchacha, dispuesto a arrancársela, y tuvo entonces una perversa inspiración: sin dejar de mirarla, hurgó con sus dedos bajo la falda, buscando la carne tierna que escondía. El respingo de Elizabeth le dijo que había dado en la tecla. Acarició la entrepierna con delicadeza, siguiendo un ritmo, mientras contemplaba las expresiones de la muchacha, que oscilaban entre la sorpresa y el placer. Elizabeth era toda suya. Podía hacer lo que deseara, ella no se opondría. El temperamento brioso de la joven se ponía de manifiesto en la intimidad y se alegraba de ser él quien lo encendiera. Elizabeth ahogó un gemido cuando las caricias aumentaron su ritmo y le produjeron un temblor involuntario.

—Aún no, espérame —dijo él, con voz enronquecida.

Ella no podría haber respondido aunque quisiera. Estaba suspendida entre dos mundos, el de la razón y el de la locura, sin saber de qué lado caería.

—Tan dulce, tan tierna —murmuró encantado al ver cómo respondía el cuerpo femenino a sus caricias.

Introdujo el dedo en el interior de la cavidad y al mismo tiempo la besó con fuerza, hundiendo también la lengua en la boca tibia. Atacó las defensas de Elizabeth desde todos los flancos, saboreándola y acariciándola, hasta que ella lanzó un grito, sofocada. Entonces, sin darle tregua, bajó la cabeza y reemplazó los dedos por sus labios, repitiendo la caricia con una destreza de mago. Fue demasiado para Elizabeth. Incapaz de librarse de las sensaciones que la invadían, asustada y maravillada a la vez, la joven sólo atinó a aferrarse a los cabellos de su amante, sin saber si suplicar que la dejara o que siguiese atormentándola. Francisco entendía a la perfección su estado, de modo que continuó minando su voluntad hasta que el cuerpo de la muchacha estalló en convulsiones, soltando gemidos y echando la cabeza hacia atrás, rendida ante las expertas caricias. Con presteza, recuperó su posición sobre el cuerpo de ella y, mientras le arrancaba la falda de cuero con un rasguido, la penetró con fuerza hasta el fondo, exhalando un grito de triunfo a su vez, sintiéndose pleno como nunca se había sentido. Inició una secuencia de balanceos que arrancaban suspiros a la muchacha. Ella jamás pensó que existiera algo semejante, que un hombre pudiera tocar de esa manera a una mujer, ni ella permitírselo. Sin embargo, le había permitido a aquel hombre todo lo que él deseó tomar, sin reservarse nada ni pedir nada a cambio. Un temor fugaz empañó el momento al pensar que, quizá, estaba obrando con precipitación.

Francisco se movió con frenesí creciente hasta convulsionarse también, gritando en plena noche y sin tapujos su placer. Acalorado, rendido y feliz, se dejó caer sobre el cuerpo de la muchacha, murmurando incoherencias y repartiendo besos por todas partes. Al cabo de un rato, advirtió cierta frialdad en ella y levantó la cabeza para observarla. Elizabeth yacía prisionera de su abrazo, con los ojos muy abiertos y una expresión tensa.

—¿Qué ocurre, mi amor? ¿Te lastimé?

La idea de haberle causado daño al entrar en ella sin tomar en cuenta su estado de gravidez lo llenó de temor. Se incorporó, saliendo del acogedor cuerpo femenino con suavidad y reteniéndola en sus brazos mientras se acostaba a su lado.

—Soy un bruto sin remedio —se quejó—. Debí considerar tu estado.

—Estoy bien —dijo Elizabeth con un hilo de voz.

Fran la miró con agudeza. Los pliegues en sus ojos se veían más pesados después de hacer el amor. Elizabeth volvió la cabeza para que él no descubriese sus lágrimas.

—Amor mío, ¿qué sucede?

La falta de reacción lo hizo comportarse con brusquedad. Tomó a Elizabeth por un hombro y la sacudió, obligándola a enfrentarlo. La joven tenía los ojos enturbiados por el llanto no derramado. Francisco la abrazó sin decir nada y permaneció así un rato hasta que los sollozos remitieron.

En su vida de rompecorazones, jamás se había enfrentado al llanto femenino, en parte porque las mujeres con que se enredaba sabían a qué atenerse. Sin embargo, no era insensible a esas debilidades, las había vivido en su propia casa con su madre y su hermana; aunque descubría en Elizabeth una ternura infinita que lo desarmaba, le hacía desear mantenerla al abrigo de cualquier sufrimiento, evitarle todo desengaño. Se sentía desnudo ante ella. La coraza construida durante tanto tiempo y con tanto cuidado se resquebrajaba ante aquella mujercita capaz de amar sin medida.

—A ver, cuéntame —le dijo por fin, cuando ella se calmó.

—No es nada —comenzó Elizabeth, pero Fran la cortó en seco.

—Prometimos no engañarnos más, ¿recuerdas? Por mi parte, estoy cumpliendo.

—No deseo preocuparte con tonterías.

—Nada de lo tuyo me es indiferente, Elizabeth. Esto es nuevo para mí, sentirme de esta manera. Si he sido tu primer hombre, para mí has sido la primera mujer que me inspira lo que siento ahora.

Ella lo miró con interés.

—¿Y qué es lo que sientes?

Francisco permaneció callado unos segundos. ¿Qué nombre darle a ese sentimiento arrollador que lo invadía cuando estaba con ella? ¿Amor? Nunca había creído en la pureza del amor romántico. Hasta conocer a la señorita O'Connor.

Elizabeth interpretó el silencio a su modo y suspiró, antes de decir:

—No quiero agregar un problema a los que ya tienes, no estás obligado a cumplir conmigo. Soy una mujer independiente, tengo mi trabajo y puedo mantenerme, mi hijo no pasará necesidad.

—¿Crees que vine a buscarte a través del desierto sólo para cumplir contigo, como si fuera un alumno haciendo buena letra ante su maestra? No, señorita O'Connor, no soy tan noble como pareces creer. Si querías a un hombre digno y entero, ahí lo tenías al bueno de Julián. Y bien dispuesto que estaba, si lo hubieses querido. No hay hombre mejor que él. O no lo hubo… Yo no estoy hecho de la misma pasta, por mis venas corre sangre incierta. Si me aceptas, tendrás que aceptar todo lo malo también: mi carácter, mi enfermedad, mi deshonra, todo. En realidad, sales perdiendo con el trato, Elizabeth, te lo advierto. Por última vez, ¿estás dispuesta a darme el sí?

Elizabeth se sintió tentada de abofetearlo y lo habría hecho de no vislumbrar al hombre herido debajo del estallido de furia. Francisco Peña y Balcarce había recibido una estocada mortal en su orgullo al saberse enfermo y aislado de su familia. Algo no quedaba claro, no obstante: "sangre incierta", "deshonra", eran términos muy duros, impropios de un hombre que contaba con un apellido resonante en la sociedad, aunque él insistiese en que era un descrédito para su familia. Con su intuición habitual, Elizabeth entendió que no había sido del todo sincero con ella y decidió guardarse algunas confesiones hasta que él afrontase la realidad de su sentimiento, si es que lo hacía. Por ahora, se conformaría con lo que pudiera ofrecerle; era mejor que nada.

—Soy una tonta al hablar así —repuso, componiéndose—. No tengo por qué exigir explicaciones a un hombre que me propone matrimonio, ¿no es cierto?

Fran no respondió. No sabía si estaba siendo justo al condenarla a compartir un apellido que no tenía y los delirios de una enfermedad desconocida. Pobre Elizabeth, venir desde tan lejos para hallar un futuro tan poco prometedor…

Ella lo besó en los labios y se levantó con rapidez, ocultando su desilusión al no escuchar una respuesta a su comentario en apariencia inocente.

Así eran las cosas. Debía resignarse a lo que podía tener: estaba viva, esperaba un hijo y había un hombre, el padre, dispuesto a hacerse cargo.

¿Qué más podría pretender una maestra de Boston que se lanzaba a la aventura con tanta temeridad y sin medir las consecuencias?

Llegaron a las inmediaciones de El Duraznillo al mediodía. Al distinguir los montes de durazno de los que Fran le había hablado, la muchacha suspiró, aliviada. Fuera lo que fuese lo que los esperaba allí, al menos estarían abrigados y su bebé correría menos riesgos. Enfilaron por el ancho camino de entrada con el corazón en un puño al ver de nuevo las tierras y la casa de Julián donde habían compartido momentos felices. El invierno había despojado de verdor a la finca y las vacas se agrupaban, buscando pastos más tiernos y apretándose unas contra otras para darse calor. Mugían y se desplazaban con pereza al pasar el carro y los caballos. Algunos peones los avistaron desde lejos y corrieron a avisar a las casas. Elizabeth distinguió al que la recibió la primera vez, cuando fue a pedir ayuda para su escuelita. Un dolor agudo comprimió su garganta. ¿Cómo se sentiría el señor Zaldívar, después del tremendo golpe recibido? ¿Y doña Inés, de salud tan frágil? Casi lamentó no poder llevarles la buena noticia de que serían abuelos de un hijo póstumo de Julián. Sus desvaríos se vieron interrumpidos por Francisco, que acercó su caballo a la carreta.

—Déjame pasar primero —le dijo, autoritario como siempre—. Quiero ser yo el que reciba la primera impresión de Armando.

Fran trataba de preservarla de cualquier emoción violenta, sin embargo, ella necesitaba compartirlo todo con él. Había muchas cosas sin resolver, entre ellas el remedio del doctor Ortiz. ¿Por qué Francisco no quiso que lo buscaran la otra noche? ¿Lo habría perdido durante el ataque indio? Pensarlo le produjo desazón. Confiaba en ese tónico. Tal vez no fuese tan difícil ubicar al doctor en Chile, o quizá estuviese de regreso en Buenos Aires. Si se había difundido la curación de su primo, quizá el buen nombre del doctor estuviese en boca de todos. Sumida en esas reflexiones, no alcanzó a ver la fornida figura de Armando Zaldívar cuando salió al encuentro de los viajeros. El hombre avanzó a zancadas hacia la tranquera y aguardó, con los brazos cruzados, a que Francisco desmontase. Cuando lo tuvo cerca, lo abrazó, palmeándolo con vigor. Su vozarrón llegó a oídos de Elizabeth.

—¡Hombre, qué bueno verte! ¡Qué facha, por Dios! ¿Adónde fuiste? No dejaste nada dicho. ¿Y quién viene contigo en la carreta? ¿Una mujer?

Al tiempo que formulaba las preguntas, caminaba hacia Elizabeth, frunciendo el ceño. Ella no podía creer que no la reconociese. Con timidez, procuró alisarse el pelo, como si fuese la única cosa en desorden.

—Pero si es… ¡Elizabeth! ¡Válgame Dios, un milagro! ¡Elizabeth O'Connor! Muchacho, regresaste convertido en un héroe.

Don Armando trepó a la carreta de un salto y la condujo a todo galope rumbo a la casa principal. Francisco iba a la par, levantando gran polvareda a su paso. Los peones de la estancia salían de los galpones, mate en mano, se rascaban las cabezas bajo el sombrero y formaban corrillos para comentar el suceso. La partida del señor Peña y Balcarce en busca de la maestra capturada debió ser el tema de todos por largo tiempo, por no mencionar la muerte del hijo y único heredero del patrón.

Elizabeth bajó, sostenida por los fuertes brazos de don Armando. Él fue quien pidió a voz en cuello que acudiesen a atender a los recién llegados, que alguien preparase dos bañeras de agua caliente y que improvisaran un almuerzo. Elizabeth se sentía aturdida y Francisco conmovido al ver de qué manera generosa se recibía al amigo del hijo ausente.

De repente, una voz dolorosamente familiar dijo, en medio del tumulto:

—Por Dios, al final lo hiciste, no sé cómo pude dudarlo.

Las palabras sonaron en los oídos de Fran como si las hubiesen gritado, retumbaron en su mente y le provocaron un inesperado dolor de cabeza que él se apresuró a ignorar.

—¡Julián! —gritó Elizabeth, loca de dicha al ver a su amigo, de pie bajo el quicio del portón, erguido con ayuda de un bastón que sostenía gran parte de su peso.

—¡Julián! ¡Julián, estás vivo, estás vivo!

Elizabeth reía y lloraba, al tiempo que se arrojaba en brazos del amigo al que creían perdido para siempre. Francisco no pudo sentir celos al ver esa escena, pues él mismo dejaba que las lágrimas corrieran, formando surcos en la suciedad de su cara. Sin poder creer lo que veía, abrazó al amigo con tal fuerza que éste se quejó con teatralidad.

—Ay, cuidado, que ahora soy un herido de guerra. Más respeto hacia mí, señores.

La burla pretendía disimular la emoción del propio Julián al verlos. Él también había sufrido la incertidumbre y el dolor al saber que Elizabeth era una cautiva y que Francisco había partido en su rescate sin más compañía que un alazán de sus cuadras. Sin soltar a la maestra, abarcó en su abrazo a Fran, sintiéndose completo por primera vez desde que volvió de las salinas convertido en un sobreviviente.

Don Armando contemplaba el reencuentro sin dejar traslucir la emoción que lo embargaba. Tras la desaparición del hijo, el hombre sintió que se desmoronaba. Ya no importaron la hacienda, ni los negocios, ni la vida cerril que antes lo cautivaba tanto, sólo se mantenía en pie para sostener a su esposa, que parecía un espectro de tristeza. Ambos se trasladaron al campo a fin de eludir las visitas de compromiso, que les causaban más dolor que consuelo. En la estancia, trabajando a diario con los peones y cansando los músculos hasta el agotamiento, el señor Zaldívar conseguía atontarse y olvidar el hueco que la partida del hijo había creado en su corazón. En cuanto a doña Inés, no hacía más que llorar y rezar. Los primeros días hubo que obligarla a comer, pues se dejaba morir a conciencia. Al fin, los esfuerzos de su esposo, unidos a los de su doncella, rindieron frutos y la madre de Julián aceptó vivir con el corazón roto, acariciando los objetos del hijo amado, que ella había trasladado a su habitación para sentirlo cerca. Sólo Dios conocía el sufrimiento de aquellos padres. Tantos proyectos, ilusiones compartidas durante la infancia del pequeño Julián, tanto amor prodigado al niño que completaba sus días, que su muerte, injusta y brutal, se clavó en el centro mismo de la existencia de los Zaldívar, formando un pozo de dolor eterno. Los soldados del fortín no daban con ningún indicio de la captura de Julián, y el hallazgo de los cadáveres calcinados abatió las esperanzas que pudieran tener. Había días en que Armando recorría los campos de punta a punta, solo con su desesperación.

Uno de esos días, Julián apareció, cubierto de tierra y de sangre seca, irreconocible. Los peones que lo sostuvieron, al principio dudaban de su identidad pues, aunque tenía los rasgos del patroncito, la expresión era tan distinta que un temor irracional se apoderó de esa gente sencilla. ¿Sería un fantasma? Hasta que el corazón del padre reconoció la verdad al tenerlo frente a él. Desde el infierno en la tierra, Julián había regresado. No era el mismo hombre, sin embargo, y aunque los padres se morían por saber, jamás brotó una explicación de los labios del hijo. Poco a poco, la presencia familiar fue ablandándolo y recuperó parte de su humor, sin volver a ser nunca el Julián de aquellos tiempos.

Viéndolo abrazar a sus amigos con los ojos cerrados, don Armando albergó la ilusión de que la presencia de Fran y de Elizabeth obrara el milagro de devolverle al hijo por completo.

—Vamos adentro, a recomponerse un poco —dijo, animoso—. Mi esposa no se ha levantado aún, pero lo hará no bien sepa de vuestro regreso. Fran, casi no te reconozco, estás hecho un salvaje de las pampas.

El comentario, que pudo haber sido risueño, tuvo el efecto de un lanzazo para los que habían vivido el cautiverio. Julián separó su cuerpo del de los otros y fue el primero en entrar a la casa. Fran observó que renqueaba de manera evidente, apoyándose en un bastón de caña al que habían agregado un cuerno de toro como empuñadura.

—Voy a ver si Chela guardó los pastelitos de esta mañana. Lo que necesitan, mis amigos, es un buen mate a la criolla, con pasteles de membrillo.

Guiñó un ojo a Elizabeth, y desapareció cojeando rumbo a la cocina.

La joven fue conducida a los aposentos interiores, donde ya habían dispuesto un baño caliente y también un conjunto de ropa limpia. Fran la observó salir de la sala, evaluando su estado físico tanto como su ánimo. En los últimos tramos, ella casi no había hablado y eso lo preocupaba.

—Te espera un baño también —anunció Armando—, pero antes te ofrezco algo fuerte. Supongo que tu garganta necesita mojarse.

El hombre sacó de un mueble de caoba una botella que sólo tenía la cuarta parte del contenido. Miró a Francisco con aire culpable.

—Pasé muchas noches solitarias en este cuarto —comentó.

Fran bebió en silencio el licor que le ofrecía y recién después dijo:

—¿Cómo fue?

No hacía falta explicar que se trataba de Julián. Zaldívar se dejó caer en uno de los sillones de cuero y lanzó un suspiro.

—Sólo Dios lo sabe —dijo—. No ha querido contar nada desde su regreso. Su madre y yo lo vimos llegar un día, maltrecho y con viejas heridas mal curadas, con aire ausente y casi mudo. Ni siquiera respondía a mi abrazo. Fue muy fuerte, muchacho, recuperarlo así, sin ser el mismo de antes —la voz de Armando se quebró.

—¿Y ahora?

—Ahora, poco a poco, vuelve a sonreír, aunque nunca igual, no, nunca igual.

Los dos hombres compartieron el licor y el silencio.

—Armando, la señorita O'Connor también sufrió cautiverio, de un solo hombre —dijo Fran de pronto.

—¿De un solo hombre? ¿Acaso...?

—No —lo cortó, tajante—. No es lo que piensa. Es un tipo

extraño, un extranjero que, Dios sabe por qué, vino a estos pagos para matar al doctor Nancy.

—¡Al doctor Nancy! —exclamó Zaldívar, poniéndose de pie.

Francisco lo atajó de nuevo.

—No hay nada que hacer, ya partió, quién sabe adónde. Elizabeth fue su prisionera un tiempo corto, escapó por sus propios medios y yo la encontré en los toldos de Catriel.

—Escapó. Vaya con la maestra —comentó admirado Armando.

—Estuvo enferma de fiebres unos días y la gente del Calacha la curó. Yo permanecí con ellos hasta su recuperación y luego emprendimos el regreso hasta acá. Pensé que era el mejor lugar para que ella se compusiera del todo.

—Hiciste bien, muchacho. Y te lo agradezco. No sólo se curará Elizabeth, también mi hijo sacará provecho de esta visita, estoy seguro. Él alberga sentimientos hacia esa niña, lo sé.

Fran se sintió incómodo y se sirvió otro trago.

—Armando, Elizabeth y yo… bueno, hemos compartido muchos días y… le propuse matrimonio.

Armando Zaldívar se quedó mirando al amigo de su hijo con tristeza. Había anhelado que la llegada repentina de la maestra fuese el bálsamo que su hijo necesitaba, y ahora su mejor amigo se la arrebataba. Sabía que los asuntos del corazón no se podían manejar con las riendas de la razón y, sin embargo, deseaba hacerlo para devolverle a Julián la felicidad.

—Me dejas sorprendido, muchacho. No conocía tu inclinación hacia la señorita O'Connor. Es más, creí que sentías hostilidad hacia ella.

Fran sonrió sin alegría.

—Confieso que sí, aunque me pregunto si no estaría rechazándola porque me atraía sin darme cuenta. El asunto es que debo casarme con ella, ¿me entiende?

Armando calibró esa respuesta y asintió. Comprendía. Bebió de un solo trago lo que quedaba en el vaso y se levantó, de nuevo animoso.

—Bien, brindemos entonces por la felicidad de dos buenos amigos de Julián. Por tu matrimonio, Fran, sea cual sea la razón que te mueve a celebrarlo.

Elizabeth eligió justo ese instante para entrar en la sala, descubriendo el brindis que don Armando proponía. Las últimas palabras se clavaron en su pecho con dolorosa certeza. Francisco se casaría con ella debido a su sentido del honor, cargando con un hijo que no deseaba. Fingió alegría al recibir de Zaldívar un abrazo paternal.

—Jovencita, ha recuperado usted toda su belleza. Me animo a decir que está más hermosa que antes. ¿Qué dices, Fran?

Francisco observó el aspecto pulcro y modesto que ofrecía Elizabeth, con un vestido paisano de color celeste y el cabello recogido en un moño del que ya se desprendían los primeros rizos rebeldes. Estaba pálida, algo comprensible después de la odisea vivida, sin embargo, en sus ojos brillaba cierta melancolía. ¿La habría conmocionado ver vivo a Julián? ¿Se arrepentiría de la decisión tomada?

Francisco experimentó una punzada leve en un costado que lo impulsó a moverse en dirección a la cocina.

—Veamos esos pastelitos de los que nos habló Julián —dijo, con falso entusiasmo—. Ven, Elizabeth, estás delgada y debes comer.

Armando vio cómo se la llevaba del brazo, arrastrándola hasta la cocina, de donde ya emanaban aromas deliciosos. Sin duda, Chela se habría esmerado para agasajar a los huéspedes, del mismo modo que había cocinado durante días los mejores platos para alimentar a Julián cuando regresó, más muerto que vivo.

Almorzaron en el comedor presidido por el cuadro del toro Caupolicán, que tanta gracia le hizo a Elizabeth durante su primera visita. Parecía que habían transcurrido años desde entonces.

Doña Inés, sentada al lado de su esposo, no dejaba de sonarse la nariz con un pañuelito de encaje y mirar con amor a su hijo, ubicado enfrente de ella, junto a Elizabeth. Fran estaba sentado en el extremo, un poco alejado del resto. La nueva disposición de los comensales le dijo que, en ausencia del hijo, los Zaldívar habían comido uno junto al otro para darse fuerzas en su dolor.

El almuerzo transcurrió en medio de comentarios sobre la dureza de los tiempos que corrían, el rumor sobre el plan del gobierno para erradicar al indio, y la llegada de nuevos colonos a las tierras rurales, un proyecto que Armando Zaldívar compartía a medias.

—Es gente de trabajo —dijo, mientras cortaba un buen trozo de asado—. Pero ocuparán muchas tierras que se interponen en nuestras pasturas. Las vacas necesitan moverse, buscar los mejores brotes, y van a toparse con sus cercos por todas partes. Además, vienen con una idea equivocada. Están habituados a cultivar pequeñas huertas en sus países y acá encuentran territorios demasiado extensos para sus hábitos agrícolas. ¿Cuánto van a sembrar? —se quejó.

—Ya se las arreglarán —intervino Julián—. La agricultura puede ser tan rentable como la ganadería, papá.

—A largo plazo, hijo, a muy largo plazo. Los ganaderos tenemos más recursos para hacer entrar divisas al país: los cueros, la grasa, ahora mismo la carne enfriada, que es novedad en Europa. No creo que los agricultores puedan competir con los ingresos que depara la cría de animales. ¡Si ni siquiera tenemos que alimentarlos, se engordan solos!

—Cuando estuve en el despacho del Presidente —terció de pronto Elizabeth— oí decir que los ganaderos son enemigos de Sarmiento.

Armando Zaldívar lanzó una carcajada.

—Enemigos no, mi niña, no coincidimos a veces con sus planes. Es que el viejo loco tiene muchas ideas europeas en la cabeza —y acompañó sus dichos con un movimiento del índice junto a la sien.

—A mí me pareció un hombre progresista —insistió Elizabeth.

—Y lo es, para Buenos Aires. La gente de campo es más conservadora, no asimila tantas novedades juntas. Y está el tema de las tierras, además. Los que criamos vacas necesitamos muchas.

—¿No es eso un poco injusto? —preguntó la joven.

Esta vez fue Julián el que soltó la risa, una risa inesperada que hizo levantar la cabeza a doña Inés e iluminó el rostro de Armando.

—Sarmiento no podría haberse conseguido mejor representante de sus intereses, mi querida —dijo con afecto.

Fran detectó el tono y endureció la mandíbula.

—¿Cómo te llamó el Presidente, papá? ¿Empresario con olor a bosta?

—Bueno, no me lo dijo a mí en particular, se refirió a todos los que somos ganaderos. A algunos les cayó bastante mal —recordó.

—Por favor, no mencionemos esos temas desagradables en la mesa —rogó doña Inés—. Estamos de fiesta al recibir a Fran y a Elizabeth, ¿no es así, hijo? ¿Has descansado, Elizabeth? Veo que esas prendas que te dimos te quedan algo justas. Veré qué puedo hacer.

Elizabeth se sonrojó. Las ropas de paisana le quedaban ajustadas debido a su embarazo, cada vez más evidente, al menos para ella.

Cuando las mujeres desaparecieron del comedor y mientras

Chela recogía los restos del almuerzo, Armando comentó a Fran algunos adelantos que estaba introduciendo.

—Preparé un silo para pasar el invierno y no me fue nada mal. Ahora quisiera animarme con alguna pradera. Hay pastos especiales que dan mejor resultado en el engorde.

—Pregúntales a tus amigos los colonos, papá —repuso Julián—. Si alguien sabe de pasturas, deben ser ellos.

Armando refunfuñó algo y volvió a sacar la botella del bar. Hizo un gesto hacia los jóvenes, dando a entender que podían salir a ponerse al día con sus cosas, y se repantigó en su sillón a leer los periódicos que le habían llevado de Buenos Aires.

Francisco y Julián salieron a la luz fría de la tarde y Fran tuvo que amoldar su paso al más lento de su amigo. Atravesaron el patio y caminaron hasta el galpón de las herramientas. Fran aspiró de nuevo el aire perfumado que le recordaba momentos felices de su juventud.

—Lo has pasado mal, ¿verdad? —dijo, sin preámbulos.

Julián cambió el gesto distendido por otro adusto y evitó mirarlo.

—Digamos que no soy el joven atlético que era, ¿no?

El sarcasmo era nuevo en él y no le sentaba bien. Francisco lamentó que la vida hubiera causado daños tan profundos en un hombre tan amable y gentil. No obstante, tenía que saber lo ocurrido para ayudarlo. A pesar de las rencillas, de los celos y de los últimos enfrentamientos, la amistad no estaba en juego, y ambos lo sabían.

—Ninguno de nosotros volverá a ser lo que era después de lo vivido.

Julián lo miró con intensidad.

—Voy a casarme con ella —anunció Fran.

—Directo, como siempre —masculló el amigo.

—No voy a fingir, Julián. Cuando te creí muerto, estuve tentado de mentir sobre la paternidad del hijo que ella espera para favorecerla, pero esos actos de nobleza no son para mí. La quiero y deseo desposarla.

—Sea —dijo por fin Julián, con un gesto de cansancio—. Esa batalla estaba perdida desde el principio. ¿Se casarán aquí, en la estancia?

Francisco no había hecho planes, de modo que se sorprendió ante la pregunta. No era mala idea casarse allí, en una ceremonia íntima, en lugar de lidiar con la comidilla de curiosos de Buenos Aires. Habría que tomar la decisión pronto, o se notaría el embarazo en el cuerpo menudo de la joven.

—¿Y dónde vivirán? —volvió a indagar Julián, sin aguardar la respuesta a la anterior pregunta.

A Fran le resultaba cada vez más complicado el tema del casorio. Una cosa era proponer matrimonio a una muchacha que se veía obligada a aceptarlo por su situación, y otra organizar una boda con todos sus detalles. Él no había pensado en la vivienda, ocupado como estaba en salvar su vida y la de Elizabeth.

—Apuesto a que mi madre entrará en órbita con todo esto —le oyó decir a Julián.

—Escucha, no exageremos —comenzó diciendo—. Elizabeth es una mujer prudente y no querrá hacer un circo de su casamiento.

—No pensarás llevarla al altar vestida de paisana, con lo puesto, para luego arrastrarla hasta la casita de la laguna, donde vivirán solitarios a merced del viento marino —exclamó el otro, indignado—. Elizabeth es una dama y se merece una boda decente, ya que no tendrá una de campanillas. En un mes, mi madre puede hacerle traer un vestido de Buenos Aires, aunque imagino que lamentará no haberlo sabido antes para encargarle otro en Europa. Deberá tener su ajuar, llevar su ramo, y tú también deberás parecer un caballero.

Fran contempló el rostro agitado de su amigo. La delgadez había acentuado los rasgos extranjeros, dándole el aspecto de un vikingo.

—Diablos, Julián —murmuró, pasándose la mano por la cabeza—. Estás realmente enamorado de ella. Yo debería...

—No.

Ambos se miraron, Fran con desconcierto, Julián con vehemencia.

—Elizabeth es tuya. Espera un hijo tuyo. No hay nada que yo pueda hacer frente a eso. Además —y el joven desvió la vista— ya no soy el hombre que ella conoció, apenas una sombra grotesca de aquél.

—¿Qué dices? Julián, tanto Elizabeth como yo...

—Basta. Déjalo así, Fran. No hablaré de eso.

La manera rotunda en que se negaba a comentar lo sucedido preocupó a Francisco. Temía que las heridas invisibles de Julián fuesen más graves que las evidentes.

—Iba a proponerte cabalgar, pero ésta —y se golpeó la pierna mala con la mano— no siempre me deja hacer lo que quiero. Entremos, quiero mostrarte algo.

Fran lo siguió en silencio. Atravesaron el pasillo hasta llegar a la habitación de Julián, que se veía más despojada, pues los antiguos adornos habían sido reemplazados por libros, mapas y láminas. Julián se sentó en el borde de la cama, sosteniéndose la pierna con ambas manos y dejándose caer de costado. Fran tuvo que clavarse las uñas en las palmas para no ayudarlo. El joven arrojó lejos el bastón de caña y, con un movimiento de cabeza, indicó a Francisco que le trajese algunos de los libros. Los abrió en lugares marcados y le enseñó las imágenes.

—Voy a viajar, Fran. Apenas pueda, me marcharé de aquí.

—¿Viajar? ¿Adónde?

Fran contemplaba los puentes colgantes, jardines sobre lagos, islas lujuriosas... Julián parecía un niño excitado con una aventura.

—Mis padres no lo saben. Creo que esperaré al día de la boda, así el entusiasmo hará que resistan mejor la noticia. Ya tracé un itinerario. Europa, por supuesto, luego las ciudades de Oriente. Es algo que debí hacer desde hace tiempo y siempre se interpuso la enfermedad de mamá o la estancia, que me reclamaba. Ahora el enfermo soy yo y está claro que la estancia subsiste sin mí, pese a las protestas de mi padre. Voy a cumplir este sueño. No tengo nada que perder ni hay nadie que me espere.

El último comentario hirió a Fran en lo más hondo.

—Tus amigos te esperaremos siempre, vayas donde vayas. ¿Volverás?

Julián adoptó un aire pensativo.

—Quién sabe. Voy sin una idea fija, aunque sé que aquí tengo mis raíces. Tarde o temprano volveré, supongo.

—Preferiría que no te fueses por mi culpa.

Julián miró de lleno a Fran, antes de hablar con total sinceridad:

—No es tu culpa que Elizabeth te prefiera, ni que el malón nos haya atacado, como tampoco lo es que tu nacimiento haya quedado en entredicho o que sufras una enfermedad extraña, Fran. Tal vez, en el reparto de calamidades, no lleves la peor parte. Lo que me perturba es la situación de Elizabeth. No sé si tus sentimientos alcanzan a mantenerla feliz y no me refiero a la posición económica. Aunque renunciaras a los bienes que por derecho materno te corresponden, sabes que en la estancia tienes colocación. Y están mis padres, que se volcarán con cariño hacia Elizabeth, más sabiendo que se encuentra en estado. Ya verás lo que haces. Sólo necesito saber, para irme tranquilo, que serás bueno con ella.

Francisco soltó un bufido de exasperación.

—Está visto que me crees un villano de la peor calaña —exclamó—. ¿Me supones capaz de tratarla mal, de castigarla por haber concebido un hijo?

—¿Qué le sucedió allá en el cautiverio? —preguntó Julián, sin despegar los ojos de los de su amigo.

—Nada. Y aunque hubiera ocurrido algo, para mí sería lo mismo. Yo fui su primer hombre.

—Bien. En cuanto a tus sentimientos...

—Julián —lo atajó Francisco, pues sabía por dónde corría su discurso—. Nunca fui un hombre zalamero con las mujeres, lo sabes. No soy como tú, que sabes cortejar con encanto y soltar requiebros que encandilan a las damas. Siempre fuiste mil veces más galante que yo. Aunque no me hayan faltado mujeres, no puedo decir que mis compañías fueran "damas" en el verdadero sentido de la palabra, mucho menos jovencitas como Elizabeth. Sin embargo —y Fran aspiró hondo— ella despertó en mí algo que creía muerto. Cuando estoy a su lado, ni siquiera recuerdo mi enfermedad y hasta mi degradación parece tener menos importancia. ¿Puedes entenderlo?

Julián lo contemplaba sorprendido. La declaración de Francisco revelaba más de lo que él mismo suponía, era un atisbo de blandura insólito. Suspiró, resignado, y otorgó su bendición del único modo posible:

—Entonces, fija la fecha y daré la orden para los preparativos. Una cosa más.

Fran aguardó, sintiendo una mezcla de irritación y lástima.

—Permíteme escribirle desde los lugares que visite. Será un solaz para mí enterarme del nacimiento del bebé y de lo que ella quiera contarme de su nueva vida. Por mi parte, le describiré las maravillas que hay en otras tierras. Sé que Elizabeth ama las aventuras, es curiosa por naturaleza.

De nuevo esa irritación al captar la intimidad que había existido entre los dos jóvenes mientras él se empeñaba en alejar a Elizabeth de su vida. Sin embargo, no podía negarle a Julián un deseo tan sencillo.

—Sea —murmuró—. Jamás pensé en privarla de tu amistad. Y tampoco espero verme privado yo de ella —agregó de pronto.

Julián se incorporó con esfuerzo y tendió una mano delgada hacia Francisco, que la ignoró. En su lugar, envolvió al amigo lisiado en un apretón capaz de quebrar los huesos de alguien menos resistente.

Fue una suerte que, confundidos en el abrazo, los pliegues del poncho de Fran ocultasen las lágrimas de Julián Zaldívar.

Quiñihual se despide de su mundo. Vienen los tiempos tan temidos. Ya no será el cacique de su gente, ni sostendrá con su lanza los alaridos de guerra de sus antepasados, pues el blanco trazará una nueva frontera donde el indio no tiene cabida. Lo sabe con esa sabiduría ancestral que le dicta lo que debe hacer.

Desafiando a Calfucurá y defraudando a los capitanejos de su tribu, Quiñihual toma el camino blando, el que salvará a su gente de los horrores del cautiverio y la masacre de la guerra. Es duro para él. Quedará en la historia como traidor, pues la memoria de los hombres no le hará justicia, ni la del indio ni la del blanco.

El destino está marcado.

CAPÍTULO 33

—*P*rimavera es un tiempo ideal para las novias —aseguró Inés Durand mientras ayudaba a Elizabeth a acomodar la ropa en un baúl.

Muselinas, encajes y prendas interiores llenaban el espacio hasta el tope. Elizabeth se encontraba aturdida por tanto revuelo. El anuncio triunfal de Julián, la expresión de sorpresa y desencanto de su madre y la otra, más adusta, de Francisco, todo le cayó encima como un balde de agua fría. ¡Ni siquiera le habían consultado la fecha! Se sentía como una pobre huérfana. Agradecía las atenciones, aunque las cosas podrían haber sido diferentes si no hubiera habido tanta gente involucrada. Don Armando decidió que ocuparían la casita de los campos del norte, a tres kilómetros de la principal, unas dependencias cómodas que sólo necesitaban una decoración apropiada. Julián le dijo que sería su padrino de boda y Francisco se mostró tajante con respecto a los anillos: su esposa usaría el que estaba en la familia Balcarce desde los tiempos de su bisabuela.

Fue para eso que viajó a Buenos Aires, dejando a Elizabeth más perdida que nunca en la estancia. A pesar de su rudeza, él era un muro sólido donde apoyarse. Habían desarrollado una relación extraña, hecha de silencios más que de conversaciones y, aun así, ella añoraba su callada presencia.

Doña Inés, ayudada por su doncella inglesa, seguía doblando prendas y colocando ramitos de espliego entre ellas. Elizabeth debía reconocer que la madre de Julián se había comportado de modo espléndido al encargarse de la boda de la que ni siquiera sería su nuera. No podía olvidar la recomendación que le hizo tiempo atrás sobre el carácter de Francisco. ¡Cuántas veces se habría mordido la lengua doña Inés antes de reprocharle el no haberla escuchado! Nunca dejó entrever que reprobaba aquella unión, ni que su hijo, convertido en un muchacho amargado, habría sido mejor partido para una jovencita como ella.

—No sé si tendrás suficientes corpiños —comentó la mujer, más para sí que para Elizabeth.

—Doña Inés, hay tanta ropa en ese baúl... —protestó la joven.

—Nunca es demasiado. Tendrías que haber visto la cantidad que traje conmigo cuando me casé con Armando. ¡No cabía en la carreta! Creí que a mi esposo le daría un soponcio. Sin embargo, tienes razón en una cosa: hace falta alternar la ropa fina con la práctica, por eso pedí algunos vestidos de algodón para la casa, eso sí, con sus adornos, pues lo práctico no debe ocultar lo bello. Y eres muy bella, hija.

Elizabeth se enterneció ante el apelativo. A falta de una hija propia a quien mimar, doña Inés la había tomado bajo su protección, siempre aduciendo que los hombres no sabían cómo hacer sentir bien a una mujer. Algo de razón tenía. Francisco no se había despedido antes de partir hacia la ciudad. Si bien ya todos conocían el motivo de su viaje, no habría estado de más que intercambiase algunas palabras de despedida con la novia. Elizabeth pasó un mal día cuando lo supo. Doña Inés le aseguró que sorpresas como esa le aguardarían a montones en su vida de casada, y que más valía que las tomase como algo normal.

—El vestido llegará mañana. Confío en que la modista que me recomendaron esté a la altura de lo esperado y, si no es así, de todos modos mi doncella sabe coser muy bien y podrá solucionar detalles. El peinado me preocupa más —y observó con detenimiento la cabellera de la joven. Elizabeth se encogió de hombros.

—Luché toda mi vida con mi pelo, no sé qué más intentar.

—Evelyn, trae las tenacillas y agua caliente. Haremos una prueba.

Elizabeth vio de pronto su cabeza coronada de rizos en los que la pericia de Evelyn pudo entremezclar pequeñas flores rosadas, un estilo romántico que combinaría con el vestido que habían encargado. Cuando se vio reflejada en la cómoda del dormitorio se admiró de la destreza de la doncella: nunca estuvo mejor peinada, ni siquiera con las trenzas enrolladas.

—Éste será tu peinado el día de tu boda, Elizabeth, te ves como una reina.

—Bien dicho, madre —dijo una voz admirada detrás de ella.

Julián avanzó, las manos en la espalda y una expresión satisfecha.

—Estás bellísima. Aun sin el vestido de novia, pareces una princesa de los cuentos. De los cuentos celtas —agregó con un guiño.

Doña Inés comenzó a guardar los bártulos del peinado para disimular la emoción que sentía cada vez que su hijo dejaba traslucir al joven romántico y galante que había sido. Un pensamiento mezquino, y no era el primero, la sacudió mientras lo hacía: él debió ser el novio y no el calavera de Francisco. Elizabeth O'Connor no sería una joven de la alta sociedad porteña, pero sí hermosa, distinguida y valiente, y doña Inés creía que Fran no era merecedor de tal esposa.

—Voy a vigilar el almuerzo —dijo, y empujó a Evelyn hacia el pasillo, cuidando de dejar la puerta abierta.

Julián giró alrededor de Elizabeth.

—Mi amigo es un hombre afortunado —comentó—. Y tú, querida, una mujer con mucha paciencia.

—¿Ésa es mi mayor virtud? —replicó Elizabeth, entre risas.

—La verdad es que eres un dechado de virtudes. Me pregunto...

Julián interrumpió lo que iba a decir, sin duda algo inconveniente, pues sus pómulos enrojecieron. Elizabeth lo tomó del brazo con familiaridad y descubrió que ocultaba algo.

—Ah, pero tienes un defecto común a todas las mujeres, no puedes aguardar las sorpresas. Quería darte mi regalo de bodas. Es algo sencillo —agregó, un poco cohibido— de gran valor sentimental para mí.

Extendió ante la muchacha un paquete envuelto en seda azul con una cinta plateada. Elizabeth lo desenvolvió con prisa y descubrió un grueso libro de cuero repujado, que olía a encuadernación reciente. Lo abrió con un crujido y leyó una fecha escrita en polvo de oro: 1870-1871. Intrigada, dio vuelta la primera hoja y ante ella apareció el retrato de una joven en una pose soñadora, con los codos apoyados en un escritorio, el rostro entre las manos y mirando a través de la ventana. Los detalles le resultaron familiares: el escote, la capotita, el cabello alborotado... Sin poder creer lo que su mente le decía, siguió volviendo las hojas, todas cubiertas con papel de seda para evitar que se borronease el lápiz. La misma joven, ataviada con un delantal, escribiendo en una pizarra, o montando a mujeriegas, o sentada junto al mar, reposando en el césped... Con estupor, alzó la vista y contempló al hombre que la observaba, inseguro de su reacción.

—Soy yo —murmuró con timidez, como si se pudiera dudar de la identidad del modelo.

—Todas y cada una —respondió Julián.

—¿Cómo? ¿Cuándo? —atinó a decir, confundida.

—Cuando no me veías y, a escondidas, en mi cuarto. Mi afición no es muy apreciada por mi padre, que no la encuentra útil. Heredé de mi madre la condición, y nunca hice nada para demostrarlo. Es lo primero que ven otros ojos que no sean los míos.

Elizabeth abrazó el libro de dibujos con emoción.

—No sé qué decir, Julián, es tan hermoso...

—No digas nada, me basta con que te guste. Quería regalarte algo personal, que no fuese una joya. Es impropio que un hombre obsequie joyas a una mujer si no es su prometido... o su esposo.

Elizabeth pensó en Francisco, que había salido de viaje justamente para ofrecerle una joya de la familia. ¿Cómo tomaría su novio ese regalo tan íntimo, que revelaba tantas horas de observación? Julián adivinó su pensamiento.

—Fran sabe de mi gusto por el dibujo. Y también que jamás lo dije a nadie por temor a las burlas. No reprobará que haya practicado contigo.

—No, no lo hará —dijo Elizabeth, contenta—. Se lo mostraré cuando vuelva.

—Espera a que estén casados —le recomendó, medio en broma, medio en serio—. Un hombre se ablanda cuando ya consiguió el objeto de su deseo.

Elizabeth enrojeció hasta las orejas. Un alboroto proveniente del patio del aljibe los distrajo a ambos.

—Qué diablos...

Julián se asomó a la ventana y vio a su padre plantado con firmeza junto a varios de sus hombres, aguardando la llegada de una comitiva que avanzaba a través del campo, en lugar de tomar el camino de entrada.

—No salgas, Elizabeth, voy a ver qué ocurre.

La joven guardó el libro de retratos en el mismo baúl donde habían acomodado la ropa blanca y trepó al alféizar, pues su estatura le impedía abarcar toda la escena.

Más allá del patio de ladrillos se extendía una planicie en la que se levantaban varios galpones y los corrales para los caballos. Los peones habían abandonado sus tareas y se aproximaban a la figura del patrón. Conservaban la mano cerca del facón, como al descuido.

Los que se acercaban a paso lento eran indios.

Elizabeth pudo apreciar que formaban un grupo pintoresco: hombres de todas las edades, mujeres y niños, vestidos con ropas de paisanos, algunos conservando sus taparrabos de cuero o sus ponchos de lana. La mayoría ostentaba vinchas tejidas como las que había visto en la tienda del Calacha. Se enterneció al ver cómo se escondían los más chiquitos tras las faldas de sus madres, del mismo modo que el pequeño Mario cuando iba a la escuela con su hermana.

Armando Zaldívar aguardaba, cauteloso, a que la cabeza visible de aquella comitiva se aproximase lo suficiente como para evaluar sus intenciones. No reconocía a ninguno de los hombres aunque sabía que, si viniesen en plan de guerra, no se harían acompañar por sus mujeres y sus hijos. Era un grupo formado por varias tolderías. Treinta lanceros, con sus tacuaras adornadas con plumas de avestruz, avanzaron escoltando al hombre mayor que vestía a la antigua usanza: taparrabos de cuero, el torso untado con grasa de potro y ojotas. Quiñihual lucía magnífico a sus años, con su porte orgulloso, pese a la misión que lo guiaba.

—Haya paz con los cristianos —pronunció con voz firme.

Armando Zaldívar hizo el mismo gesto conciliatorio con la mano derecha y avanzó también.

—¿Qué lo trae a mis tierras?

Quiñihual miró en derredor, como si dudase de que aquéllas fuesen tierras del *huinca*, y luego, clavando sus ojos en el hombre, dijo con claridad:

—Un trato.

Don Armando no era ajeno a los cientos de tratos celebrados con los indios, muchos de ellos destruidos con la lanza después de firmados. Los indios y los blancos actuaban según la conveniencia del momento.

—¿Qué pasa, papá?

Julián adoptó una postura defensiva junto a su padre.

—Vamos a ver, hijo —contestó Armando con prudencia.

La actitud frontal del cacique le inspiraba confianza. Quiñihual contempló la prestancia del muchacho que apareció junto al dueño de la estancia. Lindo hombre, pensó. Y luego su mente se sacudió con el recuerdo de otro muchacho que pudo haber sido su heredero, el hijo perdido, al que jamás vio.

—Quiñihual pone sus lanzas al servicio del *huinca* para que la guerra se acabe. A cambio, pide lo mismo que otros recibieron —y enunció—: azúcar, yerba, tabaco, yeguas, maíz, garbanzos, todo lo que el indio necesita, igual que el blanco.

Don Armando y Julián sopesaron la situación. La gente de El Duraznillo ya se había apostado en lugares estratégicos, por las dudas, y un chasqui partió raudo hacia el Centinela para dar aviso a la guardia.

En el interior de la casa, doña Inés se acercó a la figura de Elizabeth, trepada a la ventana.

—¿Qué querrán estos salvajes, Dios mío? —exclamó, retorciéndose las manos.

—Parece gente de paz, doña Inés, como la que conocí en las tiendas del Calacha. Vea, han venido con sus familias.

Inés Durand miró con recelo a las familias: mujeres desgreñadas, chicos harapientos, no era la clase de gente con la que ella trataría. Haría caridad con ellos, en todo caso, pero no se sentarían a su mesa.

Quiñihual hacía ademanes en dirección al oeste, de donde había venido. Ni Elizabeth ni doña Inés sabían que estaba hablando de Calfucurá y de sus ansias de venganza. Don Armando se veía en un dilema. Ese hombre feroz, que en otros tiempos había asolado las pampas con sus alaridos y sus lanzas, le estaba proponiendo un trato muy preciado para el gobierno y sus fines de pacificación, que le costaría a él unas hectáreas de su tierra. ¿Dónde instalaría Quiñihual a toda su gente, si no? No podían esperar una decisión de las autoridades que quizá demorase meses en llegar, ni tampoco desaprovechar la oportunidad de hacerse de aliados en la lucha. Apelando a su sentido común, evaluó cuáles eran los campos más estériles, los que por el momento podía dejar sin praderas y sin rodeos, y aceptó los requerimientos del cacique con una condición:

—Tendrán lo que quieran —le dijo—, pero seré yo quien lo lleve, o mis hombres. No quiero que nadie se arrime a pedir.

El carácter pedigüeño del indio manso era conocido por todos.

Quiñihual se mostró satisfecho y con un ademán indicó a sus hombres que se encaminaran a la dirección convenida. Allá, siguiendo su costumbre, levantarían sus toldos y no les faltaría nada.

Elizabeth contempló admirada el desplazamiento de todo un pueblo. Su concepción del indio había variado luego de compartir los días con la familia de Eliseo. No todos eran sanguinarios ni odiaban al blanco al punto de embriagarse con su sangre durante los ataques. Su intuición le decía que tampoco todos los indios provenían de la misma cepa, y su mismo aspecto lo revelaba. Ese cacique altivo se veía más alto y corpulento que los demás. Le recordaba al padre de Eliseo, en cierto modo, aunque era bastante mayor, a juzgar por el cabello entrecano. Al verlo dar la espalda para emprender la retirada en busca de la tierra prometida, Elizabeth sintió un atisbo de familiaridad, como si hubiese visto a aquel hombre antes. Sin embargo, sus únicos contactos con los nativos provenían de la visita a los toldos de Catriel y la estadía en los del Calacha.

—Se van, gracias a Dios —murmuró doña Inés a su lado.

Elizabeth también sintió alivio, pese a que don Armando dominaba la situación. Descendió del alféizar y corrió a reunirse con Julián, ansiosa por saber lo que ocurría. Al alcanzarlo, vio que el cacique se detenía y se volvía para mirarla. Quiñihual contempló a la joven con el ceño fruncido: era la cautiva de aquel forastero. El temor recorrió su espinazo. Con ella iba su hija. ¿Dónde estaría? Sintió el impulso de interrogar a la muchacha, pero la advertencia del estanciero lo contuvo. Ya habría tiempo de abordar a la cautiva que, por lo que se veía, ya no era tal.

—¿Qué haces aquí? —le gritó Julián con aire severo—. No debiste salir.

Elizabeth se encogió ante el tono. Nunca antes le había levantado la voz.

—Quise comprobar que estuviesen bien.

—Mal hecho. Y aunque hubiera problemas, no los ibas a resolver con tu vestido insinuante y tu cabeza descubierta.

La joven quedó perpleja. ¿De qué hablaba Julián? Ella llevaba una blusa y una falda de algodón. El escote de la blusa era un poco bajo, sí, eso se debía a que sus pechos estaban más llenos desde el embarazo. En cuanto a su cabeza, había olvidado que ostentaba las flores rosadas en medio de sus rizos.

—No estoy impresentable.

El mozo siguió clavándole una mirada dura, desconocida para ella.

—No sabes de lo que son capaces estos indios al ver a una mujer hermosa.

—Sí que lo sé —replicó Elizabeth, con la barbilla levantada en abierto desafío.

Julián se envaró antes de murmurar como para sí:

—No sabes ni la mitad.

Fran le había asegurado que Elizabeth no sufrió a manos del canalla que la secuestró, de modo que Dios le había evitado los tormentos de la vida en las tolderías.

—Vamos adentro —dijo, menos belicoso—. Es más seguro, por lo menos hasta que esta gente se asiente.

Mientras caminaba a su lado, Elizabeth pensó que, en alguna medida, todos los hombres resultaban parecidos, como le había dicho Inés Durand.

Quiñihual continúa de pie en medio del barullo de las mujeres, que levantan sus viviendas precarias y encienden los primeros fuegos. Las tierras del hombre blanco generoso son buenas, aunque se da cuenta de que no le ha cedido las mejores. No importa. Acaba de asegurarle a su gente un buen pasar, y a él mismo un buen morir. Estando Pulquitún a salvo, nada más puede importarle. Sólo eso le falta para descansar en paz.

Apenas un deseo le queda por pedir: quiere saber si aquel hijo que engendró una vez en el vientre de su cautiva vive todavía.

Julián entró en el comedor y, con gestos enérgicos, cargó un arma que colgaba sobre la chimenea. Doña Inés lo contempló con disimulo, al tiempo que bordaba en su pequeño bastidor redondo.

—¿Sales? —le preguntó, fingiendo despreocupación.

—Un rato. Voy con padre a esperar al capitán Pineda. No debe tardar.

—Hijo, quería hablarte.

La voz pausada de su madre lo detuvo con la mano en el picaporte.

—Me aflige verte así, tan duro contigo mismo. No apruebo lo que haces.

—¿Y qué es lo que hago, madre, si se puede saber?

—Torturarte con el casamiento de Francisco. No es necesario que apadrines su boda. Sé lo que sientes por esa niña que...

—Déjelo, madre. No sabe lo que dice.

—Pues yo creo que sí —dijo Inés, decidida a enfrentar a su hijo—. Ese sinvergüenza de Francisco te ha traído de las narices toda tu vida. Primero con sus travesuras, luego con sus andanzas de mujeriego, y siempre llevando las de ganar. ¿Crees que no sé que pagaban ambos el castigo que sólo él merecía? Eres su amigo y sin duda lo quieres, pero no es hombre de fiar. Fíjate lo que hizo: te arrebató a la mujer que amas.

—Basta.

—No me digas que no estás enamorado de Elizabeth, porque no lo creeré.

—Basta, madre, se está metiendo en cosas que no sabe.

—Hijo, sólo deseo verte feliz —suplicó Inés, juntando las manos.

Julián miró con compasión a la mujer que lo había criado con amor, pendiente de sus mínimos deseos. A su modo, Inés Durand había sido una madre devota. Se acercó y le tomó las manos. Estaban frías y él las calentó entre las suyas.

—No tema por mí, estoy bien. Ya pasó lo peor —concedió—. Será como usted dice, pero quiero a Fran como a un hermano y no habrá nada que se interponga entre él y yo. No me mortifique, madre.

Inés suspiró. Nunca su hijo se había sincerado tanto desde su amargo regreso.

—Él ama a Elizabeth de verdad y eso me tranquiliza —agregó el joven—. Lo que no es para mí no lo fue nunca, madre. Lo entiende, ¿verdad?

Inés asintió y abrazó a Julián, olvidando su compostura. Él besó su coronilla rubia, blanqueada por las primeras canas, y un poco de su amargura se disipó con el abrazo.

Lejos de allí, Francisco entraba por la puerta trasera de su casa, la que daba a la cocina. Eran las siete y la cocinera de los Peña y Balcarce se afanaba entre ollas y sartenes, preparando la cena. No reconoció al patroncito, sino que vio a un indio, con su poncho de lana, su cabello largo y sus ojos, apenas visibles bajo los párpados.

—¡Jesús bendito! —exclamó con voz ahogada, y se santiguó.

—Cata, soy yo, Francisco.

La voz profunda fue penetrando en la conciencia de la mujer y aplacando sus miedos. ¡El señorito, que había desaparecido tantos meses atrás! Toda la servidumbre conocía la historia de la partida del primogénito, aunque no entendían la razón, como no fuesen las peleas que sostenía con el patrón, tan severo siempre con su hijo.

—Señorito Fran... —musitó, conmovida.

Francisco se llevó un dedo a los labios, pidiendo silencio. No quería que nadie se enterase de su llegada. Su intención era ver a su madre y pedirle la bendición para su matrimonio con Elizabeth. Sospechaba que la noticia del casamiento traería sosiego al espíritu de Dolores, pues sabría que él no estaba solo. Tal vez hasta pudiese visitarlos algún día. De nuevo eliminó esos pensamientos. Él no era un novio corriente, sino un hombre condenado a morir, privado de su apellido, que cumplía con la mujer a la que había dejado preñada y nada más. Recuperando su semblante rígido, avanzó hacia el pasillo que conducía a las habitaciones del primer patio.

La casa conservaba el aspecto que recordaba: la parra filtrando la luz de la tarde, las tinajas rebosantes de los malvones que Dolores amaba, un resabio de su sangre española, y las puertas del dormitorio que dejaban al descubierto la luna en forma de óvalo del ropero.

Fran se asomó, acostumbrando sus ojos a la penumbra. Sobre la colcha se hallaba la costura de Dolores, envuelta en un pulcro lienzo. La tocó con reverencia, mientras sus ojos se deslizaban sobre el juego de cepillos de plata que reposaba en la cómoda. Reflexionó un instante sobre las pocas cosas que podía ofrecer a su joven esposa. Ella no tendría muebles de caoba, ni espejos orlados de filigrana, ni juego de cepillos como el de su madre; tampoco los lujos de las tiendas de ultramarinos a las que proveía su padrastro: alfombras turcas, encaje de Bruselas o tapicería francesa para cubrir las paredes. Elizabeth no tendría nada de lo que hace agradable la vida de una recién casada. Viviría en el desierto, junto a un hombre áspero, en una casita que se llenaría de tierra cada mañana, pese a los cuidados que le prodigase. Una tenaza de remordimiento le apretó el pecho al entender que condenaba a Elizabeth a una existencia poco menos que miserable. Su orgullo le impedía reclamar nada que viniese de Rogelio Peña, así que lo único que podía llamar suyo era la herencia materna, si es que su madre podía adelantársela de algún modo. Y hasta ese pedido lo avergonzaba.

—¡Virgen Santa! ¡Era cierto, entonces!

Dolores Balcarce se llevó una mano a la garganta, tratando de no ahogarse con la imagen tan anhelada. El hijo amado estaba allí, en su dormitorio. Un segundo le bastó para reponerse y se arrojó en brazos de Francisco. El hombre la estrechó contra su pecho, cerrando los ojos para empaparse del perfume de su madre. Ella siempre olía a agua de rosas. Cuando los sollozos cesaron y ella buscó el pañuelito que llevaba en la manga del vestido, Francisco se atrevió a mirarla, escudriñando su expresión.

—Está tan bella como siempre —le dijo en un susurro.

Dolores sacudió con energía la cabeza.

—No, no, estoy un año más vieja. Tu partida me ha sacado canas, hijo mío. No te lo reprocho —agregó de inmediato—. Sé lo que te impulsó a irte y te agradezco que hayas regresado. Ven, sentémonos.

Dolores hizo lugar apartando la costura y sentándose, sin soltar la mano de Francisco. Sus ojos oscuros lo miraban queriendo encontrar diferencias con el hombre que, un año atrás, había partido de aquella casa casi con lo puesto.

—Cuéntame. ¿Dónde has estado?

Sin duda se horrorizaba del aspecto que presentaba el hijo. Distaba mucho de parecerse al mozo atractivo que todos conocían. La arrogancia, sin embargo, no había cambiado.

—Anduve con los Zaldívar un tiempo —contestó, evasivo, Fran.

No deseaba entrar en detalles, quería ahorrarle penas a su madre.

—¡Con ellos! —exclamó Dolores—. Y no me lo dijeron.

—Fue mi voluntad, madre, mejor así.

—He sufrido tanto, hijo, la incertidumbre, el temor cuando llegó la fiebre… Nadie me daba razón de tu paradero. Al principio, traté de disimular tu ausencia, ya sabes, por las amistades. Después, se hizo evidente que no volverías y tu padre… quiero decir, Rogelio, no dio explicaciones. La gente empezó a murmurar a mis espaldas, a compadecerme. Me volví ermitaña en mis costumbres, aunque nada de eso me importaba, sino saber que estabas bien, que nada te había pasado. Creí que podrías haber viajado al extranjero, hasta que un dependiente de la tienda de… Rogelio me dijo que en las listas de viajeros no figurabas. Ya ves, me rebajé a preguntar por ti como si fuese una mujer despechada. Mi esposo no lo sabe —agregó, bajando la voz.

Francisco recibió esas confesiones como puñaladas en el corazón. Había sido egoísta al huir de su casa pensando sólo en su orgullo herido. No tuvo en cuenta a su madre, a la que dejaba en compañía de un hombre frío y autoritario.

—¿Cómo están Dante y Marga? —preguntó, tratando de frenar el torrente de pena a punto de desencadenarse.

—Tus hermanos están bien, cada uno en lo suyo. Dante en la escuela de leyes y a Marga la pretende el hijo de los Del Arco, un buen partido según tu padre.

Francisco asintió. La relación con sus hermanos menores había sido siempre distante, a pesar de quererlos. Les llevaba varios años y, sobre todo, mucha más experiencia de vida. La actitud protectora de Rogelio Peña hacia ellos contrastaba de modo notable con el desapego que manifestaba hacia él.

—No podré verlos, madre, he venido por pocas horas, sólo para saber de usted y decirle que no tema, que estaré bien. Si pudiese llevarla conmigo lo haría, las circunstancias son difíciles en este momento.

Fran trató de hallar las palabras adecuadas, las menos bruscas para decirle a su madre que partiría, tal vez para siempre. Dolores se anticipó.

—¡No puedes! No puedes irte de nuevo y dejarme así, con el corazón en la boca. Soy tu madre, no importa cuántos años tengas, para mí es lo mismo. Eres mi hijo y sólo eso cuenta para una madre —sollozó la mujer, apretando las manos de Fran entre las suyas.

—Madre, usted sabe que la quiero, pero como hombre debo buscar mi propio camino. No hay nada para mí en esta casa, ya se lo dije una vez. No me imponga una situación que no tolero.

—Jamás —dijo de pronto Dolores, con voz firme y expresión feroz—. No dejaré que te vayas sin saber adónde, no importa lo que digan los demás. Ni siquiera me importa lo que diga mi esposo. No volveré a pasar por este calvario.

La determinación en el tono de su madre sorprendió a Francisco. Dolores daba la impresión de ser una mujer sufrida y dulce, incapaz de rebelarse, muy distinta de la fogosa hembra que lo taladraba con sus ojos y apretaba sus manos con fuerza. Mientras decidía de qué manera convencerla, se escuchó una voz tajante detrás de ellos.

—¿Qué pasa aquí?

Rogelio Peña entró en el dormitorio con su habitual prepotencia. Fran se desprendió de los dedos de su madre y se incorporó con lentitud, enfrentando al hombre que lo había condenado al desamor desde hacía mucho tiempo. Peinaba más canas y se veía avejentado, aunque conservaba el porte desdeñoso. Rogelio Peña, a su vez, se sintió inseguro ante aquel mozo imponente que ya no vestía ropas elegantes, sino que se mostraba en toda su cruda realidad de mestizo. ¿Le habría contado algo su esposa? Miró a Dolores, que había recuperado su aire doliente y los contemplaba, temiendo el enfrentamiento. No, no había sido capaz. Bien, eso lo favorecía, sería él el encargado de gritar a la cara del bastardo su verdadera condición. Nada lo aliviaría más en ese momento. Hundió las manos en los bolsillos del saco como si se aprestase a una charla trivial y rodeó la cama para ubicarse más lejos de Francisco. Algo en la mirada del joven le provocaba inquietud.

—Supongo que habrás venido por el dinero —comenzó diciendo, seguro de haber dado en la tecla, pues medía a todos con la misma vara de su mezquindad. Ignorando la fiereza de Fran, prosiguió, en el mismo tono de superioridad:

—Supe que lo harías, tarde o temprano. Todos vuelven, cuando se trata de llenar el buche.

—Rogelio... —susurró Dolores.

—Calla, mujer. Sabes bien que "tu" hijo ha sido criado en la abundancia y no está acostumbrado a los padecimientos. Está claro que no le ha ido muy bien en su intento de independencia —y Rogelio Peña lanzó una mirada significativa a las ropas viejas de Francisco—. Por otro lado, entiendo que todavía no le has dicho por qué no tiene derecho a vivir en esta casa.

Dolores se estremeció y Fran advirtió que su padrastro producía una suerte de temor reverencial en ella, capaz de anularla e impedirle desarrollar su verdadera personalidad, la que había aflorado un instante atrás. La rabia que ese descubrimiento le produjo le hizo apretar los puños con fuerza.

—Lamento ser quien te diga esto, muchacho —y en el tono satisfecho se evidenciaba que no lo lamentaba en absoluto—, pero tu madre ha cargado con esta vergüenza demasiado tiempo. Es necesario que asuma la verdad de los hechos, así como es necesario que sepas por qué, pese a haberte alimentado y vestido durante tantos años, no puedo considerarte hijo mío. No soy tu padre, aunque esa circunstancia por sí sola no impediría que heredaras mi fortuna, tarde o temprano. Muchos hombres cargan con hijos de otros, sobre todo si se casan con viudas jóvenes. No es el caso.

Mientras hablaba, se paseaba por la habitación tocando los objetos con aparente interés, como si buscase pretextos para decir una verdad demasiado cruda, delicadeza que tanto Francisco como su madre sabían que Rogelio Peña no tenía.

—El caso es —prosiguió, gozando de la expectativa— que tu madre aún no te llevaba en su vientre cuando me casé con ella.

Fran aguzó la mente, tratando de liberarla del odio que aquel hombre le despertaba, para estar atento a la verdad fundamental de su vida. Dolores, todavía sentada en el borde de la cama, suspiró y bajó la cabeza.

—En efecto, me casé con una mujer virgen, como debe ser. Y tuve mi privilegio, como corresponde a un hombre de bien.

Fran tuvo que hacer acopio de todo su control para no apretar con sus dedos el cuello de aquel miserable, que exponía las intimidades de su madre de modo tan descarado. Dejó que prosiguiera, en parte por la curiosidad que lo angustiaba y también porque había perdido el dominio de sus miembros. Se hallaba petrificado en un muro de rabia y dolor.

—A poco de casarnos, envié a tu madre a un viaje al interior para que conociera al resto de mi familia, y la desgracia quiso que su carruaje fuera atacado por un malón a la altura de Mercedes. Yo no supe nada de esto hasta que, por medio de un capitán del fuerte, se me informó que mi esposa había sido raptada por un cacique muy respetado entre su gente por su salvajismo y su crueldad con los blancos. Como te imaginarás, supuse lo peor y por un tiempo viví una especie de luto, ya que todos saben la suerte que corren las cautivas. No obstante —y aquí Rogelio hizo una pausa, jugando con la humillación de su esposa y el estupor de su hijastro—, el destino me deparaba otra sorpresa, quizá más desgraciada que la primera. No solamente me había convertido en un recién casado prácticamente viudo, sino que pasé de pronto a ser un hombre deshonrado. Una partida del mismo fuerte rescató a buen número de cautivos de ese ataque y me restituyó a mi querida esposa, mancillada por un indio de las tolderías. El mismo cacique que se la había llevado engendró un hijo en su vientre.

El silencio era tan denso que se escuchaban los aleteos de los pájaros entre las hojas de la parra y el gotear rítmico sobre el brocal del aljibe. Fran se había convertido en piedra. Dolores lloraba con los ojos apretados.

—Por supuesto, no tuve más remedio que aceptarla de nuevo en mi hogar. Era mi esposa, después de todo, aunque ya no la viese con los mismos ojos. Había sido la mujer de un indio y venía con el regalo de un bastardo, además. Acepté esa injuria por piedad hacia ella y decidí que, si bien el primogénito era indigno de mí, no tenía por qué privarme de tener mis propios herederos, de modo que, con los años, nacieron tus medio hermanos, pese a la reticencia de tu madre —y lanzó una severa mirada a la mujer que seguía en la misma posición—. El capitán, gran amigo mío, guardó silencio sobre lo sucedido para evitar comentarios, pero yo tomé el toro por las astas y mandé a tu madre a un largo viaje por Europa, con la intención de que volviese de allí embarazada y todos pensaran que era el hijo nacido de nuestra noche de bodas. Mis negocios me sirvieron de argumento para permanecer acá, cerca del puerto de Buenos Aires. Así fue como, poco después de su regreso, naciste tú, ya que el miserable destino no quiso que Dolores te perdiese a lo largo de su viaje. Estabas arraigado a la vida, debo reconocer. Durante mucho tiempo toleré que fueses el centro de atención de la casa, hasta que nacieron mis hijos. Entonces decidí que no tenía por qué soportarte más y te lo hice saber con claridad, aunque nunca lo entendiste hasta esa noche en que te enfrentaste a mí. No eres mi hijo y no deseo verte. Si accedí a brindarte estudios y cuidados fue por respetar los deseos de tu madre y salvar las apariencias. Ahora que eres un hombre debes saber que no puedes esperar nada de mí. Ni siquiera entiendo cómo te atreviste a volver después de lo que sucedió un año atrás.

El latido en las sienes de Francisco se había ido intensificando a medida que progresaba el relato, al punto de taladrarle el cráneo y provocarle nubes ante los ojos. Él luchaba por sobreponerse al ataque. No quería sucumbir ante el hombre que los había despreciado, a él y a su madre, toda su vida. Era curioso: saberse hijo de un indio no lo afectaba tanto como ignorar quién era su padre. Ahora que la verdad había estallado sentía cierta tranquilidad. Ya no correría contra el tiempo tratando de averiguar su origen, ni temería deber su sangre a un villano cualquiera. Su madre había sido violada por un indio, algo que ocurría a muchas mujeres, y hasta podría haberle sucedido a Elizabeth.

Elizabeth.

Había olvidado, envuelto en su propio drama, cuál era el propósito de su visita. Miró a Dolores, que jugueteaba con un pañuelito húmedo mientras escuchaba las brutales palabras del esposo. Una mujer humillada dos veces: por el hombre que la había ultrajado y por el otro que, habiendo prometido ante el altar cuidarla y quererla hasta la muerte, le recordaba cada día que no era digna de él. Dolores merecía todo su amor y su respeto. Ella lo había aceptado, lo había amado sin importar que fuese el fruto de una pasión violenta, padeciendo en silencio la ignominia de no poder decirle quién era su padre. Francisco se arrodilló a su lado y con dulzura la obligó a levantar la cabeza. Gruesos lagrimones bañaban ese rostro delicado, de pómulos altos. Sus mismos pómulos, acentuados tal vez por la sangre india. Muchas cosas se explicaban a partir de esa revelación: el extraño pliegue de sus párpados, que nadie poseía en la familia, su escasez de vello en el cuerpo, la robustez de sus miembros y cierto salvajismo que corría por sus venas cuando las circunstancias lo desafiaban. Él nunca se había sentido cómodo entre sus pares sociales. Aun cuando participaba de las costumbres, algo recóndito en él se mantenía intacto: la parte india. Y si nunca salió a relucir la verdad de los labios de quienes podían saberla, ese mismo silencio había ahondado el abismo que lo separaba de los demás. Algo intangible que percibió desde chico, cuando su madre lo llevaba de la mano a las tertulias o a la misa dominical; un leve susurro que acompañó siempre sus movimientos, como un halo fatídico. Era mestizo.

La dimensión de ese descubrimiento le produjo un sobresalto: ¿qué diría Elizabeth? Esto podía cambiarlo todo. Una cosa era haberle confesado su condición de paria social, algo que, al parecer, ella aceptaba con tal de legitimar la concepción del hijo y otra, muy distinta, unirse a un mestizo. ¿Qué derecho tenía a imponerle ese matrimonio? ¿Y su propio hijo? ¿No era en parte indio también?

Dolores percibió las dudas de Fran y las interpretó dirigidas hacia ella. Haciendo acopio de valor le acarició la mejilla curtida y susurró, sin dejar de mirarlo hasta el fondo de los ojos:

—Perdóname.

Fran reaccionó al instante, capturando la mano de su madre y oprimiéndola entre las suyas.

—Nada que perdonar. Perdóneme usted por haberla dejado en manos de este miserable pensando sólo en mí, en mi supuesta dignidad perdida. Madre, venga conmigo. Ya tengo un sitio donde vivir y una mujer que me espera. Aunque no sabe nada de esto... todavía.

Dolores contempló el rostro amado y descubrió la vulnerabilidad a flor de piel. Con ternura depositó un beso en la frente de su hijo.

—Una mujer que te ama. Ya somos dos —sonrió.

Rogelio Peña se mantenía ajeno al interludio, incapaz de entender la intimidad que demostraban aquellos dos seres a los que creyó destruir con su confesión. Francisco no parecía avergonzado de su madre, ni Dolores revelaba el dolor que debería al sentirse despreciada. Un poco frustrado, giró sobre sus talones y salió del cuarto, no sin antes lanzar la estocada final:

—Estaré en la biblioteca. No quiero verte cuando salga.

Nadie le respondió. Francisco contemplaba a su madre con amor y ella le retribuía, devorándolo con los ojos empañados de lágrimas.

—¿Quién es ella? —murmuró con una débil sonrisa.

Fran besó las manos de su madre antes de responder:

—Se llama Elizabeth O'Connor, es una de las maestras que el Presidente hizo traer de Boston.

La exclamación ahogada de su madre lo sobresaltó. Dolores lo miraba con desconcierto y una chispa de alegría.

—¿La señorita O'Connor? ¡No puedo creerlo!

—¿Por qué? ¿La conoce?

La mujer echó la cabeza hacia atrás y soltó una risa mezclada con una plegaria de agradecimiento. Luego se enjugó los ojos y volvió a apretar las manos de Francisco.

—¿Que si la conozco? ¡Claro que sí! Me la presentó Aurelia Vélez, en su propia casa. Es una muchacha muy bonita. Ella... me saludó con cariño aun sin conocerme. Su presencia me reconfortó en ese momento, cuando acababas de irte en malos términos y yo rehuía las visitas sociales. Luego vino la peste a destruirlo todo. La mayoría de los vecinos huyó hacia el norte y los Vélez Sarsfield al campo. Di por sentado que la señorita O'Connor habría regresado a su país, dadas las circunstancias. Veo que no fue así y que su camino se cruzó con el tuyo. Me alegro tanto, hijo, presiento que es una mujer bondadosa. Me gustaría volver a verla, ahora que has regresado para casarte. Porque te casarás, ¿no? —dijo de pronto, alarmada.

Conocía los devaneos amorosos de su hijo y las habladurías acerca de sus asuntos con viudas y mujeres casadas ligeras de cascos.

—Me casaré, en la estancia de los Zaldívar.

—Tan lejos... ¿Por qué? Acá es tradición familiar casarse en la iglesia de La Merced. El párroco es amigo personal de los Balcarce, puedo pedirle que acorte los plazos.

—No, madre —la cortó Francisco—, debo casarme lo antes posible.

Dolores se separó un poco de su hijo y lo miró con severidad.

—¿Lo antes posible? Francisco, no puedo creer que estés diciendo que esa muchacha y tú...

Fran tuvo la decencia de ruborizarse.

—Han sido tiempos difíciles, madre. También Elizabeth sufrió a manos de los indios.

Dolores se llevó una mano a la boca, horrorizada.

—Dios mío, esa pobre niña. ¿Ella también? —y sus ojos volvieron a lagrimear.

—El hijo que espera es mío, madre, de eso estoy seguro.

Y ante la mirada triste de su madre, agregó:

—Y si no hubiese sido así, igual la desposaría. La amo, madre, aunque hace poco que lo sé.

Dolores meneó la cabeza con resignación.

—Los hombres son tan tontos... y no eres la excepción. Te doy mi bendición, hijo. Sé que nunca entregaste tu corazón y, si lo haces ahora, es porque la mujer que amas es digna de él. Sé también digno de ella, quiérela y compréndela, sobre todo. Las mujeres estamos muy solas a veces.

Francisco sintió la repentina necesidad de contarle todo a Elizabeth, de saber si ella aceptaba esa nueva condición en el hombre que la desposaría y si no se avergonzaba de parir un hijo a medias indio. Casi no podía esperar a verla de nuevo.

—Madre, una cosa más, antes de partir.

La mención de su partida acongojó a Dolores, que se repuso para no entristecerlo.

—No quiero causarle dolor, necesito saber.

La mujer miró sus manos, unidas en el regazo, y suspiró.

—Tarde o temprano tenía que suceder, aunque no pensé que sería Rogelio el portador de la noticia. Abrigaba la esperanza de decírtelo yo misma, cuando juntara fuerzas. Tu padre fue, como dijo mi esposo, un noble guerrero, muy apreciado por su tribu. Pude comprobarlo mientras estuve allí. No sé si vive o no. En aquel momento era joven y aguerrido. Tenía otra esposa india que al llegar yo dejó de lado, lo que me creó bastantes problemas. No sufrí maltrato, porque la autoridad de tu padre era mucha y se imponía con facilidad. Tampoco se comportó de manera salvaje conmigo, creo que le inspiré lástima por mi condición de recién casada inexperta, no sé... Me trató con suavidad, aunque tuve que soportar... sus avances, como comprenderás. Algo muy duro para mí, que fui educada en la severidad de una familia española. Pude resistirlo gracias a una mujer que estaba cautiva desde hacía tiempo. Esa mujer me explicó que, teniendo la oportunidad de volver a su casa y a su familia, eligió quedarse porque había parido dos niños indios, hijos de un capitanejo al que tu padre apreciaba mucho. Yo no podía entender que ella prefiriera vivir en la toldería hasta que vi cómo la trataba aquel indio: adoraba el suelo que ella pisaba. Y como la mujer entendía de partos, pues había sido ayudante de comadrona, se ganó un prestigio entre la gente de la tribu. Le llevaban regalos, la saludaban al pasar, creo que me hice la ilusión de que me sucedería lo mismo si conseguía simpatizar con los indios, de modo que adopté una actitud más tranquila y resignada. Estaba dando ya sus frutos ese proceder cuando llegó una misión del capitán Aguirre, el amigo de tu padrastro y, al contrario de lo que yo pensé, tu padre me permitió elegir entre volver a casa o quedarme. Hijo —aquí Dolores interrumpió su relato para enfrentar con vigor el juicio de Francisco—, no sé si elegí bien, a veces pienso que no y me arrepiento de haberte condenado a una vida desdichada al lado de un hombre frío que nunca te quiso. Si me hubiese quedado, el cacique te habría criado con todos los honores de un heredero, ya que la otra esposa sólo le había dado niñas. Perdóname.

Fran besó las manos de su madre otra vez y la alentó a continuar.

—Jamás la juzgaría por nada de lo que hubiese hecho. Por favor, quiero saber.

Dolores volvió a remontarse a aquellos tiempos de los que no había podido hablar nunca.

—Él debió escucharme llorar cada noche y habrá pensado que sufría demasiado o que moriría de pena, pues me dijo: "Mujer, decide qué vas a hacer, porque si te quedas, jamás volverás a ver a tu familia, te lo prometo". Esas palabras me asustaron, lo confieso. Mientras pensaba que algún día alguien me encontraría, podía soportar la tristeza, pero al saber que mi decisión sería definitiva, sentí terror y le dije al capitán Aguirre que lo seguiría hasta el fuerte. Supongo que le habré causado un gran dolor al cacique, pues no se despidió de mí. Lo último que vi, al partir, fue la sonrisa de satisfacción de la esposa india. Hay otra cosa que me duele recordar —agregó en un impulso.

Fran aguardó a que su madre hilvanara los recuerdos guardados por tanto tiempo.

—No le dije al cacique que estaba encinta, lo oculté. Tuve miedo de que no me dejara ir, o de que el mismo capitán no me llevara consigo. Si yo hubiese sabido que tu padrastro me despreciaría… Al principio no lo creí posible, pues él me recibió con compasión.

Luego me di cuenta de que actuaba en beneficio del capitán y sus hombres, para que no lo juzgasen despiadado. Apenas me tuvo a su merced, me hizo saber que yo era poco menos que una...

El sollozo cortó la confesión de Dolores y causó una oleada de furia en Francisco. De nuevo pensó en la posibilidad de llevarse a su madre de allí. ¿Qué podía perder? Nadie objetaría que una madre acudiese a la boda de su hijo y, pasado algún tiempo, verían con naturalidad que permaneciese en la estancia de los Zaldívar, antiguos amigos de la familia.

Dolores lo sacó de sus alocadas reflexiones:

—Rogelio es un hombre cruel que también es víctima de sus propios miedos. Su idea del matrimonio es tener una mujer a su servicio para procrear y facilitarle la vida social. Conmigo tuvo doble frustración: le di un hijo de otro padre y nunca acepté de buena gana las visitas o las fiestas. Al cabo de un tiempo, cuando nacieron tus hermanos, me dejó en paz. Supongo que me considera un caso perdido.

—El caso perdido es él, madre. Usted es una mujer valiente, digna del mejor de los hombres. Tal vez ese cacique...

—No lo sé. A veces lo pienso. ¿Qué más da? Nada puede hacerse ahora. Lo hecho, hecho está.

Fran recordó haber pronunciado esas mismas palabras junto a la laguna y el efecto que causaron en Elizabeth. Sonrió al pensar en el enojo de la muchachita y su respuesta airada.

—Madre, creo que Elizabeth y usted harían muy buenas migas. ¿Por qué no viene conmigo a la estancia? Los Zaldívar estarán encantados de recibirla y a Elizabeth le vendrá bien otra compañía femenina para organizar la boda.

"Y para interceder por mí, en caso de que me rechace", pensó.

Los ojos de Dolores brillaron con entusiasmo, y enseguida se ensombrecieron.

—No puedo dejar a tus hermanos —comenzó a decir.

—Ellos son grandes y no la necesitan todo el tiempo a su lado. No le pido que se mude conmigo, aunque no me disgusta la idea, sino que venga a presenciar mi boda y darme la bendición. Cualquier madre tiene derecho a eso.

Dolores concibió esperanzas. Conocer a la mujer que sería compañera de su hijo, participar de la felicidad de ambos... ¿Por qué no permitírselo, después de tanto sufrimiento? Quizá la vida le deparara una nueva oportunidad para ser feliz. Hablaría con el Padre

Agustín y le pediría su opinión. Estaba segura de que lo aprobaría. Y si Rogelio ponía mala cara, tanto peor para él. Hacía mucho que no compartían ni el dormitorio ni los proyectos. No iba a extrañarla cuando se ausentara, sobre todo si eso implicaba llevarse de allí al hijastro no deseado. Cada vez le parecía más atrayente el ofrecimiento de Francisco.

Horas después cayó en la cuenta de que no le había revelado el nombre de su padre.

CAPÍTULO 34

Elizabeth se contempló, reflejada en el espejo de pie. Una mantilla de encaje rozaba sus hombros, haciendo juego con el corpiño de color marfil. No había creído posible tener un traje tan hermoso en tan poco tiempo. La influencia de doña Inés obró milagros, pues la modista había trabajado día y noche, dejando de lado los otros encargos, para satisfacer el deseo de su clienta más destacada. El corte del vestido disimulaba las formas que ya se insinuaban en Elizabeth; la falda dejaba ver unos zapatitos de raso con moños de cordón de seda y tacones altos. ¡Ella jamás había usado tales tacos! La discreción de las mujeres yanquis, en contraste con las esplendorosas señoritas del Sur, había sido el anatema favorito de sus condiscípulas y maestras. Sin embargo, Elizabeth no pudo ocultar el gozo que le producía el contacto con ropa tan fina. Por otro lado, casarse en el campo le permitía apartarse de los rigores del luto que aún envolvía a la ciudad. Elizabeth sabía que las novias estaban obligadas a llevar trajes negros, atenuados con flores de azahar o un velo de tul.

—Estás preciosa —murmuró Dolores, maravillada al comprobar el efecto que ese traje producía en la figura menuda de su futura nuera.

No bien se vieron, el día del regreso de Francisco, las dos mujeres se reconocieron y se fundieron en un abrazo. Elizabeth simpatizó de inmediato con el carácter apacible de Dolores, aunque se cuidó de mostrar preferencia alguna para no herir los sentimientos de Inés Durand. La madre de Julián se había comportado con ella como con una hija y no podía ser ingrata, pese a que congeniaba mejor con la que sería su verdadera suegra.

—¿No me veo demasiado pretenciosa? —aventuró con timidez, aunque su tono traicionaba la satisfacción que la embargaba.

—Niña, pretender estar más bella que nadie el día del casorio es una vanidad que hasta el cura más austero perdonaría. Tienes derecho.

El traje reflejaba la tendencia vanguardista de los figurines franceses y resultaba un poco fuera de lugar en el ambiente donde se realizaría la ceremonia. Los géneros utilizados eran lo mejor de la prestigiosa tienda San Miguel, que acababa de estrenar local en Buenos Aires, y las puntillas y los encajes provenían de La Reina, otra de las grandes tiendas de la calle Suipacha. Elizabeth no pudo negarse a llevar ese atuendo elegante, pese a que sus gustos eran más sencillos. En lo único que se mantuvo firme fue en no aceptar el acostumbrado corsé. Sólo pensar en oprimir al hijo que llevaba en el vientre de manera tan brutal le provocaba temblores y, aunque no confesó a Inés Durand el motivo de sus miedos, sospechaba que la mujer se había rendido demasiado rápido. Así fue como optaron por el corte amplio bajo el busto, dando al vestido de Elizabeth un vuelo que resaltaba su apariencia de hada del bosque.

—Mi hijo quedará mudo de admiración —comentó Dolores al verla, por fin, con el último detalle: un ramo de azahares y jazmines sujeto con cintas de satén.

Ambas mujeres se miraron a los ojos en muda transmisión de pensamiento, y Dolores extendió una mano, invitando a su nuera a la confidencia. Desde el principio supieron que debían hablar a solas. Los preparativos de la boda, guiados por la experta mano de Inés Durand, las habían mantenido en perpetuo ajetreo, sin encontrar el minuto para la charla distendida.

—Querida —comenzó Dolores con suavidad—, conozco bien a mi hijo y sé cuáles son sus defectos. No te habría propuesto matrimonio si no te amara.

Elizabeth dio un respingo. ¿Cómo había acertado la señora Balcarce con sus miedos más íntimos? Se sentó, ahuecando la falda del vestido para no estropearlo, y juntó sus manos sobre el ramito. Su voz sonaba amortiguada por las lágrimas que pugnaban por salir.

—No estoy segura de eso. Él es un hombre de honor y sabe que mi situación, al quedar mancillada por el rapto y los días pasados solos en el desierto, sólo se repara con una boda. Si me amara, habría buscado la oportunidad de decírmelo.

—Los hombres son parcos en esas cosas —aseguró su suegra—. A menos que hablemos de un poeta o algo así —agregó, sonriendo—, y, si no he olvidado por completo las virtudes de mi hijo, el lirismo no se encuentra entre ellas.

Logró su propósito al ver que Elizabeth sonreía también.

—Sin embargo, puedo decirte una cosa: Fran ha sido, desde que despuntó su virilidad, un temible donjuán. No puedo mentirte. Yo fingía no enterarme de los corazones que rompía, muchas veces con merecido castigo, pues se trataba de mujeres casadas que engañaban a sus maridos.

Los ojos espantados de Elizabeth movieron a Dolores a tomarle una mano para confortarla.

—No temas, eso es tiempo pasado. Un hombre que bebe de todas las fuentes sabe en cuál desea permanecer al fin. Cuando volvió a casa y me habló de ti, supe de inmediato que eras la definitiva. Y al enterarme de tu identidad, creí ver la mano de Dios en todo esto. Ya nos habíamos conocido ¡y me caíste tan bien, hija mía! Si en aquel momento un ángel me hubiese pedido un deseo, aparte del de tener a mi hijo conmigo, habría dicho que encontrara a una esposa tan perfecta como tú.

—No me crea perfecta, Dolores, eso no —arguyó Elizabeth, acongojada.

—Lo eres. Y él lo sabe desde su corazón, aunque su terquedad le impida admitirlo. Fran ha sufrido mucho y supone que la felicidad no se ha hecho para él. Sin darse cuenta, busca pagar el precio de los pecados de otros.

Elizabeth no entendía el significado oculto tras las palabras de Dolores y la miraba expectante, con los ojos muy abiertos.

—Francisco recibió todo el amor que una mujer débil como yo puede brindar a un hijo, pero careció de un verdadero padre. Mi esposo, Rogelio Peña, no lo es.

En el silencio que siguió, el bullicio de la cocina y las voces de los hombres en el exterior sonaban como un fondo musical inapropiado para la solemnidad de esa conversación.

—Él lo supo apenas un año atrás, y ése fue el motivo de su partida precipitada de Buenos Aires. Ahora pienso que no hay mal que por bien no venga: gracias a ese hecho desdichado, te conoció a ti —y Dolores apretó la mano de Elizabeth con cariño—. Fueron tiempos difíciles para todos, agravados por el temor de no volver a vernos con vida, después del azote de la peste. Sin embargo, estaba escrito que nos debíamos algo, pues la Virgen me lo devolvió un día, ansioso por contarme sobre ti y saber de su padre de sangre. Le dije la verdad, tal vez no del modo que hubiese querido, pero él ya lo sabe: es hijo de un cacique indio.

Dolores observó con atención los rasgos de Elizabeth, a fin de percibir el mínimo atisbo de repulsión en su boca suave o su nariz respingada. Todo lo que vio fue asombro y compasión. Desde que se encontraba en El Duraznillo, había vigilado la conducta de los novios, tratando de adivinar en qué momento tendría lugar la confesión y, al cabo de los días, entendió que Fran seguía tan hermético como siempre y Elizabeth era una novia triste. Decidió entonces hablarle con franqueza, esperando que su sinceridad animara a la joven a desahogarse a su vez.

—Al igual que te sucedió a ti, fui raptada por un malón aunque, en mi caso, eso tuvo consecuencias: volví al hogar llevando en mi seno un hijo mestizo. Para mí no significó diferencia alguna, era mi hijo y lo amé más, si cabe, por su condición. Otra cosa fue para mi esposo, que actuó como padrastro distante y a veces cruel, hasta que el enfrentamiento final impulsó a Fran a irse de la casa. Siendo orgulloso, rechazó cualquier ayuda y no supe nada de él hasta el otro día. Es un Balcarce —añadió la mujer, irguiéndose con hidalguía—, y la sangre india que lleva no hace sino aumentar su temple y su coraje.

—Dolores —dijo Elizabeth con dulzura—, no es necesario que diga más. A mí no me interesan los abolengos. Vengo de una sociedad que trata de suprimir los resabios de la esclavitud, aunque reconozco que la mayoría de mis compatriotas no desea trabar relación con los indios. Sin embargo, hasta los presidentes quieren romper esa barrera y buscan maneras de convivir en paz. Mi sangre irlandesa me remonta a pobres barqueros que ganaban su pan transportando pasajeros de una isla a otra. Y en nuestra historia, los irlandeses hemos sido despreciados, humillados y maltratados. Yo sería la última en ver la mancha del pasado en el que sufre. Lo que sucede es que... —y se detuvo, aspirando para darse valor.

—¿Qué ocurre, hija? Debes decírmelo, para que pueda entender por qué, pese a estar en el momento más feliz de toda mujer, hay tristeza en tus ojos.

Elizabeth se armó de coraje. Si su suegra había sido capaz de confiarle un secreto vergonzoso a los ojos de la sociedad, ella no sería menos sincera y le diría lo que oprimía su corazón.

—Sucede que yo también aguardo un hijo.

La reacción de Dolores no fue la esperada. Unió sus manos en una plegaria de agradecimiento y luego besó a Elizabeth en ambas mejillas. La joven estaba desconcertada.

—¿Se alegra? —balbuceó.

—¡Claro que sí, hija! Me alegra que confíes en mí lo suficiente para decírmelo antes de tu boda, porque ya lo sabía. Fran me lo confesó cuando fue a la casa y él también estaba abrumado por las dudas.

El semblante de Elizabeth se ensombreció.

—Abrumado por las dudas sobre tus sentimientos, quiero decir. El tonto de mi hijo no se valora lo suficiente como para pensar que la mujer a la que ama acepta casarse por él mismo y no sólo por haber quedado en estado. Porque lo amas, ¿verdad?

La joven maestra no sabía si reír o llorar. ¿Cómo podía la madre de Francisco desentrañar verdades tan simples de la maraña de dudas y conflictos que había tenido desde el principio? Si todo se reducía a eso: amaba a ese hombre terco y orgulloso, incapaz de pronunciar palabras suaves o de demostrar debilidad.

Elizabeth asintió.

—No podía ser de otra forma, si llevas a su hijo en tu vientre. Hija, no debes guardar silencio. Díselo, trata de romper el muro que él ha construido a su alrededor. Francisco debió protegerse desde pequeño y la coraza que lo rodea lleva mucho tiempo endureciéndose. Sé que eres la indicada para despojarlo de ella.

—Temo que él no me corresponda —aventuró.

—¡Nada de eso! Supe que mi hijo estaba enamorado apenas me dijo que volvía para buscar mi bendición y el anillo de mi abuela. No habría hecho eso por ninguna mujer a la que no amase. Y sospecho que —hizo un silencio, pensativa— hasta él se sorprende de todo esto. Pobre hijo mío, queriendo mantenerse duro mientras se derrite por dentro.

Las palabras de Dolores atravesaron las defensas que Elizabeth había levantado para no sufrir cuando la terrible verdad aflorase. Ya no pudo contener el llanto.

—Allá afuera están aguardando —dijo una voz alegre—, aunque la novia debe hacerse esperar… Pero ¿qué es esto? ¿Llorando?

Miss O'Connor, no va a manchar este hermoso vestido con lágrimas, ¿no?

La entrada de la doncella de doña Inés rompió el hechizo, y ambas mujeres se dedicaron a retocar sus trajes y a darse ánimos.

La novia debía lucir espléndida esa mañana.

En la habitación de Julián, el novio luchaba con el traje de paño negro que había traído desde Buenos Aires, previendo que doña Inés lo obligaría a llevar alguno de los últimos modelos de los *dandies*. Había cosas que Fran quería mantener bajo control, ya que su estado emocional lo traicionaba.

La falta de costumbre de vestir prendas delicadas estaba cobrando su precio. Eran más cómodas las ropas de paisano y aun las de indio. "Las que debería llevar, para acabar con esta farsa", pensó, malhumorado.

Julián lo observaba con ojo crítico, impecable en su levitón de casimir de seda oscura. Para los hombres, la moda la dictaba Inglaterra, así como las mujeres seguían *La mode illustrée* con más obediencia que a los Diez Mandamientos.

—Habrás crecido —comentó irónico, al ver que los anchos hombros de Fran tironeaban de la tela formando arrugas.

—Maldita sea. Debí darme cuenta de que esta ropa ya no me quedaba. Ahora no se puede hacer nada. Sería mejor que me vistiera como uno de los peones. Al fin y al cabo, eso es lo que seré.

Julián ignoró los ácidos comentarios de su amigo y continuó girando a su alrededor, observando los detalles del traje.

—Deberías llevar un ramito de azahares en el ojal —dijo, al pasar.

—No te atrevas —gruñó Fran.

El saco, algo entallado, dejaba ver un chaleco gris ribeteado con trencilla oscura. Completaban el conjunto una camisa de cuello y puños duros, y unos pantalones con rayas verticales.

Fran ajustó su corbata lisa con gesto de fastidio. Se veía a sí mismo como un impostor, al presentarse como caballero siendo un mestizo. Para colmo, su aspecto contribuía a esa incongruencia, pues llevaba el cabello largo y su tez estaba tan bronceada que la camisa blanca parecía restallar en contraste.

—Cálmate. Y no pongas cara de ogro, o el cura no los casará.

—Tal vez sería lo mejor para ella —respondió Fran, violento.

—¿Por qué? ¿Quieres desampararla?

—No quiero que se case engañada.

—¿Estás casado, acaso ocultas otros hijos en tu haber? —enumeró con frialdad Julián.

Francisco lo miró como si quisiera estrangularlo.

—Sabes a qué me refiero.

—Sí, sí, ya sé, a que eres un mestizo. Ya me lo habías dicho y no se me mueve un pelo.

—Sí, pero no me caso contigo, recuerda.

—Te casas con una mujer maravillosa que empeña su juventud tratando de enseñar a los zaparrastrosos de un país extranjero. ¿Pensaste eso? ¿Por qué iba a importarle tanto que seas hijo de un indio?

—Maldita sea —repitió Fran—. Debí decírselo en estos días. Me faltó coraje.

—Lo que te faltó es tiempo. Mi madre nos volvió locos a todos. No quiero pensar qué haría si el que se casara fuese yo.

No bien lo dijo, se arrepintió de sus palabras. Fran lo miraba con fijeza.

—Julián.

—No me hagas caso, estoy harto de toda esta pantomima. Casarse no debería ser un suplicio, ¿no crees? A ver, déjame darte el visto bueno.

Ignorando el momento incómodo, los dos amigos se inspeccionaron mutuamente.

—Vamos, Fran, a dar el golpe. En tu caso, el último de tu vida. En el mío… Dios dirá.

—Espera. Recuerda lo que te pedí, en caso de…

—Sí, sí, ya, "en caso de". Recuerdo todo y acepto todo. Pero lo más probable es que vivas cien años, tengas docenas de hijos y me hagas padrino de la mitad de ellos.

Julián palmeó a Francisco y lo empujó al mismo tiempo, para obligarlo a salir al pasillo. No quería hablar de la enfermedad de su amigo. Ya le había prometido repetidas veces que se haría cargo de su familia si moría, aunque en el fondo de su corazón rogaba por que ese pedido fuera en vano. Fran era el hermano que no tenía y, a pesar de amar a Elizabeth, la felicidad de ambos era su principal preocupación.

El capellán del Fuerte del Azul había llegado el día anterior para la misa de esponsales que, aprovechando el buen clima, se llevaría a cabo en el patio delantero, engalanado con la Santa Rita en todo su esplendor. Habían dispuesto unas mesas de caballete cubiertas con almidonados manteles y adornadas con los primeros pimpollos de las enredaderas, recogidos por las criadas.

Fray Pantaleón, hombre robusto, de porte militar más que clerical, se hallaba enfundado en su casulla, con las manos juntas, en actitud paciente. Un soldado raso oficiaba de asistente y dos hijos de los peones harían de monaguillos. La falta de ornamentos era compensada por la gloriosa mañana de primavera, ya que el improvisado altar se había levantado bajo las fucsias y madreselvas, el trino de las aves suplía los acordes del órgano, y la brisa perfumada hacía las veces de incienso protector de los novios.

A la hora convenida, Francisco tomó su puesto, escoltado por Julián, en tanto que los esposos Zaldívar contemplaban la escena sumidos en pensamientos contradictorios: alegría por la boda, mezclada con la pena de no ver a su propio hijo desposando a Elizabeth. Dolores Balcarce descendió los escalones del porche segundos antes que la novia, apretando entre sus dedos un rosario de nácar. Estaba hermosa en su vestido color borgoña y el cabello recogido en un moño suelto. La doncella de doña Inés se había lucido con las mujeres de la boda esa mañana. La madre de Julián, también elegante en su atuendo de tafeta azul, se acercó a su amiga y la tomó del brazo.

—Ven —dijo, con aire cómplice, y agregó, refiriéndose a su vestido—: ¿No es magnífico? Una perfecta copia de un diseño de Worth.

La aparición de la novia sumió a los presentes en admirado silencio.

Elizabeth se veía esplendorosa bajo el sol que arrancaba reflejos nacarados a su vestido. Sostenía con fuerza el ramito y mantenía la cabeza baja, atenta a los escalones, rozándolos apenas con sus zapatitos de taco.

Antes de cortar los patrones del traje, la modista había cosido una reproducción para una muñeca que usaba como muestra, una miniatura de porcelana con la carita pintada al esmalte y bucles de pelo natural. Al verla así, emperifollada con la réplica de su vestido nupcial, Elizabeth deseó, en un arranque infantil, poseer esa muñeca como recuerdo de un día tan especial..

Julián fue al encuentro de la novia y le ofreció su brazo. La mano de Elizabeth, cubierta por unos delicados mitones de encaje, se apoyó en el paño negro, oprimiéndolo sin querer.

—Tranquila —musitó el joven, que tampoco las tenía todas consigo.

Ella apretó los labios y miró hacia delante, decidida. Francisco aguardaba, erguido en toda su estatura, las manos en la espalda, como si en vez del novio fuese un verdugo. Ningún gesto revelaba ternura o emoción. Elizabeth sintió que el pecho se le contraía de angustia. ¿Estaría equivocada su suegra al pensar que él la amaba? Había deseado creer en sus palabras. Al ver el rostro de su futuro esposo, las dudas volvían a asaltarla.

"Demasiado bella para mí", pensaba Fran. "Demasiado buena y confiada para un hombre que la engañó tres veces." Y la tercera mentira aún no había sido descubierta. Se traicionaba al repetirse que se casaba con la maestra porque aguardaba un hijo suyo. Lo hacía porque la quería sólo para él, no soportaba la idea de que otro le ofreciese el cobijo de un matrimonio seguro. Era egoísta y no le importaba. Que el cielo lo juzgase.

Julián puso la mano de Elizabeth sobre el brazo de su amigo. El músculo pareció rechazar el contacto. Turbada, ella buscó el amparo del sacerdote. Fray Pantaleón celebró una misa sencilla, de palabras escogidas dichas con énfasis. Resultaba evidente que los casorios no eran su especialidad en el fuerte, como sin duda lo serían las misas de difuntos. Pese a todo, la ceremonia tuvo el mérito de conmover a las mujeres, que ahogaron suspiros en sus pañuelos. Fran hizo relucir en su mano la joya familiar que sería de su esposa, un anillo recargado que sujetaba una piedra de color amarillo. A pesar de que el novio había achicado el aro de la pieza, bailaba en el dedo anular de Elizabeth, de modo que lo cambió al anterior. "Y todavía me queda grande", pensó Elizabeth. No podría usarlo. Tampoco lo deseaba. ¿Qué valor tenía, si él no la amaba? Con esos pensamientos lúgubres volvió la vista al capellán, que terminó la ceremonia colocando sus manos sobre las cabezas de los novios. Fray Pantaleón murmuró palabras de aliento y felicitación, y luego se dirigió a la escasa concurrencia para indicar que, a partir de ese momento, podría empezar el festejo pagano.

En consonancia con la sencillez del casorio, el almuerzo consistía en asado con papas y batatas, cabrito a la cruz rociado con vino, carbonada criolla y budín de miel y almendras, dejando para el final la torta de bodas, un descomunal alfajor que la cocinera de los Durand preparaba como nadie. La mano de doña Inés se veía en los detalles, y Armando notó que su mujer había hecho traer algunas cosas de la casa de Buenos Aires, juzgando que el servicio de la estancia era demasiado rústico para la ocasión.

Durante la comida, los novios permanecieron silenciosos. Elizabeth apenas probaba bocado, tan contraído tenía el estómago, y Francisco la.miraba con disimulo, atento a sus necesidades, aunque sin decir palabra. Más de una vez, el grueso anillo chocó contra el borde del plato, provocando miradas furtivas de parte de Elizabeth, avergonzada por su torpeza. Le parecía que aquella pieza heredada llamaba la atención sobre lo inadecuada que resultaba en su mano. En el brindis, Julián se levantó para augurar a los recién casados una vida plena de dicha y de hijos. Esto último hizo sonrojar a Elizabeth, y su rubor pasó por pudor de doncella para quienes no sospechaban que se hallaba encinta.

Un repentino tumulto provocó movimiento entre los peones que vigilaban los alrededores. Armando se puso en pie y doña Inés ahogó un gemido al vislumbrar, a cierta distancia, a la tribu de Quiñihual en pleno, rígidos como estatuas polvorientas bajo el sol del mediodía. No se habían anunciado ni parecían querer hacerlo, sólo miraban el festejo con expresiones inescrutables. Los hombres se mantenían atrás, mientras que las mujeres y los niños habían avanzado, junto con su cacique, que mantenía su sitial de preferencia, armado con su lanza. Ese detalle puso en guardia a los hombres, pero Armando Zaldívar, con un gesto, hizo que las armas volvieran a descansar. Confiaba en aquel hombre cuyas arrugas revelaban años de lucha, si bien no podía desamparar a los suyos basado sólo en esa confianza, de modo que se mantuvo atento. Pasaron segundos eternos antes de que una de las mujeres se adelantara. Vestía su quillango abierto adelante, dejando ver un mandil cuadrado y unos pocos abalorios en la cintura, las crenchas trenzadas y una vincha. Su edad era incierta, pues la vida rural hacía estragos en la piel de aquellas hembras. La mujer se dirigió a Elizabeth, protegida entre Francisco y don Armando. Sacó un objeto brillante que mostró en la palma rugosa, aguardando a que la joven se fijara en él. Sin hacer caso de la tensión que emanaba de los hombres que la flanqueaban, Elizabeth avanzó hasta quedar a su altura. Vio en su mano un par de discos de plata grabados con dibujos. La mujer sonreía con su boca desdentada. Elizabeth tomó los pendientes y, al comprender que los había hecho algún orfebre del grupo, juntó las manos en ademán de agradecimiento.

—*Hákel* —dijo don Armando por ella.

Años de tratar con las tribus de la zona le permitían comprender el idioma, aunque se presentase adulterado por las influencias externas.

La mujer volvió hacia donde la esperaba el resto de su gente y, al pasar junto a Quiñihual, inclinó la cabeza en señal de sumisión. El cacique debía de haberla enviado como emisaria. La situación era extraordinaria. Don Armando había dejado claro que los indios no debían acercarse a las casas; sin embargo, rechazarlos cuando lo hacían con intenciones tan cordiales habría sido un mal paso en la relación que pretendían entablar.

La tribu comenzó a desplazarse con lentitud rumbo a las tierras que les habían otorgado. Todos, salvo Quiñihual. Don Armando se extrañó de la inmovilidad del hombre. Parecía mirar más allá de ellos y querer decir algo. Al cabo de unos minutos, él también se volvió y la polvareda que habían levantado con su paso se lo tragó.

—Vaya... —murmuró Armando para sí.

Elizabeth alzó los pendientes al sol.

—Son hermosos —admitió—. No sé si ponérmelos con el traje de novia —y se tocó el lóbulo de la oreja derecha, donde lucía el zarcillo que doña Dolores le había obsequiado.

—Querida —intercedió doña Inés—, habrá que limpiarlos con ácido bórico.

Una mirada dura de don Armando cortó las recomendaciones de la esposa.

Al atardecer, cuando ya no quedaban restos del convite y los trabajadores retomaban sus tareas, Elizabeth pasó al cuarto de huéspedes que le había asignado doña Inés para cambiarse el traje y guardar sus pertenencias en los baúles, con ayuda de la doncella.

En otro de los cuartos, Dolores Balcarce cambiaba duras palabras con su hijo.

—Eres necio, Fran. Sabes que, a los ojos de toda la sociedad, eres hijo de Rogelio. Él te brindó su apellido, tal vez lo mejor que haya hecho en su vida. Y aunque no fuese así, tienes la fortuna de tu abuela.

—Basta, madre. Ya he dado mi parecer. No quiero nada que provenga de mi vida anterior. Así es como planeé mi futuro desde que me fui de casa.

—¡Pero no tenías una esposa ni un hijo en camino! —estalló Dolores.

—Da igual. Nos arreglaremos con lo que pueda obtener con mi trabajo.

—Qué cabeza dura tienes, Fran. Pues bien, puedes negarte a recibir algo de mí, pero no puedes evitar que yo le haga regalos a mi nuera.

Francisco miró a su madre con una mezcla de rabia y estupor. Aquella mujer se desplegaba ante sus ojos cada vez más desconocida. Quizá la Dolores Balcarce que lo había engendrado había sido una mujer valiente y obstinada, no la dulce dama que bordaba sumisa junto al ventanal durante su infancia.

—Haga lo que desee. No puedo impedir que usted y Elizabeth se traten. Sólo digo que mi mujer sabía con quién se casaba cuando aceptó.

—¿Lo sabía, Fran? —indagó su madre con dulzura—. ¿Lo sabe ahora mismo?

Francisco apretó los dientes. No había sido capaz de sincerarse por miedo a que Elizabeth lo rechazara.

—No se lo has dicho —le reprochó.

—Lo sabrá a su debido tiempo.

—No me cabe duda —contestó con cierta ironía Dolores—. Sin embargo, la mentira no es un buen comienzo, hijo. Fíjate lo que sucedió conmigo y con Rogelio. Construimos una gran mentira a nuestro alrededor, por miedo al desprestigio y al rechazo de nuestros amigos. ¿Qué ganamos con eso? Fran —insistió con suavidad—, sé honesto con tu esposa, confía en ella. No le reconoces ningún mérito si la supones vana o interesada. Elizabeth ha demostrado tener grandes virtudes. ¿Por qué no hablas con ella y le cuentas tus temores?

Fran suspiró, derrotado. Las mujeres eran un problema, tanto si exigían como si rogaban.

—Dispense, madre. Este asunto lo manejaré a mi manera.

Dolores alzó la barbilla en un rapto de altanería y no respondió. Fran era duro de roer y ella no tenía más ascendiente sobre él que su cariño de madre. Ningún razonamiento penetraría su coraza. Si alguien podía hacerlo, era su nueva esposa. Dolores rogaba que tuviera con su marido la misma paciencia que demostraba con sus alumnos.

Elizabeth no opuso reparos a las nuevas condiciones de vida. Fran se había limitado a explicarle que por el momento él continuaría en El Duraznillo trabajando codo a codo con Zaldívar. No le dijo nada sobre sus planes en el futuro, ni le preguntó su opinión.

Vestida con un simple traje de sarga gris y el infaltable sombrerito, que Fran contempló con aprensión, Elizabeth se encaminó hacia su nuevo hogar. Mientras la miraba abrazar a su madre y a doña Inés, Francisco percibió cierta fragilidad en su esposa que lo alarmó. Luego, al observar la ternura con que Julián le besaba la mejilla, sintió celos y el absurdo deseo de alejarla de todo lo conocido por ella hasta entonces.

—Dios te bendiga —murmuró Elizabeth al oído de Julián.

Por toda respuesta, él la retuvo un momento entre sus brazos, transmitiéndole su apoyo y despidiéndose en silencio. Al día siguiente partiría rumbo a Buenos Aires a preparar su viaje. Todavía le quedaba la ingrata tarea de comunicárselo a sus padres.

Dolores Balcarce sostuvo las manos de su nuera y, mirándola a los ojos, le dijo:

—Ahora eres mi hija y yo, tu madre. Todo lo que necesites de mí lo tendrás. Y si algún día ese hijo mío te da dolor de cabeza, no dudes en recurrir a mí. Además —susurró en confidencia—, me verás seguido cuando nazca mi nieto. No veo la hora de convertirme en abuela.

Elizabeth abrazó a todos como si fuese a partir rumbo a un país lejano. Francisco la aguardaba con impaciencia, montado en su tordillo. Había accedido a llevar consigo a una empleada de la estancia, Cachila, para que ayudase a la recién casada a instalarse. Se decía que era sólo por un tiempo, pues Elizabeth debería acostumbrarse a vivir como esposa de un hombre de campo, no como una dama de refinados salones.

Abandonaron los patios de la estancia cuando ya el cielo se tornaba violáceo y, al llegar a la "casita del monte", como le decían a aquella vivienda alejada, despuntaban las primeras estrellas.

La casa era cuadrada, sin tejas ni alardes de arquitectura, muy parecida a la pulpería del camino. Gozaba de cierto encanto otorgado por el entorno: un monte de espinillos que cubría el repecho de una colina y las sierras del Tandil coronando la distancia. La oscuridad de la noche la volvía triste, sin embargo, pues no había luces en el zaguán ni flores en las ventanas. Cachila resultó ser una muchacha entusiasta. Tomó la responsabilidad de acompañar a "la señora" como una tarea que la elevaba de categoría y se dedicó a ella con devoción. Saltó del carro y corrió hacia la casita, sujetándose la falda para no enredarse con las matas, mientras anunciaba a los gritos que ella se encargaría de iluminar el camino con un mechero.

El interior era más simple aún: todas las habitaciones daban al zaguán de la entrada, embaldosado de rojo; los cuartos sólo estaban encalados y las ventanas carecían de postigos. "Al menos, tenemos dos dormitorios", se dijo Elizabeth, pensando en Cachila. No se le pasó por la cabeza que la muchacha durmiera en un jergón sobre el piso de la cocina, como la propia Cachila tenía decidido. Los muebles eran de rústica madera y, al igual que en casi todas las viviendas de campo, las paredes estaban llenas de ganchos para colgar lo indispensable. Elizabeth tomó nota de poner algunas láminas de sus días en la escuelita.

—Encenderé un fuego —anunció Fran a su espalda, sobresaltándola.

El frío se había enseñoreado de la casa vacía.

Elizabeth se quitó el sombrerito y la chaqueta, dispuesta a iniciar sus tareas domésticas.

—¿Qué haces? —la increpó Francisco.

Nuevo sobresalto.

—Sólo iba a limpiar un poco para colocar nuestras cosas.

—Déjalo. Que lo haga Cachila, para eso vino. Acércate al fuego —ordenó.

Elizabeth frunció el ceño y se aproximó al rincón de la chimenea. Las llamas dieron calidez al ambiente, aunque también iluminaron la desnudez del cuarto. La joven repasó mentalmente una lista de lo que haría falta para darle a esa pieza calor de hogar.

—¿Cómo te sientes? —la interrumpió otra vez Francisco.

De sobresalto en sobresalto, ese hombre no le daba tregua. Ella frotó sus manos delante del fuego antes de responder.

—Cuando nos instalemos me sentiré a gusto, como en casa.

"Mentirosa", pensó él.

—Nos instalaremos de a poco —sentenció—. Haré traer algunas cosas de la ciudad de los Padres de la Laguna pero no te ilusiones, que aquí en el campo sólo se usa lo necesario, todo lo demás es superfluo.

Elizabeth frunció aún más el ceño y siguió calentándose las manos sin decir palabra.

—Esta casa era de un puestero que se mandó a mudar sin aviso. Los inviernos son crudos y se ve que no pudo soportarlos, sobre todo si tenía mujer. Las mujeres suelen tener fantasías sobre la vida en estos parajes, creen poder convertirlos en jardines y luego sentarse a contemplarlos desde una ventana con encajes, bordando en bastidores. La realidad les demuestra que la pampa se traga todo.

Elizabeth no podía creer lo que oía. ¿Qué pretendía su nuevo esposo? ¿Asustarla? ¿Castigarla? Una furia creciente la dominó y apretó los labios.

—Ya sabes que no puedo ofrecerte más que techo y comida —prosiguió, implacable, Fran—. El anillo de mi abuela es mi única herencia, todo lo demás es trabajo por hacer. Iré todos los días a recorrer la estancia, haciendo de capataz en el mejor de los casos, de peón en el peor. Zaldívar sabe que estoy a su disposición para lo que necesite. No te dejaré sola, sin embargo. Mañana, cuando llegue al casco principal, enviaré a dos hombres que se turnarán para vigilar esta parte del terreno. Si bien el fortín se encuentra cerca, no hay que descuidarse. El indio es taimado y ataca cuando menos se lo espera.

Fran se interrumpió de pronto, consternado al recordar que él también era un indio. Elizabeth contempló en silencio el perfil adusto de su esposo. Vio sus rasgos, recortados con mayor crudeza a la luz del fuego. Observó sus labios apretados, la mandíbula contraída, la fijeza de su mirada, tan extraña. A pesar de la furia que le provocaban sus embates, sintió una oleada de ternura por ese hombre solitario.

"Se desprecia", pensó. "Quiere que yo también lo haga." Esa súbita comprensión ahogó las duras palabras que pensaba decirle y optó por actuar como si nada le hubiese afectado.

—Veré si Cachila puede prepararnos un chocolate antes de dormir —dijo, y salió rumbo a la cocina, dejando a Fran sumido en sus pensamientos.

Más tarde, él se sorprendió al descubrir que entre las dos habían organizado el dormitorio: los baúles de viaje flanqueaban la cama, cubiertos con mantas, y una lámpara de querosén iluminaba el zaguán desde la entrada. Francisco comprobó que Elizabeth había resuelto de manera práctica la ubicación de los pocos muebles, dejando más espacio para transitar de un cuarto al otro. La mesa de comedor había sido arrimada a la pared y sobre ella, un jarrón contenía varas amarillas y cortaderas. Pobres intentos de hacer un hogar de una casa destartalada que tuvieron, sin embargo, el poder de ablandar el ánimo de Francisco.

—Se ve distinto —comentó.

Elizabeth sintió un chispazo de ira que contuvo al instante. ¿Sólo eso diría ese hombre?

—Se verá mucho mejor cuando terminemos de decorarla —contestó, con aire resuelto.

Cachila se había escabullido con discreción, así que estaban solos en el dormitorio. La cama se hallaba cubierta con una colcha de retazos de colores. Francisco pasó la mano sobre el tejido.

—¿Y esto?

—La hice yo —respondió, orgullosa, Elizabeth—. En mis ratos libres.

Fran la miró con incredulidad. Jamás la había visto haciendo manualidades de ninguna clase, aunque sabía que trabajaba duro con los niños en el aula.

—Voy a pedirle al Padre Miguel que me envíe la bibliotequita que nos regalaste —siguió diciendo—. Al menos, mientras no sepa dónde dar mis próximas clases, la pondré aquí —y señaló un rincón desnudo del cuarto.

—¿Tus clases? ¿Qué clases?

—Las que pienso dar cuando me asiente. Supongo que por aquí habrá niños a quienes...

—Ni se te ocurra. Olvídate de las clases. Ahora eres una mujer casada y tu tarea es mantener esta casa limpia y ordenada.

Aplacar la ira se estaba volviendo cada vez más difícil. Elizabeth suspiró, mientras se sentaba en el borde de la cama y se quitaba las hebillas del pelo. Fran, de pie en el quicio de la puerta, la contemplaba sin saber qué hacer ni decir. La idea de que ella trabajase no se le había cruzado por la cabeza, a pesar de que su situación no era ventajosa. A decir verdad, al tomar la decisión de casarse con la señorita O'Connor, no se había imaginado nada más que tenerla a su disposición, calentándole la cama. Hasta el momento, no había pedido nada más a las mujeres. Debió sospechar que, con Elizabeth, la situación sería diferente. *Ella* era diferente a todas las mujeres que había conocido. ¿Qué otra habría dejado una vida confortable en su país para aventurarse en tierras hostiles y ocuparse de niños olvidados?

—Supongo que puedo esperar a que nazca el bebé —repuso la esposa con falsa dulzura—. Aunque falta mucho para eso y me siento en perfecto estado. No creo que leer o escribir me provoque daño. ¿Acaso los peones de la estancia no tienen niños? ¿Asisten a alguna escuela?

Al tiempo que hablaba, Elizabeth seguía quitándose las prendas una a una, con exasperante lentitud y asombrosa indiferencia por el hombre que la observaba, mudo y de pie.

—Mañana, cuando vayas a la casa principal, pregúntale a doña Inés si puede reunir a los peones de más confianza y lograr que sus hijos asistan a clases. Sé que no puedo pretender seguir en el plan de enseñanza del Presidente porque... bueno, las circunstancias cambiaron, pero al menos me sentiré útil enseñando a los niños. Es lo que mejor hago —añadió, sacándose la blusa y mostrando una camisa que transparentaba la ropa interior.

Fran tragó saliva.

—Sé también que no podrán pagarme, aceptaré lo que sus padres quieran ofrecer. De seguro nos vendrán bien huevos frescos, miel, dulces o tortillas. Estoy preparada para manejarme de ese modo. Allá en mi tierra, las maestras comentan que se les paga en especie, porque no tienen dinero —y Elizabeth dejó deslizar la falda del traje, mostrando unas enaguas que se adherían a las curvas de su trasero.

Fran contuvo la respiración. Era un hombre experimentado, conocía todas las calidades de ropa interior femenina, no debería conmoverlo ver unas enaguas de puntilla y, sin embargo, la visión de la recatada señorita O'Connor desvistiéndose ante sus ojos le resultó excitante.

Elizabeth ignoró a su esposo cuando se subió el ruedo de la enagua para desenrollar las medias de seda; al llegar al zapatito, desprendió los botones con lentitud, como si requiriese mucha concentración. Por fin, se volvió hacia él.

—Ayúdame, por favor —dijo, y le mostró los corchetes del corpiño de encaje que doña Inés había insistido en comprarle.

Era una prenda pensada para la seducción, inconcebible bajo las ropas de institutriz que llevaba siempre la señorita O'Connor. ¿Acaso ella escondía esos primores disimulados bajo los cuellos altos, las faldas sin adornos y los chales que le conocía?

Los dedos de Fran temblaron un poco al tocar la espalda de Elizabeth. La tibieza de la piel se transmitió a sus manos y se encontró torpe en sus intentos de desnudarla. Eso le molestó.

—Ya está —dijo con brusquedad—. El resto puedes hacerlo sola.

Ignorando la descortesía, impropia de un recién casado, Elizabeth colgó las prendas de uno de los ganchos mientras decía:

—Mañana buscaré ramas apropiadas para hacer un perchero.

Luego levantó los brazos para quitarse el *bustier*, dejando que sus pechos desbordaran el escote. La maternidad había agrandado sus senos, de por sí voluptuosos. Francisco no podía despegar los ojos de las curvas de su esposa y al ver cómo el cabello rojizo caía en cascada sobre la espalda desnuda experimentó tal tirón en la ingle que temió desgraciarse allí mismo. Había imaginado una noche de bodas donde él fuese el conquistador, tomaría lo que le correspondía por derecho y cumpliría su papel. No pensó jamás que sería seducido por su propia esposa, la maestrita remilgada de la que él siempre se había burlado.

La joven se inclinó sobre una pila de ropa y extrajo un camisón y una bata que hacía juego.

—Deja eso —dijo de pronto Fran, con voz ronca.

Ella aguardó, de espaldas, conteniendo el aire.

—Quiero verte así, desnuda.

Las palabras cayeron sobre Elizabeth como una avalancha de sensaciones. Su corazón latió de prisa, las manos temblaron y una oleada de rubor cubrió sus pómulos y su cuello. Desde atrás, el aliento de Fran entibiaba su nuca.

—Estás muy hermosa —murmuró—. No te lo había dicho.

Elizabeth sonrió apenas. ¡Por fin un atisbo de normalidad en el temple de aquel hombre tan duro con los demás como consigo mismo!

—¿En serio? —susurró ella.

Por toda respuesta, Fran tomó su cintura con ambas manos y midió su tamaño, más agrandado. "Crece", pensó, aunque no lo dijo. Quizá Elizabeth no deseara pensar en el bebé en esos momentos. Sabía que las mujeres, al ser madres, perdían algo de sensualidad, ocupadas en alimentar a sus hijos y en velar por ellos. Esperaba que en Elizabeth, tan práctica en tantas cosas, ese tiempo no durase mucho. De repente se sentía muy atraído por su mujer, la veía con nuevos ojos, más atrevida, más consciente de su feminidad que antes. Dejó que sus labios recorriesen el hueco que se formaba entre el hombro y el cuello, humedeciéndolo y creando un agradable cosquilleo. El estremecimiento de Elizabeth le confirmó que lo había logrado.

—Tan bella… —siguió murmurando sobre su piel— y tan suave aquí.

Tocó el sitio donde el pecho se abultaba y las yemas callosas formaron un camino que se detuvo junto al pezón. Elizabeth temblaba.

—Hace tiempo —prosiguió la voz seductora— que no te tengo en mis brazos. Y ahora puedo hacerlo cuantas veces quiera. ¿Te asusta eso?

Elizabeth negó con un movimiento imperceptible. Las rodillas apenas la sostenían. El contacto con su esposo, por mínimo que fuese, la reducía por completo. Un golpe seco le reveló que Francisco había cerrado la puerta con el pie. ¡Se había olvidado de Cachila! La pobre muchacha debía estar horrorizada si vio algo de lo que sucedía entre ellos. Fran no le dio tiempo a sentir más escrúpulos. La pegó a su cuerpo con frenesí, mientras sus manos se arrastraban sin delicadeza por su vientre hasta formar un nido entre sus muslos. Elizabeth dio un respingo. Jamás la había tocado así, como si la disfrutara de a poco, degustando su cuerpo, conociéndolo palmo a palmo. Una sensación, mezcla de triunfo y placer, la invadió.

—Date vuelta —ronroneó él.

Una vez de frente, Fran acercó a Elizabeth tomándola por las nalgas, apretando su pubis contra el suyo, frotándolo y creando sensaciones que la joven no podía controlar. Ella dejó escapar suspiros entrecortados, sonidos de los que no se sabía capaz, cerrando los ojos y abandonándose al placer con rapidez.

—De a poco —sugirió su esposo—. Deja que disfrutemos los dos.

Elizabeth no entendió y se ofreció a las caricias apremiantes como un niño pequeño, segura de recibir lo que deseaba de manos de Francisco. Sus contactos íntimos habían sido pocos y veloces, no sabía cuánto podía depararle una noche entera de amor.

Francisco continuó acariciando sus nalgas mientras con los labios buscaba rincones donde depositar besos húmedos, succionando la piel, creando punzadas de dolor mezcladas con placer. Contempló con satisfacción la pequeña marca rojiza sobre el hombro de su esposa. Él siempre se cuidaba de no dejar huellas de pasión, pero no iba a privarse del placer de marcar a su mujer, sobre todo si la ropa iba a cubrir después esos mordiscos delatores. Elizabeth echó la cabeza hacia atrás con indolencia, y la cascada de cabello cubrió las manos de Francisco, cautivándolo. La levantó, obligándola a rodearlo con las piernas para no caer. En esa posición descarada, él la apoyó contra la pared, oprimiéndola. Los calzones de Elizabeth se habían humedecido y la muchacha se contorsionaba, presa de las primeras oleadas de excitación.

—No. Todavía no —dijo él, y la hizo descender arrastrándola por su cuerpo.

Elizabeth abrió los ojos, decepcionada, y encontró la mirada ardiente de su esposo fija en su boca.

—Bésame —ordenó.

En ese momento, no le importó que su tono fuese de mando ni que, mientras ella apoyaba con timidez sus labios sobre los del hombre, él la sostuviese por las nalgas y las masajease con avidez, hundiendo la tela del calzón hasta introducirla en la hendidura de su trasero. Elizabeth estaba más allá del entendimiento, desnuda de la cintura para arriba, con el cabello en desorden y una sola prenda interior puesta. Si en aquella habitación hubiesen tenido espejos, la imagen que le devolverían habría sido lujuriosa y decadente. No se avergonzaba, sin embargo, y eso la asustaba. En su país, la libertad concedida a las mujeres también iba acompañada de severas restricciones morales, como contrapartida. Eran libertades para ciudadanas, no para mujeres presas del amor, como ella.

—¿Me sientes? —murmuró Fran en su oído, distrayéndola.

Elizabeth trató de sondear las profundidades doradas de aquellos ojos intrigantes, que parecían devorarla sin contemplaciones. Sintió la amenazante dureza a través de los pantalones de su esposo y supo que él se refería a eso. No debía permitir a su mente dispersarse, porque así no podría controlar sus sensaciones.

Francisco se apoderó de la boca de Elizabeth con decisión, hundiendo la lengua con fiereza hasta la garganta, desquitándose con ella de la atracción que le provocaba, muy a su pesar. La muchacha permitió ese avasallamiento con dulzura, como si de aquel hombre no pudiese esperar nada malo o perverso. Esa confianza lo desarmó. Más tierno, saboreó la boca de Elizabeth hasta que la notó de nuevo entregada sin escrúpulos, y entonces la levantó para depositarla en la cama. Se incorporó y contempló las redondeces expuestas sólo para él. Elizabeth tenía una figura plena de carnes y suave de piel, rosada en algunos sitios y muy blanca en otros. Las pecas desparramadas por su cuerpo le daban un aspecto infantil que contrastaba con su voluptuosidad y lo excitaba más aún.

Le quitó los calzones en un solo movimiento y sonrió ante el quejido de ella.

—No me escondas nada —justificó.

Sin embargo, Elizabeth le reservaba una sorpresa:

—Tú tampoco.

La respuesta atrevida lo divirtió. La joven tenía agallas. Sin dejar de mirarla y sin permitir que ella se ocultase a sus ojos, Francisco se despojó de la ropa en un santiamén, sacando las prendas de a dos y arrojándolas lejos de sí, sin importar dónde.

La parte práctica de Elizabeth salió a relucir en ese momento:

—Van a ensuciarse. El piso…

—Shhh… no importa. Cachila las lavará mañana.

La referencia a la criada fue un error: Elizabeth desvió sus ojos hacia la puerta, como si temiese ver aparecer a la muchacha en pleno desborde de pasión conyugal. Fran le tomó la cara en sus manos y la obligó a enfrentarlo.

—Mírame cuando te hago el amor —ordenó—. Sólo puedes mirarme a mí, Elizabeth, así sabré que no piensas en nadie más cuando te penetro.

Las palabras sonaron duras y avergonzaron a la joven. Los modos brutales de su esposo le quitaban el aliento, pues no acababa de acostumbrarse a uno cuando ya aparecía otro, peor que el anterior. Ni los requiebros de los hombres del Sur ni los corteses modales de los yanquis se parecían a las encendidas pasiones que ella había visto en aquella región del Plata. Los porteños con su labia, los provincianos con su reserva, todos trasuntaban la misma pasión, una avasalladora pretensión de dominio que hacía de las mujeres una presa fácil. ¿Qué diría la señora Mann si supiese que había quemado sus alas en ese fuego incandescente?

De nuevo Fran la percibió distante.

—Elizabeth.

Le había abierto las piernas sin que ella lo advirtiera y su mano jugueteaba entre ellas, intentando hacerla volver de su ensimismamiento. Una humedad incontrolable se deslizó desde adentro de su cuerpo y Elizabeth comprobó con estupor que a Francisco le complacía mojar en ella sus dedos. Sonreía mientras hundía dos de ellos en su interior, hasta arrancarle un respingo. Luego, sin aviso, retiró los dedos y mojó los pezones de Elizabeth para chuparlos uno por uno, saboreando ese contacto como si fuese un dulce. Ella le tomó la cabeza entre las manos, dudando entre retirarlo o apretarlo más contra su carne. Fran aprovechó la indecisión para dejarse resbalar sobre el vientre de su esposa, hasta que sus labios rozaron el vello del pubis. Allí se detuvo, y con la misma fruición degustó el sabor oculto entre sus piernas. Los leves sonidos que producía abochornaron a Elizabeth y la hicieron resistirse, pero la fuerza de las manos de Fran la retenía contra la cama. Cuando creyó que ya no podría soportar la excitación y la vergüenza, él abrió la boca y la sorbió entera, desatando una oleada de frenesí que arrancó un grito de la garganta de Elizabeth, seguido de un abandono desconocido para ella. Una y otra vez sus caderas se elevaron, sus ojos miraban sin ver el techo blanqueado donde las sombras de los candiles danzaban, y las manos ya no sujetaban la cabeza de Francisco, sino que se aferraban al respaldo de la cama para no desprenderse de ella, como si aquel sostén fuese lo único cierto en su vida. El goce pareció eterno y, cuando menguó la excitación, todavía sintió impulsos pujantes en su vientre y el deseo de que algo la completase muy adentro suyo. Ese deseo no tardó en satisfacerse. Apenas Fran advirtió que su esposa había alcanzado el éxtasis, se hundió en su cuerpo con rapidez, frotando las partes todavía palpitantes con su miembro henchido, para luego embestirla con movimientos duros que no dejaban lugar para el resuello. Los jadeos roncos que acompañaban esos embates formaron una neblina de pasión que adormecía a Elizabeth, impidiéndole darse cuenta de que acariciaba los glúteos de su esposo, pronunciando palabras sin sentido, jadeando también, y que su expresión era la de una mujer entregada sin reparos, sin pensar en el pasado ni contemplar el futuro, disfrutando el momento único de la fusión de dos cuerpos.

Los cobijó un letargo propio de las pasiones satisfechas. En la penumbra del cuarto, Francisco volvió a amar a su esposa dos, tres veces, hasta que el alba tiñó de rosado las paredes de la casita y las aves trinaron cerca de las ventanas.

Elizabeth se volvió, entre sueños, y su mano vagó por la sábana, buscando el ansiado contacto. Al tocar la tela fría, despertó de golpe y descubrió que estaba sola. Sobre la cama, en desordenado montón, las ropas de ambos, mezcladas como lo habían estado sus cuerpos; y un extraño paquete sobre uno de los baúles que oficiaba de mesita de luz. Se desperezó, olvidando que estaba desnuda, y la sábana resbaló sobre sus senos. Se cubrió de inmediato, lanzando un vistazo hacia la puerta cerrada. ¿Dónde estaría Cachila? ¿Se habría ocupado del desayuno de su esposo antes de que partiese? Pensando cómo encarar el primer día de su vida de casada, comenzó a desenvolver el paquete, que llevaba un cartelito con su nombre y una cinta rosa. Ante sus ojos incrédulos apareció el rostro radiante de la muñeca que tanto había deseado mientras cosían su traje de novia. Lucía un atuendo de raso verde con cintas doradas, un coqueto chal anudado en el pecho y dos peinetas de carey sujetando el blondo cabello.

Del bracito de la muñeca pendía otro cartelito donde se leía: "Para mi esposa, regalo de bodas".

CAPÍTULO 35

Salinas Grandes, septiembre de 1871

Calfucurá sonríe con disimulo al escuchar el parte de Benito Railef, su indio espía. Ha hecho bien en enviarlo a los toldos de Quiñihual, entreverado con la chusma. Benito le confirma lo que sospechaba: el traidor se ha rendido sin luchar. Maldito Quiñihual. Tras asegurarse de que él se ocuparía de su hija, lo traiciona. Ya le hará pagar caro su revés.

Calfucurá conoce cosas que nadie más sabe, datos que obtiene con sus indios espías y sus propias facultades adivinatorias. Por ejemplo, que Quiñihual tiene un hijo, su único heredero varón. Recuerda bien a la hermosa cautiva que se llevó a los toldos aquella vez. Él mismo la codiciaba, pero en aquel momento la autoridad era de Quiñihual. Ahora es distinto, Calfucurá manda sobre todos los indios del desierto y eso quedará claro cuando lance el gran malón sobre el blanco.

Primero Catriel, ahora Quiñihual. Indios felones, tendrán su castigo. Ya se cuestionaron los campos azuleños concedidos a Catriel, y otro tanto ocurrirá con Quiñihual. Desde que se fundó el pueblo de Olavarría, el blanco desató la guerra sin cuartel. El año anterior, con los cambios de autoridades en la frontera, el gobierno dejó bien a las claras que quiere avanzar hasta el río Negro.

"Indios tontos", piensa Calfucurá, resentido. ¿No saben que los engañan, prometiendo raciones que después no envían? "Mal tráfico de raciones" lo llaman. ¡Lindo nombre para el robo que hace el jefe de la frontera cuando le parece! No hay "indio amigo" para el blanco. Calfucurá conoce bien la táctica del *huinca*: predisponer a unos indios contra otros. Hace unos años, los catrileros fueron agasajados por el general Rivas en Azul, mientras se desacreditaba a los caciquillos de Tapalquén, acusándolos de robo. ¡Como si no los hubieran gratificado antes con raciones, del mismo modo que ahora a Catriel! "Se dejan comprar por un uniforme, un tricornio y una montura con pistolera", gruñe entre dientes, mientras observa a Benito Railef alejarse.

Calfucurá no olvida. Recuerda bien cómo Catriel ayudó al coronel D'Elía a capturar a los rebeldes en laguna de Burgos, sobre el camino que va de Azul a Tapalquén, cuando los tapalqueneros sólo parlamentaban, sin atacar a nadie. Lo sabe porque algunos se refugiaron con él en su tierra. Le contaron que hubo ochenta muertos, entre ellos caciques como Calfuquir, y cuatrocientos prisioneros, hasta mujeres y niños, muchos de los cuales el propio Catriel ofreció custodiar.

En un arranque de furia, Calfucurá aprieta los puños. ¿Cuántos caciques y capitanejos ven morir sus días en la isla de Martín García? Ése es el destino del indio vencido, cuando no el ejército o la servidumbre.

—Ya falta poco —dice con voz ronca.

Sus ojos perspicaces calculan la distancia que lo separa de la línea de fortines. Paladea una venganza que abarcará a todos, blancos e indios traidores como Catriel, y ahora Quiñihual.

Empezará por la más fácil, la que tiene más a su alcance.

"Francisco Peña y Balcarce", murmura para sí, degustando el nombre en sus labios. "Eres hombre muerto."

Francisco cabalgaba sumido en sus reflexiones. La noche anterior había perdido el juicio en brazos de su esposa, igual que en las oportunidades anteriores. Hacer el amor con Elizabeth lo arrastraba a un pozo de perdición: comenzaba dominándola y acababa esclavo de sus pasiones. Eso le molestaba. No estaba acostumbrado a perder el control y no soportaba que le ocurriese justo ahora, cuando tampoco controlaba su futuro. Mientras dejaba que Gitano descubriese el camino hacia las casas, sorteando las vizcacheras y atravesando cardales, fue desgranando los dulces recuerdos de su noche de bodas. ¿Habría abierto su regalo ya? Apenas su madre le comentó, risueña, el antojo de Elizabeth por aquella muñeca maniquí, supo que ése era el regalo adecuado. Elizabeth era una extraña combinación de ternura infantil y pasión de mujer. La noche vivida lo confirmaba. Sus avances la asustaban al principio y después la impulsaban a mostrar su propia sensualidad desbordada. Una mujer sensual, quién lo hubiera dicho. Tenía todas las dotes para serlo, aunque la educación recibida la había moldeado con severidad. Había en Elizabeth una veta de mojigata que, por fortuna, no podría desarrollarse allí, en el Río de la Plata, donde las mujeres hacían gala de franqueza y desenvoltura. Llegó al casco de la hacienda sin darse cuenta. Lo recibieron el mugido de las vacas, las voces de los peones, los ladridos de los perros y las calandrias cantando a todo trapo.

Alguien estaba de visita en El Duraznillo.

El capitán Pineda se hallaba en el pabellón de la cocina. En las estancias del país, la entrada al casco solía hacerse por atrás, en medio del desparramo doméstico. Pineda disfrutaba de la confianza de don Armando, lo que eliminaba cualquier protocolo entre ellos. Por otro lado, era un hombre de armas, acostumbrado a la vida rústica, y se habría sentido incómodo si lo tratasen como a un visitante ilustre.

Francisco lo tenía entre ojos desde la vez del rescate de Elizabeth.

—Buenas —masculló antes de desmontar.

El capitán lo saludó con fría cortesía.

—Muchacho, no pensaba que vendrías el primer día de tu luna de miel —bromeó Armando Zaldívar.

Pineda, al tanto ya de los acontecimientos, ofreció sus buenos augurios.

—El capitán me estaba informando de los movimientos del gobierno —repuso don Armando, ignorante de la tirantez— y yo le retribuyo contándole de nuestros nuevos huéspedes —e hizo un ademán hacia las tierras donde se aposentaba Quiñihual.

—Necesitaría dos hombres de patrulla para proteger la casa del monte, Armando. No me quedo tranquilo si mi esposa se encuentra sola allá.

—Por supuesto. ¡Faustino! ¡Silvio!

Dos peones acudieron al llamado del patrón, ajustándose las fajas. En tiempos como esos, todo hombre estaba listo para lo que fuera, y a ello se debía, en gran medida, el aparente desorden en movimiento de las estancias fronterizas.

—Monten y vayan ahora mismo a los campos de los espinillos, a custodiar. Sobre todo, no pierdan de vista la casita del monte, donde ahora vive la señora de Peña y Balcarce.

El nombre con que Armando Zaldívar proclamaba que Elizabeth era suya sonó en los oídos de Fran con retumbo de placer mezclado con culpa. No pensaba aclarar las cosas en presencia de extraños. Ya vendría el momento en que todos supiesen que él no era más un Peña, sino un Balcarce a medias, una combinación de la sangre india con la criolla de una de las familias más ilustres. Al capitán Pineda no le incumbía nada de aquello.

El milico observaba a Francisco con intriga.

—Así que de ahora en más vivirá por acá —dijo.

Fran ató las riendas de Gitano al palenque y asintió, pensando en otras cosas. Se preguntaba si dos hombres serían suficientes como custodia.

—Muy valiente ha de ser su mujer si se atreve a quedarse en territorio de frontera —siguió comentando, como al pasar.

La mención de Elizabeth arrancó una mirada feroz a Francisco. Si ella estaba viva, no era gracias a la ayuda de aquel hombre.

—Lo digo porque la gente del gobierno está temiendo una represalia de Calfucurá, ese demonio del desierto, y usted vio cómo son esos salvajes, nunca se sabe de dónde vienen ni qué intenciones traen. A propósito, lo veo muy asimilado, señor. Hasta viste como ellos.

La audacia del capitán no conocía límites. Si él hubiera sido el hombre que antes era, le haría tragar sus palabras, aplastándolo como a un insecto. El peón en el que se había convertido no le permitía reaccionar como su sangre le pedía.

—A veces —replicó mordaz— la línea que nos separa de los "salvajes" del desierto es muy fina, capitán.

La respuesta no satisfizo al militar, que lo miró enconado. Las advertencias de su baqueano todavía repicaban en sus oídos: "El señorito ese no es lo que parece."

Zaldívar intervino, sin dar muestra de captar las ironías:

—Las noticias frescas dicen que los indios están resueltos a impedir que la frontera avance hasta el río Negro. Y ya se habla en Buenos Aires de la necesidad de construir una zanja que nos separe de los malones. El vicepresidente Alsina tiene muchas ideas, aunque Sarmiento no lo deja actuar como él querría. Me pregunto si una fortificación de tal magnitud será la solución.

—Vea, don Armando —dijo Pineda—. Con todo respeto, la gente de la ciudad poco y nada sabe de lo que se vive acá, en la frontera. Tal vez ese señor Alsina crea que es fácil construir una zanja de lado a lado para frenarle las patas al indio, pero a fe mía que antes de que pueda cavarse una sola fosa ya tendrán a los rebeldes encima, pasándolos a degüello. Es que los desgraciados tienen el apoyo de los estancieros chilenos y de los comerciantes, que salen ganando con sus correrías. Guerra ofensiva, no defensiva, eso es lo que debe hacerse, digo yo.

Francisco evocó la imagen del caudillo Alsina y recordó haberlo visto frecuentando los piringundines de los suburbios, oliendo a colonia. Más de una vez se había cruzado con su figura corpulenta y atractiva. Si ese hombre se había empeñado en construir una zanja, lo haría sin lugar a dudas, pese a los recelos del capitán Pineda y de cualquier otro milico de los fortines. Los porteños no estaban tan ausentes de lo que ocurría en el interior del país, mucho menos de lo que ocurría en las ricas tierras de Buenos Aires.

El capitán Pineda parecía esperar algún retruque de Francisco que no se produjo y, entonces, decidió partir. Su figura se perdió entre las lomadas junto con el eco de los cascos.

—Es un buen hombre —comentó Armando, conciliador—. Un poco rústico, pero de ley.

Fran no quiso comentar lo que pensaba del capitán y de su baqueano; eran cuestiones suyas. El resto de la jornada transcurrió sin sobresaltos. La tribu de Quiñihual no se dejaba ver y los hombres de Zaldívar cumplían sus tareas con la eficacia de siempre. Francisco acompañó al patrón en su recorrida, observando los campos de pastoreo en los que Zaldívar pensaba sembrar nuevas praderas para el engorde. La carne enfriada era aún una mera posibilidad, aunque en el extranjero ya se hablaba de buques frigoríficos. Había que adelantarse a los acontecimientos, regla primera para un productor. Francisco intuyó que Julián había elegido partir antes del amanecer para evitar el encuentro. También captó tristeza en el hombre que cabalgaba a su lado y lamentó no poder aliviarla, pues él mismo se torturaba con la culpa. Discutieron sobre los planes de inmigración de Sarmiento, compartidos por otros progresistas de Buenos Aires, como Avellaneda y Alberdi. El padre de Julián tenía ideas claras al respecto sin ser obstinado, lo que le daba ventaja sobre algunos ganaderos recalcitrantes que ya habían plantado pie de guerra contra el gobierno. A Francisco le agradaba participar en los proyectos de don Armando. La vida de campo tenía una cualidad sanadora que él necesitaba con desesperación. Lo único que le preocupaba era que Elizabeth no sintiese lo mismo y que, tarde o temprano, sucumbiese a esa necesidad femenina de distraerse con frivolidades o conocer lugares nuevos. No se había dado cuenta de hasta qué punto su aislamiento lo había convertido en un ermitaño.

Al atardecer se encaminó hacia el monte sin compartir el mate de los peones. Estaba ansioso por ver a su esposa y ninguno lo criticó por ello. Desde lejos avistó una luz en la ventana y esa visión cálida lo reconfortó. ¿Así se sentirían los esposos en cada regreso al hogar? Se preguntó qué sorpresa le tendría preparada su mujercita, si habría buscado flores para adornar los rincones o estaría bordando un mantel para engalanar la mesa. Quizá hubiese puesto la muñeca sobre uno de los baúles del dormitorio. Eso le agradaría. Sintió cierto nerviosismo al pensar en su regalo. Imaginó de qué modos ella se lo agradecería y su ingle palpitó, traicionera. Elizabeth no estaba en el comedor, ni tampoco en la cocina guisando, como la había imaginado. Cachila lo saludó con una sonrisa nerviosa y siguió enredada en sus quehaceres. Fran dirigió sus pasos hacia el dormitorio y la halló sentada sobre la cama, inclinada sobre algo que tenía en su regazo. Llevaba un vestido que él no le conocía, estampado con flores azules. Estaba tan ensimismada que no advirtió su llegada. "Ni siquiera oyó al caballo", se sorprendió Francisco. Tendría que recomendarle que estuviese más atenta, dadas las circunstancias. Miró a su alrededor, buscando la muñeca, y no la encontró. Eso lo decepcionó, pues esperaba que ella hubiese abierto el paquete.

Elizabeth se sobresaltó al verlo, y se llevó la mano al pecho.

—¡*My God*! —exclamó—. Me asustaste.

—Ya veo. ¿Qué hacías tan entretenida?

La joven cerró el libro que estaba leyendo con un atisbo de inquietud que Fran percibió de inmediato, aunque nada dijo.

—¿Qué lees? ¿Alguna receta de comida, quizá? Porque no vi nada preparado en la cocina.

Si pretendía hacerla reír con ese comentario, no lo logró. Elizabeth se puso de pie y caminó hacia el baúl de su lado de la cama. Guardó el libro y se volvió, dispuesta a ocuparse de los asuntos domésticos.

—Le dije a Cachila que cocinase unas verduras mientras yo ordenaba un poco aquí. Doña Inés me envió por la mañana una cesta llena de comida. Debo ir a agradecérselo. La verdad es que me siento perdida sin lugares donde hacer las compras, ni despensa para organizar los alimentos. Iré acostumbrándome de a poco.

—Eso espero. Tal vez quieras pasar el día de mañana en la casa grande. Supongo que, dentro de poco, doña Inés volverá a la ciudad, y pueden aprovechar el tiempo juntas.

La idea iluminó el rostro de Elizabeth.

—Lo decidiré mañana —respondió, y pasó a su lado rumbo a la cocina.

Francisco se quedó de pie, sintiéndose un tonto por haber esperado un recibimiento especial. ¿Acaso lo merecía, sólo por haberle comprado algo que ella en secreto deseaba? El matrimonio lo estaba reblandeciendo, obligándolo a pensar cosas ridículas.

Desde la cocina le llegó el murmullo de la conversación femenina: su esposa enseñaba a Cachila cómo hervir las verduras sin ablandarlas demasiado. Después de la cena, la sirvienta se retiró a su improvisado lecho y ellos quedaron bebiendo té en el comedor.

—Tenemos que construir un apartado para Cachila —comentó Elizabeth—. No puede seguir durmiendo en el suelo.

—Sospecho que estará acostumbrada.

Ella lo miró con aire reprobatorio.

—Aun así, se puede mejorar, creo yo.

El silencio reinó de nuevo, roto sólo por el tintineo de la taza.

—Hice una lista.

Fran miró a su esposa con interés.

—Anoté algunas cosas que necesito, de esa ciudad que dijiste.

—Los Padres de la Laguna.

—Sí. ¿Queda lejos?

Fran se encogió de hombros.

—Todo aquí queda lejos.

Elizabeth ignoró su poco entusiasmo y prosiguió, mientras sacaba del bolsillo de su vestido un trozo de papel.

—Si hay un almacén, espero que tengan estos artículos.

Francisco tomó el papel que le extendió. Las cosas mencionadas no eran del consumo diario, como él esperaba. Había papel de carta, sobres, tinta para lacre, una pluma de tal por cual, un tintero, una pizarra, tizas, una esponja vegetal y un ovillo de hilo.

Levantó la vista, suspicaz.

—¿Piensas dedicarte a escribir todo el día?

—Voy a ir organizándome para cuando empiece a tener alumnos —contestó Elizabeth con suavidad, al tiempo que recogía las tazas.

Fran respiró con fuerza y contuvo un arrebato de ira. Ella lo desafiaba. Sabía que no veía con buenos ojos que trabajase estando casada y, sin embargo, actuaba en abierta oposición a sus ideas. Esperó a que regresara de la cocina y atacó de nuevo:

—Creía que habíamos dejado en claro unas cuantas cosas.

Elizabeth acomodó el jarrón desportillado, devolviendo a la mesa el aspecto de mueble aparador.

—Tú las dejaste en claro. Yo no expresé mi opinión —respondió.

Francisco entrecerró los ojos, calibrando el humor de su esposa. Ella era una mujercita de engañosa fragilidad.

—Esto no es Buenos Aires, Elizabeth, y mucho menos Boston. Aquí la gente no es tan civilizada ni tiene los mismos intereses que en otras partes. Están más preocupados por sobrevivir que por leer libros.

—Eso es lo que debe cambiar, justamente —porfió ella—. No podemos conformarnos con llevarnos el pan a la boca y sobrevivir. Tenemos que atacar todos los frentes al mismo tiempo.

Casi se echa a reír al escucharla hablar en términos militares.

—¿Atacar todos los frentes? ¿Acaso crees que estás dirigiendo un fortín? ¿De dónde sacas que los paisanos van a mandarte a sus hijos a través de la frontera para que aprendan unas letras o unos cálculos, corriendo el riesgo de quedar aplastados bajo los cascos de los malones? Ya te lo dije una vez hace mucho, Elizabeth, la pampa no es un lugar de recreo como parece que te empeñas en creer. Los niños aquí se hacen hombres de un día para el otro y sus padres los necesitan para la labor diaria. Arrean animales, alimentan a las gallinas, venden los huevos, siembran la huerta si la tienen, y cuando llegan a una edad suficiente, se mandan a mudar, conchabados en alguna estancia o en las levas del ejército.

El tono despectivo con que Francisco aludía a su magisterio, llamándolo "letras y cálculo", acabó con la poca paciencia de Elizabeth. Había pasado un día fatal tratando de acomodar la casa, que se llenaba de tierra al tiempo que la limpiaba; tuvo problemas para elaborar la primera comida porque la cocinita de hierro estaba tapada y hubo que recurrir a uno de los hombres de la custodia para que las ayudara. Cachila tenía buena voluntad, pero era muy joven y algo torpe, la mitad de las cosas había que explicárselas con detenimiento, corriendo el riesgo de que las hiciese mal, después de todo. Además, era una jovencita sensible que a primera hora de la tarde rompió a llorar, creyendo que "la patrona" la iba a despachar vendiendo almanaques por inútil. Le costó un mate cocido y una hora de charla convencerla de que no iba a desprenderse de ella sino que, juntas, aprenderían a manejar esa casa de la mejor manera. Luego descubrió que ni Cachila ni sus hermanos sabían leer, de modo que tomó la determinación de empezar la caridad por casa y ello la condujo a escribir la lista de artículos. Al final del día, se sentía descompuesta y desaliñada, deseaba un baño tibio y un momento a solas. La casita del monte era pequeña y de continuo se tropezaba con Cachila en sus idas y venidas.

Para colmo, su esposo había llegado más temprano de lo previsto, descubriéndola en un instante de intimidad. No pudo dar rienda suelta a su malhumor y ahora estaba pagando las consecuencias.

Se levantó de su silla, enfrentando a Francisco con las manos en la cintura, combativa.

—En primer lugar —siseó—, yo enseño algo más que letras y números. Soy maestra normal, no sé si sabes lo que eso significa. Si vine a parar aquí fue por un error, pues mi misión es la de formar futuros maestros, no deletrear frases o dibujar palotes. No me quejé de mi situación porque la consideré inevitable, dada la pobreza intelectual de la región. Si se podía sacar de la brutalidad a esos pobres niños de la laguna, lo haría. El que sabe lo más, sabe lo menos. Y no soy tan remilgada como para negarme a enseñar el alfabeto por el hecho de estar preparada para niveles superiores. En segundo lugar, estoy esperando un bebé, no estoy enferma ni impedida, de modo que dar clases no es un trabajo forzado. Soy lo bastante sensata como para saber qué me conviene y qué me perjudica. *Never, never in my life*, supuse que el casamiento significase abandonar mis proyectos ni mis sueños. No sé a qué estará usted acostumbrado, señor, pero en mi país la mujer que se diploma es respetada igual que un hombre. Claro que estamos hablando de una tierra civilizada, como bien lo puntualizó, y no del imperio de la barbarie. ¡Cuánta razón asiste al presidente Sarmiento cuando dice que el mal de esta tierra está en las viejas costumbres, que se niegan a desaparecer y dejar paso al conocimiento y a las ciencias! Pobre hombre, lidiando con fantasmas del pasado, cómo lo comprendo, es la falta de luces lo que mantiene a este país en condiciones bárbaras, y así se quedan empantanados en la violencia. Pues bien, señor, sepa que a los ejércitos deben suceder las escuelas. Así está ocurriendo en mi país y así deberá ocurrir aquí, a menos que prefieran desaparecer de la faz de la tierra.

Dicho esto, Elizabeth se retiró al dormitorio, cerrando con estrépito la puerta. El golpe resonó hasta en las colinas. Los hombres de la guardia habrían escuchado el exabrupto y comentarían la primera rencilla de casados de los nuevos habitantes de la estancia.

Fran permaneció unos segundos inmóvil, con el eco de las rabiosas palabras de Elizabeth retumbando en su cabeza. Luego se levantó y salió a la luz de las estrellas, a liar un cigarro y pensar a solas.

La noche era fresca, cargada de rumores y embalsamada de perfumes. El cardo pampa, la arenisca, los matorrales de espinos, todo tenía su aroma suspendido en el aire nocturno. La quietud era absoluta.

Trató de ver la situación con los ojos de Elizabeth. Ella era una dama acostumbrada a los salones de té y a las tertulias. Aventurera, o de lo contrario ni se le habría ocurrido la idea de viajar al sur, pero no podía evitar medir las situaciones con la vara de la educación que había recibido. Todo lo que sabía provenía de los libros y eso era lo que marcaba la diferencia entre ella y los demás. Las gentes de por allí habían aprendido "del libro de la vida", como le decía Ña Tomasa cuando él era niño. Por más intentos que hiciera Elizabeth de pulir su condición, la pampa terminaría tragándoselos a todos. Se salvarían aquellos que pudiesen viajar a Buenos Aires, donde las luces del progreso comenzaban a titilar de a poco. El resto del país era un hervidero de pasiones, no se había aposentado aún el polvo de las guerras internas. Elizabeth se toparía con el muro de la realidad y él recogería los pedazos, para evitar que se hiciera más daño. Torció el gesto al recordar el modo petulante en que lo había enfrentado. Una vez más, mostraba tener agallas. En su fuero interno, estaba orgulloso de ella aunque, como marido, no debía permitir que los humos se le subieran a la cabeza. Cuanto antes comprendiera que se había casado con un don nadie, mejor. Lanzó un último vistazo a la negrura, que se le antojaba reconfortante ante la perspectiva de enfrentarse con su esposa, y entró. Le pareció que Cachila se removía en su jergón. Se habría entretenido con la discusión de los patrones, sin duda, y ahora fingiría dormir a pata suelta.

Al entrar en el dormitorio, Elizabeth ya había apagado la mecha y dormía dándole la espalda, demostrando su hostilidad. Suspiró, aliviado. La conversación no sería esa noche. Mejor, no convenía cargar las tintas en un mal día. Se despojó de su ropa y caminó hacia el catre que sostenía la jofaina. Se lavó a conciencia y luego buscó a su alrededor algo que ponerse. La primera noche había dormido desnudo, claro que en circunstancias muy diferentes: había sido su noche de bodas y la Elizabeth que lo esperaba era una dulce y apasionada mujercita a la que su desnudez no había irritado, sino excitado. Esta Elizabeth sería capaz de plantarle un jarrón en la cabeza si lo veía con tal traza. Revolvió en su baúl y no halló nada. Maldición, tal vez estaba buscando en el baúl equivocado. Con sigilo abrió el otro, cuidando de no golpear la pared con la pesada tapa y distinguió algo: un libro de tapas azules. No recordaba haber embalado libros junto con su ropa. ¿Qué libro sería? Lo tomó, después de echar un vistazo a Elizabeth y asegurarse de que dormía, y se aproximó a la ventana para verlo mejor. Una fecha estaba grabada en la tapa. Qué curioso, era de los años presentes. Abrió la hoja marcada por una cinta y una imagen en negro y blanco saltó ante sus ojos. Él veía bien en la oscuridad, así que captó con nitidez el dibujo de su esposa sentada junto a una laguna, con las piernas recogidas bajo la falda y el rostro vuelto hacia arriba, contemplando unas gaviotas en bandada.

Quedó estupefacto. ¿Qué era aquello? Siguió pasando las hojas y en cada una vio a su Elizabeth en distintas poses, todas seductoras, combinando esos matices opuestos de su personalidad que él estaba descubriendo día a día: Elizabeth escribiendo en la pizarra, Elizabeth tomando a un niño de la barbilla con dulce expresión, Elizabeth montada a lomos de un caballo, Elizabeth parada en la orilla del mar...

Sólo una persona entre todas podría haber conocido tanto a su esposa como para lograr bocetos tan fieles al modelo. Una furia colosal subió desde sus entrañas y acaloró su pecho. Se le crispó la mandíbula y un latido desacompasado aguijoneó sus sienes. Julián. Ella conservaba un álbum donde Julián, enamorado, había plasmado los momentos compartidos. No se detuvo a pensar cuándo habrían compartido tales momentos, pues la virulencia de sus celos no le permitía pensar nada. Todo lo veía rojo. Cerró el libro y lo devolvió al baúl, temblando. Apenas alcanzó a cerrar la tapa y salir del cuarto, que ya estaba atacado por los primeros síntomas. Se arrojó al monte y corrió hasta donde la débil luz del porche no alcanzaba. Se dejó caer, sosteniendo su cabeza, aturdido por la violencia del ataque. No le molestaba tanto que su amigo la hubiese retratado, sino que Elizabeth guardara el álbum con recelo, pues acababa de reconocer el libro que descubrió en sus manos esa tarde y del que ella nada dijo. Se ovilló como siempre, buscando atenuar los estallidos de dolor, hasta que las oleadas remitieron. Esperó la fatídica ceguera, que no tardó en aparecer. En plena noche y oculto entre los matorrales, no le producía tanto desasosiego como cuando la sufría en pleno día. Estuvo tendido en el frío suelo, aguardando. Al cabo de un buen rato, distinguió las sombras de los espinillos sobre su cabeza y algunos jirones de nubes pasando por delante de la luna.

Ya estaba. Podía darse por satisfecho, era el ataque más grande de los últimos tiempos, el más duradero y el más amargo, pues la razón que lo había provocado seguía ahí, latente: Elizabeth no lo amaba.

Sólo la nostalgia por un amor imposible podía llevarla a esconder esos retratos, a ocultarse de su propio esposo para mirarlos. De pronto, una dureza que estaba dejando atrás volvió a apoderarse de su espíritu. Había hecho mal en ablandarse, en buscar regalos para su nueva esposa, hasta en meditar sobre la posibilidad de que ella trabajase, aunque fuese un poco. Eso era lo que ocurría con los machos cuando caían en las redes de alguna hembra, perdían la fuerza y se volvían mansos, despreciables.

Si bien él mismo había promovido la unión entre Elizabeth y Julián al exigir de su amigo la promesa final, eso no justificaba ni hacía más llevadera la sensación de haber sido engañado. ¡Qué patético debía de haber parecido pidiendo algo que, de todos modos, se produciría no bien él muriese! Se levantó con dificultad y se aseguró de que la guardia no anduviese cerca, antes de entrar de nuevo. Cachila dormía de verdad esa vez y Elizabeth no se había movido. Si algo percibió, lo disimuló muy bien. Tal vez fuese una artista del disimulo, después de todo. Sin cuidarse de buscar otra prenda para cambiarse, se acostó en su lado de la cama. Debía oler a tierra, después de haberse revolcado en los matorrales. Qué importaba, que lo aguantara la pérfida. De ahora en adelante, sería el que siempre había sido, el hombre de piedra al que las mujeres buscaban y temían, dueño de sí y jamás sujeto a las veleidades de otro, el Francisco Balcarce mitad indio, mitad blanco.

El que podía dar rienda suelta a su salvajismo, pues estaba justificado con su propia sangre.

CAPÍTULO 36

Elizabeth leyó la carta que le enviaba Aurelia, en la que le daba razón de sus andanzas en Arrecifes, y la guardó en su baúl, doblada en cuatro. Le escribiría no bien Francisco se dignara ir a la ciudad de los Padres de la Laguna a comprarle los artículos que necesitaba. No sabía qué le ocurría: desde la noche en que ella le plantó cara para decirle lo que pensaba, estaba taciturno y hasta enojado. No, "enojado" no era la palabra correcta, sino "distante". Una fría indiferencia se había apoderado de él. Lo veía segundos antes de que partiera en las mañanas y durante la cena, ocasión en que se las arreglaba para eludir cualquier conversación.

Pues bien, ella también podía representar el papel de ofendida, tanto más cuando le asistía la razón. ¿Acaso ella interfería con sus asuntos, impidiéndole que trabajase de peón de los Zaldívar, cuando podría estar dirigiendo los negocios familiares en Buenos Aires? Ella respetaba sus decisiones. Lo menos que podía esperarse era que él también lo hiciera.

Sacudió con rabia la funda de las almohadas y pensó en lo que su suegra le había dicho antes de partir: "Fran tiene derecho a la fortuna de los Balcarce, al igual que sus hermanos, nadie puede privarlo de eso. Si necesitas algo, Elizabeth, no dudes en avisarme. Mandaré de inmediato lo que sea. Este hijo mío es demasiado orgulloso para su bien".

No se atrevía a proceder a hurtadillas de su esposo, enviando un pedido de ayuda a Dolores Balcarce, si bien estaba de acuerdo en que era una necedad negarse a disponer de sus bienes, sobre todo cuando se tenía una familia que mantener. Elizabeth no manejaba dinero alguno desde que se había casado. Agotado el que traía cuando llegó en el barco y sin haber cobrado el que le correspondía por un trabajo de maestra en el lugar equivocado, su posición era un tanto endeble. Dependía de Francisco para todo. No le gustaba la situación y no veía cómo resolverla. Aun cuando ejerciese de nuevo por su cuenta, sabía que la gente no podría pagarle, así que se limitaría a recibir atenciones generosas que no la sacarían de ese atolladero de dependencia. Estaba condenada al hermetismo de la vida conyugal. Francisco ni siquiera la había tocado desde la noche de bodas. Esa conducta le extrañaba, si bien no era experta en esas cuestiones y no conocía la frecuencia con que los esposos debían aparearse. "Dios mío, estoy hablando como el hijo de Mary Mann, como una científica recalcitrante", pensó con tristeza.

Cachila la requirió para saber si el pan de leche estaba a punto cuando se doraba o cuando se despegaba de la fuente. Elizabeth acudió, buscando aturdirse con las cuestiones domésticas. Faustino se acercó en ese momento a ofrecer sus servicios. A Elizabeth le parecía que buscaba estar cerca de Cachila, y le enternecían los esfuerzos del peón para complacer a las "señoras", como les decía cada mañana al saludarlas.

—Faustino, vamos a necesitar un poco más de leña para la cocina. Entre el budín de ayer y el pan de leche de hoy la hemos consumido casi toda, y pensaba cocinar un pavo esta noche.

—Yo la leña se la traigo, señora, pero el pavo... no sé de dónde lo va a sacar.

El hombre parecía compungido por no poder satisfacer el pedido.

—¿No tienen en la casa grande un gallinero?

Faustino se retorció el bigote, pensativo. Era un hombre ancho de espaldas, y su pelo tieso y el mostacho le daban un aspecto feroz que no condecía con su carácter amable. Le arrastraba el ala a Cachila, no cabía duda. Hasta donde Elizabeth se hallaba parada se olía el aroma del agua florida.

—Gallinas hay, gallos también. Lo que no he visto nunca son los pavos, "Misis".

Elizabeth ocultó una sonrisa. A veces, la gente de la estancia remedaba el modo en que doña Inés solía llamarla, para darse aires.

—Bueno, yo recuerdo haberlos visto cuando estuve allá. Son...

más grandes que las gallinas, así de altos —y Elizabeth alzó la mano hasta cierto punto— y tienen...

De repente se le ocurrió una idea. Entró a la casa y salió provista de una lámina de las que usaba con los niños en la escuelita.

—¿Ve, Faustino? Así son los pavos —exclamó satisfecha, al tiempo que desplegaba ante el sorprendido peón el dibujo—. En mi país se comen en fechas especiales, pero acá puedo darme el lujo de prepararlo cuando quiera. ¿Sería tan amable de traerme uno... eh... ya muerto? —no quería encargarse de la tarea.

Faustino se tocó el ala del sombrero.

—Con gusto, señora, cuando vuelva mi compañero.

—¿Y dónde está él? —se extrañó Elizabeth, mirando a lo lejos y haciéndose sombra con la mano.

—Hizo más grande la ronda, por si acaso. Ha de estar al caer.

Elizabeth suspiró.

—No puedo esperar mucho, este pavo lleva tiempo de preparación. Sin leña y sin comida, cuando llegue mi esposo no tendremos más que garbanzos para la cena.

La idea de que don Francisco llegara a la casa y no encontrase la cena lista produjo cierta alarma en Faustino. No se le escapaba que los recién casados mantenían una relación tensa, pues en lo que llevaba custodiando la casa y la zona, casi ni se habían hablado. Y la "Misis" era una buena mujer, tan dulce y bonita, tan preocupada por su Cachila, como si ella fuese una hermanita menor en lugar de la sirvienta. Faustino no podía permitir que por una sandez el esposo la regañara o le pegara, no se lo perdonaría nunca. Dudó un momento, rascándose la cabeza, y al fin cedió. Silvio debía estar a pocos kilómetros, siendo ya el mediodía. Había que reconocer que no era tan puntilloso como él en cumplir los horarios. Claro que él no andaba tras la Cachila. Y lo bien que hacía, si no, tendría que vérselas con su facón.

—Está bueno, patrona. Voy a buscarle el pavo y la leña, antes de que se haga tarde, pero enciérrese adentro y no salga mientras el otro no venga, que ya sabe que este lugar está en medio de la indiada y los fortines.

—¿Tan cerca de la frontera estamos? —se sorprendió Elizabeth.

—Tan cerca no, pero como los crinudos andan revueltos...

Faustino partió y Elizabeth entró para vigilar las andanzas de Cachila en la cocina. La muchacha estaba sacando el pan de leche a los tirones de la fuente.

—Así no, Cachila, por Dios, que nos quedaremos con las migas solamente. Déjame ver, así, pasándole la espumadera por abajo, ¿ves?

Cachila se compungió.

—Ay, señora, es que soy tan torpe, nunca aprendo nada.

—No digas eso, no existe una persona que no pueda aprender nada. Si no se te da bien la cocina, habrá otra cosa.

—¿Usted cree?

—No lo creo, estoy segura —repuso Elizabeth, aunque tuvo que admitir sus dudas al ver el destrozo del pan de leche.

Colocaron la masa sobre un repasador y la airearon junto a la ventana, donde ya reposaba una bandeja con bizcochos. Ambas mujeres se dedicaron a guardar los bizcochos en una lata, limpiar la cocina y pelar las chauchas y las papas con las que acompañarían los huevos del mediodía. Francisco compartía el almuerzo con la peonada, de modo que ellas comían solas en la mesa de la cocina. Cachila adoraba esos momentos, sentía que la patrona era como una amiga suya en lugar de la dueña de casa. Sentadas una frente a la otra, con sendas fuentes en el regazo, hacían la tarea en cómodo silencio, interrumpido a veces por el trino de algún ave que se acercaba a picotear el pan y arrancaba risas a Elizabeth y manoteos a Cachila.

Una quietud anormal pesó sobre la hora del mediodía. Tan acostumbradas estaban a los ruidos habituales del monte, que de inmediato ambas mujeres levantaron la cabeza, mirándose.

—¿Qué es eso?

—Parece que los pájaros se callaron de golpe —susurró Cachila.

La actitud temerosa de la joven alarmó a Elizabeth, que se levantó para verificar que la puerta estuviese cerrada. Al hacerlo, le pareció que una sombra se guarecía tras la pared de la casa.

—¡Pronto! —animó a Cachila—. ¡A escondernos en el dormitorio!

De todas las habitaciones, era la que tenía ventana más chica.

Cachila no se hizo repetir la orden. Salió disparada y poco le faltó para meterse debajo de la cama del matrimonio.

—¿Qué es? ¿Quién vino? —balbuceó.

Elizabeth comprendió que de aquella muchachita no podía esperar gran ayuda, de modo que decidió actuar: tapó la ventana con una de las mantas que cubrían los baúles y trabó la puerta con ayuda de una silla. Luego hizo señas a Cachila para que no hablase, algo inútil, pues la chica estaba muda de espanto. En su febril imaginación, veía toda clase de esperpentos cernirse sobre ellas. Para Elizabeth, el peligro tenía contornos humanos bien definidos, no creía en apariciones ni monstruos. Si había alguien afuera, era de carne y hueso.

Las mujeres aguardaron silenciosas, tratando de captar cualquier sonido que denunciase la presencia extraña. ¡Cómo deseaba que Francisco apareciera en ese instante! Olvidada de su enojo, pensó en él con todas sus fuerzas, como si pudiese atraerlo con el pensamiento. En puntas de pie avanzó hacia la ventana, arrastrando a una asustada Cachila que ejercía fuerza en sentido contrario.

—Ssss… —susurró Elizabeth—. Sólo quiero espiar.

—Ay, no, señora, no lo haga. ¿Y si está tras la cortina?

Era una posibilidad, no obstante, Elizabeth no podía permanecer más tiempo allí escondida, sin saber qué estaba ocurriendo en su propia casa. El otro hombre, Silvio, ya debería haber llegado. ¿Dónde estaba? Un miedo cerval recorrió su espalda. Podrían haberlo matado. Pensar en eso le dio el valor de avanzar y, con mucho tiento, descorrer un poco la manta, atisbando la luz de afuera. Todo estaba en orden: el patio de tierra donde se apilaban los fardos, el cerco de pitas alrededor, las barbas de los pajonales meciéndose con la brisa, aunque recién respiró aliviada cuando observó a las calandrias picoteando el suelo con el desparpajo habitual.

Se había ido. Quienquiera que fuese, ya no estaba allí.

Unos cascos retumbaron, acercándose desde el norte.

—Ay, señora…

—Calla. Debe ser Silvio. Vamos a ver.

Ignoró los lamentos de Cachila y salió a la cocina, desde donde se avistaba el camino. Era Silvio. Galopaba con furia, presintiendo que estaba en falta.

Al llegar, desmontó de un salto y casi se cuadró ante la figura de Elizabeth, que abría la puerta.

—Usted perdone, señora, me retrasé boleando perdices. Mire —y extendió ante ella una rama de donde colgaban en hilera tres aves gordas—. No es para que me perdone el retraso, señora, pero quise sorprenderla con un regalo. Como tienen tanto trabajo acá, y sólo la Cachila para ayudar, pensé…

Elizabeth reaccionó enseguida.

—Gracias, Silvio, me vienen muy bien estas perdices. Justamente había encomendado a Faustino que me trajese un pavo de la casa, pero ahora con esto creo que me las arreglaré mejor.

El mozo se sintió satisfecho de haber colaborado y anotarse un punto por sobre el otro. Andaba medio rascado porque la joven sirvienta miraba a Faustino como si el tipo fuese un dulce para comérselo. A él no le importaba la mocosa, pero un hombre tenía su orgullo.

—De nada, señora, que las disfruten.

Elizabeth prefirió no alertar a Silvio, pues en verdad no habían visto nada, y no quería dar la impresión de ser una pueblerina asustadiza. Al parecer, el peón no había notado nada extraño. Cargando las perdices, entró en la cocina, dispuesta a emprender la tarea de desplumarlas.

A Francisco se le hacía largo el día de trabajo. Había partido sin desayunar, más que deseoso de abandonar la casita. Los silencios de Elizabeth, cargados de reproche, le resultaban insoportables. Más de una vez estuvo a punto de ceder y, en ese instante, la imagen del libro de tapas azules le volvía a la mente para avivar su enojo. Si tan sólo le hubiese dicho que tenía aquel recuerdo de Julián... entonces, tal vez él, magnánimo, le habría quitado importancia. Descubrirla en el engaño atizó su temperamento, de por sí arisco. A las seis, impaciente por saber qué estaba haciendo su esposa, decidió dar por terminada la jornada. Se despidió de los peones, sorprendidos al ver que retomaba su antigua costumbre de regresar temprano, pues en los últimos tiempos había compartido el mate con ellos en el galpón hasta el anochecer.

Al enfilar hacia el monte, contempló el cielo surcado de jirones rosados.

"Mañana hará buen tiempo", pensó. "Le propondré a Armando cabalgar hasta el límite sur para ver las vacas de por allá."

Gitano lo llevaba al paso, disfrutando el aire del atardecer y los trinos de las aves que buscaban refugio en la arboleda. El monte donde su casa se alzaba se veía como una mancha difusa y amenazante. Era razonable que Elizabeth desease vivir en otro sitio. Pensó si no estaría siendo demasiado terco al rechazar la parte que le correspondía por línea materna. Una imagen repentina de Elizabeth acunando al niño, con trazas de pobreza y las manos ajadas de tanto trajinar, le produjo un estremecimiento. Recordó las palabras de Julián, teñidas de amenaza: "No pensarás llevarla al altar vestida de paisana... Elizabeth es una dama y se merece una boda decente".

No estaba siendo justo con Elizabeth. Ella no pedía nada y, sin embargo, eso no significaba que no lo añorara. ¿Por qué ser más duro con su esposa que con cualquiera de las mujerzuelas que habían compartido su lecho? Ella iba a darle un hijo. Ese pensamiento lo hizo apurar el paso para llegar pronto. Hablaría con su esposa. Empezaría él mismo por cumplir la promesa de sinceridad, hablándole de su verdadera sangre, la parte india. Si Elizabeth era como su madre decía y como se había mostrado hasta ahora, lo aceptaría. Claro que, de sólo imaginar un gesto de repugnancia en su boca, se le congelaba el corazón.

Al llegar a unos zarzales espesos donde solían ocultarse los zorros, Francisco percibió que Gitano se tensaba bajo sus piernas.

—¿Qué te pasa, viejo? —le dijo, en tono amistoso.

Se había acostumbrado a hablar con su caballo en las largas recorridas por la estancia, cuando su mente se cansaba de elucubrar estrategias para resolver su vida. Gitano resopló, alzando la cabeza y echando las orejas hacia atrás. Esa actitud puso en guardia a Francisco. Llevó su mano al cinto para palpar el revólver. Aquellos pajonales estaban demasiado quietos. No vio el movimiento, lo sintió en las venas. Un golpe seco lo bajó del caballo y, antes de poder distinguir a su atacante, olió la grasa de potro y escuchó un alarido bajo de triunfo cuando el pampa lo desmayaba de un trancazo.

Caía la noche y Francisco no aparecía. Elizabeth disimulaba su inquietud revisando una y otra vez la fuente donde había aderezado la carne con tomates y ajíes traídos de la casa grande. El pobre Faustino se había sentido ofendido al ver que el pavo que con tanto esfuerzo había conseguido no sería la cena de esa noche y, más aún, al enterarse de que la perdiz la había traído Silvio. Elizabeth ordenó a Cachila que le sirviese una limonada con azúcar para endulzarlo y vigilaba desde la cocina el intercambio de los tórtolos.

Al cabo de dos horas de aguardar con la mesa puesta, comenzó a enojarse. ¿Hasta cuándo la torturaría su esposo con los desplantes? Se iba casi sin despedirse, volvía lo más tarde que podía, a veces oliendo a ginebra por haber compartido un juego de naipes con la peonada. Esta situación se acabaría o ella terminaría mudándose a la casa grande con Cachila. Que se arreglara solo. Armando Zaldívar no le negaría refugio a la nuera de Dolores Balcarce. Lamentó que doña Inés no estuviese. En ella tenía a una mujer de su misma condición para desahogarse.

—"Misis", ¿comemos solas otra vez? —preguntó con imprudencia Cachila.

Elizabeth frunció el ceño con disgusto.

—Lleva la fuente a la mesa, Cachila. Que el patrón coma cuando venga.

Se dirigió al dormitorio sin saber bien qué hacer. Con todo lo enojado que parecía, Francisco nunca había llegado tan tarde. Se sentó en el borde de la cama y su mano tocó la pechera del vestido de modo instintivo. La medalla ya no estaba allí, lo sabía desde hacía mucho. Imaginó que se le habría caído a lo largo de aquella peregrinación descabellada a la que la sometió Jim Morris. Buscó el rosario que guardaba en su estuche y lo oprimió contra sus labios, rezando mentalmente. Detuvo la mirada en la muñeca. La había colocado sobre el baúl de su lado, pero Francisco no dijo nada al verla. Su esposo era un hombre inescrutable, nunca se sabía qué estaba pensando ni por qué se enojaba de repente, sin que hubiese sucedido nada. Y a pesar de que no quería admitirlo, lo extrañaba en todos los sentidos, añoraba también el calor que desprendía su piel, la manera posesiva en que la envolvía con sus brazos, la fuerza de sus besos, que la asustaba y complacía a la vez. Se tocó los labios y llevó la mano hacia el vientre, transmitiendo calor al bebé que crecía en su interior.

—Tendrás un padre muy severo, mi niño —murmuró—. Deberás acostumbrarte a él como lo hago yo. O como lo intento, al menos.

La voz de Cachila atravesó la puerta:

—Señora, la comida se enfría.

—Ya voy, Cachila, ya voy.

Con desgano, se dirigió al comedor y tomó su lugar junto a la cabecera, al lado del plato vacío de su esposo. La casita, despojada de adornos, le parecía más desnuda sin la presencia reconfortante de aquel hombre que todavía era un extraño para ella.

A la mañana siguiente, Elizabeth estaba de un humor desconocido hasta para sí misma. Francisco no había dormido en la casa. Llevada por un impulso vengativo, ordenó a Cachila que recogiera algunas cosas y a Faustino que las llevara hasta la casa grande. Ya le enseñaría a su esposo de qué madera estaban hechos los O'Connor.

Don Armando Zaldívar se hallaba en el patio, compartiendo unos mates con su capataz, y al verla llegar con un lío de ropa entre los brazos creyó que aquella mujercita eficiente traía la colada de la semana para lavarla en los piletones de la estancia. Le extrañó, sin embargo, que no hubiese delegado esa tarea en su sirvienta. La vio avanzar hacia él con determinación.

—Buenos días, Elizabeth.

El tono afable la frenó un poco en su arrebato.

—Buenos días, don Armando. ¿Podría hablarle en privado un momento?

Armando Zaldívar miró a Cachila primero y luego a Faustino, que parecía tan incómodo como ella. Sospechó que Elizabeth podía estar quejándose del servicio, aunque sabía de su carácter comprensivo y tolerante. Pasó el mate a manos de Rufino, el capataz, y encaró la situación con su habitual aire campechano.

—No me diga que tiene problemas con estos dos —comentó, algo risueño.

—Oh, no, de ninguna manera. Quería hablar con usted de un tema personal.

El hombre acomodó su paso largo al de la joven y sacó un cigarro del bolsillo mientras aguardaba a que Elizabeth comenzara.

—Verá, don Armando, estoy muy agradecida por la ayuda que nos brindaron ofreciéndonos la casita del monte, pero…

—La vida es dura allí, lo sé. Nunca estuve de acuerdo con eso, aunque su esposo no es hombre fácil de convencer.

Ella elevó sus ojos al cielo.

—Más difícil de lo que piensa, don Armando. Como le digo, no estoy quejándome del lugar, sino de la forma en que debo vivir allí, sola casi por completo.

—¿Sola? —de modo inconsciente, Armando giró la vista a su alrededor.

No había visto a Fran ese día y supuso que habría iniciado sus trabajos desde el monte, sin pasar por la casa grande. Pensándolo mejor, esa actitud le resultaba extraña. El hombre solía aparecer muy temprano para recibir órdenes, por muy incómodo que le resultase a él dárselas, sabiendo que no era un simple peón de campo.

—Mi esposo se ausenta mucho, sin duda porque sus tareas se lo exigen. El caso es que preferiría permanecer más cerca de la gente, por si acaso. Doña Inés me lo había ofrecido antes de partir y yo no sabía si sería necesario, aunque ahora…

—Desde luego, mi niña —dijo enseguida Armando, al tiempo que se preguntaba qué demonios le pasaba a Francisco—. La casa es toda suya. Bastante se extraña la presencia femenina en estos días. Acomódense en la habitación que más les plazca y háganme saber todo lo que necesiten. No bien vea a su esposo, le diré que está instalada. "Y le daré un buen rapapolvo", agregó para sí.

Elizabeth agradeció la franqueza con una sonrisa y de inmediato hizo señas a Cachila para que acercase los pocos bártulos que habían acarreado. Ya habría tiempo de ir por más, cuando se organizara mejor. Don Armando las vio dirigirse al interior de la casa con el ceño fruncido. Aquel asunto nunca le había gustado. Someter a una dama como Elizabeth O'Connor a la rudeza de la vida de frontera era un disparate que, por muy orgulloso que fuese Francisco, no tenía derecho a imponer a su nueva esposa. Armando sabía que el joven estaba peleado con su padre y no deseaba vivir a expensas de la fortuna que Rogelio Peña había amasado con el comercio, pero de ahí a convertirse en empleado en la casa de los padres de su mejor amigo había un gran trecho. Tendría que poner ciertas cosas en claro con aquel muchacho terco antes de que hiriese los sentimientos de la joven maestra.

Al mediodía, la preocupación de Armando Zaldívar tomó otro color. Francisco no aparecía por ningún lado y nadie lo había visto esa mañana, ni siquiera en los campos del sur, adonde el joven insistía en ir para echar un vistazo. Más tarde, supo por Faustino que faltaba de la casita del monte desde el día anterior, lo que terminó por alarmar al estanciero.

Esa conducta era impropia de un hombre responsable y, por muy cabezón que fuese Francisco, Armando sabía que no era capaz de dejar a su esposa sola y sin explicaciones durante la noche. Mandó un chasqui al Fortín Centinela y comenzó a organizar una partida de búsqueda con disimulo, para no preocupar a Elizabeth. Al atardecer, sus hombres le llevaron la noticia que temía: Francisco había sido capturado cerca del límite del monte. Huellas recientes y un pañuelo rojo sucio de tierra era todo lo que necesitaba para comprender lo ocurrido. Un secuestro.

La razón se le escapaba, sin embargo.

La vista de los salitrales reverberando al sol dañó los ojos de Francisco. Estaban en los dominios de Calfucurá, el amo del desierto. Aquella región estaba manchada de viejas lagunas resecas donde la sal afloraba, formando un mar de blancura cegadora. Había cabalgado con los indios durante horas, sin comer y casi sin beber. Tenía los labios agrietados, sangrantes, y la herida de la cabeza palpitaba como si tuviese alojado allí el corazón. Le habían atado las muñecas con un cuero que le cortaba la circulación y los pies con otro que cruzaron por debajo de la panza del caballo. ¿Dónde estaría Gitano? La pérdida de su amado semental por segunda vez lo llenaba de tristeza. No temía por la vida del animal, un buen caballo era valioso para los indios y, si la suerte que lo aguardaba era tan negra como sospechaba, ya no lo necesitaría. Lo escoltaban ocho pampas, muy pocos para adentrarse en la línea de frontera. Lo habían hecho, sin embargo, y con éxito, suponiendo que el objetivo fuese capturarlo a él, aunque no entendía el motivo. Ese ataque aislado lo sumía en el desconcierto.

Caía el sol cuando llegaron a una toldería recién montada. Las mujeres se afanaban en encender hogueras y limpiar las malezas, mientras que los hombres señalaban el límite del campamento con sus chuzas de punta. El movimiento no se interrumpió a la llegada de la partida, como si su presencia allí fuese sabida de antemano. El prisionero permaneció montado hasta que un indio de aspecto feroz lo bajó del caballo de un tirón. Sin poder usar las manos, se golpeó con dureza en el suelo cuarteado por la seca. Su orgullo tenaz le impidió demostrar dolor ante la brutalidad del indio, que lo observaba burlón. Aprovechó esos momentos para relajar el cuerpo agarrotado y meditar sobre su circunstancia. Lo que más lo angustiaba era no haber podido reconciliarse con Elizabeth. Ésa había sido su intención al volver temprano en la tarde. El episodio del libro de Julián y sus celos le resultaban ridículos ante la gravedad de los hechos. Después de todo, él era el padre de su hijo. Tarde o temprano, el recuerdo de Julián se disiparía en una madre abocada al cuidado de un bebé. Había sido necio, creyó castigar a su esposa y el perjudicado fue él, al privarse de sus cuidados y sus atenciones. Iba siendo hora de que abandonase el orgullo que había orientado sus pasos toda la vida, sobre todo cuando ya no tenía razones para enorgullecerse.

La voz áspera del indio interrumpió sus remordimientos.

—¡*Wixal*! ¡*Wixal*!

Conocía esa lengua, el "rankulche" que hablaban los pampas. Francisco comprendió que debía hacer de inmediato lo que se le exigía y trató de levantarse. Apenas lo logró, el mismo indio le dio un trabancazo que lo volteó de nuevo, causándole tanto dolor como ira. Eso desató en él un ataque inesperado. La cabeza pareció estallarle en mil pedazos y, como no podía sujetársela con las manos, la apretó entre las rodillas, al tiempo que lanzaba un alarido ensordecedor. No le importó dar el espectáculo ante sus captores. No le importaba nada. Por fin, había llegado el momento tan temido, el del final. Y se alegraba de no vivirlo delante de su esposa, la confiada Elizabeth, que había creído poder consolarlo sin entender del todo la dimensión de su estigma. Rodó por el suelo, bramando, sintiendo los pinchazos de los espinos en su cuerpo maltrecho y la dureza de las rocas clavándose en su espalda. Ya estaba ciego cuando escuchó el eco del galope retumbando en la tierra. Se acercaban jinetes, sin duda para ultimarlo. Serían bienvenidos.

El capitán Pineda recibió la noticia del secuestro y, aunque no contaba con refuerzos, la amistad de Armando Zaldívar pudo más y respondió al reclamo del hombre enviando una avanzada de sus mejores soldados. En dos días de rastreo no dieron sino con una bandada de avestruces. Bolearon algunos para aumentar los suministros del fortín y regresaron, exhaustos. Nada había en el desierto ardiente. Tanto los indios como Francisco Peña y Balcarce se habían evaporado con el calor. Y nadie sabía explicarse el motivo. ¡Ni siquiera se habían llevado las reses que pastaban cerca!

En la casa grande, Elizabeth era un manojo de nervios. Pese al carácter hosco de su esposo, ella estaba segura de que no la había abandonado. Su corazón había alcanzado alguna fibra del de Francisco, y sabía que su honor le impediría un acto tan vil. Las miradas furtivas de la gente de la casa, sin embargo, le causaban dolor. Hasta don Armando, al saber de las actitudes de Fran, había manifestado dudas sobre su paradero. Después de todo, ¿quién podía decir qué sucedía en el alma de un hombre cuando se desgraciaba? Elizabeth tuvo que sincerarse y contarle el verdadero drama de su esposo: la deshonra del apellido y la sangre mestiza. No quería hacerlo, por guardarle el secreto a Dolores, pero la gravedad de la situación exigía conocer la más mínima circunstancia. Y ella se sentía tan agotada…

Sólo calló el mal que lo aquejaba, por temor a que ese conocimiento los indujese a pensar en la locura de Francisco y descartar la búsqueda. En su fuero interno, acariciaba la idea de encontrar al doctor Ortiz algún día y pedirle un nuevo tónico para Fran.

Pensaba que, así como Dios la había amparado durante la fiebre del país y en su deambular por el desierto, permitiría que su hijo naciese en un hogar rodeado de cariño y sin pasar necesidades.

Movida por un impulso, tomó papel y tinta y escribió una nueva carta a su amiga Aurelia.

Las noticias de Buenos Aires no eran alentadoras tampoco. Los indios de Calfucurá se atrevían a traspasar la línea de fortines, envalentonados por las profecías de gloria del cacique, y había grandes pérdidas en esa avanzada de civilización que era la frontera. Sobre todo, de la confianza. Abundaban los desertores del ejército, hartos de velar a la indiada en taperas mal provistas, próximos a morir cada día. La ley era dura con ellos: pena de fusilamiento. Y, con todo, se animaban a lanzarse a través del desierto, corriendo mil peligros, antes que permanecer en aquella muerte lenta. Los que tenían cumplidos los dos años previstos se mostraban impacientes por verse librados una vez que recibían la paga del comisario. El problema era que la paga tardaba en llegar y, mientras tanto, podían quedar despenados en un santiamén. Miradas torvas, conspiraciones, los fortines estaban sembrados de descontento y temores, y de poco valían los castigos, así fuese el de estaquear a los rebeldes para pasto de los buitres.

El capitán Pineda usaba mano firme y su ejemplo era una bandera para su regimiento, ya que el hombre no flaqueaba, aunque faltasen los víveres que debían mandarles. Si hacía falta, repartía él de lo suyo, tal vez por eso casi no tenía desertores. A menudo se quejaba con Armando Zaldívar, su confidente y amigo.

—No sé hasta cuándo, don Armando. Ya ni trapos le quedan a mi gente. Parecen mendigos, de tan arrastrados que van. Para colmo, en cada entrevero los tapes se quedan con alguna pilcha. Parece que les gusta verse vestidos de milicos.

Don Armando escuchaba silencioso junto al corral. Ambos hombres fumaban cigarros y contemplaban el ocaso, que ensombrecía las sierras a lo lejos. Habían regresado de una nueva partida de búsqueda, cada vez más alejada de la estancia, siempre con la esperanza, debilitada con el tiempo, de hallar rastros de Francisco.

—Lo que no sé —prosiguió el capitán— es por qué demoran tanto los políticos de por allá en tomar una decisión. Si quieren una zanja que la hagan, carajo. ¿A qué esperar? A ver si todavía los crinudos se enteran antes que los demás y se preparan para el asalto final. Porque no me cabe duda de que el ladino de Calfucurá está tramando algo grande, don Armando. Él tendrá sus espías, pero yo tengo los míos, y hay movimiento en la frontera. Se ven indios que van y vienen, bomberos que desaparecen no bien los avistamos. Acá se avecina algo gordo, créame. Y no estamos preparados para enfrentarlo. Eso es lo que me duele, sacrificar a mis hombres. ¿Qué más puedo pedirles? Ya ni yerba tienen. Y más de uno anda en patas, con un callo por suelas.

Armando apagó el cigarro contra un poste y lo arrojó al arenal.

—No ha de ser fácil, Pineda. Usted sabe que la guerra del Paraguay dejó su marca también. Faltan hombres por todos lados y las levas del ejército para la frontera no cuentan con lo mejorcito.

—¿A qué esperar, entonces? ¡Démosles duro, pues! Al ver tantos devaneos, los salvajes se encocoran y se creen superiores. Ya vería el Calfucurá ese si pudiese echarle el lazo…

Armando sonrió con tristeza. La suerte estaba echada y no había vuelta atrás. El gobierno quería extender la civilización, los sembrados y los ferrocarriles por todo el desierto y los indios estorbaban esos planes. Los tiempos que corrían no ofrecían oportunidad al hombre que había vivido como un centauro en aquellas pampas. Algunos querían tenerla, sin embargo, y aceptaban auxiliar a los ejércitos, como Quiñihual y su gente, conviviendo en paz.

Un cañonazo rompió la paz del atardecer.

—¡Qué diantres…! —exclamó el capitán Pineda.

Otro retumbar más lejano en respuesta y, a partir de ahí, el inconfundible alarido de guerra, mezclado con repiqueteos de fusil.

Don Armando miró al capitán, que había vuelto de piedra el rostro.

—Son ellos —dijo.

No se necesitó ninguna aclaración. El malón había comenzado. De noche, cuando menos se lo esperaba.

Del interior de la casa grande salieron algunos hombres armados, dispuestos a ponerse al servicio de la defensa, mientras que de las barracas emergían los peones en tropel, ajustándose los cintos y calándose el sombrero.

CAPÍTULO 37

El Padre Miguel salió de la capilla descalzo y en camisa de dormir. Afuera sonaban truenos incongruentes con la noche estrellada y se veían refucilos que sólo podían significar una cosa: indios.

La zona de la laguna no era frecuentada por las partidas, pues los indios temían al mar; sin embargo, aquellas escaramuzas no podían negarse. Se había desatado un infierno en algún sitio y sólo Dios sabía qué rumbo seguiría. El sacerdote corrió hacia el interior, tomó su escopeta y verificó la carga. Se calzó la sotana encima de las ropas de dormir y, tras echar una ojeada a su alrededor, eligió algunos objetos llamativos del altar, pidiendo perdón a Cristo   r lo hacía: un copón dorado, un incensario de plata y un rosario de cuentas de marfil que constituía el mayor valor de la capilla. Lamentó que no fuese de latón brillante, pues a los ojos de los salvajes sería más bonito. Metió todo en una alforja y pasó a la huerta en busca de ofrendas más prosaicas: melocotones, mazorcas de maíz que guardaba apiladas en canastos, una bolsa llena del azúcar que destinaba al dulce de membrillo y, antes de partir, sacudió con énfasis las ramas bajas de la higuera, dejando que los higos de la segunda cosecha cayesen en el hueco que formó con la sotana, a manera de cesto. Cargó todo en el lomo de su mula y subió él también, provocando que el pobre animal se arquease con el peso. Lo taloneó con furia y echó a andar, envuelto por las brumas nocturnas, rumbo al sitio desde el que ya llegaban los primeros vahos de pólvora, mezclados con alaridos y ladridos de perros.

El Fortín Centinela se había convertido en un infierno. La llegada del chasqui enviado por el capitán Pineda sacó de las catreras a la soldadesca mal dormida y evaporó los restos de la ginebra de la noche. En pocos minutos, los hombres estuvieron listos para repeler el ataque indio, a pesar de que los tomaba por sorpresa a esas horas y carecían del control de mando en ese momento.

—Porquería de desierto —masculló el segundo del capitán, Ceferino Valdés, mientras revisaba la pólvora de su fusil.

Todo estaba saliendo de la peor manera. El temido malón ocurría en medio de la noche, alimentando los temores de la gente, que consideraba a Calfucurá un brujo poderoso, y justo en ausencia del capitán, al que se le había dado por visitar al estanciero del Tandil buscando no se sabía qué.

—¡Arrejúntense a la salida! —gritó, tratando de que su voz no traicionara el susto que tenía.

La tropa, hambreada y mal vestida, lucharía por salvar la vida más que por defender el fortín, pero eso bastaba. Odiaban al indio, causante de que hubiese levas para la frontera. Las pocas mujeres que había se amontonaron en la comandancia, cerrando puertas y ventanas con trancas y rezando Padrenuestros mientras acunaban a sus hijos de pecho. Su temor, no mencionado, era que los salvajes incendiasen el fortín con sus lanzas encendidas. La paja brava y la madera arderían como pira, y morirían en una celda infernal, en plena noche, sin poder escapar por ningún resquicio, porque los aguardarían para chucearlos uno por uno. El miedo actuaba como aguijón, coordinando los movimientos de todos, pese a la confusión aparente. Sabían lo que debía hacerse, aunque les temblaran las manos y el pecho estuviese oprimido por las oraciones no pronunciadas. Más de uno lanzó una mirada a la imagen de la Dolorosa, enclavada en un nicho y rodeada de flores silvestres ya marchitas.

—Ande estará el capitán… —murmuró Ceferino Valdés, y el baqueano Pereyra, que lo escuchó, respondió sereno:

—Allá viene.

Cuatro jinetes galopaban como alma que lleva el diablo rumbo al Centinela desde el sur, dejando tras de sí una polvareda que en la noche parecía un velo mágico. La prisa que traían en aquella cabalgata suicida decía a las claras que escapaban del mismo peligro y buscaban refugio en el fortín.

—¡Guardia! —gritó Valdés—. ¡Al de afuera!

El del mangrullo soltó una réplica que no se oyó en el fragor de las armas, y se abrió la empalizada lo suficiente para que los jinetes pasaran raudos al interior. Los perros del fortín, unos galgos atigrados de aspecto famélico, corrieron hacia los recién llegados, exaltados por la repentina agitación del lugar. El que había abierto el portón los alejó a pedradas y luego se apresuró a cerrar, colgándose de los tirantes de troncos para que su peso agilizase el movimiento.

El capitán Pineda venía acompañado por tres hombres de El Duraznillo. Don Armando no le había permitido cabalgar solo en la noche y, además, servirían para reforzar la defensa.

—Mi capitán —se cuadró Valdés, contento de verlo.

Pineda saludó y con rapidez evaluó el estado de su tropa. Pese a su lamentable condición, se los veía decididos a matar o morir. Los rostros endurecidos, las armas cruzadas en la espalda, en la cintura y hasta en las botas, los quepis encasquetados casi con rabia sobre las orejas, los hombres del Centinela ofrecían un aspecto capaz de amedrentar al indio si no estuviera éste a la par de aquella ferocidad.

El capitán buscó con la mirada a su baqueano y lo convocó a parlamentar con un gesto.

—¿Calfucurá? —inquirió Pereyra.

—Parece nomás. Habrá que ajustarse el cincho, mi amigo. La cosa viene mal parida. Los fortines vecinos dieron la alarma algo tarde, se ve que a algún desgraciado lo sorprendieron en la noche. Nadie se esperaba un ataque así, a estas horas.

—¿Y el Peña y Balcarce? ¿No andará con los indios también?

Pineda lo miró fijo, y su mirada trasuntaba un asomo de duda.

Elizabeth atisbó por la ventana de su cuarto, intrigada por el movimiento inusitado en el patio. A la hora de las ánimas, era raro que la gente anduviese de aquí para allá. Una corazonada le detuvo la respiración. ¿Habrían encontrado a Francisco? Escuchó voces exaltadas y creyó distinguir la de Armando Zaldívar imponiéndose a todas.

—Señora, se va a resfriar. Mire que el sereno de la noche hace daño a los pulmones.

—Calla, Cachila, necesito saber qué ocurre allá abajo. Mira.

Elizabeth señaló hacia el grupo de peones congregados en torno a don Armando, que dirigía una especie de estrategia incomprensible para ella. Sabía que ese día, como todos los anteriores, una partida de hombres había salido a buscar a su esposo, sin éxito, como siempre. Ya se había vuelto costumbre verlos partir, en grupos de cinco o seis, para volver después, agotados y rumiando su descontento. Sin duda, considerarían una pérdida de tiempo esas pesquisas, cuando estaba claro que el mozo se había mandado a mudar por las suyas. Sólo Dios sabía cuánto le dolían las miradas conmiserativas, incluida la de la propia Cachila, que conocía la rudeza del carácter de Fran y de seguro habría escuchado más de una discusión. Elizabeth conseguía sobreponerse a la vergüenza y a la pena cuando pensaba en su hijo, y al percibir los latidos de la vida que habían creado los dos, el hombre de la laguna y ella.

—¡Señora, mire allá!

La voz de Cachila la sacó de su ensimismamiento y miró hacia donde la muchacha señalaba: un rincón alejado del patio en el que se distinguía una figura pequeña. Era evidente que aquel personaje se escondía de los demás, pues por momentos desaparecía tras la pared de uno de los galpones. Cosa curiosa, los perros no parecían molestos con su presencia. ¿Por qué se ocultaría? A la distancia, Elizabeth no podía definir de quién se trataba, y la incertidumbre la decidió a averiguarlo por sí misma. Aprovechó la confusión para deslizarse por el costado de la casa, seguida de cerca por la asustadiza Cachila, que no dejaba de recriminarle la imprudencia, hasta que llegó al lugar donde la servidumbre lavaba la ropa. Como allí se trabajaba sólo de día, el sitio no contaba con mecheros encendidos, de manera que se encontró sumida en la más completa oscuridad de esa noche sin luna.

—Ay, mi señora, que esto no me gusta nada de nada… solloza Cachila.

Elizabeth la acalló con un gesto. Intuía que esa presencia no era maligna, cosas raras de una tierra salvaje que le era inaccesible, acostumbrada como estaba a medir todo con la vara del raciocinio.

La silueta produjo una sombra en la pared del galpón y Elizabeth pudo ver que se trataba de una mujer de corta estatura.

—¿Quién anda? ¿Qué quiere? —dijo, procurando templar la voz.

El silencio de la noche sólo era interrumpido por las voces lejanas de la peonada.

—Si no sale, disparo —amenazó Elizabeth, colocando su mano por debajo del chal con que se envolvía.

Confiaba en que el bulto bajo la ropa fuese convincente. Cachila ahogó una exclamación de sorpresa, tapándose la boca con las dos manos. Al cabo de unos instantes apareció ante ellas una anciana de cabello repartido en trenzas, vincha y poncho de cuero. Elizabeth reconoció a la mujer que le regaló los pendientes de plata el día de su casamiento.

—Dejemos que hable —repuso, al ver que Cachila, envalentonada por tratarse de una vieja india, iba a recriminarle su presencia—. Señora, ¿me entiende usted?

—No se acerque, Misis —susurró Cachila.

La joven maestra no temía a la mujer. En el tiempo que llevaba viviendo en aquellos parajes había estado en contacto con más indios de los que habría podido conocer en su propio país durante toda su vida, y jamás la habían ofendido. Por otra parte, esa anciana había tenido la amabilidad de ofrecerle un regalo de boda.

—Señora, ¿quiere decirme algo? —insistió.

La india se retorció las manos, sin duda afligida por no saber la "castilla", como decían los alumnos de la laguna. Elizabeth pensó con rapidez, tratando de recordar palabras sueltas de las que los niños pronunciaban cuando creían que ella no los escuchaba.

—*Marí Marí* —dijo, y de inmediato—: ¿*Cumleymi*?

Esperaba que su dicción fuese correcta. Se le daban bien los idiomas y ésa era una de las razones por las que consiguió el puesto tan rápido.

La anciana mostró sus encías en una gran sonrisa y dijo:

—*Iñce ka fey.*

En el silencio que siguió, las tres aguardaron sin saber qué más hacer ni decir, ya que una conversación fluida en "rankulche" era imposible. Apenas un saludo había logrado articular Elizabeth, y la mujer había respondido con cortesía. De repente, la india juntó las manos flacas y gritó:

—¡*Ajkutupe*!

La impotencia estaba a punto de hundir a Elizabeth en la desolación cuando una voz masculina tronó detrás de ella.

—¿Qué es lo que deben escuchar las señoras, vieja bruja?

Don Armando se acercó amenazante, con la mano en la faja. Echó una mirada reprobatoria a Elizabeth y centró su atención en la recién llegada. Ésta debió darse cuenta de que el hombre comprendería mejor sus palabras, pues se agitó y lanzó una parrafada con mucha gesticulación, señalando hacia el campamento de

Quiñihual y luego hacia la propia Elizabeth. Armando mantuvo sus ojos fijos en la mujer, sin separar la mano de la culata de su revólver, aunque no parecía desconfiar de ella. Elizabeth le dirigía anhelantes miradas, sospechando que el discurso de la india se relacionaba con el paradero de su esposo. Cuando el silencio campeó entre ellos, el hombre giró hacia la maestra y dijo con calma:

—Ella dice que su cacique puede ayudar, que sabe cómo hacer volver a Francisco.

Elizabeth tomó las manos de la anciana, que sintió ásperas y duras.

—Por favor, buena mujer... si sabe algo, dígamelo. Estoy sufriendo tanto... Llevo un hijo, ¿lo ve? —y puso la mano de la vieja sobre sus ropas, tanteando el lugar donde a menudo sentía los golpes del niño.

La india palpó, sin que don Armando pudiera evitarlo, y luego asintió, volviendo a gesticular y a hablar en su lengua.

—¿Qué dice? ¿Qué dice? —se desesperó Elizabeth.

—Dice que ya lo sabía —Armando se mostró inseguro.

—¡Qué! ¡Armando, se lo suplico! No me oculte nada, sería peor para mí enterarme más tarde por otros medios. Si mi esposo... —y se le quebró la voz al imaginar las posibilidades.

Armando se apresuró a tranquilizarla.

—Dice que su cacique quiere hablarle, pero no lo consentiré.

Se mostró tajante y Elizabeth advirtió un gesto protector en su expresión. Armando Zaldívar se comportaba como un padre posesivo y solícito. En los días que llevaba viviendo en la casa se sentía más cuidada que en toda su vida en Boston.

—Don Armando, tal vez podamos ir los dos, así el cacique verá que no hay mala voluntad.

—¿Mala voluntad? ¡Bueno estaría, cuando los dejo pastar en mis tierras a cambio de nada! Y éstas no son horas de confiar. Los indios de Calfucurá están rodeando la frontera como un cinturón que se aprieta cada vez más. No consentiré que corra peligro y no creo que desee poner en riesgo a su hijo, ¿no es así?

Elizabeth titubeó ante la última advertencia y ya Armando se felicitaba de haberla convencido cuando la joven adujo, esperanzada:

—¿Por qué no vamos a buscarlo? Me refiero a que sus hombres lo traigan hasta acá. Si ese cacique tiene algo importante para decir, no desperdiciará la oportunidad de hacerlo. Por favor, don

Armando, intentémoslo. No puedo seguir así, con el temor cada mañana de enterarme de una desgracia, y la esperanza cada noche de que al día siguiente sus hombres lo encuentren. Ha pasado mucho tiempo, no sé cuánto más resistiré este calvario.

Los rasgos pequeños de Elizabeth se fruncieron en un gesto de llanto contenido que conmovió el corazón de Zaldívar. ¡Ojalá aquella señorita educada y fina jamás hubiese llegado a las pampas! ¡Ojalá el gobierno hubiese aplacado antes los ánimos del indio y Calfucurá no estuviese sediento de sangre! Suspiró, cansado de tanta lucha.

—Está bien, iré con esta mujer hasta los toldos de Quiñihual. Intentaremos no ofender su dignidad obligándolo a salir de allí, en lugar de visitarlo con la ceremonia acostumbrada. Espero que entienda que esas cortesías, en medio de un malón, no son apropiadas.

—Espere, tenga esto —y Elizabeth revolvió bajo su chal, desprendiendo de la blusa el camafeo esmaltado que le habían regalado en la Navidad de El Duraznillo, aquel tiempo feliz en el que su única preocupación había sido educar a los niños y descubrir el misterio del hombre de la laguna.

Armando tomó la joya y la guardó en su bolsillo, sin decir nada. Elizabeth había comprendido bien la naturaleza del indio. Hizo una seña a la mujer para que lo esperara y fue en busca de algunos hombres con los que recorrería el camino, en medio de los disparos y los cañonazos.

—¿Con cuántos hombres contamos?

El capitán Pineda se atusó el bigote, pensativo.

—Mil me trae el general Rivas desde el sur, más los ochocientos guerreros de Catriel.

Se escuchó un silbido de admiración. Era un malón el que había que enfrentar, y no las escaramuzas a las que estaban acostumbrados.

—Sí, pero ¿cuántos trae Calfucurá? —insistió Valdés.

—El último chasqui dio el parte de ciento cincuenta mil lanzas.

Esa vez no hubo silbido que saludara el número. Eran demasiados. Y los hombres de la línea de frontera se encontraban desperdigados, no podían hacer frente al enemigo como una sola fuerza.

—Llevan arreos, no podrán avanzar con rapidez —bravuconeó Valdés, intentando convencerse a sí mismo.

El capitán guardó prudente silencio. Todos sabían que, sin importar el número, las hordas de Calfucurá sembraban destrucción por donde pasaban. Se hallaban reunidos en la comandancia Pineda, su segundo Valdés, Armando Zaldívar, el baqueano Pereyra y el viejo Quiñihual junto a sus hombres, que lo acompañaban como un séquito silencioso. Sus cuerpos mezclaban sudores, olor a ginebra y a tabaco rancio.

El Fortín Centinela, uno entre tantos que enhebraban la frontera de Melincué a Bahía Blanca, y desde Junín hasta el Azul y el Tandil, bullía por dentro y por fuera. La empalizada se había reforzado con bolsas de forraje para protegerse durante el ataque y se habían dispuesto hombres armados hasta los dientes en los alrededores del foso para sorprender a la indiada, que de seguro intentaría acercarse pensando que los milicos se refugiarían adentro. Pineda había dado orden de arriar la bandera y apagar todos los fuegos, para que los invasores creyeran abandonado el lugar y se confiaran.

Lo desparejo de la tropa infundía respeto, pues tras las carencias y los infortunios de aquellos hombres se adivinaba una bravura que superaba el entrenamiento de cualquier ejército mejor provisto y disciplinado. La angustia, la soledad y la pérdida eran las armas del soldado fortinero. La rabia acumulada durante años de padecimientos lo había vuelto inmisericorde. Al principio renegaba, sobre todo si la leva había sido forzosa, y no entendía para qué y por quién luchaba; al cabo de un tiempo, después de ver a sus compañeros degollados en la arena caliente, o de haber perdido a una esposa o a una hermana ante los ojos y sufrir la constante amenaza que quitaba el sueño cada noche, su rencor, alimentado al fuego de las hogueras, era tan intenso que la meta se tornaba simple: acabar con el salvaje que tenía delante.

Quiñihual había aceptado acompañar al piquete de Armando Zaldívar hasta el fortín, aunque se mostró inabordable en un aspecto de la cuestión: debía ver a la señorita de la casa, la que buscaba a su marido. Antes o después, el viejo jefe quería hablar con ella. En vano era que don Armando porfiase que la situación era peligrosa, que la señora aguardaba un hijo, que no habría quién pudiese acompañarla de regreso una vez que se hubiese desatado la lucha; a todo era inmune Quiñihual, con actitud hierática. Conociendo las circunstancias de la vida en el desierto, las traiciones y las fidelidades entrecruzadas, Armando podía sospechar de las intenciones del indio ladino. Bien podría haberse colado en sus tierras para servir de avanzada al propio Calfucurá. Sin embargo, aquel hombre le resultaba confiable, y él se fiaba de su instinto, que le había salvado el pellejo más de una vez.

El capitán Pineda y sobre todo su segundo no tenían tanta paciencia.

—Habrá sido empecinado el indio este —masculló Valdés, en un aparte.

Quiñihual había acudido acompañado de una partida de cinco guerreros, aunque cada uno valía por dos o tres hombres, dado su tamaño y su talante bravío. Estaba claro que la sangre tehuelche corría por las venas de aquella tribu. Todos eran más altos y corpulentos que la mayoría de los pampas, con brazos musculosos y largas piernas, y con los rasgos faciales más afinados.

Hasta que llegaron los caballos traídos por el español, el tehuelche había sido el caminante de la Patagonia. No existía distancia que no pudiera recorrer, aun llevando carga encima. Muchas historias se contaban sobre la proverbial resistencia de los tehuelche, que podían caminar durante días sin comer o manteniéndose con frutos silvestres, soportando hasta la falta de agua. Quiñihual atestiguaba esa fortaleza ancestral.

—Trate de convencerlo, don Armando —insistió Pineda—. Estamos perdiendo tiempo. El chasqui que vino del Fortín del Sud trajo malas noticias. Parece que el malón viene dividido en dos bandas y no se sabe en cuál se entreveró Calfucurá. Indio del demonio, si parece que está como el Tata, en todas partes a la vez.

Armando volvió a la carga, probando con un cocoliche mezcla de araucano y castellano, pues no conocía bien la lengua tehuelche. Era difícil e impronunciable, aparte de que ya casi nadie la hablaba en forma completa. Quiñihual escuchó displicente los intentos patéticos de Zaldívar y, al fin, como si le resultase insufrible, levantó una mano para detener el alegato, diciendo en perfecto castellano:

—La mujer blanca es necesaria para el intercambio.

Todos callaron, desconcertados. La propuesta del cacique era audaz: él aseguraba que sabía cómo aplacar la ira del Gran Jefe Salinero, pero necesitaba a la maestra de la laguna para efectuar el trato. Sin ella, Calfucurá no creería lo que estaba dispuesto a darle a cambio.

Zaldívar intentó zanjar la cuestión con un ardid:

—Está bien, mandaré a buscarla, pero debemos adelantarnos para interceptar a Calfucurá antes de que avance sobre la línea. Mis hombres se ocuparán de la mujer.

Quiñihual asintió, al parecer satisfecho, y de inmediato todo el fortín se puso en acción para resistir, mientras una parte de la tropa se disponía a cabalgar contra el viento para parlamentar con el Gran Jefe del desierto.

—Cachila, llama a Faustino.

La muchacha se sobresaltó. ¿Sabría la señora de sus amores clandestinos con el hombre del patrón?

—Llámalo, que necesito enviar un recado.

Algo más tranquila, Cachila salió en busca del joven. Al rato, volvió con un hombre armado hasta los dientes y de mirada feroz, en el que costaba distinguir al mozo enamorado que compartía la limonada con la criadita, empapado en agua florida.

—Faustino —comenzó Elizabeth, una vez superada la sorpresa—, necesito que me hagas un gran favor. Sé que eres de confianza en la casa y también que aprecias a Cachila —aquí los ojos de Faustino chispearon con un matiz de incertidumbre—. Prometo ayudarte en tus planes futuros si, a cambio, me ayudas en algo que necesito con urgencia.

—Lo que mande, patrona.

La respuesta rápida satisfizo a Elizabeth. Faustino era incondicional.

—Lo que te pido es peligroso, pero tan necesario que me causaría más daño no hacerlo. ¿Entiendes?

El peón nada entendía, aunque se mostraba listo para lo que fuera.

—Sé que se está preparando un encuentro con el jefe indio Calfucurá, y quiero estar ahí cuando eso ocurra.

La expresión de Faustino se congeló en una mueca de horror y ya su boca formaba la negativa, cuando Elizabeth atacó de nuevo:

—Quiero que me lleves por otro camino hasta donde el patrón se dirige. No temas, soy fuerte y puedo cabalgar. Sin duda, habrá un sendero oculto por donde llegar sin que nadie nos vea, y siendo sólo dos no llamaremos la atención. Yo correré con las consecuencias de lo que te pido, no temas, aunque si no me ayudas lamentaré tener que informar al patrón de tus andanzas con mi doncella personal. Cachila es mi responsabilidad y debo velar por ella.

Elizabeth se mordió la mejilla, sufriendo por lo que le estaba haciendo a aquel hombre bueno y leal. Ni por asomo pensaba denunciarlo por arrastrarle el ala a la muchacha, pero no tenía otro remedio que mostrarse implacable para lograr su plan. Faustino se había quedado mirándola, entre furioso y escandalizado, y Cachila estaba espantada. Compadeciéndose de ambos, Elizabeth los animó:

—No se apuren, sé lo que hago. Si los dos me ayudan, los recompensaré.

—¿Qué debo hacer yo, Misis?

—Actuarás como si yo estuviese indispuesta. Dirás a Chela que quiero tomar las comidas en la cama y que me duele la cabeza, por eso las ventanas permanecerán cerradas todo el día. Nadie debe enterarse, de modo que te comportarás como si yo estuviese, trayendo las bandejas y devolviéndolas vacías. ¿Entendiste?

La muchacha asintió, muda de la impresión. Daba miedo ver a la señora amenazando, primero a la india vieja y luego a Faustino.

—Ahora, Faustino, prepara dos caballos y lo que necesites para viajar en la noche. ¿Sabes dónde está Calfucurá?

CAPÍTULO 38

*A*urelia leyó por tercera vez la misiva que tenía sobre su secreter.

La luz temblona del candil creaba sombras largas sobre las paredes de su salita, donde estaba refugiada desde hacía rato. En sus dedos, manchados de tinta, jugueteaba la pluma con la que había ensayado ya diez formas distintas de responder a la carta desesperada de Elizabeth O'Connor. Ninguna le conformaba. ¿Cómo ayudar a su amiga sin traicionarse? ¿Cómo obrar con generosidad sin perder su orgullo? En la carta se leía con claridad "el doctor Ortiz", y Aurelia no quería siquiera pronunciar ese nombre en voz alta.

La negra Lucía entró sin llamar, según su costumbre, con una tisana humeante.

—Tómela, niña, le devolverá el sueño.

Aurelia sorbió con delicadeza el brebaje y reconoció el aroma del tilo y el sabor amargo de la valeriana.

—No sé qué hacer, mi negra —comentó, con aire desamparado.

Lucía suspiró y se sentó sobre una banqueta tapizada, de modo que veía el perfil de su patrona iluminado por la lámpara.

—Yo le llevaré el recado. A esta negra no le importa nada, ni el qué dirán ni las suspicacias. Y el doctorcito nunca sabrá de quién se trata.

Aurelia tragó con dificultad el resto del té. Por un momento, pensó en mandar a Lucía a la nueva casa que alquilaba Sarmiento, en la calle de Artes y Temple, pues sabía que él estaría dispuesto a aconsejarla, sin importar la hora que fuese. Pese a haber sido amigo de Pedro Ortiz y haberlo respetado como médico y como hombre, ella no dudaba de qué lado estaría su lealtad. La prudencia contuvo su arrebato. No estaba bien importunar al Presidente de la Nación con problemas de alcoba.

Lo pasado, pisado.

—Falta saber si está en la ciudad todavía —aventuró—. Miss O'Connor dice que iba camino a Chile cuando lo vio.

Lucía descartó el problema con un gesto.

—Qué más da. A menos que haya cerrado la casa a cal y canto, alguien habrá para darnos la dirección y, de ahí en más, nos encargaremos de conseguir mandadero.

Aurelia sonrió con dulzura.

—Qué haría sin tu compañía, negra ladina… Menos mal que la maestra pudo prescindir de tus servicios. Ya me estaba poniendo celosa.

Lucía se puso ancha con el comentario.

—Ya verá usted cómo vuelve esa señorita. Ni piense que una joya como esa se va quedar en la frontera. El Presidente no lo permitiría.

—Miss O'Connor se ha casado, Lucía, y eso puede cambiar el rumbo de las cosas, mal que le pese al Presidente.

Lucía soltó un bufido de exasperación que podía significar tanto desacuerdo como duda. El tintineo de la taza rompió el silencio que siguió, hasta que Aurelia tomó la decisión que podría alterar su tranquilidad.

—Iré yo. No puedo ocultarme para toda la vida. Si es médico de corazón, acudirá, no importa quién se lo pida.

—Irá, pero conmigo, señorita. Faltaba más.

Aurelia garabateó algo en el papel de carta, lo selló con lacre y se incorporó con vivacidad. Los tragos amargos había que apurarlos, bien lo sabía ella.

Nadie prestó atención a las siluetas encapuchadas que atravesaron la calle Maipú rumbo al Bajo, dos sombras en la noche sin luna.

La puerta donde meses antes Elizabeth había buscado auxilio, en plena epidemia, conservaba la placa de bronce y el fanal rojizo que la alumbraba. Con timidez, Aurelia golpeó la aldaba que, a esas horas muertas, resonó como campanada. Los minutos que pasaron mantuvieron a ambas mujeres congeladas en sus posturas: altanera la de Lucía, a la defensiva la de Aurelia. La puerta se abrió al cabo de la espera, con un chirrido que produjo escalofríos a la hija de Vélez Sarsfield.

Y de nuevo, como la escena repetida de una obra de teatro, apareció en el marco la figura elegante del doctor Ortiz, enfundado en una bata y con la misma expresión amable, aunque sorprendida. Lo que aquel hombre vio entre las sombras fue la forma gruesa de una criada de cara redonda y pelo entrecano, cuyos ojos lo miraban con una nota de advertencia que lo desconcertó; la otra figura, mucho más menuda, estaba tan encapuchada en el albornoz oscuro que apenas se le veían los ojos. Se sintió de repente transportado al mundo castellano de los hidalgos y las damiselas, con citas clandestinas en las callejas de la ciudad de Ávila y leyendas de huríes que echaban a perder a los caballeros cristianos.

Buen Dios, debía de haber bebido más de la cuenta, o no estaría fantaseando cuando dos extrañas tocaban a su puerta casi a la medianoche.

—¿Señoras?

Las damas callaban mientras él las estudiaba. Le intrigaba la más pequeña. Podría ser una niña, aunque la mirada era firme y madura. Sin duda, la otra sería la criada, que la acompañaba en esa visita audaz, porque ¿qué mujer decente se atrevería a salir a esas horas, a menos que una emergencia la impulsara? Como médico, era lo único que debía pensar. Se aclaró la garganta y ofreció a las mujeres pasar a su consultorio. Tal vez, la más joven estuviese enferma y no deseara mostrar la cara. Él había visto horribles empeines que volvían monstruoso un rostro antes bonito. De inmediato se compadeció de aquella mujer.

Encendió la mecha de la lámpara de la salita de recibo, donde también colgaba su guardapolvo, y se volvió hacia las recién llegadas.

—Han tenido suerte de encontrarme —comenzó—. Me hallo en uno de mis viajes, ya que pienso instalarme de modo definitivo en Chile. Como pueden ver, mi casa está algo desmantelada, aunque tengo lo necesario, si es que necesitan mis servicios.

Aurelia contemplaba al hombre que había sido su esposo durante tan poco tiempo y un remolino de sensaciones se agolpaba en su pecho, impidiéndole hablar. Pedro Ortiz Vélez se había despedido de su primita cuando ella tenía tres años y, al volver a la ciudad, se había encontrado con una mujer de quince ávida de conocimientos, lectora insaciable y aguda que, de inmediato, se convirtió en su admiradora. Tanto le habían hablado a Aurelia de su primo médico, guapo e inteligente, con aspiraciones políticas y trato cordial que, a partir de su llegada, leyó todos sus artículos y se interesó en sus novedosas teorías de la curación. ¡Qué feliz se había sentido en esa época, cuando por fin tenía con quien cambiar impresiones! Sus amigas no se ocupaban más que de los chismes sociales. El buen humor de Pedro y su camaradería la acercaban a su ideal de relación: la oposición de ideas, la discusión intelectual. Aurelia, crecida entre libros, constituía un desafío para cualquier cortejante y una preocupación para su madre.

Pedro Ortiz escrutó lo poco que dejaba ver la capucha del rostro de la mujer menuda y decidió que, en efecto, la pobre debía padecer un mal que la avergonzaba. Pensó en la sífilis, que a veces producía feas pústulas en la piel, claro que eso equivaldría a tomar a aquella dama por una mujerzuela, y no quería precipitarse.

—Entiendo que han venido por alguna emergencia, señoras —y abarcó en la expresión también a la criada— y no podré ayudarlas, a menos que me expliquen con detalle qué las aflige. Sabrán que mi medicina no es la tradicional conocida en esta ciudad. No se preocupen por haberme sacado de mi cama —comentó con ironía—; un médico está siempre en guardia, así que siéntanse cómodas para decirme lo que sea.

La voz profunda, de ricos matices, inundaba la cabeza de Aurelia, devolviéndole los recuerdos de aquella desastrosa unión. En su casa se conservaba todavía el recorte de *La Gaceta Mercantil* donde se anunciaba la graduación como médico del sobrino del doctor en leyes Dalmacio Vélez Sarsfield. Y luego, aquella extraña coincidencia, que fuera él mismo quien atendiese al padre de Sarmiento, don Clemente, mientras estuvo en San Felipe... ¿Cuántas jugarretas podía tenderle el destino?

—Con su permiso, doctor —dijo de pronto la negra, tomando las riendas de la situación—, mi patrona ha perdido la voz a causa de su aflicción, que es mucha, relacionada con una amiga que está en la frontera.

El doctor se mostró interesado y la alentó a continuar, sin dejar de observar las expresiones de la encapuchada.

—El caso es que la amiga de mi señora se halla ahora en el desierto, muy necesitada de un remedio que usted le preparó hace tiempo, un tónico.

La negra calló, no sabiendo qué más decir, y esperando que con eso el doctor se diese cuenta de lo que ellas deseaban. La actitud expectante, sin embargo, decía a las claras que aguardaba más información.

—Es un tónico —repitió Lucía.

—A ver… tal vez podría aclararme un poco de qué se trata. Dice que vino por él la amiga de la… señora aquí presente. ¿Su nombre?

Aurelia pensó que Pedro preguntaba por ella y tuvo un sobresalto, hasta que la negra Lucía vino en su ayuda.

—La señorita "Miselizabét Connor".

El doctor frunció el ceño de un modo familiar para Aurelia y alegó, desilusionado:

—No recuerdo a nadie con ese nombre. ¿Hace cuánto que me visitó? Yo ejerzo en Chile desde algún tiempo.

—Fue… —y aquí Lucía se vio en un brete, porque no sabía en realidad cómo habían sucedido las cosas.

Después de que volvieron de la laguna, Miselizabét se había arreglado por su cuenta, mientras que ella acompañaba a los Vélez Sarsfield a Arrecifes. Se jugó a una corazonada:

—Fue durante la peste.

Aquella indicación iluminó el semblante del doctor Ortiz. Recordaba bien a la mujercita decidida que acudió a él en medio de la desolación de la fiebre. Le había relatado el caso de alguien que padecía fuertes dolores de cabeza seguidos de ceguera, algo que le había interesado mucho como científico. No pensó que fuese ella misma la afectada. Saberlo le provocó gran pesar. Podría haberla ayudado.

—Creo recordar a una joven valiente que se quedó en Buenos Aires a cuidar a su familia. ¿Será ella? Si es así, me habló de una extraña dolencia para la que le receté un medicamento sencillo y muy efectivo.

—Es ella, doctor.

Pedro Ortiz se levantó de su silla y abrió un cajoncito de una vitrina que colgaba de la pared. Regresó llevando en la mano una libreta.

—Veamos —dijo, pensativo—. Esa joven llevó una dosis de láudano mezclada con… —y una serie de murmullos incomprensibles obligó a las dos mujeres a inclinarse hacia adelante, circunstancia que el doctor aprovechó para levantar la vista de improviso y pescar los ojos de la señorita, que se clavaban en la libreta con avidez. Una avidez que él ya había visto en otra parte, otros ojos, otro tiempo. Algo inquieto, continuó revisando sus anotaciones.

Aurelia, sonrojada bajo el paño del albornoz, continuó también su escrutinio. Poco había cambiado Pedro desde aquel entonces, salvo algunas canas que lo hacían más atractivo. La falta de solemnidad que siempre lo había caracterizado estaba ahí, patente en el modo campechano con que las había recibido y revisaba sus anotaciones en presencia de ellas.

Se moría de ganas de preguntarle si había aplicado en el remedio de Elizabeth los principios de la hidropatía o "cura por el agua" que tanto había defendido en sus artículos. La medicina del doctor Ortiz era famosa no sólo por su eficacia sino por su carácter original. Fue esa libertad de pensamiento lo que la había encandilado en su juventud.

Casi siguiendo el rumbo de sus ideas, el doctor comenzó a explicar sus métodos, más para sí mismo que para ellas, como si hacerlo le permitiese rememorar la entrevista con la maestra de Boston.

—Usé las Flores de Kousso para expulsar cualquier parásito que hubiera, combinándolas con un sedante suave, aunque me habría gustado poder recetar las abluciones de agua fría, tanto en forma externa como interna, ya que es lo que más ayuda a la naturaleza a manifestar su poder curativo.

La cara impávida de Lucía revelaba que no entendía nada, y la expresión luminosa de los ojos de Aurelia delataba la admiración que despertaban en ella las palabras del doctor.

—Niebla ante los ojos y ceguera compulsiva —siguió diciendo—. Un caso de constricción de la circulación en la nuca. *Gelsemium*. No típica, sin embargo. La relacioné con las lágrimas no derramadas y el orgullo excesivo, con desprecio de sí mismo. Es raro —agregó de pronto, mirando a sus interlocutoras—. No me pareció que aquella señorita padeciese estos males. Ella me hablaba de otra persona, un paciente varón, aunque, claro está, puede haber ocultado la identidad del enfermo, lo comprendo. Lástima, ya que la condición de varón o mujer cambia las cosas. Habría recetado *Platina* en ese caso.

Lucía estaba a punto de creer que hablaban con un loco, mientras que Aurelia volvía a caer bajo el hechizo que la aguda inteligencia de Pedro le producía. Ingenio y elocuencia eran las armas del doctor Ortiz, acompañadas de una sonrisa.

"Otro de los gavilanes", pensó la negra, recordando las advertencias que "Miselizabét" no quiso escuchar.

—¿Esa amiga suya ha mejorado, al menos, durante mi tratamiento? Sería extraño, tomando en cuenta que le receté esencias adecuadas al género masculino.

Aurelia comprendió que no podría permanecer muda más tiempo, o Pedro creería que se estaba burlando de él. Ensayó una voz baja, sin tonalidades, que disimulaba su verdadero acento, y respondió:

—Me pidió que le recetase otro tónico igual.

El doctor podría haberle exigido que descubriese su rostro, sabiendo ya que el remedio no era para ella. No obstante, algo le impidió hacerlo, una advertencia que repiqueteó en su mente mientras escuchaba por primera vez la voz de la señorita. Con gesto adusto, impropio de él, se levantó y rebuscó en la botica hasta dar con dos frascos de etiquetas azules. Luego escogió dos goteros con los que contó una cantidad exacta de gotas del líquido de cada uno y las vertió en otro frasco más pequeño. Anotó unas siglas en una etiqueta y pegó ésta sobre un papel marrón. Sin decir palabra, dejó la salita y volvió con un botellón de brandy. Las mujeres se estremecieron. No querían compartir bebidas con el doctor ni permanecer en la casa más tiempo del necesario. Ortiz las tranquilizó al destapar la botella y echar un poco del licor en el frasquito. Lo tapó con un corcho hasta el fondo y lo envolvió con el papel. Extendió el medicamento con rigidez.

—Aquí tienen. Llévenlo a quien lo necesite. Espero que alguna de ustedes esté diciendo la verdad. Y me refiero a las tres.

La mordacidad de las palabras hizo sonrojar a Aurelia.

—Disculpe su merced —se atrevió Lucía—, pero ¿sería tan amable de llevárselo usted mismo? Como dice que va camino de Chile y la amiga de mi patrona se encuentra en esa línea... Además —y bajó un tono para decirlo—, creemos que puede hallarse en estado.

Pedro Ortiz quedó mudo de asombro ante la impertinencia.

—Le pagaremos bien, señor, incluidos los gastos de viaje —dijo la más joven, mostrando una billetera.

Si no hubiera sentido la advertencia más fuerte que antes, si no temiera conocer la identidad de aquella dama de incógnito, tal vez el doctor habría hecho uso de su autoridad de hombre de ciencia para echarles en cara su falta de honestidad y su desparpajo. El temor a algo desconocido, sin nombre, lo refrenó y se escuchó aceptando aquella misión tan irregular.

—Está bien. ¿Dónde debo llevarlo?

Aurelia extendió un papel donde figuraba el nombre de

Elizabeth y la dirección desde la cual le había enviado la última carta.

Al dejar atrás la calle Perú, Aurelia se quitó la capucha y respiró el aire nocturno con alivio.

—¿Crees que se habrá dado cuenta, Lucía?

La negra la tranquilizó:

—Qué va, ha pasado mucho tiempo, mi niña, y además estaba apurado por irse a dormir. ¿No vio que llevaba puesta la bata?

Aurelia no respondió, ni tampoco vio la expresión comedida de la negra, que disimuló bien su sospecha: "Ay, mi amita, qué cruel es el amor con sus devotos servidores…" y en su pensamiento vio nítida la imagen de "Miselizabét" casada con uno de los gavilanes.

Al llegar a la casa de la calle Maipú, Aurelia encontró a su padre levantado, también en bata como el doctor Ortiz, con el semblante mucho más serio.

—¡Tatita! ¿Qué sucede?

Dalmacio Vélez Sarsfield blandió ante ella un papel cuyo lacre ya había sido roto.

—Malas nuevas me temo, hija. Noticias de la frontera que debo transmitir enseguida. Los indios atacan en malón toda la línea de fortines.

—¿Y Sarmiento ya lo sabe?

—Él en persona me trajo la esquela. Ay, hija… desde Caseros que vengo tratando de cimentar una política pacificadora de todas las discrepancias. Basada en la ley, como debe ser, y ahora me toca ver cómo se traspasan todas las leyes con la brutalidad.

—No se aflija, Tatita. Sus esfuerzos no habrán sido en vano. Esto se veía venir… —añadió con tristeza.

Nadie durmió esa noche.

El doctor Ortiz ahuecó la almohada tantas veces que la transformó en una masa informe. Aquellos ojos que lo miraban con curiosidad debajo del albornoz lo persiguieron durante su desvelo.

Aurelia contempló el amanecer desde su ventana. Nunca le pareció tan triste la luz que desnudaba los tejados a lo lejos. Los primeros trinos le recordaron que debía afrontar el nuevo día y soltó un suspiro. Otro problema para Sarmiento. No le diría que había visitado, de incógnito, a aquel hombre del que jamás se hablaba. Guardaría ese secreto en su corazón, que de nuevo empezaba a sangrar.

El doctor Vélez Sarsfield apuró su mate cocido y pidió su abrigo para visitar al Presidente en la casa de gobierno. Si conocía a

Sarmiento en algo, ya debía de estar allá, vociferando a diestra y siniestra. Él tampoco habría dormido esa noche, de seguro, pues la acción lo desvelaba.

Tomó su sombrero y salió a las calles, todavía amodorradas.

¿Cuánta guerra haría falta? ¿Cuántas muertes? ¿Cuándo, por fin, sobrevendría "la era del espíritu" de la que hablaba Voltaire? Se sentía viejo y cansado, aunque una chispa de optimismo brotó en su interior al pensar en Aurelia. La vida proseguía y a otros les tocaría llevar adelante el progreso: Aurelia, la señorita O'Connor, el joven Avellaneda, de quien se decía que prometía para la Presidencia... Por lo menos, había logrado dar al país un Código moderno, a la altura de los europeos.

Al distinguir la silueta del Fuerte recortada contra el río, su andar se tornó más liviano.

"Uno de estos días", pensó, "volveré a Amboy, para ver las montañas por última vez".

CAPÍTULO 39

El horizonte del amanecer, erizado de lanzas, es una línea ondulante que señala hacia el cielo. Un tenso compás de espera hasta que la pampa profunda se abra, en surco sangriento, dejando paso al malón.

Como si el sol diese una orden, ese horizonte se mueve, reptando por la inmensidad de la llanura, dando nitidez a sus formas, revelando los caballos, las lanzas, las crines, la artillería de que dispone el indio.

La tierra toda se mueve.

Un rumor sordo se vuelve estruendo y los alaridos rasgan la claridad de la mañana, estremeciendo los oídos y helando la sangre.

—¡Allá vienen! —se escucha gritar desde el mangrullo del Centinela.

Adentro, la respuesta es un ruido metálico, como el de las trampas de caza al cerrarse, todas a un tiempo. Los soldados aprontan las armas.

El sol, rojo aún, anticipa el reguero de sangre y corona las testas de los guerreros, haciéndolos más temibles a los ojos que los ven acercarse.

—Son más de mil —murmura, atontado, Valdés.

La polvareda sube hasta el cielo mismo, cubriéndolo todo, creando monstruos en aquellas figuras desmelenadas. El suelo retumba bajo la maraña de patas. Caballos y reses avanzan en montón, pisándose, topándose, llevándose todo a su paso, entremezclando mugidos y relinchos con los gritos y alaridos.

La llanura se despliega como una ola que se devora a sí misma. Es el gran malón de Calfucurá, el tan temido. Ni teros, ni vizcachas, ni avestruces, ni siquiera las nubes se atreven a asomarse. El cielo diáfano es el único testigo de aquella tromba de tierra impulsada por el furor.

La feroz oleada pampa forma de pronto una medialuna que rodea el fortín y la indiada se detiene, sin duda obedeciendo la voz de mando.

—¿Es él? —pregunta, ansioso, Valdés.

A su pesar, la figura del caudillo lo atrae, mezclado con el encono que le infunde. El capitán Pineda nada dice, atento a los movimientos de los indios. Puede ser un ala del ejército de Calfucurá o su misma facción, no lo sabe. Los cañonazos anteriores indican que han pasado por otro de los fortines. Demasiado rápido, o quizá sea un desmembramiento de la columna principal. No puede arriesgarse, la orden es no disparar hasta que los tengan encima, casi adentro del Centinela. La sorpresa será su ventaja.

Capta la impaciencia de sus hombres, la tensión de los dedos crispados en los gatillos, las respiraciones contenidas en los pechos temblorosos, y musita una plegaria por todos ellos.

Después de ese día, no sabe cuántos sepultará la pampa, ni si será él quien alimente con su sangre los cardales.

—¡Listos! ¡A la voz de aura, pues! —grita, horadando el miedo de todos con su voz—. ¡Nadie tire hasta que yo ordene!

La quietud del fortín desconcierta a la indiada. Sin bandera, con el puente tendido como si aguardaran refuerzos, sin centinela en el mangrullo…

¿Se habrán equivocado al pensar que en esa tierra mora el traidor al que hay que ajusticiar? Un grupo de avanzada rompe la medialuna y se acerca, a paso lento, tentando la situación.

El Centinela está mudo. Parece que hasta el aire en los pulmones se ha detenido. En la comandancia, donde se alojan las mujeres con sus crías, tampoco se escucha nada. Las madres, temerosas de delatarse, oprimen las bocas de sus hijos contra los pechos calientes. Saber que hay mujeres blancas puede ser un aliciente para los invasores.

El silencio campea, señor absoluto del fortín y sus alrededores.

Francisco miraba aquello con la fatalidad que lo acompañaba en los últimos tiempos. La gente de Calfucurá lo quería vivo, eso le quedó claro desde el momento en que atendieron sus heridas, le llevaron comida y lo alojaron en una tienda, junto con dos lanceros para custodiarlo. Lo que no estaba claro era la razón. Ni entendía por qué necesitaban que los acompañase en su maloqueada, como no fuese el perverso placer de obligarlo a ver cómo despenaban a su gente.

Temió que las hordas guerreras se encaminasen más al sur, adonde estaba "su" Elizabeth. Esperaba que Armando Zaldívar hubiese tenido el tino de mandarla por fin a Buenos Aires, lejos de todo, incluso de él mismo, que nada bueno le había traído a la maestrita.

Contempló la efigie miserable del Centinela con los ojos del indio que era, en definitiva. Parecía una plaza abandonada. ¿Acaso la llegada de Calfucurá había sido anunciada con antelación? Le habría salido el tiro por la culata al Gran Jefe entonces, pues supo de oídas, durante su cautiverio, que la sorpresa era la clave de aquel ataque. Por lo que él entendía, aquél era un malón de protesta "por las picardías" de la gente del gobierno.

El tiempo vivido entre los pampas lo ilustró sobre muchas de sus creencias. Adoraban a Calfucurá pero le temían, y muchos caciques lo odiaban también, aunque de forma solapada. El caudillo del desierto tenía demasiado poder para carecer de enemigos. Y no se trataba de los blancos, sino de gente de su sangre, que codiciaba aquel puesto de mandamás. Algunos no olvidaban tampoco el cruel asesinato de los vorogas, cuando Calfucurá sacrificó a toda una tribu para dar el ejemplo y quedarse de paso con las Salinas Grandes.

La gente de Calfucurá había cruzado la cordillera desde la zona del volcán Llaima, en Chile. Pertenecía a la parcialidad huiliche que, después de asentarse en las lagunas del sudeste de la pampa, campearon sobre todas las otras tribus, incluso las de origen mapuche como ellos.

Venerado, temido, odiado. Una combinación peligrosa.

Namuncurá, el tercer hijo, el preferido del cacique, se hallaba entre los lanceros que lo acompañaban en ese día glorioso. Tiempo atrás había dirigido la invasión de Bahía Blanca, como lugarteniente de su padre, y estaba destinado a sucederlo en el cacicazgo de Salinas Grandes. Francisco había tenido ocasión de verlo, con su rostro redondo de facciones achinadas, organizando la partida de quinientos lanceros de su escolta. Había pasado frente a él con porte orgulloso, mirándolo desde su potro con desprecio aunque, por un instante, Francisco creyó percibir otra mirada, de extrañeza y hasta temor. No pudo descifrar el motivo de aquella conducta.

Calfucurá en persona arengaba a su tropa. Recorría de punta a punta el semicírculo, blandiendo la lanza a los gritos, levantando un clamor de guerra a su paso. Era increíble el poder de aquel hombre sobre los suyos. Si alguno flaqueaba, su ímpetu renacía con sólo ver a su jefe dispuesto a jugarse la vida. El caudillo vestía pantalón de paño con galones, de seguro prenda de algún intercambio o saqueo, morrión con penacho y mangas de camisa sucia, atada en la cintura con una liga tejida. Hacía gala de su vestimenta, pues en eso los indios cifraban las diferencias de jerarquía. No en vano solicitaban siempre ponchos finos, calzoncillos y chaquetas, cuando celebraban sus endebles tratados de paz.

Francisco ocupaba un sitio de preferencia, primera línea en la columna de la derecha, escoltado por la caballería de reserva. Desde allí tenía una visión completa del fortín y de las otras columnas de indios. Le habían quitado las ataduras, seguros de que no podría huir, y montaba uno de los potros de la toldería. No sabía dónde se hallaba Gitano.

Un clarín suena entre las huestes pampas, y las columnas se desplazan hacia afuera. La avanzada sigue, apartándose del semicírculo, hacia el puente tendido. Los que montan echan pie a tierra y esgrimen sus chuzas en alto, mientras achican la distancia con el objetivo.

Nada. Ni un miserable humo de fogón sobrevuela la techumbre de paja. El Centinela está abandonado, como la cáscara de un fruto podrido.

Cien, cincuenta, veinte metros... diez metros...

Adentro, la tensión crece a medida que el indio se acerca. ¿Sabrá el capitán lo que hace? La duda carcome el corazón de algunos, que ya sienten el olor a grasa de potro en sus narices.

Ocho metros...

Hasta el resuello de los indios se escucha.

—¡Fuego!

Se desata un infierno de explosiones, aullidos de dolor y rabia, gritos de triunfo y maldiciones, mezclados con el polvo que levantan los salvajes en su huida. Los que quedan después del ataque traicionero huyen a pie, dejando que los caballos busquen su propio refugio. El resto de la tropa salinera retrocede también, por instinto, formando nuevas figuras en torno al fortín que, de repente, es una lengua de fuego. Alguien ha conseguido arrojar una lanza encendida sobre el pajar del techo.

—¡Apaguen, carajo! —se escucha en el fragor de la carga.

Los soldados luchan contra el fuego desatado en el interior, procurando que no llegue a la comandancia, mientras cargan sus armas y alimentan los cañones que les permitirán rechazar el ataque que se viene. Repuestos de la sorpresa, los indios se arrojarán, ebrios de odio, buscando aniquilarlos.

El capitán Pineda ordena a Pereyra que coloque más hombres en la parte trasera, pues el círculo se ha cerrado en torno al fortín. Se santigua y avanza hacia la línea de combate, para fogonear los ánimos de sus hombres contra el indio.

—¡Hagan bosta con los crinudos, soldados!

La indiada opta por cabalgar en torno al Centinela, gritando y enarbolando lanzas, y también disparando, pues tienen algunos Remington. Y hasta cañones, como puede comprobar el capitán al recibir un balazo en el centro mismo del puente. Tratarán de pasar por allí, aunque los distraerán primero, para atacar los flancos o desde atrás.

Los recibirá como se debe.

—¿Cuánto podremos resistir, capitán? —inquiere, siempre ansioso, el segundo.

—Lo que dé la pólvora, Valdés —es la respuesta tajante.

Y los disparos se suceden sin interrupción, creando ecos de muerte en la llanura, levantando un humo acre que se mezcla con la tierra y oscurece el cielo, tan límpido en ese amanecer.

La lucha es desigual, sin embargo. Afuera, la pampa alzada los aguarda, mientras que adentro, un puñado de hombres intenta repeler la furia que, a lo largo de los siglos, ha amamantado a los indios. Imposible pasar a la ofensiva. Son demasiados. Y ya superaron la sorpresa inicial.

Un tumulto se forma en la empalizada, del lado de adentro: algunos indios consiguen saltar y caer sobre los soldados con sus facones, sus boleadoras, la mueca de rabia desfigurando sus rostros. Ruedan los cuerpos entrelazados, los puñales se clavan en la tierra, en los pechos, en las espuelas, en cualquier parte, porque los ojos no ven en esa polvareda de sangre y tierra. Se chucea al azar, caiga el que caiga. Es difícil acertarle al enemigo en esa confusión.

—¡Cuidado, mi capitán! —grita Valdés, antes de caer bajo el cuchillo que tajea su cuello.

Otra clarinada resuena en la llanura. Llegan refuerzos, ¿de quién? Por un momento, el aire se hiela en los pechos de los soldados. La suerte, otras veces esquiva, hoy está de su lado: son aliados del gobierno, los indios de Catriel y la gente de Quiñihual.

"Por fin el taimado da la cara", piensa Calfucurá, y le hierve la sangre en ansias de venganza.

La indiada se recompone en nueva formación y ataca en tropel, sin dar resuello a los caballos. Hay un entrevero que debilita a una de las facciones aliadas: los indios catrileros se niegan a pelear. En vano los azuza y amenaza su cacique, ellos sienten el llamado de la raza y se plantan. A la orden de Catriel, un milico de galones fusila al capitanejo instigador y eso decide a los otros a volver a la lucha. Se renuevan los gritos, las blasfemias, los quejidos, los disparos y el ruido espeluznante de las lanzas, hendiendo el aire en busca de la carne. Renovada, la carga catrilera hace estragos en la caballería araucana.

Calfucurá arremete, ciego de furia, con su reserva de quinientos jinetes, sin ver que el general Ignacio Rivas le sale al encuentro con sus trescientos lanceros. El choque se produce detrás del fortín. Los milicos de Rivas abren una brecha que divide en dos las fuerzas del jefe salinero, golpe de gracia que hiere de muerte al atacante.

Cara y cruz de un mismo destino. Todos son hijos de la tierra, los indios y los criollos; todos creen defender la causa legítima y dan la vida por ella. Siglos de enfrentamiento se deshacen en la victoria total de unos y la desbandada de otros. Calfucurá fue por la gloria y vuelve con la derrota.

Divididos en grupos que todavía luchan, los indios comienzan a retirarse hacia el oeste, seguidos con saña por los defensores de la plaza. La tierra queda marcada por las huellas de la persecución y los cadáveres yacen, superpuestos, sin importar la raza ni el color, tiñendo con su sangre la pampa, que ya no es del indio.

Es el ocaso de Calfucurá. Salinas Grandes no será su reino, su gloria se ha extinguido.

Las tribus regresan, agotadas y en silencio, a sus toldos. Hay tantos muertos… Sobre todo, muertas las ilusiones de grandeza, que el caudillo araucano supo acrecentar con sus luchas y sus acuerdos, sus traiciones y sus lealtades. La tristeza de Calfucurá es infinita, sólo se agotará cuando entre al País de los Muertos, la *huenu mapu*, la tierra de donde no se vuelve sino en el humo de los recuerdos.

En el fortín destrozado, por sobre el llanto de las mujeres y los gemidos de los agonizantes, se escucha la voz serena del capitán Pineda:

—Alférez, ice la bandera.

En medio de los restos humeantes y los cadáveres, los soldados se enjugan la frente y alguna lágrima, para seguir adelante con la misión. Recogen los trozos de artillería, los cuchillos perdidos, los quepis de los compañeros muertos. Habrá que darles sepultura de inmediato. En el cielo de la mañana, más claro al disiparse la humareda, ya planean los primeros buitres.

Francisco cabalgaba junto con las huestes que huían hacia el sudoeste, mezclado entre los indios como si fuese uno de ellos. No habría tiempo de explicar nada si los alcanzaba la tropa. Y, después de todo, él seguía siendo medio indio. En ese momento luchaba por su vida, igual que los otros.

La polvareda impedía ver hacia dónde se dirigían, aunque la caballada parecía reconocer cada recodo del camino, cada piedra, cada medanal. Avanzaron varios kilómetros en huida desenfrenada, hasta que los primeros en la línea se detuvieron, creando confusión entre los jinetes.

Un hombre les impedía el paso.

Francisco alcanzó a escuchar una exclamación, mezcla de rabia y sorpresa. Aguzando la vista, descubrió que se trataba de un anciano guerrero que aguardaba de pie, con los brazos cruzados sobre el pecho, la lanza clavada a sus pies, en claro mensaje de guerra. Nadie se movió. Parecían esperar alguna orden para actuar. Se formó un hueco entre los jinetes, haciendo lugar a otra figura, que entró en la escena.

Calfucurá. La ira le permitió reponerse de su vergüenza y encarar al más detestado de sus enemigos, el que se decía su amigo: Quiñihual.

Los dos hombres se midieron en silencio, mientras las tribus de ambos se mantenían apartadas, con un temor casi reverencial hacia sus caciques.

Francisco captó un movimiento sutil del indio viejo, al que reconoció como el huésped de Armando Zaldívar. El hombre parecía mirarlo a él, distinguiéndolo entre todos los otros jinetes. Fue un instante tan fugaz que Fran dudó de que realmente hubiese ocurrido.

Calfucurá avanzó unos pasos, disfrutando de la venganza por anticipado. Mataría al traidor, después de hacerle saber que mataría también a su hijo, aquel mozo que capturó para que la muerte de Quiñihual le supiera más dulce, atormentada por el sufrimiento de los suyos. Estaba a punto de decir las palabras que saboreaba en su boca cuando la aparición de otros personajes lo detuvo en seco.

Francisco creyó que toda su sangre se le escurría de las venas.

Elizabeth, desgreñada y sucia, se acercaba acompañada por un peón de igual traza que ella. Ambos subían con dificultad el médano que los separaba de las tribus. El hombre la ayudaba, tomándola del codo, y ella se recogía las faldas para que no la estorbasen. ¿Sabrían aquellos insensatos adónde se dirigían? ¿Verían a los temibles guerreros enfrentados, delante de ellos, o todavía no se daban cuenta de su situación?

Fran estaba a punto de lanzar el grito cuando Quiñihual se dio vuelta y señaló hacia Elizabeth. Ese gesto lo silenció, sumiéndolo en el pavor. ¿Qué estaba sucediendo? ¿Dónde estaba Armando? ¿Habrían atacado El Duraznillo?

Desde donde estaba no podía escuchar las palabras, aunque los gestos elocuentes de los indios le dieron a entender que Quiñihual quería llamar la atención de Calfucurá sobre Elizabeth. ¡Indio desgraciado! ¡Estaría ofreciéndosela como cautiva! Fran no esperó a confirmar su sospecha y se abalanzó a través de los jinetes, atropellando con su potro, sembrando la confusión. La galopada obligó a los dos caciques a mirarlo, cada uno con distinta expresión: Calfucurá tenía los ojos rojos de furia, mientras que en los de Quiñihual se percibía una chispa de satisfacción.

Francisco se detuvo a pocos pasos, clavando su mirada en Elizabeth. Ella levantó la suya y lo miró con adoración. Con el cabello enredado y lleno de cardos, la ropa rota, el chal torcido y las mejillas arañadas, manchadas de tierra y sudor, él la vio hermosa como nunca. Su esposa, su Elizabeth terca y orgullosa, atada a su vida sin remedio.

La mujer a la que amaba.

"¡Está vivo, Fran está vivo!", fue lo único que pensó ella. Aunque vistiera como un indio y acompañara a los salvajes, aunque la hubiese abandonado para volver con su gente, sintiéndose comprometido con la causa o indeciso entre pertenecer al mundo de los blancos o al de los indios, lo entendía. Podía comprender esa lucha interna del que se siente fuera de lugar en todas partes. ¿Acaso no lo habían vivido tantos antes que él en la historia de los pueblos? Lo importante era que estaba bien. Ya tendrían ocasión de hablar y decirse lo que faltaba aclarar entre ellos.

—Quiñihual hizo lo que debía —se escuchó decir, a través del viento—, lo que deben hacer todos para evitar muertes.

La voz del anciano resonaba entre los matorrales y sobre las dunas.

Calfucurá lo miraba con odio.

—Quiñihual hizo lo que haría un traidor —respondió con veneno—. No vale como jefe, es un esclavo del blanco, se vendió a su yerba, a su azúcar y a su tabaco.

—Calfucurá también se vendió a las mercancías del blanco. Las cuentas de las remesas del gobierno lo prueban. ¿O no tiene el jefe los documentos de tantos tratados?

Calfucurá apretó los dientes y replicó:

—No habrá paz en mi espíritu hasta que no vea aplastado al último traidor. Quiñihual debe morir.

—Puede ser —dijo con serenidad el anciano—. Pero antes, Calfucurá debe saber algo.

El caudillo se impacientaba. No quería parlamentar, sino dar un escarmiento. Y se le presentaba en toda su magnitud, con el hijo mestizo de Quiñihual delante. Podría vengarse por partida doble: anunciaría la muerte de Pulquitún y luego mataría al mozo ante los ojos del padre, para lancear después al propio Quiñihual frente a sus hombres.

Las palabras de su antiguo aliado lo desconcertaron:

—La mujer blanca aguarda un hijo que es nieto de Calfucurá, un legado de la estirpe de los Curá, tal vez el último.

Hubo una pequeña conmoción, en especial entre la gente de Namuncurá, que miró hacia donde su padre se mantenía, impertérrito, sobre el caballo. El silencio envolvió a los protagonistas de esa escena, congelándolos en sus posturas. Calfucurá contempló a Elizabeth, que parecía casi una niña.

—¿Quién lo dice? ¿Un traidor a la sangre?

—Lo dice la mujer, que es esposa del hijo a medias de Calfucurá.

Las palabras de Quiñihual conmocionaron al caudillo hasta su fibra más íntima. "Hijos a medias" tenía a montones. Entre las cautivas y las esposas indias de su aduar, el jefe salinero era un padre prolífico que no desamparaba a ninguno de sus hijos, si bien tenía sus predilectos, como Namuncurá. ¿De qué hijo le hablaba Quiñihual?

Viendo que su parlamento había causado cierto efecto, el anciano cacique prosiguió.

—Ese hombre —y señaló a Francisco— es hijo del león del desierto. Lleva su sangre, como se puede apreciar en su porte.

El más sorprendido era el propio Francisco. Sabía que había sido engendrado por un cacique indio y no renegaba de ello, pero que su padre fuese el mismo demonio cuyo nombre se pronunciaba con temor religioso por toda la pampa, y hasta en Buenos Aires, era una confesión que excedía sus imaginaciones más audaces. No sabía si sentirse orgulloso de ese origen o denostarlo.

Todos los ojos estaban fijos en él. Los de Calfucurá empequeñecidos, analizando los rasgos del que se decía hijo suyo. Podía ser, tenía algo... No se parecía en nada a Namuncurá, aunque siendo de madre blanca... ¿En cuál de ellas lo habría gestado? Pensó en una en especial, una mujer hermosa que se le resistía hasta que la tomó por la fuerza, sin contemplaciones. Después la colmó de regalos y le puso una tienda para ella sola, pero aquella cautiva nunca recuperó la sonrisa. Un día, una partida de milicos la rescató y nunca supo más de ella. ¿Sería éste el hijo de la mujer? La incertidumbre le carcomía el pecho. Él había dado por cierto que el mocito Peña y Balcarce era el hijo perdido de Quiñihual, y sobre esa certeza construyó su venganza, pero las cosas podían torcerse, ser de otra manera. Sólo los dioses lo sabían, y a veces se reían de los hombres con sus encrucijadas. Su gente le había informado que aquel mozo sufría de un mal del espíritu, que se perdía en los sueños del mismo modo que él durante sus borracheras.

Podía tratarse también de una estratagema de su enemigo, para confundirlo y así salvar el pellejo de su hijo. La duda cruel, sin embargo, había horadado su corazón. Ya no podría tomar venganza sin que se le presentara el espíritu de aquel mozo para reclamarle, en caso de ser su verdadero hijo.

Rumió la nueva situación hasta que pudo responder:

—Si es hijo mío, vendrá con mi gente a los toldos porque ése es su lugar, pero no hay sitio en mi pueblo para un traidor.

Y, sin que nadie pudiese impedirlo, arrojó su lanza que se clavó, certera, en el pecho de Quiñihual. Un murmullo y un grito acompañaron el gesto agónico del guerrero, que luchó para no caer de rodillas y morir de pie. Cuando por fin se desplomó, lo hizo con una extraña sonrisa en su rostro curtido, mirando al cielo y sosteniendo una mano cerca de la herida, como si quisiese detener la sangre que ya se derramaba en el arenal.

El grito de Elizabeth puso en acción a Francisco, que saltó del caballo y acudió a sostenerla, tomándola en sus brazos. La joven se tapaba la boca con ambas manos y dejaba correr lágrimas a raudales. Faustino miraba atónito el cuerpo del hombre que, un rato antes, les había explicado su plan salvador. Habían confiado en él, y ahora quedaban a merced de aquella gente bestial.

Fran puso a Elizabeth en manos de Faustino y se colocó delante de ambos, listo a repeler cualquier ataque. Si aquel hombre cruel era su padre, tanto peor. Él no sería de la partida.

Calfucurá contemplaba el cadáver de Quiñihual con resquemor. Ese guerrero había enarbolado la lanza de la libertad de los pueblos antes que él, y animado a todas las tribus a mantenerse en pie de guerra para defender el suelo. Ahora estaba muerto por su mano, justo el día de su derrota, la que el propio Quiñihual vaticinó con fatalismo. No había querido escucharlo entonces. Sin embargo, el temor incipiente de que aquella profecía se cumpliese lo impelió a buscar con la mirada a su otro hijo, el valiente Namuncurá, y a pedirle en silencio que continuase la guerra, que no cejase en su empeño de quitarle al blanco las tierras robadas al indio, para que jamás se agotase la sangre pampa, desde las montañas hasta la llanura.

Namuncurá se acercó.

—Padre, ese hombre no es mi hermano.

Calfucurá dejó caer la cabeza sobre el pecho, abatido.

—Tal vez sí.

El joven guerrero miró con furia y recelo a Francisco. No quería que lo fuera, no deseaba competidores en su cacicazgo cuando su padre se retirara. La primera vez que vio a ese prisionero en los toldos, algo le llamó la atención. Ahora lo entendía: aquel hombre llevaba sangre india. ¡Pero no la suya, ésa no! Era sólo de él y de sus otros hermanos, que obedecerían su ley cuando él gobernase. Si este hombre volvía con ellos, corría el riesgo de que se convirtiera en el heredero de los dominios de Calfucurá, pues no lo imaginaba sometiéndose a sus designios, con esa frente alzada y la mirada salvaje.

Aguardó, impaciente, la respuesta del padre.

Calfucurá levantó la cabeza y observó a sus dos hijos, el que seguía sus pasos y el que vivía con los blancos. Él también vio la dificultad de incorporarlo a sus huestes diezmadas, pese a que se enorgullecía del porte del mozo. No podía desmerecer a Namuncurá, su sucesor natural, que tan fiel le había servido. Captó la aprensión en el gesto de ese hijo y decidió dejar las cosas así, hasta que las fuerzas araucanas se rehiciesen para atacar de nuevo.

—Hijo —dijo a Namuncurá—, tu hermano volverá cuando entienda que pertenece a nuestro mundo, que necesita de su fuerza. Ahora vayamos a nuestras *rucas*, a calmar a las esposas y hablar con los guerreros. La misión del indio no termina acá, aunque los dioses no me permitan seguir —y agregó, volviéndose hacia Francisco—: cuando los blancos demuestren su picardía, vendrás con nosotros. Y habrá lugar en los toldos para recibir a tu mujer y a mi nieto. La sangre de los Curá debe perpetuarse, en tus hijos y en los de tu medio hermano. Que no se apague nunca la luz del guerrero.

Y con estas palabras, que encerraban una promesa, el viejo caudillo, el brujo temido y reverenciado, dio la espalda a los otros y galopó hacia el oeste, siempre hacia el oeste.

"Que no se abandone Carhué al *huinca*" seguía siendo el emblema de su lucha.

Atrás quedaron los tres testigos de la debilidad y la fuerza de un hombre que había conseguido movilizar a la pampa entera en pos de un sueño, el sueño del indio. Un sueño imposible, a la luz de los tiempos que corrían.

Fran contempló el rostro manchado de Elizabeth con ternura. La joven temblaba, víctima de una conmoción por todo lo vivido. Faustino se apresuró a explicarle su presencia en aquel sitio: le contó que la "Misis" y él habían cabalgado en la noche para llegar al lugar donde Calfucurá debía parlamentar, según les tenían dicho, y que a poco de salir escucharon los cañonazos y comprendieron que no habría parlamento, así que se dirigieron al Fortín Centinela, pensando que la trifulca sería más al norte. En el camino se toparon con guerreros de Quiñihual que los condujeron ante su jefe por un sendero indio, lejos de las rastrilladas habituales. Por eso llegaron desde atrás y dando rodeos, de lo que Faustino se alegraba, pues no sabía qué hacer con la maestra en esas condiciones. Fran se mordía la lengua para no dejarse llevar por su genio y despedazarlo por insensato.

Los ojos de la maestra buscaron entre las rocas el cuerpo de Quiñihual. No soportaba la idea de irse de allí sin darle sepultura. Sin embargo, la tribu del guerrero se había encargado de llevárselo, sin duda para enterrarlo en su propia tierra, lejos de los entreveros con los blancos.

—Ya pasó todo, mi amor —le dijo Fran con dulzura desconocida—. Volvamos a la casa, para que un médico te vea.

—Estoy bien —murmuró ella, sin advertir lo inusual del término en boca de su esposo.

Fran hizo señas a Faustino para que buscase los caballos y emprendió una marcha lenta con Elizabeth, sujetándola por la cintura con tal fuerza que sus pies casi no tocaban el suelo rocoso.

Durante el regreso, tuvo tiempo de pensar en algo que lo aterró: Elizabeth se había enterado de su sangre india por otros, sin que él pudiese explicarle la cuestión de sus orígenes antes de alejarse, aquella mañana. No sólo la había engañado sino que, a sus ojos, su ausencia parecía un abandono. Si bien no le había reprochado nada, él sabía que los reproches aparecen cuando los ánimos se enfrían. Y no las tenía todas consigo en ese punto.

Si era el hijo de Calfucurá, ella tenía derecho a rechazarlo. No podía imponerle una sangre manchada por los crímenes, aunque fuese también la del hijo por venir. Y si era hijo de Quiñihual, como creía el caudillo araucano, de todas formas la había engañado. Francisco no sabía si a Elizabeth le repugnaba el mestizaje, como a tanta gente, o lo aceptaba con fatalismo. El dilema le quitó la tranquilidad un buen rato, hasta que divisaron a lo lejos una figura grotesca, cabalgando a lomos de mula vieja. Elizabeth, pese a estar como en un trance, advirtió que se trataba del Padre Miguel.

El sacerdote se bamboleaba, sujetando los cacharros y las bolsas con una mano, mientras que con la otra fustigaba al animal, usando una vara de ciruelo de su propio huerto. Al ver que se aproximaban jinetes, se irguió sobre sus talones, escudriñando los rostros para saber si eran gente de fiar. La imagen de Elizabeth escoltada por dos rústicos estuvo a punto de causarle un soponcio, hasta que descubrió al mozo de la laguna montando tras la joven.

—¡Jesús es Cristo! —exclamó, santiguándose.

Y apuró el paso, taloneando a la mula agotada del traqueteo.

—¡Miss O'Connor! —gritó, ante la dificultad de soltar una mano para hacer señas a los viajeros.

—Es el Padrecito —anunció Faustino.

Elizabeth besó la sotana polvorienta del sacerdote, emocionada hasta las lágrimas. Aun al límite de sus fuerzas, el pobre hombre había intentado interceptar a Calfucurá en algún punto, seguro de convencerlo de no atacar los poblados, con sus buenos oficios y sus regalos. Francisco le narró brevemente la suerte del Fortín Centinela y el corazón del Padre Miguel se alegró al saber que Calfucurá huía rumbo al oeste, sin duda herido de muerte en su orgullo. Pasaría un tiempo antes de que intentara otro golpe semejante.

La presencia del sacerdote suavizó un poco la tensión del regreso, pues su voz tranquila era un bálsamo para la angustia de Elizabeth y un respiro a los remordimientos de Fran. Sin embargo, aquellas horas pasadas entre la vida y la muerte se cobraron su precio cuando empezó a sentir los inconfundibles síntomas de su mal, las punzadas primero, la niebla sobre los ojos después y, por fin, el dolor. Dolor inmenso que taladraba su nuca y corría por las sienes, como miles de agujas en su cerebro. Apretó los dientes, echó hacia atrás la cabeza, procurando conjurarlo… todo en vano.

La desgracia, en toda su dimensión, lo cubrió por completo.

CAPÍTULO 40

—*Y*a vuelve en sí.

Francisco escuchó la voz entre algodones, penetrando en su cerebro irritado, sin distinguir a quién pertenecía. Captaba sólo su suavidad. Un aroma especiado le llegó a la nariz y supo que estaban sirviendo un té con canela. Los sonidos amortiguados le indicaban que se hallaba en una habitación rodeado de mujeres. Escuchaba el roce de sus faldas, los murmullos. Cada tanto, una mano fresca tocaba su frente. Deseaba recuperar la vista de una vez para saber de quién era. Esa mano consoladora le provocaba angustia, recordándole lo que había perdido, como el soldado al que de un sablazo le amputan un miembro y lo siente palpitar en su cuerpo, pues no lo ha perdido en su mente todavía. Francisco se resistía a dejar de ser el hombre de antes, luchaba contra su destino aciago y perdía la batalla en cada ataque.

—¿Estará ciego?

—Me temo que sí, le ocurre siempre.

Las voces reflejaban compasión y también amor. Fran se revolvió bajo las mantas, incómodo. Habría preferido enfrentarse a una partida de pampas en lugar de yacer, ciego e inmóvil, a merced de las miradas conmiserativas.

La puerta se abrió y una corriente de aire barrió la habitación.

—Entornen los postigos —ordenó otra voz, desconocida—. No debe ver tanta luz al recuperarse.

Los sentidos de Fran se alertaron ante el tono perentorio de aquella voz masculina, profunda y agradable, casi paternal. No se trataba de Armando Zaldívar ni de Julián, que estaba de viaje por el mundo. Y los peones de El Duraznillo nunca entrarían al cuarto de la casa grande con tanta autoridad. Estaba en la estancia, sin embargo, lo percibía en el aroma de los eucaliptos y en los ruidos familiares de la cocina. Lo habían llevado al cuarto de huéspedes del piso alto y por eso la luz era más intensa a través de sus párpados pesados, somnolientos.

Captó la presencia nueva junto a su cama y la voz dijo, en tono grave:

—Cuando despierte, avísenme. Quiero auscultar su iris.

Las voces femeninas asintieron en un murmullo y las faldas se acercaron a la cama, emanando perfumes delicados, de rosas y de... lilas.

Las lilas que acompañaban a Elizabeth.

Fran quiso demostrar que estaba recuperándose pues la que necesitaba atención era ella, su esposa embarazada, que había recorrido kilómetros por el arenal para enfrentar a Calfucurá en medio de un malón, y los párpados no le obedecieron ni pudo sacar los brazos de abajo del cobertor.

—Calma, ahora está aquí el doctor para curarte.

Aquellas palabras traspasaron la niebla de su mente y provocaron el regreso de la vista más rápido que nunca. Formas borrosas se alzaron ante él, coronadas por el resplandor que se colaba por los visillos. De nuevo la mano consoladora tocando su frente, acariciándolo.

—Shhh... ya vendrá —susurró, y los labios tiernos sellaron la caricia.

Fran se dejó arrastrar de nuevo hacia el sueño sin sueños que seguía a los ataques, y no recordó más que el final de aquellas palabras: "el doctor... para curarte".

El doctor Ortiz aceptó la taza de chocolate que Dolores Balcarce le ofreció y estiró sus largas piernas para acomodarse en el sillón junto a la chimenea. Había llegado a El Duraznillo días después del malón de Calfucurá y encontró a la gente de la estancia organizando la defensa, temerosos de que aquel ataque se repitiese en los días que seguían. Fue recibido por Elizabeth, a quien de inmediato reconoció como la "dama en apuros" que lo visitó en medio de la peste aquella tarde. La encontró muy sana y en "estado interesante", así que supuso que no era ella la víctima del mal, como llegó a pensar en un momento, sino otra persona.

Francisco Peña y Balcarce, quién lo diría. Conocía bien su prosapia por parte de madre y su fortuna por parte de padre. Se habían encontrado algunas veces, sin intimar nunca, pues aquel joven solía retirarse pronto de las tertulias, acompañado casi siempre por alguna bella dama.

Según la joven esposa, el último ataque sufrido ya duraba tres días. Tres largos días en los que él había disfrutado de la hospitalidad de El Duraznillo, aunque se hallaba impaciente por continuar su viaje a Chile. Si no hubiese sido por aquella extraña silueta encapuchada que le pidió un favor... Debería haberle exigido, a cambio, que descubriese su rostro. Se arrepentía de no haberlo hecho, aunque siempre lo acechaba el miedo a conocer la verdad en los ojos curiosos que intuía bajo la capucha.

Sorbió el líquido espeso para apurar el mal trago del recuerdo.

—¿Dice usted que su hijo jamás sufrió ataques como éste mientras vivió bajo su techo?

—Nunca, que yo sepa —respondió contrita Dolores—. De haberlo sabido, yo misma habría buscado un médico, porque verlo así, ciego... es terrible.

Y la mujer contuvo la emoción, recordando el pavor que sintió la tarde en que llegó a la estancia ansiosa por ver a su nuera y encontró a todos moviéndose en un silencio de luto, llevando y trayendo tisanas y paños fríos por la escalera. Temió por Elizabeth y por su bebé, hasta que la joven apareció, echándose en sus brazos y contándole, entre sollozos, el horror vivido durante el ataque de los indios. Más tarde supo la verdad sobre el mal que aquejaba a su hijo y ambas se consolaron, diciéndose que la Providencia, que las había unido a través de Fran y había protegido al niño, no las desampararía en ese trance.

Y la Providencia llevó los pasos del doctor Ortiz hasta el umbral de El Duraznillo. El doctor se mostraba gentil y sereno, aunque tras sus ojos oscuros se adivinaba la inteligencia del que está alerta ante cualquier dato relevante. No desechaba nada de lo que le dijeran y preguntaba cosas en apariencia intrascendentes, que luego lo llevaban a meditar y asentir, como si con ellas confirmase un diagnóstico.

Conversar con la madre del paciente había sido un golpe de suerte, pues aquellas menudencias revestían gran importancia: si Francisco había padecido de fiebres altas durante su niñez, si tenía pesadillas, si sufría de sudores fríos, o de vértigo… todo ayudaba a determinar la causa del mal. La jaqueca, según su ciencia, era un rompecabezas, un enigma a descifrar. Necesitaba pistas que lo condujeran, y la única fuente era la personalidad del paciente. Por lo que deducía, estaba ante un niño orgulloso, necesitado de amor e incapaz de mendigarlo, obstinado y profundamente herido. "Un niño así construye un caparazón para resistir los embates de la vida", pensó Ortiz. El equilibrio peligraba si el caparazón amenazaba con resquebrajarse, lo que sin duda estaba ocurriendo. Ese hombre, duro por fuera, estaba sometido a fuertes emociones que él debía identificar para ayudarlo a curarse.

Elizabeth se unió a ellos, llevando una bandeja de bollitos azucarados, justo cuando el doctor preguntaba:

—¿Cómo actúa el señor Peña y Balcarce cuando el dolor lo ataca?

Elizabeth contestó con presteza:

—Se enrosca sobre sí mismo, después de quedarse paralizado.

—¿Se queda duro como estatua, fijado al suelo?

—Sí, así es —respondió Elizabeth, recordando que, en la casita de la playa, ella no podía moverlo.

El doctor echó la cabeza hacia atrás y meditó unos segundos. Aquella información era reveladora. *Byronia*.

—Sé que es difícil —prosiguió el doctor—. Trate de recordar algún gesto que haya repetido su esposo durante los ataques, como morderse los labios, cerrar los ojos, apretar los puños, mordérselos incluso… no descarte nada, por nimio que parezca.

El doctor se inclinó hacia delante, apoyando los codos sobre las rodillas, en actitud expectante, mientras Elizabeth intentaba rememorar la imagen de Fran sufriendo. Una oleada de ternura la invadió al recordar su expresión desolada cuando supo que tendría un ataque delante de ella, algo que había logrado evitar en las ocasiones anteriores. Su esposo era un hombre difícil, y su sangre india, sangre de guerreros, había aflorado a medida que se alejaba de la sociedad que lo había conocido como el heredero de los Peña y Balcarce.

—Pude ver que aprieta mucho los dientes… —comenzó a decir— y los puños también, hasta hacerse daño. Su tez se vuelve pálida pese a que está curtido por el sol.

—Ajá.

La mente del doctor trabajaba con rapidez, calculando posibilidades.

—¿Náuseas?

—No me pareció.

—¿Y cuándo cree usted que empiezan los ataques?

Elizabeth respondió por intuición más que por conocimiento:

—Después de un disgusto o un peligro, algo que lo conmocione, como una pelea.

—¿Y se repone de inmediato, o permanece mucho tiempo exánime?

Elizabeth se sonrojó al recordar que él la había poseído por primera vez justo después de un ataque.

—Yo diría que se repone bastante rápido —conjeturó.

—Bien.

Ortiz apoyó la tacita sobre el platillo con un tintineo que sonó triunfal a los oídos de Elizabeth, pues el hombre se veía satisfecho con lo escuchado.

—Tenemos algo por donde comenzar el tratamiento. Por lo pronto, la solución que preparé hace tiempo dio resultado, ¿no es así? —y ante el asentimiento de la joven, prosiguió—: falta completar algunas esencias para que este proceso se encamine hacia la curación, que no será definitiva.

El semblante de ambas mujeres se ensombreció al escuchar eso.

—La ciencia médica que yo practico no se encamina a esconder los síntomas, por preocupantes que sean, sino a encontrar la causa que los provoca, de modo que mi labor consiste en hurgar en la raíz del mal, las emociones del paciente. Conste que hablo de un paciente y no de todos, pues no se puede medicar a toda la humanidad con el mismo remedio, ya que no existen dos hombres iguales. Recordará usted que aquella sirvienta de la casa de sus tíos no pudo salvarse, pese a que le suministré lo adecuado al caso. Cada organismo es único en su especie y debemos conocerlo a fondo para saber qué le conviene, qué lo perjudica y cómo reaccionará. No hay enfermedades, señoras, sino enfermos. Quiero que quede claro que, en este proceso, la curación depende en mucho del paciente, de su reacción y sus posibilidades. Yo no hago sino reforzar esas posibilidades. La salud es lo propio de los organismos vivos y a eso tienden naturalmente, sólo hay que ayudarlos en caso de que se altere el equilibrio.

Las palabras del doctor, y en especial la convicción con que las pronunciaba, obraron milagros en los corazones de Dolores y de Elizabeth. La joven recordó con turbación las ocasiones en que había escuchado las supuestas teorías de Santos Balcarce, el "doble" de Fran. ¿Debería contarle esa farsa al doctor? ¿Tendría importancia para la curación saber que su esposo era capaz de fraguarse una personalidad secreta para actuar en cumplimiento de sus objetivos? Se encontraba entre la lealtad y la verdad, y no sabía con cuál de las dos ayudaría al terco de Francisco.

El doctor se incorporó, manifestando su deseo de ver al enfermo para evaluar sus reacciones, y Elizabeth se ofreció presurosa a acompañarlo. Subieron al cuarto en penumbras y hallaron a Francisco bien despierto, con expresión recelosa, contemplando a su alrededor como si evaluase la gravedad de su situación.

—Abra los postigos de a poco, por favor —ordenó Ortiz.

Fran reconoció la voz bien articulada de su delirio y clavó sus ojos en aquella figura apuesta y acicalada. Lo primero que vio fue que entraba en compañía de Elizabeth y que ella se aprestaba a cumplir sus órdenes, como si se hubiesen puesto de acuerdo sobre algo. Los celos lo carcomieron.

—Veamos, distinguido señor. ¿Cómo se siente hoy?

La falta de respuesta no amilanó al doctor Ortiz, que arrimó una silla al lecho y se repantigó en ella con comodidad. No sería la primera vez que esgrimiera sus armas en un duelo verbal. Le encantaban los desafíos.

—Presumo, por su silencio, que aún se halla dolorido. ¿O atontado, quizá?

El término utilizado espoleó la furia de Fran, al punto que temió sufrir otro ataque, aunque no sabía si su cuerpo debilitado lo resistiría. Echó un vistazo a Elizabeth, que se mantenía a prudente distancia, y contestó con sorna:

—No más atontado de lo habitual, señor...

—Disculpe, no me presenté como es debido. Soy el doctor Pedro Ortiz, a quien su encantadora esposa acudió para solicitar ayuda en una ocasión.

El atildado médico no podría haber escogido peor manera de presentarse ante el enfurecido Francisco. Saber que Elizabeth había estado en tratos con aquel caballero seductor le roía las entrañas. A su mente acudió el recuerdo de la vez en que la joven le había comentado que visitó a un doctor en la ciudad y le habló de su enfermedad. ¡Claro, era éste! El doctor Ortiz, de quien las habladurías decían que había sido engañado por su esposa, Aurelia Vélez, a poco de casados... ¡Y Elizabeth era amiga de Aurelia! Debió notársele el desconcierto, porque el doctor se apresuró a decir:

—Veo que me conoce. No preste atención a lo que haya oído sobre mí, señor Peña y Balcarce. Ambos sabemos que la sociedad no es benévola con los que se convierten en protagonistas de ella. Seamos indulgentes y dejemos que las lenguas se sequen hablando, mientras hacemos algo por nosotros mismos. Mi misión aquí es sencilla, encontrar un tónico que lo ayude a superar estos ataques de jaqueca y ceguera. Yo lo ayudo a usted, y usted me brinda la posibilidad de seguir investigando en mi ciencia, ya que cada caso es un aprendizaje. Supe que bebió de la pócima que le hice a su esposa y que dio resultado. Mi propósito ahora es completarla y lograr que los ataques se reduzcan hasta desaparecer. Por supuesto, no podré hacerlo sin su ayuda. ¿Está dispuesto a compartir conmigo sus síntomas? Sólo conociéndolos sabré si voy en el camino correcto.

La afabilidad del doctor lo exasperaba, sobre todo porque se moría de ganas de preguntarle si de verdad era posible curarse, si tendría alguna vez una vida normal junto a Elizabeth. La mera posibilidad lo llenaba de euforia y, sin embargo, no deseaba ilusionarse para después caer en la negrura de la desdicha, como tantas veces. Tampoco quería demostrar esa debilidad ante ella; necesitaba que lo dejaran a solas con el buen doctor.

Miró de reojo a su esposa, que lo contemplaba con las manos cruzadas sobre el regazo, y adujo:

—No creo que debamos hablar de mis síntomas delante de una dama.

El doctor asintió.

—Muy bien, entiendo sus reparos. Elizabeth, por favor, déjenos solos.

A duras penas consiguió reprimir Fran la rabia de escucharlo pronunciar el nombre de pila de su esposa con tanta facilidad. Repitió en su mente cien veces "Debo curarme", para dejar pasar ese desliz.

Y cuando ella se marchó cerrando la puerta, Francisco se volvió hacia Ortiz con una sonrisa diabólica.

—Aquí me tiene, doctor, hablemos ahora.

—Llevan mucho tiempo allá encerrados —comentó Elizabeth al terminar su tercera taza de té.

Se hallaban refugiadas en el calor de la cocina, mientras Chela se esmeraba en agasajarlas con sus mejores galletas. Dolores inclinó de nuevo la tetera y sonrió con dulzura.

—"El que espera, desespera", dicen. Dejemos que hablen, Elizabeth, es lo que queremos, ¿no? Para que el terco de mi hijo deje salir esos "humores" de que habla el doctor, que lo enferman por dentro.

—Tiene razón. Me siento tan nerviosa... y culpable, además. No le conté todo.

Los ojos de Dolores la interrogaron con serenidad.

—Su hijo se disfrazó... bueno, no fue un disfraz realmente, quiero decir, él se hizo pasar por un hermano suyo.

—¿Dante? —preguntó extrañada Dolores.

—No, no, uno inexistente, un doble. Quiso que yo creyese que él era hermano del Francisco que conocí allá en los médanos. Hizo el papel de hombre culto y civilizado, para oponerse a la imagen del otro, el bárbaro que nos amenazaba a mí y a los niños. Creo que quería enmendar su conducta. Y también pudo conseguir el tónico de ese modo y llevarlo a la laguna. Fue cuando... —y Elizabeth rememoró el ataque a la galera y el rapto perpetrado por Jim Morris.

Dolores la contemplaba con una mezcla de sorpresa y comprensión.

—Luego, cuando vino en mi rescate a los toldos del Calacha, siguió la pantomima, aunque yo empecé a sospechar. Se le notaba el parecido con el hombre de la laguna más que nunca.

—¿Y se lo dijiste en aquel momento?

—No —se avergonzó Elizabeth—. Lo puse a prueba, para ver hasta dónde llegaba. Fingí estar desamparada, no saber quién era el padre de mi hijo. Fue muy impropio, lo lamento.

—Hija —murmuró con suavidad la suegra—, son cosas de enamorados. Fingimientos, ponerse a prueba, como dices, desconfiar... no me parece tan reprobable. Después de todo, la farsa la empezó Francisco. Ese hijo mío es una fuente de sorpresas hasta para mí, que soy su madre. Temí que se avergonzara de su herencia india y, sin embargo, la tomó bastante bien, casi como un alivio, no sé por qué.

—Francisco es tan orgulloso que saberse hijo de un gran cacique debe de haberlo reconfortado en lugar de agobiarlo. Quizá esté más preocupado por conocer mi opinión. Me gustaría poder decirle que no es tan importante de quién es hijo, sino qué clase de padre será.

—Díselo, Elizabeth, apenas puedas. No dejes que la duda vuelva a anidar en su corazón. Según el doctor Ortiz, los traumas siembran enfermedades en nuestros espíritus. Ya ves, Fran ha sufrido en silencio el desprecio de su padrastro y luego, la angustia de saberse bastardo. Todo eso lo ha destruido.

—¿Usted cree que podrá sobreponerse?

Dolores suspiró, mirándose las manos.

—Si él no puede, siendo joven, qué se dirá de mí, una mujer vieja que debe superar la indiferencia de un marido y el alejamiento de sus hijos.

—Usted no es vieja, Dolores —repuso Elizabeth, tomando una de sus manos—. Es la abuela más joven que yo haya conocido.

La referencia al nieto por llegar inundó de ternura la expresión de Dolores, que se apresuró a continuar con el tema:

—Será un varón, lo presiento.

Elizabeth sintió una punzada de decepción, pues había soñado tener en sus brazos una niña, para inculcarle todas las enseñanzas recibidas en su Massachusetts sobre el papel de las mujeres, aunque pensar en un niño con los ojos dorados del padre y su misma fortaleza le produjo satisfacción. Ya podía verlo montando un potrillo bajo la atenta vigilancia del padre, o inclinado sobre el pupitre, luchando por aprender con el mismo tesón que ella a esa edad. La emoción formó un nudo en su garganta. Varón o niña, ese hijo que llevaba en su seno era una bendición, aun con un padre obcecado o hermético. Tal vez, los bracitos tiernos suavizaran la dureza del corazón de Francisco como no lo había logrado ella en todo ese tiempo.

Jim Morris no se decidía a continuar su viaje hasta Buenos Aires para tomar el vapor que lo devolvería a la tierra de sus ancestros. Se hallaba anclado en un paraje inhóspito, plagado de mosquitos, donde la única posada era una pulpería tosca y sucia atendida por un par de ladrones. Laguna Salada se llamaba aquel sitio. Ya estaba harto de médanos y pantanos. Había atrancado la puerta y la ventana del cuartucho que le alquilaron, pues no confiaba ni en su sombra, en medio de aquella gente mal entrazada que lo recibió con reticencia. Sin duda, adivinaban al indio bajo su vestimenta, a pesar de que no atinaban a establecer de qué parcialidad, debido al acento extranjero que los desconcertaba. No les dio el gusto de explicarse, pagó por adelantado y subió él mismo sus bártulos al primer piso. Colgó un espejito de un gancho y comenzó a afeitarse con su navaja. Con breves movimientos, devolvió a su rostro el aspecto acicalado de un caballero. Para completar la imagen que quería, cortó sus cabellos y usó aceite de Macassar para peinarlos. De nuevo lucía como un pasajero elegante. Eligió con cuidado una camisa limpia y extendió el traje sobre el camastro, a fin de que se estirara un poco. Descansaría un par de horas y luego partiría hacia el norte. Una diligencia cubría el trayecto que le faltaba hasta Buenos Aires, según le habían dicho.

No podía irse, algo lo retenía.

Furibundo consigo mismo, desató el lío donde guardaba sus pertrechos y extrajo el diario de Elizabeth. Se sentó en la silla destartalada y lo abrió en la última página escrita.

No sé qué hay dentro de mí que me impulsa a buscar otros horizontes donde enseñar. Quise ir a Virginia primero y no fue posible. Ahora insisto en partir rumbo a un recóndito país del sur de América. ¿Qué me aguarda allá? Sólo Dios lo sabe. Ruego que Él me guíe en este camino, ya que permitió a la idea arraigar tan firme en mi corazón.

Jim deslizó un dedo sobre las letras, como si pudiese acariciar la piel de Pequeña Brasa al hacerlo. Nunca antes se había rebelado contra el designio divino. Luchaba por borrar el recuerdo de la joven y, en el fondo, se negaba a perder aunque fuera eso, las migajas de lo que podría haber sido. Cerró el libro de un golpe y acudió a su interior, para hacer brotar la fuerza purificadora que le daría sentido a todo aquello. ¿Qué era lo que no se había terminado? ¿Por qué no podía cortar el lazo que lo unía a Pequeña Brasa? ¿Eran simples celos de hombre, o algo más? No podía alejarse de allí dejando incompleta su misión. Desguazar la cabeza del doctor Nancy había sido su principal motivo para emprender aquel viaje, pero si en el camino se le había presentado un obstáculo, debía desatar el nudo que lo mantenía atado a él. Extrajo del bolsillo superior, cerca del corazón, un disco de madera con extraños grabados: La Rueda Curativa, de la que emanaba el conocimiento y el poder. Durante siglos, los nativos de su país habían consultado aquel disco para entender la realidad terrenal y así obtener el ansiado equilibrio en sus vidas. Tomó un manojo de salvia, cedro y cálamo aromático, y lo hizo arder en el fondo de un cuenco de barro. Usando un abanico de plumas de águila, atrajo hacia sí el humo fragante y cerró los ojos para escuchar la voz interior y abrir paso a su Espíritu Guía. Aquietó su respiración, tornándola rítmica y pausada, como los tambores ceremoniales, y comenzó a ver...

—¿Cómo vino ese hombre hasta aquí?

Elizabeth contuvo el aliento para no dejarse llevar por la ira y responder algo de lo que después se arrepentiría. Fran había estado insoportable desde que el doctor Ortiz dejó la estancia y prosiguió su viaje a Chile. Pese a saber que, gracias a sus servicios, ya tenían la nueva fórmula del tónico que mejoraría su estado, los celos lo habían convertido en un despiadado policía: la escrutaba en cada respuesta, atisbaba el mínimo gesto que pudiese significar un engaño, le tendía trampas cuando conversaban, nada le conformaba en lo que al doctor Ortiz se refería. Ella no sabía de qué habían hablado en la habitación aquel día, sólo que aquella conversación había hecho de su esposo un hombre acosado por las sospechas. Al principio, la novedad de ese comportamiento, tan insólito en el distante Francisco que ella conocía, la llenó de satisfacción. Su condición femenina se sintió halagada y disfrutó de la placentera sensación. Al cabo de dos semanas, se transformó en una pesadilla.

Fran se hallaba repuesto del terrible ataque sufrido y seguía los consejos del doctor en cuanto a las abluciones de agua fría, hasta tanto consiguiesen preparar el tónico en una botica de Buenos Aires. Elizabeth se encontraba ordenando los bultos que llevarían en su viaje y las recriminaciones de su esposo le impedían concentrarse. Por tercera vez dobló una capa de terciopelo que ya creía haber guardado. Ella pensaba que su paciencia había sido puesta a prueba por completo durante sus clases, y ahora veía que necesitaba una dosis extra.

—Vino porque yo escribí a Aurelia una carta donde le solicitaba que lo buscase, si es que aún permanecía en Buenos Aires.

—¿No sabías, acaso, que había sido el esposo de la señorita Aurelia Vélez?

—¡No, no lo sabía! ¿Por qué habría de saberlo, si nadie me lo dijo? —estalló Elizabeth.

La contrariaba haber importunado a su amiga de algún modo,

pidiéndole algo que, tal vez, le ocasionaba dolor o disgusto. Esa idea la había torturado desde que supo la identidad del doctor Ortiz.

Francisco la miró dar vueltas alrededor del baúl y entrecerró los ojos cuando formuló la siguiente pregunta:

—¿Y cómo pagaste la consulta?

—Tenía mis ahorros.

La respuesta no lo satisfizo.

—No quiero pensar que hayas contraído una deuda con el doctorcito.

Elizabeth se dio vuelta y lo encaró con los brazos en jarra:

—*Of course!* ¡Todos tenemos una deuda con él! Y usted más que nadie debería saberlo, señor, ya que su salud depende de los conocimientos del "doctorcito", como lo llama con desprecio.

Fran sintió que ardía de furia. Ni él mismo se reconocía en el hombre celoso en que se había convertido a su regreso del cautiverio con los pampas. Mientras duró aquella ordalía, sus sentimientos hacia Elizabeth se le habían manifestado con crudeza: la amaba. Se prometió una y mil veces que sería bueno con ella, que la cuidaría y protegería, que la haría feliz para retribuirle los sinsabores que por su culpa había pasado, si salía vivo de aquel trance. Y ahora, que estaba en condición de hacerlo, un ansia salvaje de posesión lo carcomía. No había podido tocarla aún, dormían en habitaciones separadas desde que despertó de su último ataque y en presencia de su madre no se atrevía a discutir el tema. Las ocasiones de conversar en privado eran escasas, por no decir nulas y, en el estado en que Elizabeth se encontraba, a menudo se echaba siestas o se levantaba tarde, cuando él ya había desayunado y acompañaba a don Armando en sus recorridas.

El estanciero había vuelto del fortín una vez que los ecos del malón de Calfucurá se apagaron. Contento de verse en tan buena compañía, insistió para que permanecieran en El Duraznillo hasta que se repusiesen de los malos momentos vividos. Dejó que las mujeres se adueñaran de su casa, disponiendo a su gusto, y puso un carruaje para su uso personal en los paseos diarios. Dolores y Elizabeth compartían meriendas en el patio, disfrutando de las tardes tranquilas e imaginando al niño que, en el futuro, corretearía cazando las mariposas amarillas de los cardales.

Ambas preparaban el traslado a los suburbios de Buenos Aires, a la casa de Flores, herencia materna de Francisco y que, por fin, éste había aceptado.

El único malhumorado era Francisco. Él jamás estuvo celoso de ninguna mujer. En sus años de calavera, ellas presumían de tenerlo a sus pies, cuando la realidad era otra: sufrían la distancia con que Fran las trataba y no se sentían seguras de ocupar un lugar en el corazón de aquel hombre que parecía gozar de sus cuerpos sin interesarse por sus almas. Aquella época, tan lejana, le estaba cobrando sus culpas con creces. Solía imaginar situaciones en las que Elizabeth podría haber caído bajo el hechizo del doctor Ortiz, de Julián, o del mismísimo Jim Morris que, después de todo, la había tenido muy cerca durante varios días. Hasta el lugar que Eliseo ocupaba en los recuerdos de Elizabeth le fastidiaba. Esos pensamientos le producían tal rechazo que llegaban a despertarlo por las noches. No había padecido ataques como consecuencia de ellos, por lo que se sentía agradecido, aunque los celos y las dudas eran un martirio durante las vigilias. Sabía que su esposa no daba pie a semejantes sospechas, sin embargo, la acusaba de mostrarse indulgente con los varones que la rodeaban. Los alentaba sin saberlo, los atraía sin quererlo, y eso lo sacaba de quicio. Había llegado al extremo de recelar de las sonrisas que ella le dirigía a Armando durante la cena, así como le retorcía las tripas la galantería del maduro estanciero cuando la escoltaba ofreciéndole el brazo. La misma actitud protectora tenía con Dolores, no obstante a Fran se le antojaba que el modo era distinto y que Armando se satisfacía provocándole celos como penitencia por su conducta pasada. Si seguía en ese tren enloquecería, por más tónicos que tomase. De nada servía que pensara en Elizabeth como una madre, con su vientre más redondeado cada día. La serena belleza que emanaba de ella en ese tiempo la hacía más apetecible a sus ojos y, por cierto, debía de serlo también a los de los demás. Ahora que las cosas iban tomando su rumbo, Elizabeth parecía haber desarrollado una independencia de criterio que le crispaba los nervios. Ella y su madre cuchicheaban en ocasiones y había creído escuchar las palabras "clases" o "Sarmiento". Era entonces cuando, malhumorado, salía al porche a fumar, seguido por la burlona mirada de Armando.

Aquella tensión estaba destinada a estallar y eso fue lo que ocurrió una noche, después de cenar, cuando Elizabeth se demoraba en apagar el candil de su cuarto. Él había permanecido afuera aspirando el fresco nocturno, descubriendo las luciérnagas a través de las volutas de humo de su cigarro y pensando con melancolía en

Gitano, al que no había vuelto a ver después de su liberación. Extrañaba al noble animal y no creía que ningún caballo, por hermoso que fuera, pudiese reemplazarlo. Pensar en Gitano le provocaba zozobra, pues la ocasión anterior de su pérdida estuvo ligada a la presencia de Jim Morris, un hombre que sólo había traído males a su vida. Al entrar, vio luz bajo la rendija de la puerta de Elizabeth y utilizó la excusa de preguntar si se sentía indispuesta para poder hablarle a solas. Golpeó y, al no recibir respuesta, entró con sigilo. Encontró a su esposa reclinada sobre un escritorio, vestida con su camisón rosa, al parecer muy entretenida leyendo algo. Se acercó por detrás, tratando de no espantarla, y descubrió que no leía sino que escribía. Una carta. Dirigida a Julián Zaldívar.

Debió de haber dejado salir el aire entre los dientes, pues ella se dio vuelta, sorprendida y asustada por lo repentino de su aparición. Se llevó la mano a la boca, como si temiese que él fuese a caer fulminado al descubrirla en esa traición. Con lentitud se incorporó, tratando de mantenerse firme entre su esposo y la silla. Fran no preguntó nada. Sólo arrebató la hoja que ella garabateaba y, haciendo un bollo con ella, la arrojó lejos de sí, sin mirar dónde caía.

—Yo creía que eras una mujer aventurera por haberte atrevido a venir hasta aquí —siseó—. No pensé que lo fueses por tu gusto de coquetear con los hombres. ¿Es que no te basta un esposo? ¿Necesitas tener a varios comiendo de tu mano? ¿Es acaso tu vena irlandesa que te vuelve desfachatada? Niégame que escribes a otro hombre a mis espaldas, si puedes. Primero, te encuentro regodeándote con el libro de dibujos que él hizo de ti, como una modelo a la que sólo le faltaba posar desnuda sobre la arena. Luego, mantienes una correspondencia secreta...

—¡Dijiste que podía escribirle! —exclamó Elizabeth, horrorizada ante el tenor de la acusación.

—Lo dije, pero nunca comentaste que lo hacías, querías mantenerlo en secreto para que no llevase cuenta de las cartas ni de su contenido.

—No deberías llevar cuenta de su contenido, son mis cartas —adujo ella, ahogándose.

—¡Pues muéstramela, entonces! —y Fran descargó un puño sobre la mesa, en el colmo de la furia.

Se volvió, buscando el papel que había estrujado y Elizabeth, humillada y dolida, aprovechó esa distracción para escapar del cuarto, sujetándose el cuello del camisón. Tropezó en la oscuridad del pasillo, pero siguió corriendo hasta salir de la casa, sin reparar en el frío nocturno ni en el rocío que mojaba sus pies desnudos.

Fran se había agachado para recoger el papel cuando advirtió la fuga y echó a correr tras ella.

—¡Elizabeth —gritó, sin cuidarse de los demás que dormían—, vuelve aquí! ¡Te vas a enfriar, vuelve!

Un temor repentino lo sacudió. Algún peón podía escuchar a alguien corriendo en la noche y disparar sin preguntar primero. La sola posibilidad de perder a Elizabeth de ese modo lo aterrorizó y corrió tras ella, sin saber adónde ir, ya que no había luna todavía.

Elizabeth se dirigió, tanteando las paredes, hacia el lugar donde, semanas atrás, había parlamentado con la mujer que la condujo hacia Quiñihual, permitiéndole jugar un papel en el rescate de Francisco. ¡Qué diferentes aquellas circunstancias! Entonces, ella salía en busca de su esposo. Hoy, huía de él.

Cómo podía Fran ser tan brutal, no lo entendía, ni tampoco por qué, pese a eso, ella lo amaba. Añoraba tanto sus caricias… Sabía que, en su estado, no se podía dar rienda suelta a la pasión, y se consolaba pensando que él se contenía por cuidarla, no quería pensar que no sintiese los mismos deseos que a ella le calentaban la sangre. ¿Cómo podía él ser delicado y cruel a la vez? Un sollozo la quebró y se detuvo, respirando con dificultad. Había corrido mucho, con el corazón apretado en un puño, y se sentía sofocada. Se apoyó contra la pared, temblando, y se paralizó al ver una silueta en la oscuridad, inmóvil bajo un árbol. A pesar de la noche sin luna y de la distancia, sabía que aquella figura la estaba mirando. Su garganta se crispó en un grito que jamás profirió, pues adentro de ella una voz profunda comenzó a hablarle, una voz sin sonido que salía de su mente y, sin embargo, era tan real como los aleteos del búho y el murmullo del viento entre los eucaliptos.

"Pequeña Brasa", escuchó, "deja que entre, hazme un lugar en tu mente para que pueda despedirme".

Elizabeth era una mujer práctica, aunque su sangre irlandesa, de la que con tanta vileza se había acordado su esposo hacía un momento, afloró trayendo a su recuerdo los cuentos de espíritus del bosque que acechan a los peregrinos.

"Dame la promesa", seguía diciendo la voz en su mente, "de que amas a ese hombre que te ata a su destino, así puedo cortar el lazo que tejí al conocerte. Déjame ir, Pequeña Brasa, en nombre del

Espíritu que todo lo une, para que no queden sombras que oscurezcan nuestro camino, el tuyo y el mío".

Elizabeth captaba la voz con claridad sin entender qué buscaba de ella hasta que, de repente, la respuesta la alcanzó como un relámpago cuando la voz dijo: "Un amor no correspondido debe morir, para dejar vivir al verdadero amor".

Un sentimiento sin nombre fue ocupando su pecho y disolviendo la angustia que sentía. Procuró articular una palabra que acabase de una vez con aquella aparición. Sintió las mejillas húmedas, supo que estaba llorando y se escuchó a sí misma murmurar: "Lo amo, lo amo y deseo que él me ame también".

Luego cerró los ojos, llevada por un cansancio parecido al sueño. Al abrirlos se encontró sola en la noche, frente al árbol que ya no cobijaba a ninguna figura desconocida. Tanteó la pared, intentando el regreso, cuando escuchó otra voz, esa vez bien fuera de su mente, que la llamaba con desesperación:

—¡Elizabeth, por Dios! ¡Vuelve, vas a enfermar y te juro que no me lo perdonaré en mi vida!

Sonrió, entre lágrimas, y corrió hacia el lugar de donde provenía el grito. Hasta en su temor por ella Fran era capaz de amenazarla. Corrió sin cuidarse de las piedras ni las ramitas que laceraban sus pies, y se topó con su esposo al rodear la pared del galpón. El choque la hizo tambalear y él la sujetó con fuerza, palpándola para evaluar si estaba herida.

—Me hiciste sudar miedo —confesó, mientras cubría su rostro de besos.

Elizabeth quiso decir algo, explicarse, pero Fran no se lo permitió.

—Soy un bruto, un animal, un hombre depravado —afirmó, tomando la cara de la joven entre sus manos—. Dime que, pese a todo, me perdonas. Recuerda que estoy enfermo —agregó con malicia.

No bien pudo desprenderse, Elizabeth contempló los ojos dorados que tanto la atraían. La miraban con una nueva luz, como si hubiese habido una feroz lucha en el interior de ese hombre que, en aquel momento, aceptaba su rendición y se hundía gozoso en las delicias que prometía el amor eterno.

—La carta...

—No quiero saber nada de ella —la cortó Fran—. Soy yo el que mintió, disimuló, engañó cientos de veces. No tengo derecho a exigir que me cuentes cada detalle de tu vida si te he ocultado casi todo de la mía. Una vez te prometí sinceridad y no llegué a cumplir esa promesa. Aquella tarde, cuando me atacaron los indios, estaba dispuesto a ser honesto contigo con respecto a mi bastardía, te lo juro. Me arrepiento de haber esperado tanto, porque pudiste pensar que te había faltado y con razón, aunque no fue así.

Elizabeth apoyó un dedo sobre los labios de Francisco.

—Siempre supe que sufrías por ello y, sin embargo, necesitaba que me lo dijeras, quería escucharlo de tu boca y de ninguna otra, no estaba segura de tu amor —dijo, trémula.

Fran se sorprendió al saber que ella ya conocía su origen mestizo y que, pese a eso, insistía en amarlo. Cuánta razón había tenido su madre al advertirle que no la menoscabara.

—Yo tampoco fui honesta por completo.

Fran se puso rígido y luchó para no dejarse llevar otra vez por los celos.

—Supe de tu disfraz de hermano bueno mucho antes y no te lo dije, para poner a prueba tus sentimientos. Quería hacerte sufrir un poco, vengarme. Fue un sentimiento mezquino, perdóname.

¿Perdonarla? Se sentía feliz al saber que ella ansiaba ponerlo celoso. Significaba que lo amaba tanto como él a ella. Aun si no lo merecía, ella le brindaba su amor sin retaceos. Y él tendría toda una vida, si la medicina del doctor Ortiz era buena, para resarcirla de tanto sufrimiento. Se alegraba por cada día de esa vida que pasarían juntos.

Con cuidado, la tomó en sus brazos y la llevó hacia el cuarto de lavar, sumido en la penumbra.

—¿Qué haces?

—Shhh, vas a despertar a los peones.

—Francisco, volvamos a la casa.

—No. En la casa hay demasiada gente.

La intención que se filtró tras las palabras aceleró los latidos de Elizabeth, que luchaba entre las ansias y el pudor. Fran la depositó con suavidad sobre el borde de una de las piletas y se colocó entre sus piernas, atrapadas por los pliegues del camisón. La oscuridad benefactora impedía ver el rubor de Elizabeth cuando él enrolló esos pliegues hasta descubrir la piel, que se erizó al contacto con el aire frío. Fran la friccionó hasta que un calor tenue la invadió desde adentro. El camisón era una prenda enorme que la envolvía desde el cuello hasta los tobillos y cubría los brazos con cientos de volados y cintas que ponían a prueba el dominio de Francisco. No podía desatarlas todas, de modo que optó por abrir el cuello hasta la cintura y bajárselo desde arriba. Al quedar así expuesta, Elizabeth ahogó un gritito de protesta. Sus senos, enormes por la gestación, se aplastaban contra el pecho de Fran, produciéndole un cosquilleo de excitación que su esposo compartía, sin duda, a juzgar por su gemido. Elizabeth era una fruta madura y Francisco deseaba sorber hasta la última gota de su néctar.

—Deliciosa —murmuró, con la boca pegada a su cuello.

Ella sintió un escalofrío. Subió sus manos por los brazos de su esposo, firmes y musculosos, hasta enlazarlas atrás de la cabeza, sosteniéndose en precario equilibrio. Él soltó una risa ronca.

—No te caerás, yo estoy aquí —y, para confirmarlo, la rodeó por la cintura, levantándola más y apretándola contra su propia excitación.

La sensación era tan placentera que Elizabeth olvidó el sitio donde estaban, el frío de la noche, la aparición de la figura misteriosa, todo lo que no fuese el calor que su esposo le brindaba. Echó la cabeza hacia atrás al sentir un leve temblor.

—No, aún no —dijo él, implacable.

La afirmó mientras manipulaba su pantalón y con una sola mano se arrancaba la camisa. Al tocar su pecho sudoroso, Elizabeth dejó escapar un quejido suave.

—Así, sí, grita cuanto quieras. Nadie se atreverá a venir hasta acá.

Ella se mantuvo callada, sin embargo. Le resultaba indecoroso expresar sus deseos, a pesar de que los ojos de él le exigían que abandonara todo recato y sus manos tibias la acariciaban en los rincones más débiles, procurando el olvido y el perdón. Sobre todo el perdón, de un modo elemental que no pudiese ocultarse tras las palabras y los equívocos. Un modo primitivo, el que mejor traslucía la fiereza de su carácter. Fran rogaba por su perdón en cada caricia, cada beso; su esposo ansiaba hacerse un lugar en el corazón de Elizabeth. Ella lo comprendió y abarcó su ruego ofreciéndose entera.

Despejó la frente del mechón de cabellos negros que la cubría y besó con suavidad los ojos, la nariz, los labios, los pómulos marcados, hasta llegar al cuello, que palpitaba bajo el deseo. Lo frotó con su nariz pecosa y sopló allí su aliento tibio, provocando la respiración forzada de Fran. Él capturó su boca en un beso descarnado que la dejó sofocada y luego se deslizó por el valle entre sus pechos hasta tomar uno en sus labios. Succionó con suavidad, sabiendo que con él se alimentaría el hijo de ambos, y rodeó con veneración el pezón con su lengua, acariciándolo, preparándolo. Elizabeth se sentía en llamas sólo con esa caricia. Su esposo sometió al otro pecho a la misma dulce tortura, hasta que comprendió que no podría resistir más y, abandonándolos, volvió a la boca suave, mientras sus manos acunaban esos senos voluptuosos en un balanceo lento que llevó a Elizabeth al límite de su resistencia.

—Muéstrame —dijo él en un murmullo, y se alejó unos centímetros para ver el brillo en los ojos de ella, sin dejar de acariciarla.

Al ver que empezaba a agitarse, sonrió con aire seductor y llevó una mano a la entrepierna de Elizabeth, que no llevaba ropa interior. Allí se detuvo, jugando con sus rizos ya húmedos, y dejó que sus dedos permaneciesen adentro de ella mientras rozaba los labios con la lengua, lamiéndolos y mordisqueándolos.

Elizabeth estalló. Aferrada al cuello de su esposo, dejó escapar los quejidos de gatito que él ya le conocía y luego se derrumbó, exhausta, sobre el pecho agitado de él. Había sucumbido tan rápido a sus caricias que se sintió avergonzada. Él sabría que estaba anhelándolas desde hacía tiempo. Sin embargo, la mirada de Fran era tan feroz que no tuvo tiempo de padecer ese sentimiento. Él la levantó y, sin advertencia ninguna, la introdujo en su cuerpo de un solo golpe, así, de pie, contra la pileta, sosteniéndola y embistiéndola, todo en un solo movimiento. Apretaba los dientes, la horadaba con los ojos y la oprimía con sus manos. Elizabeth se sentía como una pluma a merced del viento, flotando sin cuerpo ni voluntad. Al cabo de varios empujes, Francisco soltó un grito ronco y profundo que se perdió en la noche.

Permanecieron abrazados en esa incómoda posición unos minutos hasta recuperar el aliento y luego Fran la sentó de nuevo sobre el borde de la pileta.

—No podemos seguir así —comentó, suspirando—. Tendremos que civilizarnos, o correrá riesgos nuestro bebé.

Elizabeth sonrió al escuchar la palabra "civilizarnos". Ella se consideraba bastante civilizada aunque, desde que vivía en las pampas, algo indómito se había apoderado de su ser. Lo peor de todo era que no le disgustaba, al contrario, se sentía más viva que nunca.

Fran la sostuvo un rato n... ;, siempre acariciándola y, por fin, como si lo lamentase, le acomodó las ropas y la levantó en sus brazos, para proteger sus pies. La llevó en silencio hasta la casa, sintiendo que el temor enfriaba su alma. Todavía no habían hablado de lo ocurrido. Elizabeth le indicó que la bajase cuando llegaron a la puerta de su cuarto y él se sintió torpe al pensarse despedido después de la pasión compartida. Sin embargo, su esposa no tenía tal intención. Lo tomó de la mano y lo arrastró hacia el interior, cerrando la puerta con cuidado detrás de él.

—Quédate —le dijo.

Hablarían, entonces. Fran se acercó al lecho y permaneció de espaldas, el corazón latiéndole desacompasado. En su fuero íntimo, sabía que ella era demasiado responsable como para privar a su hijo del padre. Podía exigirle, en cambio, que se mantuvieran distantes y formales, en un matrimonio de apariencias, como tantos. Haber caído bajo el influjo de la pasión no significaba que lo aprobara como marido. Él conocía bien esas diferencias. Se dio vuelta cuando escuchó el roce de las sábanas y la vio, tendida en la cama, ofreciéndole los brazos.

—Acuéstate —ordenó con dulzura.

Un poco cohibido, se acercó, sintiéndose sucio y desarreglado en ese ambiente femenino. Ella tironeó de su brazo hasta que lo hizo caer sobre el borde de la cama. Con una mano palmeó el lugar que quedaba a su lado y Fran, pese a sus dudas, se recostó junto a ella. Elizabeth se acurrucó contra él.

—¿Sabes? —le dijo en voz queda—, una vez, durante la epidemia de fiebre, tuve un sueño extraño.

Fran la escuchaba sumido en un silencio reverencial.

—Estaba muy cansada y triste, y me quedé dormida en la silla —continuó recordando—. Soñé entonces con los niños de la escuelita, con Zoraida y Eusebio, y en medio del sueño apareció un hombre al que jamás había visto. Era un guerrero indio —Fran tuvo un estremecimiento— que se erguía sobre un peñasco. Tenía tu misma mirada. No alcancé a verlo bien, sin embargo sentí que tenía un hondo significado para mí. Lo supe porque desperté de inmediato, cosa que ocurre cuando el sueño nos asusta. Más tarde, en medio de tantos padecimientos, lo olvidé. Hasta que conocí a Quiñihual.

Fran contenía la respiración durante el relato.

—Ese cacique fue el que te salvó la vida, al decirle a Calfucurá que eras su hijo. Él tenía ese plan salvador desde que se produjo el ataque, y se lo hizo saber a Armando, aunque él no estaba de acuerdo porque implicaba exponerme. Por eso huí, acompañada por Faustino, para cumplir el propósito de Quiñihual. Él nos dijo que la guerra ya estaba perdida y no quería seguir sacrificando gente, aunque pasara por traidor ante los suyos. ¿Sabes? Me pareció un hombre muy valiente y muy sabio. Quizá, con el tiempo, alguien reconozca el valor que tiene ese gesto. Creo que Quiñihual sabía también que moriría ese día, al enfrentar a Calfucurá. Era la vida de uno o la de otro, los dos no cabían en esta guerra. He rezado por su alma, por si... se trataba de tu padre.

Al decirlo, Elizabeth levantó la cara hacia Fran, atisbando su reacción. Él permanecía inmutable, la mirada oculta tras sus párpados, la mandíbula apretada y los brazos cruzados sobre el estómago. Lo único que delataba el efecto de las palabras de su esposa era un latido en la sien izquierda. Allí depositó Elizabeth un beso suave.

—¿Te duele conocer tu origen? ¿Reniegas de tu herencia india?

Fran elevó los ojos al techo de vigas y pensó en eso por primera vez. Cuando supo que podría haber sido el fruto de una violación, la idea le repugnó; al conocer las circunstancias de boca de su madre, saberse hijo de un cacique no le agregó desdicha a la revelación, antes bien, le explicó algunas conductas propias que siempre lo habían alejado de la sociedad porteña. Había muchos como él, nacidos de cautivas, que tarde o temprano ocupaban algún lugar entre los mismos indios, como caciques o capitanejos de importancia. La frontera toda estaba sembrada de mestizos. A la larga, podría ocurrir que ya no se diferenciaran unos de otros en esa contienda.

—No me preocupa no ser el hijo de Rogelio Peña. Prefiero que sea así, pese a mi condición de bastardo. Sospecho que, aun tratándose de Calfucurá, ese indio ladino debe tener más virtudes que mi padrastro.

—¿Y si el propio Quiñihual fuese tu padre? —preguntó ella con suavidad.

Fran calló. Él también se lo preguntaba. Las circunstancias en que fue revelado su origen ante todos habían sido confusas: Quiñihual, el indio pacífico, quizá argumentaba que era hijo del caudillo araucano para salvarlo. ¿Por qué? ¿Acaso le importaba su suerte? ¿O sólo colaboraba con la misión de evitar más muertes? Calfucurá, por su parte, había querido vengarse en él, creyéndolo el hijo mestizo del otro. ¿Quién de los dos estaba en lo cierto? Era probable que ambos tuviesen buenas razones para sospecharlo hijo de una cautiva, pues ambos deberían haber tenido varias en sus aduares. ¿Sería posible que no estuviesen seguros? A Fran le costaba decidir cuál de las filiaciones lo satisfacía más, aunque, si era hijo de Quiñihual, acababa de ver morir a su padre natural. Su madre había callado el nombre del progenitor y ahora, sabiendo que uno de los posibles estaba muerto y el otro vencido, tampoco deseaba hablarle de ellos. El pasado podía ser un fardo insoportable, y la verdad no siempre aliviaba el corazón. La única verdad que le interesaba era la que ansiaba escuchar de boca de Elizabeth.

Se volvió hacia ella, desnudo de corazas, como aquel niño que una vez necesitó el cariño y la atención de un padre.

—¿Y si así fuese, qué? ¿Qué cambiaría entre nosotros?

La joven contempló el rostro de líneas toscas y vio en él la vulnerabilidad que todo hombre muestra en algún momento, siempre en presencia de alguna mujer: la madre, la hermana, la amante, o quizá la hija...

Y lo envolvió en una sonrisa.

—Nada —respondió con firmeza—. Amo al hombre que conozco. Y al que todavía me falta conocer —agregó, con cierta picardía.

Estaba claro que ella exigía más sinceridad de su parte. Francisco sintió que un nudo se disolvía muy adentro y, por primera vez, dejó entrever su mayor temor:

—¿Me amas, pese a todo?

—Te amo, justamente por todo —fue la respuesta.

Fran acercó sus labios en una tierna caricia que rozó los de ella. Sin embargo, la señorita O'Connor era dura de pelar y no se contentó con tan poco. Puso su mano sobre la boca del esposo, para contenerlo:

—¿Y usted, señor Balcarce, me ama o no?

Fran desplegó su enorme sonrisa seductora, aunque los ojos se habían enturbiado con un velo sospechoso.

—La amo, señorita maestra, con un corazón maltrecho. ¿Podrá usted remendarlo?

—Hay curaciones que una maestra aprende a hacer, como colocar compresas, vendas o masajes calmantes.

—Me interesan los masajes —repuso él, ya repuesto de la emoción que lo había embargado.

—¿Habrá de portarse bien?

—Seré el alumno más bueno de toda su clase.

—En ese caso...

Se fundieron en un abrazo consolador que los mantuvo unidos durante varios minutos, hasta que el calor de los cuerpos les inspiró caricias más osadas y volvieron a amarse, de un modo lento y dulce, conociéndose como si fuese la primera vez, descubriendo las debilidades que ya no necesitaban ocultar, afirmándose en un amor que renacía de las cenizas del pasado y se vislumbraba fuerte para afrontar el futuro. Un futuro luminoso, siempre que lo recorriesen juntos.

Jim Morris despertó del trance sudoroso y agitado. Había llegado al límite de sus fuerzas al trasladarse tan lejos en espíritu y permanecer tanto tiempo fuera de su cuerpo, para proyectarse ante Pequeña Brasa. Era una práctica de chamán a la que estaba acostumbrado y, sin embargo, esa vez le había costado más esfuerzo. Recuperó la energía con varias respiraciones profundas. Si todo se hubiese reducido a cortar el vínculo con ella, no se encontraría tan alterado. Lo que convulsionaba su interior era que había visto al animal de poder del hombre de la laguna y con él, la causa del mal que lo aquejaba. Antes de regresar de su viaje chamánico se vio obligado a tomar una decisión: invocó al Espíritu Guía de Francisco para que lo ayudase a terminar con el ciclo de dolor y amargura que lo envolvía y pudiese renacer. No lo hacía por él, sino por Pequeña Brasa. Si ella no podía ser su mujer, quería asegurarse de que fuera feliz, aun junto a aquel hombre oscuro que él detestaba.

El Murciélago.

Con su sabiduría ancestral, Jim sabía que ver ese animal durante un "viaje" simbolizaba un proceso de iniciación, el final de algo y el renacer de cosas nuevas. Como en el desprendimiento del seno materno, el Murciélago deja su cueva umbría para salir al mundo y afrontar los temores de lo desconocido. Jim vio oscuridad y temor en el alma del hombre de la laguna, la identidad oculta que necesitaba salir a la luz y así cumplir con la finalidad para la que el Murciélago Guía brinda su ayuda: dar la bienvenida a un nuevo modo de entender las cosas. Renacer.

Jim mantuvo la invocación para promover esa curación espiritual, sólo en bien de Pequeña Brasa. Si Francisco Peña y Balcarce expulsaba su veneno, ella viviría feliz a su lado.

Ya estaba hecho. Podía irse en paz.

EPÍLOGO

Escuela Normal del Tucumán, abril de 1872

Querido Julián:
    ¡Con cuánta alegría recibo tu última carta, la que me escribes desde París! Mi suegra nos visita a menudo desde que volví a quedar en estado y me la trajo hace dos días. Ya ves, te respondo cuando la escuela y los niños me dejan algo de tiempo. No me reproches la demora, que la tengo justificada. Ser madre y maestra ocupa todas mis horas, sin contar las labores domésticas, pese a la ayuda de los criados. Aquí todos son criados que van y vienen, hasta los estudiantes los emplean para llevarles los libros. Es una práctica viciosa que debemos erradicar. Con paciencia y tesón lo lograremos, como logramos también que funcione aquí una escuela normal como las que quiere el Presidente.
    A propósito: ¿te conté lo que me dijo en la visita que le hice en Buenos Aires? Espero no estar repitiéndome, es que fue tan gracioso... Entraba yo en su despacho como la primera vez, secundada por la querida Aurelia. Al ver mi enorme vientre se dejó caer en el sillón y, con los ojos agrandados por la sorpresa, preguntó si yo venía a dimitir, como tantas otras. Le contesté que por el momento sí, dada mi condición, pero que con mi esposo, Francisco Balcarce, habíamos llegado a un acuerdo. Al pronunciar ese nombre, Sarmiento se echó a reír con gran estrépito, desconcertándonos a todos. Se giró hacia la

647

ventana que da al río y haciendo gestos con el puño, exclamó: "¡Por fin, viejo y peludo, se te cumplió el deseo! Ya empieza a arder la fragua que alimentará a esta tierra".

Aurelia también reía, y al verme excluida del chiste, se apresuró a explicar que Sarmiento se estaba dirigiendo a un tal Alberdi, con el cual tuvo bastantes "agarradas", como dicen por acá. Parece que el doctor Alberdi confiaba en la inmigración para forjar una sangre vigorosa en el país y que hasta ahora ninguna de las maestras convocadas había cristalizado ese deseo, ya que las que se casaron lo hicieron con sus compatriotas. Sarmiento dijo, con su ironía habitual, que "las cazaron" las familias inglesas. Y que yo era la primera en dejarme atrapar por un hombre de estos pagos. Creo que la expresión "atrapar" fue de lo más acertada, ¿no lo crees?

Fran te manda sus saludos y sus recriminaciones por tardar tanto en venir a conocer a tu ahijado. ¡El pequeño Santos ya cumple tres años! Te estás ganando fama de padrino desalmado. No puedo creer que te hayas convertido en un dandy allá, en Francia. Recuerda que el país está cambiando y te espera para sorprenderte.

Aquí, en Tucumán, el cultivo de la caña de azúcar ha dado dinamismo a la región, y el año que viene llegará el Ferrocarril. Claro que hay atraso en muchas otras cosas: el paludismo es una enfermedad corriente y hay costumbres que el Director de nuestra Escuela, el señor John William Stearns, repudia por completo. Es un hombre áspero, muy distinto a su hermano George, sin embargo nos llevamos bien. Creo que, muy a su pesar, ama el Tucumán y siente que está haciendo algo duradero con estos niños.

Tus padres oficial de abuelos siempre que pueden. Fran ha llevado a Santos más de una vez a El Duraznillo, riéndose de mis temores de madre. Tiene un poni sólo para él, llamado Mustafá, y tu padre dice que pronto le amansará un potrillo bayo que ha nacido en los corrales. Yo no quiero verlo montar siendo tan pequeño, pero no puedo hacer nada frente a dos hombres entusiasmados como chiquillos con las gracias de mi hijo.

Me encuentro muy feliz en esta provincia, Julián. Casi lamento que finalice mi contrato y debamos regresar a Buenos Aires. Sin embargo, si Dios lo dispone por algo será. Dice Aurelia que me destinarán a una escuela nueva, para el curso de aplicación. Me agrada tratar con los más pequeños de la clase, me recuerdan a mis alumnos de la laguna. Los extraño, me gustaría saber de ellos, sobre todo de algunos que llevo prendidos en mi corazón.

Me ofrecieron trabajar también en la American School, la escuela de Emma Trégent. Me rehusé, pues comulgo más con la modalidad de escuela pública de Sarmiento. Esas escuelas privadas, en definitiva, están destinadas a niñas de clase acomodada, para que acompañen luego a los esposos en los salones y eduquen a sus hijos para ser futuros dirigentes. Espero que compartas mi criterio y que los europeos no te hayan transformado en un hombre remilgado y presuntuoso. Odiaría eso, Julián querido.

Me despido, no sin hacerte antes una observación: aquí en la República se habla mucho del ministro Avellaneda como futuro Presidente. Tuve ocasión de conocerlo la vez que firmé mi segundo contrato. Es un hombre encantador, parece frágil por su aspecto refinado, pero sus ojos negros hablan por sí solos de la pasión que lo anima. Cuando supo de nuestras andanzas por la zona de la laguna, aseguró conocerte y saber que estabas viajando por el mundo, aunque de buena fuente tenía la certeza de tu pronto regreso. ¿Es eso cierto? ¿Nos darás a todos esa alegría, sobre todo a tus padres? Que así sea, pues el tiempo corre y se lamentan las horas pasadas sin el apoyo y el consuelo de los que nos aman.

Respóndeme apenas puedas, quiero saber todo sobre las fiestas a las que te invitan a diario. ¿Hay, acaso, algún corazón que te retiene? Si es así, que sea ella la que cambie de aires. No pensarás quedarte en aquel continente de fríos inviernos. Recuerda los soles de tu patria, que entibian cualquier tristeza.

Mi más hondo cariño va junto con el de Fran y el de Santos,
Tuya,

Elizabeth

Elizabeth colocó la pluma en el tintero y sacudió la hoja para secar la tinta. Tenía prisa en enviar esa carta, pues si Julián Zaldívar estaba a punto de regresar de su largo viaje alrededor del mundo debían comenzar los preparativos para recibirlo. Los Zaldívar organizarían una bienvenida en Buenos Aires o en El Duraznillo, y si la llegada coincidía con su propio regreso a la ciudad, tanto mejor, pues ansiaba encontrarse con el hombre bueno y sensible al que en algún momento imaginó como esposo, en medio de sus azarosas circunstancias. Deseaba para él la misma dicha serena que en el presente coronaba sus días.

Distraída con sus divagaciones, no escuchó los pasos que se

acercaban por detrás, hasta que unas manos fuertes la tomaron de la cintura.

—Mmm... va creciendo.

Ella se giró, enfurruñada.

—No me recuerdes a cada momento que estoy volviéndome una vaca.

Fran levantó las manos, en señal de rendición.

—No tuve esa intención, lo juro. No pude resistirme a visitar a mi adorada esposa antes de su clase, por si quería saber que el pequeño Santos ya escribe.

El semblante de Elizabeth cambió por completo, iluminándose con una sonrisa de arrobamiento. Francisco degustó esa imagen encantadora antes de decirle:

—Palos, palitos y palotes, con mano firme y trazo seguro.

—Muéstrame.

Sabiendo de antemano que su esposa le pediría pruebas, Fran sacó del bolsillo un papel doblado en cuatro que desplegó ante la impaciente mirada de Elizabeth. Se veían marcas finas y gruesas que formaban filas, como soldaditos en marcha, y cubrían la página por completo. Elizabeth las contempló como si fuesen una obra de arte y tomó la hoja, que se mezcló con la carta de Julián. Fran observó de reojo la escritura y frunció el ceño.

—¿Otra vez le escribes?

Ella, sin dejar de admirar los trazos de su hijo, respondió:

—Creo que está a punto de volver.

La expresión de Francisco se suavizó con un gesto de anhelo. ¡Julián, por fin, de vuelta! Pese a sus desencuentros, no había habido lugar para otro amigo en su corazón y quería compartir con él lo más sagrado que le había dado la vida: su familia.

Se sentía completo, renovado su espíritu con el nacimiento del pequeño Santos y el anuncio del futuro niño que, para dar gusto a su esposa, rogaba que fuese niña. ¿Qué podía temer? Recuperado gracias al milagroso tónico del doctor Ortiz de aquella enfermedad que lo hizo pensar en la muerte, habría sido injusto caer presa de los celos. Sería ingrato con el destino que, de un golpe de timón, había dirigido su rumbo hacia un mar sin turbulencias, con Elizabeth a su lado y su madre, que ahora vivía sola en la casa de Flores, en feliz retiro de su matrimonio desdichado.

La vida le sonreía a Francisco de todos los Santos Balcarce, un hombre nuevo surgido de las cenizas del otro, el que se hundía en la soledad y el oprobio. Había hecho falta hundirse hasta el fondo, sin embargo, para renacer y ver la luz con nuevos ojos.

"Ojos de lince" que ya no estaban ciegos, pues veían con la claridad que sólo da el corazón.

—¿Qué dices? ¿Es un pequeño genio tu hijo? —bromeó.

Elizabeth le propinó un golpe con la hoja doblada.

—No me tomes por tonta. Soy maestra y me doy cuenta del valor que tiene esto.

—Que es mucho, ¿verdad?

—A su edad, y considerando el poco tiempo que dedico a enseñarle…

—Lo dicho, es un genio. No me asombra, se parece a su padre.

Elizabeth se echó a reír y la risa cantarina azuzó los sentidos de Francisco, que sintió la urgencia de besarla. La tomó en sus brazos y, con la carta de Julián entre ambos, acercó el pecho voluptuoso de ella, disfrutando de la sensación antes de tomar los labios carnosos entre los suyos. El beso se prolongó, creando otras necesidades que no podían satisfacer en el aula de la escuela, de modo que Elizabeth se zafó del abrazo, se acomodó la toquilla y, carraspeando, comenzó a ordenar sus papeles.

—Toma, lleva la carta al despacho, urgente —y, tras unos segundos de duda, agregó—: léela, si quieres. Después de todo, en ella hablo de ti tanto como de mí y de nuestro hijo.

Francisco sonrió con cierta vergüenza.

—No hace falta, confío en mi esposa.

Y se marchó con paso aplomado, la espalda poderosa y la cabeza erguida, hasta desaparecer por el pasillo de la galería.

Elizabeth se quedó mirándolo, ensimismada. ¡Cuánto había cambiado su esposo durante el tiempo que llevaban juntos! Ella no habría creído posible que un tónico pudiese obrar el milagro de sanarlo de cuerpo y espíritu, y así era, ya que no había tomado otra cosa que aquella receta. Agradecía a Dios que hubiese puesto en su camino al doctor Ortiz.

Ella misma estaba cambiada. Tiempo atrás, no se habría imaginado en una provincia alejada, dictando clases en una escuela normal de las que formaban maestros para la Argentina, cumpliendo el sueño de un hombre que había contagiado de optimismo a los que lo rodeaban, transformando lo imposible. Tampoco imaginó que Francisco encontraría allí un trabajo en la plantación de caña, labrándose un porvenir como administrador, algo que podría desempeñar luego en cualquier parte del país, con sus conocimientos de economía y la experiencia de campo adquirida a lo largo de los años.

La vida le sonreía a Elizabeth O'Connor, la arriesgada joven de Boston que había apostado todo a un sueño: enseñar.

—Misely, estoy lista.

Elizabeth contempló el rostro delicado de Livia. La niña estaba cumpliendo otro anhelo, el de la abuela que la había criado en el desierto: sería maestra, como soñaba cuando era una alumna silenciosa en la escuelita de la laguna. Vestía guardapolvo y llevaba el cabello rubio trenzado tan tirante que le rasgaba más aún los ojos verdes y hermosos. Se había convertido en una muchachita espigada que llamaba la atención con sus rasgos exóticos, fruto del mestizaje.

Elizabeth había enviado un recado al Padre Miguel para que le informase de la suerte de sus niños y, cuando supo que Livia deseaba seguir estudiando, no lo pensó dos veces. Removió cielo y tierra y consiguió que la llevasen al Tucumán, donde la recibió en su propia casa del piso superior de la escuela. Una de las madres de las niñas mayores se ofreció luego a albergarla hasta que obtuviese su título.

El "normalismo" se estaba extendiendo por todo el país como una mística, y cada vez eran más los niños que acudían a las "escuelas de Sarmiento", como las llamaban. La diferencia con la modalidad anterior era abrumadora: la enseñanza se organizaba sobre la base de planes de estudio, los maestros tenían formación científica y aplicaban métodos comprobados, y los alumnos egresaban con títulos que les permitían trabajar, en especial las mujeres, puesto que la profesión de maestra adquirió un matiz sagrado y todos respetaban a las maestras normales. Muchas podían, incluso, atreverse a iniciar una educación universitaria mientras trabajaban enseñando en las escuelas. Elizabeth se regodeaba al advertir tales cambios. Habían quedado atrás los problemas del principio: la irregularidad en los pagos, la desconfianza de las madres y la hostilidad de la Iglesia, aunque de esto todavía conservaban resabios algunas provincias. Los escollos se salvarían, no lo dudaba. Jamás había visto tanto empeño en educar a un pueblo, ni siquiera en su Massachusetts, puesto que en el sur de América las condiciones eran más primitivas y el camino a recorrer muy sinuoso. Sin embargo, contemplando a Livia vestida de modo impecable, sonriente el rostro moreno, con sus cuartillas bajo el brazo, presintió que aquella misión iba a llegar mucho más lejos de lo que ella misma podría ver. Se imaginó a sí misma rodeada de hijos y de nietos, del brazo de un esposo todavía buen mozo, recibiendo a sus antiguos alumnos con la satisfacción del deber cumplido, y una lágrima de emoción rodó, inoportuna, por su mejilla.

¡Qué trastorno el embarazo! La tornaba melancólica.

—Misely —murmuró sorprendida Livia—, ¿está triste?

—Claro que no —repuso Elizabeth con premura—. Es que acabo de saber que mi hijito escribe sus primeros trazos y me emocioné, es todo. Vamos, Livia, que la campana sonará dentro de un momento y creo que no borré la pizarra todavía.

—Yo lo hago, Misely. ¿Sabe? Nunca se lo dije allá en el pago... pero siempre quise borrar lo que usted dejaba escrito en la pizarra de la escuelita.

NOTAS DE LA AUTORA

La batalla de San Carlos, que marcó el ocaso de Calfucurá, tuvo lugar en 1872, meses antes de la muerte del caudillo, ocurrida en 1873. Me tomé la libertad de anticiparla un poco en la historia, para que pudiese ser vivida por los protagonistas. En los demás hechos que conforman el marco de la novela se han respetado los tiempos reales.

Los vocablos en lengua tehuelche se los debo al estudioso y recopilador Rodolfo Casamiquela, ya que no quedan hablantes de ese idioma en la Patagonia.

AGRADECIMIENTOS

A Mónica Iza, encargada de la Reserva de Mar Chiquita, por su generosidad al recibirme y procurarme el libro de Juan Carlos Azzanesi (h) sobre la historia de la región.

A Adriana Pisani, investigadora de naufragios, por el material enviado.

A los historiadores, viajeros y acopiadores de datos y costumbres, de cuyas fuentes bebí para ilustrarme: Félix Luna, José Ignacio García Hamilton, James Scobie, Araceli Bellotta, Julio Crespo, Edgardo Rocca, H. Armaignac, Aníbal Ponce, Jorge Luis Rojas Lagarde, José Wilde, Manuel Prado, Barry Velleman, William Hudson, Abel Cháneton, P. Meinrado Hux, Andrés Carretero, Ricardo Cicerchia, Ramón Lista, los hermanos Robertson, Norberto Ras, Juan Guillermo Durán, Héctor del Valle y Tito Saubidet, por su esfuerzo en sacar a la luz reliquias del pasado.

A la Biblioteca del Maestro del Palacio Pizzurno.

A Liz, por el cariño con que realiza el blog, la página y todo lo demás.

A Gelly, por su palabra sanadora.

A los lectores de mi primera novela, por alentarme a terminar la segunda.

A mis amigas, siempre.

A Florencia Cambariere, por ser una editora entusiasta y creativa.

A mis maestras queridas.